LA MÁQUINA DEL PORVENIR

El mes de septiembre de 2014, un jurado presidido por Juan Marsé, e integrado por Almudena Grandes, Juan Gabriel Vásquez, Ginés Sánchez, ganador en su anterior convocatoria, y, en representación de la editorial, Juan Cerezo, acordó por mayoría otorgar a esta obra de Juan Trejo el X Premio Tusquets Editores de Novela.

colección andanzas

JUAN TREJO
LA MÁQUINA DEL PORVENIR

PREMIO
TUSQUETS
EDITORES DE NOVELA

1.ª edición: noviembre de 2014

Diseño de la colección: Guillemot-Navares
Reservados todos los derechos de esta edición para
Tusquets Editores, S.A. - Avda. Diagonal, 662-664 - 08034 Barcelona
www.tusquetseditores.com
ISBN: 978-84-8383-968-3
Depósito legal: B. 19.394-2014
Fotocomposición: Víctor Igual, S. L.
Impresión: Romanyà Valls
Impreso en España

Índice

A Noam y a Alain

y a Montse, siempre

En una sociedad que controla lo imaginario e impone el criterio de realidad como norma, el bovarismo debería propagarse para fortalecer al hombre y salvaguardar sus ilusiones.

Ricardo Piglia

Te estás engañando a ti mismo, eso es lo que trato de decirte. Cuando llegues a mi edad no sabrás nada en absoluto de la vida. Lo único que sabrás es lo que te has inventado.

Tobias Wolff

Pero a una argucia que está al servicio de la verdad, ¿se la puede seguir llamando embuste?

René Daumal

Estas cosas nunca sucedieron; son siempre.

Salustio

I
La llamada de la aventura

1

Pensé que si me quedaba allí un tiempo, entre las cosas de mi madre, en la ciudad en la que ella había pasado sus últimos meses de vida, tal vez sentiría algo. No me refiero a recordar cosas que me uniesen a ella, nuestro pasado en común, los buenos ratos y los muchos momentos desagradables. Tampoco me refiero al deseo de descubrir quién era realmente o quién había sido al menos en esos diez años en los que no habíamos mantenido contacto. Me refiero a un sentimiento que me uniese a ella de verdad, siquiera a través del dolor por la pérdida.

En su apartamento, sin embargo, no encontré apenas rastros íntimos de su presencia, sólo algo de ropa, zapatos... Todo lo demás eran libros y películas. Y cuando salía a la calle el escaso efecto evocador de aquellos objetos se desvanecía por completo. Fueron pasando los días. Y la ciudad me fue atrapando. O al menos el trozo de ciudad que veía desde la única ventana que daba a la calle. Empecé a leer aquellos libros. A ver aquellas películas. Y miraba pasar a las chicas por la calle. Y dejaba pasar el tiempo esperando una señal.

Durante las dos primeras semanas que viví allí, pasé horas y horas asomado a la ventana del apartamento, un segundo piso ubicado sobre el cruce de Manteuffelstrasse y Reichenberger Strasse. Y entendí muchas cosas mirando por esa ventana. Entre ellas, que mi vida, tal y como la había conocido hasta entonces, había llegado a su fin.

También recuperé una sensación que creía haber perdido para siempre. Veía pasar a todas esas chicas, tan absolutamente dispares, y pensaba en sus vidas. Las veía pasar caminando, con bolsas de supermercado en las manos, o con carteras de piel en bandolera, o en bicicleta, pedaleando con aire altivo y despreocupado, peinadas como chicos o con el pelo lacio al viento, seguras de su hermosura. Y recuerdo que sentía un profundo deseo de ser múltiple, de eso se trataba, un profundo deseo de dividirme en un centenar de yoes iguales y diferenciados, para poder seguir a todas y cada una de esas chicas.

Cualquier cosa, supongo, con tal de no asimilar lo que me estaba viendo obligado a asimilar.

2

Mi madre murió un 1 de mayo. Ese día, en Berlín, se celebra una especie de fiesta reivindicativa. Algunos lo llaman el May Day. Un día para protestar y dejar salir la rabia. Tradicionalmente el May Day es la ocasión en la que los grupos izquierdistas más radicales toman las calles de la ciudad para manifestarse y protestar contra todo lo que esos colectivos consideran inaceptable: el racismo, el sexismo, el deterioro del medio ambiente, la globalización, el capitalismo... A pesar de que en las últimas ocasiones las cosas no se han salido mucho de madre, todos los años se producen encontronazos con la policía. Los encontronazos más destacados suelen tener lugar en el barrio de Kreutzberg; un barrio marcado por la juventud de los que viven allí. Los agentes ya saben de qué va la cosa y se lo toman con bastante paciencia. Después de todo, tienen muy claro que ellos ganan siempre. Sin embargo, o tal vez debido a las reglas del juego, no escasean los exaltados ese día, o esa noche, en el bando de los que protestan. Me resulta inevitable imaginar a mi madre increpando a los antidisturbios y gritando más fuerte que nadie, seguramente rodeada por un buen puñado de lesbianas agresivas de pelo corto y modales de camionero.

La encontraron muerta en un lugar llamado Kottbusser Tor. Tumbada junto a un banco de piedra. No sé si sus amigas radicales la dejaron allí y se fueron corriendo para huir de las pelotas de goma o si la policía hizo una pausa en su carga para atender a los gritos, algo más estridentes sin duda y menos reivindicativos, de aquellos o aquellas que vieron cómo se daba un tremendo golpe en la nuca con el banco de piedra.

Fue Luisa la que contactó conmigo. Fue ella también la que me dio las pocas explicaciones que me llevé a Berlín. Como el nombre de esas dos calles, Manteuffelstrasse y Reichenberger Strasse, apuntadas en un papel, junto a varios números de teléfono. No me conmoví cuando vi a mi madre tumbada desnuda sobre la plataforma de aluminio, lívida como la sábana que cubría gran parte de su cuerpo. Me fijé en sus rasgos, eso sí, y pensé que el tiempo no la había tratado con generosidad.

Mi desintegración llegó después, cuando ya estaba instalado por un tiempo indefinido en el que había sido su piso. Pero antes tuve que pasar por todo el papeleo y los trámites para su incineración. Sus amigas alemanas, por suerte, se encargaron prácticamente de todo. Yo no sabía que mi madre deseaba ser incinerada, ni que quería que esparciesen sus cenizas por no sé qué bosque o valle o río más o menos cercano a Berlín. Varias de sus amigas cumplieron con el rito en cuestión. Me pidieron que las acompañase, o eso creo, porque sólo las entendía a medias cuando hablaban, pero yo me negué. Después de eso empecé a desintegrarme; como le ocurrió a Jon Osterman, después conocido como Doctor Manhattan.

No fue instantáneo. Fue sucediendo poco a poco. Pero en un momento dado, cuando llevaba dos o tres semanas en Berlín, sentí que me estaba desintegrando de forma irreversible. El tapón que había cerrado la pileta que contenía el agua de mi existencia, o el agua de algo parecido a mi identidad, por turbia que fuese, había sido mi madre. Lo supe cuando dejó de estar y el agua empezó a colarse por el sumidero sin posible freno ni resistencia. Llegado a un punto, noté que no quedaba nada. No me alarmé. Pero supe que era una situación seria. Supe que no podía permanecer demasiado tiempo así porque corría el riesgo de que incluso mi conciencia, esa parte de mi mente capaz de darse cuenta de que me estaba desintegrando, desapareciese en la nada.

No es que no me viese en el espejo o que no viese mis manos al mirármelas de cerca, sino que el espacio que había entre mi propia imagen y mi recepción cerebral iba aumentando. El significado de mi imagen, en todos los sentidos, se perdía en esa distancia y cada vez me resultaba más incomprensible. He dicho que no me alarmé, y es cierto, pero muy posiblemente porque no tenía fuerzas suficientes para alarmarme. Lo que sí empecé a sentir fue una suerte de nostalgia muy sólida, llegada de no sabía dónde. Después de las dos primeras semanas, en las que me dediqué a mirar a las chicas por la ventana, miraba ahora la lluvia y me preguntaba dónde irían a parar todas esas sensaciones que se colaban entre el mundo exterior y mi conciencia flotante.

Tenía que hacer algo para recuperar mi estructura atómica, para crear un nuevo campo intrínseco en mi vida. Supongo que Jonathan Osterman, o mejor dicho la conciencia de Osterman, también sintió ese impulso allí donde se encontrase cuando fue desintegrado, en una realidad paralela o en otra dimensión cuántica de la existencia; sin duda, un lugar similar al que yo me encontraba en ese momento. Tal vez también sintió esa nostalgia sólida surgida de ninguna parte para indicarle que no era el tiempo de morir, sino de realizar un esfuerzo cósmico, primigenio, y unir de nuevo las piezas guiado por una luz diferente. Su conocimiento de lo atómico le llevó a vencer a la inexistencia. ¿Pero qué era lo que yo debía aprender, a qué debía aferrarme para reconstruirme?

3

Viendo las películas y leyendo los libros que había en aquel piso ubicado sobre el cruce de Manteuffelstrasse y Reichenberger Strasse, empecé a obtener pistas al respecto, si bien eran pistas que parecían conducir a otras pistas, lo cual hizo que todo fuese muy complejo y muy sencillo a un tiempo. Y es que muchas de esas historias parecían hablar directamente de mí de un modo íntimo, personal e intransferible. Como, por ejemplo, la película *Inteligencia Artificial.* Yo era David. O por decirlo de otro modo, el niño protagonista de esa historia me definía mejor de lo que yo podía definirme a mí mismo en esa situación de desintegración imparable. De hecho, la intensidad del proceso de reconocimiento que se puso en marcha en mi cerebro al conocer las desventuras de David me llevó a conectar esa historia con un sueño especialmente significativo que venía persiguiéndome desde hacía años, un sueño que se inició en una fecha muy anterior al tiempo en Berlín.

Voy montado en una pequeña barca. Estoy en una ciudad inundada. En un principio, me cuesta saber de qué ciudad se trata, básicamente por cuestiones de orografía, pero después comprendo que, en esencia, se trata de Barcelona. Recorro las calles del Eixample montado en mi barca, parecida a las del estanque de la Ciutadella, remando con parsimonia. Voy solo, estoy sentado, y sólo me veo las manos, que sujetan un único remo estilo kayak, y las rodillas, enfundadas en unos vaqueros azules. El agua alcanza hasta la segunda o tercera planta de los edificios. Es un agua cristalina. Puedo ver con bastante claridad hasta allí donde alcanza con potencia la luz del sol. Es de día, el cielo es completamente azul, azul cobalto. Yo no dejo de remar, a un ritmo lento pero uniforme. La superficie del agua parece una película inmaculada de papel celofán. Recorro una sola calle, que podría ser la calle Lepant o la calle Bailén, en dirección al mar, pero voy cruzando todas las intersecciones. Cuando miro a un lado y al otro en esos cruces, no veo más barcas por ninguna parte. No se ven edificios altos ni a los lados ni enmarcando el horizonte. Las alturas son más o menos uniformes. No hay árboles, ni ramas de árboles, que sobresalgan del agua. Tampoco veo árboles al observar el fondo. No hay vegetación por ninguna parte. Nada de plantas tropicales colgando de los tejados o de los balcones. Y las fachadas de los edificios están en muy buen estado, limpias y sin desconchones. Llegado a un punto del trayecto, veo gente en los balcones. Casi todos son personas mayores, ancianos. Toman el té, con maneras muy refinadas, sentados en sillas plegables de hierro o de madera de teca; mobiliario de jardín. Me observan al pasar y sonríen. Los hombres llevan traje oscuro y están muy bien peinados, con la raya al lado, las mujeres, las ancianas, llevan alegres vestidos con estampados de flores. Todo muy *british*. Me saludan con la mano al pasar, con una amplia sonrisa. También veo algún que otro niño. Niños solitarios pero alegres en balcones algo más elevados, de quintas o sextas plantas. Alguno de ellos en camiseta y pantalón corto o calzoncillos. También me saludan. Y sé que algunos de ellos me envidian. Sé que algunos de ellos desearían estar en mi lugar. Y noto la presencia de los padres, que deben de estar haciendo algo importante más allá de las puertas abiertas del salón, en el interior de los pisos. No pasa gran cosa más en el sueño, aunque a veces he experimentado ciertas variaciones significativas que ya explicaré en otro momento. Es cierto que no es un sueño impresionante, más allá del hecho de recorrer una ciudad inundada. Que se repitiese tantas veces, que variase de cuando en cuando de manera sutil, y sobre todo la cantidad de referencias externas que remitían una y otra vez a ese sueño, es lo que llamó mi atención.

4

Las pistas conducían a otras pistas, y rememorar el sueño me llevó a remontarme más atrás en el tiempo hasta recuperar un recuerdo aún más remoto, el de la noche en la que se inundó el sótano en el que vivía por aquel entonces con mi madre y Luisa y otras tres mujeres.

Es verano. Llueve muchísimo. Se atasca el sumidero del patio, el agua se va acumulando y entra en el piso desde la puerta del salón. Siempre hay problemas con el colector del inmueble, el pequeño depósito que recibe el agua de todos los bajantes para llevarla hasta la alcantarilla. El principal inconveniente es que el colector está por debajo del nivel de la alcantarilla de la calle. El agua que inunda el piso, por lo tanto, entra por el patio y también por la puerta que da al rellano de la escalera, donde se encuentra el acceso al colector. Es agua limpia, eso sí, seguramente porque la mayoría de los vecinos están de vacaciones.

Me despiertan los gritos de Antonia, una mujer muy flaca y huesuda de voz estridente. Cuando salgo del cuarto que comparto con Luisa, veo que las cinco mujeres, incluida mi madre, intentan achicar el agua como pueden, con cubos, con toallas, con las fregonas. A la que deja de llover la cosa es un poquito más sencilla, pero pasan más de tres horas hasta que podemos volver a la cama.

Esa noche, experimento dos revelaciones. La primera está relacionada con el agua. Un tema que sólo ahora, después de lo ocurrido con Víctor y la Máquina del Porvenir, ha llegado a tener sentido. Mientras las mujeres se encargan de achicar agua en el comedor, en el recibidor y en la cocina, recorro descalzo el resto de las habitaciones vacías; excepto la que ocupa mi madre, que permanece cerrada todo el rato. El agua me llega hasta los tobillos, está un poco fría pero no resulta desagradable. Como muchas otras veces, me da por jugar a los aviones. Sobrevuelo la zona observando el terreno desde las alturas. Las patas de las mesas y de las sillas medio sumergidas, los bajos de las camas y los armarios recibiendo las suavísimas olas, alguna pequeña alfombra de lana gruesa mostrando las puntas de sus hebras en la superficie como algas mutantes, zapatos que flotan como vehículos inservibles. Tal vez el efecto definitivo lo causa la escasa luz. Se ha cortado la electricidad y sólo se cuelan a través de las persianas unos escasos filamentos anaranjados procedentes de las farolas de la calle de atrás. Devastación y silencio. El fin del mundo. Ese es el panorama que observo desde mi posición aventajada. Me siento extrañamente reconfortado mientras sobrevuelo ese espectáculo atrayente y desolador, porque soy uno de los pocos supervivientes.

La segunda tiene que ver con mi madre, Emilia Veiga López, y se produce cuando remite la inundación, concretamente cuando vamos a volver a nuestras camas. Quiero darle un beso a mi madre antes de irme al cuarto que comparto con Luisa, pero ella no es consciente de mi intención; es posible que ni siquiera haya reparado en que he estado recorriendo la casa mientras ellas trabajaban. Me dispongo a seguirla cuando abre la puerta de su habitación, pero lo que veo dentro me detiene. Hay una mujer desnuda, de rodillas, encima de su cama. Una mujer a la que no conozco y que no ha participado en el achique de agua. Una mujer de pelo corto y oscuro y de pechos más bien pequeños, por lo que puedo ver. Mi madre cierra la puerta a su espalda. Es posible que nadie más haya visto lo que yo he visto. Aunque no tardo en suponer que todas las mujeres que comparten el piso con nosotros deben de estar al corriente de la presencia de esa invitada. Siempre he creído que si compartía la habitación con Luisa en lugar de con mi madre se debía a una cuestión de espacio. Ya a esas alturas de mi vida sé también que mi madre es un poco particular, muy suya, como dice Luisa. Tengo un carácter muy fuerte, le he oído decir a mi madre en más de una ocasión, me cuesta compartir. Lo raro es que no me extrañe ver a una mujer desnuda encima de la cama de mi madre, esperándola.

5

Otra de las noches en Berlín, poco después de ver a David, el protagonista de *Inteligencia Artificial*, sumergiéndose en las aguas en busca del Hada Azul, y de seguir la pista que me llevó a otra pista, mi sueño repetitivo, el de la ciudad inundada y la barquita por medio de las calles del Eixample, experimenté una de esas sutiles variaciones de las que he hablado antes. Una variación que, definitivamente, me colocó en el carril adecuado.

Había llegado a la zona de los ancianos en los balcones cuando noté que algo tiraba de la parte de atrás de la barca. Dejé de remar y miré a mi espalda. Un hombre intentaba subir a bordo. Era un hombre mayor, básicamente calvo y más bien delgado, vestido con traje negro y camisa blanca abotonada hasta arriba. Alargué el brazo y le ayudé a subir y a sentarse. Era mi abuelo. Mi abuelo paterno. Un hombre al que sólo había visto en una fotografía que mi padre me enseñó en Salamanca. No parecía muy mojado para acabar de salir de aquella agua cristalina. Miré a los ojos a mi abuelo y me pareció más serio que triste. Sentí un extraño vínculo con él, a pesar de que apenas sabía nada de su historia. Antes de volverme hacia delante para seguir remando, mi abuelo me dijo: ¿Te parece bonito? Yo sabía que se refería a mi situación en Berlín. Me sentí infinitamente culpable. Como si me hubiese pillado en falta cometiendo un terrible delito moral. Pero seguí remando, con el ceño fruncido y los dientes apretados. Y al cabo de un rato, oí que mi abuelo se ponía a silbar. Supuse que era la melodía de alguna antigua canción centroeuropea, porque me recordaba ligeramente a la música de Goran Bregović. Cuando ya había dejado atrás la zona de los balcones con niños en pantalones cortos o calzoncillos, mi abuelo me tocó el hombro. Me volví y me dijo: A mí tampoco me gusta meterme en la vida de los demás. Ya sabes, vive y deja vivir. Pero a lo mejor ha llegado el momento de ponerse en movimiento. Me desperté muy intrigado, más que inquieto, porque nunca había soñado con mi abuelo.

Mi abuelo paterno era el último miembro de la familia que se había considerado judío. Aunque tal vez sería más adecuado decir que era el último al que se le había considerado judío. Nunca fue practicante, y mucho menos creyente o devoto, por lo que yo sé, pero el vínculo de sangre había llegado hasta él con cierto grado de claridad. Nunca mantuvo costumbre alguna, no celebraba festividades ni había sometido a mi padre o a su hermana a ninguna clase de ritual o ceremonia. Ni alardeaba de su condición ni la negaba. Podría decirse que su judaísmo era poco menos que otro de los calificativos que podían añadirse a su persona. Como se podía decir de él que era básicamente calvo o más bien delgado.

Jamás se me había pasado por la cabeza pensar que la sangre de mi abuelo, su sangre judía, tenía algo que ver conmigo o con mi sangre. Sin embargo, en el sueño sentía un vínculo, y ese vínculo tenía algo que ver con el hecho de que mi abuelo era judío. Tal vez la genética estaba intentando trasmitirme algo que la parte consciente de mi cerebro no había sabido captar. Pero ¿qué significaba?

6

La respuesta tardó en llegar, pero fue definitiva. Porque tras la muerte de mi madre ya no había parapeto alguno que me resguardase de mi propia muerte, a la que podía ver al final del camino. Sin embargo, debía de haber alguien más. Yo venía de algún sitio. Mi padre y mis abuelos también tenían algo que ver con mi muerte y con mi vida. Ellos habían posibilitado que yo llegase hasta allí. Por lo tanto, no tenía nada de raro que la opción genealógica adquiriese relevancia.

Supe entonces que mi historia no empezaba donde parecía que empezaba sino mucho tiempo antes. Pero partía de una posición más que precaria. Había oído contar algunos mitos y leyendas, pero en términos generales sobre todo lo relacionado con mi familia se había extendido siempre un gran silencio respecto a detalles concretos. Un ejemplo cualquiera: ni siquiera sabía quién era mi abuelo materno. Y no lo sabía porque mi madre no lo sabía. Su madre, mi abuela Rosa, nunca llegó a decírselo. Es cierto que ni mi madre ni mi padre me habían contado gran cosa de sus respectivas familias. Pero lo que más llama mi atención ahora es mi profundo desinterés por conocer detalles relativos a esa cuestión. Tal vez porque sabía que lo que me contasen no iba a satisfacerme en absoluto. Lo que yo quería de mi madre o de mi padre era otra cosa. Algo que, por lo visto, no iban a poder darme nunca.

Me aterraba pensar que mi madre hubiese guardado siempre el secreto esencial de mi existencia, como el Hada Azul de *Inteligencia Artificial*, y se lo hubiese llevado con ella a la tumba. Pero empezar mi búsqueda por ahí no iba a llevarme a ninguna parte más que a desaparecer definitivamente por el sumidero de la pileta donde se había mantenido estancada el agua turbia de mi identidad ahora desaparecida.

Los padres, por el contrario, son la acción, el estar en el mundo. Tenía que empezar por ahí. Los hombres de mi familia, por desconocidos que fuesen hasta ese momento, deberían aportarme la fuerza necesaria para mirar en el lugar oscuro de la feminidad que podía representar mi madre.

La información de la que disponía de partida era muy escasa, apenas cuatro detalles. Mis abuelos, mi padre incluso, eran para mí como dinosaurios extintos hacía milenios. No habían tenido ni presencia ni cabida en mi día a día.

Sin embargo, estando en Berlín entendí que la historia de mi familia, de mis predecesores, me pertenecía. Su historia pasaba en mí, aunque yo no fuese consciente, y se entrelazaba con mi propia historia, con mi pasado y con mi presente. Después de todo, debido a ellos había llegado hasta donde estaba. Su historia me pertenecía como me pertenecía mi propia historia. Era tan mía como podía serlo su código genético, mi código genético. Sólo iba a recuperar lo que era mío. Porque ahí radicaba, estaba convencido, el misterio que había de revertir mi desintegración. Completando la hélice que formaban sus historias, imbricadas con la mía, siguiendo el mismo patrón que una cadena de ADN, entendería no sólo el sentido de mi historia sino el sentido del fluir del tiempo.

Estando en Berlín, por otra parte, me di cuenta de que el único requisito que se me exigía para solventar las dudas que podría plantearme la legitimidad o la validez de mi método era aceptar que no existe solidez alguna en una historia personal, que toda historia, por documentada que esté, flota sobre las aguas del tiempo, que todo lo inunda, como flota una ficción cualquiera.

II
El cruce del primer umbral

1

Cuando Ryszard Krasniewski llega a la pequeña aldea de Dorf, muy cerca de la ciudad de Heidelberg, lo primero que hace su tío Uli es pesarlo en la balanza del establo y medirlo haciendo una muesca en el marco interior de la gran puerta de madera con una navaja de hoja ancha. Al lado de la muesca coloca una letra, la inicial de su nombre, supone Ryszard: R. Me trata como si fuese un ternero o una oveja, piensa el chico. Hay otras señales en el marco de la puerta. Ryszard supone sin demasiado esfuerzo, al ver las iniciales que las flanquean (S y B), que indican las diferentes estaturas que han ido teniendo sus dos primos: Steffi y Bernd, de los que sólo conoce el nombre.

Cuando entra en casa, su tía Hanna le guía hasta la cocina y hace que se siente frente a una recia mesa cuadrada de madera, sin mantel ni nada, donde ya tiene preparado un bol lleno de leche y una rebanada de pan de centeno duro como una piedra. Tal vez aprecia en la cara de su sobrino la desazón del momento, porque le dice: Tu tío Uli es así, trata a la gente como a su ganado. No te asustes. Es su manera de demostrar cariño. Quiere mucho a sus animales. Después de observar cómo Ryszard se bebe la leche conteniendo la respiración y roe el pan trabajosamente sin comentar siquiera lo duro que está, le pregunta: ¿Estás cansado? Él niega con la cabeza. No ha dicho una sola palabra desde que llegó. De hecho, su tía teme que no sepa hablar alemán; aunque entenderlo parece que lo entiende. La última vez que lo vio todavía lo llevaban en brazos envuelto en una manta. ¿Cuánto tiempo ha pasado?, se pregunta apoyando su amplio trasero en la encimera de mármol. Once larguísimos años. Ni uno más ni uno menos. Observa el rostro de su sobrino y piensa que tiene exactamente la misma nariz que Maria, su madre. Pero no siente nostalgia ni tristeza. No parece preparada genéticamente para ello. El pelo ondulado y oscuro y las orejas diminutas son propios de mi familia, se dice con el orgullo que da el reconocimiento. No en vano es el mismo pelo y las mismas orejas que lucen sus propios hijos. Los ojos y la barbilla deben de ser los de su padre, piensa. Pero no recuerda con nitidez los rasgos de Jacek Krasniewski. Después de todo, sólo llegó a verlo dos veces; la última, hace once años. Recuerda su bigotito, eso sí. Recuerda también que le pareció un hombre refinado y apuesto, aunque excesivamente flaco, y sin duda muy arrogante. Sabía que no era ni había sido nunca militar, pero entonces ¿por qué lo recuerda vestido con el uniforme de la guardia imperial?

Cuando aparecen sus primos por la misma puerta por la que él ha entrado en la cocina, Ryszard se pone en pie nervioso y cruza las manos a la altura del bajo vientre. Este es vuestro primo Ryszard, les dice la tía Hanna a sus hijos. Ambos asienten. Steffi es la mayor. Debe de andar por los dieciséis. Ryszard cree apreciar en ella el brillo y la exuberancia de un pastel recién horneado. Sin saber por qué piensa dos cosas al mirarla: la primera, que está enamorada; la segunda, que no le va a costar llevarse bien con ella. Con Bernd la primera impresión no es tan positiva. Sabe que es un año mayor que él. Se le ve fuerte, aunque es unos cinco o seis centímetros más bajo que Ryszard. Lo primero que piensa al verlo, de nuevo sin saber por qué es: Vamos a tener que competir, voy a tener que ganarme su confianza demostrando mi fuerza. Pero ¿qué fuerza es esa? Ryszard, tal como ha podido comprobar su tío al pesarlo y medirlo, está demasiado flaco; el tío Uli no llegó a conocer a su padre, Jacek, por lo que ni siquiera se planteó la posibilidad de que fuese una delgadez de corte familiar. Los avatares que ha sufrido parecen haberle pasado factura a su salud, es lo que se dijo el tío Uli. No da la impresión de estar enfermo, de tener tuberculosis o tisis o algo así, pero a todas luces está muy desmejorado para la edad que tiene. Parece incluso más mayor, que es lo peor que puede decirse de un niño de once años, concluyó el tío Uli. Tal vez mi fuerza, piensa Ryszard por su parte frente a su primo, radique en otra cosa. Y así es. De hecho, a lo largo del año en curso, el pequeño Ryszard va a descubrir que su poder no emana de lo físico sino de su mente.

De momento va a tener que compartir habitación con su primo. Bernd es educado, demasiado incluso para tratarse de un chaval de pueblo, pero su mirada lo dice todo: no está dispuesto a ceder terreno por las buenas. Nada de compartir intimidades con un extraño de buenas a primeras. Porque Ryszard es un extraño, a pesar de que por sus venas corra parte de la misma sangre. Bernd apenas ha oído hablar de él en toda su vida y, sin embargo, ahora lo tiene instalado en su habitación, en su pequeño santuario. Ryszard cree entender el motivo de la animadversión, supone que a él le habría pasado lo mismo de haber tenido que recibir a aquel extraño en su casa; aunque no habrían tenido que compartir habitación, porque en su casa había espacio de sobra. En un momento en que Bernd le da la espalda y puede mirarse en el desconchado espejo que cubre una de las puertas del armario, entiende además que su aspecto, no sólo su delgadez sino también su vestuario, destaca en exceso en ese ambiente sobrio, casi espartano. Va demasiado bien vestido, o mejor dicho va vestido al estilo de la ciudad. Eso, se dice, podría molestar a cualquier pueblerino...

En la segunda semana de julio, la tía Hanna lleva a Ryszard a conocer al maestro del pueblo, el señor Rummenigge. La escuela de nuestra aldea es muy buena, le dice de camino a la casa del profesor. Vienen niños de otros pueblos. Incluso viene algún niño desde la ciudad. Se refiere a Heidelberg, la ciudad con la universidad más antigua de toda Alemania, como ha oído decir en alguna ocasión. Al decirlo, la tía Hanna le mira de pasada, de medio lado, intentando descubrir si le impresiona el dato, pero como sin darle importancia. Lo que ella no sabe es que si se trata de mantenerse impasible, de no mostrar el juego, Ryszard, a pesar de sus escasos once años, es todo un maestro. Lo aprendió de su padre, quiere creer, formidable jugador de naipes. Por otra parte, el dato no le impresiona en absoluto. Heidelberg para él es una pequeña ciudad de provincias, poco más que un pueblo grande. ¿Y la universidad, la universidad más antigua de toda Alemania? Qué le importan a él las universidades. De hecho, no sabe muy bien qué es una universidad. Él está acostumbrado a nombres de grandes ciudades de verdad: Varsovia, San Petersburgo. Eso son ciudades. Ciudades grandes, civilizadas y glamurosas. Heidelberg además de pequeña está en Alemania, un país que a ojos de Ryszard es una tierra de gente zafia, de granjeros sin modales y de soldados sin escrúpulos. El pobre Ryszard todavía no ha entendido que ese va a ser, de ahora en adelante, su país, su tierra, el lugar al que va a ir asociado su destino.

El señor Rummenigge hace buenas migas con Ryszard al instante. El señor Rummenigge es de Berlín y digamos que capta el aura que envuelve al muchacho en cuanto le ve entrar en su casa. El señor Rummenigge es lo que podría considerarse un hombre de amplias miras, estricto pero cultivado y sensible, aunque su recio aspecto y la austera decoración de su vivienda no lo den a entender a simple vista. Y lo mejor que tiene es que es maestro vocacional: le gusta enseñar y le gustan los jóvenes. Nada más verlo, Ryszard piensa que el señor Rummenigge va a resultar clave en su establecimiento en la escuela y en la aldea. Por eso, de entrada, se muestra bastante más abierto con él; todo lo abierto que puede mostrarse un niño huérfano recién llegado de otro país al que no le gustan Alemania ni los alemanes.

Una semana después, cuando empiezan las clases en la escuela de la pequeña aldea de Dorf, es el señor Rummenigge, y no su primo Bernd, el que se encarga de llevar a cabo las pertinentes presentaciones antes de empezar con la lección. Sienta a Ryszard en la segunda fila, junto a Leitner, un mozalbete de lo más sano, amante de los paseos por la montaña y del deporte. Bien pronto aprecia el maestro que Ryszard se las apaña muy bien por su cuenta. El chico sabe que despierta entre sus compañeros y compañeras la típica mezcla de curiosidad y recelo que despiertan todos los recién llegados. Pero Ryszard, y eso el señor Rummenigge va a tardar un poco más en descubrir cómo lo hace, aprovecha a la perfección la curiosidad para minimizar los efectos del recelo. La curiosidad de los demás engrandece la figura de Ryszard casi a ojos vista, a pesar de la parquedad en sus intercambios, en los que de momento escasean los detalles personales. No infla su figura, le aporta la prestancia de un material aparentemente líquido de rápida solidificación. En unas tres semanas, la grandeza de Ryszard convierte en obsoletos e inútiles prácticamente todos los recelos. Los niños y las niñas de la escuela seguirán llamándole el Polaco durante un tiempo, pero igualmente llegan a la conclusión, casi como si no tuviesen otro remedio, de que tienen la suerte de poder compartir su tiempo y su espacio con un fenómeno excepcional. Por ejemplo, una mañana el señor Rummenigge y la tía Hanna se encuentran en la puerta de la escuela, se miran y dicen casi al unísono: Ryszard ha dado un estirón, ¿verdad?

Es a partir de ese momento, consciente de que el terreno está preparado para sembrar, cuando Ryszard empieza a hacer ostentación de su verdadero poder. Parte de ese poder radica en su capacidad oratoria, pues a pesar de las dudas que su tía albergó al respecto durante los primeros días, Ryszard habla alemán con absoluta perfección. Pero la mayor parte del poder de Ryszard se centra en su capacidad para generar historias. Ya sea para recrearlas o para inventarlas. De hecho, llegados a un punto, a sus oyentes poco les va a importar la supuesta legitimidad o veracidad de sus relatos. Poco a poco, Ryszard va creando una red narrativa. A unos les cuenta una parte, a otros otra, a los de más allá otro retazo. Inevitablemente, sus compañeros tienen que compartir fragmentos para ir construyendo una panorámica. Por decirlo de otro modo: Ryszard va sembrando semillas y son los demás los que las hacen crecer y las cuidan a la espera del fruto. El fruto no puede ser otro que la propia vida de Ryszard, su pasado, el misterio más grande que jamás se ha cernido sobre la escuela de la pequeña aldea de Dorf.

El primo Bernd no quiere creer sus historias, intenta resistirse todo lo que puede, pero no lo consigue. Lo mismo le ha ocurrido al resto de los muchachos de la aldea. Pero él tiene poderosos motivos para mostrarse algo más escéptico, siquiera en apariencia: son familia, puede echar mano de la memoria de su madre para confirmar o desmentir bien partes bien la totalidad de lo relatado por su primo. Y es cierto que, en alguna ocasión puntual, llega a preguntarle a su madre sobre algún detalle concreto. Pero su madre, amén de escueta en palabras, tiende a tergiversar el pasado, algo de lo que ella misma es consciente, por lo que sus respuestas nunca le aclaran nada. Con el tiempo, Bernd opta directamente por no intentar confirmar ni desmentir. Opta por dejarse atrapar sin más por lo que cuenta su primo. Así de poderosos y adictivos son los relatos de Ryszard.

2

Fui a Heidelberg desde Berlín en tren. Llevaba conmigo *La marcha Radetzky*, de Joseph Roth; supongo que para ambientarme. Iba siguiendo una de las escasísimas pistas de las que disponía. Sabía, aunque sería más correcto decir simplemente que me habían dicho en alguna ocasión, tal vez mi padre o tal vez mi madre, que mi abuelo paterno había vivido muy cerca de Heidelberg, en una especie de aldea cuyo nombre desconocía. Había llegado allí desde Polonia, cuando sus padres murieron, y unos familiares, la hermana de su madre creo recordar y su marido, se hicieron cargo de él. No sabía nada más. Bueno, sí, tenía otro detalle todavía más extraño e inquietante. Mi apellido es Charme. El de mi padre también. Sin embargo, el de mi abuelo, cuando vivía en Alemania, era Krasniewski. Y originariamente no se llamaba Ricardo, como era conocido en Argentina, sino Ryszard.

Antes de irme quedé con una de las amigas de mi madre, una tal Grete. Había pasado un mes desde el funeral y yo no me había puesto en contacto con ninguna de ellas hasta entonces. Tal vez por eso no se mostró ni muy simpática ni muy cariñosa ni muy colaboradora conmigo. Le pedí ayuda para alojarme en Heidelberg. Lo que quería era que me remitiese a algún amigo o amiga suya para así ahorrarme el dinero de un hotel o una pensión. Ella me habló de un albergue, no muy lejos de la universidad. Me apuntó la dirección aproximada en una servilleta de bar y nos despedimos. Nunca más volví a ver a la tal Grete.

Heidelberg es una ciudad bonita. Da la impresión de haber sido pensada para estar metida en una bola de cristal con su correspondiente nieve de porexpán y su base de madera. Y es tranquila. Cuando empiezan las clases en la universidad, me dijeron en el albergue, hay más movimiento. Yo fui a principios de septiembre. Es la universidad más antigua de Alemania, me dijeron también. Todavía no hacía frío y pude caminar mucho. Recorrí varias veces, de punta a cabo, el Camino de los Filósofos. Un sendero de lo más empinado que atraviesa una especie de parque natural que recorre un buen tramo de la orilla norte del río Neckar a su paso por la ciudad. Desde el Camino de los Filósofos se tienen sin duda las mejores vistas de Heidelberg y del Neckar. Por no hablar de la panorámica del castillo. A mí me gustaba especialmente cruzar el río y entrar en el casco viejo atravesando la puerta con las dos torres. De ahí iba a una placita con un mercadillo y muchas terrazas. Me senté más de una vez en esas terrazas para tomar café o cerveza. También recorrí con auténtico gusto en más de una ocasión la Hauptstrasse, una calle muy céntrica y comercial, pero con cierto aire retro típico alemán, plagada de tiendas y restaurantes mexicanos regentados por turcos.

O sea, en Heidelberg fui un turista más. Eso no me hizo sentir mal. Estuvo bien, para variar, sentirse parte de la masa; de la anónima y alegre masa. Pero también me hizo entender que se trataba sólo del principio, del primer paso. A la vuelta de Heidelberg acepté que mi periodo berlinés había finalizado. Punto final al piso ubicado sobre el cruce de Manteuffelstrasse y Reichenberger Strasse, a las chicas en bicicleta y a las cintas de vídeo. No me despedí de nadie, me limité a dejar la llave en el buzón y me dirigí al aeropuerto cargando con una pequeña bolsa de lona donde llevaba metidas todas mis pertenencias, entre las que había incluido varios libros que me llevaba prestados. Era consciente ya en ese momento de que el viaje que estaba a punto de emprender iba a parecerse mucho al de William Hurt en *Hasta el fin del mundo:* un hombre recorre el planeta en busca de los familiares de su madre, que está gravemente enferma y a punto de morir, para grabarlos con una nueva cámara experimental inventada por el padre de William Hurt, Max von Sydow, y que así su madre, escondida en Australia debido a los problemas de su marido con la justicia, pueda verlos por última vez. Lo curioso es que la madre es ciega. Pero se supone que esa cámara experimental transformará las imágenes de modo que una invidente pueda verlas reflejadas directamente en su córtex cerebral. William Hurt se embarca en una suerte de odisea desesperada y loca por gran parte del planeta para llevar a cabo una misión que, en ningún caso, sabe si tendrá resultado alguno.

3

El último día que Óscar pasa con su padre en Salamanca, este le lleva al cine a ver *En busca del arca perdida*. Van a una sala de reestreno no muy lejos de la Plaza Mayor. Óscar ha oído hablar mucho de ella, y algunos compañeros de clase ya la han visto. Pero a Emilia, la madre de Óscar, no le gusta lo que ella denomina cine comercial. O sea, no le gusta ir a ver las películas que Óscar quiere ver. Con *En busca del arca perdida*, además, se niega a que Luisa le lleve esgrimiendo no se sabe qué excusa sobre el machismo imperante y los nefastos arquetipos masculinos o algo así. Óscar, de hecho, ya ha perdido la esperanza de verla cuando su padre, en Salamanca, le lleva sin previo aviso a aquella sala de reestreno.

La experiencia resulta imborrable. Las imágenes se le graban en la mente: el desierto, la apostura de Harrison Ford, los espíritus milenarios y justicieros que salen del arca. Tal vez no sea aventurado decir que cambia su vida. Como mínimo hace que durante años vea a su padre de otra manera.

Habría que empezar diciendo que Óscar ha visto muy poco a su padre hasta entonces. Tampoco es mucho lo que su madre ha querido explicarle de él; digamos que no es un tema sobre el que le guste explayarse. Lo ha visto un par de veranos, de paso por Barcelona. También le ha enviado algunas cartas, no muchas a decir verdad, con fotos, en las que le comenta todo tipo de cosas insustanciales; entre ellas, sus exóticos viajes de juventud. El verano de sus once años, el padre de Óscar acuerda con su madre llevarlo consigo unos días, menos de una semana, a Salamanca. Le han invitado a unos cursos de verano. A principios de los ochenta, el padre de Óscar escribió un libro que cosechó un considerable éxito en su país de adopción, México. El padre de Óscar ha sabido sacarle mucho rendimiento a ese éxito, ha sabido mantenerse visible como autor dando conferencias, apareciendo en programas de televisión y colaborando en prensa. Aunque el espaldarazo definitivo se lo dio el contrato que firmó con la famosa editorial estadounidense HarperCollins. En cualquier caso, si lo invitan ese año a los cursos de verano de la Universidad de Salamanca se debe a que, después de sus variadas experiencias místicas por todo el orbe, ha acuñado un término que llama la atención de los organizadores de los cursos; entre los que se cuenta un antiguo amigo de sus tiempos en el Distrito Federal. El término en cuestión es Escritura Sanadora. Con ese invento ha recorrido ya toda Sudamérica, e incluso ha completado una gira triunfal por veinte ciudades de Estados Unidos.

El padre de Óscar es Jorge Charme, el famoso autor de *El cuento sanador*. *The Healing Tale* para los lectores estadounidenses: cuatro meses en la lista de los más vendidos del *New York Times*, según leerá el joven Óscar en una revista. Y también de *Nuevos cuentos sanadores*. Y de *El cuento que sanó la vida del rey* (*The Healing Tale for the King*, que permaneció once meses en las listas de los más vendidos). Y de *El rey que esperaba su cuento sanador*. Entre otros tantos. Para el padre de Óscar, como entenderá cuando llegue a Buenos Aires, triunfar en Argentina o Latinoamérica está bien, pero Estados Unidos es una suerte de Shangri-La para su visión de la Escritura Sanadora. Aunque todo eso fue mucho después, o como mínimo bastante después del verano que pasa con su hijo en Salamanca. Porque, por aquel entonces, en España el padre de Óscar es todavía un don nadie. Para muchos es poco más que un vendedor de crecepelo.

Después de ir a ver juntos *En busca del arca perdida*, Óscar empieza a conectar cosas por cuenta propia. Cuando viaja a Barcelona para llevárselo con él, por ejemplo, le regala una cosa excepcional que ha traído consigo: una flecha de caña muy larga con la punta de metal. Le dice que la consiguió en las selvas de Colombia, durante los meses que convivió con la tribu Nukak Maku, los llamados Hombres Invisibles. Es una flecha que sirve para cazar tortugas, por lo visto. La flecha se lanza hacia arriba, muy alto, y al caer lo hace con tanta fuerza que puede atravesar cualquier caparazón. Óscar no entiende mucho el sistema, y además está tan atemorizado y nervioso por la inminencia del viaje a Salamanca que no presta atención a sus palabras. Pero en el tren de vuelta a Barcelona, después de la experiencia Indiana Jones, la flecha adquiere en su mente una dimensión mítica. Es un viaje de vuelta a casa de lo más singular. No habla demasiado con su padre, como no ha hablado mucho con él en todos esos días, pero durante esas horas construye una imagen de él que va a tardar años en borrarse. La flecha, las fotos que le ha ido enviando por carta, los comentarios sobre sus viajes, incluso sus prolongadísimas ausencias, van a juntarse con su aspecto físico, su apostura de galán latino.

Durante la secundaria, Óscar le cuenta a todo aquel que quiera escucharle las andanzas de su padre, el aventurero argentino con modales británicos y habilidades propias de un soldado de las fuerzas especiales estadounidenses. El buscador místico de tesoros ocultos durante milenios. Todo eso fue mucho antes de que Óscar empezase a juguetear con la idea de ser un desterrado, un apátrida, un hombre sin familia ni raigambre alguna en la tierra.

Óscar pasa dos años, después del viaje a Salamanca, esperando noticias de su padre hasta que le llega la última de sus cartas, uno de los folletos que envía para publicitar sus talleres de Escritura Sanadora. Muy posiblemente, ni tan siquiera la envía él personalmente. Empieza a ser famoso y viaja con algo más de frecuencia a España. Siempre viajes relámpago: dos días en Madrid, día y medio en Bilbao, tres días en Lanzarote. Óscar nunca va a verlo durante una de esas cortas estancias. Ni su padre se lo pide ni él hace el ademán de intentar un encuentro.

4

Tiempo después, Víctor me dijo que en el camino del héroe que yo estaba completando en ese momento, cuando lo encontré, y lo denominó así: camino del héroe, había que cubrir obligatoriamente una serie de etapas simbólicas: la llamada de la aventura, el inicio del viaje, la ayuda sobrenatural, el cruce del primer umbral, el camino de las pruebas..., siguiendo lo que parecía un esquema predeterminado. Cuando yo le pregunté qué significaba eso del camino del héroe él me contestó que no se trataba de una explicación psicológica de manual ni de un cuento para acallar la conciencia. Esa clase de cosas son las que puedes encontrar en los libros de tu padre, añadió. Me aclaró también que no se trataba de conclusiones personales, sino que basaba sus comentarios en análisis muy serios e iluminadores de gente como Jung, Frazer, Eliade o Campbell; gente a la que él había pasado años estudiando con absoluta dedicación. Me dijo entonces que el camino del héroe tenía que ver con los mitos y arquetipos que habían marcado a la especie humana desde el principio de los tiempos. Me dijo que el camino del héroe era el camino que había que seguir, a través del mito y del ritual, para liberarse de las cargas del pasado y entrar en un nuevo estado de conciencia. Me dijo que si uno no cumplía con ese camino, sus energías permanecían encerradas en algún rincón banal y anacrónico de la psique, como si estuviesen sumergidas en el fondo del mar. Me dijo que la primera misión del héroe era retirarse de la escena del mundo de los efectos secundarios a aquellas zonas causales de la psique donde residen las verdaderas dificultades, para aclarar allí dichas dificultades, borrarlas según cada caso particular y llegar a la asimilación no distorsionada de lo que Jung denomina imágenes arquetípicas. El héroe, me dijo, es el hombre o la mujer que ha sido capaz de combatir y triunfar sobre sus limitaciones históricas personales y locales y ha alcanzado las formas humanas generales, válidas y normales. Yo no entendí del todo lo que me estaba diciendo hasta mucho después, pero como siempre le dejé continuar. Me dijo también que lo que a nosotros puede parecernos una aventura única, peligrosa e imposible de predecir, es una serie de metamorfosis por las que han pasado ya hombres y mujeres de todo el mundo en todas las épocas de la humanidad bajo los múltiples disfraces de la civilización. Me dijo que tanto los monstruos a los que debemos enfrentarnos en ese camino como las ayudas secretas que vamos a recibir están todos en nuestro interior desde la niñez, que atesoramos en nuestro interior todas las potencialidades, que son como semillas de oro. Y que si pudiéramos sacar a la luz siquiera una parte de esa potencialidad experimentaríamos una maravillosa expansión de nuestras fuerzas, una vívida renovación de la vida. Para finalizar me dijo, y esto es lo que aquí viene a cuento, que en las primeras etapas de su viaje es normal que el héroe se sienta confundido: la complejidad simbólica de su viaje, de acuerdo con la profundidad e importancia del mismo, hace que en un principio no sólo no vea cuál ha de ser el final de ese viaje, tampoco entiende su sentido primigenio. Pero eso no importa, lo único que importa, me dijo Víctor, es que el héroe atienda a la llamada y se ponga en marcha. Porque una vez dado el primer paso, el resto de las entidades simbólicas o arquetípicas se irán presentando para indicar el camino.

5

Encontramos al joven Jorge Charme sentado en una piedra húmeda junto a la orilla del río Paraná. Se trata de un recodo bastante tranquilo, a unos setenta kilómetros al sur de Corrientes, lejos en definitiva de cualquier lugar más o menos civilizado. A sus pies, sobre la grava de algo que podría denominarse playa fluvial, hay una canoa de tamaño considerable, seis metros y medio de eslora, en cuyo interior reposan varias cosas significativas, entre ellas dos gigantescas mochilas, una vieja carabina de aire comprimido con el cañón retorcido o una gran sartén de hierro colado. Esa canoa la ha construido Jorge con sus propias manos. Ayudado eso sí por Óscar Ruggeri, su compañero de aventura, que justo en ese momento está haciendo sus necesidades apoyado en un árbol a unos diez metros de distancia de donde se encuentra Jorge, oculto tras unos matorrales muy altos. A Óscar le pasa algo en la tripa. Es la tercera vez esa mañana que han tenido que detenerse para que pudiera aliviarse en condiciones. Y no deja de beber agua como un poseso.

¿Qué hacen dos chicos argentinos de veintidós años detenidos en un recodo de ese río en mitad del verano austral? Lo que hacen es cumplir un viejo sueño de infancia: recorrer el río Paraná en canoa desde las cataratas de Iguazú hasta su desembocadura en el Plata. Construyeron la canoa, algo que ya de por sí fue toda una aventura, habida cuenta de lo escaso de sus conocimientos y sus habilidades; prepararon las provisiones y los instrumentos necesarios, que en breve descubrieron insuficientes y, en muchos casos, mal elegidos; se montaron junto con su canoa en un transporte fluvial que los llevó hasta las cataratas de Iguazú y acto seguido se lanzaron río abajo. ¿De dónde había surgido esa idea? Pues sobre todo, al menos por parte de Jorge, del sustrato formado por sus absorbentes lecturas de infancia y primera juventud: Edgar Rice Burroughs, Julio Verne, Mark Twain, Rudyard Kipling, más tarde Joseph Conrad. Y sobre todo Jack London. Jack London, afirma muchos años después en una entrevista el ya famoso autor de libros de autoayuda Jorge Charme, me regaló el sueño de la aventura y la narrativa. Óscar Ruggeri no era un lector tan avezado como Jorge, le iba más el mundo de la historieta y el ámbito del misterio y la fantaciencia, y adoraba por encima de todas las cosas al mago Mandrake, pero eran amigos y habían sabido encontrar un punto de unión entre sus dos visiones de la vida a esa corta edad. Tenían once años cuando prometieron llevar a cabo, más pronto que tarde, la citada aventura del Paraná. Pero el discurrir de los años puso cierto empeño, al menos durante una temporada, para que la aventura en cuestión no fuese llevada a cabo de buenas a primeras.

De vuelta al Paraná: ¿cómo habían llegado hasta allí? O al menos cómo había llegado Jorge. Siete años antes, Jorge huyó del domicilio familiar, una casa grande aunque modesta ubicada en el barrio de Pichincha en la ciudad de Rosario, y se fue a Brasil. ¿Qué le empujó a ello? Intentando ir a la esencia, y tratando de mantener una línea consecuente, podría decirse que su deseo de aventura es más fuerte que él. Tal vez podría hablarse también, aunque en otro sentido, de un impulso de huida insoslayable asociado a sus dificultades para aceptar la realidad. Tal vez podría hablarse de un padre ausente, casi un total desconocido, y de una madre excesivamente severa, obsesionada con la limpieza y añorada de su tierra natal: Venezuela. E incluso podría citarse a la hermana repipi, tan brillante a nivel académico y tan capaz de juzgar a todos, a su hermano mayor el primero, con su hiriente y olímpico sentido de la moral. Pero eso, realmente, no aportaría nada destacado a esta historia. La cuestión es que Jorge era mal estudiante, por exceso de ensoñaciones según su tutor, el señor Ansorena, y que se fue a Brasil acompañado de un amigo, Carlitos Reale, otro buena pieza, al que ya habían arrestado en dos ocasiones por alteración del orden público. Fueron a parar, después de dar unos cuantos tumbos, a Río de Janeiro. Allí Jorge desempeñó durante un tiempo el noble oficio de limpiabotas para sobrevivir. ¿Valía la pena pasar por esto, hijo?, le preguntó su padre cuando fue a buscarlo para llevarlo de vuelta a Rosario. Valía la pena, pensó él. Lo repetiría una y mil veces, pensó también. Pero no dijo nada. Antes de regresar, su padre y él se alojaron en el Copacabana Palace. Lo hicieron por estricta necesidad, según afirmó su padre, que por lo visto conocía personalmente al director gerente del hotel, un tal Alex Berquim.

En ese momento nadie podía saberlo todavía, aunque no iban a tardar mucho en hacerlo, pero alojándose en ese hotel acababan de abrir la puerta para la irrupción de Víctor, el hijo de Alex Berquim, en esta historia familiar. Aunque de eso habrá noticia más adelante.

Jorge, en cualquier caso y sin saber por qué, entendió que aquella estancia en el Copacabana Palace era un regalo; un extraño regalo que hizo las veces de castigo. No habría sabido explicarlo mejor. Sólo dos noches. ¿Cómo no amar esa ciudad y ese país después de pasar dos noches en el Copacabana Palace a cuerpo de rey?

Al poco de regresar, Jorge se afilió al partido socialista sionista. Alguien podría haber dicho que ese afán sionista, surgido como de la nada, era la sublimación de la imposible unión con el padre ausente. Sí, su padre era judío de origen, pero jamás había practicado culto alguno, ni siquiera había hablado de ello con sus hijos. De hecho, su padre jamás se manifestó respecto a la opción política de su hijo. Como tampoco dijo nada cuando Jorge, sin poner a nadie en antecedentes, se fue a Israel a pasar un año en un kibutz. Allí, el muy joven Jorge Charme acabó de renegar para siempre de sus ideas socialistas. También de su sionismo. Incluso de cualquier querencia nostálgica e incontrolable en su traumática búsqueda de la unión imposible con el padre ausente. Volvió a Argentina, se estableció en Buenos Aires, y gracias a la distante y desinteresada colaboración de su familia, pudo reemprender sus estudios; ahora en la universidad.

Frecuentando los bares más bohemios, oscuros y ruidosos, decidió hacerse beatnik; sin prestar atención siquiera a que tal vez era ya un poco tarde para eso. Se dejó crecer la barba, aprendió a tocar la guitarra y empezó a leer a los existencialistas franceses. Lo de adoptar una pose que no era necesario rellenar ni justificar de manera alguna, le iba como anillo al dedo. Por lo demás Jorge, un muchacho apuesto, con aires de galán español, se dedicó con total y absoluta dedicación a conquistar a toda hembra que se le puso a tiro, como si no hubiese un mañana, echando mano de sus cuatro lecturas, abusando del tabaco y el alcohol y mesándose la barba con aires de persona sesuda. No le fue mal.

Pero incluso de eso se cansa uno, o al menos Jorge empezó a cansarse. Una mañana temprano, de vuelta a casa de una de sus veladas beatnik, se topó con Óscar Ruggeri. Mientras desayunaban unas medias lunas con café, Jorge le recordó a Óscar el viejo sueño infantil de recorrer el Paraná en canoa. Loco, le dijo Óscar, ¿por qué no lo hacemos ahora? No tardó Óscar ni diez minutos en convencerle.

Pero es necesario volver al río Paraná una vez más, a esa orilla que es casi una playa fluvial. Es necesario sobre todo volver a la roca húmeda en la que está sentado Jorge, esperando a que su amigo Óscar se sienta un poco mejor para así proseguir el viaje. Y es que Jorge está experimentando algo que, hasta ese momento de su vida, no había experimentado. Lo que siente es una profundísima sensación de falta, de carencia. Lo siente a nivel físico, a la altura del plexo solar, en el espacio más o menos indefinido que se extiende entre el final de las costillas y la boca del estómago. Es un vacío. Un hueco, piensa él. Un hueco grande y oscuro, añade. Como un pozo sin agua. A Jorge le extraña tanto la sensación en sí como el mero hecho de haberla llegado a notar. Jorge, hasta ese momento de su vida, no ha pasado por ser un hombre reflexivo. Tampoco le ha gustado nunca pensar que podría ser una persona sensible; el mero hecho de utilizar esa palabra le produce repelús, le obliga a mirar a los lados para tener la certeza de que nadie ha leído sus pensamientos. Él es un hombre de acción. Hasta ese momento de su vida se ha dejado guiar por su instinto y por una insoslayable tendencia a ponerse en movimiento, sin tener en cuenta las posibles ganancias o las inevitables consecuencias. Poco importa si ese movimiento significa aventura o huida. Él es de los que dispara y después pregunta. Así le ha gustado verse desde que tiene uso de razón. Por eso le sorprende tanto lo del hueco.

Lo curioso es que mientras entrevé la figura de su amigo, agachado tras los altos matorrales, sabe que se encuentra en un momento decisivo de su vida. Lo sabe con total precisión. Es lo que se conoce como una disyuntiva. Ante él se extienden dos caminos, como en el poema de Robert Frost, y sabe que está obligado a elegir, a tomar uno de los dos, y que eso va a marcar las diferencias.

El primer camino es, en principio, el que más le apetece. Entraña seguir siendo la misma persona, comportándose igual, pensando igual. Pero esa opción conlleva ahora una nueva cláusula: para tomar ese camino Jorge va a tener que apostar por cierto grado de inconsciencia, va a tener que cerrar los ojos en más de una ocasión o apartar la mirada hacia un lado para no ver. Porque sabe que siempre tendrá presente ese momento y, en especial, la sensación de carencia. Jorge lo ha intuido desde el primer instante: esa clase de sensaciones no son pasajeras, no son un mero relámpago de luz oscura. Esas sensaciones llegan para quedarse. Así pues, la primera opción es esa: seguir igual pero sabiendo que tendrá que ignorar esa sensación. Y eso le va a costar un esfuerzo considerable, más que nada por la persistencia.

La otra opción, en un principio, no quiere ni planteársela. Porque supone indagar un poco más en la sensación de vacío. O sea, dejarse caer por el agujero del pozo. A pesar de su falta de experiencia en esos asuntos, Jorge sabe que para poder tapar un hueco primero hay que admitir que está ahí, y después hay que reconocer sus dimensiones. Sólo así se sabe cómo cubrirlo, o llenarlo, o taparlo. Pero si reconocemos su existencia le estaremos dando carta de naturaleza.

Jorge aparta la vista de los matorrales y la dirige al río. El agua corre con fuerza. Jorge quiere pensar en Heráclito, en todo eso de que el agua no pasa dos veces... ¿Cómo era? Debería saberlo. Ha cursado dos años y medio en la Facultad de Filosofía de Buenos Aires, que es muy prestigiosa. Pero no puede engañar a nadie: ha faltado al noventa y cinco por ciento de las clases, no se ha presentado ni a uno solo de los exámenes, ha pasado la mayor parte del tiempo en bares o en casas de amigos, fumando, tocando la guitarra y mesándose la barba al estilo existencialista. Jorge, justo en ese instante, siente una dolorosa punzada de alarma. Por primera vez en su vida sabe que lo que está haciendo no es suficiente. Y esa constatación tiene un efecto retroactivo y globalizador, se extiende hacia el pasado, tiñéndolo todo con el pálido barniz de lo superfluo, y abarca todas las áreas de su existencia. En un arrebato se dice: Río de Janeiro, no. El Copacabana Palace, no, por favor. Pero ya es tarde. Se toca la barba. Se mira las manos sucias. Observa el cañón retorcido de la carabina de aire comprimido. Y se pregunta: ¿Por qué? ¿Por qué a mí y por qué ahora?

Jorge todavía no lo sabe, va a tenerlo claro un poco más adelante, más o menos a la altura de Rosario, pero ya ha elegido.

6

Supe que las cosas no iban a ser sencillas desde que tomé la decisión de reconstruir mi campo intrínseco a partir de la línea genealógica, pero cuando decidí irme a Nueva York siguiendo el rastro de mi abuelo entendí a la perfección que las dificultades estructurales de esta historia, por así decirlo, podían ir en aumento. Reconozco que, ya en el avión, dudé por primera vez; aunque no iba a ser la última. Dudé de que mi sistema, mi conspiración contra el olvido pudiese funcionar; seguramente por un exceso de racionalidad. Montado en el avión todo parecía tan hirientemente real, todo parecía ir tan en contra de mi reconstrucción que sentí, literalmente, que el suelo desaparecía bajo mis pies. ¿Seré capaz de reconstruir esta historia o todo quedará en nada?, me pregunté. ¿Por qué quiero reconstruir esta historia?, me pregunté también. ¿Qué tiene de especial, qué encierra? Si realmente nunca me la he podido contar, ¿cómo sé que merece la pena todo este esfuerzo? ¿Cómo puedo estar seguro de que intentar ordenar este material no es, en sí, una pérdida de tiempo, un sinsentido?

Todavía no había conocido a Víctor. No podía echar mano de sus palabras. Él me dijo, mucho tiempo después, que el esquema A + B = C ya no funciona cuando se trata de contar una historia. Me dijo que, hoy en día, la búsqueda ansiosa de una respuesta, cuando hablamos de una narración, y prácticamente todo es una narración, lleva a que se pierda la esencia del asunto. El montaje, el hecho de representarse, el acaecer de la propia narración, que demuestre por ello que está viva, es lo que aporta el sentido. Por decirlo de otro modo: el sentido se encuentra en el mero despliegue narrativo. Porque una narración ha de ser en sí una experiencia. Y la experiencia choca frontalmente con la explicación, con la idea de respuesta. Todo lo demás son limitaciones. Por otra parte, siguió diciéndome Víctor, no hay que olvidar lo simbólico. Nuestra mente necesita la codificación simbólica para traducir la experiencia y así poder asimilarla. El relato formal, lógico o superficial, empequeñece el sentido, lo mata incluso. El relato simbólico permite que la experiencia siga manifestándose una y otra vez, recoge su esencia y la mantiene viva, la alimenta. Las cosas importantes las captamos así y sólo así. El problema es que tendemos a juzgar la inteligencia con un baremo al que denominamos nivel de error. Pero lo que consideramos error, visto desde el punto de vista adecuado, no existe. Existe el condicionamiento, que algunos podrían tildar ya de error, pero como se trata de algo existente previo a la acción en sí, resulta imposible sin más aceptarlo como error.

A veces, cuando Víctor se dejaba llevar, no entendía gran cosa de lo que me explicaba.

Por fortuna, porque no sé qué habría podido pasar si mis reflexiones hubiesen seguido por ese camino, estando en el avión a Nueva York recordé la escena clave de *Seis grados de separación*. El matrimonio Kittredge, formado por Donald Sutherland y Stockard Channing, alojan en su lujoso apartamento de Manhattan a un chaval que se hace pasar por amigo y compañero de uno de sus hijos en la Universidad de Harvard. El chaval en cuestión es Will Smith, un farsante de categoría. Porque en realidad es una especie de chapero que ha estado liado con un auténtico amigo del hijo de los Kittredge y que ha aprendido de él, siguiendo un programa sistemático y concienzudo, las maneras y los recursos expresivos propios de la clase alta neoyorquina. La noche en cuestión, el chapero disfrazado de pijo logra superar todos sus reparos y suspicacias a base de una exquisita educación y los embauca definitivamente gracias a un emotivo discurso sobre *El guardián entre el centeno:* Expulsaron a un profesor de Long Island por pelearse con un alumno, empieza diciendo. Unas semanas después, regresó a clase, disparó al alumno, sin éxito, tomó como rehenes a todos los de la clase y se pegó un tiro; esta vez con éxito. Este hecho llamó mucho mi atención. Recuerdo la última frase del *Times:* «Un vecino dijo que el profesor era un buen hombre. Siempre andaba leyendo *El guardián entre el centeno*». El loco ese llamado Chapman, el que mató a John Lennon, dijo que lo había hecho para que el mundo entero se fijase en *El guardián entre el centeno*, y alegó que la lectura de ese libro sería su defensa. John Hinckley, el zumbado que disparó a Ronald Reagan, dijo: «Para conocer el argumento de mi defensa, sólo tienen que leer *El guardián entre el centeno*». Lo leí hace mucho, replica Donald Sutherland. Will Smith sigue: Yo le pedí el libro prestado a una amiga para ver lo que había subrayado. Lo leí para descubrir por qué ese conmovedor, sensible y hermoso relato, publicado en julio de 1951, se había convertido en un manifiesto de odio. Lo empecé a releer. Era tal como lo recordaba. Todos los protagonistas son unos farsantes. Página dos: «Mi hermano se prostituye en Hollywood». Página tres: «Menudo cerdo farsante era mi padre». Página nueve: «La gente nunca se da cuenta de nada». Entonces, al llegar a la página veintidós, se me pusieron los pelos de punta. ¿Recuerdan a Holden Caulfield, el joven hipersensible con su gorra? ¿Una gorra de cazar ciervos? Pues de eso nada. «Cerré un ojo como si estuviese apuntando. Es una gorra para cazar a gente. Me la pongo para matar a la gente.» Ese libro te prepara para vivir momentos inconcebibles de la vida. Entonces llegamos a la página veintinueve: «Preferiría empujar a un tipo por una ventana, o cortarle la cabeza con un hacha, antes que darle un puñetazo. Odio las peleas. Lo que más me asusta es la cara del otro». El libro es enternecedor y cómico. El chico quiere hacer muchas cosas, pero no puede. Odia a todos los farsantes, pero le miente a todo el mundo. Quiere gustar a la gente, pero resulta odioso y completamente egocéntrico. En otras palabras, es una imagen bastante realista de un chico adolescente. Lo que me alarma del libro no es tanto el libro en sí como el aura que lo envuelve. El libro trata principalmente de la parálisis. El chico, por mucho que lo intenta, no puede funcionar bien. Y antes de huir y empezar una nueva vida, empieza a llover y él se derrumba. No hay nada malo en escribir sobre la parálisis emocional o intelectual. Podríamos decir, gracias a la obra de Chéjov o Samuel Beckett, que ese es el argumento moderno por excelencia. Las increíbles últimas líneas de *Esperando a Godot:* «Adelante», «Sí», «Adelante». Acotación escénica: «Ninguno se mueve». Pero el aura del libro de Salinger, que tal vez ningún adolescente debería leer, es esta: refleja como un espejo de feria y amplifica como un altavoz distorsionado una de las grandes tragedias de nuestro tiempo: la muerte de la imaginación. Porque ¿qué otra cosa es la parálisis? La imaginación ha sido tan degradada que, en lugar de ser el eje de nuestra existencia, ahora es algo ajeno a nosotros. Como ciencia ficción. O los trucos para saber adornar recetas exóticas. «Qué receta tan imaginativa.» *La guerra de las galaxias:*

«Qué imaginación». Y *Star Trek:* «Qué imaginación». Y *El señor de los anillos*, con todos esos enanos: «Cuánta imaginación». La imaginación ha dejado de ser el vínculo más personal entre nuestra vida interior y el mundo exterior que compartimos con los demás. La esquizofrenia no es más que una desconexión entre esos dos mundos. ¿Por qué la imaginación se ha convertido en sinónimo de estilo? La imaginación es el pasaporte que creamos para que nos ayude a adentrarnos en el mundo real. Yo creo que imaginación es simplemente otra palabra para describir nuestro lado más íntimo y único. Jung dijo: «El mayor pecado es ser inconsciente». Nuestro muchacho, Holden, dice: «Lo que más me asusta es la cara del otro». «No sería tan duro si los dos tuviésemos los ojos vendados.» Casi nunca nos enfrentamos a la cara del otro, sino a la nuestra. No hay peor cobardía que temerse a uno mismo, y preferir taparse los ojos que enfrentarse al propio yo. Lo más duro es enfrentarse a uno mismo. La imaginación... es el don divino para poder soportar la autocrítica.

Así pues, recordé al recordar la película, la clave es la imaginación. Entonces, me dije, sigo teniendo una oportunidad.

7

El niño Óscar habría entendido a la perfección las explicaciones de Will Smith. Por ejemplo, para él supone algo más que un chasco que su madre lo lleve a la Filmoteca, una semana después de la inundación del piso, para ver *2001. Odisea del espacio*. La intención de su madre es loable. Sin duda ha pensado que a todo niño le gustan las historias de ciencia ficción y que tal vez esa podría ser una buena oportunidad para compartir algo. Pero el resultado va a ser nefasto, porque Óscar transita desde hace tiempo por otro universo significativo. Él viene del mundo de *La guerra de las galaxias*, de Luke Skywalker y de Han Solo, el pirata espacial con su estupenda nave: el *Halcón milenario*. Óscar ha aceptado esa visión de las cosas. Vibró con la escena en la que Han y Luke comparten los cañones láser del *Halcón* para acabar con las naves imperiales. Alucinó con la presencia de aquellos cruceros en forma de gigantescos triángulos grises, grandes como ciudades. Esa visión del futuro en una galaxia muy lejana le convence al instante. La galaxia, el cosmos al completo tiene que ser como lo muestra George Lucas porque Óscar lo ha aceptado sin un solo reproche; le va como anillo al dedo. *2001* no se adapta a esa visión. Todo es frío, lento e incomprensible. ¿Qué demonios pintan los monos en una película de naves espaciales? ¿Dónde están los malos y dónde los buenos? ¿Qué sentido tiene viajar por el espacio si se pierde la noción de aventura? *2001* es un chasco. Lo malo es que tarda un tiempo en volver a disfrutar de *La guerra de las galaxias* del mismo modo a como lo había hecho hasta entonces. De la mano de Kubrick, y de su madre, empeñada en mostrarle cosas que él no quiere ver, la realidad ha entrado a saco en su percepción del cosmos, en el oscuro y fascinante universo de la velocidad de la luz y de la Fuerza e intenta convertirla en un lugar inhóspito, inhumano y, sobre todo, aburrido. Por suerte, Óscar pone el suficiente empeño para restablecer el equilibrio en la galaxia y cierra con doble llave, aunque no sin pagar un alto precio, la experiencia *2001*, la experiencia de la sobredosis de realidad cósmica materializada en la obsesión con la gravedad que demuestra esa película infame.

A su madre le gustan esa clase de películas, sesudas y aburridas; con mensaje, como se las denomina en ese momento. Ella es partidaria de la cruda realidad. Comparte con Kubrick la pasión por la fuerza de la gravedad. La misma fuerza de la gravedad que la mataría al atraerla hacia la tierra haciendo que se golpease la cabeza contra aquel banco en Kottbusser Tor.

Óscar nunca ha creído en la fuerza de la gravedad. La gravedad es una limitación y un problema. Por eso admira a los extraterrestres de las películas y a los habitantes del universo de *La guerra de las galaxias:* por su envidiable desprecio de la gravedad. Cuando Óscar ve por primera vez el coche-planeador de Luke Skywalker, suspendido a un par de palmos sobre el suelo, siente una especie de conexión: la confirmación de que sus intuiciones son ciertas. Pero eso no es más que un detalle. Para todos los habitantes de esa lejana galaxia la fuerza de la gravedad es innecesaria. Para ellos, incluso la velocidad de la luz es una entelequia, un formalismo que no requiere de las matemáticas ni de las leyes de la física. Por eso pueden viajar de un lado al otro del universo sin excesivas complicaciones. Por eso incluso el obtuso Han Solo puede poner su cacharro a buen recaudo burlando cualquier defensa. Sólo en un universo así, Óscar lo sabe a la perfección, el poder de los Jedis tiene sentido.

Aunque los personajes a los que Óscar va a admirar más, de los que más cerca va a sentirse en un futuro no muy lejano de su propia existencia, por decirlo de otro modo, serán los Navegantes de *Dune*. Los Navegantes son capaces, gracias a una droga llamada melange, de plegar el espacio con su pensamiento, lo que permite a los habitantes de los mundos de esa galaxia realizar viajes instantáneos a cualquier punto remoto del cosmos. Esa droga, le gusta pensar a Óscar, hace que los Navegantes sean los únicos seres capaces de observar lo que les rodea prescindiendo de las leyes físicas, de cuestiones tan aburridas y simplistas como la gravedad, los ejes de coordenadas o las dicotomías tiempo-espacio.

Pero en esa época infantil de su vida previa a *Dune*, la relación de Óscar con *La guerra de las galaxias* va mucho más allá de ser un soporte teórico para su refutación de la física newtoniana. Él tal vez no podría formularlo de este modo, pero *La guerra de las galaxias* supone lo más parecido a una esperanza que Óscar ha conocido hasta entonces. Se siente plenamente identificado con Luke. El padre de ambos, un ser prácticamente mítico, también ha desaparecido..., aunque en realidad no ha muerto. Óscar también tiene la dolorosa sensación de vivir en el rincón más apartado del centro de la galaxia, en una tierra árida, su Tatooine particular, en el que el porvenir se presenta como una interminable sucesión de días vacíos, rodeado de seres supuestamente familiares que, en realidad, poco se diferencian de los torpes robots que realizan las tareas más pesadas de la granja. Óscar también tiene grandes sueños, sueños de aventura y gloria, y también tiene la intuición de que atesora algo en su interior capaz de transformar la realidad que le envuelve. ¡Qué gran invento la Fuerza!, piensa Óscar. Luke es un chico soñador y melancólico, exactamente igual que él, que pasa sus días mirando hacia las estrellas esperando una señal. Y entonces aparece Obi-Wan. El sabio y comedido y poderoso Obi-Wan. El viejo Jedi no sólo va a contarle la verdad sobre quién es y de dónde viene, también será su mentor, su guía y su maestro. Obi-Wan va a darle un sentido a la vida de Luke, va a indicarle una senda a seguir, y eso hará que todo sea diferente. Es cierto que la aventura va a tener a partir de entonces otro color a ojos de Luke, pues capta al instante la profundidad de la elección que ha tomado, pero no por ello su vida estará exenta de movimiento y color. Ese es el punto de esperanza al que Óscar se aferra: Si a Luke le ha sucedido, por qué a mí no va a poder ocurrirme. Óscar también entiende al instante la dimensión de lo que presiente. Entiende por lo que ha pasado Luke y sabe que él también está destinado a hacer grandes cosas. Sólo necesita encontrar a su Obi-Wan.

8

Ryszard les cuenta a sus compañeros de la aldea de Dorf, muy cerca de Heidelberg, por partes y de forma compartimentada, obligando a que sean ellos los que se esfuercen por juntar las piezas, que su padre era el conde polaco Jacek Krasniewski. Su madre, Maria, una de las mujeres más hermosas, por no decir la más hermosa, de toda Polonia, era hija de un destacado aunque modesto prestamista de Leipzig instalado en Varsovia a principios de la década de 1890. El conde Krasniewski era famoso por dos cosas: su capacidad para los negocios y su arte con los naipes. De hecho, siendo muy joven, el abuelo Carol le había puesto al frente de su empresa debido a su virtuosismo con los números. Por eso jamás llegó a entrar en la academia militar, a pesar de sus deseos, pues parecía naturalmente dotado para el comercio. Conservó siempre, sin embargo, las maneras y la castrense formalidad de un húsar para desempeñarse en todos los asuntos que le deparó el destino. Su rostro impávido, su imbatible elegancia y su frialdad a la hora de perder y, sobre todo, amasar fortunas sobre el tapete le granjearon una fama que le precedía allí donde iba. Lo que nadie sabía era que su mujer, la muy enamorada y ofrecida Maria, ayudaba a su marido en todos sus menesteres de un modo muy particular. Y es que Maria disfrutaba, y sabía hacer uso, del don de la adivinación. Gracias a ese don, ella no sólo le asesoraba en sus inversiones sino también en el juego, indicándole qué lugares podrían resultarle más propicios para el ejercicio de su arte.

Cuando Ryszard ya había nacido, Jacek se topó, en una de las muchas partidas que jugaba, con el embajador del zar de Rusia en Varsovia. El tal embajador, por lo que se supo después, disponía también de ciertas capacidades paranormales y, al instante, reconoció en Maria a una igual. De sobra era conocida en los ambientes aristocráticos de Europa la querencia que el zar de Rusia, el finalmente malogrado Nicolás II, y especialmente su esposa, la zarina Alejandra Fiódorovna, tenían por lo esotérico. Fue ese el motivo principal que empujó al embajador a invitar a Jacek y a Maria, y obviamente a su pequeño hijo Ryszard, a la corte rusa para que los Romanov pudiesen conocerlos. La invitación incluía también la posibilidad de llevar a cabo un sustancial acuerdo económico con la empresa Krasniewski, como se vio después, pero la auténtica motivación era la antes comentada, e incluso en segundo término las habilidades como jugador del joven empresario polaco, porque al zar también le tiraban los naipes y sabía disfrutar de un buen contrincante.

En cuanto llegaron a la corte, la zarina Alejandra hizo evidente su querencia y su debilidad por Maria, no sólo debido a cuestiones esotéricas, sino por la ascendencia común de ambas, pues la familia de Alejandra, cuyo auténtico nombre era Alix de Hesse, provenía también de Alemania. Durante horas recorrieron los pasillos del palacio Tsárskoye Seló hablando en alemán de todo lo humano y lo divino. Su amistad, más allá de la admiración que la zarina sentía por el don de su invitada, fructificó con celeridad y solidez. Por su parte, Jacek no tardó en descubrir que el hecho de haber recalado en la corte rusa no era, como había pensado en un principio, fruto de la casualidad. Los Krasniewski no eran, ni mucho menos, la única familia extranjera alojada en las hermosas estancias de los Romanov o en alguna de las muchas villas colindantes. Además, el resto de los invitados compartían con ellos una o varias de las tres características que los prefiguraban como familia: o eran grandes empresarios, o alguno de los miembros poseía algún don psicofísico, o alguno de los miembros destacaba en los juegos de azar. Al cabo de un mes, Nicolás II entendió que tenía ya con Jacek la confianza suficiente para explicarle la auténtica motivación de su estancia en San Petersburgo: el zar había convocado a todas aquellas familias porque las necesitaba para llevar a cabo la construcción de una máquina que había de cambiar para siempre el curso de la historia de la humanidad.

En un primer momento, a Jacek le costó entender con precisión el magno proyecto de su anfitrión, pero poco a poco fue haciéndose una idea general. Nicolás II la llamaba la Máquina del Porvenir, y se trataba de un ingenio que, activado por la fuerza de telépatas, adivinos, visualizadores, telequinéticos y demás personajes con poderes paranormales, debía por una parte suprimir la idea del tiempo, para permitir una visión del futuro cien por cien fiable, y por otra plegar el espacio mediante la fuerza de la mente para permitir la traslación sin necesidad de llevar a cabo un trayecto físico entre los puntos A y B. En dicho proyecto, Maria adquirió una notable importancia por la pureza y el poder de su don. Y Jacek Krasniewski adquirió relevancia debido a las posibilidades que ofrecía su empresa, que según las versiones que reunieron los compañeros de Ryszard, era una empresa minera, una empresa naviera o una empresa dedicada a la construcción de canalizaciones de gas. Los Krasniewski, por lo tanto, asumieron un rol destacado entre toda aquella caterva de acólitos reunidos para materializar el proyecto del zar Nicolás II.

Se decía que la máquina estaba a punto de ser finalizada cuando Rasputín inició su nefasta campaña de sabotaje. Grigori Yefímovich Rasputín, que hasta la llegada de la familia Krasniewski había sido el favorito tanto de la zarina como de las mujeres de la corte, había pasado a ocupar un doloroso, e insoportable, segundo plano empujado por la bondad y los dones de Maria y la apostura y la elegancia de Jacek Krasniewski, quien a pesar de su inquebrantable fidelidad marital había puesto el listón muy alto entre las preferencias femeninas, que no dudaron en convertirlo en una especie de ideal de masculinidad. Fue Rasputín el que, poco a poco, sembró la discordia entre los abnegados participantes del proyecto Máquina del Porvenir, obligándolos a desertar uno a uno gracias a sus malas artes. Fue Rasputín el que sembró también la semilla de la desconfianza en la relación entre la zarina y Maria, convertida de la noche a la mañana en una especie de incómoda dama de compañía; algo de lo que Maria jamás se recuperó, viendo seriamente disminuido su don para la videncia. Fue Rasputín el que, al cabo, facilitó la llegada de los bolcheviques a palacio, a pesar de los batallones de cosacos que mantenían a buen recaudo a los Romanov.

Consciente en el último momento de lo que estaba ocurriendo entre los muros de su propia casa, sabedor incluso de su cercana muerte, posiblemente debido a los primeros experimentos con la Máquina del Porvenir, Nicolás II le pidió a Jacek, tal vez el último de sus fieles, que cuidase de la joven Anastasia, la preferida del zar entre todas sus hijas. Jacek juró hacer todo lo que estuviese en sus manos para protegerla, dando su vida por ella si las circunstancias así lo exigían. Dos días antes de la irrupción del Ejército Rojo en Tsárskoye Seló, Jacek le ordenó a Maria que se llevase a su hijo Ryszard lejos de allí, que volviesen a Varsovia o que incluso acudiese a buscar amparo y refugio a Leipzig, tierra de origen de su familia. Él, prometió, se reuniría con ellos en menos de tres semanas, un mes a lo sumo.

Nadie podía entonces imaginar que jamás volverían a saber nada del conde Jacek Krasniewski. Como tampoco podían suponer que Maria moriría de unas extrañas fiebres meses después de su huida de San Petersburgo, sin duda envenenada por los acérrimos seguidores del malvado Rasputín, que la consideraban fuente de todo mal y motivo principal de la rotura del equilibrio cósmico. Los seguidores de Rasputín perseguirían también durante años al jovencísimo Ryszard, pues estaban convencidos de que en él se guardaba la esencia del mal atesorado por su madre. Pero gracias a la ayuda de amigos y familiares había logrado sortear con fortuna los envites de la incansable secta rasputiniana. Por eso había acabado recalando allí, en la remota y diminuta aldea de Dorf, muy cerca de Heidelberg: nadie podía imaginarle en aquel recóndito paraje apartado del mundo civilizado.

Cuando sus compañeros le preguntaban por el destino de su padre, el conde Jacek, e incluso por la suerte que corrió la preferida de las hijas del zar Nicolás II, Ryszard guardaba silencio. Sólo a Leitner, al que todos consideraron desde entonces algo así como un elegido, le explicó lo que él estimaba una verdad suprema: que su padre estaba escondido con Anastasia en algún lugar de América. ¿Y cómo había llegado hasta allí? La respuesta era obvia: gracias a la Máquina del Porvenir. A lo que Ryszard añadió que, tarde o temprano, gracias a su propio poder, se reuniría con su padre en Estados Unidos para retomar el proyecto iniciado por el zar y llevarlo hasta sus últimas consecuencias.

Ryszard debería haber dejado la historia en ese punto, o mejor un poquito antes, pues no había necesidad de incluir la aclaración sobre el destino de su padre. Con semejante historia podría haber vivido de rentas, respetado e incluso admirado por sus compañeros, durante un buen puñado de años. Pero comete el error de hablar de su propio poder. Sin duda es un error de cálculo como narrador, pues no sólo trae la historia al presente sino que le aporta un nuevo hilo del que tirar. Y sus compañeros, como no podía ser de otro modo, no se conforman a partir de ese momento simplemente con escuchar sus historias. Quieren saber en qué consiste ese poder, quieren verlo en acción, sentirse partícipes, cuando no directamente protagonistas, de su puesta en escena. Por eso a partir de entonces, el apacible, casi aristocrático discurrir de la existencia de Ryszard en la diminuta aldea de Dorf, muy cerca de Heidelberg, se topa con un brusco punto de inflexión.

Ryszard se verá obligado a atravesar un extenso periodo de tiempo en el que quien es, o al menos quien dice ser, no sólo va a estar bajo sospecha sino directamente en entredicho. Porque sus medias palabras dejan de ser una respuesta satisfactoria, dejan de ser misteriosas o sugerentes; al igual que sucede con su pose, entre despechada y distante, de noble venido a menos tras una corta aunque intensa existencia plagada de graves acontecimientos. Ryszard es lo bastante inteligente para entender que todo aquello que le había servido para crearse un nombre y una reputación en la aldea de Dorf, superando de ese modo los iniciales reparos de aquellos jóvenes pueblerinos, puede muy fácilmente volverse en su contra con una virulencia directamente proporcional a la expectativa que han generado su presencia y sus narraciones en esa pequeña aldea cercana a Heidelberg. Lo sabe, sí, pero no se le ocurre qué hacer para enderezar el rumbo que están empezando a tomar los acontecimientos.

Opta por el silencio absoluto y por una soledad forzada que pretende transmitir decepción y ofensa, como si el cambio en la actitud de sus compañeros hubiese supuesto una traición directa hacia su persona. El recurso resulta de utilidad durante un tiempo, pero tras esa tregua momentánea la presión se intensifica; una presión sorda, tangencial, aunque muy intensa, basada en cuchicheos, miradas torvas, roces casuales.

Es entonces cuando Bernd, contra todo pronóstico, asume un papel protagónico en el drama que está viviendo su primo. Como el que recoge el testigo en una carrera de relevos inesperada, se dedica por su cuenta y riesgo a contar historias que vienen a sumarse a la leyenda del joven Krasniewski. Utilizando el mismo sistema que Ryszard, va ofreciendo detalles parciales a todo aquel que quiere escucharle de las actividades íntimas y más desconocidas de Ryszard, sin aportar nunca una lectura completa o de conjunto, soltando la información como quien no quiere la cosa. Les habla, a varios y por separado, de las pesadillas que sufre por las noches, de las extrañas parrafadas que suelta en sueños en un idioma incomprensible para Bernd, de la facilidad que tiene para encontrar en los recovecos de la granja objetos extraviados muchos años atrás o para detectar la enfermedad de los animales antes de que se manifieste. Ryszard nunca llegará a saber a ciencia cierta por qué se ha propuesto Bernd salvar su reputación e incluso su integridad echando mano de aquellas mentirijillas sin importancia, por qué se dedica a desempeñar un papel tan altruista a pesar de mantener una relación con su primo basada en la distancia y los sobrentendidos. Desconfiado como es, el joven Krasniewski supone en un primer momento que su primo teme sufrir las negativas consecuencias que pueden acarrearle a su primo los silencios y el recelo de sus rústicos compañeros. Con el paso del tiempo sus elucubraciones dan un giro, que si bien no apunta hacia un lugar luminoso, como mínimo se centra en algo más comprensible: la debilidad humana. Ryszard acaba por creer que su primo Bernd ha sabido aprovechar la oportunidad para usurpar el puesto que él había ocupado desde su llegada a la aldea: el del personaje que tiene algo interesante que contar; valiosa ocupación en un lugar en el que jamás ocurre nada que exceda los estrechos límites de lo cotidiano.

El trabajo de contrainformación llevado a cabo por el primo de Ryszard, en cualquier caso, cumple su función, e incluso a medio plazo surte un efecto secundario muy valioso para el propio Bernd. Al cabo de unos pocos meses las miradas torvas o los cuchicheos dan paso a la indiferencia, cuando no a un rechazo más o menos ligero basado en el prejuicio ante todo aquello que suene a disfunción mental. Ryszard deja de ser el centro de atención, pero precisamente por ello pierde también su privilegiado estatus, lo que le obliga a emprender un nuevo camino. Su singular idiosincrasia, su manera de moverse o de hablar, ya no tienen sentido en aquel ámbito rural. A todos los efectos es ya uno más entre aquellos pueblerinos. Por eso mismo, a los trece años de edad deja la escuela, se deshace para siempre de su vestuario de chico de ciudad, adopta una indumentaria neutra rematada, eso sí, por una gran gorra gris que él afirma que perteneció a su padre, y empieza a trabajar en la granja ayudando a su tío Uli. Por su parte, Bernd, viendo que eso de contar historias se le da medianamente bien, empieza a interesarse por los libros; como si una cosa y otra guardasen un estrecho vínculo que sólo entonces ha sido capaz de apreciar. Y sus resultados académicos inician una progresiva aunque imparable escalada que va a conducir a que sus padres se planteen la posibilidad de enviarlo a estudiar el bachillerato superior a Heidelberg.

Tras un par de años de monótonos trabajos en la granja, de ver salir el sol por las mañanas y ocultarse por las noches, el ya anónimo

Ryszard Krasniewski, pues ahora para los habitantes de los alrededores es simplemente el sobrino del señor Stielike, empieza a verse con Angela, la hija del panadero. Ryszard ha crecido mucho. La vida sana del campo y el esfuerzo físico diario han logrado que su cuerpo adolescente haya adquirido un aspecto recio y consistente. Además, sus rasgos se han afilado, aportándole en buena medida la apostura castrense de su padre. Con Angela el proceso va a ser tan lento como acostumbra por esos pagos, y se inicia con una amplia serie de castos paseos dominicales, siempre acompañados por algún miembro de la numerosa familia de la chica. Los primeros ocho meses de conversaciones se verán coronados por un par de bailes, también castos, durante las fiestas de la aldea, en el mes de mayo. Una vez traspasada la arbitraria frontera del año y medio, las cosas se acelerarán un poco. La tía Hanna, por ejemplo, primero deja entrar a Angela en la cocina y, con el paso de las semanas, la hace partícipe del día a día de la familia; después de todo, es una chica de lo más sensata, siempre educada, entregada y generosa. Y coincidiendo con la boda de Steffi, la prima de Ryszard, en la siguiente primavera, los padres de Angela reconocen formalmente la relación entre ambos al dejar entrar al muchacho en su casa. Poco después la vida de Ryszard dará un vuelco radical justamente el día en que, por primera vez, le toca un pecho a su novia.

Sin saber muy bien por qué, ese sencillo acto de intimidad y cariño, llevado a cabo en el pajar de la granja la tarde de un sábado, va a entrañar para el joven Krasniewski la recuperación de una sensación que él creía perdida para siempre. Tras muchos años de sentirse solo, desplazado, arrojado de bruces en un mundo abrumadoramente aburrido, cuando no incomprensible y hostil, Ryszard va a sentirse aceptado, va a sentir que está justo en el lugar que le corresponde en el momento preciso. Y esa sensación, más allá del proceso fisiológico asociado al deseo sexual que conlleva, activa en su psique un resorte desconocido hasta el momento que, iniciando un imparable efecto dominó, desembocará en un inesperado, aunque no por ello menos definitivo, viaje a América.

9

En mi primer día en América, en Nueva York, me alojé en un YMCA, un antro a medio camino entre una pensión y un hotel muy cerca de Columbus Circle. En la habitación había una especie de cómoda. En el primer cajón de la misma había una Biblia. Se me ocurrió abrirla de manera azarosa y leí lo siguiente:

«Viendo Dios, pues, ser mucha la malicia de los hombres en la tierra, y que todos los pensamientos de su corazón se dirigían al mal continuamente, pesole de haber creado al hombre en la tierra y penetrando su corazón de un íntimo dolor dijo: Yo raeré de sobre la faz de la tierra al hombre y, con el hombre, las bestias, los reptiles y las aves del cielo; pues me pesa de haberlos creado. Mas Noé halló gracia a los ojos del Señor. Dijo a Noé: Voy a inundar la tierra con un diluvio de aguas, para hacer morir toda carne en que hay espíritu de vida debajo del cielo: todas cuantas cosas hay en la tierra perecerán. Mas contigo yo estableceré mi alianza: y entrarás en el arca tú y tus hijos, tu mujer y las mujeres de tus hijos, contigo. Y de todos los animales de toda especie meterás dos en el arca, macho y hembra, para que vivan contigo. Por cuanto de aquí a siete días yo haré llover sobre la tierra cuarenta días y cuarenta noches, y exterminaré de la superficie de la tierra todas las criaturas que hice. Pasados los siete días, las aguas del diluvio inundaron la tierra. A los seiscientos años de la vida de Noé, en el mes segundo, a diecisiete días del mes, se rompieron todas las fuentes del grande abismo y se abrieron las cataratas del cielo. Y estuvo lloviendo sobre la tierra cuarenta días y cuarenta noches. Y crecieron las aguas e hicieron subir el arca muy alto sobre la tierra. Porque la inundación de las aguas fue grande en extremo; y ellas lo cubrieron todo en la superficie de la tierra; mientras tanto el arca flotaba sobre las aguas. Las aguas sobrepujaron desmesuradamente la tierra, y vinieron a cubrirse todos los montes encumbrados debajo de todo el cielo. Quince codos se alzó el agua sobre los montes que tenía cubiertos. Y pereció toda carne que se movía en la tierra: los hombres todos. Y todo cuanto en la tierra tiene aliento de vida, todo desapareció. Y destruyó todas las criaturas que vivían sobre la tierra, desde el hombre hasta las bestias, tanto los reptiles como las aves del cielo; y no quedó viviente en la tierra: sólo quedó Noé y los que estaban con él en el arca».

Lo entendí como una señal. Si en el avión había dudado, a mi llegada a la ciudad algo venía a decirme que estaba en el buen camino, porque el mensaje era íntimo, personal e intransferible. A partir de entonces, y durante mi periplo americano, se iban a suceder las referencias a ciudades inundadas, que me servirían de incentivo para continuar mi búsqueda al tiempo que provocaban que mi inquietud aumentase alimentada por ensoñaciones apocalípticas.

Víctor me dijo años después: Convivimos con el Apocalipsis. Hace ya mucho tiempo que esa idea nos acompaña. Ha ido variando, se ha ido transformando a lo largo del tiempo, siendo primero una sombra, luego una posibilidad tangible y después una realidad evidente. Mientras existió la posibilidad tangible, era imposible ver en las películas imágenes de destrucción real. Pero en cuanto cayó el Muro de Berlín la gente empezó a atreverse a manejar la idea. Supongo que estábamos más que preparados, me dijo Víctor. No sólo somos la generación que más ha pensado en el Apocalipsis, somos la generación que más lo tiene presente, la generación que más lo necesita para pensar en sí misma. La idea del Apocalipsis, del fin del mundo, parece ser el último resto del que disponemos para seguir creyendo en algo parecido a la identidad. Sólo hay que fijarse en la cantidad de novelas y de películas que han ido apareciendo desde los años noventa en las que estallan bombas atómicas, algo impensable diez años atrás, o se destruye la tierra, poniendo a los seres humanos al borde de la extinción. Bombas atómicas por un lado, extraterrestres por otro, asteroides gigantescos o fenómenos naturales tipo cambio climático. ¿No te has parado a pensar en ello?, me preguntó. ¿Cuál es el hueco que intentamos llenar con semejante dosis de destrucción? ¿Qué clase de culpa tenemos que expiar para que nos veamos en la necesidad de imaginar la extinción de la raza humana y la destrucción de nuestro planeta una y otra vez? ¿Cómo es posible que coloquemos nuestra última esperanza de existencia como individuos en la idea de la destrucción del mundo conocido? ¿Por qué esa obsesión con hacer tabla rasa y empezar de nuevo?

10

Encontramos ahora a Jorge Charme en medio de la selva colombiana, sentado sobre la tierra roja con las piernas cruzadas en la posición del buda meditante. Está a punto de experimentar uno de los momentos más alucinantes de su vida, un momento del que hablará en varias entrevistas en el futuro y sobre el que escribirá con detalle en el prólogo de su libro *Nuevos cuentos sanadores.* Está sentado sobre la tierra, frente a una choza de barro y cañas, en la que podría ser la plaza principal del poblado de la tribu Nukak Maku, en lo más profundo de la selva colombiana. Después de casi seis meses de convivencia, en los que se ha comportado a todos los efectos como un indígena, dejando atrás sus zafias maneras de occidental, dicha tribu, también conocida como los Hombres Invisibles, va a aceptar a Jorge como miembro integrante de pleno derecho. Pero para ello tendrá que pasar por un rito de iniciación; rito que, a decir verdad, es lo que impulsó a Jorge a adentrarse hasta ese remoto rincón del continente. Va a ingerir una droga potentísima y, gracias a su efecto, descubrirá su animal de poder.

Tal como le ha explicado varias veces el chamán de la tribu: Todas las cosas del Universo tienen espíritu y vida. Las rocas, la tierra, el cielo, las aguas, las plantas y los animales son diferentes expresiones de consciencia, en reinos y realidades diferentes. Y todas las cosas del Universo saben de su Armonía con todo lo demás, y saben cómo darse uno al otro. Excepto el hombre. De todas las criaturas del Universo, sólo nosotros no comenzamos nuestras vidas con el conocimiento de esta gran Armonía. Nuestro espíritu puede llegar a ser completo si aprendemos a buscar y a percibir, aprendemos sobre nuestra propia Armonía con todos nuestros hermanos del Universo. Cuando convocas el poder de un animal, estás pidiendo ser envuelto en armonía completa con la fortaleza de la esencia de esa criatura. Adquirir comprensión de estos hermanos y hermanas es un proceso de curación, y debe ser abordado con humildad e intuición. Ciertos aspectos de las lecciones dadas por estas criaturas reflejan lo que cada espíritu necesita aprender. El Poder yace en la sabiduría y la comprensión del papel de uno en el Gran Misterio, y en honrar el hecho de que cada cosa viviente es un Maestro.

Pero ¿cómo ha llegado Jorge Charme hasta ahí? Para entenderlo hay que remontarse de nuevo hasta el momento de crisis existencial que experimentó Jorge a orillas del río Paraná, el momento en el que notó por primera vez en su interior la presencia de un amenazador agujero. Un hueco grande y oscuro. Como un pozo sin agua. Han pasado seis años desde ese instante, pero Jorge intuyó entonces con acierto que semejantes anuncios llegan a la vida de uno para quedarse. A él, por lo menos, no le ha abandonado desde entonces. Una vez llegan a Buenos Aires, Jorge decide cambiar de vida, porque durante lo que quedaba de trayecto en canoa llega a la conclusión, un tanto melodramática pero no por ello menos cierta, de que su existencia está vacía. Deja la universidad, se afeita la barba, deja de frecuentar los ambientes falsamente beatniks en los que era conocido por su melancólica manera de tocar la guitarra, y busca trabajo. Su facilidad de palabra le permite colocarse en una agencia de publicidad; un sector todavía en alza en aquellos tiempos en Argentina. Cuando un año después le ofrecen el puesto de redactor jefe, se decide a pedirle una cita a la hija del director ejecutivo de la agencia, de nombre Natalia Burruchaga, que trabaja de secretaria con horario reducido para, según afirma aunque nadie la cree sabiendo de quién es hija y el tipo de vida que lleva, costearse los estudios. La cosa fructifica y al cabo de ocho meses se casan en Mar del Plata. Una boda no del todo sencilla pero emotiva.

Viven en un cómodo dúplex en el barrio de Recoleta y Jorge conduce un lujoso Chevrolet del 56 con los parachoques cromados. Seguramente por eso, cuando Natalia le dice que está embarazada, Jorge piensa que se trata del momento ideal. Ha seguido los pasos adecuados, por lo que un hijo debe de ser sin duda la guinda del pastel; quién sabe, además, si no ha de ser la primera de muchas otras guindas. Al niño lo llaman Edgardo, por la fijación de Jorge con el creador de Tarzán. Pero cuando el niño todavía no ha cumplido un año de vida, Jorge empieza a sentirse alarmado: vuelve a notar el hueco grande y oscuro. Lo siente algunas noches, después de cenar, cuando se sienta en el enorme sofá del salón con Natalia para ver un ratito la tele antes de caer rendido. Lo siente algunas mañanas, cuando saca el Chevrolet del aparcamiento subterráneo y piensa que se trata de un carro ridículamente grande. Lo siente cuando almuerza con sus compañeros, que en más de un caso le rinden pleitesía no sólo por ser el más ocurrente de todos los redactores de la agencia, sino también por ser el yerno del jefe. En fin, que el hueco está ahí y sus manifestaciones van aumentando en número y consistencia. Convencido como está de haber tomado el camino correcto, Jorge se niega a pensar de nuevo que su vida está vacía, o que sigue vacía. Piensa que tal vez esas manifestaciones se deban al estrés o, por qué no, a un exceso de bienestar material, al que sin duda no está acostumbrado. Por eso decide, sin comentárselo a su esposa, acudir a un psicólogo.

Durante los tres primeros meses de terapia todo va bien, el doctor Salaute le ayuda bastante al ofrecerle todo un batallón de términos nuevos con los que etiquetar sus emociones. Pero al cabo de ocho meses, Jorge tiene que esforzarse tanto por acudir a su consulta como se esfuerza por hacerse el dormido las noches de fin de semana en las que Natalia le exige algo más de cariño después de acostar a Edgardo. La burbuja estalla una tarde, al año de iniciar la terapia, cuando Jorge se descubre a sí mismo en el interior de una sinagoga, concretamente el Templo Yeshurun, en la calle República de la India, en el barrio de Palermo. Es lunes. No sabe cómo ha llegado hasta allí. No tiene recuerdos posteriores al mediodía del viernes anterior. De hecho, lleva la misma ropa. No se ha afeitado; algo completamente ajeno a sus costumbres. Cuando regresa a su casa se encuentra con un panorama de lo más inquietante: no sólo su mujer tiene los ojos hinchados de tanto llorar, sino que está acompañada por su madre y su hermana, amén de varios compañeros del trabajo de Jorge. Por lo visto, no sabían nada de él desde el viernes a mediodía. Salió de la oficina sin decir nada y no había vuelto a aparecer... hasta ese momento.

Al día siguiente acude a la consulta del doctor Salaute. Este le habla de amnesia y de fuga disociativa. Le habla de experiencias traumáticas, de estrés y le pregunta directamente, algo que no hace jamás, cómo se ha sentido en las últimas semanas. Mientras intenta componer una respuesta más o menos coherente, Jorge comprende que ha llegado el momento de afrontar las cosas tal cual. Se refiere al vacío, al hueco oscuro y amenazador. No piensa volver a pasar por lo mismo. Así que antes de que su mente vuelva a fugarse será él el que se marche. Y así lo hace.

Antes de llegar a lo más recóndito de la selva colombiana, Jorge viaja durante un par de meses. Deja, en teoría temporalmente, a su mujer y a su hijo al cargo de la acaudalada familia de su esposa y se va a recorrer el desierto de Sonora en busca de lo mucho o poco que queda de Don Juan, el maestro de Carlos Castaneda. Poco después alguien le habla de los Nukak Maku...

11

Llevaba tres días viviendo en el apartamento que Boluda tenía en Long Beach cuando lo vi salir del lavabo totalmente desnudo. Acababa de ducharse, salió del baño con la toalla en la mano, se colocó frente a mí y empezó a secarse el pelo al tiempo que me hablaba. Le gustaba hacer siempre varias cosas a la vez. No le importaba estar mojando el suelo; al poco se había formado un pequeño charquito alrededor de sus grandes pies de hobbit. No recuerdo de qué me estaba hablando, lo que sí recuerdo es que, inevitablemente, bajé la vista. Lo que vi me pareció alucinante. Su pene debía de medir unos treinta centímetros. En reposo total. Y tenía un grosor considerable. Le llegaba casi hasta la rodilla. Boluda no era muy alto, es cierto, debía de medir metro setenta y poco. Y estaba bastante gordo: sus muslos eran anchotes y lucía una panza considerable, si bien no llegaba a formar pliegues o a caer. Pero aun así aquel pene resultaba muy impresionante. Y se balanceaba con poderío imperial mientras su dueño no paraba de hablar y de frotarse su larga melena rizada con movimientos enérgicos.

Ah, el pene, dijo Boluda secándose ahora los hombros tras mirarme a los ojos. No tienes de qué preocuparte. Sufro lo que en los comerciales denominan muy amablemente problemas de erección. En el instituto me llamaban el Hombre Elefante. Durante un tiempo me sentí muy avergonzado y eso me traumó. Me sentía un engendro, un monstruo. Dejé el basketball para no tener que ducharme con mis compañeros. Luego entendí que esta cosa podía ser..., que podía aprovecharme de él. Me convertí en una leyenda. Utilicé mi pene para cosas diferentes, impropias de su naturaleza... y acabé pagándolo. No debes temer nada. Tu masculinidad está a salvo. No soy una amenaza para ti. Soy impotente. Lo llevo bien. No me preocupa. Hay otros modos de satisfacción sexual. Pero no pierdo la esperanza de volver a recuperar algún día el vigor perdido. Y todo eso lo dijo con la mayor frialdad posible, como si estuviese hablando de un problema con la caldera del gas: algo engorroso pero que podía sobrellevarse realizando algunos pequeños ajustes para adaptarse a las circunstancias.

Hay que aclarar que Boluda y yo no éramos todavía amigos; si es que alguna vez llegamos a serlo. Le había conocido hacía, exactamente, tres días. Los mismos que llevaba viviendo en su apartamento de Long Beach, en Long Island, Nueva York. Lo conocí en un pub inglés cerca de Grand Central Station, donde pensaba pasar la noche durmiendo en un banco. El dinero se me estaba acabando. Si me metí en aquel pub fue sólo porque desde la calle vi que estaban dando un partido de fútbol europeo. En el pub había bastante gente, pero frente a la pantalla grande sólo nos habíamos sentado cuatro o cinco personas.

Boluda ya estaba allí cuando llegué. De hecho, me dio la impresión de que, en un principio, animaba al equipo inglés. Me dio la impresión de que cambiaba de bando cuando marcó el Barcelona y se volvió para ver quién era el gilipollas que había celebrado el gol. El gilipollas era yo. Y sí, no pude evitar lanzar un grito. Un grito comedido, eso sí. Boluda se cambió de mesa y se sentó a mi lado. Después de echarme un vistazo, y de calcular sin duda con mucha exactitud mis precarias circunstancias, me dijo en un español bastante comprensible: ¿De dónde eres? Le dije que era de Barcelona. Eh, güey, exclamó. Y me tendió la mano. Barcelona. Las Olimpiadas. La Sagrada Familia. Wow, dijo asintiendo con convicción y con una sonrisa hiperbólica. Eh, yo soy medio español, añadió. Mi viejo era de Valencia. Mi nombre es Boluda, dijo poniéndose ahora en pie con solemnidad y volviendo a tenderme la mano. Andrew Boluda. Pero todos me llaman Andy. Yo también me puse en pie, aunque con alguna dificultad porque ya andaba medio pedo. Le estreché la mano. Óscar Charme, dije. Nunca en mi vida mi nombre me había sonado tan falso.

¿Cómo pasamos de estar viendo más o menos juntos un partido de fútbol a compartir apartamento? En realidad no íbamos a compartir nada. Él me dijo que tenía un apartamento en Long Beach que solía alquilar en verano pero que en ese momento estaba vacío y que podía quedarme en él unos días. ¿Y de dónde surgió ese espontáneo brote de generosidad entre extraños? No lo sé. O mejor dicho, no lo supe en ese momento, lo supe algo más tarde, cuando Vanessa entró en escena. Lo que yo recuerdo de esa noche, aparte del partido del Barcelona, fue que le conté a Boluda lo que me había llevado a Nueva York: el rastro de mi abuelo paterno. Él me dijo que si lo que andaba buscando era el rastro de los judíos polacos y alemanes llegados a Nueva York a principios de los años treinta tenía que ir a Long Beach. Me habló de la mafia, de tipos como Meyer Lansky, y de los famosos que habían tenido casa allí. Me contó algunas cosas sobre la construcción del paseo marítimo y del mítico Hotel Nassau... Y al cabo de un rato me ofreció el apartamento. Yo acepté. ¿Qué otra cosa iba a hacer, decirle: No, prefiero dormir en un banco de la estación de tren?

No voy a negar que sentí miedo cuando esa noche llegué al inmueble número 3 de Shore Road. Un miedo que se incrementó al subir las escaleras hasta la segunda planta y recorrer el pasillo en penumbra hasta la puerta con el distintivo 2D. Había visto muchas películas en las que ocurrían cosas tremendamente desagradables en pasillos como ese. ¿Y qué decir del apartamento? Era diminuto. Desangelado a más no poder. Tétrico bajo la escasa luz eléctrica. Treinta metros cuadrados como mucho. A las paredes les habría ido de perlas una buena mano de pintura, pero no me dio la impresión de que el apartamento estuviese muy sucio. De todos modos, al dejar la bolsa en el suelo junto a la puerta de la nevera, me dije: dos, tres días y me voy. Eché un vistazo a mi alrededor, haciendo un gesto admirativo con la cabeza y dije: No está nada mal, Andy. Y es tuyo, ¿no?

Antes de irse me dijo que, al día siguiente o en un par de días, me traería una tele pequeña que le sobraba en casa. También me dijo que había un supermercado a cuatro manzanas de allí en dirección norte; como si yo supiese en aquel momento dónde estaba el norte. Ya iba a cerrar la puerta cuando me tendió la mano una vez más; debía entender que eso de dar la mano era muy propio de caballeros españoles. Mi casa es tu casa, amigo. Me guiñó el ojo y remató señalándome con el dedo: No le abras la puerta a ningún extraño. Tú, como si no estuvieras aquí. Cerré por fin y corrí el cerrojo tal como me había dicho. Recorrí la casa. Abrí las ventanas y volví a cerrarlas. Cambié de sitio varias veces la bolsa. No quería irme a la cama porque todo me daba vueltas y temía vomitar. Así pues, al cabo de un rato me senté en el sofá azul e intenté centrar la vista en una mota cualquiera de la pared de enfrente. Curiosamente, en aquel inmueble imperaba el silencio. Por eso no tardé en oír aquellos golpecitos, primero suaves, luego algo más fuertes y acompañados de un susurro. El sonido llegaba desde el otro lado de la puerta de entrada. Al final pude oír claramente, acompañado por un golpeteo insistente: Vanessa, *please, open the door, please, please, open the door*, un minutico nomás, haz el favor, tenemos que hablar, *please*. Era como una letanía. Me acerqué a la puerta y miré por la mirilla. Tres puertas más allá, frente al que debía ser el apartamento 2F o G o H, vi a Boluda, arrodillado en el suelo y llamando con los nudillos. Vanessa, *please*, por favor, *please*.

¿Por qué no abrí la puerta y le dije algo a Boluda en ese mismo instante? Creo que tuve miedo. Pensé: Si no le digo nada tal vez se largue ya mismo. Si se va, tal vez pueda fingir que esto no ha ocurrido. Tú, como si no estuvieras aquí, me dije. Pero pasó media hora más y allí seguía, ya no arrodillado, sino tumbado de medio lado, llamando igualmente a la puerta 2F o G o H. Lloraba desconsolado. A los tres cuartos de hora empezó a gritar. Entonces me decidí a salir. Le agarré por las axilas sin decir nada y lo arrastré por el pasillo hasta meterlo dentro del apartamento. En cuanto franqueamos la puerta y la cerré a mi espalda, Boluda dejó de llorar de golpe, como si hubiese cambiado de canal en un televisor. Se puso en pie. Se sacudió la ropa. Se enjugó las lágrimas con los puños. Y dijo con absoluta dignidad: Esa mujer me está matando. ¿Te importa si me quedo aquí a dormir esta noche?

Al poco de estar juntos me quedó claro que Boluda me permitía vivir en su apartamento de Long Island para tener una excusa que le permitiese estar cerca de Vanessa. Vanessa y él mantenían, o, mejor dicho, habían mantenido durante varios años una relación intermitente. Por lo visto, la relación había llegado a su fin. Eso era lo que creía Vanessa. Boluda no lo tenía tan claro. Por eso me había permitido a mí vivir en su apartamento vacío, para seguir manteniendo una pica en Flandes. O sea, para Vanessa mi apartamento no era una colonia hostil sino un territorio neutral, como un destacamento de la ONU, en el que poder sellar de una vez por todas el tratado de armisticio y definitiva secesión. De ahí que no resultase extraño que, a cualquier hora del día, fuese ella la que llamase a la puerta, estuviese o no Boluda, para charlar un rato conmigo. Supongo que se sentía segura a mi lado porque yo no sólo era lo opuesto a su ex novio, era el antídoto, desactivaba su efecto. Fue durante esas sesiones intempestivas con Vanessa cuando me enteré de quién era realmente Boluda.

Vanessa me contó que Boluda se ganaba la vida regentando las dos tiendas de electrodomésticos que su padre le había dejado en herencia. Eso explicaba el hecho de que, poco a poco, hubiesen ido llegando al apartamento más y más aparatos electrónicos de buena calidad y de primerísima mano: no sólo la tele de la que me habló el primer día, que en ningún caso parecía una de esas teles que te sobran en casa, sino también un reproductor de dvd, un equipo de música compacto, un ordenador portátil Sony e incluso una PlayStation. Vanessa también me contó que Boluda, que hasta entonces se había comportado como un tarambana, se reveló a la muerte de su padre como un tipo con vista para los negocios: en un par de años montó por cuenta propia dos videoclubs y un sex-shop. Una parte del dinero que había ganado con todas esas cosas lo había invertido en bienes raíces. Bienes raíces, eso fue lo que dijo Vanessa. O sea, compró varios apartamentos y algún que otro local. El apartamento en el que vivía Vanessa, sin ir más lejos, por el que la actriz no pagaba un centavo de alquiler, también era propiedad de Boluda.

Llevábamos ya más de dos semanas conviviendo juntos en el apartamento de Long Beach cuando Boluda empezó a hablarme de teatro. No lo hizo de una manera directa, ese no era su estilo. Daba mil vueltas antes de llegar a decir lo que quería decir; eso cuando llegaba a decirlo. Se pasó horas hablándome de John Woo; y no era la primera vez que lo hacía. Volvió a explicarme que había revolucionado el mundo del cine de acción con *A Better Tomorrow* y después con la impresionante *Hard Boiled.* Se explayó contándome su sentido del ritmo, su planteamiento de la acción como si se tratase de una coreografía de baile. Luego me habló de las telenovelas, de su gran aportación a la cultura popular. Y me relató el caso de un conocido guionista venezolano amigo suyo que, en una ocasión, le había explicado cómo las madres de las aspirantes a actrices le ofrecían a sus hijas, en cuerpo y alma, a cambio de pequeños papeles en cualquier producción de las muchas en las que participaba. Ese tema lo enlazó con la prometedora carrera de Vanessa como actriz. Me dijo que había triunfado con un personaje de reparto en una de las telenovelas en las que su amigo había trabajado: *Amor sin tregua* o *Tregua de amor,* no lo recuerdo. Tres años en pantalla. Me contó cómo la conoció él en Nueva York. Porque por lo visto Vanessa estaba dispuesta a dar el gran salto, según dijo Boluda literalmente. Sólo después de todo ese preámbulo me habló de teatro. Después del tercer vodka con naranja.

Me dijo que lo suyo era el teatro. Que era su auténtica pasión. Que adoraba el teatro. Que había actuado en varias obras, que también había dirigido alguna más, pero que lo que realmente le apasionaba ahora era escribir. Al parecer Boluda había escrito y estrenado cuatro obras, siempre en el mismo teatro: una pequeña sala en Brooklyn llamada The Water Machine. Por lo visto, Boluda también participaba económicamente en la gestión de dicha sala. Vanessa había intervenido en dos de esas obras interpretando papeles destacados. No es que la prensa les hubiese hecho mucho caso, ni a Boluda ni a Vanessa, pero las pocas críticas recibidas fueron todas bastante elogiosas. En una ocasión, una de nuestras tardes, Vanessa trajo a mi apartamento un dvd con la grabación en vídeo de una de las representaciones, y he de decir que, a pesar de la mala calidad de la imagen y el sonido, me impresionó muy gratamente su manera de interpretar. Aunque tal vez mi juicio no fuese ya a esas alturas demasiado objetivo, porque me temo que yo también estaba empezando a obsesionarme de un modo no del todo sano con Vanessa.

Para mí la situación era ventajosa, a qué negarlo. No había descubierto gran cosa sobre los judíos que, llegados de Europa en los años veinte y treinta, se instalaron en esa zona del país para empezar una nueva vida. Y mucho menos había podido rastrear sobre la presencia en concreto de mi abuelo. Pero no tenía que pagar ni un centavo por el alojamiento, la mayor parte de los días comía por cuenta de Boluda, podía ver películas y navegar por internet, y no me veía obligado a sufrir la soledad de manera espantosa. Y lo mejor de todo, Boluda no tardó en ofrecerme algo en lo que mantenerme ocupado: la posibilidad de escribir juntos una obra de teatro. Su propuesta estaba guiada por dos motivos más bien poco altruistas: por un lado redondear la excusa para dejarse caer por allí e incluso extenderla en el tiempo sin fecha de finalización, y por otro retomar el curso de una línea de producción creativa que llevaba demasiado tiempo encallada en dique seco; Vanessa me había contado que Boluda llevaba tres años sin estrenar una obra, porque no lograba escribir nada decente, y que estaba algo más que desesperado. No fue una petición desinteresada pero, insisto, a mí el intercambio me resultaba favorable. Con el paso de los días, aquella posibilidad fue empezando a materializarse hasta convertirse en una sana obsesión, algo que, dado mi nivel de entusiasmo, podía acabar transformándose en la vocación que siempre había anhelado y que no había podido encontrar hasta entonces a pesar de mis esfuerzos.

Boluda y yo tuvimos muchas conversaciones antes y durante la escritura de lo que acabaría siendo *Omaha*. Él tenía claros varios conceptos que quería que quedasen reflejados en la obra. Boluda quería, por ejemplo, que en la obra apareciese algo del sentido anacrónicamente profético del cómic *Watchmen*. Porque para Boluda aquel no era sólo su libro de referencia, era algo así como un manual de consulta para la vida. En ese libro creía apreciar todas las circunstancias que definían la existencia humana y social en la era del capitalismo tardío, tal como él lo expresaba. A mí también me gustaba mucho ese cómic. De hecho, el Doctor Manhattan se estaba convirtiendo en un referente personal, una especie de símbolo terapéutico a través del cual intentar desentrañar los avatares de mi existencia.

12

He citado ya varias veces al Doctor Manhattan, porque es importante en esta historia, y creo que ahora es el momento adecuado para hablar de él, porque sin saber de él sería muy difícil entender por completo los matices de mi proceso de desintegración o mi lento trabajo de reconstrucción.

El Doctor Manhattan, a pesar de su ubicación en una especie de atemporalidad flexible, no siempre fue el Doctor Manhattan, o sea el único integrante de los Watchmen con auténticos superpoderes. Hubo un antes y un después. El antes fue el doctor en física atómica Jonathan Osterman. En mayo de 1959, recién doctorado por la Universidad de Princeton, el joven Osterman llega a la base de pruebas de Gila Flats para trabajar bajo las órdenes del profesor Milton Glass. En Gila Flats están llevando a cabo unos alucinantes experimentos en el terreno de lo que allí denominan campos intrínsecos: quieren llegar a saber si existe alguna especie de campo de energía, más allá de la fuerza de la gravedad, que consigue que la materia permanezca unida. En la cámara de pruebas de la base, y mediante potentísimos cañones de partículas, logran separar a los objetos de sus campos intrínsecos aplicándoles una indescriptible cantidad de energía atómica. Un día de agosto de 1959, debido a un estúpido accidente relacionado con un regalo para una chica, el joven Osterman queda encerrado en la cámara de pruebas justo en el momento en que va a tener lugar la desintegración de un bloque de hormigón. Resulta imposible sacarlo de allí. El experimento se inicia. Junto al bloque de hormigón, el doctor Jonathan Osterman también es desintegrado. En septiembre de ese mismo año se celebra un funeral simbólico, pues no hay nada que enterrar. Pero en noviembre, dos de los trabajadores de la base ven algo terrorífico: durante unos segundos se materializa ante ellos el sistema nervioso central de un ser humano. Sólo el sistema central, con el cerebro incluido. Días después, en la cocina de la base, un sistema circulatorio da unos pocos pasos antes de desaparecer. A mediados de mes, es un esqueleto cubierto parcialmente de músculos lo que se deja ver junto a la alambrada. El esqueleto grita durante treinta segundos antes de esfumarse. En realidad, como explicará el propio Doctor Manhattan en su futuro de fluidez temporal, sólo es cuestión de reajustar los componentes en la secuencia correcta. A finales de noviembre, en medio de la cantina, electrizando todo lo metálico y poniendo los pelos de punta a todos los presentes, como una especie de aparición ultravioleta, se deja ver por primera vez en la forma en que hoy en día lo conocemos: el Doctor Manhattan; aunque todavía falta un tiempo para que lo bauticen con ese nombre.

Todo el proceso de autorreconstrucción lo explica así el propio profesor Milton Glass, testigo presencial: En 1959, en un accidente que ciertamente nadie había previsto y que seguramente sea irrepetible, un joven norteamericano resultó completamente desintegrado, al menos en el plano físico. A pesar de no tener cuerpo, una especie de patrón electromagnético de lo que parecía ser su conciencia sobrevivió, y fue capaz, al cabo de varias semanas, de reconstruir algo similar al cuerpo que había perdido.

Durante un tiempo, el ser que anteriormente había sido Jonathan Osterman intenta fingir que sigue siendo el mismo. Pero le resulta imposible: aparte de haber adquirido una tonalidad azulada fosforescente, de haber perdido el pelo en todo el cuerpo y de disponer de una ilimitada cantidad de poderes especiales, entre los que se cuenta algo parecido a la inmortalidad, ha perdido la capacidad para empatizar con lo humano. Lo más curioso de todo, sin embargo, es la atemporalidad en la que parece estar ubicada su conciencia. Vive instalado supuestamente en un discurrir lineal junto al resto de sus congéneres pero en realidad percibe el tiempo como un flujo en varias direcciones: tiene conciencia de lo pasado, lo presente y lo futuro al mismo tiempo.

Pues bien, quítenle al Doctor Manhattan sus superpoderes y su color azul. Quítenle un pasado como físico nuclear. Lo que queda se parece a mí: un ser desintegrado que, poco a poco, gracias a un impulso eléctrico de su conciencia, empieza a reconstruirse a nivel intrínseco.

13

Cuando Ryszard vuelve a sentir que ocupa un lugar concreto en el orden del mundo, ubicado de nuevo justo en el lugar que le corresponde después de años de vacío y de triste peregrinación existencial, es cuando realmente empieza a manifestarse su don paranormal. El primer impulso de contar lo que afirma haber visto con los ojos de la mente le llega dos días después de tocarle el pecho a su novia. La asociación entre una y otra cosa tal vez pudiese parecerle arbitraria a un observador imparcial, pero para él una cosa y la otra están indisolublemente ligadas. Le cuenta a Angela lo siguiente: el señor Breiner (proveedor del trigo con el que trabaja el padre de su novia) no sólo va a tener una excelente cosecha este año, encontrará un nuevo comprador que viene de Hamburgo y que se quedará con toda su producción. Tu padre va a tener que comprarle la harina a otro. Muy posiblemente, Breiner se marche de la aldea para siempre con el dinero que va a ganar. Dile a tu padre, le dice a Angela, que vaya preparándose, si no después tendrá problemas y es posible que nos quedemos varias semanas sin pan en la aldea. A Angela, a pesar de lo mucho que valora las opiniones del que espera que más pronto que tarde se convierta en su marido, le avergüenza contarle sin más a su padre lo que le ha dicho Ryszard, así que espera al día exacto en que su padre se decide a visitar a Breiner para acordar los pagos del año siguiente. Como si de una broma se tratase, entre risas nerviosas, le cuenta lo que Ryszard ha pronosticado. Su padre, como en muchas otras ocasiones, parece no atender a las palabras de su hija, pero cuando regresa de la cita con su proveedor de harina, llama a su hija y, todavía con el abrigo puesto y de pie en el zaguán de la casa, le pregunta: ¿Cómo sabía tu novio lo del comprador de Hamburgo? Realmente no se lo pregunta, la interroga con mirada inquisitiva, como si su propia hija fuese sospechosa de haber conspirado contra él para generar ese desagradable contratiempo. Angela le dice: Lo vio todo hace semanas con los ojos de la mente. El padre de Angela, luterano convencido y, a pesar de sus maneras y su aspecto, poco propenso a la violencia física, calcula mentalmente durante unos segundos las posibles consecuencias de anular el compromiso entre su hija y el joven Krasniewski. Por suerte para ellos está demasiado ofuscado para hacer nada al respecto. Lo peor para él es que, confiando absurdamente en que Breiner cambie de opinión y abandone sus sueños de grandeza, pues cree conocerlo mejor que nadie, no busca un nuevo proveedor y pierde tres valiosísimas semanas. Tres semanas que Breiner, por su parte, aprovecha para hacer las maletas en secreto y desaparecer para siempre camino de Frankfurt. Así pues, coincidiendo con las fiestas de Pascua, la aldea de Dorf se queda sin pan durante doce días. La predicción de Ryszard, sin embargo, no adquiere relevancia alguna a nivel público porque la vergüenza y el respeto, respectivamente, obligan a ambas partes (al padre de Angela y a su futuro yerno) a no volver a mencionar jamás lo ocurrido.

Pero las predicciones, lejos de acabar ahí, se suceden. Ryszard le cuenta a Angela que va a llover mucho más de la cuenta en primavera y que, dentro de siete días, va a desbordarse el Neckar y varias familias que viven en la ribera sufrirán las consecuencias. Le dice que lo mejor sería que, mediante alguna artimaña, lograse que su primo y su abuela pasasen esos días en la aldea, en su casa, porque de permanecer allí abajo corren el riesgo de morir. Una semana después, cuando su abuela suspira aliviada en casa del mayor de sus hijos al pensar en lo que podría haberle ocurrido a ella o a su nieto Paul de haberse quedado en casa con aquellas tremendas lluvias, Angela les explica a todos lo que Ryszard predijo e incluso les comenta el plan secreto que le había sugerido. Su padre, aunque no pretende dejar por mentirosa a su hija, se niega en redondo a participar de la eufórica perplejidad del resto de los miembros de la familia. Va a ser la abuela de Angela, de una heterodoxa religiosidad que tiende de forma inevitable hacia la superstición, la que ponga en marcha la bola de nieve en la aldea.

Y la historia sigue, porque cuando Bernd, el primo de Ryszard, vuelve de Heidelberg con una pierna rota, el padre de Angela se lo cruza por la calle y le pregunta socarrón: ¿Qué? ¿Tu primo no te advirtió de eso?, Bernd baja la mirada contrito y dice: Sí, me escribió una carta, pero no le hice caso. Y una tarde, cuando ya todos los habitantes de la aldea han oído relatar una o varias de las supuestas predicciones de Ryszard, estando el joven Krasniewski tomándose tranquilamente un chato de vino del Rin en la taberna después de una dura jornada de trabajo, se le acerca Meller, dueño de cincuenta vacas lecheras y con escasa resistencia al alcohol, y le dice con un tono que bordea la mala educación mientras le agarra con fuerza por el brazo: Vamos, muchacho, dime algo de mi futuro. Ryszard sonríe de mala gana y hace un gesto con el que quiere dar a entender que ese tipo de cosas no funcionan así. Pero Meller insiste y al poco están rodeados por una docena de hombres de gesto poco sutil. Kummer, amigo íntimo de Meller al que le faltan un buen número de dientes debido a su querencia por el contacto físico, le dice: ¿Qué te cuesta, muchacho? ¿Es que no somos dignos de tu don? Lo cierto es que, nada más tocarle, Ryszard ha visto en su mente algo relacionado con Meller, pero se trata de una nimiedad, una nadería, y sabe perfectamente que aquellos hombres esperan otra cosa. Se resigna a mirar a los ojos vidriosos del vaquero para no defraudar a los allí congregados, pero no ve otra cosa que lo que ya ha visto. La presciencia es así, piensa, qué se le va a hacer. Y dice: Mañana va a parir una de tus vacas, ¿verdad, Meller? El viejo borracho asiente. Pues el ternero que va a nacer tendrá una curiosa mancha en el costado. ¿Una mancha?, pregunta Kummer. Una mancha, concluye Ryszard, con forma de manzana, con su rabito y todo, y con la marca de un mordisco en la parte derecha. Durante unos segundos los hombres que le rodean no dicen nada, se limitan a rumiar lentamente lo que les ha dicho. Nadie se atreve a decir nada porque lo de la mancha, más que defraudarles, parece haberles contrariado. ¿Una mancha?, pregunta Meller, que por lo visto no ha acabado de entender el mensaje. Kummer entonces deja escapar una sonora risotada y todos se le unen cacareando como ocas en celo. Ríen, le dan rudos aunque amistosos golpes en la espalda al joven Krasniewski y acaban dispersándose con sus caras rubicundas. Pero a la mañana siguiente nace el ternero de la vaca de Meller y, efectivamente, tiene en el costado una mancha negra con la forma de una manzana, con su rabito y todo, con la marca de un mordisco en la parte derecha. Y a partir de entonces empiezan a llamarle Schwärmer Ryszard: Ryszard el Visionario.

En toda la comarca, ya no sólo en la pequeña aldea de Dorf, Ryszard empieza a ser conocido como Schwärmer Ryszard debido a sus predicciones. A partir de lo de la vaca del señor Meller son muchos los que acuden a él para consultarle sobre infinidad de cuestiones, principalmente asuntos de salud. No es que él haya preparado un lugar o un día o unas horas concretas para recibir a esas personas, sino que le asaltan en cualquier momento, ya sea en la granja o en la taberna o cuando pasea con Angela por la carretera que lleva a Heidelberg. Es lógico que Ryszard se sienta superado, porque para él ese don, como empiezan a denominarlo todos los que le conocen, no es algo de lo que se enorgullezca o se vanaglorie. Él hace ya un tiempo que ha elegido ser un chico sencillo cuyo único afán consiste en adaptarse a las circunstancias de su vida. Además, él ve esas cosas que ve con los ojos de la mente de manera aleatoria, sin venir a cuento en la mayoría de los casos, y si bien es cierto que la gente le transmite sensaciones que acaban desembocando en percepciones, como le ocurrió cuando Meller le agarró del brazo, suelen ser detalles insignificantes, ridículos en muchos casos; sin valor, en definitiva, según el punto de vista de Ryszard. Pero la gente, en cuanto se siente incluida en un fenómeno que va más allá de lo material y que todos aceptan por consenso, suele conformarse con poco. Además, las extrañísimas e inescrutables cadenas de acontecimientos que se ponen en marcha cuando él lleva a cabo alguna de sus predicciones, por absurda que pueda parecer, lejos de revertir en su contra debido a lo inconexo del planteamiento, suelen reportarle un beneficio multiplicado que no hace sino expandir su fama. Por ejemplo, a una mujer que vino a consultarle sobre un problema de hígado Ryszard le habló de cómo acabar con la plaga de ratas que tenía en casa. La mujer, lejos de sentirse ofendida o decepcionada, cazó a una de las ratas, le cortó la cola y la frotó contra el costado derecho de su vientre. Por lo visto, eso acabó con la inflamación de su hígado, y ella no se privó de contárselo a todo el mundo.

El tío Uli también está muy contrariado. Es un hombre pragmático, acostumbrado a lidiar con bestias. Para él lo blanco es blanco y lo negro es negro. Por eso no presta atención a lo que le está ocurriendo a su sobrino hasta que empiezan a llegar regalos a casa: sacos de grano y de legumbres, frutas confitadas, embutidos, bolsas de picadura de tabaco, un par de pipas, pañuelos... Hasta entonces, Uli había tratado a Ryszard como un igual, con la ruda y sencilla franqueza de un granjero que opina que no existen jerarquías más allá de la edad cuando de lo que se trata es de sacar adelante a una familia. A partir de ese momento, sin embargo, no sabe cómo tratar al sobrino de su mujer. Se lo piensa dos veces cuando tiene que pedirle algo y evita mirarle a los ojos cuando están sentados a la mesa. Podría decirse que incluso le tiene un poco de miedo, pues el granjero ha descubierto en su interior, debido a los comentarios sobre Ryszard, una vena supersticiosa que hasta ese momento de su vida no se había manifestado.

Es precisamente entonces, cuando más agobiado se siente Ryszard por lo que está ocurriendo a su alrededor, cuando tiene el sueño que va a marcar de forma radical e irreversible el desarrollo de su existencia. Sí, se trata de un sueño, detalle que, en un principio, descolocará un poco más a Ryszard. Ha sido un sueño muy vívido, intensísimo. Pero contrariamente a lo que suele hacer con todas sus predicciones, por disparatadas que sean, no lo comenta con Angela. Porque, de hecho, ha sido más que un sueño, y él lo sabe. Cuando el sueño se repite cinco noches seguidas entiende que ya no puede seguir ocultándolo. Aprovecha la comida de Jueves Santo en casa de la que muy pronto debería convertirse en su familia política para contarles a todos el mensaje que ha podido desentrañar de eso que ha visto en sueños. Explica lo siguiente:

He visto grandes banderas rojas y blancas con una extraña cruz negra en el centro. He visto a un hombre con un curioso bigotito y vestido de uniforme que hablaba a gritos desde una tribuna de piedra. He visto un gigantesco ejército compuesto por miles de soldados alemanes alineados en perfecta formación. He visto cómo esos soldados arrasaban pueblos y ciudades de otros países. Reconocí Varsovia, por ejemplo. He visto al hombre del bigote y a otros, algunos también con bigote, reunidos en una habitación trazando un plan para exterminar a mi gente; porque los de las banderas rojas odian a mi gente. ¿A qué gente te refieres, a la gente de la aldea?, pregunta el padre de Angela. Bajando la vista, Ryszard dice: A los judíos. Todos saben que es judío de origen, pero la ausencia de manifestaciones por parte de Ryszard y la fuerza integradora de la costumbre y los ritos cotidianos de la aldea han llevado a que todos lo hayan olvidado. ¿Qué sentido tenía recordarlo?, se pregunta en silencio la madre de Angela. Ryszard prosigue: He visto cómo esos soldados sacaban a todos los judíos de sus casas y los llevaban a una especie de cuartel muy grande..., aquí se le quiebra un poquito el ánimo y dice con un hilo de voz: Y los mataban sin miramiento alguno. Cuando todos guardan silencio, desacostumbrados como están a ver a Ryszard emocionado, concluye: Eso va a ocurrir. ¿No podemos hacer nada para evitarlo?, pregunta su futuro suegro. No, replica él con solemnidad. Eso va a ocurrir y no se puede evitar. Por eso tenemos que marcharnos de aquí, de Alemania y de Europa. ¿Marcharnos? Nosotros no somos judíos, dice el padre de Angela sin darse cuenta de que, tal vez, esa es ya una de las primeras semillas de la pesadilla de Ryszard. Yo sí, dice su futuro yerno. Pero no practicas la religión judía, si no nos lo hubieses recordado nadie lo tendría en cuenta. Al hombre del bigotito y a sus secuaces eso no le importará lo más mínimo, afirma Ryszard adquiriendo ahora un tono grave y determinado, van a matar a todos los judíos de Europa. Por eso tenemos que irnos. ¿Tenemos?, dice el padre de Angela recostando levemente su cuerpo hacia atrás. Su hija y yo. ¿Mi hija? ¿Qué tiene que ver mi hija en eso?

Ese es el principio del fin de la relación entre Angela y Ryszard. Durante semanas, meses incluso, van a hablar del asunto. Ambas familias van a intentar sacarle la idea de la cabeza a Ryszard, minimizándola o incluso convirtiéndola en nada, pero la táctica no surtirá efecto. Ryszard lo tiene claro. Nunca ha tenido nada tan claro. Él, por lo menos, va a marcharse. Si tiene que irse solo se irá solo, porque sabe que su novia jamás contradecirá la opinión de su progenitor. Además, a qué negarlo, al fin y al cabo Angela sigue siendo una pueblerina timorata que teme aquello que desconoce, y de la vida lo desconoce prácticamente todo. Así pues, mientras Ryszard intenta mostrarse aparentemente comprensivo e interesado en conversaciones que no llegan nunca a conclusión práctica alguna, le pide a un conocido al que ayudó en un asunto económico con una de sus predicciones, que mediante un familiar suyo que vive en Hamburgo, y con la mayor de las discreciones, le consiga un pasaje de barco para América. El conocido cumple con su palabra, aunque su familiar inscribe a Ryszard Krasniewski como Ryszard Schwärmer, porque no conoce su auténtico apellido. En cualquier caso, la madrugada del 5 de junio de 1927, Ryszard sale de la granja de su tío Uli arrastrando una bolsa de lona con sus escasas pertenencias para no regresar jamás. Y dos días después monta en un carguero amarrado en el impresionante puerto de Hamburgo camino del Nuevo Mundo.

14

La imagen no se me iba de la cabeza: veía a Vanessa tumbada en la cama, junto a Boluda, a la altura de sus piernas. Boluda estaba completamente desnudo. Muy relajado. Su enorme pene descansándole sobre el muslo derecho. Y Vanessa, apoyada sobre un codo, acariciándole el miembro con lentitud e intensidad. Con cariño, pero con una voluntad que iba más allá del simple cuidado. Eso era todo: Vanessa acariciando el gigantesco miembro de Boluda con delectación, con una extraña devoción profana y carnal. Solía escuchar una extraña música en mi cerebro, un hilo musical relamido y forzadamente nostálgico: música indeterminada de los años setenta. Me fijaba en los rasgos de Vanessa, su mirada centrada en aquel apéndice grueso repleto de venas. La mano arriba y abajo, a veces como si acariciase a un animal herido, a veces sopesándolo por debajo. Y la música. ¡Qué horrible música setentera sacada de alguna película de Alfredo Landa o de Gracita Morales! La fantasía se acababa justo cuando ella acercaba sus labios carnosos de joven actriz uruguaya en dirección al glande del pene de Boluda. Fin. La imagen me dolía y me excitaba a partes iguales.

Años después, Víctor me dijo: ¿Habrá en el mundo imagen más hermosa que la que conforma un pene erecto y sano en la boca de una mujer?

15

Cuando Jorge Charme lleva ya cuatro años vagando por el mundo en busca de experiencias místicas y lugares sagrados de toda índole, con sus maneras de experto en la materia y su atuendo al uso, que incluye una heterogénea colección de collares con motivos religiosos, así como una variada selección de pañuelos para meditación que guarda bien doblados en su macuto militar, comprende de forma radical que se ha convertido en una especie de turista de lo trascendente, un vulgar coleccionista de postales espirituales de consumo fácil, y eso le lleva a caer en algo parecido a una depresión. En el momento en que asume lo que le está ocurriendo se encuentra en lo alto del castillo de Montsegur, el último reducto cátaro, en Occitania. Está a punto de completar lo que él denomina su periplo mediterráneo, que, desde Egipto, debía llevarle hasta Santiago de Compostela. Pero desde allí arriba mira hacia el oeste, por donde justo a esa hora empieza a ocultarse el sol, y entiende que no va cerrar el círculo de dicho periplo, o sea que no va a llegar hasta la tumba del apóstol; al menos no en ese viaje. La puesta de sol en esta ocasión entraña para él realmente un ocaso simbólico. Se toca el pecho a la altura del corazón, allí donde tiene tatuado un elefante, su animal de poder, según descubrió mediante la ceremonia de iniciación de los Nukak Maku, y no se echa a llorar por bien poco.

Mientras desciende por el empinado camino de tierra que lleva de vuelta al llano, Jorge repasa mentalmente los lugares en los que ha estado después de su experiencia con los Hombres Invisibles. Estuvo rondando por Asia: India, Nepal, Tíbet, Camboya. Muy hermosos lugares, en los que se cruzó con gente de lo más peculiar, pero sin duda el entorno era demasiado exótico para su mentalidad occidental, todavía entonces aferrada a ciertos prejuicios burgueses; por mucho que le pesase admitirlo. De ahí la idea del periplo mediterráneo: retorno a los ancestros occidentales, porque después de todo el origen de nuestra cultura, se dijo, también está preñado de magia y de esoterismo nutriente. Empezó en Egipto, pasó por Petra, en Jordania, volvió a Israel, pero ahora exclusivamente para visitar la antigua ubicación del templo de Abraham en Jerusalén; en Grecia pasó una buena temporada entre Cnosos y los monasterios del monte Athos, de ahí a Konia, la ciudad de Rumi, el místico sufí inspirador de la orden de los derviches giróvagos, después el sur de Francia, en busca del rastro de los hombres puros y, por qué no, de la leyenda del Santo Grial... ¿De qué le valía ahora todo eso? De nada. Él, que había llegado a creerse una suerte de cruzado moderno. Conserva un buen puñado de momentos memorables, grandes momentos incluso, pero de nuevo está ahí el vacío, el hueco grande y oscuro; como un pozo sin agua. Esto es como una maldición, se dice. Necesito ayuda, porque no puedo salir de esto solo. Pero no un psicólogo o un psiquiatra. Necesito un guía, un maestro. Pero ¿dónde encuentra uno un maestro cuando lo necesita?

Jorge se siente en mitad de un camino, el de su particular búsqueda espiritual, o por decirlo de otro modo: el camino que debería llevarlo a encontrar la solución para tapar el hueco grande y oscuro, pero ese camino parece haber cesado de forma abrupta. No ve la manera de desatascar la parálisis, y al mismo tiempo es consciente de que no puede simplemente hacer borrón y cuenta nueva y empezar otra senda. Está perdido. Definitivamente perdido. Y muy lejos de casa. Pero ¿dónde está ya realmente su casa? Y, sobre todo, ¿qué puede hacer ahora? No le apetece ir hacia el norte, a París, pues está convencido de que ahí no está la respuesta; ya probó esa vía vistiendo jerséis negros de cuello de cisne, dejándose crecer la barba, tocando la guitarra con deje existencialista y fumando como un carretero. ¿Otra capital europea? ¿Cuál? ¿Y por qué? Se encuentra muy cerca de la frontera con España, pero no le apetece nada entrar en España; para él, se trata de un país sumido en la oscuridad de una nueva Edad Media; a pesar de los rumores que afirman que Franco está moribundo. Sin embargo, en su periplo mediterráneo se ha topado con varias personas que le han hablado de un pequeño pueblo en la punta más oriental de la península, un pueblo que irradia una poderosa magia: Cadaqués. Le han dicho que es como una isla de tolerancia dentro del obtuso y gris feudo franquista. Algunos incluso han llegado a decirle que, según las últimas investigaciones geofísicas, es muy posible que justamente allí se encuentre el centro neurálgico del planeta. Y lo principal: se puede vivir bien con muy poco dinero.

Con el ánimo bajo mínimos y sin albergar esperanza alguna, Jorge se pone en camino. A ratos caminando, a ratos beneficiándose de la bondad de los amables conductores franceses, tarda algo menos de un día en cruzar la frontera y llegar a su destino. En cuanto pone el pie en las calles de Cadaqués, por otra parte, se siente acogido, porque allí la mayoría de aquellos con los que se cruza son de su cuerda: buscadores de todo pelaje, inconformistas empedernidos guiados por la voluntad de transformar el mundo o, como mínimo, de transformarse a sí mismos. Gente de bien en definitiva. Su indumentaria no llama la atención, sino todo lo contrario, y gracias a que vende los collares y los pañuelos adquiridos en todos aquellos lugares exóticos por los que ha pasado, consigue el dinero necesario para quedarse en Cadaqués casi dos meses. En ese tiempo va a conocer a artistas bohemios que pretenden aprovecharse de la energía creativa generada allí tiempo atrás por gente como Duchamp o Picasso o Miró o el propio Dalí, a delincuentes de poca monta y muchísimos burgueses rebeldes de espíritu supuestamente subversivo. Va a escuchar de boca de ellos, y de otros tantos, muchas historias. En esos días, por ejemplo, va a tener noticia de un hombre que resultará clave en su formación: Vilo.

Oye hablar de Vilo por primera vez mientras está sentado en la terraza del bar Marítim, frente a la playa, donde ha establecido su base de operaciones; operaciones que consisten, básicamente, en ingerir de vez en cuando alguna sustancia estupefaciente, ver pasar las horas bronceándose y charlar de lo humano y lo divino con cualquiera que se siente a su lado. Un aspirante a escritor que lleva en Cadaqués casi tres años, le explica que el tal Vilo ha pasado nueve meses viviendo en una cueva entre las rocas de la costa, alimentándose de lo que pescaba o recogía por ahí y que, ahora que ha vuelto al pueblo, un halo de energía le envuelve. Brilla, le dice el aspirante a escritor, como si irradiase luz. Jorge asiente y no duda en absoluto de lo que oye. Porque la gente de Cadaqués son gente de bien. Más adelante una chica que se parece a Jane Birkin le cuenta que Vilo se llama en realidad Julián Enrique Verón y que es uruguayo. Añade que llegó a Europa hará unos diez años y que adoptó el nombre de Vilo tras recibir el impacto de un adoquín en la cabeza durante las manifestaciones de 1968 en París; por lo visto, experimentó un arrebato místico que lo tuvo postrado en la cama de un hospital durante un mes y medio. Cuando Jorge le pregunta una tarde al camarero del Marítim, un simpático extremeño llamado Eufrasio con el que mantiene algo parecido a una relación de amistad, si conoce a un tal Vilo, este le explica que sabe que está alojado en la mansión que una condesa italiana llamada Margaretta Peracchia tiene muy cerca de la casa de Dalí en Port Lligat. Es una tipa muy rica, le dice, una excéntrica. Y remata su aportación diciendo: Ese Vilo es un vivales. No da palo al agua y vive como un rey. Yo ya hace por lo menos tres años que lo veo cambiar de una casa a otra aprovechándose de la ingenuidad de la gente.

El día que Jorge conoce personalmente a Vilo no puede sino rendirse a su encanto, o a su carisma, o a su potente *sex appeal*. No brilla en la oscuridad, pero indudablemente es una persona que no deja indiferente. Se parece ligeramente a Charlton Heston, aunque es algo más bajo, y tiene la piel de la cara y de los brazos muy curtida por el sol y la sal del mar. Su voz es profunda, pero tiene un matiz dulce, tal vez por el acento platense, que transmite serenidad. A Jorge se lo presentan durante una fiesta que se celebra en el jardín de la casa en la que estuvo alojado Orson Welles durante el rodaje de *El faro del fin del mundo*. No se despega de él en toda la noche. Vilo, apostado junto a una balaustrada de piedra, se dedica a escuchar todo aquello que quieren contarle los que hasta él se acercan, principalmente chicas con pinta de Jane Birkin, y a recitar algún que otro poema evocador cuando se siente inspirado; Jorge reconoce varios de Rumi y al menos uno de Federico García Lorca. Cuando ya está amaneciendo y el horizonte empieza a teñirse de violeta, Vilo hace que los que le rodean formen un círculo y se den las manos. Tras unos segundos de intenso silencio, declara: En este círculo fluye una energía especial. Me gustaría hacer algo con vosotros. Quiero que nos vayamos todos al bosque a pasar una temporada. Tal vez no es casual que, además de Vilo, doce personas formen ese círculo. Tal vez tampoco es casual que nueve de esas doce personas sean mujeres jóvenes. Jorge, completamente arrebatado, piensa que así debieron sonar las palabras de Moisés al bajar del monte Horeb después de la revelación de la zarza ardiente. Cuando el círculo se disuelve, se acerca a Vilo y le pregunta con toda humildad: ¿Qué haremos en el bosque? No lo sé, responde Vilo con una sonrisa. Lo mira con mucha intensidad y le dice: ¿Sabes qué significa «en vilo»? No, responde Jorge que, sin duda, está muy colocado. Significa: suspendido, sin el fundamento o apoyo necesario, sin estabilidad. Jorge asiente. Y Vilo remata: Tienes que acostumbrarte a vivir en la incertidumbre, a vivir suspendido, sin estabilidad. El mundo es maya, ilusión, no hay nada estable. Fúndete con el fluir de lo inseguro. Sólo así encontrarás lo que andas buscando. ¿Qué es lo que ando buscando?, le pregunta Jorge ya completamente rendido a su encanto, o a su carisma, o a su poderoso *sex appeal.* Tú y yo lo sabemos, responde Vilo colocando una de sus poderosas manos sobre el hombro de Jorge.

Así es como uno encuentra un maestro cuando lo anda buscando. Dos días después Vilo, nueve chicas y tres chicos, entre los que se encuentra Jorge, dejan atrás Cadaqués y se adentran caminando en la montaña en dirección al oeste.

Pasan diez días perdidos en el bosque. Son diez días salvajes y extraños, iluminadores y, al mismo tiempo, totalmente incomprensibles. Como es verano, por ejemplo, Vilo, al grito de ¡Hay que despojarse de aquello con lo que cubrimos nuestra esencia!, les pide que se desnuden y abandonen sus ropas, que se queden sólo con los zapatos y las zapatillas para poder caminar sin lastimarse. Todos le hacen caso, aunque no se deshacen de la pequeña mochila con la que carga uno de los muchachos, un tal Fernando. Durante ese tiempo comen únicamente lo que encuentran por el camino, mientras vagan alejados de cualquier rastro que recuerde a la civilización; nada de senderos ni de refugios ni siquiera de fuentes, pues beben del agua que brota de las rocas o que serpentea por la tierra entre agujas de pino. Un día, casi al final del periplo, cazan un conejo y lo devoran crudo, apenas despellejado, entre todos, lanzando gruñidos desquiciados. Y es que durante esos diez días, lo que realmente hacen es tomar drogas, extraídas de la preciada mochila de Fernando. Y follan. Follan como locos. Entre sí. Reservándose Vilo la potestad de sodomizar a todos los integrantes y dejándose sodomizar por los tres chicos. Una de las noches, Vilo les dice: Fundiéndonos unos con otros no sólo compartimos nuestra energía, la multiplicamos. Esto que estamos haciendo aquí no sólo tiene que ver con nosotros. Estamos alcanzando la esencia caótica del cosmos. Vamos a irradiar el cambio, la supresión de las barreras, por todo el orbe. Estamos comiendo del árbol del conocimiento, pero Dios no va a expulsarnos del Paraíso, porque no existe otra cosa que el Paraíso. Todos gritan, o ríen, o aúllan. Pero, en cualquier caso, lo viven como una experiencia definitiva. Creen en lo que están haciendo. Están muy sucios, es posible que alguno de ellos haya pillado alguna infección peligrosa, apenas han logrado dormir en todos esos días, no han ingerido alimento y, sin duda, necesitan hidratarse más de lo que lo han hecho hasta ahora, pero puede decirse que la absoluta mayoría de ellos se sienten satisfechos, cuando no exultantes, investidos de un poder especial. Por ese mismo motivo, alcanzado el décimo día, Jorge se acerca a Vilo y le dice: He tenido una revelación. Ha venido a visitarme mi animal de poder y me ha dicho que tengo una misión: expandir el mensaje, fundirme con todo aquel que encuentre en mi nuevo camino para incluirlo en el círculo mágico de la transformación. Tengo que irme, maestro, concluye. Vilo lo abraza y se echa llorar con lo que parece una insuperable muestra de júbilo. Después rebusca en la mochila de Fernando y le entrega una bolsita de plástico que contiene lo que parecen unas setas diminutas. Toma, le dice, esta será tu poción mágica; como la de los druidas medievales. Ingiérela cuando entiendas que ha llegado el momento de vivir tu multiplicidad. Ve, hermano Jorge, y esparce la semilla de tu esencia sanadora.

A partir de ese momento, la consciencia de Jorge va a recorrer su particular noche oscura. Cuando se despierta, noches o semanas después, está tumbado en una cama, bastante más limpio que cuando estaba en el bosque. A su lado yace una mujer joven, rubia de pelo corto, de mandíbula prominente y pechos diminutos. Está dormida. Sin tener motivo alguno para ello, Jorge se queda quieto y espera en esa posición durante un buen rato hasta que la chica despierta. Cuando lo ve, parece tan sorprendida como el propio Jorge; tal vez incluso un poco más, y enseguida se va a entender por qué. Se duchan, rebuscan entre los armarios de la cocina y comen algo. Intentan reconstruir lo sucedido, saber cuál es el proceso que les ha llevado hasta allí, pero no consiguen extraer nada más que retazos. Vuelven a la cama, pues es el único lugar del piso en el que pueden sentarse, y Jorge, al ver la bolsita de plástico vacía sobre la mesita de noche, cree entender algo. La chica, por su parte, descubre varias pequeñas manchas de sangre sobre la sábana bajera y dice: ¿He perdido la virginidad? Jorge aprecia entonces el dolor que siente en la base del pene, estudia unos segundos su miembro enrojecido y dice: ¿Eras virgen? Sí, dice ella sopesando la información sumida en una extraña niebla de aceptación. Pues no eres tan joven, dice Jorge, ¿por qué has esperado tanto? Es que nunca me han gustado los hombres, afirma la chica. Soy lesbiana. Se vuelve hacia él y, con una extraña y madura sonrisa, le dice: Por cierto, ¿cómo te llamas? Jorge Charme. ¿Y tú? Emilia. Emilia Veiga López. Poco importa cómo hayan ocurrido las cosas, Emilia, afirma Jorge retomando el control del momento, sin duda todo esto es para bien. El proceso de transformación del mundo conlleva desorientación. Fluyamos con la incertidumbre. Emilia lo mira y no sabe si soltar una carcajada o echar a correr.

Echar a correr será precisamente lo que haga Jorge cuando, tras dos meses y medio de sincopada convivencia en aquel insalubre apartamento en el barrio judío de Gerona, en el que por cierto no vuelven a copular, Emilia le comente que después de dos faltas del periodo se ha hecho la prueba y ha descubierto que está embarazada.

16

El primer recuerdo de Óscar es un hospital. Durante años creyó que se trataba de alguno de los días posteriores a su nacimiento, pero el sentido común le llevó a ubicar el recuerdo en otro momento, tal vez a los dos o tres años de edad. Alguien lo lleva en brazos, eso ahora lo tiene claro, pero de quién se trata no ha logrado saberlo jamás. Recorren un pasillo blanco. Llegan a una habitación y su madre está metida en la cama. A partir de ahí la señal se difumina y se convierte en nieve borrosa. Es como un flash, como una de esas imágenes residuales sin significado aparente que tienen los precog en *Minority Report:* Óscar en brazos de alguien recorriendo un aséptico pasillo hasta llegar a la habitación en la que está postrada su madre. ¿Qué siente en ese momento? Simple captación ocular objetiva, análisis de un entorno desconocido.

A partir de ahí, los que podrían denominarse como sus recuerdos de infancia forman un magma marcado por una extraña fluidez temporal, al estilo del Doctor Manhattan, sin juicio de valor alguno, y delimitarlos cronológicamente resultaría muy complejo porque todo parece suceder en la mente de Óscar de manera simultánea.

Extractos más o menos generales de ese flujo líquido de imágenes sin una evidente significación autónoma:

1) Óscar está incluido en un entorno básicamente femenino. En primer lugar está su madre, siempre presente aunque en ocasiones sólo de manera testimonial; o sea, su cuerpo está ahí pero no su mente ni su espíritu. Por ejemplo, Óscar le regala centenares de dibujos que ella recibe en toda ocasión con una mueca parecida a una sonrisa para acto seguido guardarlos en un cajón del mueble del recibidor. Cuando Óscar, años después, sumido ya en su proceso de delimitación de la personalidad, quiere recuperarlos descubre que han desaparecido; tal vez por culpa de los múltiples traslados de piso propios de esa época. Durante un tiempo vive con ellos su abuela Rosa, la madre de su madre, una mujer oronda de pelo blanco y lacio que siempre viste de gris y que se dirige a Óscar en gallego, sin preocuparse por si este entiende una sola palabra o no. Algunas noches juega a las cartas con el niño, compartiendo con él el contenido del tapón de una de las botellas de orujo que ella ha traído consigo. La abuela también le cuenta leyendas relacionadas con la familia, pero en gallego. En una de esas ocasiones le enseña su carnet de identidad, con una foto en la que aparece con el cabello oscuro y semblante de asesina de niños, y Óscar descubre que sus apellidos son Veiga López, o sea exactamente los mismos que los de su madre. Un día, sin más, la abuela desaparece y Óscar nunca vuelve a saber nada más de ella. Su madre le dice que ha vuelto al pueblo, a Galicia. Son varias las

mujeres que más o menos comparten piso a partir de ese momento con Óscar y su madre de manera consecutiva. Su madre le dice que se trata de amigas o de compañeras de trabajo y que por eso se quedan a dormir de vez en cuando. En un momento indeterminado de ese carrusel de cambios, Luisa entra en escena. Luisa es amiga de su madre, pero una amiga diferente. Si se queda a dormir lo hace en la cama nido de la habitación de Óscar. Y que ella esté allí no implica que no pueda quedarse también a dormir, aunque no en la habitación de Óscar, alguna otra compañera de trabajo o amiga de la madre. Luisa fuma mucho, pero siempre huele a mantequilla y mermelada. Poco a poco su presencia se convierte en habitual, hasta el punto de que es ella la que acaba llevando la intendencia del último piso en el que viven antes de trasladarse al apartamento tutelado. Porque cuando detienen a su madre, es Luisa la que se hace cargo de Óscar. Luisa, con la suave franqueza que la caracteriza, le explica a Óscar que han detenido a su madre por estafa e impago reiterado y también por escándalo público. Tu madre, le explica, ha ido dejando tras de sí muchos recibos sin pagar. Ese es el motivo de que hayáis cambiado tantas veces de piso. Óscar, como no podía ser de otro modo, entiende esas explicaciones de manera parcial, y se limita a intentar encajarlas como buenamente puede en su sincopada visión del mundo, pero le pregunta si de ese piso también van a tener que irse por culpa de su madre. De momento no, responde Luisa, porque los recibos de este piso los pago yo. El día que se aprueba la Ley de Amnistía, en el piso se celebra una fiesta. Su madre no está, obviamente, pero otras muchas mujeres no dejan de hablar de ella, de reír, de fumar y de beber. Al poco se van a vivir al piso tutelado, junto a otras dos delincuentes; una de ellas muy parecida físicamente a una de las cantantes de Las Grecas.

2) Aparte de la temporada en que se materializó la abuela Rosa, Óscar y su madre no reciben visita alguna de familiares. Cuando el niño pregunta, la madre responde: todos viven lejos de aquí y están muy ocupados con sus cosas. Cuando el niño replica que por qué no van ellos a verlos, la madre añade: Viven muy lejos de aquí y yo estoy muy ocupada con mis cosas. Un día, mientras Óscar está con su madre y Luisa en un parque al que nunca suele ir a jugar, se le acerca un hombre, un hombre al que Óscar ha visto hablar con su madre minutos antes. A Óscar le parece grande y apuesto, y le llama mucho la atención su manera de hablar, su dulce y melódico acento, porque

más que hablar parece que canturree. El tipo se acuclilla y le comenta a Óscar un montón de cosas que el niño va a olvidar de inmediato. Al cabo saca de su macuto una pequeña camiseta azul con la figura de Gauchito, la obsoleta mascota del Mundial Argentina '78, impresa en la pechera. Se la entrega al niño, se pone de pie, se enjuga las lágrimas y se marcha después de revolverle el pelo. Transcurrido un rato su madre le dice que ese hombre es su padre. Y sí, su padre también vive muy lejos y está muy ocupado con sus cosas. Óscar no va a echar de menos al hombre grande y apuesto, pero el calificativo destinado a él, padre, va a entrar a formar parte por primera vez en su vida de su sincopada visión del mundo, un mundo, hasta ese momento, en el que los padres, simplemente, no existían. Eso conllevará que vaya elaborando un retrato teórico de lo que es un padre casi por sustracción: mediante la observación de su entorno irá entendiendo dónde debería encajar un padre en el desarrollo de los acontecimientos cotidianos. Pero Óscar, tal como le ha oído decir en más de una ocasión a Luisa, es un bendito y no se queja nunca por no tener a nadie que le lleve a hombros cuando está cansado, con quien ver los partidos de fútbol que dan en la tele o que le ayude con los trabajos manuales.

3) Óscar tiene amigos en el colegio, e incluso entre sus vecinos de la calle, pero nunca vienen a jugar a su casa. Su madre se lo prohíbe de manera explícita, aunque jamás le da explicación alguna del porqué de esa prohibición. Cuando se queja de esa circunstancia, su madre le dice que, si se aburre en casa solo, lea libros, como hacen otros niños de su edad. Siguiendo en esa línea, un día en el que se muestra especialmente ofuscada porque Óscar la ha interrumpido con sus quejas, la madre saca de debajo de su cama una caja de cartón marrón, todavía cerrada con cinta de embalar. Mira, le dice a su hijo arrastrando la caja hasta el comedor, estos libros te los envió hace un tiempo tu padre. ¿Por qué no los lees? Seguro que te gustarán mucho. Y después se encierra en su cuarto de nuevo a tratar de sus cosas con alguna compañera de trabajo. En la caja hay un puñado de libros que a Óscar le parecen viejos y poco atractivos. Apenas puede leer bien los nombres de los autores: Edgar Rice Burroughs, Julio Verne, Mark Twain, Rudyard Kipling y Jack London. Con los libros, piensa él, no se puede jugar a fútbol ni a los soldaditos. Aunque después de la noche de la inundación, va a ser Óscar el que no quiera invitar a ninguno de sus amigos a casa.

4) Gracias a Luisa, o mejor dicho debido a ella, Óscar va a descubrir una nueva dimensión de la intimidad y el afecto. Una noche en que Luisa se percata de que Óscar está llorando en su cama, le dice al niño que, si lo desea, se acueste con ella. Sabe que Óscar no llora porque tenga miedo; ya es mayor para eso. De hecho, sabe a la perfección por qué llora, lo sabe incluso mejor que el niño, por eso precisamente le ofrece cobijo. Cuando llevan un rato acurrucados juntos, bien apretaditos porque se trata de una cama individual, Luisa, viendo que el niño aún no ha dejado de llorar, se saca un pecho por encima del escote del camisón y le dice: Anda, mama un poquito. Ya verás que esto te va a calmar. Entre suaves hipidos, Óscar alza la vista y la mira a los ojos con toda la inocencia del mundo. Yo tuve un hijo, le dice Luisa. Un niño como tú. Ahora ya es grande y no me necesita. Pero a veces echo de menos cuidar de alguien. Por eso me gusta cuidar de ti. Anda, mama un poquito. Óscar conoce a la perfección la diferencia entre un niño de su edad y un bebé, porque entre ambos mundos se extiende un universo temporal. Óscar sabe también lo que significan ya los pechos de una mujer adulta para un niño de su edad, incluso a pesar de haber visto muchos pechos desnudos de mujeres adultas en sus diferentes casas durante años. Sin embargo, al mirar el pecho grande, blando y redondo de Luisa siente algo que hasta entonces no había experimentado nunca: un extraño cosquilleo en la parte baja del estómago. Siente el impulso de mamar, un impulso impropio de un niño de su edad, un impulso que él sabe que tampoco pertenece al lejanísimo mundo de los bebés. Esa impresión se entrelaza de modo imperceptible con una creciente sensación de vergüenza y un apunte de inseguridad. Sabe que se le están subiendo los colores, pero por suerte la habitación está en penumbra. En cualquier caso, y como se fía a pies juntillas de Luisa, hace lo que le ha dicho la mujer y se pone a mamar con cuidado, para no hacerle daño con los dientes. Cualquier asomo de vergüenza o de inseguridad se esfuma casi de inmediato cuando el niño comprueba que el olor de mantequilla y mermelada propio de Luisa que siempre le ha gustado tanto mana exactamente de ese punto de su anatomía. Y de ese modo, el sonido de la succión, el murmullo de su propia saliva, el suave tacto en su lengua y sus labios, mezclado con el aroma a mantequilla y mermelada, provocan que Óscar se vaya tranquilizando hasta quedarse dormido con el recio pezón de Luisa en la boca, olvidado temporalmente de sus tristezas. El encuentro se repite una

segunda vez, digamos que por consenso implícito, cinco días después: se miran de una cama a la otra y, como si vinieran haciéndolo desde años atrás, Luisa aparta la sábana y le deja acostarse a su lado, se saca uno de sus grandes pechos y le da de mamar, algo más de tiempo en esta ocasión, pues Óscar no se duerme automáticamente sino que se aparta del pezón sólo cuando parece sentirse satisfecho. En la tercera ocasión es Óscar el que pregunta: ¿Puedo acostarme en tu cama? A partir de ese momento se establece una dinámica que va a durar más o menos dos meses, y que sufre una inflexión el día en que Luisa es consciente de la erección de Óscar cuando está a su lado. No dice nada al notar aquel tenso bultito a la altura de su cadera. Tampoco dice nada cuando, días después, nota cómo el niño se frota ligeramente contra su muslo. No dice nada, entre otras cosas, porque al percatarse del frotamiento siente un inesperado cosquilleo en el bajo vientre. Cuando es capaz de ubicar en su conciencia ese cosquilleo se siente avergonzada y culpable a un tiempo. Pero no por ello le impide a Óscar que se acueste a su lado, que mame de sus pechos todavía firmes de mujer madura o que se frote suavemente contra su pierna sin saber realmente qué está haciendo. De hecho, una de esas noches, Luisa baja sin pensarlo siquiera la mano hasta la entrepierna de Óscar y empieza a acariciar suavemente su pene por encima del pijama. Óscar, que no deja de ser un niño por mucho que esté ya en el umbral de la pubertad, entiende que lo que le está ocurriendo excede con mucho su capacidad de comprensión, porque entre otras cosas esa agradable caricia entraña una incomprensible sensación de mareo. Lo cual no conlleva temor alguno o el deseo de apartarse sino que despierta en él una desconocida sensación de necesidad. Sin embargo, la puerta a esa sensación se va a cerrar de golpe, porque tan sólo dos días después de esa caricia, Luisa le lleva a la habitación justo después de cenar y le pide que se siente en la cama. Ella permanece de pie. Sin mirarle a los ojos le dice: Óscar, no vamos a volver a hacerlo. Él la mira anhelante, sin saber qué decir. No quiero que te enfades ni te sientas triste, prosigue Luisa, pero no vas a poder volver a meterte en mi cama. Luisa no dice nada sobre lo de mamar ni sobre lo de la caricia, pero el significado de todo ello está ahí, en el fondo de sus palabras. Te quiero mucho, Óscar. Me importas, ya lo sabes, y no quiero confundirte aún más. Porque ya eres mayor. Y yo hace mucho tiempo que estoy sola. Soy humana y también puedo sentirme confundida. Pero soy una mujer adulta, responsable, y sé qué es lo que hay que hacer. Llegará tu momento. Recorrerás tu camino. Y acabarás encontrando a la persona ideal para ti. Acto seguido se inclina sobre el niño y le besa en la frente. Pero a pesar de sus esfuerzos por recomponer la situación, la flecha ya ha sido lanzada y no va a dar marcha atrás para acomodarse de nuevo en el arco.

5) Como Luisa también se siente culpable por la decisión que ha tomado, y con el afán de compensar al niño por lo que sin duda es otra decepción en su vida, para que no sienta, en definitiva, que ella también le aparta de su lado, le hace un regalo. Como sabe que le gusta la ciencia ficción, porque fue ella la que le llevó a un cine del Paralelo para ver *La guerra de las galaxias,* cuando vuelve del trabajo le compra un cómic. Ella no lo sabe, pero no es un cómic cualquiera. Se trata de *La ciudad de las aguas movedizas.* Se narran aquí las aventuras de Valerian y Laurie, agentes espaciotemporales, en una Nueva York del futuro totalmente inundada por el agua de los polos y convertida en una suerte de gigantesca laguna tropical...

17

Vivía en una zona marginal de Nueva York, muy lejos de cualquier cosa que recordase mínimamente al glamour de Manhattan. Había caído allí llegado de la nada, recogido en una taberna inglesa cercana a Grand Central Station por un tipo al que no había visto en mi vida pero con el que ahora compartía aquel diminuto apartamento. Apenas salía de allí. Por una parte, porque no tenía nada mejor que hacer más allá de ir a comprar comida o tabaco y, por otra, porque cuando salía todo me parecía excesivamente feo y gris; me deprimía. Más que en Nueva York tenía la impresión de estar en Bucarest. Además estaba acabando el otoño. Hasta las ventanas del apartamento llegaba el amenazador sonido del Atlántico y el olor aceitoso de la brisa salada. Con mucha frecuencia nos reuníamos dos o tres personas, dependiendo del humor de Vanessa, alrededor de la mesita del comedor para charlar de cualquier tema intrascendente mientras tomábamos vodka o cerveza o whisky o lo que hubiese traído para la ocasión mi nuevo amigo Boluda. Sí, casi podía vernos a los tres filmados en blanco y negro. Boluda incluso lucía de vez en cuando, a pesar del considerable tamaño de su cabeza y de su pelo largo y rizado, un sombrerito como el de John Lurie en *Extraños en el paraíso*. Es verdad que estaba tres o cuatro veces más gordo que Lurie, pero también es cierto que Vanessa era mucho más guapa y sexy que la chica húngara de la película, de la que no recuerdo el nombre. Por lo demás, aquellas charlas alrededor de la mesa parecían ser una sola e insulsa conversación interminable estirada día tras día. Algo que redundaba en mi sensación de incompetencia, porque, como cabe suponer, no había averiguado nada sobre el pasado de mi abuelo, aparte de recabar algo de información sobre lugares en los que era posible que hubiese pasado un tiempo, como el mítico Hotel Nassau, o trabajos en los que podría haber participado, como la construcción de las viviendas cercanas al paseo marítimo.

Pero también estaba lo del teatro. Por las tardes y durante una buena parte de las noches, Boluda y yo escribíamos. Yo me sentaba en el sofá cama azul con el ordenador portátil sobre las piernas y Boluda se dedicaba a moverse por la habitación como un tigre enjaulado, soltando largas parrafadas que, gracias a mi intervención, acababan convirtiéndose en líneas de diálogo más o menos aceptables. Esa extraña colaboración creativa compensaba todo lo demás, le daba un aire diferente a mi estancia en Nueva York; un aire diferente a todo lo que había hecho hasta ese momento en mi vida. Podía decir que, por primera vez en mucho tiempo, me sentía cómodo, tranquilo, haciendo justo lo que tenía que hacer.

Por eso estuve a punto de tirar la toalla. Estuve a punto de quedarme en Nueva York, al menos por una temporada. El hecho de que me mantuviese de forma encubierta con la excusa de escribir una obra de teatro juntos estaba muy bien, encajaba con mi manera de comportarme en esos años, pero sabía perfectamente que la situación tenía fecha de caducidad. Además, temía que en algún momento me pidiese cuentas, algo que habría sido comprensible a pesar de que mi aparición le había servido también como excusa para seguir estando cerca de Vanessa. Lo de quedarme no era más que una ilusión, y no tardé en entenderlo. La ilusión de sentir que perteneces a algo; lo mismo que desea el chapero Will Smith en *Seis grados de separación*. Porque, después de todo, el trío que formábamos Boluda, Vanessa y yo en Long Beach era fruto de las circunstancias, de una serie de casualidades que habían permitido que se estableciese una dinámica desquiciada pero aparentemente estable. No éramos realmente amigos, pero yo sentía que esas personas me aceptaban, y yo las aceptaba a ellas. La situación era inusual, seguramente incomprensible para cualquiera, pero a mí, al menos eso llegué a suponer durante un tiempo, me funcionaba. No es que hubiese alcanzado a tener un conocimiento superior sobre la vida o sobre mí mismo y que eso me hubiese llevado a la conclusión de que había llegado a encontrar mi lugar en el mundo. No. Se trataba de que estando en Nueva York, mientras escribía esa obra de teatro, sentí que no necesitaba nada más. En mi proceso de reconstrucción, podría decirse que era un simple esqueleto con unos pocos músculos, como cuando el Doctor Manhattan se presenta junto a la verja de la base de Gila Flats gritando, pero en ese momento quise creer que ya no necesitaba seguir rehaciendo mi campo intrínseco; con lo que había conseguido hasta ese momento me bastaba. Era un acuerdo de mínimos con la existencia. Era una absoluta irresponsabilidad. Pero no puedo negar que estuve tentado de hacerlo. Y si no lo hice no fue porque mis elevados principios tirasen de mí y me devolviesen a la senda del samurái. Qué va. Fue simplemente porque el brillo perturbado de los acontecimientos se esfumó y, de nuevo, me entró el pánico.

En cuanto Boluda dio por finalizada la versión definitiva de la obra y aceptó el título: *Omaha;* en cuanto me la trajo impresa y encuadernada en cartón y plástico transparente y pude tenerla en mis manos; en cuanto leí mi nombre, Óscar Charme, bajo el suyo en la esquina inferior derecha de la cubierta, me vi de regreso en Berlín. Me vi abriendo el cajón frigorífico que contenía el cuerpo sin vida de mi madre, Emilia Veiga López. Me vi sentado junto a la ventana que daba al cruce de Manteuffelstrasse y Reichenberger Strasse, viendo pasar a las chicas montadas en bicicleta. Me vi desintegrándome de nuevo, metido en mi particular cámara de pruebas sometido a los rayos de dos potentísimos cañones de partículas. Cuando acabé de ojear la obra impresa, de la que no fui capaz de leer una sola línea, temí mirarme las manos por si me ocurría lo mismo que a Michael J. Fox en *Regreso al futuro*. Creo que me mareé, porque tuve que sentarme en una silla y Vanessa me trajo un vaso de agua. Es el síndrome del creador, me dijo Boluda con una sonrisa de satisfacción, el vértigo que produce ver plasmados tus sueños. Pero lo que yo sentí en ese momento es que toda la fuerza por la que me había sentido tocado mientras escribíamos *Omaha*, una obra de teatro en la que creía haber reflejado, al menos parcialmente y de un modo indirecto, parte de mis descubrimientos, se había esfumado de golpe. Lo que estaba sufriendo se parecía mucho más a un bajón de coca. Durante un breve periodo de tiempo me había sentido en disposición de responsabilizarme de mi nueva existencia. Porque me olvidé voluntariamente de la necesidad de contarme mi propia historia, de remontarme atrás en el tiempo hasta encontrar una raíz sólida para reconstruir mi campo intrínseco. Durante un tiempo me creí en disposición de vivir en un mundo inmaterial. Pues bien, todo eso acabó de golpe cuando vi mi nombre escrito en la cubierta de aquella obra de teatro.

18

La primera impresión que Ryszard se lleva del Nuevo Mundo no puede definirse más que como decepcionante. Una vez en el barrio de Brooklyn, ciudad de Nueva York, entiende que sus expectativas eran por completo infundadas, pues lo que él esperaba encontrar era una ciudad del futuro. ¿Y qué significa eso? Por una parte esperaba encontrar a su llegada cosas nunca vistas, como máquinas voladoras, impresionantes edificios de cristal del tamaño de montañas, similares al famoso Crystal Palace de Londres, altísimas chimeneas humeantes que hablasen de progreso y tecnología, gente vestida de un modo extravagante y llamativo. Por otra parte, algo en su interior anhelaba recuperar la grandeza del imposible mundo de su infancia, con grandes palacios de corte zarista, cientos de soldados vestidos al estilo del antiguo imperio, grandes parques con glorietas en el centro, cúpulas doradas, sonido de violines en el aire. Todo presidido por el equilibrio y la armonía. No tenía motivo lógico alguno para esperar tales cosas, pues Ryszard, a pesar de haber dejado los estudios a una edad bastante temprana, no es precisamente un joven ignorante, ha leído un buen puñado de libros, también ha ojeado siempre que le ha sido posible los periódicos que llegaban a la aldea de Dorf, cerca de Heidelberg, y por encima de eso es, a todos los efectos y a pesar de su don para la presciencia, una persona racional. Su insostenible fantasía tal vez se debió a la emoción de la huida, o a la sensación de inmensidad que notó ante sí en el momento de embarcar. O tal vez se debió a la culpa y los remordimientos al pensar que sin duda el mundo por el que había optado tenía que ser infinitamente mejor y más fascinante que aquel que dejaba atrás. Y, sin embargo, lo que ha encontrado al llegar al barrio de Brooklyn son calles sin asfaltar, viejos edificios de dos o tres plantas con las fachadas ennegrecidas por el hollín, carros cargados de viandas tirados por caballos, montones de ruidosas personas vestidas de un modo inequívocamente pobre y ese repugnante olor a col hervida en el aire que creía haber dejado atrás para siempre. Por no hablar de la espesa capa de pesimismo y desesperación que parece flotar sobre todas las cosas, herencia todavía palpable de la gran crisis de 1929.

Es cierto que le llama la atención el porte regio de la Estatua de la Libertad desde la lejanía, cuando enfilan la bahía del Hudson, así como el escarpado perfil que la ciudad dibuja en la zona de Battery, pero la impresión se volatiliza cuando el barco amarra junto a la isla Ellis para que el pasaje cumpla con los farragosos trámites del Departamento de Inmigración. Ahí, entre otras lindezas, que van de la revisión indiscriminada de los genitales masculinos a desparasitar de un modo salvaje a todos los recién llegados con unos polvos que parecen sosa cáustica, a Óscar le cambian para siempre el apellido. En Hamburgo, el familiar de su conocido le inscribió como Ryszard Schwärmer, Ryszard Visionario, pues su fama le precedía y había tomado la parte por el todo, y exactamente lo mismo va a ocurrir con el funcionario de la isla Ellis: como no entiende bien lo escrito en su carta de identidad debido a la caligrafía gótica, toma la nota del pasaje y transcribe lo que hay en ella sin siquiera preguntarle; si bien el torpe empleado público estadounidense suprimirá la diéresis de la a. Ryszard, que no sabe una sola palabra de inglés, es testigo mudo de ese trámite sin quejarse, pues al leer lo que han inscrito en su tarjeta lo que siente es una profunda vergüenza. Él todavía no lo sabe, pero a partir de ese momento y al menos durante varios años va a ser, a ojos de todo aquel que le conozca, Ryszard Schwarmer. Lo único bueno del asunto es que, una vez en el Nuevo Mundo, los inmigrantes quieren librarse a toda prisa de aquello que han traído consigo, incluida su propia lengua, y cada vez serán menos los que comenten algo relativo a la palabra Schwarmer cuando él les diga su nombre. Así pues, no sólo le han tratado como un animal a su llegada, le han cambiado el nombre tomando por su apellido aquel ridículo mote, y ha recalado en una zona de la ciudad que se parece demasiado a una pequeña ciudad de provincias de Alemania o Polonia. Tal vez en Manhattan las cosas sean diferentes y pueda sentirse el latido del futuro, pero desde esas embarradas y ruidosas calles al otro lado del puente el futuro parece más alejado que nunca del presente de Ryszard.

Durante más de una semana, Ryszard se siente hundido porque cree que ha cometido un terrible error al cambiar de planes. Su intención inicial, antes incluso de embarcar, era llegar al barrio del Bronx, al norte de la isla de Manhattan, donde tenía que encontrarse con Rudy Vorgrimler, primo del vaquero Meller, el del ternero con la mancha en forma de manzana mordida. El tal Rudy regenta un próspero negocio de cerrajería y arreglo del calzado; por lo visto, también en el Nuevo Mundo resultan útiles y necesarios los zapateros remendones. Meller, teniendo en cuenta la destreza de Ryszard con el martillo y las tenazas, le había asegurado trabajo. Esa era, por lo tanto, la intención inicial. Y la única a decir verdad, porque Ryszard no había pensado cuál iba a ser el siguiente paso. Pero en el barco, durante la larguísima travesía, ocurrió algo que iba a cambiar el curso de los acontecimientos. En la vida de Ryszard, todavía Krasniewski aunque ya no por mucho tiempo, va a cruzarse el señor Gerd Müller.

Cuando llevan ya cinco días en alta mar, durante uno de sus paseos por cubierta, Ryszard se topa con un hombre de mediana edad doblado sobre la borda de estribor, vomitando como si el mundo estuviese tocando a su fin. Ryszard se detiene a su lado y, al ver que se tambalea, le ayuda a sentarse en el suelo, sobre las raídas tablas de madera. Al tocarlo, el joven siente un potente fogonazo en su consciencia. Ve cosas raras que pasan ante los ojos de su mente a toda velocidad: elefantes acarreando madera, un gran hotel frente a una playa desierta, una trastienda invadida por una niebla blanca y ligera, y de nuevo las banderas blancas y rojas con la cruz gamada aunque ahora en una foto de periódico... Siente un vahído y se acuclilla junto al hombre. ¿También te mareas, muchacho?, le pregunta sin apartar la vista del frente. No, responde Ryszard, que todavía no le ha soltado el brazo, es otra cosa. Pues a mí el barco me está matando. Llevo así desde que salimos de Hamburgo. Ryszard no sabe de dónde sale el impulso, ni tampoco sabe cómo asociar ese impulso a las imágenes que acaban de pasar ante los ojos de su mente a velocidad supersónica, pero siente la extrema necesidad de ayudar a ese hombre. El problema radica en que no tiene ni la más remota idea de qué podría hacer por él. Sin pensárselo siquiera, apretándole con algo de más fuerza el antebrazo, le dice: Para evitar los mareos, haga lo siguiente: al levantarse de la cama o al irse a acostar flexione su cuerpo cinco veces y tóquese si puede la punta de los pies. Después respire hondo diez veces tomando aire por la nariz y expulsándolo por la boca. Muy lentamente. Intente mantener la mente en blanco durante unos segundos y diga en voz alta: balsa de aceite, navego sobre una balsa de aceite y nada se mueve. Y por último, intente no atarse con mucha fuerza los cordones de los zapatos. Si puede, déjeselos sueltos, sin atar. ¿Por qué ha dicho Ryszard esa sarta de sandeces? No lo sabe. Digamos que le ha salido de dentro, casi como un eructo.

Mientras ve cómo el hombre de mediana edad vuelve tambaleándose a su camarote, Ryszard piensa que la ha fastidiado, que el destino le ha enviado una señal y que él no ha estado a la altura. Por ese motivo pasa todo el día siguiente sumido en las más oscuras ensoñaciones, echando mucho de menos a Angela y sintiéndose de lo más culpable por haberla abandonado sin despedirse siquiera. Lo cierto, se dice, es que soy un desastre, soy el mayor fraude de la historia. Sin embargo, esa misma noche viene a buscarle el señor Gerd Müller, y tras presentarse muy educadamente, le da un fuerte abrazo y le estampa dos besos en las mejillas. No sabes lo bien que me han ido tus consejos, hijo, le dice. Hoy sólo he vomitado una vez, y creo que fue por culpa de los asquerosos garbanzos que nos sirvieron al mediodía. Mira, insiste al tiempo que da dos vueltas sobre sí mismo, se agacha y se toca la nariz. No me mareo. A partir de ese momento, inician una relación que acabará convirtiéndose en algo parecido a una amistad, a pesar de estar marcada por la diferencia de edad. El señor Müller le habla de sus dos hijos, Ralph y Ute. Según las palabras del padre: un vago el chico, más o menos de la edad de Ryszard, y una prometedora aspirante a bailarina ella, con quince años recién cumplidos. Le habla de su difunta mujer. Le habla de sus múltiples experiencias en los diez años que lleva ya en Estados Unidos. Un gran país, muchacho, un gran país, no lo dudes, pero muy poquita cosa comparado con la inmortal Baviera. Y es que el señor Müller es oriundo de Múnich. Ryszard está tentado de preguntarle por qué se fue entonces de su querida Múnich, pero sabe que el comentario pasaría por ser una impertinencia y no quiere ofender al señor Müller. Porque el señor Müller también le habla de su negocio, una panadería ubicada en la calle Uno, a sólo manzana y media de Prospect Park, en Brooklyn, Nueva York. Y, debido al grado de confianza que han alcanzado, también le ofrece trabajo en dicha panadería. Un empleo pequeño, de momento, le dice, mozo de almacén. Hay muchos sacos de harina que cargar, aclara, y el gandul de mi hijo no da abasto. También puedo ofrecerte alojamiento. A mi hermana le sobra una habitación y su piso no queda muy lejos de la panadería. Él acepta. Este segundo plan, sin lugar a dudas, le ofrece más garantías que el primero. Harina. Una panadería, piensa no sin ironía Ryszard. Qué diría el padre de Angela de esto.

Y ahí está ahora, en las escaleras del inmueble donde vive la hermana del señor Müller, Brunilda, de vuelta de la panadería, con su gorra marrón, la que asegura que perteneció a su padre, calada hasta las orejas. Lleva ya dos semanas durmiendo ahí. Lo que no le explicó el señor Müller durante el viaje es que una parte de su exiguo sueldo habría de servir para pagar el alquiler de la habitación. Como tampoco le explicó que su hermana sufre alguna clase de trastorno mental. Tiene más de cuarenta años pero no está casada ni tiene hijos. No es muy agraciada, es cierto, pero tiene unas buenas caderas y unos pechos bien rotundos, lo que en teoría la faculta para parir con garantías. Lo de que sus pechos son rotundos Ryszard puede afirmarlo con conocimiento de causa porque la ha visto pasearse desnuda tres o cuatro noches por el apartamento, a pesar de las bajas temperaturas, tarareando canciones que al joven Ryszard no le suenan de nada. Dentro de un par de meses, el señor Müller va a hacer referencia, casi como de pasada, al sonambulismo de Brunilda. Pero no sólo es sonámbula. En primer lugar, su humor es cambiante, imprevisible. A veces parece una niña pequeña. Una extrañísima niña pequeña, a decir verdad. Dos veces ha intentado meterse en su cama por la noche aduciendo temores nocturnos y pesadillas. Otras veces se comporta como una vieja bruja resentida con el mundo. En esas ocasiones maldice en inglés, en alemán y en otro idioma que bien podría ser chino. A veces le prepara la cena a Ryszard, a veces le culpa por no haberla preparado él. Guarda compulsivamente toda clase de trastos inservibles que va acumulando junto a las paredes del pasillo. No está lo que se dice muy interesada por la limpieza y el orden. Y para rematar, algunas noches se orina en la cama, de forma involuntaria se entiende, lo que conlleva que su habitación, y en ocasiones el apartamento al completo, huela a rayos. Aparte de eso, Brunilda no es mala persona. Se interesa por Ryszard, al que no tarda en llamar

Richard, y después simplemente Rick; será la primera pero no la única, ni mucho menos, en hacerlo. Habla con él de los chismorreos que corren por el barrio, le comenta con todo lujo de detalles los acontecimientos más escabrosos y oscuros relacionados con los vecinos, y le pregunta sobre su jornada laboral y sobre sus sobrinos. A Ryszard esas charlas le van muy bien, porque son su primer contacto con el idioma inglés más asilvestrado y más difícil de entender, el de la calle.

En la panadería a Ryszard le ocurre algo parecido a lo que le ocurrió al llegar a la casa de su tía Hanna: se encuentra en un ámbito ajeno en el que se ve obligado a competir, por activa o por pasiva, con el primogénito de la familia; en este caso, Ralph. Y Ralph es alto, corpulento y malcarado. Lo bueno es que, como ya ha pasado antes por ello, Ryszard cree saber qué teclas debe pulsar para que todo vaya como la seda. Enseguida descubre, por ejemplo, que a Ralph hay que dejarle llevar la voz cantante, aunque no tenga gran cosa que decir, y que si uno tiene un poquito de paciencia resulta sencillo ver cómo se le va toda la fuerza por la boca y acaba viniendo a pedir ayuda u opinión sobre cualquier cosa. No es que el hijo del señor Müller sea un gandul, como había asegurado su padre, pero como a su tendencia soñadora le suma cierta dosis de arrogancia y todo ello va aderezado por una evidente falta de luces, el resultado no es precisamente un joven resolutivo o eficiente. Como Ryszard habla poco, además, el tontorrón de Ralph cree entender que se trata de un apocado chico de pueblo sin mucho carácter, y eso le lleva a relajarse en el trato. Poco a poco van trabando amistad, o, mejor dicho, Ralph va tomándole cariño y convirtiéndole en digno de su confianza. Trabajan codo con codo, acarreando sacos o llevando pedidos allí donde tengan que llevarlos; lo que le permite a Ryszard irse haciendo un mapa del barrio, en el que ubicar caras y nombres que él supone que es imprescindible conocer; como el de la anciana rentista Elisabeth Norton, que le sacará de un problema en el futuro. Por otra parte, el trato con gente conlleva que su vocabulario en inglés aumente cada día de manera exponencial. Lo cierto es que no tienen un solo minuto libre durante sus doce horas de jornada laboral. Pero gracias a los chistes y los desaforados comentarios de Ralph, que a decir verdad tienen gracia en la mayoría de las ocasiones, la situación no parece tan dura.

Ryszard conoce a Ute, la hija del señor Müller, cuando lleva ya seis meses en Brooklyn, Nueva York. La muchacha estudia en un internado católico en Massachusetts y no vuelve a su casa hasta las vacaciones de verano. Las primeras veces que se cruzan, Ryszard apenas repara en ella. Es una muchacha algo más alta que las chicas de su edad, pero ni sus rasgos ni sus ojos ni sus labios parecen destacar especialmente. Además, lleva siempre el cabello recogido bajo un pañuelo gris. Ella, por su parte, se muestra muy distante, podría decirse incluso que un tanto altiva. Bien, piensa Ryszard, tú a lo tuyo y yo a lo mío. Sin problemas. En esos días, Ralph le dice: Mi hermana podría ayudarte a mejorar tu inglés, Rick, ¿por qué no se lo pides? Ryszard rechaza la oferta aduciendo que está muy ocupado y que su proceso de aprendizaje va a un ritmo normal. Pero una tarde ocurre algo que, de nuevo, va a cambiarlo todo para siempre. Algo que abrirá una grieta en el discurrir de los acontecimientos por la que va a escaparse cualquier sentido de la normalidad.

Ryszard está solo en el almacén de la panadería, apilando los sacos de harina que acaban de dejar en la puerta los transportistas de la cooperativa de Nueva Jersey. Descansa unos segundos y aprovecha para ir al baño. De repente, nota algo en el aire. Es música. Parece un violín. Y viene del otro lado de la pared. Ryszard se encarama sobre la taza del váter y, aprovechando el hueco dejado por uno de los ladrillos, mira hacia el otro lado. Lo que ve es una imagen que jamás se borrará de su cerebro. La sala que hay al otro lado es bastante más pequeña que el almacén, pero tiene una hermosa cúpula de cristal que hace de lucernario. Bajo la cúpula hay una tarima de madera, y sobre la tarima hay un gramófono, del que sale la música, y también está Ute. Ute lleva puesto un vaporoso vestido blanco y se ha soltado el pelo, una espléndida cabellera negra de rizo tupido, que ondea al viento al tiempo que ella da vueltas sobre sí misma o ejecuta gráciles movimientos de baile al ritmo de la música. Ute, en ese preciso momento, es la cosa más hermosa que Ryszard ha visto en su vida. Que la melodía es *Amapola* lo descubrirá días después, cuando le pregunte a Ralph cuál es el disco que su hermana no se cansa de hacer sonar en el gramófono. Amapola, lindísima amapola. A los ojos de Ryszard, desde su posición de espía, toda la escena queda difuminada por una especie de niebla blanca y ligera, seguramente provocada por los restos de harina que Ute levanta del suelo al bailar.

Sí, es una de las imágenes que Ryszard vio con los ojos de la mente al agarrar del brazo al señor Müller en el barco. Por eso de nuevo, como en aquella ocasión, siente un vahído y tiene que aferrarse con fuerza del hueco dejado por el ladrillo de la pared. Resbala sobre la tapa del váter y el ruido, a pesar de no ser gran cosa, llama la atención de Ute. Sin embargo, aunque la muchacha cambia el gesto y adopta una media sonrisa sarcástica, no deja de bailar, exactamente con la misma entrega que había empleado hasta ese momento. Ryszard baja con mucho cuidado de la taza del váter, cierra la puerta del baño y sigue acarreando sacos de harina, también con entrega, pero con la cara roja como un tomate. Al ir a cerrar la tienda, cuando todos se despiden, Ute aprovecha para decirle a su padre: Tiene que desinfectar el baño del almacén, padre. ¿Por qué, Ute? Porque creo que he visto una cucaracha, dice la joven mirando a los ojos a Ryszard de forma implacable.

En la siguiente ocasión que Ute pilla a Ryszard espiando desde el baño del almacén, sale a su encuentro y se sitúa frente a él con los brazos en jarras. Imponente y delicada a partes iguales. Tranquilo, le dice la joven, no voy a decírselo a mi padre. Pero vamos a hacer una cosa. Quiero que dejes de espiarme. Ya eres mayorcito para eso y a mí me gusta ensayar sola, sin que nadie me mire. A cambio, te voy a enseñar a hablar bien inglés. Yo ya hablo bien inglés, responde Ryszard irritado aunque sin levantar la vista del suelo. Ni lo sueñes. Cuando hablas inglés pareces una mula. A partir de ese momento las semanas de Ryszard se organizan en torno a las tardes de los martes y los jueves, cuando la prometedora bailarina Ute ejerce de profesora particular de inglés para él.

Ahora ya no tiene duda, Ute es la cosa más bella y radiante de toda Nueva York. Qué demonios, de toda América. Aunque sólo fuese por verla, habría valido la pena atravesar el Atlántico. Es cierto que, en ocasiones, sobre todo durante los paseos de los domingos por la tarde, cuando se aventura hasta las cercanías del puente de Brooklyn sorteando borrachos y maleantes de todo pelaje y observa con aire nostálgico el curso del imponente río Hudson hacia su desembocadura, siente una punzada de culpa. No sólo al pensar en su familia y en lo mal que lo deben de estar pasando por su insospechada fuga. No sólo al pensar en Angela, debido principalmente a lo que le está ocurriendo con Ute. El foco principal de su sentimiento de culpa nace de sus dudas respecto a las pesadillas que le han traído hasta aquí. ¿Dónde están las banderas rojas y blancas con la extraña cruz?

¿Dónde están los millares de soldados alemanes alineados en perfecta formación? ¿Dónde está el hombre de bigotito minúsculo que quiere acabar para siempre jamás con el pueblo judío? De momento, nada de eso existe. Le angustia sentir, por otra parte, que no ha vuelto a soñar con ello desde que montó en el barco. Pensándolo bien, le angustia sentir que, desde que conoció al señor Müller, no ha vuelto a experimentar ningún fogonazo presciente o paranormal. Tal vez haya perdido su don. Es más, tal vez su don no haya sido sino una fantasía o una excusa para no vivir en el presente. Pero todos esos pensamientos angustiosos desaparecen en cuanto vuelve al trabajo. El desgaste físico sólo le permite pensar en una cosa: las clases de inglés. O sea, Ute.

Durante el verano nace algo entre ellos que va más allá de la relación profesora-alumno. Ute descubre una persona sensible, sin dejar de ser viril, bajo esa armadura de músculos cada vez más consistentes, forjados a base de acarrear sacos y cajas. Ryszard, aparte de aplicarse al inglés como a ninguna otra cosa que haya hecho en la vida, descubre a una chica sensata, equilibrada y voluntariosa bajo ese precioso cuerpo casi etéreo. Pero el verano se acaba y no han podido decirse lo que a ambos les habría gustado decirse. Por eso durante el otoño, el invierno y la primavera siguiente entablan un secreto aunque encendido intercambio epistolar, en el que sí pueden decirse las cosas de manera más o menos directa.

A todo esto, el señor Müller se ha percatado de que el muchacho que conoció en el barco es ahora un hombre hecho y derecho. No sólo es alto y fuerte, también es bien parecido; las mujeres del barrio así se lo han dado a entender, y entre ellas la anciana rentista Elisabeth Norton. Y las clases de inglés con su hija han funcionado la mar de bien, porque cuando ahora habla parece un inmigrante de segunda generación, no da la impresión en absoluto de haber llegado a Nueva York hace poco más de un año. Por esos dos motivos, amén de por su buena cabeza para los números, herencia de su padre, según afirma el joven Ryszard, decide ponerlo al frente de la tienda para que ejerza de encargado. Incluso le sube el sueldo, aunque eso, de entrada, todavía no le permite costearse otro alojamiento.

A todo esto, empiezan a llegar de Europa preocupantes noticias relacionadas con el hombre del bigotito minúsculo, que resulta llamarse Adolf Hitler. Primero la prensa en alemán de la ciudad habla de su victoria en las elecciones. Meses después relatan la aprobación de la Ley Habilitante, que otorga todo el poder al canciller, que ya no necesita del Parlamento para aprobar leyes. Son muchas las fotos en las que se ven concentraciones de fieles seguidores de Hitler y de su Partido Nacionalsocialista Alemán de los Trabajadores. Y Ryszard no sabe si alegrarse o echarse a temblar, porque también empiezan a dejarse ver algunas banderas con la cruz gamada en las calles de Brooklyn, y también de otros barrios, principalmente en Yorkville, cerca de Harlem, tal vez porque entre los inmigrantes alemanes, que las han pasado canutas a lo largo de los últimos años, ha llegado el momento de proclamar su superioridad moral. También en la panadería ocurren esas cosas. Cuando llega la primavera, Ryszard encuentra un curioso libro, no sabe si del señor Müller o de Ralph, en el estante de madera bajo la caja registradora, su título: *Mein Kampf*, el autor: Adolf Hitler. Al ojearlo, siente miedo por primera vez desde que llegó a América. Nadie en la familia del señor Müller está al corriente de su origen judío, porque él se ha cuidado muy mucho de decírselo a nadie, por eso lo incluyen sin más en sus conversaciones sobre el orgullo que entraña pertenecer a una raza superior, a pesar de las penurias en el Nuevo Mundo, y la amenaza que suponen para la sociedad los avariciosos judíos; culpables, entre otras muchas cosas, de la nefasta crisis de 1929. Los calificativos asociados a la estirpe de Abraham van subiendo de tono a medida que pasan las semanas. Para cuando llega el verano, rata y judío vienen a ser sinónimos. Y cuando el padre de Ute se dispone a ir a buscar a su hija a la estación de tren, procedente del internado en Massachusetts, se coloca por primera vez el brazalete con la cruz gamada encima de la americana del traje.

Nada más verse, en la panadería, en los ojos de Ute y de Ryszard se materializan todos los anhelos y las emociones que han ido atesorando durante el invierno. En los días siguientes, si se cruzan o están juntos en la misma habitación, Ute parece siempre al borde de las lágrimas y Ryszard se equivoca en las cuentas y se le caen las cosas de las manos. Cuando por fin pueden estar solos, en la trastienda y tan sólo unos segundos, Ryszard se arrodilla y le agarra con fuerza de las manos y se las lleva a los labios y las besa de un modo desaforado. Ella abre la espita de su llanto y no puede parar de hipar y sorberse los mocos. Esos encuentros fugaces e insatisfactorios será lo único de lo que van a poder disfrutar durante un par de semanas. Pero la querencia afectiva y sensual que los une forma una especie de arco eléctrico en el aire durante sus jornadas de trabajo que casi resulta visible.

El señor Müller, como mínimo, empieza a notar algo raro. Tal vez se deba a que ha interiorizado hasta la médula el mensaje nazi: Siempre alerta. ¡Despierta, Alemania! En cualquier caso, lo que cree apreciar no le gusta lo más mínimo y se mostrará especialmente susceptible y vigilante. Sin embargo, bien cierto es lo que dicen de que el amor no conoce barreras ni impedimentos, porque aun así los jóvenes enamorados encuentran ocasiones para verse y avanzar un poco más en el conocimiento del otro.

Primero se besan en la boca. Después Ryszard le toca un pecho por encima de la ropa a Ute. Después por debajo. Después acaricia la piel de sus muslos. Y después, la tarde en que medio se tumban sobre la tarima donde Ute suele ensayar, el señor Müller irrumpe en la sala con un rodillo de amasar y golpea a Ryszard con él en la boca del estómago y en el costado y en la zona lumbar. Está hecho una furia. Jamás lo ha visto así. Parece dispuesto a acabar con él. Y grita: ¡Maldito cerdo apestoso! ¡Has abusado de mi confianza! ¿Acaso te crees digno de mi hija? Ryszard entiende que tiene que defenderse porque su vida corre peligro. Aprovechando que el señor Müller se ha detenido para tomar aire, Ryszard se incorpora de un salto, cierra el puño de la mano derecha y tensa el brazo. Cuando el padre de Ute vuelve a alzar el rodillo, para golpearle sin duda en la cabeza, Ryszard lanza un rápido y potentísimo directo de derecha salido de la nada que se estampa contra el pómulo izquierdo del señor Müller. Se escucha el crac del hueso, un sonido que Ryszard guardará para siempre en su memoria. El hombre de mediana edad ni siquiera se tambalea, cae hacia atrás como un enorme fardo de harina, golpeándose con fuerza la cabeza contra el suelo y levantando una blanca y ligera niebla. Durante varios segundos, nadie se mueve. Ute mira a Ryszard con evidente pánico y, acto seguido, se lanza hacia el cuerpo de su padre. ¿Qué has hecho, animal?, le grita al joven. ¡Estás loco! ¿Querías matarlo? Ryszard no encuentra el impulso necesario para justificarse. Está colapsado. Ha pasado de la imparable pasión sexual al miedo y de ahí a sentir un desconocido poder físico. Se mira el puño cerrado y el brazo todavía tenso. ¡Dios mío!, grita Ute. ¡No noto su respiración! ¡Ve a buscar alguien, idiota! Pero la mente de Ryszard se está moviendo en otra dimensión de la realidad, no está estrictamente aferrada al momento presente. Mira muy despacio a su alrededor y piensa que acaba de ser expulsado del Paraíso. Este mundo se acabó, piensa. Para él, ese momento, el señor Müller noqueado,

Ute gritando, la niebla blanca y ligera, el lucernario... forman parte del pasado. Y sí, al cabo echa a correr, pero no para ir en busca de alguien que pueda ayudar al que ha sido su patrón hasta ahora, sino para llegar al apartamento de Brunilda antes de que nadie la alerte y no le permita sacar sus cosas.

19

Pasarán algo más de dos años hasta que Óscar entienda por propia experiencia que las sensaciones que descubrió durante las visitas a la cama de Luisa no dependían exclusivamente de meterse en la cama con Luisa. Durante ese tiempo experimenta una extraña confusión al pensar en su compañera de habitación. Siente por ella una atracción muy poderosa, pero eso no implica un aumento en la afectividad. Aprecia a Luisa como persona, le tiene mucho cariño, pues, entre otras cosas, es lo más parecido a un miembro de la familia que conoce. Se entienden bastante bien, o como mínimo ella se esfuerza por entenderle, y eso vale su peso en oro en el entorno de Óscar, en el que siempre han escaseado las muestras de apego. Pero incluso para un niño como Óscar no resulta difícil entender que la afectividad de Luisa es también un poco sincopada, extrañamente seca para una mujer tan carnosa como ella. Tiene sus momentos, por ejemplo cuando le dejó meterse en su cama aquella primera noche o todas las veces que le ha llevado al cine, pero esas muestras se esfuman igual que aparecen sin relación aparente con la realidad objetiva. Si está aquí, con mi madre, con nosotros, debe de ser por algo, piensa el niño Óscar, dando por supuesto algún secreto trauma o problema psicológico en el pasado de Luisa. Así pues, se siente atraído por ella, o mejor dicho por las sensaciones físicas que ha despertado en él, pero sigue tratando a Luisa como siempre. Por otra parte, como tampoco sabe asociar todavía dicha sensación con su propio cuerpo, la puerta que cerró Luisa después de varias sesiones de iniciación deja clausurado temporalmente ese campo de investigación sensitivo. Aunque no por mucho tiempo.

A modo de compensación, durante esos dos años Óscar se dedica a profundizar en el campo de la ciencia ficción, donde encuentra no sólo satisfacción sino algo mucho más importante: reconocimiento. Siguiendo de forma indirecta el consejo de su madre, que le había propuesto que leyese los libros que le había enviado su padre desde Argentina si se sentía solo en casa, empieza a tomarle afición a la lectura. Pero no lee a Rudyard Kipling ni a Jack London. En la biblioteca del barrio descubre un nuevo universo por el que transitar formado por autores como Isaac Asimov, Ray Bradbury, Arthur C. Clark o Robert A. Heinlein. Tratándose de una persona que se siente atrapada en una realidad infinitamente gris, sin alternativa visible, sin Obi-Wan alguno que le indique el camino que debe seguir, la posibilidad de imaginar una multiplicidad de planos de existencia hace que su conciencia se expanda. Se suman también a sus lecturas varios libros de Philip K. Dick, mucho más difíciles de captar en su totalidad para un niño de su edad, pero que Óscar utiliza para ir completando pieza a pieza la noción de que la vida podría ser mucho más de lo que simplemente captamos con los sentidos. Y una tarde de otoño, tras pasar la última página de *El fin de la eternidad*, de Asimov, Óscar percibe por primera vez en carne propia la multiplicidad.

Está andando por el pasillo del piso, camino del lavabo, cuando experimenta la profunda, casi palpable sensación de estar al mismo tiempo en otro interior, en otra casa o piso. Su mente se mueve al mismo tiempo en dos territorios, como mínimo. Eso es lo que siente. Tiene la profunda impresión, la intuición lúcida, palmaria, de que su vida puede estar desarrollándose en planos diferentes de la realidad, de que, de hecho, su vida se está desarrollando paralelamente en otras realidades también paralelas, que hay otros Óscar viviendo otras vidas en otras dimensiones. Tal vez un Óscar parecido pero diferente, adulto, con hijos, con esposa, en una casa adosada; o un Óscar indigente, en una ciudad del Tercer Mundo. Y la sensación tiene que ver con el punto de contacto, con la grieta a través de la cual sus diferentes yoes se ponen en contacto. La sensación, por lo tanto, resulta imposible de traducir, pero la experiencia puede ubicarse en un punto a medio camino entre lo individual y la totalidad. Lo que él va a recordar es que, de repente, su existencia, con sus circunstancias concretas, se le hace extraña, ajena. Se siente a miles de kilómetros de su propio cuerpo y de su propia inteligencia, muy lejos, y sin embargo no puede dejar de saberse él mismo.

Montones de pequeñas cosas nos aportan puertas para la experiencia de la multiplicidad, para contactar con el océano de la consciencia, le dirá tiempo después Víctor, la única persona con la que podrá hablar de estos temas. Nos asustan esas muestras y nos cerramos a ellas, pero están ahí y si las aceptamos tal vez sí, y sólo entonces, podamos encontrar respuestas.

Pero Óscar es todavía un niño, a pesar de que el vello ha empezado a tomar incómoda posesión de ciertas partes de su cuerpo, por lo que esa primera experiencia no va a resultar determinante para él, aunque va a ser capaz de reconocerla a la perfección cada vez que se repita; también va a reconocerla cuando la recupere, siendo adulto, estando en Berlín. Es más bien como una semilla, algo que incentivará su curiosidad. Por una parte, porque una experiencia así, una experiencia de la multiplicidad, es imposible de ubicar por definición, porque es un momento que expande la consciencia y elimina las limitaciones, todo aquello que condena, como las imposiciones de la ordenación cronológica o las de la narración de un sueño. Por otra, porque en la mente de un niño todavía no están totalmente delimitadas las fronteras entre la percepción subjetiva y el mundo exterior, gracias, en gran medida, a que a esa edad la imaginación todavía no ha sido desterrada a las mazmorras de la inteligencia; eso de lo que habla Will Smith en su discurso sobre *El guardián entre el centeno*. En el caso de Óscar, las fronteras las va a fijar definitivamente el descubrimiento del sexo. Y como el proceso de fijación empezará casi de forma correlativa a la lectura de *El fin de la eternidad*, en su mente ambas cosas, la experiencia personal de la multiplicidad y el impulso sexual asociado a su propio cuerpo, van a solaparse durante una larga temporada. Porque la misma noche en que acaba el libro de Asimov y experimenta la multiplicidad en el pasillo de su casa, Óscar descubre el significado de la famosa sensación asociada hasta entonces al hecho de haberse metido en la cama de Luisa dos años atrás.

Óscar siempre se duerme de inmediato en cuanto apoya la cabeza en la almohada, pero esa noche le cuesta dormir; algo que, después de lo vivido, no resulta insólito. Da vueltas y más vueltas intentando calmar su mente, dejarla en blanco, para que el agotamiento acabe cerrándole los párpados. Pero no hay manera. A eso de la una y media de la madrugada, Luisa entra en la habitación con la intención de irse a dormir. Óscar, seguramente porque se siente investido de una nueva y extraña energía que debe de mantener escondida a ojos de los demás, no la saluda ni le dice nada, sino que se hace el dormido, manteniendo eso sí los ojos entrecerrados. Curiosamente, durante el tiempo transcurrido entre las noches que compartió cama con Luisa y el presente, Óscar no ha sentido el impulso de seguir investigando en ese territorio. Como ya se ha explicado, para él aquella sensación estaba, hasta ese momento, indisolublemente unida a las circunstancias que la provocaron, había sido a sus ojos, por lo tanto, una experiencia única e irrepetible; en gran medida por exigencia de Luisa, pero también porque para la sensibilidad del niño Óscar las cosas buenas de verdad están condenadas a durar lo que dura una llamarada de fuego apasionado. Sin embargo, esa noche se dedica a mirar a Luisa con los ojos entrecerrados sabiendo muy bien qué es lo que va a ocurrir a continuación: ella se quitará la ropa y, desnuda como su madre la trajo al mundo, se meterá en la cama para dormir. En ese instante, Óscar se siente como cuando Andrew Harlan, el protagonista de *El fin de la eternidad*, empieza a desconfiar de las órdenes de su jefe, Twissell, y decide emprender acciones impulsivas por cuenta propia que van a revertir contra su propio mundo estático y bien definido. Sí, Óscar puede intuir que lo que está haciendo, espiar de un modo supuestamente inocente a una mujer cuando se está desnudando, va a variar el orden de su universo. Aun así, no cierra los ojos ni se da la vuelta. Y sus sospechas se ven confirmadas cuando Luisa se quita el sujetador y Óscar puede apreciar desde su posición la rotundidad de sus pechos y el color morado de sus bien perfiladas areolas. Se ven confirmadas porque vuelve a sentir de nuevo ese especial cosquilleo en el bajo vientre. Un cosquilleo que aún se acrecentará más cuando Luisa se quite los pantalones y, cubierta únicamente con unas bragas caladas de color azul celeste, realice un par de incursiones por la habitación en busca de algo indeterminado. Por primera vez en su vida, Óscar experimenta una erección directamente sexual. Es toda una sorpresa, y está a punto de dar un brinco, pero se controla y sigue mirando hasta que Luisa se mete en la cama y apaga la lámpara de su mesilla de noche. Poco a poco la erección remite y Óscar, como en los viejos tiempos, como dos años atrás cuando estaba en la cama que tiene ahora justo enfrente, se queda dormido como un bebé.

A partir de ese momento, Óscar sabrá qué anda buscando cuando intenta quedarse despierto hasta que llega Luisa, siempre de madrugada. Busca repetir una y otra vez esa sensación especial, porque entiende que en ella se aglutinan diferentes matices sensoriales que le eran ajenos hasta ahora de forma tan definida. Le eran ajenos pero no por completo desconocidos, pues después de esa noche entiende que su trayectoria vital parece haber ido dibujando un sendero que, de algún modo y por alguna extraña razón, lleva justo hasta ahí, hasta esa sensación especial que hace que el pene se le endurezca. A veces logra mantenerse despierto hasta que aparece Luisa, y no puede sino celebrarlo de un modo íntimo y secreto, pero en otras ocasiones le vence el cansancio, o bien son sus propias ensoñaciones, las imágenes que recrea en su mente antes de que lleguen a suceder, lo que poco a poco le arrastra hacia el territorio de la inconsciencia. En cualquier caso, dos o tres semanas después de la primera vez empieza a entender que el mero hecho de mirar no resulta suficiente, no calma el ansia, agradable y mortificante a partes iguales, que genera la visión del cuerpo desnudo de Luisa. Quiere algo más, pero no sabe bien qué hacer. Guiado por ese desasosiego empieza a buscar nuevos estímulos. Empieza a observar las fotografías de las revistas del corazón que de vez en cuando rondan por el piso con otros ojos. Intenta imaginar aquello que en las instantáneas sólo se sugiere: un retazo del muslo de una princesa nórdica, el canalillo del escote de alguna actriz norteamericana entrada en años, el rastro de un biquini en el trasero de una presentadora de televisión. Busca, no deja de buscar. Quiere respuestas.

Y ahí es donde entra en parte, de nuevo, la multiplicidad: a Óscar le gustaría ser otra persona, ser un hombre adulto, alguno de esos personajes que agarra de la cintura a alguna hermosa hembra en las fotografías de las revistas. Esos hombres parecen tener la respuesta que anda buscando. Ser consciente de la distancia que separa su pubertad de la edad adulta de esos hombres le duele de un modo inconsolable. Pero aun así no cesa en su empeño. Espía torpemente a las supuestas amigas y compañeras de trabajo de su madre que, de vez en cuando, pasan por casa. Las espía cuando están en la cocina y cuando están en el baño, pero el resultado es nimio.

Y entonces, una tarde en que está solo en casa, hastiado de leer *Dune*, pues tiene la cabeza en otro sitio, entra en su habitación y, sin saber muy bien por qué, empieza a abrir los cajones de la cómoda en la que Luisa guarda su ropa. Al abrir el segundo cajón topa con las bragas caladas azul celeste de Luisa y siente cómo su pene se pone erecto casi de golpe sin previo aviso. Al intentar colocárselo de un modo adecuado bajo la goma del calzoncillo nota que, al rozárselo, su ansia se activa pero también se calma. Por eso se baja los pantalones y los calzoncillos y empieza a frotarse el pene, lentamente al principio, acelerando a medida que el ansia va acrecentándose. En su mente se mezclan todas las imágenes que ha ido atesorando durante esas semanas hasta componer una figura femenina extrañamente poderosa e imponente. De repente, se vuelven las tornas y la calma parece abalanzarse de un modo salvaje e inopinado, como si de un tsunami se tratase, sobre su mano, su pene y su cuerpo al completo. Un rayo atraviesa su cerebro. Un espasmo recorre su torso pubescente. Y varios incontrolados fogonazos de semen surcan el aire y aterrizan encima de las bragas caladas de color azul celeste de Luisa. Tarda unos segundos en reaccionar. Jadea. Con el pene todavía en la mano piensa: Era esto. Lo piensa de un modo tranquilo, sin aspavientos ni celebraciones eufóricas. Después baja la vista y la fija en las bragas. El nerviosismo se apodera de él, pues el placer y la calma van dejando paso a toda velocidad al sentido de culpa. No está cien por cien seguro de lo que ha ocurrido, pero intuye a la perfección que no es algo por lo que uno deba ser reconocido o señalado. Además, siente que, de algún modo, ha traicionado la confianza de Luisa. No se le ocurre nada mejor que frotar la tela para hacer desaparecer la mancha, pero eso no hace sino extenderla dejando gran parte de la braga blanquecina, húmeda y viscosa. Se sube los calzoncillos y los pantalones y, frenético, busca un sitio donde guardar la prueba de su delito, como si Luisa o su propia madre estuviesen a punto de entrar y pillarle junto al cadáver aún fresco. Al cabo levanta la almohada de su cama y deja las bragas debajo. Alisa el cobertor y se queda un rato mirando la composición. Todo bien. Todo correcto. ¿No? Cierra el cajón de la cómoda y vuelve al salón a leer. A pesar de la incertidumbre que atosiga a Óscar, Luisa nunca va a echar de menos esas bragas. Lo que tampoco puede suponer Óscar entonces, sentado en el salón con los ojos clavados de nuevo en las páginas de *Dune*, el libro de Frank Herbert, es que acaba de dar el primer paso para poner fin definitivamente a la relación con su madre.

20

Despertado a la dolorosa realidad de un modo más inesperado e impactante que nunca debido al embarazo de Emilia Veiga López, extrañísima compañera, más que amante, durante apenas tres meses en la desolada y gris ciudad de Gerona; sumergido todavía en los efectos de una inmensa resaca metafísica, fruto de una borrachera más metafísica todavía provocada por la unión de un anhelo inescrutable, las palabras de un maestro iluminado y la ingesta indiscriminada de drogas psicotrópicas con un elevado poder alucinatorio, Jorge Charme se monta en un avión en Barcelona y vuela hasta Buenos Aires. Apenas se ha despedido de Emilia. Simplemente le ha dicho: Me voy, pero volveré pronto. Necesito aclararme, poner en orden la relación entre mi mente y mi alma. No te estoy abandonando, que te quede claro. No te dejo tirada. Me importa mucho tu embarazo, puedes creerme, y el fruto de nuestra relación. Por eso me voy, para ordenar mi mente y actuar de la manera adecuada. Emilia, que sin duda es más lista de lo que puede dar a entender su parquedad a la hora de expresarse, no se toma ni mucho menos aquellas palabras al pie de la letra; entre otras razones porque todavía no ha asimilado eso del fruto de su relación. De hecho, se pregunta, ¿a qué relación se refiere? No espera nada de Jorge, según le dice, dando a entender una especie de madurez impropia de su edad. Lo cierto es que está tan confundida como Jorge. Antes de salir del piso de Gerona para tomar el tren que ha de llevarle a Barcelona, Jorge se despide diciendo: Volveré. Confía en mí. Todo saldrá bien. Hemos dado lugar a una vida. No voy a olvidar jamás la responsabilidad que eso entraña. Y es precisamente la palabra «jamás» lo que peor suena de todo lo que ha dicho. Porque su cara le delata. Si la confusión de Emilia puede pasar por madurez debido a su laconismo, el miedo de Jorge no hay modo de esconderlo a pesar de toda esa sarta de lugares comunes que él intenta hacer pasar por afirmaciones sinceras e inamovibles.

Ya en el avión, mientras cruza el océano Atlántico, entiende que la sensación que atenaza su estómago es pura y simplemente pánico. Cuando las ruedas de aquel gigantesco 747 de color blanco con franjas azules de la compañía Aerolíneas Argentinas tocan el suelo de la pista número 2 del aeropuerto Ezeiza, admite que es posible que lo que debía ser su periplo mediterráneo se le haya ido de las manos.

No quiere ni siquiera pensar todavía en lo que podría suponer hacerse cargo de otro hijo. El mero hecho de pensar en la palabra hijo provoca en su estómago una sensación parecida a la náusea que causa el vértigo ante lo irremediable. La palabra hijo le hace sentirse culpable porque ya tiene un hijo, Edgardo, del que apenas sabe nada desde hace muchos meses y al que no ha visto desde hace sin duda demasiado tiempo. Pero es que la palabra hijo también genera en su interior el impulso de salir corriendo hacia cualquier lugar, lejos de donde haya sido generada. Porque el nacimiento de su hijo Edgardo, pobre criatura inocente, coincidió con el inicio del oscuro proceso psicológico que había de llevarle a sufrir aquel tormentoso episodio de fuga disociativa. Pero seguramente lo que más le duele a Jorge es pensar, mientras recoge el equipaje en la cinta transportadora, que los dos proyectos vitales más importantes de su vida, de signo no sólo opuesto sino voluntariamente contrario, el matrimonio con Natalia Burruchaga y su solitario viaje por el mundo en busca de la paz espiritual, han acabado desembocando en lo mismo: engendrar un hijo. Algo debe de estar mostrándole la vida. Pero se lo está mostrando de un modo drástico y aterrador. Lo máximo que llega a decirse, montado ya en uno de los típicos taxis negros con capota amarilla de la capital argentina, es: En algo me estoy equivocando.

Se fue de la Argentina al ritmo de las ensoñadoras canciones del grupo Sui Generis, siempre un símbolo de emotiva promesa, y regresa a un país crispado, al borde del desastre; y además, el grupo de Charly García se separa: hay anunciado un macroconcierto en el Luna Park para dentro de unos días. Nota la tensión en el aire mientras recorre las calles de Buenos Aires en el taxi, al tiempo que escucha alguna inútil soflama de la presidenta María Estela Martínez de Perón. Desde el aeropuerto ha llamado a su viejo amigo Óscar Ruggeri, con el que ya había acordado desde España alojarse en su apartamento durante unos días; entiende inviable, tanto a nivel anímico como moral, alojarse en el lujoso dúplex de Recoleta, junto a la que todavía es su mujer.

Lo que no podía suponer entonces, todavía en Gerona, era lo que iba a encontrar en el minúsculo apartamento de Óscar en el barrio del Tigre. Sabe que su viejo amigo, con el paso del tiempo, ha ido radicalizando su posicionamiento ideológico, está al corriente de su deriva hacia el peronismo de corte socialista y revolucionario, pero lo que no podía imaginar es que hubiera pasado a la clandestinidad:

hace ya tres años que milita en una célula del ilegalizado movimiento montonero. Cuando entra en el apartamento por primera vez le da la impresión de estar penetrando en una película francesa de algún director de la *nouvelle vague*, o mejor aún en la película de Jean-Pierre Melville *El silencio de un hombre*. Se trata de un cubículo desangelado en extremo. Tétrico bajo la escasa luz eléctrica. Treinta metros cuadrados como mucho. A las paredes les iría de perlas una buena mano de pintura, pero no le da la impresión de que el apartamento esté muy sucio.

Los dos amigos se abrazan y se besan en las mejillas y se dicen cosas como: Loco, cuánto tiempo. Pero mientras Jorge luce un llamativo tono bronceado que proclama a las claras, incluso contra su voluntad, a qué ha dedicado su tiempo durante los últimos meses, la cara de Óscar, el antaño ferviente seguidor de las aventuras del mago Mandrake, tiene un tono gris ceniza que otorga a su expresión, incluso contra su voluntad, la tétrica seriedad de un agente de la Stasi. Justo al poco de cerrar la puerta a sus espaldas es cuando Óscar le confiesa, en voz muy baja, junto a la puerta del baño, que es montonero y que, desde hace ya casi un año, vive en la clandestinidad. Le dice que su nombre ahora, para los camaradas, es Amancio. También le dice que esa misma noche van a celebrar una reunión, no del todo formal, en el apartamento y que, si lo desea, puede irse al cine durante ese rato o quedarse, pero que tiene que saber que corre cierto riesgo si decide esto último. Jorge todavía está aturdido por el viaje y por lo que en él ha venido pensando. Obviamente no está preparado para analizar como merece la situación en la que, sin comerlo ni beberlo, se está viendo involucrado, por eso le dice que está demasiado cansado para ir a ninguna parte. Pero mientras deja la bolsa de lona con sus exiguas pertenencias junto al sofalito en el que tendrá que dormir las noches que se quede en el apartamento de su viejo amigo, le pregunta a Óscar por qué se ha metido en ese quilombo de la lucha armada revolucionaria. El país va de cabeza al liberalismo económico Óscar nuestros derechos y libertades están siendo esquilmados por este gobierno opresor manejado en la sombra por el poder económico y bendecido por el ejército juntos están convirtiendo nuestra amada patria en el feudo de unos pocos fascistas para los que los derechos de los trabajadores o incluso el patriotismo son un estorbo alguien tiene que plantarles cara servirles de espejo objetivo y pararles los pies y esos somos nosotros. Y lo dice todo de un tirón, sin tomar aire. A lo que añade: No debería extrañarte. Si te hubieses quedado aquí... Y no dice: En lugar de irte a ver mundo con la excusa de encontrarte a ti mismo como un aburguesado yanqui cualquiera, pedazo de egoísta inconsciente, pero su mirada lo da a entender. ... También habrías dado ese paso. Jorge decide no seguir hurgando en esa grieta y, tras asentir sin convicción, le dice: ¿Puedo darme una ducha?

Al salir del baño, un rectángulo de unos escasísimos dos metros cuadrados, se topa con una joven muy delgada de pelo corto y escaso pecho y se lleva un sobresalto enorme, pues se parece, o esa es la primera impresión que él tiene, a Emilia. Óscar se la presenta: Esta es Vicky, mi compañera. Al oír compañera, Jorge no sabe si se refiere a su pareja o a una correligionaria. Tampoco sabe si Vicky es el equivalente femenino de Amancio en el caso de Óscar o se trata de su nombre real. Al cabo aparecen cinco personas más, tres hombres y dos mujeres. A uno de los hombres Óscar se lo presenta con cierta pompa, los lleva a los dos a un rincón y dice: Este, querido amigo, es el inestimable Profesor Neurus. Profesor Neurus, digamos que este es un buen patriota argentino recién llegado del otro lado del Atlántico. Se dan la mano. El tal Profesor Neurus, obviamente un alias, se dice Jorge, es un hombre más bien bajito, de pelo corto y liso con llamativas entradas, que luce gafas negras de pasta, tras las que se oculta una mirada directa y un tanto intimidante, y una sonrisa de corte socarrón. Parece extranjero, se dice Jorge, de origen británico tal vez. En él se va a fijar, desde la amable distancia que ofrece estar sentado en el sofalito y no alrededor de la mesa, durante el decurso de la reunión no del todo formal que tiene lugar en el minúsculo salón del apartamento, pues es el integrante del grupo que parece disponer del discurso mejor estructurado y, por lo que Jorge opina, más tocado por el sentido común. Durante un momento en el que la cosa parece acalorarse, por ejemplo, el tal Profesor Neurus dice que los Montoneros deben volver a integrarse al pueblo, separar a la organización en células de combate estancas e independientes, distribuir el dinero entre las mismas y tratar de organizar una resistencia masiva, basada más en la inserción popular que en operativos del tipo foquista. Pero la chica, la tal Vicky, que resulta además ser la hija del tal Profesor Neurus, le replica: Papá, sabemos de sobra que es imposible combatir el sistema desde dentro del sistema. El sistema acaba fagocitando a todo aquel que... Jorge ya no escucha nada más porque, al reclinar la cabeza sobre el respaldo del sofalito, envuelto como está en el narcótico humo de los cigarrillos que allí se fuman sin descanso, se queda dormido sin siquiera ser consciente, fruto muy posiblemente del desajuste horario más que del profundo aburrimiento.

A altas horas de la madrugada, Óscar lo despierta zarandeándolo por el hombro. Todos se han ido pero la consistente nube de humo sigue allí. Con una torva sonrisa, Óscar le pregunta: Lo reconociste, ¿no? Jorge, desde lo más recóndito del desfase horario, replica: ¿A quién? ¡A Rodolfo Walsh, loco!, exclama con un aspaviento aunque sin alzar la voz. Tras rebuscar durante unas insuficientes milésimas de segundo en su memoria, Jorge asiente y dice: Sí, claro. Cómo no iba a reconocerlo. E intenta sonreír también formando una mueca absurda. Óscar asiente convencido. Jorge también asiente, le suena vagamente el nombre, pero no tiene ni idea de quién es el escritor y activista político Rodolfo Walsh. No me siento culpable, se dice Jorge a modo de mantra cuando su amigo ya se ha retirado a dormir. A mí hace muchos años que no me interesa la política y no voy a cambiar justo esta noche. Lo que a mí me importa son las cuestiones del espíritu, lo imperecedero. Pero se lo dice a sí mismo con la boca pequeña, porque antes de cerrar los ojos de nuevo, ahora en una posición algo más cómoda, lo que realmente le importa es el sentimiento de culpa que le corroe al pensar, por mucho que evite encarar de frente esa cuestión, que está en Buenos Aires y todavía no ha llamado a Natalia. En su padre y su madre, allá en su panadería de Rosario, ni siquiera piensa; a decir verdad, el hecho de que su padre le retirase la palabra por haber abandonado, como lo definió su padre, a su esposa y a su hijo para irse a correr mundo, supuso casi un alivio.

Por eso a la mañana siguiente, o, mejor dicho, pocas horas después del fin de la reunión no del todo formal en el apartamento de Óscar, Jorge se viste y baja a la calle para llamar a la que en teoría es todavía su casa desde una cabina de teléfono pública. Tras cinco tonos, que Jorge afronta con el corazón latiéndole en la garganta, le responde una voz desconocida que, con un giro atildado, proclama: Residencia Burruchaga, dígame. ¿Quién es usted?, pregunta Jorge. Soy Rita, dice la mujer, ¿con quién tengo el gusto de hablar? ¿Rita?, piensa, ¿quién es Rita? ¿La sirvienta? La situación contraría de tal modo a Jorge que, en lugar de identificarse, dice: Quiero hablar con la señora Charme. Querrá decir con la señora Burruchaga. No, insiste, no quiero hablar con la señora Burruchaga sino con la señora Charme. Bien, sí, dice

Rita. ¿Con quién tengo el gusto de hablar? En un extraño ramalazo que contradice la enseñanza en el desapego que Jorge creía haber adquirido durante su periplo asiático y después durante su periplo mediterráneo, y sobre todo durante su estadía bajo el amparo de las enseñanzas de Vilo, dice: Soy su marido. ¿Quién?, replica Rita con lo que parece auténtica sorpresa. Su marido. El señor Charme. Se produce un larguísimo silencio. Bien, sí, acaba diciendo Rita. Y luego la conversación se acelera. ¿Qué desea? Hablar con mi esposa. La señora Burruchaga no está. Querrá decir la señora Charme. Bien, sí. No está. ¿Y dónde está? En la hacienda de Mar del Plata, con su mamá. ¿Y mi hijo? ¿Quién? Mi hijo, Edgardo, ¿dónde está? Bien, sí. El señorito Edgardo está también en Mar del Plata. Se establece de nuevo un largo silencio, pero ahora es Óscar el que le pone fin. Bien, sí, dígale a la señora Charme que he llamado, ¿de acuerdo? ¿A nombre de quién le dejo el mensaje?, replica Rita con tono de nuevo atildado como si esa fuese la primera frase que intercambian. Jorge baja la voz, aceptando la derrota y dice: A nombre de Jorge Charme. Dígale que estoy en Buenos Aires, que estoy bien, y que volveré a llamar dentro de un par de días.

Pero no llama al cabo de un par de días. La sensación de que en este punto del mundo, que hasta no hace mucho había sido su hogar, la vida ha seguido sin él, de que los acontecimientos han transcurrido no sólo dejándole de lado sino borrándolo directamente de la ecuación, es demasiado intensa y dolorosa para sobrellevarla tal cual. Por eso no va a llamar en un par de días. Hay que aclarar que no va a dejar de hacerlo de un modo voluntario. Digamos que aparta su atención de ese foco, excesivamente real, excesivamente hiriente, y la centra en aspectos marginales de su cotidianidad. Es un movimiento inconsciente de defensa que, bien mirado, se acerca peligrosamente, aunque él no lo imagine, a la temida fuga disociativa. Nada más colgar el teléfono, por ejemplo, se echa a andar por las calles del barrio del Tigre. Compra el periódico *La Nación* en un quiosquito y, con la mejor predisposición del mundo, le echa un vistazo superficial... hasta llegar a la sección de economía, donde topa con el nombre de su suegro. Por lo visto, el potente grupo empresarial del que ahora es dueño y señor, Inversiones Burruchaga, se ha aliado con la importantísima empresa metalúrgica Acindar, dirigida por su buen amigo José Alfredo Martínez de Hoz, para adquirir siete pequeñas empresas de fabricación de componentes eléctricos y electromagnéticos indispensables para la construcción de autos, refrigeradores y aparatos de televisión. Toda la operación, por lo visto, se ha llevado a cabo con el visto bueno de otro viejo amigo de su suegro, Celestino Rodrigo, en esos momentos, y a pesar de las durísimas críticas que está recibiendo, todavía ministro de Economía del gobierno de María Estela Martínez de Perón. Cierra el periódico y lo tira a una papelera. Parece que hace buen día y que no va a llover. Qué bien volver a estar en Buenos Aires, se dice. Y sigue caminando durante horas hasta llegar a una librería.

Casualidad o no, en una de las mesas se topa con un libro de Rodolfo Walsh. Es *Operación Masacre*. Lo ojea detenidamente, le dedica una buena media hora. Se plantea comprárselo, pero el tema no le interesa lo más mínimo; es más, le incomoda e incluso le asquea. ¿Por qué a alguien se le habrá ocurrido escribir un libro de investigación sobre unos fusilamientos ilegales? ¿Qué influjo positivo le aporta eso a los posibles lectores, a la población en general? Pero ojeándolo experimenta uno de esos momentos de claridad de los que tiempo después, en varios de sus propios libros, hablará con todo lujo de detalles. Tras analizar el estilo de Walsh, esa utilización de lo literario al servicio de una visión subjetiva, ese tomar los datos reales para transmitir un enfoque personal, Jorge piensa, casi como quien no quiere la cosa, que tal vez podría hacer él algo parecido con su propia experiencia, con sus viajes. O sea, podría escribir un libro. En un primer momento es un pensamiento fugaz, huidizo. Ni siquiera es algo por lo que merezca la pena detenerse. Pero en el camino de vuelta al apartamento de su amigo Óscar, alias Amancio, la idea, como si de una astillita clavada en su conciencia se tratase, empieza a hacerse un hueco en sus reflexiones. Tal vez podría hacer una intentona, se dice al entrar en el apartamento. No perdería nada por probarlo, se dice mientras se prepara un sándwich. Jorge tiene varias libretitas con notas sobre la India o Grecia o Israel que ha llevado consigo a todos lados. Dispone de unas cuantas fotos. No demasiadas, es cierto, pero sí las suficientes para crear un clima, para provocar la necesaria evocación que despierte con viveza el recuerdo. En mis tiempos, se dice, fui un avezado lector. Y al recordar sus lecturas de infancia un resorte le empuja a dirigirse de nuevo a la librería donde ojeó el libro de Walsh y a comprar un par de libros de bolsillo de Rudyard Kipling y Jack London. Esa misma tarde y durante gran parte de la noche, aprovechando que Óscar no aparece, se la pasa leyendo los autores que marcaron su primera juventud. No lee ningún libro al completo, va saltando de uno a otro, leyendo pasajes sueltos, activando resortes de memoria, poseído por una incontrolable emoción que conlleva que el mundo exterior desaparezca por completo. Se queda dormido con *El libro de la selva* abierto sobre el pecho.

A la mañana siguiente empieza a escribir el que va a ser su primer libro: *El viaje de la verdad profunda*. Primero a mano, en uno de los cuadernos que traía consigo, pero cuando Óscar le consigue una máquina de escribir, una vieja Remington, el repiqueteo ya no va a cejar hasta mes y medio después. Así nace a veces una vocación, como muy bien explicará Jorge Charme en su libro *El cuento que sanó la vida del rey*, de un momento de claridad al que se le suma una buena dosis de ilusión aplicada a una empresa que tal vez no lleve a ningún sitio.

En cuanto acaba la redacción del primer manuscrito, Jorge Charme se obsesiona con la idea de verlo publicado. Está exultante. Quiere seguir avanzando. Y el siguiente paso lógico, según su desatada manera de pensar en esos momentos, es que el mundo entero comparta y disfrute con él las experiencias que ha volcado en esas páginas. No puede ver otra cosa. No existe nada más. Le puede la euforia. Si él ha logrado plasmar lo que ha logrado plasmar como quien dice de una sentada, algo que jamás habría creído posible tan sólo unas semanas atrás, todo el asunto tiene que proseguir a ese ritmo. ¿Para qué detenerse a corregir? ¿Para qué darle tiempo al cerebro a que empiece a dudar? Este libro es el fruto de lo que he aprendido en mis viajes. Este libro es una parte de la vida. Y la vida es incertidumbre, le explica a su amigo Óscar, es lo que cuento en mi libro. Hay que vivir según se presentan los acontecimientos. Quiero doblarme como una espiga bajo la boca del viento, proclama parafraseando a Neruda de forma no totalmente involuntaria. Ese es el grado de perfección al que yo aspiro.

A pesar de la euforia, que a ojos de su viejo amigo está empezando a convertirse en incomprensible e irritante impaciencia; a pesar de los contenidos del manuscrito, tan sumamente alejados de su visión básicamente marxista, Óscar decide echarle una mano a su huésped, o a su invitado de larga duración; porque Óscar no ha llegado a plantearse, absorto como estaba en la escritura, la posibilidad de alquilar una piecita por su cuenta, o siquiera de pasarle un alquiler simbólico a Óscar por dejarle dormir en el sofalito y hacer uso de todo lo que en el apartamento atesora. Así pues, el clandestino Amancio le pasa el manuscrito a una correligionaria instalada todavía en la legalidad, de nombre Silvana Duarte, editora júnior de Ediciones La Flor, pensando que, partidaria ella también del materialismo histórico, rechazará con cajas destempladas aquel proyecto de libro, pues al fin y al cabo se trata tan sólo de un esbozo a medio camino entre la novela sentimental y el diario burgués. Pero se equivoca. A la tal Silvana le encanta *El viaje de la verdad profunda* y lo propone en la editorial para que sea publicado. A sus jefes, por lo visto, también les gusta, o como mínimo ven viable económicamente su publicación, pensando en una franja de mercado, cada vez más en alza, que gusta de las aventuras de corte realista con un toque esotérico y místico, y por eso aceptan la propuesta. Los de Ediciones La Flor redactan un contrato, que todavía no le dejan leer pero que podrá firmar en breve, y le dicen a Jorge que han encontrado un hueco en su programación y que podrían sacarlo casi de inmediato si él da su consentimiento. Él lo da sin pensar siquiera en el contrato. ¡A quién le importa un contrato cuando estamos viendo funcionar la sinergia de las fuerzas cósmicas! Al comentarlo con Óscar, le dice con una sonrisa entre boba y orgullosa: No podía ser de otro modo.

Con la satisfacción que da ver que los planetas se alinean según su conveniencia, Jorge vuelve a acordarse de Natalia y de Edgardo. El éxito, que él siente inminente, atenúa la culpa en esta ocasión. Sin embargo, cuando llama por teléfono, a la hora de la cena con la intención de asegurar el tiro, vuelve a topar con el muro llamado Rita. Bien, sí, la señora Burruchaga y el señorito Edgardo no están en la ciudad, señor. ¿Y dónde se encuentran la señora Charme y mi hijo Edgardo? Están pasando unos días de asueto en Florida, Estados Unidos. ¿Y qué hacen allí, si puede saberse? Al señorito Edgardo le hacía mucha ilusión visitar Disney World. Bien, sí, dice Jorge. Pero la señora Burruchaga ha dejado un mensaje para el señor Charme, añade por sorpresa la tal Rita. ¿Y de qué se trata? La señora Burruchaga quiere que el señor Charme deje una dirección o un teléfono para poder contactar con él. ¿Y eso?, pregunta sorprendido Jorge. La señora Burruchaga tiene algo importante que comunicarle y quiere hacerlo a la brevedad. ¿Y qué es eso tan importante? Se produce un largo silencio. Bien, sí, lo que la señora Burruchaga quiera decirle a otras personas no es en absoluto de mi incumbencia, señor... Pero voy a decirle, sólo pensando en el bien de la señora Burruchaga, que tiene que ver con alguna clase de trámite legal de suma importancia. De acuerdo, replica Jorge ya desganado. Dígale que no se preocupe, que volveré a llamar dentro de unos días. ¿No va a dejar ningún teléfono, pues? Volveré a llamar, Rita. Usted dígale eso. Y cuelga el aparato. ¿Disney World? ¿Edgardo quería ir a Disney World? ¿Pero qué edad tiene Edgardo? Es en ese momento cuando la culpa vuelve a abrirse paso en la conciencia de Jorge. Tal vez es por eso, por el deseo de acallar ese runrún implacable, por lo que la mente de Jorge salta a la otra orilla del Atlántico, concretamente a la adormecida y gris ciudad de Gerona. Dios mío, ¿cuánto tiempo ha pasado desde que me fui?, se pregunta ya aterrorizado. Rebusca con dedos temblorosos en su cartera y encuentra un papelito con un número de teléfono. Tarda un buen rato en acertar la combinación de prefijos internacionales y regionales hasta escuchar el primer tono. Obviamente, Jorge no piensa que está llamando al otro lado del mundo, a un lugar con un huso horario diferente. Despierta a Emilia, que ni se muestra nerviosa ni enfadada ni sorprendida. Él intenta provocar que en su voz aparezca alguna clase de emoción, pero no hay manera. Vista la situación, es él el que intenta paliar esa carencia y, sin saber muy bien cómo, vuelca la euforia por la publicación del libro en la cuestión que los une y se muestra desmedidamente contento al saber que Emilia está a punto de dejar atrás el primer trimestre de embarazo y que todo va bien. Nada de náuseas, por ejemplo. Emilia no suelta prenda sobre su día a día, ni siquiera tirándole de la lengua. Por eso él, en un ataque de responsabilidad paterna llegado de alguno de los planetas que parecen haberse alineado en su favor, le dice: Ya ves que no me olvido ni de ti ni del bebé. Os tengo muy presentes. De hecho, empiezo a tener algunas cosas claras. Quiero que sigas adelante con el embarazo, ¿de acuerdo? Emilia no entiende a qué se refiere con esa frase; y si lo entendiera sin duda se echaría a reír por la escasa comprensión de Jorge respecto al proceso de gestación. Yo voy a estar presente, ya lo verás, afirma de forma categórica. Y para empezar, como las cosas me están yendo bien por aquí, voy a enviarte un dinero. Van a publicarme un libro, ¿sabes? Emilia ni siquiera musita un respetuoso ajá. El anticipo del contrato te lo voy a enviar, ¿de acuerdo? Tras un silencio extraño, Emilia dice: Vale. Él le pide la dirección para enviarle el giro postal y ella se la da. No es mucho dinero, pero pronto enviaré más. Te lo aseguro, voy a estar presente en este embarazo. Volveré a llamarte pronto, ¿de acuerdo? De nuevo el silencio extraño y un vale muy poco expresivo. Acto seguido, Emilia cuelga el teléfono. Mirando hacia la calle a través del cristal de la cabina pública, Jorge, en cuya mente se mezclan de manera inextricable ambas conversaciones telefónicas, se dice: Las cosas siguen su curso. Y, tras colgar él también el aparato, echa a andar, libre ahora de pesadas cargas que poco tienen que ver con el presente, sumido de nuevo en su principal fuente de satisfacción de los últimos tiempos: la publicación de su maravilloso primer libro. Días después la gente de Ediciones La Flor le comunicará que, por contrato, y debido a la crisis por la que está atravesando el sector editorial, han acordado que no habrá anticipo.

Como todo escritor novel, Jorge imagina que la aparición de su libro va a suponer una conmoción en el mundo cultural de su país. Es un libro novedoso, rompedor y sincero, sobre todo sincero, que conecta con mi percepción interior, profunda, de la existencia.

Pero poco puede imaginar la auténtica conmoción que va a tener lugar en Argentina, a todos los niveles, no sólo cultural, tan sólo dos meses después de la aparición de *El viaje de la verdad profunda.* No porque no se vaya fraguando el cataclismo desde tiempo atrás, no porque no se especule con ello en todos los medios de prensa de la capital desde hace meses, no porque Óscar no hable del asunto día sí y día también desde que Jorge apareció por su apartamento del barrio del Tigre, sino porque la capacidad de razonar de Jorge, en esos momentos, sólo alcanza para soñar con el éxito de su libro. No se trata de una cuestión de ego, loco. Mi triunfo será el triunfo de un modo de entender la vida. El inicio de una nueva era.

Y eso es precisamente lo que le ocurre a Argentina por esos días: está entrando en una nueva era. La era del Proceso de Reorganización Nacional encabezado por los comandantes Jorge R. Videla, Emilio E. Massera y Orlando R. Agosti. Pero incluso semanas después del golpe del 24 de marzo, Jorge lee los periódicos buscando únicamente reseñas sobre su libro. La realidad que le circunda o bien no le interesa o bien está ahí como telón de fondo o como introducción al verdadero cambio. Todo esto sin duda tiene que ser para bien, se dice por las noches, cuando está solo. La vida no se equivoca. La vida se abre camino, piensa con forzado énfasis. Y sí, las reseñas son benevolentes con su libro. No muy elogiosas, es cierto, pero algunos críticos visionarios aprecian en *El viaje de la verdad profunda* el germen de un tipo de literatura que, auguran, sin duda va a causar furor en este mundo carente ya de valores morales sólidos. Y sí, parece que el libro se vende bien, a pesar de la convulsa situación social por la que está atravesando el país. No podía ser de otro modo, se dice cada mañana frente al espejo con aquella sonrisa entre boba y orgullosa. Es por eso por lo que Jorge no le presta la debida atención al hecho de que una tarde, al llegar al apartamento de Óscar, se encuentra la puerta abierta y revueltos los cajones de la cómoda y del armario de la habitación de su viejo amigo. Ni al hecho de que su amigo no aparezca por el apartamento en los siguientes quince días; algo por completo inusual en Óscar, que no solía faltar más de dos noches seguidas. Pero pronto va a tener que prestar atención a esos y otros hechos que prácticamente le han pasado desapercibidos cuando irrumpen una noche en el apartamento cuatro tipos grandes, cubiertos con gabardinas grises y armados con pistolas automáticas y, tras preguntarle si él es Jorge Charme, le cubren la cabeza con una bolsa de tela, lo sacan a rastras de allí, lo montan en un coche sin responder a ninguna de sus preguntas y lo llevan a un lugar indeterminado de la provincia de Buenos Aires.

Sólo en una ocasión Jorge Charme hará referencia a lo ocurrido durante los tres días que pasó recluido en lo que posiblemente eran las dependencias del centro clandestino de detención conocido como El Campito, en una entrevista para el periódico *Village Voice* de Nueva York con motivo de la aparición en inglés de su libro *El cuento sanador (The Healing Tale).* En la entrevista, Jorge Charme afirma que incluso en aquella penosa situación, algo en su interior le dijo que todas las cosas ocurrían para bien, y que por eso no temió por su vida. O mejor dicho: no vio necesario temer por su vida porque la vida simplemente fluye, no nos pertenece. Sabía a qué se enfrentaba, porque pudo atar cabos. Pensó en su desaparecido amigo Óscar, el montonero, con el que había compartido apartamento. Pensó en su remota filiación al partido socialista sionista de Rosario, y en el tiempo que pasó en un kibutz en Israel. Pensó en su libro, una propuesta iconoclasta y rompedora, enemiga del poder establecido. Pensó incluso en su pobre padre, de origen judío, del que no sabía nada desde hacía años. Y asumió que, muy posiblemente, las cosas no iban a acabar bien para él allí.

Lo que no contó en la entrevista es que en uno de los interrogatorios, justo cuando van a aplicarle una descarga eléctrica en los testículos para que cante los nombres de sus compañeros de la célula insurgente a la que sin duda pertenece, se pone a gritar como un poseso que es yerno del excelentísimo señor don Jorge Luis Burruchaga, dueño y señor de Inversiones Burruchaga y amigo personal de José Alfredo Martínez de Hoz, amén de abuelo de su propio hijo Edgardo. Que llamen a su esposa, Natalia Burruchaga de Charme, para confirmar sus palabras. Chilla que todo es un error, que él no es un puto revolucionario antipatriota, como aseguran sus torturadores, sino un escritor amante de la vida en paz y de la armonía cósmica, que busquen su libro, *El viaje de la verdad profunda*, y lo comprueben. E insiste entre lágrimas en que llamen a su mujer para confirmar que todo es un tremendo error. Alguna lucecita se enciende en el cerebro del sargento que dirige el interrogatorio, al que todos llaman Joe, pues hace que desaten a Jorge de la silla metálica en la que está atado y lo lleven de vuelta a su celda.

Unas diez horas después vienen a buscarlo dos jóvenes de no más de veinte años, con la cabeza rapada y vestidos de uniforme, y lo llevan a un despacho. Tras la mesa de escritorio está el sargento al que todos llaman Joe. Hueles peor que un cerdo, le dice a modo de saludo. No te sientes. Y es que Jorge se ha hecho varias veces sus necesidades encima. Agarrá el teléfono, le ordena el sargento. Tenés una llamada. Sin lograr aún recomponerse, responde. Es Natalia. Sin esperar que él diga nada más, espeta: No quiero saber cómo has llegado ahí. No me importa. He estado esperando tu llamada, pero una vez más te has burlado de mí. Mi padre va a sacarte de ahí, pero vas a tener que hacer varias cosas a cambio. No es una negociación: o aceptás o te cuelgo el teléfono y te buscás la vida. No digas nada. Vas a firmar los papeles del divorcio. Vas a renunciar a todo. Vas a renunciar incluso a la patria potestad de Edy. Vas a firmar un acuerdo por el cual dejarás de ser su padre. No llevará tus apellidos. Eso es sí o sí. No podrás reclamarle nada a mi familia. Te olvidarás para siempre de nosotros. Y una última cosa: queremos que te marches del país. Ya sé que no tienes dónde caerte muerto. Te entregaremos una suma de dinero digna y te daremos un pasaje para México D.F. Lo que hagas a partir de ese momento no es en absoluto de mi interés ni de mi incumbencia, pero no queremos volver a saber de ti. De no ser así, encontraremos el modo de hacértelo pagar. ¿Estás de acuerdo? Jorge asiente. Natalia tiene que repetir dos veces más la pregunta hasta que Jorge activa el mecanismo que le permite decir: Sí. Entonces es el señor Burruchaga el que se pone al teléfono: ¿Me oye, Charme? Alguien vendrá a buscarle ahí y le llevará a un lugar en el que podrá asearse. Después le llevará a mis oficinas. Allí le espera Daniel Passarella, abogado de mi compañía. Él se encargará de llevar a cabo los trámites necesarios para su salida del país. Y acto seguido, el señor Burruchaga cuelga el teléfono. Antes de dejar que se vaya, el sargento al que todos llaman Joe le dice: Tal vez no seas revolucionario, pero puto sí sos. Un pedazo de puto.

Llega a México D.F. en pleno verano. Lleva consigo, ingresada en una cuenta corriente, una más que considerable cantidad de dinero, que Jorge entiende más como una especie de soborno que como una retribución por lo que podrían ser los servicios prestados. Tardará unas cuantas semanas en ubicarse en la ciudad, pero por suerte tiene algunos contactos que le van a echar una mano. Ante ciertas preguntas desagradables o inquietantes sobre su salida de Argentina, él ni afirma ni desmiente, como dando a entender que el tema está todavía demasiado fresco y resulta demasiado doloroso para tratarlo tal cual. Ese posicionamiento, que no deja de ser sincero, le aporta al nuevo Jorge una atractiva aura de misterio que le va a resultar, con el paso del tiempo, de lo más útil para hacerse un hueco en el mundillo cultural de la ciudad. No es ni mucho menos su intención hacerse el interesante, porque el golpe que ha sufrido su ego durante esos tres días en El Campito ha sido demasiado duro, pero entiende que puede resultarle muy ventajoso en un futuro próximo que sus huéspedes y anfitriones lo perciban como una persona especial, con algo también especial que transmitir.

Pero antes de todo eso, al poco de caer en el D.F., empujado por la suprema voluntad de volver a empezar, de construir un nuevo Jorge recuperando lo que de recuperable quede del viejo Jorge y aprovechando el impulso que ofrece el estar en una tierra que parece acogerle de manera favorable, vuelve a telefonear a Emilia. Ya no pretende ni se esfuerza por que su interlocutora muestre alguna clase de emoción al hablar con él. Se limita a comunicarle sus decisiones, esperando de corazón que ella las entienda y las acepte. Le dice en primer lugar que, llegado el momento, va a volar a España para quedar inscrito como su padre en el libro de familia del bebé. Para mí, le dice con contenida emoción, es de vital importancia constar como padre de ese bebé. Tal vez no siempre esté presente, le dice a Emilia, pero quiero que ese bebé sepa que tiene un padre que piensa en él y que colabora en su crianza. Y lo dice sabiendo, porque ahora lo sabe, que es muy posible que él no sea un padre al uso; que es otra manera de decir que será un padre en la distancia, centrado inevitablemente en sus asuntos, porque entiende que la responsabilidad paternal directa es muy posible que volviese a asfixiarlo y acabase perjudicando de nuevo a todos los implicados. Por eso, con extrema seriedad, añade: A partir de este mes voy a enviarte cantidades regulares de dinero, para que puedas costear, siquiera en parte, los gastos asociados al embarazo. Emilia se limita a asentir y a decir que le parece bien, incluyendo un poco tranquilizador «de momento» que Jorge no tiene más remedio que aceptar apretando los dientes. Emilia también le dice que tiene pensado trasladarse a Barcelona y que, en cuanto esté instalada, le pasará la nueva dirección y el nuevo número de teléfono. Una cosa más, dice Jorge. Me gustaría mucho, es más, sería muy importante para mí, que si el bebé fuese niño se llamase Óscar. Emilia dice: Lo pensaré, sin siquiera preguntarle por qué es tan importante para él que su hijo, en caso de ser varón, se llame Óscar.

21

Para Óscar, en esa época de su vida, está el sexo por una parte y el resto de las actividades y cosas relativas al mundo por otra. Uno de los grandes descubrimientos en ese momento son las revistas pornográficas, que él entiende como una puerta directa a la multiplicidad, pues mirándolas puede ser quien desee ser. Lo curioso es que en su día a día ya puede decirse que lleva algo parecido a una vida múltiple. Es un alumno correcto, despierto y participativo aunque no excesivamente trabajador en la escuela. En casa, a ojos de Luisa o de su madre o de las amigas de su madre, se muestra como un muchacho básicamente silencioso, reservado, retraído, amante de algunas series de televisión, como *Alf* o *Los vigilantes de la playa*, y ávido lector de todos esos libros con portadas estrafalarias que saca de la biblioteca pública del barrio. Pero cuando está solo, ya sea mientras camina por la calle o estando en casa, cuando nadie le ve, deja salir al pequeño obseso sexual que viene creciendo en su interior desde la tarde en que manchó las bragas de su compañera de habitación. Tiene fantasías y ensoñaciones a todas horas, con mujeres conocidas, como la cajera del supermercado o la recién casada del cuarto tercera, o desconocidas: todas aquellas con las que se cruza de camino al colegio o cuando tiene que ir a comprar algo. Lo cierto es que ese Doctor Hyde vive en algo parecido a un mundo de fantasía, una realidad paralela en la que pueden tener lugar toda clase de encuentros, revelaciones y aventuras sexuales imaginables. Aventuras, encuentros y revelaciones en las que él es, transmutado en decenas de personajes de lo más variopinto, el protagonista absoluto y total.

Que es un lector ansioso lo demuestra también su tendencia a devorar las cartas al director o los fantasiosos relatos que aparecen en las revistas pornográficas que consigue gracias a un compañero de clase repetidor, de aspecto mucho más maduro. Ese compañero, de nombre Francis, puede conseguir las revistas porque tiene un conocido que regenta una parada de libros y revistas de segunda mano en la calle Diputación, justo detrás de la universidad, y lo único que pide a cambio de ejercer de intermediario es poder hacer usufructo de las revistas adquiridas durante una semana. A Óscar el trato le parece justo y rentable. Además, una vez ha adquirido ya cuatro o cinco revistas puede intercambiarlas con amigos y conocidos del colegio, formando así una vasta red que mantiene el surtido de novedades en constante intercambio. Óscar es consciente de que no son más que fantasías, sabe que el mundo real no funciona de ese modo, pero le gusta pensar en esa excitante realidad paralela como una posibilidad utópica, como un paraíso al que merecería la pena aspirar. Porque el sexo, para él, a esas alturas de su vida en las que la consumación todavía no forma parte inexcusable del horizonte de expectativas, es un territorio de ensueño, algo así como una tierra prometida en la que las únicas leyes son el juego y el goce, sin posibilidad alguna de efectos secundarios ni daños colaterales. Por decirlo de otro modo, el sexo y la fantasía son una misma cosa. Y cuanto más perfecta es la fantasía más perfecto es el sexo.

Por eso será inevitable que al emprender sus primeras aventuras reales, sus primeros contactos físicos con otras personas de carne y hueso, al abandonar la perfección de su fantástico mundo sexual alternativo para empezar a materializar el deseo en carne ajena, con toda la torpeza y el nerviosismo y la imperfección asociados a ello, Óscar se sienta sumamente decepcionado. No tanto porque el inicio o el transcurso de las relaciones no se corresponda con el guión que él puede imaginar en sus momentos más febriles, sino por la inmensa distancia que separa la expectativa de su concreción. Él siempre había imaginado que el tránsito de un estado a otro, de los juegos en soledad a los juegos en compañía, sería fácil e incluso amable porque de un estado a otro existiría, precisamente, la idea de juego a modo de puente. Pero cuando empieza a salir con chicas no tarda en descubrir que todo el asunto, desde el flirteo inicial al momento del roce, está envuelto de una tremenda seriedad en la que prima, por encima de cualquier otro asunto, el miedo al ridículo. Óscar hace las cosas que se supone que tiene que hacer, porque también se ve imbuido por ese terror a quedar fuera de juego, a hacer algo que llame la atención por su alejamiento de la norma, pero a solas se pregunta qué tendrán que ver esos toqueteos furtivos con chicas de exiguos pechos y modales falsamente adultos con la promesa de satisfacción que siempre le había ofrecido la idea del sexo. Cuando empieza a salir con chicas siente algo parecido a lo que le sucedió después de ver *2001. Odisea del espacio:* la realidad irrumpe en su percepción del cosmos, en la oscura y fascinante galaxia de la velocidad de la luz y de la Fuerza e intenta convertirla en un lugar inhóspito, incomprensible y, sobre todo, aburrido. El sexo, ese nuevo intento de lanzarse a toda velocidad hacia el centro de la galaxia, ese nuevo intento de huir para siempre de su Tatooine particular, también se ve afectado por la pérfida atracción del lado oscuro: la fuerza de la gravedad.

Por suerte, todavía le queda *Dune.* Las Bene Gesserit, el Kwisatz Haderach o los Navegantes de la Cofradía Espacial son términos que resuenan en su interior, que siguen manteniendo la misma potencia que cuando los leyó por primera vez, años atrás. Y van a seguir siendo importantes en su desarrollo como persona durante un larguísimo periodo de tiempo hasta alcanzar grados subconscientes insospechados. En el espacio significativo creado por Frank Herbert, la mente de Óscar puede refugiarse y encontrar consuelo. No son pocas las ocasiones, a pesar de tener ya una edad en la que supuestamente debería ir dejando atrás esa clase de fantasías, en las que a través de las reglas que guían ese universo intenta explicar no sólo su día a día sino también su pasado.

En las Bene Gesserit, por ejemplo, Óscar puede encontrar un paralelismo con el mundo femenino que le rodea, igualmente inaccesible, distante, temible y hermético. Alguna dificultad más tiene a la hora de emparejar a su propia madre con Dama Jessica, la Bene Gesserit protagonista de *Dune*, porque al fin y al cabo Dama Jessica tiene un carácter benéfico y es capaz de amar hasta el punto de desobedecer el mandato de la Orden a la que pertenece para engendrar un hijo en lugar de una hija. Pero Óscar puede apelar al hecho de que engendró a su hijo contra todo pronóstico, y ahí sí encuentra una vía de unión. Lo cual le lleva al siguiente pensamiento: si su madre es Dama Jessica, él debería ser Paul Atreides, también llamado Muad'Dib, o sea el Kwisatz Haderach, aquel que puede estar en muchos lugares a la vez. Para llegar a ser Reverenda Madre, o Decidora de Verdad, una Bene Gesserit tiene que pasar por el ritual de la Agonía de la especie, en la que una potente droga las obliga a confrontar su propio yo, despertando en su interior su memoria genética, la memoria de todas sus antecesoras familiares, una inmensa y poderosa memoria únicamente de línea femenina. El lado masculino de la consciencia y la memoria genética para ellas está vetado, las aterra y no pueden afrontarlo. Pero está dicho que un día vendrá un hombre que, con el don de la droga, podrá ver con su ojo interior. Podrá ver en los dos pasados, masculino y femenino. Ese, según se dice, es el Kwisatz Haderach.

Óscar no conoce en absoluto el lado masculino de su memoria genética, esa información de momento también se guarda en un lugar inaccesible para él, pero está convencido de que en algún territorio recóndito de su interior existe, radica, y que el día que la encuentre le ayudará a transformarse en algo parecido a un ser poderoso. Para eso, supone, tendrá que pasar por su particular Agonía de la especie. Aunque a él, a esas alturas de su vida, llegar a ese momento le parece poco más que un sueño ilusorio, en eso de proponer agonías personalizadas para responder al deseo del solicitante la vida es de lo más comprensiva y atenta. Va a tener que esperar un poco, pero su Agonía de la especie llegará.

Pero antes de eso están los Navegantes de la Cofradía Espacial, la apuesta definitiva de Óscar contra la ley de la gravedad. Los Navegantes son antiguos humanos que, debido al consumo continuado de la especia Melange, han acabado mutando hasta convertirse en una suerte de anfibios, de extremidades palmeadas, con un cerebro superdesarrollado. Su mutación física y mental les ofrece la posibilidad de captar el universo en su totalidad y les dota de la visión necesaria para trazar las mejores rutas posibles a la hora de realizar viajes interestelares. Viajes que pueden realizarse, única y exclusivamente, gracias a su capacidad para plegar el espacio mentalmente. Como no podría ser de otro modo, Óscar envidia a los Navegantes de la Cofradía Espacial. Desearía disponer de esa visión preparada para abarcar el universo al completo y, por consiguiente, de esa capacidad para plegar el espacio y permitir la traslación inmediata a cualquier lugar del cosmos por alejado que esté.

Pero si bien es cierto que se ve a sí mismo como un bicho raro, no ve del todo claro eso de acabar convirtiéndose en una especie de anfibio mutante de manos palmeadas, porque su propia rareza la entiende a nivel de personalidad y carácter más que a nivel físico. Una mutación física, por otra parte, tal vez le impediría proseguir con su camino de búsqueda de la satisfacción sexual, pues si bien hasta ahora ha resultado frustrante, sabe a la perfección que no tiene alternativa posible.

Amparándose en esa frustración adolescente, o en esa tendencia a escapar de la realidad creando universos paralelos o explicaciones basadas en la ficción aplicadas a una realidad que le resulta incómoda y desagradable, o en cualquier otra explicación de corte psicológico centrada en la ausencia de un referente paterno que marque las pautas morales o en la laxitud de unas normas familiares marcadas por una madre distante y ajena, sería más o menos sencillo explicar el motivo por el cual Óscar empieza a consumir estupefacientes. Pero lo más adecuado sería decir que empieza a tomar drogas porque tiene que pasar por ello tarde o temprano y decide no eludir el proceso. Es cierto que tal vez inicia dicho proceso algo antes de lo que suelen iniciarlo otros jóvenes, pero eso se debe a una cuestión de disponibilidad, a que lo tiene muy a mano. Federico Boix, amigo y vecino con el que había compartido clase hasta que decidió dejar de estudiar, se ha convertido en un pequeño camello en el barrio, un pequeño camello especializado en rebajas, entregas a cuenta y facilidades de pago para los amigos de siempre. A pesar de su breve experiencia en el negocio, Federico sabe muy bien cómo motivar y fidelizar a sus clientes, y Óscar no tarda en convertirse en uno de ellos.

Al principio, Óscar no nota gran cosa cuando fuma porros con sus amigos, medio escondidos en un rincón del parque que está cerca de su casa, en la zona alta del barrio de Gracia. Los veteranos en el asunto se limitan a contarse cualquier tontería y se ponen a reír sin parar, como máquinas movidas por una contagiosa flojera incongruente que aceptan sin necesidad de explicaciones. A Óscar, cuando empieza a notar realmente los efectos, le da por quedarse largos periodos de tiempo mirando algún objeto de manera fija, no con la voluntad de penetrar la realidad de la cosa observada, sino como si pretendiese fundirse, amoldarse a esa realidad física que se extiende y desarrolla más allá de su pensamiento. Por eso le atrapan los colores o las formas o cierto tipo de movimientos. Fumar le va a servir también para observar lo que le rodea por primera vez sin necesidad de una narración que le dé sentido a lo observado. Por otra parte, nunca llegará a reírse demasiado, sino que fumar le servirá para adentrarse en su silencio, para consolidarlo en su fuero interno.

El speed y la cocaína, que sólo toma cuando sale de fiesta con sus amigos, le alteran demasiado. Entiende que son drogas que sólo le sirven para aguantar toda la noche escuchando esa terrible música que ponen en los *afterhours*. Además, cuando toma cocaína, como efecto secundario a la supuesta lucidez, que en su caso tiene un recorrido muy corto, siente el irrefrenable impulso de rechinar los dientes con fuerza, como si su mandíbula en realidad fuese un gato hidráulico; lo que provoca que a la mañana siguiente, amén de padecer una insufrible congestión nasal que parece formada por cemento armado, sienta un penetrante dolor en las encías y en el punto de unión de la mandíbula con el cráneo, justo debajo de las orejas. Son dolores, cabe decir, desconocidos e impropios para la anatomía y el desarrollo físico, más o menos normal, de un muchacho de su edad.

Respecto a las drogas psicotrópicas, la primera vez que toma ácido se asusta, porque cree ver un perro que habla, pero entiende que eso le acerca algo más a sus anhelos cósmicos. Piensa que tal vez ahí sí pueda ocultarse el famoso don de la droga del que hablan las Bene Gesserit. La segunda vez sufre un extraño colapso nervioso porque, en medio del subidón, se le ocurre mirarse al espejo y ve, literalmente, su propia calavera. La tercera vez toma ácido en la montaña, rodeado de naturaleza, que es como le han asegurado que hay que tomar esa clase de cosas, en una fiesta privada en casa de un amigo, y se pasa cuatro horas metido en la piscina de la finca, sumergiendo la cabeza bajo el agua y sacándola de manera regular, siguiendo el ritmo de su respiración rodeado de un ambiente sin gravedad. Días después, una de las chicas que también acudió a la fiesta le contará que, cuando le preguntó qué estaba haciendo en la piscina, él le respondió: Estoy intentando plegar el espacio.

Lo cierto es que sus experiencias con las drogas psicotrópicas resultan demasiado confusas. Óscar no tiene modo de extraer de ellas una enseñanza, un aprendizaje, ni siquiera puede engarzar las anécdotas para convertirlas en un relato coherente. Además, ni le obligan a confrontar su propio yo ni despiertan en su interior la memoria genética de sus ancestros. Aun así, tomará ácido una última vez, el día en que se rompe definitivamente la relación con su madre.

25 de julio del año 1992. El día en que van a dar comienzo los Juegos Olímpicos de Barcelona. Óscar está en casa, se dispone a ver la ceremonia de apertura por televisión. Luisa está en Alicante, visitando a su hermana, y su madre ha decidido ir a una manifestación de última hora en contra de la celebración de los Juegos Olímpicos en la ciudad. Sin embargo, Óscar no está solo. La última amiga de su madre, una tal Carla, con unas convicciones ideológicas sin duda muy diferentes a las de Emilia, se ha quedado en el piso. En un principio, permanece encerrada en la habitación de la madre, como suelen hacer todas sus amigas y compañeras cuando Óscar está en casa. Pero al oír el alboroto que surge del televisor, se pone una bata roja de raso, sale y se sienta junto a él en el sofá. Su gesto indica a las claras que no pretende entablar diálogo con nadie, y mucho menos con el hijo de su amiga. Así pues, no dice nada cuando se sienta, pero poco a poco los comentarios de Olga Viza y de Matías Prats júnior la van animando. Emite una exclamación ininteligible cuando aparecen los tambores de Calanda, y se revuelve en el asiento, inquieta como una niña, al ver el espectáculo montado por la Fura dels Baus. ¡Qué bonito!, dice con un hilo de voz. ¡Qué bonito! Su emoción va en aumento, pero Óscar no abre la boca. Se limita a echar algún furtivo vistazo al espacio abierto que deja la bata a la altura de los pechos de Carla. Curiosamente, tiene unos senos bastante carnosos y turgentes. No parece lesbiana, piensa Óscar, otorgándole a esa parte de la anatomía femenina la capacidad de definir la tendencia sexual. No añade nada a los comentarios fugaces de su compañera de sofá, pero Óscar también nota cómo la excitación del momento le va atrapando. Después de todo, es la ceremonia de apertura de los Juegos Olímpicos de su ciudad. El mundo entero está observando exactamente lo mismo que está observando él, al lado de Carla. Cierta sensación de comunión crepita en el aire, puede palparse el sentido de comunidad global, aunque venga provocado por algo superficial y transitorio. Cuando empiezan a aparecer los equipos en la pista de atletismo, lo que está sucediendo en el salón del piso asciende a otro

nivel. En el momento en el que aparece el príncipe de Asturias, abanderado del combinado español, y las cámaras enfocan al palco presidencial y se ve a la infanta Elena llorando, supuestamente por la emoción que le provoca ver el porte distinguido de su hermano, Óscar oye un gemido entrecortado a su derecha. Mira a Carla y ve que ella también está llorando. No se atreve a preguntar nada. Carla, consciente de que la está mirando, dice: Es que yo soy asturiana, ¿sabes? A mí esto me toca mucho. Después de un largo silencio, añade: Y, además, siempre he querido tener un hermano. Se tapa entonces la cara con las manos y se echa a llorar como una Magdalena. Óscar no sabe qué hacer, pero como está muy pendiente de ella, se pierde prácticamente todo el desfile de los deportistas españoles, con sus chaquetas rojas y azules y esos absurdos sombreritos blancos. A cambio, logra ver casi al completo uno de los pechos de la chica, con su pezón y todo. Carla tarda unos minutos aún en calmarse, en acompasar su ritmo respiratorio y en recuperar la compostura. Es entonces, y sin saber muy bien por qué, cuando Óscar, a modo de consuelo paliativo, le propone: ¿Quieres un tripi? Lo curioso del asunto es que ella no se sorprende, vuelve la cabeza muy despacio y le dice: ¿Tienes ácido? Él asiente con cara de buen chico, sin forzarla en absoluto. Por qué no, replica Carla. Sí, venga. Su cara ha cambiado, ahora luce un gesto entre travieso y resuelto. Y es en ese momento cuando Óscar entiende no sólo que Carla es bastante más joven que su madre, sino que con toda probabilidad no comparten en absoluto la misma visión del mundo. A Carla, eso lo capta Óscar con meridiana claridad, le va la marcha. Así pues, del bolsillo del pantalón saca un pequeño pliegue de papel y lo abre, mostrándole a su nueva compañera los dos diminutos cuadraditos de colorines. Ella toma uno y se lo mete en la boca con un movimiento rápido. Y le sonríe. Óscar hace lo propio con el otro. Y también sonríe. Carla dice: No imaginaba que fueses un chaval tan enrollado. Te hacía uno de esos chicos raritos que se vuelven locos con los juegos de rol. ¿Qué edad tienes? Óscar miente y dice: Diecisiete. Vaya, tu madre se dio bastante prisa con eso de tener hijos, ¿no? Óscar se encoge de hombros y vuelve a mirar hacia la pantalla del televisor.

Como quien no quiere la cosa, los colores y las formas van mutando, convirtiéndose en algo que no tiene nada que ver con lo que eran en un principio. La ceremonia de inauguración deja de ser una ceremonia de inauguración para convertirse en una celebración psicodélica, pero también mística, trascendente. Óscar y Carla se dan la mano. Cae la noche y las gradas se llenan de pequeños puntos de luz azul. Es hermoso, dice Carla, ¡es hermoso! Y Óscar añade: Sí, hermoso. Es bello, remata. ¡Sí, eso es, bello!, concluye Carla. Es obvio que los dos están ahora instalados en la misma frecuencia de onda cósmica. La antorcha entra en el estadio y todo parece sumirse en un silencio religioso. Juan Antonio San Epifanio, Epi, va a ser el último relevista. Da una vuelta olímpica por la pista de atletismo, después atraviesa la masa de deportistas concentrados sobre el césped y llega hasta la tarima redonda y blanca bajo el reloj. Muestra la antorcha a los presentes, al mundo entero, como un héroe griego de la Antigüedad clásica, y aparece entonces por un lado, de forma inesperada, el arquero paralímpico Antonio Rebollo, auténtico protagonista de este sublime instante, portando en su mano izquierda un arco y una flecha con una gran punta cónica. Rebollo le tiende la flecha a Epi, para que la prenda con el fuego sagrado del olimpismo. Una vez encendida la punta, Rebollo se coloca en posición, apunta, tensa con fuerza y suelta la cuerda. La flecha surca el aire trazando el semicírculo de una circunferencia mayor, infinita, una circunferencia que engloba el universo en expansión. La flecha va dibujando, punto a punto, esa línea curva que ha de unir el todo con el todo, con una llamarada de humana pasión en su vértice. Un pene divino, piensa tal vez Carla. Y la flecha cruza el espacio aéreo del pebetero plateado y, zas, una gran llamarada anaranjada y roja y amarilla se eleva hacia las estrellas. Una vagina celestial, tal vez piensa Óscar. Es el éxtasis. Es uno de esos momentos. Y, sin siquiera acordarlo, Carla y Óscar se funden en un tierno abrazo que parece atravesado por una flecha de fuego. Y lloran de alegría. Porque la armonía es posible, y ellos han sido testigos. Y Carla empieza a musitar frases que se pierden como lágrimas en la lluvia antes de llegar a oídos de Óscar mientras va quitándole la ropa. Frases que son como un delicioso enigma musical del que sólo rescata retazos: Yo siempre he querido..., Este momento merece... Qué suave es tu... Mira, yo también... Y esas frases lo hacen levitar, llevándolo en volandas hacia la habitación de su madre, hacia su cama concretamente. Y Carla levita también, por encima y por debajo y por los lados de su propio cuerpo desnudo. Y en el aire suena una fragante melodía que parece decir *when the moon is in the Seventh House and Jupiter aligns with Mars, then peace will guide the planets and love will steer the stars.* Y una dulce brisa los deposita sobre el lecho y allí recorren juntos un paisaje de generosos valles y suaves colinas de piel sedosa. Y a partir de ahí la consciencia de Óscar entra en su particular noche oscura y todo se funde en negro.

Muy posiblemente son los golpes lo que lleva a que su cerebro bloquee casi de inmediato el recuerdo del lapso de tiempo que va desde el primer momento de caricias hasta caer dormido. Con el paso de los días, por ejemplo, dará por hecho que no ha perdido la virginidad esa noche, porque está seguro de que la sensación de certeza que provocaría algo de ese calibre, por traumática que fuese la represión del recuerdo, por fuertes que fuesen los golpes que le obligaron a despertar y por tanto a olvidar, esa certeza tendría que surgir del olvido una y otra vez. Porque son golpes lo que lo despiertan, arrancándolo de un profundo descanso sin sueños. Cuando abre los ojos después de sentir el primer duro impacto contra sus costillas, ve a su madre de pie, junto a la cama. Cierra los ojos de inmediato porque desea cambiar de realidad, pues durante unas décimas de segundo cree que se encuentra todavía sumido en el viaje de ácido; si bien ahora parece haber variado de signo. Pero no. Un durísimo golpe en el hombro le obliga a volver a abrir los ojos. Su madre tiene algo en las manos; parece el palo de una escoba. El tercer golpe, algo menos certero, le alcanza en el antebrazo. Jamás había apreciado en el rostro de su madre tal grado de violencia. Parece dispuesta a destruir toda forma de vida que se le ponga por delante. Óscar estira la mano izquierda y nota un vacío. Carla ya no está en la cama, aunque por la tibieza de las sábanas no debe hacer mucho que se ha marchado. Tal vez está en el baño, piensa Óscar, como si aplicar un poco de sentido común y de razonamiento tranquilo a la situación fuese a resultar antídoto suficiente para lo que en realidad está ocurriendo. Cerdo, le oye decir muy bajito a su madre cuando le lanza un golpe dirigido a su entrepierna. Por suerte, el muchacho reacciona con extrema rapidez y se cubre con las manos sus partes íntimas. Óscar no preguntará nada, no lanzará ningún grito de incomprensión o sorpresa contra su madre, sino que adoptará la posición fetal y se dejará castigar. Esa es su opción.

Mientras aprecia retazos de la habitación, en la que no ha podido entrar desde hace años, porque al iniciar la pubertad su madre instaló en la puerta un pomo con llave, Óscar se dice: ¿Le haría Dama Jessica algo así a Paul? Para minimizar el dolor de la lluvia de palos, Óscar viaja con su mente a Arrakis, y se detiene justo en el momento en que, recién asesinado el duque Leto Atreides, Paul y su madre escapan en una pequeña nave. Paul, en ese instante de supuesto padecimiento, entiende que él no es un ser humano normal, entre otras cosas porque no puede conmoverse ni llorar por la muerte de su padre. Yo no siento dolor, se dice Paul. ¿Por qué? ¿Por qué? Dama Jessica, por su parte, lo que piensa es: ¡Qué horribles cosas podemos hacer a los que amamos! Y solloza. Como parece que solloza Emilia, la madre de Óscar. Al mismo tiempo, Paul piensa: ¡Soy un monstruo! Por eso le pregunta a Dama Jessica: ¿Qué has hecho conmigo? Como Óscar quiere preguntarle a su madre: ¿En qué me has convertido? Y Dama Jessica, y también Emilia, dice: ¡Yo te traje al mundo! Cuando su madre se cansa de pegarle y sale de su habitación, Óscar se levanta como puede de la cama y, al pasar, mira su cara magullada en el espejo de la cómoda. Esta es la expresión de una terrible consciencia, piensa como pensó Dama Jessica al mirar aquel día la cara de su hijo, de alguien obligado al conocimiento de su propia mortalidad. Óscar llega a trompicones a su cuarto, se viste con lo primero que pilla, mete sus exiguas pertenencias en una bolsa de lona y sale por la puerta del piso.

En cinco meses no va a dar señales de vida. Ni una sola vez va a llamar por teléfono a su casa para hablar con Luisa o con su madre. Durante ese tiempo se instala en una casa okupa en La Floresta, al otro lado de la sierra de Collserola, en mitad de la montaña. Ahí vive junto a otras veinte personas, tres de ellas amigos suyos de hace ya un tiempo. Para hacerse con algo de dinero, y como su manera de vestir no transmite mensaje alguno, empieza a trabajar por las mañanas en una panadería en Valldoreix, a una parada de distancia en tren. Aunque no es especialmente habilidoso, pasa las tardes ayudando a hacer arreglos en la casa, una villa muy grande de estilo tardocolonial, construida seguramente a finales del siglo XIX, abandonada desde hace décadas. Fuma mucha hierba y también bebe mucha cerveza durante esos meses, pero no vuelve a tomar ácido ni ninguna otra droga fuerte. No se alimenta como debería hacerlo un chico de su edad, pero el esfuerzo continuado moldea su cuerpo y empieza a convertirlo en algo parecido al de un hombre. Lo cierto es que, a pesar de las penurias y del desagradable bagaje que trae consigo, algunos de los días y las noches que pasa en La Floresta los recordará durante años con enorme cariño. En esa casa, por ejemplo, va a perder la virginidad, ahora sí de manera consciente, con una chica llamada Alba, que lleva un piercing en el ombligo y el flequillo cortado al estilo de las chicas que militan en la organización abertzale Jarrai. Pero ni la experiencia ni la persona resultaron ser inolvidables. Sí van a ser inolvidables otros momentos, como cuando ayuda en las reparaciones de la casa en ruinas e imagina cómo debía de ser ese lugar al poco de que acabaran de construirlo. Imagina una rica familia de indianos, recién llegada de América, de Cuba muy posiblemente. Imagina vestidos de gasa y niños alegres que corretean por el que sin duda debió de ser un espléndido jardín romántico. Y un gramófono y música en el aire, tal vez la de la melodía *Amapola*: Amapola, lindísima amapola. Dos palabras definirían ese lugar de entonces: belleza y armonía. También resulta inolvidable un domingo en el que decide salir a caminar por la montaña, todavía de madrugada, hasta llegar a un mirador en el que se divisa toda la ciudad de Barcelona. Llega al mirador justo cuando empieza a ascender el sol por encima de la línea del horizonte que se dibuja entre el mar y el cielo. Bajo esa luz, la ciudad en calma, el mundo al completo en calma, parece haber sucumbido a un poder mayor, un poder que entraña destrucción y también la voluntad de volver a empezar desde cero. Dos palabras pueden definir también ese lugar y ese instante: belleza y armonía. Es en el momento en el que acepta que eso es lo que desea en la vida, belleza y armonía, cuando entiende que su periplo de okupa ha finalizado. Está a punto de llegar la Navidad y no sólo hace un frío insoportable en aquella casa medio derruida, tampoco le gusta levantarse a las cinco de la mañana para ir a trabajar, está harto de los vacuos discursos políticos de sus tres amigos, que inevitablemente le recuerdan a los de su madre, y también está harto de algo tan aparentemente trivial como que las chicas se vistan con camisetas rotas y con botas de punta reforzada. No sabe dónde puede encontrarse la belleza y la armonía que anhela, pero ahí no, eso seguro.

Sin despedirse siquiera, deja el trabajo en la panadería, recoge sus exiguas pertenencias y en la estación de La Floresta se planta en el andén en el que puede leerse: Dirección Barcelona. Montado en el tren da por bueno el plan que lleva trazando desde hace una semana: volver a casa de su madre, volver al instituto, acabar el bachillerato y, en cuanto cumpla los dieciocho, irse a vivir a otra ciudad. Si de algo le ha servido la experiencia en La Floresta es para saber que está sobradamente capacitado para llevar a cabo ese plan. Todo lo vivido en el último medio año, de hecho, le ha aportado la determinación propia del que descubre, de una manera poco agradable pero esclarecedora, que depende únicamente de sí mismo para sobrevivir.

En el instituto en el que ha cursado sus estudios hasta ese momento, le dejan reincorporarse en enero, después de las vacaciones de Navidad, gracias a la intercesión de Luisa, que les hace creer a los gestores del centro que Óscar acaba de volver de un inexcusable viaje a Argentina en el que ha visitado a su padre por motivos de salud. Habida cuenta de su aceptable expediente y su irreprochable comportamiento hasta entonces, le dejan matricularse de nuevo con la condición de que se esfuerce lo suficiente para aprobar el curso, pues en caso contrario tendrá que cambiar de instituto al finalizar el año académico, ya que no le permitirían repetir. Mientras tanto, presenta una solicitud, y se la aceptan, para entrar a trabajar en la cadena de comida rápida Bocatta; pide que le asignen al establecimiento junto al Mercat de Sant Antoni, el más alejado del lugar en el que se encuentra su instituto. No quiere tener que volver a pedirle dinero a su madre nunca más; a pesar de que, por razones obvias, le corresponda una parte de la asignación que su padre sigue enviando regularmente cada mes. Trabaja unas cuantas horas por las mañanas y por las tardes estudia. Se esfuerza lo suficiente para pasar a segundo de bachillerato, aunque por los pelos. En casa, apenas intercambia tres o cuatro frases a la semana con su madre; o eso es lo que él es capaz de recordar. Es posible que su madre le hable más de lo que él puede retener, pero es que Óscar ha desarrollado ya un práctico método que consiste en atender a lo que dice su madre con una mínima parcela de su cerebro. En cualquier caso, jamás van a hablar de lo ocurrido el 25 de julio de 1992.

En su último curso, entre las lecturas obligatorias de la asignatura de literatura, Óscar encontrará de nuevo un libro que le va a servir de guía, o mejor dicho de espejo: *El árbol de la ciencia*, de Pío Baroja. En cuanto lee: «En casi todos los momentos de su vida, Andrés experimentaba la sensación de sentirse solo y abandonado». O como esta: «Se sentía aislado de la familia, sin madre, muy solo, y la soledad le hizo reconcentrado y triste», sabe que ese libro le va a decir algo directamente a él. Incluso durante un tiempo se plantea la posibilidad de estudiar una carrera, como el protagonista de la novela, e irse a vivir a un pequeño pueblo para ejercer de médico o de profesor, iniciando una nueva vida apartada de cualquier lugar en el que pasen cosas significativas. ¿Por qué no podría encontrarse ahí la belleza y la armonía? Pero sabe que eso sería demasiado arduo incluso para alguien como él, acostumbrado a vivir en el borde exterior de la galaxia. Porque a pesar de los batacazos que ha tenido que ir sorteando, a pesar de ser consciente ya de que su Obi-Wan particular no parece tener intención de aparecer para mostrarle el camino a seguir, aún no ha renunciado por completo a sus tristes sueños de aventura y gloria.

Por eso mismo, semanas antes de marcharse de casa, después de acabar segundo de bachillerato y de fingir que se presenta a la prueba de selectividad, empieza a preparar el terreno para su huida secreta mediante una esmerada red de mentiras más o menos fiables. Le cuenta a Luisa, porque sabe que Luisa acabará contándoselo a su madre, que la preinscripción que hizo para estudiar medicina en Santiago de Compostela ha sido aprobada; lo de Santiago lo entiende como un sutil golpe bajo a los orígenes de su madre. Le cuenta que uno de sus futuros compañeros de facultad ya ha alquilado el piso en el que van a alojarse. Está muy cerca de la catedral, le dice. Le dice incluso que los de la empresa Bocatta van a encontrarle allí un puesto de trabajo. Le da los nombres de los que van a ser sus profesores, conferenciantes de mucho prestigio en Estados Unidos o Inglaterra. Le da la futura dirección y también el futuro número de teléfono. Y dos días después de su cumpleaños, mete otra vez sus exiguas pertenencias en su bolsa de lona y se va de casa; no olvida incluir entre sus cosas el libro *En el camino*, de Jack Kerouac.

Esta vez tiene la delicadeza de despedirse. Luisa le abraza muy fuerte y no deja de parlotear en todo el rato. Su madre le da dos besos en las mejillas. Óscar teme mirarla a los ojos porque está convencido de que ella no ha creído ni una sola palabra sobre lo de estudiar medicina en Santiago de Compostela. Sin embargo, Emilia se limita también a darle varios consejos supuestamente útiles. Él asiente con la cabeza gacha, le da la espalda y sale por la puerta.

Esa es la última vez que Óscar verá a su madre con vida.

22

Ryszard logra llevarse sus cosas del apartamento de Brunilda, porque las noticias en Nueva York corren rápido pero no tanto como él. Durante varios días va dando tumbos de un lugar a otro, aprovechándose de la generosidad de algunas de las personas que ha conocido durante su periodo de repartidor primero y de encargado después en la panadería del señor Müller. Una de esas personas, concretamente la anciana rentista Elisabeth Norton, le alquila una habitacioncita por poco más de una semana porque le ha tomado especial cariño dado que, según afirma, Ryszard le recuerda mucho a su difunto marido, también apuesto y también de origen alemán. Será ella la que le hable de Long Beach, en Long Island, al norte de la ciudad siguiendo la línea de la costa, lugar en el que pasó varios veranos en sus primeros años de matrimonio. Ryszard jamás ha oído hablar de Long Beach. La anciana le cuenta que empezó siendo una zona de veraneo y distracción muy selecta y exclusiva. Le habla del gran incendio de 1907. Le habla del estupendo National Bathing Pavilion, tanto del viejo edificio como del nuevo, construido en 1917; aunque ya sin la elegancia ni el encanto del primero, afirma. Le habla del Castle Theater, una espectacular sala de baile construida, justo antes de arruinarse, por el polémico senador Reynolds, auténtico baluarte de la construcción de la moderna Long Beach y creador a su vez del parque de atracciones de Coney Island, ¡el más grande del mundo! En el Castle Theater vi yo bailar a Irene y Verne Castle, dice con mirada soñadora. Obviamente, le habla del mítico Hotel Nassau, donde todavía van a alojarse las principales estrellas del país y también las que llegan del extranjero. Le cuenta, y eso le interesa especialmente a Ryszard, que el lugar está dejando de ser tan selecto y exclusivo y están empezando a construirse muchas casas junto al paseo marítimo y las calles adyacentes para los burgueses adinerados de la ciudad. Es una zona de lo más adecuada para dárselas de persona importante, dice en esta ocasión con algo que suena a rencor. Y, a modo de colofón y para resaltar el carácter de ese lugar, por el que ella siente un cariño fuera de toda medida, le cuenta cómo el propio Reynolds construyó el paseo marítimo con la ayuda de los elefantes que empleaba en uno de los espectáculos de Coney Island. Esos elefantes, piensa Ryszard, son los que yo vi con los ojos de la mente cuando estaba en el barco camino de Nueva York.

Ya no tiene que escuchar nada más. Se irá a Long Beach. Tal vez consiga trabajo en la construcción, se dice. ¿Por qué no? Por eso al cabo de dos días baja de un tren en la aislada y todavía impecable estación de Long Beach cargando únicamente con su exigua bolsa de lona y la dirección, apuntada en un papel, de la pensión de una vieja conocida de la anciana Elisabeth Norton, ubicada en el bulevar Jackson. Allí Ryszard conocerá a otro personaje que va a resultar de capital importancia en su existencia: Maximilian Bercovicz, Max para los amigos, el hombre que va a introducirle primero en el sector de la construcción y después en el fabuloso universo del Hotel Nassau.

Dos años después, Ryszard ha pasado a ser Richard para algunos y Rick para la mayoría, y ejerce de reputado carpintero para el próspero contratista Moe Gelly, conocido por todos como Fat Moe. Para Fat Moe trabaja también Max, ejerciendo de fontanero y de encofrador, aunque con capacidad para opinar con criterio sobre cualquier cuestión relativa a las obras. Max y Rick comparten ahora apartamento en un maltrecho edificio en el número 3 de Shore Road. Las calles llegan hasta allí, de vez en cuando pasa algún Ford T o algún Plymouth 6, pero la civilización todavía no ha aparecido. El número 3 de Shore Road se alza como un peñasco en mitad del desierto, aunque se trate de un desierto muy cercano al océano Atlántico. Pero ese detalle no parece importarles demasiado ni a Max ni a Rick. Ellos saben muy bien dónde encontrar el ajetreo y la diversión, que es uno de sus principales focos de atención. El otro es ganar dinero.

Porque Rick se ha convertido definitivamente en una persona pragmática. Hace mucho tiempo que no piensa en el pasado. Nunca le dedica ya un minuto a Angela ni tampoco a Ute. La Ley Seca fue derogada hace ya dos años y los locales para beber y divertirse han ido apareciendo como setas por todos los rincones desde Long Beach hasta el punto más al sur del barrio de Queens; kilómetros y más kilómetros de esparcimiento. Y junto a esos locales, dentro de ellos concretamente, han ido apareciendo también mujeres dispuestas a ofrecer esparcimiento, y algo de amor y cariño, por un módico precio y un limitado esfuerzo.

Max, sin embargo, en lo que a mujeres se refiere, apunta un poco más alto. Max es un joven bien plantado, elegante cuando quiere y capaz de hacer gala de modales atildados siempre que la situación lo hace necesario; a veces, cuando habla, parece un estudiante de Princeton. Quiere algo más en la vida. En primer lugar, aspira a convertirse en jefe de obra, en el segundo de a bordo de Fat Moe, y va por buen camino. Como opción a más largo plazo aspira a casarse con una chica de clase alta, una chica con posibles, que sepa ver en él las enormes capacidades que atesora. De momento, está saliendo con una chica que, si bien no es de familia adinerada, sí puede abrirle la puerta al mundo del bienestar económico. Se trata de Marla Singer, encargada jefe del servicio de habitaciones del Hotel Nassau; una muchacha muy sensata a la par que alegre, según la opinión de Rick, aunque tal vez algo mayor para Max. Según le ha confesado a su amigo, la ve como una inversión a medio plazo: cabe la posibilidad de que a través de ella y de su puesto en el Nassau acceda a presas de caza mayor.

A pesar de ese carácter suyo tan utilitarista, o precisamente por eso, Rick sabe que Max es un buen árbol al que arrimarse, porque Max es la promesa viviente de todos los beneficios materiales que puede llegar a producir la fuerza de voluntad en el Nuevo Mundo. Por todo ello, porque sus pretensiones se mueven ahora en ese espectro de la realidad, Rick parece haberse olvidado también de sus predicciones y de sus sueños visionarios; ni siquiera parece afectarle mucho ya el inquietante atractivo internacional generado por Adolf Hitler. Pero se trata de una interrupción temporal, porque las predicciones y los sueños van a volver, incluso con más fuerza que antes si cabe, muy pronto.

Los sueños visionarios, de hecho, vuelven a presentarse la noche anterior al absurdo conflicto entre Rick y Fat Moe en el Black Rock. En el sueño, los acontecimientos se suceden de manera un tanto deslavazada, pero durante la vigilia, mientras desayuna, Rick puede enlazarlos según el orden que parece más adecuado. La primera secuencia es la siguiente: él va conduciendo un coche bastante lujoso y al detenerse en un cruce o quizá detrás de un tranvía, alguien conocido, pero cuyos rasgos no puede distinguir, introduce la mano a través de la ventanilla por detrás de su hombro, una mano enguantada que carga con un revólver, y dispara cuatro veces hacia el asiento de atrás. Los estampidos le dejan prácticamente sordo por completo, pero puede escuchar, como al fondo de un túnel oscuro, una voz conocida diciendo: Ya está hecho. La siguiente secuencia transcurre en un cuchitril, en lo que podría ser tanto una buhardilla con las ventanas tapiadas como un diminuto sótano con un tragaluz también tapiado. Él está sentado en un catre cubierto por una manta gris. No hay más muebles en el cuartucho. Rick viste un traje de dos piezas marrón oscuro, lleva corbata negra y sombrero de fieltro también marrón, aunque algo más claro. Está esperando a alguien. Entonces llaman a la puerta y una mano le tiende unos papeles que perfectamente podrían ser una carta de identificación o algo parecido a un pasaporte. Al abrirlo ve su foto en una esquina, en la que aparece repeinado y muy serio, con el gesto de alguien que tiene algo que ocultar. En el espacio reservado al nombre del titular lee lo siguiente: Richard Charmer. Nacionalidad: Estadounidense. Rick cierra el pasaporte y, al sentir el peso de la culpa y la desesperanza en forma de un doloroso nudo en la boca del estómago, se dice: Lo cierto es que no soy tan encantador. La tercera escena tiene lugar en la plaza de un pequeño pueblo polvoriento, con calles sin asfaltar y edificaciones contrahechas de barro y caña de una sola planta. Rick baja de un destartalado coche de línea. El calor es abusivo, más cortante e implacable de lo que Rick cree poder soportar. Va en mangas de camisa, con la corbata negra aflojada, y luce dos pronunciados lamparones de sudor en las axilas. Nada más poner el pie sobre la tierra seca de la plaza le rodean seis o siete niños de cabello rizado y piel tostada, descalzos y vestidos con harapos. Le hablan a gritos en un idioma que apenas entiende. Por lo visto, le piden dinero o algo para comer.

Mientras desayuna, Rick piensa que lo que ha soñado no tiene sentido y que va a intentar olvidarlo de inmediato. Sabe que no es un sueño cualquiera, lo sabe perfectamente. Sabe que es un sueño visionario y que lo que ha visto son escenas de su futuro; escenas diáfanas que van a cumplirse, lo quiera o no, de una manera muy similar a como se le han presentado durante esa noche. Aun así no quiere hacerles caso. Clausura esas imágenes en un rincón apartado de su memoria y emprende su jornada como cualquier otra mañana. Sin embargo, ese día se percata de algo que, por lo visto, no había apreciado anteriormente. Es cierto que las cosas no van demasiado bien en la obra: están en la fase de acondicionamiento de un inmueble de cuatro plantas en el cruce del bulevar Magnolia y la calle Olive, pero están teniendo serios problemas con el abastecimiento de madera y pintura. Pero no es eso de lo que Rick se da cuenta: no sabe por qué, pero Fat Moe está muy quisquilloso con él, le ha soltado cuatro o cinco pullas ofensivas que no venían en absoluto a cuento. Le ha llamado, por ejemplo, maldito chucrut revenido. Rick lo pasa por alto, pero en un descanso, uno de los compañeros con el que más confianza tiene, un guapo marmolista de origen italiano llamado Antonio Cabrini, le dice: ¿Qué le has hecho a Fat? Lleva una semana totalmente cruzado contigo. ¿Una semana?, pregunta Rick con sincera perplejidad. Sí, una semana. Que si Rick esto, que si Rick lo otro. ¿No te habías dado cuenta? No, no se había dado cuenta. Había pensado que se trataba de algo específico de ese día. Pero dan las cinco de la tarde y todos, poco a poco, van recogiendo sus cosas y se marchan como sucede cada tarde. Rick quiere hablar con Fat Moe, pero cuando le dice: Oye, Fat, quería hablar contigo un segundo... Fat Moe se da la vuelta como si no lo hubiese oído y se larga sin prestarle atención. Ya se le pasará, piensa Rick, que se sacude los pantalones, sale de la obra y después pasa por el número 50 de la calle Walnut para recoger a Max, que está trabajando en otra obra, para ir juntos al apartamento.

Como muchas otras noches, se asean, se visten bien y salen a cenar algo y a tomar después un par de copas en el Black Rock. Podrían haber ido a otro sitio, al Twin Pines o al Cheers por ejemplo, y todo el asunto se habría evitado, pero por dejadez o aburrimiento o por designios del destino, van al Black Rock. Esa noche, en la barra, hay como siempre unas cuatro o cinco chicas de alterne. Curiosamente, Vivian, auténtica protagonista de la noche, una de las muchas chicas con las que Rick suele acostarse, no está. Sí va a aparecer por el Black Rock otro de los hombres que, por lo visto, también frecuenta a Vivian: Fat Moe. Fat Moe aparece por allí sin haberse aseado, vestido con la ropa de trabajo y borracho como una cuba. Al verlo en tal estado, Max y Rick se le acercan, pero Fat Moe reacciona de mala manera empujándolos y encarándose directamente con Rick: Jodido chucrut follaniñas, le suelta. Los tres o cuatro primeros insultos Rick los sobrelleva con paciencia y bastante mano izquierda, pero cuando ve que la cosa sigue adelante sin freno recuerda lo que Cabrini le ha dicho por la mañana, lo de que algo debe de haberle hecho a Fat para que este se comporte de esa manera con él. ¿Qué te pasa, Fat? ¿He hecho algo que te molestase? Fat Moe, librándose de los brazos que pretenden ayudarle a mantener la verticalidad, se acerca un paso más a su empleado. ¿Tú, qué?, le dice. ¿Te crees Rodolfo Valentino o algo así? Te crees el mejor follador del mundo, ¿no? Rick no sabe si lo que le está diciendo tiene algún sentido que él debe desentrañar o simplemente se trata de delirios de borracho mezclados con el agotamiento propio de la jornada de trabajo. A mí esa niña me importa, ¿sabes?, le dice apuntándole con el dedo. ¿Qué niña?, replica Rick con una media sonrisa de incomprensión. Realmente, y por primera vez en mucho tiempo, duda de sus capacidades con la lengua inglesa. Vivian me interesa, y lo sabes. Te lo dije. Siento algo por ella, estúpido chucrut revenido. ¿Por qué me llamas todo el rato chucrut? A mí no me gusta el... Porque eres peor que la col agria, idiota. Has mancillado a Vivian. ¿Mancillado a Vivian? ¿Te refieres a la Vivian de aquí? ¿Vivian la puta? Al oír la palabra puta, Fat Moe recupera parte de la lucidez perdida, sin duda debido a la rabia y el odio que provoca en su confundido cerebro dicha palabra asociada a Vivian, agarra por el cuello la botella de cerveza que tiene más próxima y, sin soltarla, lanza el brazo en dirección a Rick. Rick esquiva el envite, pero siente el aire fresco que deja la estela del envase aún lleno a escasos milímetros de su nariz. Eh, vamos Fat, cálmate, le dice Max a su espalda. De vuelta con la botella, Fat Moe le lanza un revés algo menos torpe que impacta de refilón en el mentón de Rick. Por encima del escaso daño, Rick piensa: No entiendo nada. Y Fat Moe sigue insultándole e intentando darle de lleno con la maldita botella de cerveza, que va soltando líquido con cada nueva intentona. Max trata de agarrarlo por los hombros y por las axilas, pero el gordo Moe, seguramente por los efectos del alcohol, da unos bandazos arbitrarios que imposibilitan prever sus movimientos. Rick va reculando hasta topar con los riñones en la barra. Se oye un rumor de voces indiferenciado. Tal vez alguna de las chicas chilla, aunque Rick no sabe si se debe a lo que le está ocurriendo a él o a algún otro motivo. Cuando Fat Moe tiene acorralado a Rick le dice alzando la botella: Por mucho que la tengas más larga que yo, ya no te la vas a volver a follar, puto chucrut de mierda. Pero antes de que le dé tiempo a bajar el brazo, con la botella ya casi vacía por completo aferrada por el cuello, Rick cierra el puño con fuerza, tensa el brazo derecho y, como movido por la potencia de un rayo cegador, lanza un estético y a la par durísimo gancho de derecha que impacta en la sien izquierda de Fat Moe. La botella de cerveza completa el semicírculo iniciado sobre la cabeza del gordo Moe, pero ya por cuenta propia, sin que la sujete mano alguna, y va a estrellarse contra el borde de la barra, a la izquierda de Rick. Fat Moe se tambalea con un amplio balanceo, que parece más propio de un orangután de considerable tamaño que de un ser humano, y cae sobre una de las mesas redondas de madera, ideal para las parejas que acuden al local pero en ese momento por suerte desocupada, partiéndola en dos. Antes de tocar el suelo ya ha perdido el conocimiento. Max y dos o tres personas más se inclinan hacia él. No, piensa Rick viéndolo todo como a través de un largo tubo de plomo. Otra vez no. Y se mira el puño cerrado y el antebrazo en tensión. Otra vez no, repite para sus adentros. Pero sabe que sí, que ha vuelto a pasar. Y que no hay remedio posible. No entiendo nada, piensa. Pero nada de nada.

Rick sabe que no tiene que huir ni salir corriendo, porque nadie va a ir en su busca en esta ocasión. En caso de ser necesario, por otra parte, está dispuesto a enfrentarse de nuevo a Fat Moe, aun cuando esté sobrio, porque hace ya tiempo que confía en su fuerza y en su agilidad. Además, ahora es plenamente consciente de que su puño derecho es su as en la manga, su caballo ganador. Pero lo que no está tan dispuesto a afrontar son las repercusiones laborales que van a conllevar los acontecimientos de esta noche. Fat Moe lo va a despedir, eso está clarísimo. Es posible incluso que no quiera abonarle el dinero que le debe de esta última semana. Rick podría pasar sin ese dinero, pero el hecho de que le despida es otra cosa. De un modo u otro, acaba de cerrarse todas las puertas en el mundo de la construcción en Long Beach y lo sabe. Fat Moe mantiene inmejorables relaciones con el resto de promotores de obras e inversores inmobiliarios de la zona. Cerrar la puerta de Fat Moe entraña cerrar todas las otras puertas. Para desgracia de elementos díscolos como Rick, algunos gremios funcionan así, con una estupenda armonía basada en la solidaridad entre patronos. Rick, justo antes de dormirse, se dice: Lo tengo crudo.

Como el sueño con las tres escenas vuelve a repetirse esa noche, por la mañana se levanta de un humor de perros, maldiciendo su suerte y maldiciendo al mundo al completo. En esa tesitura está, maldiciendo como un pirata a voz en grito al tiempo que recorre el diminuto salón del apartamento una y otra vez como un felino salvaje enjaulado, cuando aparece Max por la puerta, aseado y elegante como un pincel, con el sombrero ligeramente ladeado, con una bolsa de papel marrón en una mano y *The New York Times* en la otra. Le tiende el periódico a su amigo y, sin siquiera darle los buenos días, dice: Mira, por lo visto ha estallado la guerra en España. Rick agarra el periódico y lo lanza sobre la mesa. ¡Qué cojones me importa a mí si hay guerra en España o no!, replica de mala manera. Eh, tranquilo colega. España está en Europa, ¿no? No está muy lejos de Alemania,

¿no? Pensé que te interesaría. Déjate de tonterías, le dice Rick. Max nunca ha visto así a Rick. Lo cierto es que, ahora que lo pienso, jamás le he visto de mal humor, piensa Max. Siéntate, anda, te he traído algo para desayunar. Abre la bolsa de papel marrón y saca dos enormes *muffins* con trocitos de chocolate y las deja sobre la mesa, junto al periódico, cuyo titular reza: Los Rebeldes toman el sur de España. La Guerra Civil hace arder las ciudades.

Max aparta el periódico y acerca dos sillas a la mesa. Anda, siéntate. Rick toma aire, lo expulsa lentamente y dice: Estoy jodido, Max. Max reacciona de un modo muy curioso, se recuesta en la silla y dibuja en su cara una media sonrisa de lo más cinematográfica. Rick sigue en su línea: no entiende nada. Tranquilo, colega, ¿para qué está el tío Max? Para solucionar problemas. He estado hablando con Marla. Creo que podrá encontrarte un hueco en el Hotel Nassau. ¿Un hueco?, pregunta Rick con el ceño fruncido. No quiero un hueco. Un trabajo, tonto, le aclara su amigo. Rick desfrunce el ceño. ¿Qué trabajo? No sé. Tal vez algo en mantenimiento. ¿Mantenimiento? ¿Pero de dónde has salido tú?, le pregunta Max inclinándose hacia delante para agarrar su *muffin*. El Nassau es un hotel gigantesco. Siempre se rompen o se desajustan cosas. Alguien tendrá que arreglar esas cosas, ¿no? Pues en ese hotel tienen a cinco o seis personas para esos asuntos. Trabajo relajado, colega, con un sueldo decente. Y si sabes buscarte la vida... Ya sabes, extras, dice Max de nuevo con esa sonrisa que, sin duda, debe de haber copiado de algún actor de Hollywood.

Tres años después, en abril de 1939, pocos días después del último parte de guerra del general Franco declarando su victoria en el conflicto español, pocas semanas después de que Hitler, desde el castillo de Praga, haya proclamado la creación del Protectorado de Bohemia y Moravia, y pocos días antes de la inauguración de la Exposición Universal de Nueva York, encontramos a Rick convertido en todo un personaje en el mundillo de la gente bien de Long Beach. Ya no forma parte del servicio de mantenimiento del Nassau. Hace dos años que, debido a su don de gentes, pasó a trabajar en el así llamado Departamento de Relaciones Públicas. Aparcó las herramientas, aunque de vez en cuando todavía le echa una manita a alguno de los novatos, y se colocó el traje y la corbata con el logotipo correspondiente.

No puede decirse, sin embargo, que Rick sea un relaciones públicas al uso. No se encarga de recibir o de acomodar a los personajes importantes que llegan al hotel, ni tampoco se encarga de organizar eventos ya sean en las instalaciones del Nassau o en locales cercanos como el famoso Castles by the Sea; si bien, de nuevo, ejerce esa clase de funciones de forma puntual, por ejemplo cuando el señor Fitzgerald, jefe del departamento, está demasiado ocupado o cuando se requiere de sus especiales habilidades a la hora de persuadir a alguien. Digamos que Rick, y eso es lo que realmente le ha convertido en un personaje conocido entre los más prestigiosos clientes del hotel, es algo así como un conseguidor, o un facilitador si se prefiere. Rick, por decirlo del modo más claro posible, se encarga de satisfacer los deseos más singulares, llevar a cabo las peticiones más rocambolescas o encontrar soluciones para las necesidades más secretas de estrellas del espectáculo, deportistas famosos y millonarios de todo pelaje asiduos del Nassau. Y a lo largo de los dos años que lleva desempeñando esa singular ocupación, creada por completo a su medida, las ha visto de todos los colores. Por ejemplo, en una ocasión tuvo que conseguir huevos de avestruz para una pantagruélica cena en honor de Babe Ruth, ya retirado de la práctica deportiva pero aún interesado en hacerse con la gestión de los Yankees, de paso por ese motivo en Nueva York. En otra ocasión, Rick logró que abriesen el Carnegie Hall para una única persona: Jennifer Saddat, la amante no oficial del famoso banquero y filántropo J.P. Morgan Jr., instalada de manera más o menos fija en el hotel durante todo un año. Es más, consiguió que una orquesta de cámara tocase, única y exclusivamente para ella, la *Marcha Radetzky* de Johann Strauss. Y estos no son más que dos detalles anecdóticos de su actividad, ni tan siquiera los más llamativos o los más estrafalarios. Porque en estos dos años ha ejercido de manera regular de psicólogo con actores y actrices como Irene Dunne, a quien acompañó en un larguísimo paseo por la ciudad para escuchar sus lamentos y lloriqueos cuando no ganó el Óscar por su papel en *La pícara puritana;* de mensajero para artistas como el pintor español Pablo Ruiz Picasso, que pretendía comunicarse con Georgia O'Keeffe sin que su marido se enterase; de compañero de fatigas de empresarios como George Parker, con quien pasó quince horas seguidas jugando al más famoso de sus inventos: el Monopoly; de camello para yonquis como Errol Flynn, algo en absoluto sorprendente pues su fama le precedía y Rick ya estaba servido; de prestamista interpuesto para clientes sorpresivos como Frank Lloyd Wright, que una noche sintió el inesperado impulso de apostar en un combate local de boxeo; de estafador, en un solo caso, haciendo de gancho para ayudar al inventor Auguste Piccard a conseguir fondos para mejorar su batiscafo.

De falso curandero, o tal vez no tan falso, ha ejercido también en algunas ocasiones, para librar a los interesados o interesadas de pequeñas molestias físicas, dolencias anímicas e incluso algún temor paralizante, pero ha intentado por todos los medios que esa faceta de su labor no trascienda los estrictos límites de la relación profesional, pues sabe que no hay personas en el mundo más supersticiosas que los famosos, sea cual sea su naturaleza, y sabe también que si sus pequeños logros adquiriesen relevancia a nivel público ya no le dejarían dedicarse a otra cosa.

Cabe preguntarse, sin embargo, viéndole perfectamente adaptado a esa nueva faceta de su vida, rodeado de gente famosa y siendo tratado con especial deferencia por personas que están acostumbradas a tratar a los demás como meros vasallos, cómo es posible que Rick, viniendo de donde viene, una pequeña aldea alemana próxima a la ciudad de Heidelberg, después de haber ejercido de mozo en una panadería filonazi o de carpintero para un contratista rencoroso, no sólo haya llegado hasta ahí sino que haya sabido mantener el equilibrio en semejante territorio minado sin cometer un solo traspié en esos dos años, labrándose por lo demás una bien merecida fama de persona eficaz a la par que discreta.

La respuesta tiene truco. Porque su éxito, en gran medida, se debe a su don. O mejor dicho, a la aplicación más pragmática posible de su don. Si durante el tiempo que trabajó para el señor Müller le preocupó haber perdido su capacidad para la presciencia y durante los años que trabajó en el sector de la construcción, por el contrario, pretendió borrarla para siempre de su vida, poco después de entrar a trabajar en el Hotel Nassau descubrió que sus especiales habilidades podían resultarle más que útiles en ese ámbito profesional. Como es lógico, en cuanto que inmigrante todavía inseguro, Rick ha pasado años observando lo que ocurre a su alrededor para captar lo mejor posible las normas que rigen la vida en su nueva tierra de acogida, porque sabe que los errores cometidos por un extranjero son mucho más visibles que los de un lugareño. Entendió muy pronto, por ejemplo, que la discreción es un valor fundamental para aquel que desee ascender socialmente, por eso su máxima durante ese tiempo fue ver, oír y callar. Pero al llegar al hotel, las circunstancias le permitieron empezar a poner en práctica lo que había aprendido gracias a sus observaciones.

Sin duda a Rick le ha ayudado mucho el hecho de sentirse enseguida en casa en el Nassau. Por una parte, y como no podía ser de otro modo, allí se respira un aire de gran mundo, un cosmopolitismo radical, que remite directamente a su idealizada infancia. Por otra, y a pesar de lo que se acaba de decir, o precisamente por ello, el Nassau, de puertas adentro, funciona según sus propios códigos, que no siempre mantienen una correlación directa con los códigos que rigen el comportamiento de las personas más allá de las instalaciones del hotel. Por decirlo de otro modo, tanto a nivel moral como político, o incluso intelectual, el Hotel Nassau es una isla autónoma en mitad de Long Beach, pero también en mitad de Nueva York y en mitad de Estados Unidos. El Nassau está allí pero podría estar en cualquier otro punto del planeta. Es un lugar estable y al mismo tiempo es un lugar de paso. Por todo ello, es hasta cierto punto normal que los trabajadores del hotel, llegados de los rincones más lejanos de América y Europa, se sientan allí única y exclusivamente ciudadanos del Nassau.

Rick, en cualquier caso, se siente en ese hotel como pez en el agua. Además, en cuanto adquirió la suficiente confianza, empezó a dejarse ver, a hacerse notar, realizando comentarios o dando opiniones que, poco a poco, iban excediendo el ámbito profesional de un trabajador de mantenimiento. En ese territorio, en el que se valora la libertad individual, la flexibilidad mental y la capacidad de emprender nuevas iniciativas, sus sensaciones sobre las diferentes dinámicas que se establecen entre trabajadores o clientes, sus percepciones sobre posibles mejoras o retoques en el desarrollo cotidiano del trabajo, sus intuiciones relativas a posibles acontecimientos por venir, no caen en saco roto, son escuchadas. Y como Rick se siente seguro, como se siente plenamente integrado, va encauzando poco a poco su don hasta ponerlo al servicio de la causa. Es verdad que sus predicciones pierden vuelo o que su capacidad de captación de las personas está ahora muy centrada en aspectos superficiales, más prácticos si se quiere, pero su claridad expositiva y sobre todo su nivel de acierto aumentan enormemente. Debido a ello, desde la gerencia del hotel se llega a la conclusión de que las prometedoras habilidades de Rick merecen un campo más amplio de acción, por eso lo trasladan al Departamento de Relaciones Públicas. Dos años después, puede decirse que su carrera está lanzada. Ese tal Rick apunta alto, se oye decir en una ocasión en una junta del Consejo de Administración del hotel. Y Rick, por su parte, sin dejar de ser modesto, se ve crecido, se ve grande y capaz. El Nassau es su mundo. Y muy probablemente habría hecho grandes cosas allí, habría dejado una huella mucho más profunda de la que dejó, si en su camino no se hubiesen cruzado las carreras de caballos ni hubiese llamado por ello la atención del insigne mafioso Meyer Lansky.

Pero antes de eso, veamos cómo es su vida fuera del hotel; el repaso se acaba pronto, porque Rick apenas tiene algo que pueda denominarse vida fuera del Nassau. Tiene alquilada una casa en la calle Chester, una vivienda de dos plantas con tres habitaciones, un amplio salón y un trocito de jardín que da al oeste. Apenas pasa tiempo en ella, pero la ha decorado con gusto, a la moda. Eso se debe en gran medida a la intervención de Emma Bascombe, su novia. No porque Rick no tenga criterio en cuestiones de estilo y decoración, pues lo tiene después de los años que pasó en el mundo de la construcción y de todo lo que ha aprendido en el Nassau. Se trata más bien de un movimiento estratégico para reforzar los vínculos de su relación de pareja haciendo que Emma se sienta partícipe de su intimidad. Porque lo cierto es que en su relación no existe un elevado grado de intimidad. Digamos que Rick no tiene demasiado tiempo para esas cosas. Emma tiene muchas virtudes: es una chica decente, cariñosa, comprensiva, inteligente, trabajadora y elegante; pero tiene algo que, a ojos de aquel que se fije en el día a día de Rick, sin duda es un gran defecto: no trabaja en el Nassau. Emma es la encargada de una tienda de corte y confección en Manhattan. Su sueño es llegar a ser una modista reconocida en el mundo de la alta costura, y es lo bastante ambiciosa para estar convencida de poder lograrlo.

La relación entre Rick y Emma se basa, principalmente, en los encuentros que mantienen dos o tres veces al mes precisamente en la casa de Rick. En esos señalados días, van a cenar a un restaurante con clase, de vez en cuando van al cine y después, aunque no siempre, se acuestan juntos. Hablan con algo más de frecuencia por teléfono, eso sí, y tienen la suficiente confianza para contarse los detalles más escabrosos o nimios de su día a día. Ninguno de los dos se ha quejado hasta ahora del funcionamiento de su relación, tal vez porque los dos son personas despiertas y entienden que tener pareja, en sus respectivos casos, es más un requisito tranquilizador, un detalle que cubre un vacío que podría resultar molesto de cara a sus compañeros, que un modo de vida o un posible objetivo existencial. Obviamente, no han hablado de dar el famoso paso adelante. Al mirar hacia el futuro, parecen admitir tácitamente los dos, esa relación se diluye hasta convertirse en una niebla blanquecina sin forma definida, aunque ambos tienen la decencia de responder con un inocuo ya veremos cómo van las cosas cuando alguien les pregunta sobre su posible matrimonio. ¿Y las prostitutas? ¿Y las visitas de Rick a lugares como el Black Rock o el Twin Pines? Por una parte, Rick sabe que visitar esa clase de antros ya no encaja en su situación laboral, pues los chismorreos podrían suponer un contratiempo innecesario. Por otra parte, en la fase vital en la que ahora se encuentra, Rick no parece necesitar especialmente el sexo. Le basta la tranquila fogosidad de los encuentros con Emma, el sosiego de las noches en que duermen en la misma cama. Ha tenido algún que otro desliz con varias de las chicas del Nassau, pero nada lo bastante serio para llegar a sentirse culpable. Es cierto que más de una clienta famosa le ha tirado los tejos, toda una tentación, pero ahí sí ha sabido trazar con claridad la línea que separa el placer y el trabajo; no quiere que nada ponga en tela de juicio una reputación ganada palmo a palmo.

¿Y Max? ¿Qué ha sido de él en estos tres años? Max ha dado un salto cuántico. Cansado de esperar a que Fat Moe lo nombrase capataz de obra o de que una chica de buena familia se fijase en él, decidió cambiar de ámbito de desarrollo. De la mano de un primo suyo, un elemento subsidiario de la red mafiosa que dirige Meyer Lansky, dejó la construcción y se adentró en el mundo del dinero fácil; un eufemismo como otro cualquiera para decir que ahora Max es lo que la policía denomina un soldado de poca monta. En los últimos tiempos se ha dedicado a extorsionar a pequeños comerciantes, propinar alguna que otra paliza a aquellos que se retrasan en los pagos, ha participado también en algún robo... Nada del otro mundo en cualquier caso. Sin embargo, sus ingresos se han duplicado, lo que ha llevado a que Max, que siempre ha tenido perspectiva para esas cosas, haya visto el cielo abierto. Sabe que en el mundo del hampa el ascenso nunca es proporcional sino exponencial, por lo que ha decidido emprender nuevos pequeños pasos que le lleven algo más cerca de la cúspide. Las carreras de caballos, se dice, por ahí podría crearme un hueco, porque Meyer Lansky no parece tenerlas controladas. Lo malo es que él tampoco las tiene controladas. Podría apretarle las tuercas a algún yóquey, eso se ve capaz de hacerlo, pero carece de la presencia necesaria para amenazar a los dueños de los caballos o para controlar el desarrollo interno de lo que sucede en los hipódromos. Sin esos factores a su favor, sólo le queda la posibilidad de controlar el azar. Y en ese punto de la historia es donde Max y Rick vuelven a encontrarse.

23

No llegué a ver representada la obra de teatro que escribí a cuatro manos con Boluda. Me fui de Nueva York una semana antes de que se estrenase, el 4 de septiembre de 2005. No había querido asistir a los ensayos, algo que Boluda interpretó como la ansiedad propia del creador novel. Boluda no dejaba de repetirme esa clase de cosas, supongo que con la intención de animarme o de alimentar mi ego. Sin embargo, sus palabras causaban en mí el efecto contrario. Si alguna vez había barajado, en la intimidad de mis ensoñaciones escapistas, la posibilidad de dedicarme a la creación teatral, esa posibilidad se esfumó para siempre justo en el momento en que leí mi nombre en la tapa de la obra que habíamos escrito juntos. Lo sentí sin ninguna clase de ambages. Lo mío, estaba dolorosamente convencido de ello, no era crear. Aunque nunca desmentí a Boluda cuando me tildaba de creador, eran otro tipo de ideas las que ocupaban mi mente en esos momentos. Ideas que me impedían dedicarme a cosas tan irrelevantes (irrelevantes, sí) como los ensayos o el estreno de una obra de teatro que sin duda iba a caer bien pronto en el olvido. No podía quitarme de la cabeza las imágenes que mostraban las calles de la ciudad de Nueva Orleans completamente anegadas.

Durante los cinco días que transcurrieron entre el inicio de la inundación y mi huida de Nueva York, no pararon de aparecer vídeos en la televisión mostrando el poder implacable de la naturaleza. Visiones aéreas de helicópteros que sobrevolaban la zona marcada por un líquido entre azul y gris que lo ocupaba prácticamente todo. Copas de árboles que sobresalían de la superficie como algas mutantes. Gente amontonada en los tejados de casas y edificios esperando a ser rescatadas. Imágenes de pequeñas barcas o balsas surcando las aguas turbias, flanqueadas por edificaciones contrahechas.

Viendo esas imágenes, viendo la ciudad de Nueva Orleans cubierta por las aguas, me preguntaba: ¿Si ha pasado ahí, por qué no puede pasar en cualquier otro lugar? No podía dejar de imaginar un mundo entero cubierto de agua: ciudades, pueblos y valles inundados; lugares desconocidos y también lugares conocidos, aunque ya irreconocibles debido a la crecida del mar y de los ríos y de los lagos. Las calles de mi barrio, en Barcelona. Las calles de Berlín o de Heidelberg. Las calles de Nueva York, como se veían en *Inteligencia Artificial* o en *La ciudad de las aguas movedizas*. Porque la inundación de Nueva Orleans era algo más que un símbolo o un mensaje personal e intransferible. Era el anuncio de un advenimiento, de la llegada de una nueva era, o al menos de una nueva era para mí, que venía anunciándose desde mucho tiempo atrás.

Viendo las imágenes de la televisión e imaginando un planeta Tierra enteramente sumergido, pensaba que mi alma se estaba desvaneciendo lentamente, otra vez, al ver el dulce descenso de aquellas aguas por las calles y las laderas de los montes, cubriendo el universo con su dulce expansión, cubriendo a todos los vivos y a todos los muertos.

Dado que el primer mensaje que recibí al llegar a Nueva York fueron, por azarosa interposición de las Sagradas Escrituras, las palabras de advertencia que Dios le envió a Noé poco antes del diluvio, tenía sentido que después de ver por televisión los resultados del paso del huracán Katrina por Nueva Orleans me fuese de allí. Después de todo, no había logrado extraer nada de Nueva York.

Tal como lo pensé lo hice: lié el petate y me fui al aeropuerto John Fitzgerald Kennedy. No me despedí. Supongo que, al menos en primera instancia, Boluda y Vanessa debieron de sorprenderse, pero estoy convencido de que mi marcha no alteró en exceso su día a día. Yo para ellos era un personaje secundario, un *guest star* prescindible en el siguiente capítulo de su particular drama. Sin duda, Boluda no debió de tardar mucho en encontrar a otro pardillo en algún pub oscuro cerca de Grand Central Station. Y respecto a Vanessa... Bueno, de vez en cuando todavía sueño con ella y la veo tumbada en la cama, junto a Boluda, a la altura de sus piernas. Boluda está completamente desnudo. Muy relajado. Su enorme pene descansándole sobre el muslo derecho. Y Vanessa, apoyada sobre un codo, le acaricia el miembro con lentitud e intensidad...

Sabía que no iban a echarme de menos, porque a mí, como al Doctor Manhattan, sólo podían echarme de menos por mi valor como entidad, no como persona. Y a esas alturas de la película, como entidad no tenía valor alguno pues había completado mi papel y con ello se había cerrado mi arco narrativo.

Según lo que más tarde me explicaría Víctor en relación con el camino del héroe, debía de encontrarme en la segunda fase, la de la iniciación. Había sentido previamente la llamada de la aventura tras la muerte de mi madre y eso me había llevado a ponerme en movimiento. Había recorrido ya un buen trecho, pues la ayuda sobrenatural en forma de símbolos (mundos sumergidos), remembranzas (películas que hablaban de mí) y talismanes (el cómic de Alan Moore) me había indicado una y otra vez que siguiese adelante. Ahora recorría ya el camino de las pruebas. Los estados más difíciles de la aventura empiezan entonces, me dijo Víctor, cuando las profundidades del mundo subterráneo y sus manifestaciones extraordinarias se abren ante el héroe.

En otras palabras, me iba a Argentina en busca de mi padre.

24

Cuando van a comer juntos al viejo restaurante de Shore Road, Rick hace cálculos y concluye que ha pasado un año desde la última vez que vio a Max. Ha sabido de él únicamente por comentarios que le han llegado estando en el hotel. Sabe que dejó a Marla Singer, por ejemplo, y que Marla regresó poco después a su Missouri natal. Sabe que anda metido en cosas ilegales, asuntos mafiosos de perfil bajo, pero poco más. Ese mediodía Max, como no podía ser de otro modo, es todo sonrisas y buen rollo. Cuánto tiempo... Mírate, pareces un potentado... Y todo gracias a mí, ¿eh? Yo te abrí las puertas del Nassau... Rick, que como ya se ha dicho las ha visto de todos los colores, no se hace ilusiones: le agrada volver a ver a su amigo, pero sabe que si Max ha reaparecido es porque quiere algo de él.

Max le cuenta un cuento que Rick no cree pero que acepta. Según dice, le van mal las cosas..., necesita dinero..., está jodido..., pero no quiere que le preste nada porque eso sería humillante... Se le ha ocurrido una cosa, una locura sin duda, pero como está desesperado...

Apuestas, le dice. Carreras de caballos, le dice. He pensado que podrías echarme una mano. Tienes un don para estas cosas. No te pido nada excepcional. Yo sólo te paso una lista de nombres y me dices si sientes algo al ver alguno de esos nombres. Rick tuerce el gesto. Maldita sea, piensa. Lo ve venir: en el futuro se van a repetir con demasiada frecuencia esta clase de encuentros. No me dedico a eso, Max. No sabría cómo hacerlo. Eh, vamos, le dice Max, me han contado cosas, ¿sabes? Max, de verdad, esto no es lo mío. Vamos, Rick, sólo una vez. Échame una mano, colega. Estoy jodido. Te presto el dinero, Max, sin problema, a fondo perdido, no te preocupes por eso. No, Rick, dice enderezándose en la silla con inverosímil dignidad, eso no, ya te lo he dicho. Hace el ademán de levantarse mientras dice: Pensaba que me echarías una mano, por los viejos tiempos...

Rick hace lo que haría cualquiera en su situación, pronuncia la frase fatídica: A ver, trae esa lista. Max vuelve a inclinarse hacia delante. No podía esperar menos de ti, colega. No te garantizo nada, Max. No tengo ni idea de cómo hacerlo. Tranquilo, dice Max, tú limítate a ver si esos nombres te dicen algo. Le tiende un recorte de periódico. Rick respira hondo, triste y ofuscado de antemano. Mira a Max con evidente resignación y dice: Una sola vez, Max. Una y no más. Claro, colega. Rick coloca la mano sobre el recorte y cierra los ojos. No ve caballos. No ve el hipódromo. Abre los ojos. Parece aliviado. No veo nada, Max, lo siento. Eh, Rick, no te rindas tan pronto, dice agarrándole la mano con algo más de fuerza de la necesaria y volviéndola a colocar sobre el recorte. Vamos, no corras, tómate tu tiempo. Seguro que sale algo. Rick sabe que aún tiene una posibilidad. Si se levanta ahora, si sale de ese restaurante y se va al hotel, lo único que sucederá es que lo que queda de su amistad con Max se esfumará para siempre. Eso podría sobrellevarlo sin problemas, sin excesivo malestar de conciencia; después de todo, ya nada les une en el presente. Pero algo en la mirada de Max le ha intimidado, algo que no reconoce o mejor dicho que se niega a reconocer. Y en esos segundos de indecisión su voluntad se esfuma y la maquinaria vuelve a ponerse en marcha. Coloca la mano encima del recorte y cierra los ojos otra vez. Oscuridad. Y, de repente, una figura: Julio César. Julio César ataviado con todas sus galas. Julio César levanta la mano e indica un número. Dos... No, tres. Julio César, dice. Tercero, añade. Max recoge el recorte de periódico y lo repasa con avidez. No hay ningún Julio César, Rick. ¿Seguro que quieres decir Julio César? Es

Rick ahora el que repasa el recorte. No sé, Max... Encuentra un nombre que encaja con su visión: *Emperor*. Ahí lo tienes, dice: *Emperor*. ¿*Emperor* en tercer lugar, entonces?, pregunta Max al tiempo que saca una pequeña libretita del bolsillo interior de la americana. Yo qué sé, Max. Bien. Vale. Tú sigue. Max cierra los ojos. Oscuridad. Ve un campo de trigo. Un mar de trigo. Una granja al fondo, solitaria. Llueve. Una tormenta de verano, con aparato eléctrico. Truenos y relámpagos. Rick abre los ojos y repasa la lista. Este: *Lightning*. Segundo. Max apunta con su letra afilada y diminuta. ¿Y el primero? ¿Quién va a llegar primero, Rick? Cierra los ojos. Resopla. En el mismo centro de la oscuridad surge un puntito que va creciendo. El puntito crece y crece hasta convertirse en una forma bien definida: una tarta de manzana recién horneada, todavía humeante. Rick abre los ojos, repasa la lista... Le cuesta creerlo de entrada. Demasiado sencillo. El nombre del caballo está escrito en quinto lugar. *Apple Pie*. Nada de interpretaciones tangenciales o abstractas. Nada de gradaciones significativas. Alto y claro. *Apple Pie*, le dice a su antiguo amigo. *Apple Pie* primero en la cuarta carrera de la tarde.

Pero tras la sorpresa se impone el sentido común, por eso le dice a Max: Esto es una tontería, Max. Es como una tirada de dados sin pies ni cabeza. Y al tiempo que lo dice Rick se da cuenta de que no está siendo sincero, porque sabe que lo que acaba de pasar, por absurdo que pueda parecer, sí tiene sentido; lo nota en las tripas. Aun así, insiste: No se te ocurra apostar tu dinero a esa combinación, no quiero tener ese peso sobre mi conciencia. Prefiero dejarte yo el... No hablemos más de eso, Rick. No te he pedido garantía alguna, te he pedido que me echases una mano y lo has hecho. Gracias, colega, dice guardándose la libreta en el bolsillo interior de la americana. Ahora tengo que dejarte. Se levanta, se ajusta la chaqueta, se coloca el sombrero y dice: La verdad es que ya estoy ansioso por ver ganar a *Apple Pie*. Rick alza la mano con gesto agrio. Por favor, Max, no se te ocurra... Tranquilo, Rick. Por mucho que apostase, hoy no iba a salir de pobre, exclama ya a la altura de la puerta de cristal. Rick lo ve irse calle abajo como arrastrado por el viento. A él le va a tocar pagar la cuenta de lo que han tomado. Maldita sea, se dice, por qué demonios lo habré hecho. Y en su cabeza, a modo de respuesta, se mezclan la violencia salvaje de la mirada de Max y el subidón de adrenalina que ha sentido al ver con los ojos de la mente la tarta de manzana. Por eso en el hotel, a eso de las tres, se escapa hasta la cocina para escuchar el desarrollo de la cuarta carrera de la tarde en el aparato de radio que Emerson, uno de los lavaplatos, tiene encendido a todas horas. Para el propio Emerson y los dos jóvenes pinches de cocina que andan por allí la combinación ganadora no resulta en absoluto significativa; en gran medida el sonido de la radio para ellos es parte del ruido ambiental. Rick, por su parte, se debate en esos momentos entre dejarse llevar por el placer que se experimenta ante lo sublime y el más puro y simple terror que conlleva la amenaza que se dibuja en su futuro.

Al día siguiente, a eso de las once de la mañana, Rick ve a Max entrando en el vestíbulo del hotel a través de la majestuosa puerta giratoria. A Rick le gustaría huir, esconderse en cualquier rincón, hacerse invisible, pero ya es tarde: Max le ha visto y se acerca a buen paso mostrando una sonrisa deslumbrante. ¿Por qué no salimos de aquí un minuto?, le pregunta Max. Estoy ocupado, replica inútilmente Rick. Lo sabe a la perfección: ya es tarde, demasiado tarde para todo. Sólo será un minuto, Rick. Salen a la calle y caminan un rato por la acera sintiendo la fragante brisa marina. Max le agarra del brazo y lo conduce hasta el callejón por el que se accede a la lavandería del hotel. Saca de la americana un sobre color manila cerrado con una goma y se lo tiende a Rick. Esto es para ti, colega. Ayer cantamos bingo, ¿eh? Rick mira el sobre entre los dedos tensos y ceporrudos de su antiguo amigo como si se tratase de un objeto incomprensible, tal vez un pedazo de mineral extraterrestre. No lo quiero, Max, es tuyo. Vamos, Rick, esto es tan tuyo como mío y lo sabes. Rick no aparta los ojos del sobre. Es un sobre grueso. ¿Qué cantidad puede haber ahí dentro? ¿Quinientos dólares? Eso sería mucho dinero. Sabe a la perfección que el cuento que le contó ayer Max era una trola inverosímil, pero ¿cuánto dinero tuvo que apostar, a ciegas, a tumba abierta, para que a él le correspondan, según el particular criterio de Max, quinientos dólares?

No le gusta en absoluto esta segunda visita de Max, como no le gustó el encuentro de ayer; no le gusta ese sobre, porque más allá del sentido de culpa aprecia en él con claridad meridiana la potencia del deseo y la tentación del reto; pero lo que menos le gusta, lo que más miedo le da, es pensar que Max apostó ayer su dinero sin dudarlo un segundo a la combinación que él le había propuesto. Eso es malo, muy malo, porque si en el primer intento Max ya se dejó llevar, el resultado habrá convertido la creencia en fe inquebrantable. Y esa es la peor noticia posible para Rick. Quiere insistir en su renuncia, quiere dejarle bien claro a Max que no están en el mismo bando, que esa no es su opción, que lo suyo es otra cosa y que, realmente, el dinero no lo es todo para él, pero la mirada de Max se lo deja bien claro: Me importa bien poco lo que pienses, hemos abierto una puerta al Paraíso y no me voy a quedar en el umbral, ya la atravieses conmigo o te quedes fuera, no voy a permitir que la cierres. Pero lo que dice es: Sé que este no es tu rollo, Rick. Te estás esforzando por conseguir algo propio, un lugar en el mundo y ser reconocido por quien eres. Lo sé de sobras. Te conozco. Pero ayer me hiciste un gran favor y quiero agradecértelo, eso es todo. ¿Es que acaso es malo ser agradecido con un amigo? Con mucho cuidado, pero con firmeza, Max le abre ligeramente la americana con el logotipo del hotel e incrusta el sobre color manila en el bolsillo interior. Qué listo es Max, piensa Rick. Este sobre no es sólo una muestra de agradecimiento, es una forma de hacerle partícipe. Lo quiera Rick o no, ahora están en el mismo bando: el dinero los iguala. Podría deshacerse del sobre, quemarlo o tirarlo al mar, pero el pacto ya ha sido sellado. Y, a pesar de que Max se marcha por donde ha venido sin apenas despedirse, ninguno de los dos se molesta en decir: Nunca más.

Max, sin duda siguiendo los dictados de una estrategia bien trazada de antemano, va a tardar tres semanas en volver a aparecer. Concretamente vuelve a contactar con Rick el 19 de mayo, el preciso día en que, en Europa, Francia y Polonia firman el pacto de mutua defensa contra la amenaza alemana; pacto al que después va a sumarse Gran Bretaña. Rick, por su parte, se ha estado preparando para ese momento. Ha estado, como quien dice, entrenándose. Durante esos días ha consultado las listas de las carreras y ha intentado trazar un método más o menos pragmático y útil para pronosticar los resultados. Le ha resultado imposible encontrar un patrón respecto a las visiones, pero incluso así, basándose en desarrollos aproximativos y aleatorios, ha podido comprobar que su fiabilidad es de un sesenta por ciento en los momentos más bajos. También ha podido comprobar que cuanto más se espacian las predicciones, mayor es el porcentaje de acierto. Y así se lo explica a Max, aunque variando los números y las circunstancias para poder esgrimir sus condiciones sin réplica posible. Le dice: Quiero que te fíes de mí o no seguiremos adelante. Vamos a apostar juntos, pero sólo una vez al mes, y siempre en hipódromos diferentes. Es el único modo de garantizar un índice de acierto realmente elevado y de no levantar sospechas. Max no lo ve claro, pero acepta la propuesta de Rick, si bien su mirada dice: Por ahora, vale, pero no dudes de que acabaré llevándote a mi terreno. Así pues, una vez al mes Rick telefonea a Max y le pasa la combinación ganadora. Dos días después, un jovenzuelo de pelo ralo enviado por Max se deja caer por el hotel y le entrega a Rick un sobre grueso de color manila cerrado con una goma. Rick, atenazado por un sentimiento de culpa con el que no desea lidiar, guarda despreocupadamente el sobre en un cajón del escritorio de su despacho sin contar jamás el dinero que contiene. Cuando ya tiene en el cajón dos o tres sobres se los lleva a casa y los guarda, sin quitarles siquiera la goma que los envuelve, en una caja fuerte escondida tras un pequeño mueble bar; una caja que jamás hubiese creído que llegaría a utilizar. Por lo demás, más allá de las llamadas y los sobres, Max no se manifiesta nunca. A Rick le gusta aferrarse a ese detalle. Quiere pensar que ha encontrado un modo de eludir el destino mediante una pequeña trampa: no se ha opuesto al desarrollo de los acontecimientos, se ha limitado a encontrar un resquicio en el que ocultarse para que no se lo lleve la corriente. Pero el destino, esa corriente de la que cree haberse librado, tiene otros planes para él.

A finales de septiembre, pocos días después de que el ejército alemán haya tomado Varsovia, dos tipos corpulentos y pulcramente trajeados entran en la cafetería en la que Rick suele almorzar y le dicen: Ven con nosotros, hay alguien que quiere hablar contigo. Rick no es de los que se amedrenta a la primera, pero entiende a la perfección, porque cualquiera en aquel local podría suponerlo, a qué se dedican esos dos tipos. ¿Quién es ese alguien que quiere hablar conmigo?, pregunta Rick. El tipo que está más cerca, el que luce sombrero hongo, mira al que está detrás, algo más mayor y sin duda al cargo de la expedición. El hombre mayor asiente y el de sombrero hongo dice: El señor Lansky. Rick ya no necesita oír nada más. Antes de ponerse en pie, siente un ligero cosquilleo en las rodillas y en el esfínter, pero es capaz de sobrellevarlo con elegancia. Sabe muy bien quién es y cómo se las gasta el hombre que ha mandado a buscarle, porque ¿quién no conoce a esas alturas al famoso capo de la mafia Meyer Lansky? Repasa mentalmente lo que sabe de él, más allá del temor que inspira su nombre, camino del coche que le espera en la puerta. Lansky pasa por ser el fundador y máximo exponente del sindicato del crimen que reina en la actualidad en toda la Costa Este de los Estados Unidos. Rick, como todo aquel que lea de vez en cuando los periódicos, sabe que Lansky ha establecido florecientes redes de juego en Florida, Nueva Orleans y Cuba, y dicen que ahora tiene los ojos puestos en un pequeño villorrio en medio de Nevada al que llaman Las Vegas. Sabe que, junto a sus dos amigos, Lucky Luciano y Bugsy Siegel, hizo mucho dinero gracias a sus buenas artes y a su capacidad para la violencia durante la Prohibición. Meyer Lansky, en definitiva, es ahora un hombre peligroso, respetado y poderoso a partes iguales, y además ha despertado ciertas simpatías entre la comunidad judía estadounidense por su frontal y pública oposición al nazismo. Se rumorea, por ejemplo, que es el responsable de los recientes altercados contra negocios de filiación nazi en el barrio alemán de Yorkville; altercados que Rick, en secreto, aplaudió.

Antes de hacerlo entrar en el coche, el tipo de sombrero hongo lo cachea sin miramientos, después asiente hacia el hombre mayor y este abre la portezuela trasera del lujoso Austin Ten detenido junto a la acera. Rick se sienta en el asiento contrario a la marcha, frente a un hombre más bien bajo, de mediana edad, ataviado con un pulcro traje de franela color gris marengo; los matones se quedan fuera, flanqueando el auto. El hombre más bien bajo es Lansky, y lleva camisa blanca y corbata azul cobalto con unas motas diminutas de color amarillo. Su pelo es más bien corto y ondulado, dominado posiblemente con algo de brillantina, y lo peina con raya al lado izquierdo. Su gesto es seco, adusto, algo que refuerzan su nariz en forma de flecha y sus labios en ligera pendiente descendente por los costados. ¿Su mirada intimida...? ¿Cómo no habría de intimidar la mirada del mafioso más grande de todo el país? Lansky escudriña a Rick y al cabo de unos diez segundos esboza una mueca de suficiencia: Ya te he calado, parece expresar. Eres amigo de Max Bercovicz, ¿verdad?, dice Lansky. Mierda, piensa Rick. Pero como la pregunta de Lansky no espera respuesta, ni siquiera hace el ademán de aclarar el sentido del término amistad aplicado a lo que existe entre Max y él. Trabajasteis juntos, ¿verdad? Tampoco ahora espera respuesta. Me contó Max que incluso compartisteis apartamento. Esto último lo dice Lansky dándole a su mirada un toque ligeramente burlesco, como si al dejar flotando la frase quisiese dar a entender algo más que no necesita aclaración alguna. Rick lo entiende como una extrañísima muestra de confianza. De debajo del sombrero de fieltro gris con banda negra que tiene a su lado, sobre el asiento, Lansky saca una pitillera de plata. La abre y coge un cigarrillo. Enciende con parsimonia el pitillo, suelta el humo con una sonrisa lánguida y dice: Es un buen tipo ese Max. Un tipo listo, ¿sabes a qué me refiero? Sí, sabe perfectamente a qué se refiere, pero permanece inmóvil. Trabaja para mí desde hace un tiempo. Era uno de mis chicos a pie de calle, pero ha sabido encontrar la manera de ascender. Lansky le da varias caladas a su cigarrillo antes de volver a decir nada. Sois buenos amigos, ¿no? Precisamente ahora que, al parecer, sí espera respuesta, Rick se muestra dubitativo. Bueno..., dice Rick. Estoy al corriente de lo vuestro, le corta Lansky. Me lo contó hace tres meses. Yo también he metido un poco de dinero en tus pronósticos. Y, sí, bueno, no ha ido mal. Pero para trabajar conmigo hace falta algo más. ¿Quién ha dicho que yo quiera trabajar con Meyer Lansky?, piensa Rick. También piensa en Max: Maldito hijo de puta, se dice. Intenta trazar una respuesta que, sin resultar ofensiva, ni siquiera molesta, le quite a Lansky esa idea de la cabeza. Pero ¿qué demonios le puede decir a un tipo como él? Lo cierto, señor Lansky, empieza a decir, es que estoy muy bien donde estoy. Me gusta mucho mi trabajo. He ayudado a Max en un par de ocasiones porque creía que estaba en apuros, pero no estoy interesado en el mundo de las apuestas. Pues yo sí, muchacho, espeta Lansky retomando el gesto adusto y afilado. No lo dudo, señor Lansky. A lo que me refiero es que pensaba dejar definitivamente lo de las carreras de caballos. Tienes un don, muchacho, algo así no se puede pasar por alto, no se puede encender y apagar como una lámpara. No creo que sea un don, miente Rick. Tuve suerte, eso es todo. ¿Me tomas por tonto..., Rick? Te llamas Rick, ¿verdad? Te he dicho que Max me lo ha contado todo. Me ha hablado de tu método. Y a oídos de Rick la palabra método tiene una sorprendente cualidad científica que, como por ensalmo, lo emparenta con Newton o Galileo. No tengo ningún método..., se esfuerza en aclarar, pero Lansky no lo escucha. Todavía no lo has entendido, Rick. ¿Qué es lo que no he entendido? Quiero que trabajes para mí. Quiero que compartas ese don conmigo, le dice Lansky mirándole a los ojos con fuerza. Pero, señor Lansky, yo ya tengo un trabajo... Me importa bien poco dónde trabajes o a qué dediques tu tiempo libre. Yo lo que quiero es que compartas ese don conmigo. Y me dolería profundamente que no lo hicieses. Te estoy proponiendo un pacto entre caballeros, una colaboración. ¿Lo entiendes ahora? Un pacto entre caballeros con Meyer Lansky, piensa Rick. Estoy bien jodido.

Con Lansky no va a poder imponer sus condiciones. Cuando se reúnen de nuevo, una semana más tarde, Rick le va a contar la misma milonga que a Max, todo eso de espaciar las apuestas, la necesidad de cambiar de lugar para no levantar sospechas, pero Lansky le dice: Eso déjamelo a mí. Tú limítate a pronosticar. Pero el porcentaje, insiste Rick, baja mucho si la frecuencia aumenta. Verás, Rick, no estás hablando con un principiante. Yo no soy Max. Sé manejar perfectamente los porcentajes bajos, sé hacerlos rentables. Así pues, Rick empieza a pasarle pronósticos a Lansky cada semana. La cosa va lo suficientemente bien para que su nuevo jefe a tiempo parcial aumente la frecuencia aun más: cada cuatro días.

El primer pago, sin embargo, el primer sobre de Lansky no llega hasta mes y medio después de la primera carrera en la que colaboran. A esas alturas del asunto, a Rick le importa bien poco que ese sobre sea considerablemente más grueso que los que le entregaba Max. Tampoco le importa gran cosa que, días después, aparezca frente a la puerta de su casa un flamante Plymouth 6 color verde botella con las llaves puestas y una notita sujeta al volante: ¿Tenías un método o no? O que le envíen cada semana una caja de whisky escocés. O que Lansky le invite constantemente a fiestas a las que no acude nunca. O que se presente en el hotel un prestigioso sastre de Manhattan para tomarle medidas por cuenta, según le dice: De ese señor que usted y yo conocemos. En Europa, la Operación Weserübung ideada por el Führer ha concluido satisfactoriamente: Alemania ha conquistado Dinamarca y Noruega. Pero en Long Beach, durante sus turnos en el Nassau, Rick sólo puede pensar que la corriente del destino le está arrastrando y que, tarde o temprano, va a lanzarlo contra las rocas.

Y sí, como era previsible, la corriente aumenta. De apostar cada cuatro días pasan a dos. Y también la presión de Lansky, a nivel personal, crece. Obliga a Rick, por ejemplo, a personarse en varias de las fiestas a las que le invita. En esos eventos, ya sean bailes benéficos, cenas de gala o reuniones informales en locales de moda, Lansky presume de Rick, lo muestra a sus amigos y conocidos como si de su mascota se tratase. A modo de contrapartida, la generosidad de Lansky también se acrecienta. Más sobres gruesos, que empiezan a amontonarse sin abrir en la caja fuerte tras el mueble bar. Visitas imprevistas de muchachas, coristas o aspirantes a actrices, que se muestran de lo más solícitas y cariñosas sin pedir nada a cambio. Incluso le habla de una casa nueva en el paseo marítimo, de propiedad, en primera línea de costa, bastante más grande que la de la calle Chester y que Rick, a duras penas, logra rechazar. Pero lo que más le inquieta es que, a principios de mayo, cuando Hitler ya se ha hecho con Bélgica, Luxemburgo, Países Bajos y Francia (¡Francia, por amor de Dios!), Lansky decide asignarle a Rick un guardaespaldas. ¿Qué da a entender algo así? Pues que Rick empieza a ser conocido, y que en cuanto que conocido empieza a ser un elemento valioso, algo que los rivales de Lansky tal vez quieran robarle. Mal asunto.

Pero a Rick no le llega el entendimiento como para empezar a mostrarse paranoico. Se siente tan ofuscado que es incapaz de pensar en ese asunto de manera lógica. Las cosas se han acelerado de tal modo que a Rick le da la impresión de llevar colocadas unas orejeras que le impiden ver más allá de lo que tiene justo enfrente. Por primera vez en su vida se siente atrapado por completo, condenado a una suerte de cadena perpetua que, perfectamente, puede desembocar en pena de muerte. No piensa en huir, como en otras ocasiones, porque todavía no se ha topado con la pared al fondo del callejón que le obligue a cambiar de rumbo. Y tampoco puede echar mano de sus visiones para encontrar una posible salida porque esa faceta de su existencia está plenamente centrada en las carreras de caballos. Tiene que hacerlo bien, tiene que ser eficaz, porque sabe que en caso de empezar a fallar Lansky no tendrá reparo alguno en librarse de él.

¿Y Max? Rick no ha vuelto a hablar con él desde la última llamada de teléfono relacionada con las carreras de caballos, en septiembre del año anterior. Es cierto que después de que Lansky se pusiera en contacto con él, Max le ha llamado varias veces, pero Rick se ha negado a dirigirle la palabra. Se han cruzado en alguno de esos actos a los que Rick se ha visto obligado a acudir acompañado por los matones de Lansky, pero, a pesar de la evidente voluntad de Max, este no ha sabido crear las circunstancias que posibilitasen un encuentro casual entre ambos. Porque a esas alturas forzar un encuentro resultaría sospechoso. Y es que las cosas también han cambiado para Max. De ser lo que Lansky denominó en su día como uno de sus chicos a pie de calle, ha pasado a ser un cargo intermedio en la organización mafiosa, un asesor de segundo orden o una especie de consejero para asuntos menores o algo así. Por decirlo de otro modo, ya no tiene que mancharse las manos. Pero ese ascenso en lugar de proporcionarle calma y perspectiva, ventajas relacionadas con el estatus, le ha situado en una posición bastante más incómoda de lo que cabría suponer. Max es un tipo listo, discreto y eficiente, y eso está bien, pero se trata de méritos que, por lo demás, cabría suponerle a cualquier soldado de la organización Lansky. El único mérito realmente destacable para justificar su rápido ascenso radica en el hecho de haber puesto en contacto a Meyer Lansky con Rick Visionario Schwarmer. Sin duda un arma de doble filo, como no ha tardado en descubrir también el propio Max. Porque cuanto mayor valor adquiere la aportación de Rick en los planes de Lansky, cuanto más se estrecha su relación, por decirlo de otro modo, menos necesaria se hace la presencia de un intermediario como Max. A Lansky, como no puede ser de otro modo, no le gusta compartir sus ganancias. A Rick está bien tenerlo contento, pero no tiene por qué tener contento a Max. A ojos de Lansky, Max ya ha cumplido con su tarea. Por eso no le pasa comisión alguna por lo de las apuestas en las carreras de caballos. Suficiente premio es, parece querer dar a entender, el hecho de dejarle estar cerca del jefe. Tuvo una buena idea y Lansky ha sabido recompensarle. Pero de esa cadena de acontecimientos es fácil extraer la siguiente conclusión: para seguir estando cerca del jefe tendrá que seguir teniendo buenas ideas. Y nadie tiene ya derecho a hablar con Rick sin el conocimiento del jefe, porque de la boca de Rick sale dinero, y a Lansky, como ya se ha dicho, no le gusta compartir sus ganancias.

A pesar del malestar de Max, Lansky sigue explotando a Rick: día sí día también requiere de sus servicios. Pero, tal como había previsto el singular relaciones públicas del Hotel Nassau, el nivel de acierto acaba resultando sospechoso. Los hombres de Lansky se han esforzado por borrar el recorrido que ese dinero traza desde los hipódromos y las casas de apuestas hasta las cuentas del mafioso judío, pero igualmente el movimiento de capital es tan considerable que las huellas resultan visibles desde muy lejos. Cuando a Lansky le llegan rumores de que los agentes del Tesoro le siguen la pista, decide parar de golpe las actividades que tengan algo que ver con las apuestas en las carreras de caballos. Tiene muy presente lo que le pasó a Al Capone y no quiere que le juzguen o lo encarcelen por algo tan tonto como eso. Sin embargo, ese parón no va a suponer el final del famoso pacto de caballeros, sino un punto de inflexión. Porque el día en que Francia firma el armisticio con Alemania y se pone la primera piedra del gobierno de Vichy, Lansky le anuncia a Rick lo siguiente: Nos vamos al sur, y tú te vienes conmigo. No es una propuesta, es una orden irrevocable. Rick se opone, discute y esgrime todos los argumentos a su favor, pero no hay nada que hacer. Los del Tesoro me están tocando las pelotas, así que no tenemos otro remedio. Iremos una temporada al sur y luego nos iremos con Bugsy al oeste. Allí vas a vivir como un marajá. Rick se planta y, por primera vez, le dice a Lansky: No, yo no me voy. Pero Lansky, sin alterarse un ápice, replica: Claro que te vienes. Vas a tener un par de días para hacerte a la idea, para poner todas tus cosas en orden. Además, antes de irnos haremos una última operación aquí. Vamos a hacer algo nuevo, una cosa que se me ocurrió el otro día. Ya verás, nos iremos a lo grande.

Cuando está solo, Rick se plantea la posibilidad de acudir a la policía, o tal vez a los del Departamento del Tesoro. Pero ¿qué podría explicarles? ¿Quién creería que le están obligando a hacer algo que no quiere hacer? Y, además, ¿en qué sentido afectaría eso a Lansky? Si no tiene comprada a la policía, que es lo más probable, le dejarían suelto al cabo de un par de horas. En el mejor de los casos, nada habría cambiado. En el peor, el cuento le llegaría a Lansky antes de que Rick pusiese un pie en la calle. ¿Llegaría entonces con vida al hotel o a su casa? Y a los del Tesoro, ¿qué podría ofrecerles? No tiene ni idea de cómo maneja Lansky el dinero que obtiene con las apuestas. Ni siquiera sabe si existe ese dinero. ¿Qué debería hacer? ¿Entregar los sobres que le han llegado a él? En esa tesitura está cuando le llega una nota de Max. Y como va firmada con un nombre falso, Rick la abre y la lee. La cosa se me ha ido de las manos, afirma en primer lugar. Sé que soy el responsable de lo que te está pasando. Pero no te preocupes, tengo un plan. Yo te metí en esto y yo te voy a sacar. Lo que faltaba, piensa Rick.

La mañana del día en que la vida de Rick va a volver a dar un nuevo salto mortal, Lansky lo manda buscar y lo llevan a un pequeño hotel llamado Konigsberg en la otra punta de Long Beach, cerca de Silver Point. En la que se supone que es la suite principal, poco menos que un cuartucho oscuro y mal aseado a ojos de Rick, Lansky le explica la operación final: Vamos a hacer una apuesta múltiple, simultánea, en tres hipódromos a la vez. Vamos a apostar en la cuarta carrera en el Aqueduct, en Belmont Park y en Saratoga. Te vamos a dejar un rato en la habitación de al lado, para que hagas tu pronóstico para el hipódromo de Saratoga. Después te vas a ir con Lenny hasta Queens y vais a apostar en la cuarta de Belmont Park y del Aqueduct. Cuando acaben las carreras, pasáis por los dos, recogéis el dinero y os venís aquí. Enviaré a estos dos a buscar el dinero de Saratoga, dice señalando con el dedo al del sombrero hongo y a su compañero mayor. Luego todos juntos nos montaremos en un avión y nos iremos a Miami.

La propuesta no tiene ni pies ni cabeza, piensa Rick en primer lugar. Nunca hemos probado algo así. Además, ¿qué sentido tiene? No es más que un riesgo absurdo, vacuo. A Rick, en esos momentos, Lansky le parece un niño terco y malcriado que se niega a irse a la cama sin comerse la última galleta. Pero las probabilidades de que salga bien son muy escasas, piensa. Tal vez por eso Lansky le va a enviar a Queens acompañado de Lenny, su contable de confianza. Tal vez sea él el que sabe, y no Lansky, cómo hacer rentables los porcentajes bajos; tal vez Lenny sí tenga un método. En cualquier caso, a Rick le atenaza de tal modo la potencia y el empuje de lo inmediato que ni siquiera piensa en Miami. Se va con el contable a Queens, después de hacer el pronóstico para Saratoga, y llevan a cabo las apuestas en los dos hipódromos. Ni siquiera se preocupa por comprobar las posiciones en las que quedan los caballos, pero por la cara de Lenny supone que la cosa debe de haber ido bastante bien. De vuelta a Long Beach, Lenny le pide a Rick que conduzca, porque quiere que Woody, el matón que les acompaña, se siente detrás con él para repartir el dinero de manera equitativa en varias bolsas negras. A Rick poco le importa conducir. Tiene la mente en blanco, como si notase que se está encaminando hacia el punto exacto en el que se difumina la frontera que separa el presente del futuro. Y así es, porque cuando se detiene, por culpa de un camión de reparto que ha perdido parte de su carga, en el cruce de la avenida New Haven y la calle Roth, muy cerca del hospital episcopaliano de Saint John's, camino del puente Atlantic Beach, alguien introduce la mano a través de la ventanilla por detrás de su hombro, una mano enguantada que carga con un revólver, y dispara cuatro veces hacia el asiento de atrás.

Los estampidos le dejan prácticamente sordo, pero puede oír, como al fondo de un túnel oscuro, el rumor de una voz diciendo: ya está hecho. Rick se vuelve muy lentamente hacia la izquierda pensando que en cuestión de segundos ya no oirá ni verá nada porque le habrán volado la tapa de los sesos. Pero al otro lado de una vaharada de humo gris se dibuja cada vez con más precisión un rostro conocido. Es Max. Max mueve los labios, debe de estar hablando, pero Rick no oye lo que dice. Vuelve lentamente la cabeza hacia el asiento de atrás, porque todo parece ir muy, muy despacio ahora, y observa el resultado de los disparos. Con toda probabilidad Lenny y Woody están muertos. Como mínimo, no se mueven. Tienen demasiada sangre en todas partes, sobre todo en la cabeza, como para desentrañar por dónde han entrado las balas, pero sin duda el destrozo que han hecho es considerable. Se abre la portezuela de atrás, muy despacio, y Max mete medio cuerpo dentro del coche para agarrar las cuatro bolsas de cuero negro. Rick se mira el hombro: un resto de algo amorfo y sanguinolento se escurre por la tela de su americana. También la manga derecha está manchada de sangre. Y nota humedad en la oreja y en la nuca, pero no se quiere palpar. Qué extraño es todo, piensa. La acción ha discurrido, punto por punto, como en la primera secuencia del sueño profético que tuvo la noche antes de pelearse con Fat Moe.

Alza la vista y mira a los ojos a Max. Sigue moviendo los labios, ahora con evidente crispación. Por fin entiende lo que le dice: ¡Muévete, vamos! Pero Rick no se mueve. Max tiene que dar un pequeño rodeo y tirar de él con la mano libre para sacarlo por la fuerza del coche. Recorre el trecho que les separa del Ford T en el que van a montarse, pasando junto al camión de reparto que entorpece el paso, arrastrando los pies como un niño remolón que se niega a ir a la escuela por la mañana; Max, literalmente, tira de él con auténtica ansia. Se meten los dos en la parte de atrás del coche, Max le da la confirmación al chofer, y se alejan pitando de allí con un sonoro chirriar de ruedas. Lo primero que dice Rick es: Entonces, ¿lo del camión de reparto estaba preparado? Pero Max, que está vuelto sobre el asiento mirando a través del cristal trasero, no le atiende. Cuando se reincorpora le dice al chofer: Vamos, Paul, písale. Vuelvo a oír bien, afirma Rick. Menos mal. Pensaba que me había quedado sordo. Y sonríe. Cuando Max le observa el rostro con atención se alarma y pregunta: ¿Estás herido? Rick niega con la cabeza. Max saca un pañuelo del bolsillo y, con la mano todavía enguantada, intenta limpiarle la mejilla y la oreja. Después le pasa el pañuelo por el hombro y la manga. ¿Qué has hecho, Max?, le pregunta Rick con gesto beatífico. ¿Qué has hecho? Los has matado. Has matado al contable de Lansky y a uno de sus chicos. ¿Por qué? Te dije que te sacaría de esto, responde con rotundidad. Pues bien, ya te he sacado. Esto es demasiado gordo, insiste Rick, para que pueda pensar siquiera en las repercusiones. Antes estaba jodido, pero ahora estoy muerto, Max. Se supone que tú eres mi amigo. Lansky pensará que estamos conchabados. No va a descansar hasta darnos caza. Entonces, Rick se vuelve, se pone algo más serio y añade: ¿O es que también vas a matarme? No voy a matarte, estúpido. Me la estoy jugando por ti. Tengo un plan. Ah, sí, piensa Rick, el famoso plan. Si la primera parte del plan era matar al contable de Lansky y salir huyendo con su dinero, prefiere no saber cuál es la segunda parte. Nos iremos a Brasil, le dice Max. ¿Por qué todo el mundo quiere llevárselo a alguna parte? Primero te voy a llevar a un lugar seguro. Esperarás a que te traigan los nuevos papeles. Iremos en coche hasta Washington y montaremos en un avión para Río de Janeiro. Tengo amigos en Río, ¿sabes? Empezaremos de cero. Hasta allí no alcanza la influencia de Lansky, te lo aseguro.

La siguiente secuencia del sueño profético que Rick tuvo hace tres años transcurría en un cuchitril, en lo que podría ser tanto una buhardilla con las ventanas tapiadas como un diminuto sótano con un tragaluz también tapiado. Y ahí es donde está ahora mismo. Está sentado sobre un catre cubierto por una manta gris. No hay más muebles en el cuartucho. Rick viste un traje de dos piezas marrón oscuro, lleva corbata negra y sombrero de fieltro también marrón, aunque algo más claro. Max le ha dado esa ropa para que se librase de la que llevaba puesta, porque estaba manchada de sangre. Rick está esperando a alguien, como en el sueño. Y entonces llaman a la puerta y una mano, perteneciente a un hombre desconocido, le tiende unos papeles. Se trata de un pasaporte. Al abrirlo, Rick ve su foto en una esquina, en la que aparece repeinado y muy serio, con el gesto de alguien que tiene algo que ocultar. ¿De dónde habrá sacado Max esta foto?, se pregunta. En el espacio reservado al nombre del titular lee lo siguiente: Richard Charmer. Nacionalidad: Estadounidense. Rick cierra el pasaporte y, al sentir el peso de la culpa y la desesperanza en forma de un doloroso nudo en la boca del estómago, se dice: Lo cierto es que no soy tan encantador. Pero lo dice sin un ápice de humor. Dejó de ser Ryszard Krasniewski al embarcar para Estados Unidos. Al llegar aquí ya se había convertido, como por arte de magia, en Ryszard Schwärmer, Ryszard el Visionario. De Ryszard pasó a ser Richard y después Rick. Y ahora de Schwärmer ha pasado a ser Charmer: en inglés, persona con encanto. Bien, se dice, eso es lo de menos. Si tengo que ser Charmer, seré Charmer. Lo que importa ahora son otras cosas.

La primera de ellas es que no tiene intención alguna de seguir el plan de Max. No piensa irse con él ni a Brasil ni a ningún otro sitio. De hecho, su principal propósito es no volver a verlo nunca más. Max le ha dicho que ha planeado todo esto (las muertes, el robo y la huida) para salvarlo, para sacarlo del atolladero en el que estaba metido. Pero teniendo en cuenta que fue él quien lo metió en ese atolladero, ¿quién o qué podría asegurarle a Rick que no va a volver a hacerlo? Max actuó buscando su propio beneficio, sin pensar en Rick. Y tampoco parece haber pensado en Rick ahora, pues lo ha involucrado en un doble asesinato y en un robo sin consultárselo, sin saber si estaba dispuesto a pagar ese precio por ser salvado.

Así pues, en cuanto tiene el pasaporte en su poder, y contraviniendo las indicaciones de Max, que le ha pedido que permanezca en ese cuchitril hasta las diez de la noche, hora en que pasará a buscarlo, Rick sale por la puerta, camina hasta la calle más ancha que encuentra y detiene un taxi. Resulta que está en la avenida Mott, todavía en el barrio de Queens, a escasas manzanas del lugar en el que Max ha matado a sangre fría a dos de los hombres de Meyer Lansky. Le recita al taxista la dirección de su casa. Para llegar hasta ella tienen que entrar en Long Beach por el puente Atlantic Beach, lo que les lleva a pasar justo frente al hotel Konigsberg. Curiosamente, Rick no está nervioso, tal vez porque se ve a sí mismo, siquiera en parte, como un hombre muerto, un hombre sin futuro. Respecto a lo más inmediato, Lansky va a disponer, en un plazo de tiempo de unas dos horas aproximadamente, de un montón de buenas oportunidades para liquidarlo. Y de ahí en adelante, hasta donde le alcance la vida, calcula Rick, en gran medida su existencia va a estar siempre a disposición del mafioso más importante del país. Por eso decide tomarse las cosas con calma, para poder disfrutar de ellas como si fuese la última vez.

Llega a la casa de la calle Chester y se da una larguísima ducha, frotándose con parsimonia todos y cada uno de los recovecos del cuerpo. Cuando sale de la ducha se afeita pasándose la navaja tres veces: abajo, arriba y abajo. Se peina con un poco de brillantina y traza una pulcra raya a la derecha. Después se pone un traje azul, con camisa blanca y corbata negra. Saca una pequeña maleta del armario, la coloca sobre la cama y la abre. Rebusca entre los cajones algo de ropa, pero cuando está a punto de meterla en la maleta se detiene y se pone a pensar. Imagina una fotografía, la de su propio asesinato.

Qué ridículo sería, piensa, que al caer al suelo abatido por un par de disparos, se abriese la maleta y se desparramase por el suelo un par de calzoncillos blancos. Por lo tanto, se dirige con la maleta vacía hasta el salón, aparta el mueble bar y abre la caja fuerte. Mete todos los sobres con dinero en la maleta y la cierra. Mucho mejor así, piensa. Si me acribillan y quedo despanzurrado en la acera con la maleta abierta, que al menos la última imagen que se tenga de mí sea magnífica e inquietante a partes iguales. Podría llamar a Emma, despedirse de ella, pero no lo hace. Otra mujer a la que abandona en mitad del camino, sin echar la vista atrás. Lo siento, Emma, se limita a pensar. Que tengas mucha suerte.

Sale de casa, va caminando hasta la estación de autobuses, a la vista de todos, y compra un billete para Tucson, Arizona. Desde ahí pasará a México; esa es su intención. Porque, como si de un extraño exorcismo se tratase, Rick está decidido a ir en busca de la tercera escena de su sueño profético, la que ha de tener lugar en la plaza de un pequeño pueblo polvoriento, formado por calles sin asfaltar y edificaciones contrahechas de barro y caña de una sola planta. Allí donde Rick se bajará de un destartalado coche de línea. El calor será abusivo, más cortante e implacable de lo que Rick creerá poder soportar. Irá en mangas de camisa, con la corbata negra aflojada, y lucirá dos pronunciados lamparones de sudor en las axilas. Nada más poner el pie sobre la tierra seca de la plaza le rodearán seis o siete niños de cabello rizado y piel tostada, descalzos y vestidos con harapos. Le hablarán a gritos en un idioma que apenas entiende. Por lo visto, le pedirán dinero o algo para comer.

III
La prueba difícil o traumática

1

Las historias nunca empiezan donde parece que empiezan sino antes. A veces mucho antes. En el momento presente de esta historia, sin embargo, me dirijo a Argentina en busca de mi padre. Me fui de Nueva York sin dar explicación alguna a nadie después de haberme pasado horas y horas hipnotizado frente a la pantalla del televisor observando las anegadas calles de Nueva Orleans. Entendí entonces que era el momento adecuado para enfrentarme al segundo problema más destacado de mi existencia: mi padre. El primero era mi madre, eso me quedó claro en Berlín. ¿Y por qué motivo tenía yo que hacer frente a esa clase de problemas? Porque estaba inmerso en un complejo proceso de reconstrucción personal.

De hecho, elegí empezar a narrar esta historia justo en ese punto: el momento en el que, estando en Berlín para hacerme cargo de la muerte de mi madre, descubrí que me estaba desintegrando. Y sí, ese es un momento importante en toda esta historia, porque sería posible definirlo, según la clasificación de Víctor, o mejor dicho según la clasificación de Joseph Campbell, como la llamada de la aventura, la chispa que encendió la mecha. Sin embargo, tras todo lo vivido no dejo de pensar que se trata de una elección aleatoria empezar a contarlo todo desde ese punto. ¿Fue esa la primera llamada, o la llamada verdadera? ¿Fue ahí donde empezó esta historia? A estas alturas del relato, creo que tal vez habría sido más adecuado remontarme algo más en el tiempo para empezar a recrear el marco significativo a través del cual entender las reglas que llevaron no a mi desintegración, porque eso no importa aquí, sino al proceso de reconstrucción que inicié posteriormente.

Después de conocer a Víctor y de lo ocurrido con la Máquina del Porvenir, he de decir que, según mi actual percepción, en el discurrir de esta historia el pasado, el presente y el futuro se interrelacionan formando una especie de flujo sin contornos definidos; algo parecido a lo que le ocurre al Doctor Manhattan. Por eso voy a volver a hablar aquí y ahora de un par de momentos previos a mi estancia en Berlín que sirven para perfilar con mayor precisión el entorno significativo de esta historia. Momentos que, gracias a la luz de los acontecimientos futuros, adquieren un brillo y una repercusión diferente.

El primero de esos momentos es mi encuentro con el hombre misterioso.

El joven Óscar tiene trece años. Está en el vestuario del campo de baloncesto de la Creueta del Coll, en Barcelona. Es sábado. Son poco más de las dos. Acaban de jugar un partido contra el colegio Claret y han perdido por quince puntos de diferencia. Se han esfumado sus opciones de pasar a la siguiente fase del campeonato regional. Como siempre, Óscar es el último en ducharse. Siempre remolonea en el vestuario después de jugar un partido, se las da de parsimonioso, intentando aparentar que es un chico que sigue su propio ritmo, como si no le afectasen las contingencias. Obviamente, no es más que una pose. En realidad le avergüenza un poquito el proceso de crecimiento que está siguiendo su cuerpo. No comparte criterio con su desarrollo hormonal. A él le gustaría ser ya un hombre hecho y derecho, como esos que aparecen en las revistas pornográficas que, últimamente, tanto frecuenta. La cuestión, en cualquier caso, es que tarda mucho en ducharse y que cuando sale del vestuario ya no queda nadie en la pista ni en el bar del complejo deportivo municipal. Es sábado, la gente quiere llegar lo antes posible a casa para disfrutar de una merecida comida en familia. Pero en la casa de Óscar no va a celebrarse comida familiar alguna. Ni siquiera sabe si su madre estará allí o no cuando llegue. Y Luisa, además, está en el pueblo.

El encuentro con el hombre misterioso, como Óscar va a denominar ese incidente durante unos cuantos meses, tiene lugar cuando está a punto de enfilar la calle Castellterçol tras dejar atrás la verja del campo de baloncesto. La calle está vacía, sólo al fondo, en el cruce con Mare de Déu del Coll, se ve pasar algún coche. Es entonces cuando Óscar mira hacia su izquierda, hacia la explanada de tierra donde da comienzo el parque. Lo que ve le llama la atención porque cree apreciar una extraña neblina, una especie de alteración óptica entre dos de los muchos pinos que allí crecen. Se frota los ojos, pero la alteración óptica sigue ahí. Lo que ve parecen ondas de aire que formasen círculos concéntricos entre dos de los troncos. Es una ondulación con una extraña e imposible cualidad líquida. Muchos años después, al ver la película *Stargate* recuperará de entre sus recuerdos enterrados ese efecto óptico cuando ve cómo se pone en marcha la puerta interdimensional. Tal vez sea la reverberación del sol. Hace calor, ya casi es verano. Eso piensa Óscar, que, aun así, permanece quieto observando el fenómeno. Poco a poco, a lo largo de esa ondulación, en vertical, empieza a esbozarse una forma oscura. La forma también ondula, también parece mutar en armonía con el efecto óptico que la incluye. Y se agranda. Hasta que empieza a destacarse por encima de las ondas concéntricas y acaba por adquirir un perfil más o menos concreto, aunque en ningún momento llega a ser cien por cien nítido. Muchos años después, al ver la película *Contact*, en concreto el momento en que Jodie Foster se encuentra en la falsa playa tropical con el trasunto de su padre, Óscar rememorará con un sobresalto de ansiedad ese momento. La figura es un hombre. Un hombre de estatura media vestido con pantalón oscuro, camisa blanca sin cuello y chaleco a juego con los pantalones. Aunque son las piezas de un traje, no es un conjunto elegante, pues parece algo gastado y, sobre todo, propio de otra época. Óscar no logra verle los pies. Lo que más llama su atención, a pesar de la falta de nitidez, es la expresión del rostro de ese hombre: sin duda está confundido, muy confundido. Tras hacer serios esfuerzos para centrar la vista y focalizar, el hombre le mira. De hecho, se miran el uno al otro durante varios segundos. Sin saber por qué, a Óscar se le eriza el escaso vello de los antebrazos. Pero no se mueve. Entonces el hombre habla. Con mucha dificultad, casi telegráficamente, y con un horrible acento que Óscar es incapaz de identificar, dice: ¿Puedes acercarte un poco? No te veo bien. Pero Óscar no se mueve. Todavía tiene la bolsa de deporte colgada al hombro. El pelo húmedo, mal secado, le gotea por la espalda y le está empapando la camiseta. Estirando la cabeza hacia delante, el hombre dice: ¿Me has oído? Óscar asiente y despega con dificultad los pies del suelo y da un paso en dirección al hombre. Les separa no sólo el murete que delimita el perímetro de la explanada, sino también unos quince metros de arena y piedras irregulares. Óscar sigue en la acera de la calle. Digamos que podría echar a correr sin problemas en busca del resguardo de los extraños que, sin duda, todavía deben de andar por allí abajo, en Mare de Déu del Coll. El hombre intenta estirar algo más el cuello. ¿Eres Jorge?, le pregunta el hombre. Desde esa distancia, Óscar calcula que debe de tener unos treinta años. Tiene el pelo liso y oscuro, peinado con la raya al lado izquierdo. Óscar cree entrever unas pronunciadas ojeras que le oscurecen los pómulos. No, responde Óscar. ¿No eres Jorge?, insiste el hombre. Óscar niega con la cabeza. Entonces, ¿cómo te llamas? Óscar, responde. ¿Óscar?, masculla el hombre con mayor confusión incluso. Entonces, ¿Jorge es tu padre? Óscar, de repente, nota un cambio en la composición de los acontecimientos. Piensa: Creo que no voy a olvidar esto nunca. Se siente poderosamente atraído por la ondulación líquida que rodea a aquel hombre, como si la realidad circundante hubiera perdido consistencia y la perspectiva se hubiese transformado en un embudo. Tiene que hacer un gran esfuerzo para no seguir avanzando en dirección al hombre. Bueno, dice Óscar, mi padre se llama Jorge. Y se esfuerza por pensar que ese encuentro, con toda probabilidad, tiene una explicación prosaica, sencilla e incluso aburrida. ¿Dónde estamos?, pregunta el hombre con una especie de espasmo lingüístico, y añade: ¿Qué ciudad es esta? Barcelona, responde Óscar. Barcelona..., en Europa, afirma el hombre, aunque en realidad parece de nuevo una pregunta. Óscar asiente. Barcelona..., en Europa, y Jorge es tu padre, dice como para sí el hombre. ¿1970?, pregunta de nuevo. Pero Óscar no entiende a qué se refiere, y eso debe de notarse en su cara. El año, dice el hombre, ¿estamos en 1970? Óscar mira entonces a su alrededor, como buscando la cámara oculta. ¿Se trata de una broma?, pregunta Óscar a medio camino entre la incredulidad y las buenas maneras. ¿Más adelante entonces?, dice el hombre, ¿después de 1970? Si ese encuentro hubiese tenido lugar en una película norteamericana, Óscar habría dicho: ¿Se encuentra mal, señor? ¿Quiere que llame a un médico? Pero en ese momento, Óscar no dice nada. Está casi tan confundido como el hombre de la ondulación. Creo que me he equivocado, dice el hombre. Pero no importa. Yo te voy a decir una cosa, insiste con su horrible español de corte telegráfico, por si acaso la necesitas. Muchos años después, Óscar encontrará una manera de hablar parecida a esa cuando escuche al enano de la sala roja de *Twin Peaks*. El hombre sigue hablando, pero Óscar no logra oír lo que dice, por eso mismo, sin pensárselo demasiado, salta el murete y da un par de pasos sobre la arena de la explanada. Lo que Óscar oye entonces es lo siguiente: Para dar con el medio de penetrar hay que plantearse en principio, como yo he hecho, la posibilidad, e incluso la necesidad, de entrar. El hombre se detiene, vuelve la cabeza un segundo y luego añade: En determinado momento y en determinado sitio, determinadas personas (las que saben y las que quieren) pueden entrar. Muchos años después, Óscar va a leer algo muy parecido a lo que le ha oído decir a ese hombre en una novela titulada *El Monte Análogo*, de un extrañísimo autor francés llamado René Daumal. El hombre toma aire y dice: Ahora, márchate. Tienes muchas cosas que hacer, concluye con tono autoritario. Tal vez por ese tono de voz de corte marcial, Óscar obedece sin rechistar. Salta el murete, baja a la acera y recorre la calle Castellterçol sin volver una sola vez la vista atrás.

Es cierto que no va a olvidar nunca ese encuentro, pero eso no significa que lo tenga guardado en su vitrina de momentos especiales. Porque esta clase de cosas, aunque a veces no queramos creerlo, a los niños les suceden con cierta frecuencia, y más en los momentos de cambio físico que entraña el crecimiento. Además, en esa época, principios de los años ochenta, no resulta infrecuente encontrarse gente extraña por la calle o cruzarse de forma asidua con algún indigente que sufre alguna clase de trastorno mental. Por decirlo de otro modo, ese recuerdo permanecerá en estado de latencia en la psique de Óscar hasta que algo, un detalle concreto, lo despierte y lo haga aflorar en determinadas ocasiones; ocasiones, por otra parte, que no guardan relación entre sí y que ese recuerdo no va a unificar. De hecho sólo ahora, tras todo lo vivido por el Óscar adulto, ese encuentro va a adquirir una relevancia especial.

Pero incluso para entenderlo en un primer término es imprescindible relacionarlo con algo que le ocurrió a mi padre.

En el prólogo de su libro *Nuevos cuentos sanadores*, mi padre se dedicó a relatar toda una serie de experiencias de corte más o menos paranormal que, en teoría, debían de reforzar su tesis sobre la unión indisoluble entre lo que entendemos por realidad y el relato que nos contamos a nosotros mismos, y a los demás, sobre esa realidad. En ese prólogo, por ejemplo, narra con todo detalle el tiempo que pasó con la tribu de los Nukak Maku, también conocidos como los Hombres Invisibles, en lo más profundo de la selva colombiana. También narra la conjunción de acontecimientos, terribles y disparatados a partes iguales, que le llevaron a descubrir su vocación de escritor; incluido su viaje esotérico por las costas del Mediterráneo. Son muchas las anécdotas y las reflexiones, más o menos lúcidas, que mi padre reúne en ese prólogo. Pero aquí me interesa destacar una en particular. Algo que le ocurrió a principios de los años ochenta, estando en Nueva York.

Mi padre explica que estaba en Nueva York porque le habían propuesto firmar un importante contrato con una editorial estadounidense. El primero de sus libros centrados en el concepto de la Escritura Sanadora, *El cuento sanador*, había tenido un éxito bastante considerable en varios países de Latinoamérica; entre ellos, Argentina, lo cual le había ofrecido la excusa perfecta para volver a pisar su tierra natal, aunque sólo fuese durante unos días. Lo cierto es que las cosas le estaban yendo muy bien en ese sentido: lo contrataban para dar conferencias, lo invitaban a participar en debates televisivos y de radio, le pedían colaboraciones en prensa. Por eso llamó la atención de las editoriales estadounidenses. Por eso la gente de HarperCollins le pagó el billete de avión hasta Nueva York y, tras una larga reunión con él, le ofrecieron no sólo comprarle los derechos de su libro para editarlo en lengua inglesa y distribuirlo en todo el mundo, sino que se comprometieron a comprar los dos siguientes, siempre y cuando estuviese dispuesto a que se publicasen primero en inglés y a que apareciesen en un plazo no superior a seis años. Mi padre cuenta en el prólogo que le pidió a la gente de Harper Collins un par de días para pensárselo. No tanto por coquetería, afirma mi padre, como por puro y simple miedo. Porque, de repente, al ver la posibilidad de un éxito planetario al alcance de la mano (porque no dudaba de la calidad ni del potencial de su obra), sintió un profundísimo vértigo. Tras dar el primer paso temía ahora perder lo que había conseguido. Temía, sobre todo, perder su esencia, transformarse en otra persona y perder lo que él entendía como un don: su capacidad para transmitir lo que atesoraba en su interior. Así pues, sintió miedo y, como otros muchos antes que él, se planteó seriamente la posibilidad de dejar las cosas como estaban, limitar sus movimientos al ámbito de lo conocido. A partir de ese punto, mi padre se detiene algo más en su narración para detallar el viaje de vuelta al hotel, en el que tuvo lugar el singular encuentro que cambió su vida como escritor. Cuenta que se sentó en un banco de madera en el parque DeWitt Clinton, en la calle 52 Oeste. Cuenta que se puso a mirar hacia el río y que eso, inevitablemente, le llevó a pensar en el paso del tiempo. Cuenta que, sin duda debido a la tensión, al miedo a dejar de ser quien era y, en general, a la marea de emociones que le embargaba, se quedó adormilado. Fue entonces cuando, como en un ensueño, se le apareció el espíritu de su padre. Y ahí mi padre habla de espíritu porque resulta que su padre, Ricardo Charme, mi abuelo, había fallecido hacía ya dos años; o sea, dando por bueno que ese encuentro no era un sueño, o no era del todo un sueño, no podía ser otra cosa que un espíritu. El espíritu, en cualquier caso, estaba sentado en la otra punta del banco. Mi padre dice que no se asustó, tal vez porque no lo reconoció a primera vista. Le costó reconocerlo por dos motivos: 1) sin saber muy bien por qué, su figura se le apareció medio borrosa, no del todo definida, como difuminada por la acuosidad de sus propios ojos; aunque por mucho que se los frotó la imagen no se hizo más nítida; 2) su padre había muerto con casi setenta años de edad, sin embargo aquel espíritu debía rondar la treintena y, además, tenía barba. Siendo así las cosas, ¿cómo fue posible que lo reconociese? Por la voz, por su extrañísima manera de hablar español. Lo primero que el espíritu le dijo fue: Tú eres Jorge. Mi padre afirma, sin embargo, que durante los minutos que estuvieron juntos, después de esa primera aseveración, básicamente permanecieron en silencio. Se miraron el uno al otro con curiosidad, eso sí, estudiándose meticulosamente. Al cabo de un rato, familiarizado como estaba mi padre con lo esotérico y lo paranormal, le dijo: ¿Has venido a comunicarme algo? El espíritu, con gesto severo, insistió con más fuerza: Eres Jorge. Mi padre asegura que esa frase encendió una luz en su cerebro. Que su padre, en forma de espíritu llegado del más allá, pronunciase con rotundidad su nombre sólo podía decir una cosa: que él era quien era, que nada le iba a cambiar. Dando por hecho que aquel espíritu se había materializado para orientarle, para aclarar las dudas que empañaban su raciocinio, mi padre le dijo: Has venido a decirme qué debo hacer, ¿verdad? El espíritu miró a su alrededor, hacia los coches y las personas que recorrían la calle 52 Oeste y dijo: No son los años setenta. Son los años ochenta. Y miró fijamente a su hijo, con una media sonrisa esquiva, por lo visto muy característica de él. Mi padre tomó aquellas palabras como la constatación definitiva: ya no estaban en los setenta, estaban en los ochenta, las cosas funcionaban de otra manera, todo pasa y no había que tener miedo al cambio, porque era inevitable. Ese era el mensaje que mi padre extrajo de las palabras que dijo el espíritu de mi abuelo: No había que tener miedo al cambio.

En esas páginas, y también en muchas otras de sus múltiples libros, mi padre insiste en aclarar que los mensajes que nos transmite la vida, ya sea mediante visiones, sueños o revelaciones, nunca pueden interpretarse de un modo literal, porque la esencia de la vida es de tal magnitud que tan sólo puede comunicarse con nosotros, con nuestra psique, de manera simbólica. Lo último que mi padre oyó de boca del espíritu de mi abuelo, o al menos las últimas palabras de las que mi padre da fe en el prólogo, fueron: Las personas que saben y quieren, pueden. A lo que añadió: Y ahora vete, que tienes muchas cosas que hacer. Mi padre explica que el tono autoritario de aquella orden produjo el mismo efecto que habían producido siempre en él esa clase de órdenes siendo niño, por eso se levantó y atravesó el parque para enfilar la calle 53 Oeste sin rechistar. De ahí se dirigió a la sede de HarperCollins y firmó el primero de los muchos contratos que habían de ligarle con esa prestigiosa editorial norteamericana durante los siguientes veinte años.

Cuando leí por primera vez el prólogo de *Nuevos cuentos sanadores* no relacioné lo que he resumido aquí con mi experiencia preadolescente. Leerlo, por decirlo de otro modo, no despertó mis recuerdos latentes relacionados con el encuentro con el hombre misterioso. Sin duda debido a los prejuicios que tenía por aquel entonces respecto a mi padre, por no hablar directamente de mi animadversión, sí relacioné lo que cuenta en el prólogo con un cuento de Borges, «El otro». En ese cuento, Borges relata la imposible charla entre el Borges del presente, que tiene más de sesenta años y está en Boston, con el Borges del pasado, que tiene apenas treinta años y está en Ginebra. Ambos aparecen, misteriosamente, sentados en un mismo banco que está en dos situaciones espaciotemporales diferentes. De hecho, durante años la supuesta experiencia de mi padre me pareció un torpe remedo, por no decir una burda copia, del cuento de Borges; con la intención, suponía yo, de darle una pátina de calidad a su libro.

2

En 1976, poco después de que Adolfo Suárez sea nombrado presidente del Gobierno de España, Jorge Charme vuelve a ser padre. A pesar de lo que eso supone a nivel político y social, y sobre todo a pesar de lo que le aseguró a Emilia, no viaja a Barcelona para asistir al nacimiento de Óscar, no se persona en el todavía llamado Hospital del Generalísimo Franco ni tampoco en el registro civil para inscribir personalmente su nombre como padre del niño. Le envía por correo a la madre, eso sí, toda la documentación necesaria para cumplimentar los trámites. Es más, antes de que Emilia salga de cuentas, la llama varias veces para insistir en lo del nombre y también para intentar aclarar la cuestión de la manutención del bebé. Como no las tiene todas consigo, como teme que Emilia también le prive de ser padre, intenta darle especial énfasis a la cuestión del dinero. Va a enviarle cantidades regulares cada mes o cada dos meses, a más tardar. De hecho, le va a enviar una buena suma a modo de anticipo, por los inconvenientes sufridos hasta ese momento. Pero a cambio quiere una copia del certificado de nacimiento y otra de la hoja del registro civil. No es intención de Jorge plantearlo directamente como una transacción comercial, pero como tampoco quiere dejar demasiado espacio para las sutilezas o los malentendidos, en ese momento no se detiene a incluir los motivos sentimentales o anímicos. Además, Jorge está convencido de que a Emilia le importan bien poco dichos motivos, por eso cree que se le pueden plantear las cosas con la claridad suficiente. Así pues, mes y medio después del nacimiento del niño, Jorge recibe en su domicilio de Distrito Federal un sobre tamaño folio que guarda en su interior el certificado de su paternidad. Cuando lee el nombre del niño escrito a mano con aquella caligrafía recargada y obsoleta propia de la Administración española, siente que se le revuelve el estómago. En su interior dos fuerzas luchan por imponer su ley: el orgullo y algo parecido al hastío.

Esa desagradable sensación, en cualquier caso, no va a poner freno a su desarrollo personal. Jorge es un superviviente. Soy un superviviente, se dice algunas mañanas mirándose al espejo. De ahí saca ahora las fuerzas necesarias para seguir adelante cuando pasa por algún mal trago. He pasado por cosas mucho peores que la culpa o el rechazo. He estado a punto de morir. Y de morir por nada, además. Jorge está decidido a empezar otra vez, a iniciar el camino de una nueva vida dejando atrás todo lo que haya que dejar atrás y llevando consigo únicamente lo que le resulte útil para desarrollarse como persona. Y como está en un ámbito apenas conocido, porque a pesar de la primera impresión y de las ayudas recibidas por parte de algunos amigos nada más llegar, Distrito Federal es una ciudad inhóspita, violenta y, en muchos casos, incomprensible para él, decide dar un paso atrás para tomar impulso. Por eso se matricula en la Facultad de Antropología de la Universidad Nacional Autónoma de México.

Son varias las razones que le llevan a tomar esa decisión y no otra. Piensa que tal vez ahí, en el ámbito del pensamiento serio sobre el ser humano, pueda encontrar almas afines con las que compartir parte de sus experiencias vitales. Ese es un buen lugar para trazar posibles contactos que le sirvan de cara al futuro. Contactos profesionales, se entiende. Porque de momento goza de una economía boyante que le permite vivir con holgura, gracias entre otras razones a que su dinero está en dólares y en México, debido a la acuciante crisis, han tenido que devaluar la moneda, pero sabe que tarde o temprano ese dinero se acabará. Hay también una razón algo más prosaica, pero no por ello menos importante, y es que las facultades están llenas a rebosar de mujeres interesantes. Sí, en ese sentido Jorge volverá a las andadas de su época beatnik. Ya no tendrá que hacer uso de una falsa postura existencialista basada en clichés o gastados estereotipos para ligar con jovencitas impresionables, ahora simplemente va a ser él mismo. Es innegable que, tras todo lo vivido, Jorge emana ese aire de gran mundo que tanto puede llegar a fascinar a las chicas soñadoras. Por otra parte, tiene labia, tiene historias que contar; historias exóticas y sugestivas. Y lo que es más importante: sabe cuándo y cómo callar. Tal vez porque, después de todo, es posible que tenga madera de escritor.

Van a ser esas chicas, precisamente, las que empiecen a forjar la nueva imagen pública de Jorge Charme en México. Son ellas, en gran medida, las que le dan crédito y pábulo al aura de misterio que lo rodea y que lo convierte, a sus ojos, en una persona especial con algo especial que transmitir; comentarios que le van a resultar de lo más útil para hacerse un hueco en el mundillo cultural de la ciudad. Las chicas le llevan a conocer a profesores, los profesores a editores y directores de revistas y periódicos, después llegan los escritores y los poetas. Llega a conocer en una cena más o menos íntima a Carlos Fuentes, que apenas le hace caso y que sólo hablará con él muchos años después, cuando Oprah Winfrey los invite a ambos a su casa de los Hamptons para celebrar el 4 de julio del año 2002. También conoce a Octavio Paz. Con él habla algo más e incluso el futuro Nobel de Literatura le propone colaborar en su revista *Vuelta*, le pide un breve texto sobre la influencia de Rumi en la poesía mística occidental. Jorge escribe el texto y se lo envía al prócer de las letras mexicanas, pero no se lo va a publicar y jamás recibirá una justificación. De hecho, cuando vuelvan a encontrarse en un acto público, Paz asegurará no haber sido presentado nunca a Jorge Charme.

En cualquier caso, Jorge empieza a estar situado en México. Como no tiene nada mejor que hacer, por otra parte, despacha cuatro cursos de la carrera en sólo dos años. Debido a la intensidad del esfuerzo, las ganas de estudiar se van diluyendo. Los famosos contactos le proponen que se doctore en Antropología con la vaga promesa de un posible puesto como profesor adjunto en la propia universidad. Pero Jorge no lo tiene claro. Tal vez porque en ese periplo de su vida está ya inmerso en una misión de mayor envergadura y calado: publicar *El viaje de la verdad profunda* en su país de adopción.

Dado que las relaciones entre Argentina y México en ese momento no son del todo buenas, que la propia relación de Jorge con Argentina tampoco es de lo mejor, y, sobre todo, que las relaciones comerciales entre los países de Latinoamérica son, como poco, laberínticas cuando no indescifrables, decide llevar a cabo su plan por la vía directa. Pasa por alto que Ediciones La Flor dispone de los derechos de autor hasta dentro de doce años y se limita a volver a mecanografiar el libro tomando como base el único ejemplar que ha podido conseguir en esos años a través de un amigo peruano. Cambia algunas cosas, es cierto, algún párrafo aquí, alguna oración allá, altera el orden de dos de los capítulos, pero en esencia el libro sigue siendo exactamente el mismo. Se le ocurre, en un arranque de lucidez que años después va a ahorrarle un montón de dinero en el pleito que le planteará la editorial argentina, cambiar el título: ahora será *La verdad profunda del viaje*. En otro movimiento guiado por el sentido común, decide presentar su libro sólo en pequeñas editoriales que escapen del radar del ámbito internacional. Por si acaso. Y, curiosamente, logra que se lo publiquen en una diminuta editorial llamada Estrella Distante que, hasta ese momento, se ha dedicado a divulgar, sin ningún éxito, la obra de un desconocido grupo de poetas que se denominan a sí mismos real visceralistas. Los de Estrella Distante se deciden finalmente a publicar su libro debido a la ferviente recomendación de uno de esos poetas, un desastrado joven chileno llamado Arturo Belano.

El libro no llega a conocer lo que cualquiera entendería por éxito. Pero sería injusto decir que no cosecha cierto grado de popularidad entre la juventud universitaria. Sin embargo, para Jorge, a pesar de la supuesta modestia con la que emprende la misión de verse publicado en México al decidirse por la diminuta editorial Estrella Distante, eso le sabe a poco; a muy poco. A pesar de sus esfuerzos, no ha logrado recuperar la exultante sensación que le embargó al publicar el libro en Argentina. Mira a su alrededor y se percata de que el techo por encima de su cabeza está demasiado cerca. Él quiere algo más. Las jóvenes y cariñosas estudiantes de Humanidades, los profesores voluntariosos, las cenas con vino barato hasta altas horas de la madrugada rodeado de poetas de tres al cuarto, las charlas sobre sus experiencias místicas en librerías y cafés no están mal, pero a la edad de Jorge es más fácil cansarse de ese tipo de cosas. Tengo que hacer algo más, se dice Jorge noche tras noche. Me falta algo. Sí, conserva un buen puñado de momentos memorables, grandes momentos incluso, pero de nuevo está ahí la amenaza del vacío, del hueco grande y oscuro; como un pozo sin agua. Creía haberlo dejado definitivamente atrás, pero por lo visto el rumor sigue ahí. Creía haber llevado a cabo el exorcismo completo con su viaje a la verdad profunda, pero no. Esto es como una maldición, se dice. Necesito ayuda, porque no puedo salir de esto solo. Pero no un psicólogo o un psiquiatra. Necesito un guía, un maestro. Pero ¿dónde encuentra uno un maestro cuando lo necesita?

Y entonces, como no podía ser de otro modo, piensa en Julián Enrique Verón, alias Vilo. Con él encontró un camino, un sentido profundo de la existencia. A su lado se sintió libre y pleno al mismo tiempo. Tal vez no debería haberle abandonado, se dice. Pero si no lo hubiese hecho, no habría escrito su libro, su maravilloso libro. En parte, piensa, lo escribí gracias a él. A su lado, tal vez obtendría la suficiente experiencia para escribir otro libro. Tal vez encontraría algo nuevo, o profundizaría más en lo que ya he encontrado. Sí, eso es lo que necesita.

Tengo que ir a buscarlo, piensa. Tengo que traerlo a México para que se establezca aquí, conmigo. Tal vez juntos podamos crear un ámbito en el que aprender a vivir realmente en la incertidumbre y en la verdad. Jorge quiere controlar la euforia, pero le cuesta horrores no dejarse llevar.

Tras toda una serie de rocambolescas asociaciones, Jorge consigue el número de teléfono del bar Marítim de Cadaqués. Logra hablar con el camarero llamado Eufrasio, el simpático extremeño, que milagrosamente se acuerda de él. Eufrasio le informa de que las cosas en Cadaqués ya no son lo que eran, que la gente agradable como él ya no corre por allí, que casi todos han emigrado a Menorca, que ahora sólo hay pijos con ínfulas y que, en general, la cosa está de lo más aburrida. Incluso he pensado en largarme yo, le dice a Jorge. A la pregunta de si sabe por dónde puede andar Vilo, Eufrasio responde que hace mucho tiempo que no lo ve en persona, pero que sigue oyendo comentarios y rumores sobre él. Lo último que ha oído decir es que está viviendo en una de las casas que la condesa Margaretta Peracchia tiene en un pueblecito del interior, cerca de Gerona. Eufrasio tiene que repetirle el nombre cinco veces hasta que Jorge logra apuntarlo tal como debe escribirse: Sant Martí Vell. Así pues, ese es su próximo objetivo, llegar hasta ese pueblecito y convencer a Vilo de que se venga con él a México. Prepara las maletas y, antes de partir, se pone en contacto con Emilia para decirle que dentro de unos días pasará a ver a su hijo, si le parece bien.

Quiere llevarle algo a Óscar, pero no se le ocurre bien qué. Visita varias jugueterías pero al final, mientras recorre las paradas del concurrido Bazar del Sábado de la plaza de San Jacinto, se decide por un extraño detalle simbólico: una camiseta azul celeste con la imagen de Gauchito, la mascota del pasado mundial de fútbol, a la altura del pecho. Para él, así lo quiere creer, esa camiseta habla de Argentina, la patria del padre del niño, del fútbol, algo que sin duda gusta a todos los muchachos del planeta, y a un nivel más profundo encierra el secreto sufrimiento, pero también la gloria, de ese mismo país.

En cuanto aterriza en El Prat, telefonea a Emilia. No tiene pensado ni siquiera hacer noche en Barcelona, simplemente quiere ver al niño y hablar unos minutos con su madre. Emilia lo emplaza en un lugar llamado plaza Kennedy, donde está el tranvía azul, le aclara como si él tuviese la más remota idea de lo que le está hablando. Llega allí una hora más tarde. Emilia le está esperando sentada en un banco, acompañada por una amiga algo más mayor y bastante corpulenta. Ninguna de las dos muestra atisbo alguno de alegría en su expresión al reconocerlo, sino más bien lo contrario. Pero Jorge no quiere detenerse a pensar en ello. Charla unos minutos con Emilia y le pasa un sobre con algo de dinero. Después se acerca despacio al niño que está jugando sentado en la arena, cerca de la fuente, y se acuclilla. Cuando logra verle la carita, se echa a llorar. Jorge quiere pensar que se debe al agotamiento propio del viaje, a las alteraciones físicas y psíquicas provocadas por la traslación espacial. Me siento vulnerable, se dice, por eso estoy llorando. Aun así, y sin saber muy bien por qué, cuando Óscar le mira con sus ojitos verdes le suelta toda una parrafada relativa a su propia vida, a su infancia en Rosario. También le habla de la temporada que pasó en Río de Janeiro y de sus lecturas de infancia. Mark Twain es fantástico, le dice, por ejemplo. Al cabo saca de su macuto la pequeña camiseta azul con la figura de Gauchito, la ahora obsoleta mascota del Mundial Argentina '78, impresa en la pechera. Se la entrega al niño, se pone de pie, se enjuga las lágrimas y se aleja después de revolverle el pelo. Es precioso, les dice a Emilia y a su amiga. Ellas no dicen nada. Es un silencio lo bastante agresivo para que Jorge cambie el gesto, retome la confianza en sí mismo y añada: Seguiremos en contacto, Emilia, te lo aseguro. Sí, claro, responde ella con un tono absolutamente neutro. Se despide con una inclinación de cabeza y una torpe sonrisa y detiene el taxi que ha de llevarle a la estación de tren.

Ya en el taxi siente cómo se precipita sobre su cuerpo agotado todo el apabullante peso de la realidad. ¿Qué demonios acaba de ocurrir? ¿Qué demonios significa todo esto?, se pregunta angustiado. Pero agita la cabeza e intenta centrarse en su objetivo. Piensa en lo inmediato, piensa en lo concreto, se repite. Lo inmediato y lo concreto para él es llegar a Gerona en tren y después conseguir un transporte que lo lleve a Sant Martí Vell. Lo inmediato y lo concreto, en otras palabras, es Vilo.

Sant Martí Vell es un pueblo tan pequeño que resulta ingenuo incluso llamarlo pueblo. Son apenas unas pocas casas de piedra rodeando una iglesia románica con un campanario de considerable altura en mitad de una curva de la carretera. Sin embargo, eso no significa que sea un lugar dejado de la mano de Dios, pues todo está muy limpio y arreglado. A Jorge lo dejan frente al bar del pueblo, él entra y pregunta por Julián Enrique Verón, también conocido como Vilo. Uno de los allí presentes dice: ¿El escultor nudista? Jorge no sabe a qué se refiere, por eso dice: No sé si esa es la persona que busco. Los lugareños allí presentes se ponen a hablar entre ellos en catalán, intercambian unas cuantas exclamaciones y dejan ir varias risotadas que, a oídos de Jorge, que no entiende nada de lo que dicen, tienen un toque cínico que le resulta bastante incómodo. El tío al que buscas, acaba diciendo el dueño del bar, vive en una de las casas de la condesa italiana. Están en las afueras del pueblo, dice otro, en dirección a Madremanya. Como a dos kilómetros de aquí, unos veinte minutos andando. Gracias, dice Jorge colocando bien sobre su hombro el macuto militar. Sigue las bostas de vaca, le grita otro hombre justo cuando está saliendo. Después se oyen risotadas fuertes y desconsideradas.

Lo que ha ocurrido en el bar no le resulta en absoluto agradable, es más, le da muy mala espina, pero una vez más Jorge prefiere pensar en otra cosa. Estos españoles siempre serán zafios y maleducados, piensa torciendo el gesto con desagrado. Pueblerinos del carajo, se dice. Y en esos pensamientos anda mientras recorre los dos kilómetros que, aproximadamente, separan el bar de la que parece ser la casa en la que está alojado Vilo. Es cierto que ha tenido que esquivar unas cuantas bostas de vaca una vez ha tomado el camino que conduce a lo que un cartel denomina como Can Margaretta, pero Jorge, al hacerlo, insiste de nuevo diciéndose que la suciedad se debe a las nefastas costumbres de los campesinos y ganaderos españoles, sin duda acostumbrados a vivir entre la mierda. Qué país de mierda, se dice.

Can Margaretta es en realidad un conjunto de cuatro pequeñas casas de dos plantas, ordenadas formando un semicírculo en torno al camino de acceso, pintadas de blanco y con el tejado de pizarra negra. En los buzones de las casas, enganchados a las cercas que las rodean, no hay más que números: 1, 2, 3 y 4, nada de nombres. Jorge, durante unos segundos, se plantea la posibilidad de ir llamando a la puerta de cada una de ellas, por orden, porque todas parecen igualmente vacías y deshabitadas. Sin embargo, y sin tener una razón lógica para ello, decide acercarse en primer lugar a la que tiene más caca de vaca junto a la puerta. De hecho, se percata Jorge, en el asfalto parece dibujarse un reguero de bostas que llevan directamente hasta la puerta número cuatro. Es entonces cuando en su cabeza resuena lo que ha oído exclamar al salir del bar del pueblo. De nuevo esboza un gesto de disgusto. Así pues, haciendo de tripas corazón debido al fuerte olor a excremento, Jorge traspasa la cerca de esa casa, recorre el caminito serpenteante y llega hasta la puerta principal. Cuando va a llamar se da cuenta de que la puerta no está cerrada del todo. Aun así, llama. Primero utiliza el timbre, pero no suena; es como si no tuviese conexión eléctrica. Después opta por usar los nudillos. Llama siete, ocho veces, haciendo que la puerta se abra un poco más. El olor que llega desde dentro de la casa es, no se puede definir de otra manera, nauseabundo. El aroma de excremento de vaca, al aire libre, puede llegar a tener un punto agradable, por el matiz bucólico si se quiere. Pero el hedor que sale de allí dentro no tiene nada de bucólico.

Desde la puerta puede verse una parte de lo que debe de ser el salón de la casa en penumbra. Entre las sombras, Jorge aprecia formas tridimensionales apoyadas en el suelo, formas verticales y redondeadas, ubicadas sin seguir una pauta concreta. Pero no distingue qué representan. También aprecia desde su posición, muy vagamente, un pie desnudo, apoyado en el brazo de un sofá, que muy bien podría pertenecer a una chica joven. Hola, se atreve a decir Jorge. ¿Hay alguien ahí? Espera unos segundos y dice: ¿Se puede pasar? Y, al no obtener respuesta, añade: Voy a pasar, ¿eh? Abre del todo la puerta y se adentra por el pasillo que lleva al salón. Adaptando la vista a la falta de luz descubre que las formas tridimensionales son representaciones, más o menos acertadas y a diferentes tamaños, del Pão de Açúcar y del Cerro de Corcovado de Río de Janeiro. Y sí, están hechas con excremento de vaca. Jorge se lleva la mano a la boca y se tapa también la nariz. Son unas diez figuras a escala, de entre cuarenta centímetros a metro y medio de altura, repartidas por todo el salón.

Al volverse hacia el sofá descubre que, efectivamente, el pie desnudo pertenece a una chica joven, entre diecisiete y veinticinco años, desnuda en su totalidad. Está tumbada en el sofá, de medio lado, y de la comisura de sus labios pende un hilillo viscoso de un color indeterminado que desemboca en un pequeño charco de vómito en el suelo, junto a una de las patas del sofá. Jorge se asusta un poco más al ver que encima de la mesita frente al sofá hay un pequeño plato y sobre el plato una jeringa fina y transparente y una cucharilla de café con la parte convexa ennegrecida. El brazo derecho de la chica, de hecho, todavía está rodeado por una goma oscura atada con fuerza por debajo del bíceps. Jorge se apresura a desatarle la goma, que ha provocado que parte del antebrazo de la chica esté rígido y haya adquirido una tonalidad violácea. Le toma el pulso y comprueba que está viva. La voltea y la tumba de espaldas sobre el sofá. La zarandea un poco agarrándola de los hombros y le dice: Eh, despierta. Como no responde se aventura a darle un pequeño cachete en la mejilla. La chica gimotea y masculla entre dientes. ¿Estás bien?, pregunta Jorge. Ella, de repente, abre los ojos, los abre mucho, se libra con violencia de las manos de Jorge y grita con todas sus fuerzas varias maldiciones en un idioma que a Jorge le suena a una mezcla de alemán y ruso. Acto seguido, la joven retoma su posición inicial, colocando la boca justo sobre el hilillo de materia viscosa, cierra los ojos y vuelve a dormirse profundamente.

Jorge se incorpora y permanece inmóvil durante unos segundos en medio del salón. Decir que está contrariado o confundido no haría justicia a la sensación que le embarga. Si le pinchasen en ese momento tal vez no sangrase. Mira a su alrededor y estudia ese paisaje de pesadilla. Aquella debe de ser la puerta de la cocina, se dice mecánicamente. Sabe muy bien que no va a franquear esa puerta a no ser que se vea obligado a hacerlo. Si el infierno existe, se dice, podría parecerse a esto: un lugar en penumbra, indeterminado y anodino, lleno de mierda y vómito, donde la gente reacciona de un modo violento e incomprensible. Después recorre con la mirada las curvas de la joven y piensa, sin sentido de continuidad alguno, que tiene un cuerpo muy bonito, muy armónico. Es una joven muy linda, se dice sin querer fijarse en la mesilla de café, posando únicamente la mirada en la curva que dibujan sus suaves caderas. Tal vez lo piensa por contraste con la oscuridad que, en todos los sentidos, rodea ese cuerpo desnudo. Bien, ¿y ahora qué hago?, se dice Jorge. O me voy, se plantea, o subo las escaleras que llevan al piso de arriba a ver si encuentro a Vilo.

Toma aire intentando no notar el hedor, sortea las esculturas de excrementos y se encamina hacia las escaleras. Si esto es el infierno, se dice, yo soy Odiseo buscando al ciego Tiresias, porque él tiene que decirme cómo volver a casa. Es un pensamiento absurdo, impropio de Jorge, poco dado a esas alturas de su vida a elaborar sentencias más o menos intelectuales. De nuevo, debe de tratarse de un mecanismo de defensa para mantener su integridad anímica: un pensamiento abstracto, basado en conocimientos básicos de mitología, que sirve para poner orden en el caos en el que está envuelto.

Sube las escaleras despacio porque, por mucho que se esfuerce por negárselo a sí mismo, tiene miedo de lo que puede encontrar en la planta de arriba. Por eso se sorprende al ver que todo está ordenado, o si no ordenado al menos vacío. No hay esculturas por ninguna parte. El distribuidor está despejado. El lavabo está bien, más o menos limpio. En lo que se supone que es el segundo dormitorio de la casa no hay más que un pequeño armario de color blanco, cerrado, y una gran bolsa de viaje de lona verde en el suelo, abierta, dejando al descubierto unas zapatillas de deporte, dos pares de bragas y unos tejanos negros. Sólo queda ya una habitación en la que buscar, el dormitorio principal. La puerta está ligeramente entornada. Hay un gran colchón colocado directamente sobre el suelo de parquet, sin funda ni sábana bajera. Sobre el colchón, despatarrado como una rana muerta, yace el voluminoso cuerpo desnudo de Vilo, boca arriba.

Ha ganado peso. Se le nota en el vientre y en las bolsas que se le forman a la altura del pecho, que caen hacia las axilas. Y por su cara, a pesar de la relajación del sueño, parece haber envejecido más de la cuenta. Ahora ya no recuerda de manera imprecisa al Charlton Heston de *Ben-Hur* sino de manera mucho más concreta al Jason Robards de *La balada de Cable Hogue*, porque además se ha dejado crecer la barba y la tiene casi completamente cana. También tiene parcialmente canos los rizos del pubis. Su pene flácido, entre rosáceo y amarillento, parece la larva sobredimensionada de alguna clase de mariposa asiática. Mira entonces Jorge hacia la mesita de noche, deseando no encontrar lo que teme encontrar, pero no encuentra más que una libretita de color rosa y varios lápices. En el dormitorio no hay nada más. Horas después, Vilo le va a decir que como tiró toda su ropa, de nada le servía ya tener armarios ni cómodas. Jorge rodea la cama hasta llegar a la ventana. Aparta el visillo y mira hacia abajo, al jardín. En mitad del césped se erige una escultura de unos cuatro metros de alto que representa el Cerro de Corcovado con el famoso Cristo en lo alto. Construida, obviamente, con excremento de vaca. Al verla, Jorge cree entender el proceso que ha llevado hasta la consecución de esa obra, incluida la larga serie de pruebas a escala que abarrotan el salón. A esa hora de la tarde, por lo demás, con el sol descendiendo tras las colinas del Ampurdán, es innegable que la escultura transmite algo que va más allá de lo inquietante.

Le cuesta un buen rato despertar a Vilo. Con los ojos llenos de legañas y el pelo revuelto, Vilo se sienta con los pies cruzados adoptando la postura del loto. Antes siquiera de hablar, le hace un gesto a Jorge con la mano dándole a entender que todavía va a tener que esperar para que se digne dirigirle la palabra. Durante esos minutos, que acaban siendo casi media hora, Vilo parece estar meditando, pues ha colocado sus manos sobre las rodillas, vueltas hacia arriba, y ha trazado dos círculos uniendo las puntas de los dedos índice y pulgar. En cualquier caso, y a pesar del respeto que siente por esa clase de prácticas, Jorge está convencido de que Vilo ha vuelto a dormirse, porque su respiración más que profunda parece un leve ronquido. Cuando se decide a abrir los ojos, Vilo mira con fijeza a Jorge pero sin verlo realmente, como si lo atravesase con la mirada y viese más allá, más allá de las paredes de la casa e incluso de los límites regionales de aquel lugar. La paciencia de Jorge llega a su límite y se decide a hablarle. Hola, Vilo, le dice con voz suave, soy Jorge. Jorge, repite Vilo con voz profunda y pastosa. ¿No te acuerdas de mí?, pregunta Jorge con un levísimo deje de ansiedad. Estuvimos juntos en Cadaqués, hará unos tres años... Cadaqués, repite Vilo con la mirada perdida. Entonces, dice Jorge acercándose al colchón, ¿no te acuerdas de...? ¡Jorge!, exclama Vilo. ¡Jorge! Y de un salto se pone en pie, le mira a los ojos de forma consciente y dice: Cómo no voy a acordarme de ti. Cómo olvidar la ceremonia de iniciación en el mar, junto al fuego... No, se atreve a cortarle Jorge, estuvimos en el bosque. Sí, bueno, el bosque, responde Vilo con un gesto de la mano que pretende restar importancia a los matices. Jorge, repite, y se acerca a él hasta agarrarlo por los hombros y atraerlo hacia sí para darle un abrazo. Jorge nota la panza de Vilo apretándose contra la boca de su estómago y el roce ligero de su pene larvario contra su propio bajo vientre. Cuánto tiempo ha pasado, ¿verdad querido Jorge? Es justo en ese momento cuando Jorge, al sentir el cálido aliento de Vilo en el cuello, al sentir aquellos fuertes brazos a su alrededor, brazos paternales sin duda, decide dejar de lado todas sus reticencias, decide incluso no tener en cuenta el olor nauseabundo que llega hasta allí desde la planta de abajo, y se deja llevar, se entrega a esa dulce sensación de reconocimiento y aceptación. Sí, dice, ha pasado mucho tiempo. Y como si Vilo leyese sus pensamientos añade: Demasiado tiempo, ¿verdad? Sí, sí, demasiado. Y de nuevo se siente vulnerable, aunque esta vez no entiende que se deba a los efectos de la traslación espacial, y se echa a llorar. Vilo lo abraza con algo más de fuerza e incluso lo acuna un poco. Déjalo ir, le dice a Jorge, deja que todo salga y se vaya y se esfume. Suéltalo, no lo necesitas. Jorge llora como no recuerda haberlo hecho nunca, superado por sensaciones que van más allá de su comprensión. Lo único con sentido que logra decirse es: Ha merecido la pena venir aquí.

Cuando se separan, y con la ilusión propia de un niño pequeño, Jorge le explica que ha venido a buscarlo hasta ese pueblito remoto con la intención de llevarlo de vuelta consigo a México. Que México es un país ideal para llevar a cabo una vida basada en la incertidumbre y la verdad. Que tiene grandes planes para ellos allí, que van a poder hacer grandes cosas juntos. Pero al oír la palabra México, Vilo borra la sonrisa beatífica de su rostro y le dice que no es a México adonde tiene que ir sino a Brasil, a Río de Janeiro concretamente. He tenido una visión, le dice. No he dejado de tener visiones durante los últimos meses. Viene a mi mente una y otra vez la imagen del Cristo de Corcovado. Hay algo ahí, ¿sabes? Algo mágico y trascendente que yo tengo que encontrar, algo que tengo que cumplir. Lo tengo muy claro. ¿No has visto las esculturas? Vilo le explica entonces todo el proceso que ha llevado a que el salón y el jardín de la casa estén llenos de excremento de vaca. Le explica además que vio claro que el viaje a la trascendencia que le indicaba esa visión sólo podía plasmarse a través de un elemento mutable. La mierda de vaca es un elemento circular, eterno, le dice a Jorge con auténtica pasión: sale de la vaca para abonar la tierra donde crece la hierba que se come la vaca, ¿lo entiendes? Es perfecto. La gente sólo se queda con lo aparente, con lo ilusorio, pero la esencia de la mierda es trascendente. ¿Y el olor?, se pregunta Jorge, pero al instante se avergüenza porque supone que es una pregunta mezquina, propia de una mentalidad burguesa aferrada a lo ilusorio y no a lo esencial.

Por otra parte, viendo a Vilo tan ilusionado con su futuro viaje a Brasil, Jorge se va sintiendo poco a poco presa de la más absoluta decepción. Sin embargo, en un nuevo giro de los acontecimientos, Vilo se para en seco y declara: Pero no puedo ir a Brasil. ¿Por qué?, pregunta Jorge. Por un malentendido. Estuve allí hace unos años y me acusaron de haber abusado de varias menores. Algo completamente falso, porque fueron ellas las que montaron aquella especie de harén para mí. Yo no lo quería, no lo necesitaba. Me limité a entregar lo que de mí requerían. Pero la policía no lo entendió así y tuve que huir del país. Si entrase en Brasil me detendrían. Mi vocación de servicio no siempre es bien entendida, ya sabes a qué me refiero. Sí, Jorge sabe a qué se refiere, porque en ese preciso instante está convencido de que a él le ocurrió algo parecido con Emilia. Y lo bueno es que en esa imposibilidad de viajar a Brasil ve un resquicio viable para su plan de llevar a Vilo a México. Vente conmigo a México, le dice a modo de contraataque. Desde ahí te resultará mucho más fácil entrar en Brasil sin que te detengan. Quédate una temporada conmigo, intentaremos arreglarlo todo para que puedas ir a Río. Incluso podríamos irnos juntos después, ¿qué te parece? Yo adoro Río de Janeiro, dice con una sonrisa al tiempo que rememora su estancia en el Copacabana Palace.

Después de pensarlo durante unos segundos, después de mirar por la ventana para observar su magna obra expuesta en el jardín, Vilo da su visto bueno al viaje a México. Le dice que tal vez tenga razón y desde allí tal vez sea más fácil lograr entrar en Brasil de nuevo. A lo que añade que, por encima de todo, hay que fluir con los acontecimientos y que si algo le ha traído hasta Sant Martí Vell para buscarle, él no tiene por qué oponerse a esa energía. Pero antes, dice, tengo que aclarar las cosas con Margaretta. Ha sido sumamente generosa conmigo dejándome esta casa. Por cierto, le dice Jorge, ¿y la chica que está en la planta de abajo? Ah, dice Vilo, ¿sigue abajo? Sí, dice Jorge. Esperaba que su hubiese ido. ¿Está dormida? Jorge asiente. ¿Ha vomitado? De nuevo, asiente. Es Wislawa, aclara Vilo con un deje más bien cansino, mi ayudante, una chica polaca que no habla ni una sola palabra de español. No nos la llevamos con nosotros, ¿eh? Es muy pesada. Quiere ser artista y no deja de dar la tabarra con ese rollo. No ha entendido que lo que yo he estado haciendo no es arte sino vida. No entiende nada de la vida, no busca un sentido trascendente. Le va la heroína, ¿te das cuenta? Le he dicho mil veces que si quiere realizar el viaje de la verdad profunda tiene que dejar esa mierda, que tiene que probar otras cosas más auténticas. Pero ella no entiende nada. En un principio, por su manera de hacer el amor, creí que estaba bien encaminada, pero qué va.

Antes de que puedan siquiera empezar a plantearse las inevitables cuestiones prácticas relativas al viaje, desde la planta de abajo llega una voz. ¡Vilo!, se oye decir con un tono de voz musical pero sin duda enérgico y resuelto. Vilo se vuelve hacia Jorge con un gesto de sorpresa, pero acto seguido esboza una sonrisa y dice: ¿No es mágico, Jorge? ¡Es Margaretta! Vilo grita con entusiasmo camino de las escaleras varias frases en italiano que Jorge no llega a descifrar. Mientras bajan las escaleras Jorge observa cómo las carnes de su maestro rebotan y ondulan con cada nuevo salto.

La señora Margaretta Peracchia no ha llegado a franquear la puerta. Con un pañuelo de seda azul celeste se cubre la nariz y la boca; gesto que Vilo no parece apreciar especialmente. La condesa es más bien bajita y menuda, su cabello es negro y liso y lo lleva cortado al estilo Bob, suelto por los lados. Lleva puestas unas enormes gafas de sol de la marca Dior y viste una especie de túnica color gris perla que deja bien de manifiesto que es una mujer sin curvas. A su espalda, entre la puerta de la casa y la verja que delimita la propiedad, hay tres hombres. Son tres hombres corpulentos, de diferentes alturas y facciones, que en absoluto van vestidos del mismo modo pero que, vistos en conjunto, dan la impresión de formar un todo compacto. Transmiten tensión, fuerza y determinación. Pero de momento están en función de reposo. Margaretta habla sin apartar el pañuelo de su boca y dice en español, aunque con el matiz cantarín propio de una mujer italiana: He venido a hablar contigo, Vilo. Vilo, que está completamente desnudo frente a ella, pone los brazos en jarras y la interrumpe para decir: La vida es magia, Margaretta. Hace menos de un minuto le decía a Jorge, y señala a Jorge con un gesto impreciso, que quería hablar contigo. Pero Margaretta parece dispuesta a decir lo que ha venido a decir y no repara en esas primeras palabras de Vilo. Te lo dije ya hace un mes, Vilo. Esto no puede seguir así... Me voy a México, Margaretta, la interrumpe Vilo. Jorge ha venido a buscarme y nos vamos juntos. Vilo lanza esas dos frases inclinándose hacia ella y sin mirar a los hombres corpulentos que, a la espalda de la condesa, parecen estar ahora un poco más tensos, como dispuestos a saltar disparados. Margaretta decide callarse y escuchar, como el que recibe una noticia inesperada y todavía no tiene claro si las implicaciones son buenas o malas. La fase del proyecto que me ligaba aquí ya ha finalizado, ahora tengo que seguir adelante. Por eso me voy a México con Jorge. Por primera vez, la condesa gira levemente la cabeza y observa a Jorge de arriba abajo sin variar el semblante serio y concentrado. ¿A México has dicho?, pregunta Margaretta. Sí, dice Vilo. ¿Al D.F.?, insiste. Vilo se vuelve hacia Jorge con un gesto de interrogación en la mirada y Jorge se ve obligado a intervenir: Sí, en principio al D.F. Pero más adelante es posible que nos traslademos. Margaretta también se vuelve hacia sus chicos, en particular hacia el que se parece al Luca Brasi de *El Padrino*, y asiente mínimamente. Como si de militares en formación se tratase, los tres hombres al mismo tiempo destensan los hombros y separan un poquito las piernas. Margaretta vuelve a mirar a Vilo, aparta un poco el pañuelo de su boca pero, al instante, vuelve a colocarlo como estaba. Durante unos segundos nadie dice nada. Al cabo es Vilo el que habla y dice: Querida Margaretta, has sido muy amable conmigo permitiéndome llevar a cabo mi obra en una de tus casas. Eres estupenda. Pero mi trabajo no ha concluido, tengo que seguir adelante hasta encontrar lo que he visto en mis visiones. Lo entiendes, ¿verdad? No puedo quedarme aquí por más tiempo. Deduzco entonces, dice ella, que no volverás aquí. Así es, responde Vilo, y lo siento mucho. Sé que te gusta verte rodeada de artistas, pero mi obra tiene que ver con la vida, ¿entiendes? El arte es un marco muy estrecho para lo que yo ando buscando. Siempre he querido hacerte partícipe de mi búsqueda, sobre todo por tu altruismo y empatía, y espero seguir haciéndote partícipe en el futuro, Margaretta. Si no vas a volver, le dice ella, tal vez necesites algo de dinero para establecerte definitivamente allí donde vayas... Para que no te veas obligado a volver... Eso sería muy, muy generoso de tu parte, le dice Vilo. Supongo que nos vendrá bien ese dinero del que hablas, ¿verdad, Jorge?, añade mirando a Jorge. Jorge no sabe qué responder. Lo cierto es que hasta ese preciso momento no se había detenido a pensar en cuestiones tan mundanas. De hecho, oír a Vilo hablar de dinero le resulta extraño e incluso desagradable; excesivamente terrenal. No es por esos derroteros por los que él quiere que se desarrolle la relación con su maestro. Pero aun así asiente y dice: Supongo que sí. Margaretta también asiente al tiempo que parece llevar a cabo mentalmente toda una serie de complejos cálculos matemáticos. De acuerdo, dice. Pero ¿qué vas a hacer con... tu obra?, pregunta señalando hacia el interior de la casa con la mano con la que no se tapa la boca y la nariz. No siento ninguna clase de apego material por las cosas, replica Vilo balanceándose sobre sus pies y haciendo que su pene también se balancee como un juguete infantil. Puedes quedarte mi obra, Margaretta. Es más, te la regalo. Tal vez Vilo no lo aprecia, pero el lenguaje corporal de la condesa no parece expresar júbilo, precisamente. ¿Te importaría si la llevásemos a otro lado?, pregunta Margaretta. Claro que no, es tuya. Además, Wislawa puede echaros una mano. Ha sido mi ayudante durante estos meses y sabe muy bien cómo hay que ordenarlas para que expresen lo que tienen que expresar.

3

Rick cruza la frontera de México por Nogales y, montado en un traqueteante coche de línea repleto de gente sudorosa y cargado con decenas de paquetes en lo alto del techo, llega hasta un villorrio llamado El Claro. Allí decide bajarse. Aquel lugar no se parece a nada que él haya visto antes; aparte de lo que vio en su propio sueño premonitorio. El centro del pueblo, si es que se le puede llamar pueblo, es algo que podría definirse como una plaza polvorienta e irregular, con una iglesia chata en un extremo, y lo que podría ser el ayuntamiento o alguna otra dependencia legal, tal vez la comisaría, en el otro. Las calles que parten de esa plaza, de estructura supuestamente radial, no están asfaltadas y parecen llevar directamente hacia la nada más absoluta, o al desierto si se prefiere, a pesar de estar flanqueadas por unas cuantas edificaciones con tejado de caña. Al alzar la vista, Rick sigue el recorrido de lo que parecen ser cables eléctricos que se dirigen hasta una especie de galpón contrahecho junto a las dependencias municipales; lo curioso es que a Rick no le extrañe la presencia de dichos cables a pesar de estar totalmente fuera de lugar en un pueblucho como ese. Un cartel en lo alto de la puerta del galpón dice: Cantina. El calor es abusivo, más cortante e implacable de lo que Rick cree poder soportar. Va en mangas de camisa, con la corbata negra aflojada, y luce dos pronunciados lamparones de sudor en las axilas. Rick no se ha dado cuenta, pero nada más poner el pie sobre la tierra seca de la plaza se han dirigido hacia él seis o siete niños de cabello rizado y piel tostada, descalzos y vestidos con harapos. Al bajar ahora la vista y mirarlos se da cuenta de que le están gritando en un idioma que apenas entiende. Es español, y lo sabe, pero no se parece en nada al idioma que oía hablar estando en el Nassau. Sin embargo, sí comprende qué es lo que pretenden los niños: le piden dinero o algo para comer.

Su aspecto físico, y no sólo su manera de vestir, debe de resultar muy llamativo en ese apartado rincón del mundo, pues al entrar en la cantina las conversaciones se silencian y los pocos parroquianos que allí están, en una penumbra que supuestamente aporta algo de frescor, se vuelven y le observan como si se tratase de un animal de una especie rara. La entrada de Rick en ese galpón tiene el inevitable aire de un *western* crepuscular, como los que años después van rodar Sam Peckinpah o Sergio Leone. Rick es el forastero, el gringo, el extraño llegado del norte; una posible amenaza. Y Rick aprecia también el sentido de amenaza a su alrededor, la tensión, una sensación que se va a incrementar cuando se acerque a la barra e intente comunicarse en inglés con el que parece ser el dueño del lugar, un tipo bajito y muy moreno, con un tupido bigote y largas patillas, que luce una ostentosa cicatriz en forma de pequeña herradura en la frente, justo encima del puente de la nariz. Rick le está pidiendo algo de beber, una cerveza si puede ser. Tiene hambre, un hambre bastante considerable, pero de momento se conformaría con beber algo. El tipo, en cualquier caso, sin dejar de mirarle a los ojos con la expresión que uno utilizaría para estudiar a una hiena que ronda el cadáver de un buey, dice a voz en grito dirigiéndose a alguien oculto tras la puerta de la cocina: Luis, sal aquí fuera. Hay un gringo que no sabe hablar en cristiano. De todo ello, debido a la curiosa manera en la que el dueño de la cantina arrastra las palabras y cierra los fonemas vocálicos, Rick entiende las palabras Luis, gringo y cristiano.

En cuestión de un par de segundos, por la puerta batiente aparece un joven de unos quince años, bajito y fornido, muy parecido en los rasgos al dueño de la cantina, si bien su mirada transmite un curioso matiz de bondad que no puede ocultar el afán por parecer tan duro como el que posiblemente sea su padre o tal vez su tío. El joven se seca las manos en su sucio delantal y, colocándose frente a Rick del otro lado de la barra, le pregunta en un inglés bastante ortodoxo: ¿Qué desea, señor? Al oír esas palabras, Rick no puede evitar soltar un suspiro de alivio. Al hacerlo se siente incluso un poco más tonto y fuera de lugar, pero ciertamente es la primera muestra, desde que atravesó la frontera, de algo que él puede entender como civilizado. Los parroquianos por su parte no varían el gesto, siguen estudiándolo sin molestarse en fingir que no lo están haciendo. Me gustaría beber algo, dice Rick con una sonrisa impropia de ese lugar. Tal vez una cerveza, si puede ser. De debajo del mostrador el joven saca una botella de cerveza de la marca Imperial. Le pasa un trapo para quitarle el polvo, abre el tapón y la deja sobre el mostrador. La cerveza está a temperatura ambiente, o sea muy caliente, pero a Rick le sabe a gloria; la despacha en un par de tragos.

El joven Luis resulta ser de lo más agradable. En un principio, Rick sólo cruza unas pocas frases con él, para pedirle algo de comer y una mesa donde sentarse, y él se limita a actuar, sin decir palabra pero dando a entender que comprende a la perfección lo que le dice. Pero mientras Rick se come sus frijoles con salsa, una salsa indeterminada y oscura, bastante picante aunque de buen sabor, le pide a Luis que se siente un segundo con él, que incluso se tome algo a su cuenta si lo desea, y le hace toda una serie de preguntas que le obligan a responder. Le pregunta, por ejemplo, dónde puede alojarse, dónde puede encontrar un cuarto en el que pasar unos días. ¿Cuánto tiempo?, le pregunta Luis. Rick responde que entre cinco días y dos semanas, añadiendo un indescifrable: eso creo. Que Rick añada a esa respuesta una sonrisa afable y supuestamente mundana no le ayuda en nada al chico. En cualquier caso, Luis le habla de la casa de doña

Eduviges Dyada, junto al puente. Suele alquilar habitaciones cuando alguien, muy de vez en cuando, las necesita. Es una vieja un poco rara, añade, porque dice que ve espíritus, pero es una buena mujer. También le pregunta Rick qué se puede hacer por esa parte de México que resulte interesante. Luis parece un poquito más contrariado todavía. Estamos en medio del desierto de Sonora, señor, responde sin un ápice de ironía. Por aquí no hay mucho que hacer. Entonces algo le viene a la mente y dice: En Santa Ana o en Magdalena puede encontrar mujeres, si es a eso a lo que se refiere. También hay una casa de chicas cerca del Rancho Noche Buena. De vez en cuando, alguna de esas chicas se deja caer por aquí. No era eso exactamente a lo que se refería Rick, pero se apunta el dato mentalmente por si lo necesita. ¿Cómo se gana la vida aquí la gente?, le pregunta entonces Rick con auténtica curiosidad. Luis le cuenta, despacito y con bastantes detalles, que varias personas trabajan en ranchos de los aledaños, cuidando de las casas o de los animales. Que uno de los vecinos de El Claro, don Julián, fue maestro de escuela en Hermosillo durante veinte años pero que hace unos siete se vino al pueblo y se dedica a cuidar de un huerto que tiene en la parte de atrás de su casa. Tres familias más viven, o mejor dicho malviven, de su propio ganado. Por cierto, le indica Luis, dentro de cuatro días se celebra la feria del ganado de Caborca, hablando de cosas que hacer por estos andurriales. Le explica que otras tantas familias viven del dinero que les envían sus hijos e hijas, poco dinero a decir verdad, afincados en lugares tan lejanos como Tijuana o Ciudad Juárez. Ah, y después está don Lupe, que recibe una pensión del gobierno por haber combatido en estas tierras a los rebeldes durante la Revolución. También le dieron tierras, allá por El Quietillo; un puro yermo, por fortuna. Dice esto último con un gesto que se asemeja al desprecio, aunque un desprecio comedido, como el que no sabe si aquel con el que habla es totalmente de fiar. De lo que no cabe duda es de que don Lupe no goza del aprecio de Luis. Fue muy dura aquí la Revolución, dice Rick con un tono inseguro que convierte su afirmación en pregunta. Hay quien dice, responde Luis, que la Revolución todavía no ha acabado. Últimamente, añade, se ha oído hablar de balaceras y matanzas por la zona de Cananea. Pero yo no sé nada de eso, finaliza bajando la mirada y dando a entender, sin pretenderlo, que sabe bastante más de lo que cuenta. ¿Cómo es que hablas tan bien inglés?, se decide a preguntarle Rick. Me crié en Austin, Texas, con mi madre.

Pero cuando esta murió me tuve que venir aquí con mi tío Rogelio. Tras observarle detenidamente durante más de diez segundos, en silencio, Rick le tiende la mano con gesto serio y le dice: Tú y yo nos vamos a llevar bien, ya verás. Al retirar la mano, el joven Luis descubre que el gringo le ha dejado en la palma un billete de diez dólares muy bien dobladito; toda una fortuna en esos pagos. Quédate con el cambio, le dice al tiempo que agarra su maleta y sale de la cantina en dirección a la casa junto al puente.

Doña Eduviges está de pie, bajo el porche de madera con las manos cruzadas bajo el pecho. Pase usted, le dice a Rick en cuanto lo ve llegar. Parece que lo hubiese estado esperando. Lo tengo todo dispuesto, le dice antes siquiera de preguntarle el nombre. Hace que la siga por una larga serie de cuartos oscuros, al parecer desolados. Sin embargo, en cuanto Rick se acostumbra a la oscuridad y al delgado hilo de luz que los precede, ve crecer sombras a ambos lados y siente que van caminando a través de un angosto pasillo, abierto entre bultos. ¿Qué es lo que hay aquí?, pregunta Rick en inglés. Curiosamente, la vieja le responde en español, dando a entender que ha comprendido su pregunta. Pero aún es más curioso el hecho de que Rick también la entienda a ella, o crea entenderla, o algo en su interior entienda lo que dice. Trastos, responde la vieja. Tengo toda la casa llena de trastos. Escogieron esta casa para guardar sus muebles los que se fueron, y nadie ha regresado por ellos. Pero el cuarto que le he reservado está al fondo. Lo tengo siempre escombrado por si alguien viene. ¿De modo que es usted hijo de ella? ¿De quién?, responde Rick. De Mariacita. De María, la polaca alemana. Rick, sin duda debido al cansancio del viaje, al efecto de las cervezas calientes peleándose en su estómago con los frijoles picantes, no ubica esas palabras donde debería. En lugar de hacer uso de la lógica o del sentido común, dice: Sí, ¿pero cómo lo sabe? Ella me avisó de que usted vendría, responde la vieja Eduviges. Y hoy precisamente. Que llegaría hoy. ¿Quién se lo dijo? ¿Mi madre? Sí, ella. Rick no sabe qué pensar. Y la vieja no le deja tiempo para que lo haga. Este es su cuarto, le dice. El cuarto no tiene puertas, solamente aquella por donde han entrado. Eduviges enciende una vela y Rick se fija en que el cuarto está vacío. Aquí no hay donde acostarse, dice Rick. No se preocupe por eso, replica la vieja. Usted ha de venir cansado y el sueño es muy buen colchón para el cansancio. Ya mañana le arreglaré su cama. Como usted sabe, no es fácil preparar estas cosas en un dos por tres.

Para eso hay que estar prevenido, y la madre de usted no me avisó sino hasta ahora. Mi madre, se decide finalmente a aclarar Rick, mi madre ya murió. Entonces esa fue la causa, responde Eduviges al hilo y sin inmutarse, de que su voz se oyera tan débil, como si hubiera tenido que recorrer una distancia muy larga para llegar hasta aquí. Ahora lo entiendo. ¿Y cuánto hace que murió? Hace ya muchos, muchos años, responde Rick perdiendo la mirada en la pared blanca. Pobre de ella, dice la vieja mientras se da la vuelta y concluye con un seco: Buenas noches, antes de cerrar la puerta. Flotando entre la contrariedad, cierto grado de intoxicación alcohólica y la más pura extenuación, es cierto que Rick se duerme tumbado en el suelo, hecho un ovillo, sin reparar de nuevo en la ausencia de una cama. Se duerme y, además, por suerte para él olvida casi todo lo ocurrido durante los últimos minutos.

A partir del día siguiente, Luis se convierte en una ayuda inestimable para Rick. Con el paso del tiempo, van a ser incluso algo más que amigos. Pero todavía falta para eso y, de momento, Luis le sirve la comida todos los mediodías y charla con él un par de horas, intentando responder a sus muchas preguntas y aclarándole aquello que cree oportuno para que conozca mejor tanto la vida del pueblo como la de los alrededores y, en la medida de sus posibilidades, la de todo el país. Así pues, le habla de costumbres y de peculiaridades locales, pero también le cuenta algo de la historia de México, lo poco que él ha ido extrayendo de las conversaciones con sus mayores y de los pocos libros que ha conseguido leer. También le va enseñando, poco a poco pero de manera muy efectiva, a hablar español. Rick todavía no tiene ni idea de por qué se ha establecido en ese pueblo, de qué está haciendo allí o de cuánto tiempo más va a aguantar sin tener un objetivo concreto más allá de enterarse de cómo funcionan las cosas en ese rincón del mundo. Eduviges, por su parte, apenas le dirige la palabra cuando se cruzan en la casa. Finalmente le montó una cama y puso una silla de anea junto a la ventana, pero cuando lo ve se limita a sonreír de medio lado y a asentir con la cabeza de un modo muy turbador. No ha vuelto a hablarle del espíritu de su madre ni de nada parecido, pero en su mirada podría haber detectado Rick, si hubiese echado mano de sus dotes, la serie de inquietantes acontecimientos que iban a empezar a tener lugar justo al traspasar los primeros siete días de su estancia en ese pequeño pueblo del estado de Sonora.

Cuando lleva ya más de una semana en El Claro, Rick se fija en un hombre mayor sentado en un rincón de la cantina. Sus rasgos son aindiados, lo que conlleva que a Rick le resulte difícil establecer su edad. Debe de andar por los sesenta, se dice. Tiene el pelo cano y como lo tiene muy largo lo lleva recogido en una cola. La piel de su rostro está curtida como un pedazo de cuero viejo y sus labios cerrados dibujan una línea recta casi perfecta. Lleva puesta una camisa de cuadros, sin duda demasiado gruesa para la temperatura ambiente, y un chaleco sencillo de color marrón. Parece sumido en una inmovilidad absoluta, como si formase parte del mobiliario. Rick ya lo ha visto un par de veces antes, sentado siempre en el mismo lugar, y no había reparado especialmente en él. Sin embargo, hoy lo ha pillado mirándole fijamente, con una intensidad que Rick nota justo en el centro del plexo solar; como si en lugar de mirarle le presionase con un afilado cuchillo en la base del esternón. Esa mirada, así como el aspecto del hombre, le ponen un poco nervioso, pero como está tan centrado en la gustosa conversación con Luis no le dedica ni un segundo más a la mirada del viejo. Esa noche, sin embargo, se ve obligado a pensar en él.

Rick tiene un sueño especial esa noche, un tipo de sueño que, hasta ese momento, no había experimentado. Está profundamente dormido, relajado por completo, pero lo que vive en ese sueño tiene la solidez y sobre todo la materialidad de la vigilia. No es un sueño profético, porque no encierra simbolismo alguno ni le provoca ese cosquilleo en la nuca que él tan bien conoce. El sueño tiene algo de anodino, y eso es lo que más llama su atención, porque es consciente de las cosas más pequeñas, de las cosas más insignificantes, como podría ocurrirle durante un paseo cualquiera. Va recorriendo un camino de tierra en mitad de una zona desértica, con escasa vegetación a los costados o en la lejanía. El camino se arquea para franquear una loma en forma de media luna. ¿Qué va buscando? ¿Por qué está recorriendo ese camino? No lo sabe, a pesar de que puede pensar en ello e incluso preguntarse al respecto. Siente una llamada, una poderosa llamada. Y la siente justo en el centro del plexo solar. Al superar la loma se topa con la entrada de una cueva. Durante unos segundos duda, porque le asusta la oscuridad que se extiende más allá de la entrada. Finalmente la franquea y al adaptar sus ojos a la oscuridad aprecia el destello de una luz al fondo. Caminando con mucho cuidado, aunque sin detenerse, llega hasta el lugar del que mana la luz, que no es sino una pequeña fogata en medio de lo que parece ser una cavidad subterránea mayor, circular, lo que podría ser el salón de la cueva. Al otro lado de la hoguera, mirándole con total intensidad, provocando que la punzada en la base del esternón se haga más intensa, está el viejo de la cantina. Cuando Rick le dice: Es usted, y el viejo responde: Sí, soy yo, la punzada desaparece como por ensalmo. Siéntate, le dice el viejo de rasgos aindiados. Rick le hace caso y se sienta frente a él, con el fuego de por medio, adoptando igualmente la postura del loto. Durante el instante que permanecen en silencio se oye soplar levemente el viento, lo que provoca que las llamas de la hoguera se alteren y cambien de forma. ¿Esto es un sueño? ¿Estoy soñando?, pregunta Rick. ¿Se trata de mi sueño o los dos estamos soñando lo mismo? Demasiadas preguntas, responde el viejo. Nunca había tenido un sueño como este, insiste Rick mirando a su alrededor. Juro que no sé decir si estoy despierto o no. Tú estás soñando, le dice el viejo. Yo no. ¿Usted no está soñando? ¿Quiere decir que se ha introducido en mi sueño?, pregunta con algo que puede ser tanto sorpresa como satisfacción. ¿Te gusta esa idea?, pregunta el viejo. Bueno, la verdad es que sí, dice Rick. Pero no sé por qué. Es entonces el viejo el que esboza una sonrisa de satisfacción. Tú estás en casa de Eduviges, durmiendo, pero yo estoy aquí, en esta cueva, despierto. Desde aquí puedo ir a donde quiera, o traer a quien quiera hasta aquí. ¿Y eso por qué?, pregunta Rick. Este es un lugar de poder, le aclara el viejo, pero eso ahora no viene a cuento. Durante un rato, permanecen en silencio: el viejo mira a Rick y Rick mira a su alrededor fascinado. Cuando Rick despierte no va a saber en qué idioma han hablado. Va a pensar en ello cuando recuerde la siguiente afirmación del viejo: Tienes el don, le dice. ¿Qué quiere decir?, pregunta Rick. No te hagas el interesante. Tienes el don y lo sabes desde hace tiempo. Rick baja la cabeza con un gesto que transmite vergüenza infantil. Lo aprecié en el primer momento en que te vi, cuando bajaste del coche de línea en la plaza de El Claro. ¿Estaba usted allí?, pregunta Rick como si ese fuera un detalle crucial que se le hubiese pasado por alto. Sigues preguntando demasiado. Que yo estuviese allí importa poco. Pero sí, dice el viejo, estaba allí. Te he observado. Vi brillar esa luz en ti. Pero hay algo que la oscurece, que la opaca y que la oculta. No estás en paz, afirma el viejo con rotundidad. No estás en paz. Esas palabras causan en Rick una profunda impresión, le sumen inmediatamente en un estado de brumosa tristeza. Algo en ti lucha y lucha sin parar. Por eso estás confundido. Por eso tu don aparece y desaparece, controlándote a ti en lugar de controlarlo tú a él. Rick no puede evitar llevar a cabo un sumario repaso de aquellos momentos de su vida en los que ese don, o lo que quiera que sea, se ha manifestado. El viejo tiene razón, jamás ha estado bajo su control, ni siquiera cuando apostaba en las carreras de caballos. Rick no dice nada, espera que el viejo le diga algo más, lo que supone que ha de ser la lógica conclusión de ese encuentro. Pero el viejo no habla, no deja de mirarle pero no abre la boca. Entonces, Rick se aventura finalmente a hablar: ¿Va a decirme usted por qué estoy aquí? Tú quieres que yo te ayude, le dice el viejo, pero todavía no lo sabes. ¿Es un acertijo?, inquiere Rick. No, sólo son hechos. Quieres que te ayude, algo en ti lo quiere, porque también me has reconocido. ¿Y en qué va usted a ayudarme? A encontrar la paz, dice el viejo poniéndose en pie. A encontrar la paz, que es lo que necesitas por encima de todas las cosas. Y mi supuesto don, replica Rick envalentonado, ¿qué tiene que ver en esto? Todo, dice el viejo. Es la clave de tu vida, muchacho. Ya es hora de que emprendas tu camino, tu verdadero camino. ¿Qué quiere decir con eso?, pregunta Rick con impaciencia, porque nota que el encuentro está a punto de finalizar. El viejo rodea el fuego y se le acerca. Búscame, le dice, y te lo contaré. Hoy ya es muy tarde. Estoy agotado y quiero descansar. Esta clase de encuentros me agotan, ¿sabes? ¿Y cómo lo encuentro? ¿Quién es usted? ¿Cómo se llama?, espeta Rick. Tienes que aprender a dejar de hacer tantas preguntas, responde el viejo con paciencia paternal. Me llamo Andrés Matus, pero algunas personas me llaman simplemente don Andrés. Y en ese momento don Andrés le coloca a Rick una de sus poderosas y curtidas manos sobre el hombro izquierdo y le dice: Ahora descansa. Tienes mucho trabajo por delante. Al sentir el contacto de la mano en el hombro, Rick se despierta en el cuartucho de la casa de la señora Eduviges. Todavía es noche cerrada. Curiosamente, Rick, sin esfuerzo ninguno, vuelve a dormirse casi al instante, relajado y satisfecho.

Mientras almuerza, al día siguiente, y como quien no quiere la cosa, Rick le pregunta a Luis quién era el viejo indio que estaba el día anterior sentado en un rincón en penumbra de la cantina. Luis tiene que recapacitar un rato hasta ponerle cara a la persona de la que le están hablando. Ah, dice, ¿se refiere a don Andrés? Rick asiente. Le dice entonces que no sabe mucho de él, apenas su nombre. Le explica que viene a la cantina de cuando en cuando, que a veces se le ve durante varios días seguidos y que después desaparece durante semanas o meses. Apenas come nada nunca, dice. Antes de volver tras la barra, Luis le confiesa que ese hombre siempre le ha dado un poco de miedo. Se dicen cosas de él, ¿sabe? ¿Qué cosas?, pregunta Rick. Cosas raras. Dicen, por ejemplo, que sabe mucho de plantas y hongos. A mí esos temas no me gustan, remata Luis. Si quiere saber de él, debería preguntarle a don Julián. Creo que don Andrés y él son amigos. Yo al menos los he visto hablar varias veces.

Así pues, después de almorzar, Rick se acerca hasta la casa de don Julián, el hombre que según Luis fue profesor en Hermosillo y ahora se dedica a su huerto, para intentar averiguar alguna cosa más sobre el hombre con el que habló en sueños la noche anterior. El tal don Julián resulta ser una persona de lo más afable y entregada. Además, es culto, educado y políglota. Al ver que Rick tiene serios problemas para hablar en español, por ejemplo, opta por comunicarse con él en una aceptable mezcla de inglés y francés, tachonada incluso con algunas palabras en alemán; lo cual hace que Rick sienta de inmediato una oleada de gratitud hacia su anfitrión. Le hace pasar a su casa y Rick descubre que, bajo la humilde apariencia exterior, el hogar del antiguo profesor es un pequeño refugio burgués en toda regla. El suelo es de mosaico y dibuja una complicada cenefa en tonos rojizos y azulados. Mandé traer el mosaico, le dirá a Rick después, desde Mazatlán. Me salió un poco caro, pero es bonito, ¿verdad? Las paredes del pasillo lucen varios cuadros con marcos recargados que recrean escenas y paisajes europeos. En el salón, junto a la puerta que da al jardín o patio o huerto, cuelga una reproducción de un cuadro del pintor francés Charles Paul Landon titulado *Dédalo e Ícaro*. ¿Le gusta?, le pregunta don Julián. Me lo traje de Francia. Se lo encargué a un destacado falsificador parisino llamado Enard. Creo que ahora está en la cárcel. Entiende qué representa este cuadro, ¿verdad? En el cuadro se ve a Dédalo ayudando a emprender el vuelo a un níveo Ícaro. Sí, dice Rick, lo entiendo. Me encanta este cuadro, dice don Julián. Para mí tiene una significación especial, afirma perdiendo la mirada en una de sus estanterías; porque, aparte del cuadro, el salón está cubierto de estanterías repletas de libros. Las estanterías son de madera oscura, envejecida, posiblemente de cerezo, y guardan volúmenes de todo tipo, muchos de ellos encuadernados en piel. Pero eso es otra historia, dice don Julián cambiando el gesto y sonriendo de nuevo. Le ofrece entonces asiento frente a una mesa redonda con un mantel de hilo bordado con flores de lis color lila y un llamativo jarrón de porcelana china encima. ¿Le apetece tomar algo?, le pregunta don Julián. Puedo ofrecerle un té, si le apetece. La palabra té provoca en Rick, de nuevo, un efecto sumamente placentero. Té le suena a civilización, a orden y a armonía. Si no es mucha molestia, responde Rick. ¡Florita!, dice don Julián dirigiéndose hacia el pasillo. Aparece una joven de aspecto aindiado, aunque realmente linda a ojos de Rick, y don Julián le pide en español que prepare té para dos. La joven, con la cabeza gacha, desaparece por una puerta distinta a la que ha salido.

Mientras toman el té, don Julián le va a aclarar que sólo fue profesor en Hermosillo durante cinco años, justo antes de establecerse aquí. Antes de eso se dedicó a la ingeniería. Tuve el inmenso honor de trabajar con el gran Nikola Tesla, en su laboratorio de Colorado Springs, afirma don Julián con un gesto que evidencia orgullo. ¿Supongo que habrá oído usted hablar de Tesla?, le pregunta a Rick. Este se limita a asentir con un gesto ambiguo que parece decepcionar a su anfitrión. ¿No le ha extrañado que el pueblo esté electrificado?, pregunta don Julián ahora mirándole de soslayo, como buscando de nuevo complicidad. La verdad es que..., empieza a decir Rick, pero su tibieza obliga a don Julián a cambiar de tercio. Por eso le dice que después de Colorado Springs trabajó construyendo puentes, fábricas y toda clase de edificaciones por toda Latinoamérica. También estuvo una temporada en Hollywood, diseñando los gigantescos decorados de la película *Intolerancia*, de D.W. Griffith. Una lástima cómo acabó todo aquello. Incluso trabajé con Eiffel en una ocasión, le dice a Rick. Sabe usted quién es Gustave Eiffel, ¿verdad? Rick asiente, ligerísimamente ofendido. Eso fue hace casi cuarenta años, cuando Eiffel estuvo en Ecuador construyendo el Mercado Sur de Guayaquil. Fue divertido. Después me marché con él a Europa... Pero eso no viene al caso. Rick está degustando el maravilloso Earl Grey, traído directamente de Inglaterra, como le ha comentado su anfitrión, cuando don Julián, en un brote de melancólico entusiasmo se deja llevar y exclama: Aquí donde me ve, ¡he visto mucho mundo! No lo dudo, asiente Rick. Además, tiene usted un gusto excelente. Está tentado de preguntarle cómo es que, con todo lo vivido, ha ido a parar a ese lugar remoto perdido de la mano de Dios. Mirando a su alrededor también se pregunta de dónde ha salido o sale el dinero para tantos lujos. Si tiene dinero, ¿qué hace aquí? O bien, si está aquí, ¿por qué tiene tanto dinero? Luis le había dicho que don Julián había sido profesor y que ahora vivía de su huerto, ¿no? Pero a Rick el mero hecho de pensar en esas cuestiones le hace sentir culpable; tal vez porque al encontrarse cómodo, en un ambiente que le resulta familiar, ha recuperado las buenas maneras y el sentido de la discreción profesional.

Al hilo de eso, y para compensar la culpa, Rick le cuenta algo de su vida, evitando mencionar los años pasados en la aldea cercana a Heidelberg o el tiempo que trabajó en una panadería en Nueva York. Se centra, por lo tanto, en el tiempo pasado en el Hotel Nassau. Don Julián y Rick conversan y se ríen como dos viejos conocidos, pero de repente, sin previo aviso, el dueño de la casa se pone serio y dice: La compañía es excelente, señor Charmer. No sabe lo mucho que puede llegar uno a echar de menos cierto grado de formalidad y buenas maneras en un pueblo como este. Pero estoy seguro de que usted ha venido aquí para algo más que para charlar con este viejo trotamundos, ¿no es así? Como si le hubiesen pillado en falta, Rick se yergue en la silla, pone la espalda tiesa y carraspea. Lo cierto es que he venido a preguntarle sobre un amigo suyo: don Andrés Matus. Don Julián cambia el gesto, ahora parece si no sorprendido sí intrigado. Vaya, dice recostándose en la silla. Yo no me atrevería a afirmar que soy amigo de don Andrés. No creo que nadie pueda considerarse amigo, en el más estricto sentido de la palabra, de un brujo como él. ¿Es un brujo?, pregunta Rick componiendo en su mente la imagen abstracta de lo que para él, un hombre de origen polaco criado en Alemania, puede ser un brujo: una persona con poderes extraordinarios por lo general de carácter maligno. Brujo, sabio, vidente, hombre de conocimiento, aclara don Julián. Algunos los llaman chamanes... El calificativo no importa. En cualquier caso, don Andrés es un hombre de poder. También es una persona muy reservada, como no podría ser de otro modo.

Le explica don Julián que, por lo que ha llegado a saber, don Andrés nació en el suroeste, allá por el año 1880; que ha pasado casi toda su vida en México; que en 1900, el gobierno exilió a su familia a la parte central del país, junto con otros cuantos miles de indios sonorenses; que poco después se vio obligado a vivir en Arizona durante unos años, hasta que en 1930 volvió aquí. Le dice que don Andrés también ha viajado mucho, que de hecho se encontró con él por primera vez en Brasil, en la zona de las cataratas de Iguazú. Así pues, sus viajes le han aportado un conocimiento basado en múltiples influencias. Y le comenta que aunque don Andrés se considera a sí mismo un indio de Sonora, a esas alturas de su vida es ya imposible catalogar su saber, su conocimiento, como propio de la cultura de los indios sonorenses. Pero de lo que no cabe duda es que es un hombre de conocimiento y de poder, recalca.

Don Julián se toma una pausa y después dice cambiando la orientación de la charla: Mi relación con don Andrés se debe a las plantas que yo le proporciono y que él me enseñó a cultivar. Venga conmigo. Se levanta de la mesa y Rick le sigue. Atraviesan la puerta que da al jardín o patio o huerto y Rick se queda atónito. Tras la casa se extiende un terreno de unos dos mil metros cuadrados, cercado por un muro de piedra blanca. En la tierra, alineados perfectamente, se extienden toda una serie de parterres dedicados a diferentes plantas. Este es mi Jardín del Edén, dice. Son plantas aromáticas y también plantas medicinales. Por su experiencia en el campo, cuando vivía cerca de Heidelberg, Rick reconoce algunas de esas plantas. Cree diferenciar artemisa, hinojo, salvia, ruda y albahaca. Las demás no las identifica. En cualquier caso, esa clase de plantas no deberían poder crecer en un lugar tan árido como este. ¿Cómo logra que crezcan aquí?, le pregunta. Con una mirada que, sin lugar a dudas, transmite orgullo, don Julián le responde: Yo también tengo mis trucos mágicos. Si bien es cierto que don Andrés me indicó ciertos detalles que podían ayudarme. Ya se lo he dicho, la nuestra es una relación de intercambio: él me ayuda con las plantas que, a su vez, yo hago crecer para abastecerle. Bueno, para abastecerle a él y a otras personas. Rick se fija entonces en un rincón dentro del jardín, cercado a su vez por una celosía de madera. ¿Y ahí qué es lo que crece?, le pregunta a su anfitrión. Ahí crecen las joyas de este jardín. Venga conmigo, le dice, se las mostraré. Echan los dos un vistazo por encima de la celosía y don Julián empieza su explicación: ¿Ve esas de ahí? ¿Las de las hojas grandes y carnosas rematadas por esas flores blancas tan lindas? Esa es la *Datura inoxia*. Aunque por aquí la llamamos de otro modo. De hecho, tiene varios nombres: nacazcul, toloache y, sobre todo, hierba del diablo. Los aztecas ya la conocían y la utilizaban con fines sanadores. Hay que tener mucho cuidado con ella, pues la hierba del diablo igual que cura puede matar. Además, dicen que puede provocar visiones y encuentros con espíritus. ¿Esos hongos de ahí? Es *Psilocybe mexicana*, pero por aquí lo llaman humito. A eso los aztecas lo llamaban la seta de Dios o la carne de los dioses. Imagine por qué. Y esos cactus... Ah, esos cactus son los príncipes de este jardín. ¿Se ha fijado en su forma bulboide? Parecen poca cosa, ¿verdad? Pues tardan muchos años en alcanzar ese tamaño, se lo aseguro. Don Julián se vuelve hacia Rick y dice con aire teatral: Eso es peyote, señor Charmer. Pero Rick no reacciona a sus palabras, se limita a asentir. ¿No sabe lo que es el peyote? Rick niega ahora con la cabeza. Esta planta era más valiosa que el oro para las tribus precolombinas de América Central, dice. Su espiritualidad giraba en torno a este pequeño cactus, se lo aseguro. Sus efectos son alucinantes. ¿Usted la ha probado?, le pregunta Rick. Bueno, responde don Julián apartándose de la celosía y mirando hacia otro lado, la verdad es que la he probado varias veces pero... Prefiero no hablar de ello. Es una experiencia muy íntima que deseo guardar para mí. Entonces, inquiere Rick, ¿estas plantas son para don Andrés? A don Andrés suelo regalarle una parte de todo esto, de las otras también, entre otras razones porque él me enseñó cómo cultivarlas. El resto se lo vendo a otras personas. Gente de dinero, ¿sabe? Hay un tipo que viene desde Washington a comprar estos pequeños hongos. Otros vienen desde Texas o desde el D.F. a por peyote o toloache. Lo pagan muy bien. Las demás también las vendo, las aromáticas y las medicinales, pero a gente de por aquí. La mayor parte se las lleva una mujer que tiene un negocio en Magdalena.

Rick vuelve a lo que le interesa y pregunta: Pero don Andrés, con estas plantas, ¿qué hace? ¿Se las toma él? Mire, eso ya no se lo puedo decir, responde don Julián poniéndose serio. Son cosas suyas. Será mejor que se lo pregunte a él en persona. Tras recapacitar unos segundos, Rick le dice que eso es precisamente lo que le gustaría, pero que no sabe dónde puede encontrar a don Andrés. En la cantina me han dicho, le aclara, que a veces viene seguido y otras veces desaparece durante semanas o meses. Así funciona don Andrés, confirma don Julián. No tiene domicilio fijo, aunque sé que le gusta pasar algunas noches en una cueva del desierto. No sé exactamente dónde se ubica, pero sé que está por Cerro Prieto, cerca de Rancho Ibarriola. Don Julián y Rick van a pasar lo que queda de la tarde charlando sobre un montón de asuntos diversos e interesantes, paseando por el jardín y después de nuevo dentro de la casa. Del té van a pasar al jerez, pero no van a volver a hablar de don Andrés ni de plantas enteógenas.

Esa noche, Rick volverá a tener un sueño como el de la otra vez, un sueño lúcido. Pero en esta ocasión se sentirá profundamente frustrado, porque va caminando por el mismo sendero de tierra y a lo lejos ve el cerro en forma de media luna, pero no va a ser capaz de alcanzarlo en toda la noche. Camina y camina, pero el cerro no se acerca, así que no puede sortearlo para llegar hasta la cueva, que es donde desea llegar. Cuando despierta, está exhausto, empapado en sudor y muy contrariado. En la otra ocasión, por lo visto fue don Andrés el que le llevó hasta allí, el que provocó que el sueño se desarrollase de ese modo. Pero si ahora don Andrés no aparece, ¿qué sentido tiene experimentar el mismo sueño sólo de forma parcial? Cuando se levanta del camastro tiene la sensación de no haber dormido en absoluto, le duele la cabeza y se siente receloso.

Esa mañana, por primera vez desde que llegó a El Claro, se pregunta directamente qué demonios está haciendo ahí. ¿Por qué estoy aquí?, se dice una y otra vez mientras se viste. ¿Para qué he venido? Pero entonces, le viene a la mente lo ocurrido en Nueva York, en aquella calle de Brooklyn. En su mente ve la mano adentrándose por la ventanilla del coche y disparando hacia el asiento de atrás. Ya está hecho, oye decir a Max. Se ve duchándose en su casa, muy despacio, vistiéndose y llenando la maleta de fajos de billetes. Se ve a sí mismo como un hombre a punto de ser tiroteado recorriendo las calles de camino a la estación de autobuses... Bien, se dice. De acuerdo. Y de mala gana se acerca hasta la cantina y le pregunta a Luis cómo podría llegar hasta Rancho Ibarriola. Lo hace porque es lo único que se le ocurre para escapar de la sensación de desagrado e incomprensión. Hay un buen trecho hasta allí, le dice Luis. Son muchas millas de camino. Pero por suerte para él, hay un comerciante de jabones y otros productos que cada tres semanas hace la ruta de Agua Prieta a Puerto Peñasco deteniéndose en todos los pequeños pueblos con su Chevrolet 31 cargado hasta los topes. Pasará por aquí dentro de un par de días. Tal vez él pueda llevarle hasta Rancho Ibarriola, le pilla de camino, le comenta Luis.

No me pilla de camino, le va a decir el señor Da Couto, comerciante de jabones y otros productos, pero con gusto le llevaré igualmente. Me gusta tener compañía cuando viajo, todo se hace más ameno. Así pues, tras hacerse un hueco en el abarrotado Chevrolet 31, Rick se pone en camino hacia Rancho Ibarriola acompañado por el simpático señor Da Couto, al parecer de origen portugués, que con sus maneras atildadas, su bigotito puntiagudo y su sombrero de fieltro parece sacado directamente de una novela de Charles Dickens. El comerciante habla por los codos, apenas necesita realmente un interlocutor, y como habla en una extrañísima mezcla de español y portugués, Rick apenas entiende una palabra de lo que dice; menos aun cuando ya ha cogido confianza y empieza a hablar a toda velocidad. Las palabras del señor Da Couto, por otra parte, son lo único veloz en ese viaje, pues entre que el Chevrolet 31 no da más de sí y que el comerciante se detiene para exponer su mercancía en cuanto se topan con dos o tres casas juntas, tardan casi dos días en recorrer la distancia que lleva al lugar de destino, viéndose obligados a hacer noche en Altar, un pueblo de lo más animado, a decir verdad.

Al día siguiente, Da Couto lo lleva hasta Rancho Ibarriola. A Rick le sorprende y le inquieta que sea un rancho rodeado de tierras de cultivo en mitad de una zona desértica. Rick ni siquiera piensa cómo es posible que logren hacer crecer algo vivo en esas tierras, porque suficiente tiene con intentar encontrar a alguien a quien preguntar. Finalmente se topa con un tipo montado a caballo. El hombre en cuestión tiene cara de pocos amigos. Por su aspecto, da la impresión de haberse pasado la noche anterior debatiéndose con la idea de la muerte. Luce una sucia barba de varios días y sus pómulos y su frente están cubiertos de una pasta formada por polvo y sudor. No debe de ser muy alto, pero montado en ese caballo, con el sombrero de vaquero y las botas de piel, parece una oscura figura mitológica. Cuando Rick lo saluda e intenta preguntarle por el paradero de un hombre llamado don Andrés que dicen que es posible que viva en una cueva por esa zona, el tipo lo mira de medio lado sin decir nada. Su mirada es cortante y muy desagradable. De hecho, Rick no puede evitar imaginarse al tipo bajando del caballo de un salto, sacando de su funda el tremendo machete que lleva colgando del cinturón, al otro lado del revólver, y rebanándole la garganta de un solo tajo sin que él apenas entienda qué ha ocurrido. Pero el tipo no salta del caballo, sino que vuelve la cabeza y, tras escupir algo de color parduzco, dice: El brujo. Rick no sabe si asentir o no, teme que su respuesta no sea la adecuada, por eso se encoge de hombros dando a entender tanto que sí como que no. El tipo vuelve a mirarle a los ojos, fijamente, desde lo alto de su montura y lanza toda una perorata con voz de cazalla, arrastrando las palabras. Rick no entiende nada. Su cara debe de reflejar la incomprensión, porque entonces el tipo señala hacia unas colinas que se perfilan hacia el este y con la otra mano indica el número dos. ¿Qué querrá decir ese dos? ¿Dos millas, tal vez? ¿Dos árboles, dos piedras, dos cruces de caminos? Pero Rick se limita a dar las gracias repetidas veces y enfila el sendero de tierra que, bordeando uno de los sembrados, parece llevar hacia esas colinas. Cuando ya ha dejado atrás al jinete le oye decir, y entiende a la perfección, la siguiente advertencia: Cuidado con el coyote.

A medida que se acerca a lo que desde la distancia eran colinas indistintas, más se va adaptando el paisaje a la visión de su sueño. Sí, se dice, ese de ahí es el cerro en forma de media luna. Le sorprende ahora lo sencillo que le resulta franquearlo hasta dar con la entrada de la cueva. Como hace un calor de mil demonios, con el sol cayendo a plomo desde lo alto de un cielo sin nubes, la entrada de la cueva, al contrario que en el primero de sus sueños, no resulta amenazadora sino casi una promesa de frescura y reposo. Rick se adentra en la cueva con entereza. En su interior siente la resolución de alguien que sólo tiene que dar el primer paso para que el resto de los acontecimientos se desarrollen por sí mismos. Sin embargo, al llegar a la cavidad circular, lo que se supone que es el salón de la cueva, descubre que no hay nadie. Quedan los restos de una fogata, eso sí, y a un lado un buen puñado de troncos y algunos matojos secos. Gracias a la luz que llega del exterior, descubre que en un rincón hay una gruesa manta de color gris, muy bien doblada, y lo que parece un zurrón de cuero con algo dentro. No hay ni rastro de don Andrés. Rick se decide a esperarlo, pensando que tal vez haya salido a dar una vuelta o a buscar algo y que, con toda probabilidad, regresará cuando empiece a caer el sol.

Pero don Andrés no aparece al caer el sol, ni tampoco cuando se hace de noche. Por lo que Rick tiene que enfrentarse a varios dilemas. El primero es el hecho de tener que hacer noche allí, en la cueva, porque ni en broma se atrevería a desandar el camino a esas horas hasta llegar a Rancho Ibarriola y suplicar alojamiento. Entre otras razones, porque ha oído aullar, o ha creído oír aullar, a un lobo o a un coyote. El segundo es que, viéndose en esa tesitura, repara en que no ha traído consigo, porque ni siquiera se le pasó por la cabeza, algo de comida o de agua. Lo de comer no es un grave problema, puede pasar una noche sin cenar. Lo del agua le preocupa un poco más, sobre todo por el calor. Cuando el sol se va, sin embargo, la temperatura empieza a descender a una velocidad considerable. La luna creciente está ya claramente dibujada en el cielo oscuro cuando Rick nota que está tiritando, lo que le obliga a meterse en la cueva, que está prácticamente a oscuras. Cuando agarra la manta para cubrirse con ella nota que algo cae al suelo de entre los pliegues. Es un oxidado mechero de chispa. Un golpe de buena suerte, piensa Rick, que ha empezado a notar los efectos de algo parecido al miedo a medida que la noche se ha ido espesando. Logra encender una fogata sin demasiados problemas, lo cual le hace sentirse bien, porque aviva en su interior el orgullo del superviviente. Tal vez ahora, con el fuego encendido, don Andrés se materialice finalmente, se dice apelando a las imágenes del sueño. Pero tampoco eso va a ocurrir.

Don Andrés no aparece en toda la noche. Una noche que para Rick será de lo más agobiante, porque sueña, no para de soñar, pero el sueño es una irresoluble cinta de Moebius. Porque Rick sueña, y sabe que sueña, con que está tumbado en la cueva, cubierto con la manta y calentado por el fuego. Eso sueña. Y cuando abre los ojos ve exactamente lo mismo. Por eso en cuanto nota que los primerísimos destellos del sol entran en la cueva, Rick se pone en pie de un brinco y se acerca hasta la entrada con la manta echada sobre los hombros. Mientras camina hacia la escasa luz, piensa: En cuanto haya luz suficiente recorro el camino de vuelta. Sin embargo, lo que ve al salir de la cueva le va a obligar a replantearse sus propósitos.

Las vistas a semejante hora son espectaculares. Rick no sabe discernir a ciencia cierta si el paisaje ha cambiado, porque todo parece transmitir un fulgor diferente. Las suaves colinas que envuelven el cerro, el llano que se extiende hacia el oeste, como si huyese de la luz formando una suerte de desfiladero, todo parece más vivo, como si Rick hubiese sorprendido al mundo, incluso a lo más inerte en apariencia, en el momento de actualizarse. Como si las formas, las piedras y los escasos matorrales se estuviesen desperezando, dejándole ver su auténtica esencia; tan sólo unos segundos, minutos tal vez, antes de adoptar la postura que van a mantener durante las siguientes veinticuatro horas. Con el sol a esa escasa altura, el mundo parece un lugar nuevo, un lugar todavía por estrenar. Apreciar ese efecto de manera consciente, que es lo que le está ocurriendo a Rick justo en ese instante, provoca en su interior una sensación desconocida. O tal vez no tan desconocida, porque sin saber por qué esas curvas, esa luz y esa calma inédita le llevan a pensar en Angela sentada en el establo de su tío Uli, hace más de diez años, con la mano del propio Rick apoyada en uno de sus pechos. Y acto seguido ve a Ute, con un etéreo vestido de gasa blanca, moviéndose armónicamente al ritmo de la música que sale del gramófono mientras una nubecilla de harina blanca la rodea. Amapola, lindísima amapola. Rick, sin poder evitarlo, se siente profundamente conmovido. Hasta tal punto que tiene ganas de llorar. Se siente como un niño, como un niño acogido entre los brazos de una madre de verdad, y no entiende por qué. Se siente pleno, satisfecho y colmado. Se siente como un vaso de cristal sumergido en agua: se siente lleno y al mismo tiempo rodeado de esa gozosa plenitud. Por eso siente también el impulso de irse, de alejarse de ese lugar, porque lo que nota en su interior es excesivamente intenso, y aun siendo positivo, muy positivo, no está acostumbrado. Pero se queda, sabe que tiene que quedarse. Como sabe que ese paisaje y esa sensación se le han grabado ya a fuego en algún recóndito punto de su interior. No sólo entiende que no va a olvidar jamás ese momento, sino que comprende que el sentimiento que ha brotado de la contemplación de esa panorámica acaba de proporcionarle un objetivo, una meta, un fin. Quiere instalarse en esa sensación, quiere llegar al lugar de donde nace y brota lo que acaba de sentir. Y su determinación aumenta cuando el sol va ascendiendo y la tierra y las piedras y los matorrales adquieren su forma definitiva y la magia del instante, poco a poco, va quedando velada. Ese era el motivo para venir aquí, se dice. Ese es el sentido de mi estancia en estas tierras. Tengo que encontrar a don Andrés. Tiene que decirme cuál es el camino para llegar a esa sensación y hacerla mía.

Pasan las horas y don Andrés no se presenta. Llega el mediodía y los contornos de las cosas se difuminan con ondulaciones de calor. Rick tiene hambre y, sobre todo, sed, pero una fuerza interior le anima a seguir esperando, impasible. Una fuerza que no parece debilitarse a pesar del mareo que va haciendo mella en él. Pasa la hora de la comida e incluso la hora de la merienda y de la cena, y ahí sigue Rick, sentado en la posición del loto aprovechándose de la sombra junto a la entrada de la cueva. Un par de veces se le ha nublado la vista, por eso le cuesta tanto distinguir la figura que empieza a perfilarse llegando desde el oeste, con el sol poniente a su espalda. La figura camina despacio, con parsimonia. Lo cierto es que Rick está ya tan mareado que ni siquiera se preocupa por quién pueda ser; poco le importa en ese momento que sea el vaquero con el machete. De hecho, tampoco se emociona cuando descubre que se trata de don

Andrés. Se limita a intentar permanecer en equilibrio, con los ojos entornados. Don Andrés se detiene ante él y se queda quieto, estudiándolo. Finalmente Rick logra articular unas palabras: Tengo sed, dice con dificultad. Don Andrés, sin inmutarse, le responde: Te dejé agua en una cantimplora. ¿Una cantimplora?, pregunta Rick como si hubiese nombrado un objeto mágico. Sí, dentro del zurrón, junto a la manta. También te dejé cecina, por si tenías hambre. ¿Sabía que vendría?, inquiere Rick. Sí, lo sabía. Por eso dejé las cosas preparadas. Como el mechero de chispa, añade Rick. Y sonríe justo antes de ladearse hasta topar con el suelo y perder el mundo de vista.

4

Ya dije que durante los últimos diez años de su vida no vi a mi madre. Podría decir que durante esos años me preparé para entender que, llegado el momento, iba a necesitar de un campo intrínseco que mantuviese unidos mis átomos y mis moléculas. Me preparé para entenderlo porque estando en Berlín me vi obligado a asimilar que había sido desintegrado. Mi viaje a Berlín fue mi particular camino de Damasco. Cuando llegué allí, el viento paráclito del que habla el escritor Michel Tournier me tiró del caballo. Y al ponerme en pie de nuevo todo había cambiado. Pero antes de eso, durante esos diez años, tuve señales de que, en un momento dado, la composición molecular de mi universo iba a cambiar. No entendí la dimensión de dichas señales hasta mucho tiempo después, cuando las piezas del puzle empezaron a unirse siguiendo la nueva configuración, pero en cualquier caso esas señales tuvieron lugar para que yo, mucho tiempo después, valorase su importancia.

Por ejemplo, dos años antes de la muerte de mi madre supe que tarde o temprano me encontraría con un tal Víctor, a pesar de que iba a tardar un tiempo considerable en saber quién era Víctor, y de que mi relación con él iba a ser en gran medida el destino final de mi viaje; a pesar de que todavía estaba lejos de saber que iba a emprender un largo viaje.

En aquel momento estaba a punto de contraer matrimonio con Olga, mi prometida. Olga era la hija pequeña de un importante financiero catalán, conocido principalmente por su empresa de conservas. Disponían de casas y apartamentos en varias ciudades europeas. También tenían terrenos e incluso haciendas en diferentes rincones de España. Como en la que nos encontrábamos ese fin de semana, una hacienda ubicada en la Illa de Gràcia, justo en el centro del Delta del Ebro. Un lugar de lo más singular, pues es cierto que se trata de una isla, de tamaño más que considerable teniendo en cuenta el lugar, en mitad del curso del río. Sólo puede accederse a la isla a través de un pequeño puente de piedra de construcción reciente que une la isla con la parte septentrional de las tierras del Delta. Por lo visto, dicha hacienda había pertenecido a la familia del padre de Olga, originarios de Sant Carles de la Ràpita, desde hacía generaciones. Estábamos allí, acompañados por los padres de Olga y por su hermano menor, Lucas, precisamente para planificar el banquete de nuestra inminente boda. La hacienda, dedicada en su inmensa mayoría a la producción de naranjas y mandarinas, aprovechando que es una de las escasas extensiones en el Delta que disfruta de tierras no salinizadas, disponía de una bonita casa de estilo colonial, con diez o doce habitaciones, junto a la que se extendía un gigantesco y renovado almacén con tejado a dos aguas, ideal para celebrar un baile con todas las de la ley. Además, desde hacía cosa de un año estaban construyendo algo que podría denominarse alojamientos para invitados en lo que habían sido los antiguos establos.

La mañana de domingo de aquel fin de semana, yo me levanté temprano, me subí a una de las muchas bicicletas que guardaban en el almacén y me fui a dar un paseo. Ya había estado tres o cuatro veces antes en la hacienda de la Illa de Gràcia, y en varias de esas visitas había llevado a cabo esa clase de paseos. Por aquel entonces quería creer que si me levantaba temprano y salía de la isla durante unas horas era por la voluntad de conocer mejor el Delta, de disfrutar de aquel variado ecosistema tan rico y lleno de matices... Pero lo cierto es que odiaba el Delta. Odiaba los arrozales y las dunas. Odiaba las salinas y las balsas. Odiaba su flora y su fauna. Los odiaba desde mucho antes de haberme visto obligado a conocerlos al detalle. Supongo que no quería admitir aquel odio como no quería admitir que sólo salía a dar una vuelta cuando me sentía totalmente abrumado por la sensación de impostura.

Yo no le había contado a Olga, ni a su familia, toda la verdad sobre mi pasado. Digamos que, tomando tan sólo una pequeña parte de los hechos contrastables, les ofrecí la visión de mí mismo que más encajaba con lo que yo entendía que era aquella familia. Y, hasta ese punto, la cosa había funcionado. La mayor parte del tiempo, incluso yo aceptaba de buen grado mi versión de los acontecimientos; era bastante armónica, con el interés justo, sin demasiados detalles llamativos. Pero en determinados momentos, sobre todo al anochecer y cuando empezaba a despuntar el día, sentía una presión asfixiante y me veía obligado a tomar aire.

En cualquier caso, insisto, aquel domingo me levanté temprano, me monté en una bicicleta y pedaleé hasta llegar a la que denominan la playa de la Punta del Fangar. Para llegar hasta allí tuve que atravesar, aparte de un buen número de arrozales, uno de los lugares más desolados que he visto en mi vida, la urbanización Riumar, plagada de casas fantasmales, con piscinas vacías y jardines dejados de la mano de Dios, rodeadas por calles de asfalto agrietado y maltrechas aceras. Tan sólo quince o veinte casas parecían en condiciones, varias de ellas con carteles de se alquila; sabía que al menos dos de esas casas pertenecían al padre de Olga. La del Fangar era una playa alargada, extensa, llana y, por lo general, absolutamente solitaria. Si a mí me gustaba pasear por allí se debía precisamente a la sensación de fin del mundo que se respiraba pisando aquella arena. Por la idiosincrasia de las corrientes marinas, por otra parte, el agua arrastraba hasta la orilla toda clase de objetos, tanto los que tiraban en alta mar los buques mercantes o pesqueros como los que cualquier ciudadano de a pie lanzaba sin ningún reparo a las aguas del Ebro; tal vez por la antigua creencia de que el agua hace desaparecer las cosas. Podías encontrar allí toda clase de botellas, cintas de vídeo, patines con cuchillas para hielo, pelotas de voleibol, latas de variado tamaño, piezas de ropa, neumáticos e incluso cuadros de bicicleta. En una ocasión encontré allí un tubo de PVC, seguramente alguna clase de tubería de uso industrial, de tres metros de largo y metro y medio de diámetro, parcialmente enterrado y bañado por las suaves olas. En otra ocasión tuve que sortear la puerta descolorida de un lavabo portátil, de esos que se utilizan en los conciertos al aire libre. No era, por lo tanto, una de esas playas desiertas en las que a uno le vienen ganas de montar una cabaña y establecerse siguiendo los dictados de la vida natural. Era una playa que te llevaba a pensar en el fin de la civilización, en el fin del ser humano tal como lo conocemos. Tal vez por todo ello, esa mañana de domingo tuve la profunda sensación de que si cerraba los ojos y volvía a abrirlos lentamente me toparía con los restos de la Estatua de la Libertad. Lo que me llevaría a descubrir que, efectivamente, estaba atrapado en el Planeta de los Simios.

Pero al cerrar los ojos y volver a abrirlos lo que me ocurrió fue algo muy diferente. Me detuve un segundo, cerré los ojos y al volver abrirlos ya no estaba allí. No estaba en la playa del Fangar, en el Delta del Ebro. Estaba en otro lugar. En un apartamento o en un pequeño piso con las paredes pintadas de blanco.

Hay una ventana, a mi derecha, abierta y sin visillos ni cortinas. A través de ella se ve la parte superior de varias casas, con las paredes encaladas y con tejados de teja roja, y al fondo el mar. Es un pueblo de costa. Pero no es la costa del Delta. Luce el sol y el trozo de cielo que se ve por la ventana es azul; un azul radiante, nuclear. No estoy de pie, estoy sentado en una silla con el asiento y el respaldo de anea. Me miro los pies. Llevo unas chancletas de color verde con la bandera de Brasil en la tirilla de sujeción. Sigo estudiándome sin estridencias ni sobresaltos. Llevo unos pantalones blancos de lino. Llevo una camiseta blanca con una inscripción que, en este instante, me resulta ilegible. Noto que tengo el pelo más largo, casi me cubre la nuca, y que no me he afeitado en varios días. Sin tener prueba física alguna de ello, me noto más mayor. No por el aspecto de la piel, sino por un extraño peso en mi interior que no identifico necesariamente con el cuerpo, así como por una inusual amplitud en mi manera de enfocar e incluso aceptar los acontecimientos. Sí, definitivamente me siento más maduro. Tal vez porque los avatares de la vida me han enseñado algunas de esas cosas esenciales, me digo. Frente a mí, al otro lado de una mesa de pino sin barnizar, hay otra silla. Vacía. Es entonces cuando aparece Víctor. Porque en ese momento yo sé, o algo en mi interior sabe, que se llama Víctor. Entra en mi campo visual desde la derecha, sin duda proveniente de la cocina, pues trae dos botellines de cerveza en las manos; dos botellines muy fríos, cubiertos de la humedad propia de la condensación. Víctor Becerra, me digo. ¿O era Víctor Berquim? Lleva puestas unas bermudas de color verde y una gastada camisa de manga corta de cuadritos verdes y blancos. Está muy bronceado pero no le sienta mal, no le avejenta. Viene hablando, pero de momento no oigo lo que dice, porque me cuesta centrar el sentido del oído. La vista parece serlo todo para mí aquí y ahora. Víctor no es muy alto. Así, a bote pronto, calculo que debe de andar por el metro setenta y cinco. Es delgado, aunque sus brazos y sus piernas son fuertes; está fibrado. No tiene el vientre prominente sino plano como un adolescente, a pesar de que ronda los sesenta. ¿Me estás escuchando, Óscar?, me pregunta Víctor. Asiento sin demasiada convicción, pero obviamente no le estoy escuchando. Al cabo de un par de segundos me digo: es normal que sepa mi nombre. Y acto seguido me pregunto: ¿levantará pesas? ¿Irá a un gimnasio? Su físico lleva a suponer algo así. Pero yo mismo me respondo con igual celeridad: no, es porque se cuida. Sigue una dieta disociada, ¿no te acuerdas? Sí, claro, la dieta disociada, digo palpándome involuntariamente el estómago. A mí no me hace falta, soy delgado por constitución, como mi madre. Y al pensar en mi madre noto una especie de rumor en la consciencia. Recuerdo su muerte. Y eso me extraña profundamente, aunque sé que es un detalle inamovible que, de hecho, yo, o algo en mi interior, tiene sobradamente asumido; como si dicha muerte hubiese tenido lugar varios años antes. Tal vez por eso me siento más maduro. Pero entonces, ¿cómo es que al mismo tiempo siento esta extraña ansia en mi interior, esta especie de anhelo salvaje? Es en ese instante cuando empiezo a oír con claridad lo que está diciendo Víctor, aunque tardo un buen rato en entender, siquiera en parte, sus palabras. Está diciendo: Eso hacía inviable mi línea de investigación hasta ese momento. Lo entiendes, ¿no? Fue una especie de iluminación. Siempre había tenido ciertas impresiones, por así decirlo, pero entonces lo vi claro. Todos los neoplatónicos, los filósofos herméticos, los alquimistas y los cabalistas han afirmado que el cosmos está animado por un alma colectiva que se manifiesta a veces espiritualmente, otras físicamente, e incluso de ambas maneras a la vez, es decir, daimónicamente; pero que sobre todo relaciona y mantiene todos los fenómenos unidos. Eso es lo que vi: todo estaba relacionado con todo. No a un nivel meramente físico o químico, sino profundo, intangible y metafórico. Pero ese carácter metafórico era infinitamente más fuerte, más sólido y potente que cualquier ley matemática. ¿Lo entiendes? Entender, lo que se dice entender, no entiendo gran cosa. Pero eso no importa ahora porque comprendo que lo único que tengo que hacer es permitir que Víctor se exprese. Es uno de esos momentos, me digo: tengo que limitarme a escuchar y dejarle hablar hasta que él decida que ha acabado. Si saco algo en claro, bien; si no, también. En cualquier caso, prosigue Víctor, comprendí que las antiguas leyes de simpatía y correspondencia, que la ciencia moderna tanto ha desacreditado, no son leyes científicas primitivas en absoluto, sino profundos principios psíquicos que expresan la manera en que cada microcosmos, o sea cada uno de nosotros, refleja potencialmente el cosmos entero y participa de él. Sigue costándome un gran esfuerzo mantener la atención en lo que está diciendo. Tal vez por eso echo un vistazo a mi alrededor, sin ninguna intención concreta. Detengo la vista sobre una mesita baja de café, frente a un pequeño sofá azul. La mesita está cubierta por un montón de planos con extraños diseños dibujados con extrema precisión. Al final, gracias al alzado, puedo hacerme una idea más concreta. Parece ser una construcción dentro de otra construcción mayor: una cámara en forma semiesférica, similar a un iglú, dentro de una especie de almacén o cobertizo. Una construcción y la otra están interconectadas. Sobre el brazo del sofá azul hay una agenda telefónica abierta y encima un teléfono inalámbrico de color plateado; da la impresión de que alguien ha estado realizando llamadas hasta hace escasos minutos. Miro a Víctor. Su rostro transmite un consistente entusiasmo mezclado de manera indisoluble con lo que sin duda es férrea resolución. Su expresión facial me resulta no sólo familiar sino sumamente agradable y tranquilizadora. Me dan ganas de dejarme llevar, de hacer todo lo que él crea conveniente. Le oigo decir: No podemos ver el mundo salvo a través de alguna perspectiva o estructura imaginativa; en pocas palabras, a través de algún mito. En realidad, el mundo que vemos es el mito en el que estamos. Podemos elegir el mito a través del cual podemos mirar, pero no podemos renunciar a mirar a través de alguno. Yo asiento, convencido. Puede que no exista algo así como una realidad objetiva separada de lo que se revela a través de nuestras observaciones, dice Víctor. Y a mí esa afirmación me parece una verdad como un templo, pero no sé de dónde parte la relación causa-efecto que me está llevando, poco a poco, a la euforia. Nada es real, prosigue, más allá de los modelos imaginativos que nos hacemos de nuestra realidad. Por lo tanto, hay tantas clases diferentes de realidad como de personas. Entonces me pongo en pie y, procurando mantener bajo control mi ansia, digo: Dios, eso es totalmente cierto. Y me llevo las manos a la cara y cierro los ojos y me los froto y resoplo y dejo escapar algo parecido a una risotada nerviosa. Y cuando aparto las manos y abro los ojos ya no estoy allí.

Estaba de vuelta en la playa del Fangar. Pero la sensación de aterrizaje, o de encaje, o de vuelta, resultó mucho más desagradable de lo que lo había sido en la ida. A pesar de que las palabras de Víctor, de ese desconocido llamado Víctor, resonaban en mi cabeza como si tuviese un altavoz pegado a la nuca, me propuse no pensar en lo ocurrido hasta que pudiese decir con garantías que me había tranquilizado. Así pues, eché a andar por la arena sumido en una especie de atemporalidad inmóvil; algo parecido a lo que le ocurre al Doctor Manhattan, supongo. Sentía la atemporalidad de un modo extremadamente real. Notaba en la piel la fusión del tiempo y el espacio formando una masa informe pero transitable para alguien que se encontrase en mi estado. Curiosamente, me sentí afortunado pues creía haber alcanzado de forma más o menos consciente un estado de la existencia que me había estado rondando desde hacía muchos años. Un estado del que había tenido anuncios, señales, indicios, pero en el que no había podido adentrarme.

Ya he explicado que viví mi primera experiencia relacionada con la multiplicidad cuando tenía unos diez años, mientras caminaba por el pasillo del piso en el que vivía con mi madre y Luisa, cuando experimenté la palpable sensación de estar al mismo tiempo en otro interior, en otra casa o piso. Viví otras situaciones similares a lo largo de mi pubertad y de mi adolescencia. Las viví incluso en mi primera juventud, después de irme de casa para siempre. La primera vez me dio miedo. La segunda también, porque no podía evitar asociarlo a alguna clase de enfermedad mental; tal vez esquizofrenia. A partir de la novena o la décima empecé a sentir curiosidad. Una curiosidad que, poco a poco, se transformó en anhelo y después en ansia. Quería saber. Quería ir un poco más allá, abrir esa puerta. Porque tenía la certeza de que ahí se escondía un secreto. Tal vez el mayor de los secretos: la clave de la existencia, o de la percepción, si se prefiere. Y al notar que esa puerta se cerraba, durante unos segundos el cuerpo al completo se sentía revuelto, como si las extremidades o los apéndices anatómicos pudiesen también notar el mareo que entraña un cambio de dimensión. O sea, viví esos momentos con mucha intensidad. Pero en la playa del Fangar entendí que a pesar de la intensidad, y sin que por ello disminuyese su valor, esos momentos siempre se habían desarrollado de un modo metafórico; simbólico, si se prefiere. Lo que me ocurrió en el Delta del Ebro fue diferente.

Cuando me calmé un poco, ya en la Illa de Gràcia, intenté dimensionar lo ocurrido, buscarle un lugar en mi conciencia, encontrar unas reglas para incluirlo en mi día a día y manejarlo o sobrellevarlo con eficacia. Pero enseguida entendí que no me iba a resultar sencillo. Supe que, en el punto de mi vida en el que me encontraba, no tenía modo de explicármelo ni de inscribirlo en mi cotidianidad.

Olga y yo volvimos a Barcelona. Yo iba a trabajar y por la noche volvía a casa. Me esforzaba por parecer el mismo de siempre. Fingía ser el mismo, pero no lo era. En cada pequeño movimiento, ya fuese abrir la puerta de la nevera o pagar en la caja del supermercado, notaba que sabía algo, algo que los demás no sabían. No podía explicar qué era, pero lo sentía. Era como una astilla clavada en mi mente que me estaba volviendo loco. Mientras cenaba con Olga o hacía el amor con ella sentía un profundo deseo de despertar, de saltar a otra dimensión, de salir del desierto de lo real. Por eso, cuando rompí nuestro compromiso y dejé el trabajo en la empresa de su padre, durante un tiempo me sentí liberado, como si el objetivo último de lo que pasó en la playa del Fangar hubiese sido ese: hacerme ver que aquella boda, aquella relación, no tenían sentido, y también darme las fuerzas necesarias para dar un salto que yo me creía incapaz de dar hasta ese momento.

Pero lo que ocurrió en aquella playa, mi encuentro con el Víctor del futuro, no fue sólo un recurso psicológico inconsciente. Aquello plantó una semilla en mi interior que iba a germinar mucho tiempo después, tras mi viaje, tras conocer al Víctor del presente y tras experimentar con la Máquina del Porvenir. En otras palabras, esa experiencia me proporcionó un horizonte hacia el que encaminarme.

5

El encuentro que tuvo lugar durante el salto temporal ocurrido mientras paseaba por la playa del Fangar en el Delta del Ebro no es la primera irrupción de Víctor en esta reconstrucción familiar. Nuestros destinos están ligados desde mucho tiempo antes. De hecho, la primera vez que Víctor hace acto de presencia en esta historia tiene dieciséis años, estamos a mediados de los años sesenta y yo todavía no he nacido.

Se le ve caminando por una calle prácticamente desierta en la ciudad argentina de Rosario. Tiene maneras de rebelde trasnochado.

Lleva su bolsa verde de lona agarrada por el asa y colgando de su hombro derecho. El cigarrillo le cuelga de la comisura de los labios. Y también lleva puestas unas gafas de sol. Unas Ray-Ban estilo aviador. Es un chico atractivo, aunque no muy alto. A él le gusta pensar que se da un aire a James Dean, aunque tiene el pelo negro y más bien rizado. En cualquier caso, hasta ahora, y a pesar de sus escasos esfuerzos, no le han faltado admiradoras. La cuestión es que está recorriendo una de esas larguísimas calles de Rosario flanqueadas por casas unifamiliares. Un barrio de clase media, acomodado pero sin ostentación alguna. Apenas pasan autos y los que pasan no reparan en la presencia de Víctor. Viene caminando con parsimonia desde la estación de tren del Norte, después de pasar más de dos horas bajo el sucio pórtico neoclásico esperando a que alguien llegase a buscarle en coche o en taxi. Había llegado a Rosario en tren desde Buenos Aires, casi directamente desde el aeropuerto, procedente de Río de Janeiro. En Rosario sabían a qué hora llegaba, por eso había dado por supuesto que alguien pasaría a recogerle. Pero nadie apareció en la estación preguntando por él. Con reticencia, tuvo que consultar las indicaciones que su padre le había anotado en una hoja con el membrete del hotel Copacabana Palace, en la que podía leerse el nombre de una persona (Señor Ricardo Charme), el de un negocio (Panadería y Confitería Amapola) y una dirección (Avenida Córdoba, 465). En la estación le dieron unas rudimentarias indicaciones de hacia dónde tenía que enfilar sus pasos para llegar hasta allí y por eso ahora le vemos recorrer parsimoniosamente esa larga avenida.

Pero ¿qué le ha llevado hasta la ciudad de Rosario? Y, sobre todo, ¿por qué va a encontrarse con mi abuelo? Porque mi abuelo hacía ya tiempo que no se llamaba Rick Schwarmer; ni siquiera Richard Charmer, sino Ricardo Charme. En primer lugar hay que decir que Víctor está ahí totalmente en contra de su voluntad. Fue su abuelo el que le obligó a marcharse. Poco le amedrentaron a Víctor los días que pasó en el calabozo de la comisaría central de Río; poco le asustó la posibilidad de una citación judicial e incluso de una más que probable condena; poco significaron las advertencias de su padre o las amenazas de su madre. Pero cuando su abuelo le dijo que si no se iba un tiempo del país él mismo lo metería en prisión, entendió que la cosa iba en serio.

Su abuelo, Ayrton Becerra Salgado, un hombre hecho a sí mismo, ejemplo de esfuerzo y superación, ejemplo de orden y progreso, salido de la nada, como quien dice, pero capaz de llegar a ocupar por méritos propios el cargo de vicepresidente de Petrobras, la mayor empresa de Brasil, seguía siendo para Víctor, a sus setenta años, un hombre de honor, alguien que no hablaba por hablar. Tal vez no fuera lo que se dice un hombre progresista, un apasionado defensor de la democracia; tal vez no le gustaran Bob Dylan o los Kinks, pero para Víctor seguía siendo una persona digna de confianza. Así que, finalmente, aceptó la recomendación de instalarse en Rosario, Argentina, durante unos meses para dejar que las cosas, como suele decirse, se calmasen un poco.

Hasta cumplir los dieciséis años, Víctor había sido un adolescente más o menos normal. Es cierto que había estudiado en los mejores colegios de Brasil. Es cierto que hablaba cuatro idiomas con soltura. Es cierto que tenía un don natural para las matemáticas, la física y la química. Es cierto que había visto mundo y que había visitado a conciencia los más importantes museos de Occidente de la mano de su madre, historiadora del arte licenciada en St. Andrews. Pero aparte de eso, y como cualquier otro chico de su edad, disfrutaba como un loco con la música pop, lucía un flequillo y unas patillas más largas de lo recomendable, le encantaban las películas norteamericanas, y una buena parte de las francesas, fumar y beber a escondidas, holgazanear junto a sus amigos, levantarse tarde los fines de semana, practicar algo de deporte, el tenis en su caso, y tontear con las chicas sin profundizar demasiado. Además, y como no podía ser de otro modo, estaba convencido de que la vida ya le había enseñado todo lo que podía enseñarle. O sea, se creía muchísimo más listo y experimentado de lo que realmente era. Por otra parte, le gustaba pensar que tenía algo parecido a conciencia social, pero jamás había abandonado el estricto círculo de amigos y conocidos que trazaba el ámbito de influencia familiar. O sea, se había movido siempre entre chicos ricos como él, de un club de campo a otro, de una piscina a otra, acudiendo a bodas rimbombantes, a puestas de largo de postín, a glamurosas fiestas de cumpleaños y a algún que otro cóctel para celebrar un ascenso, una adquisición destacada o una impactante fusión empresarial.

Pero de la noche a la mañana, todo cambió. Al parecer, tenía poderosos motivos para justificar ese radical cambio de actitud, pero nadie supo nada de ellos hasta mucho después del accidente. Dejó de llamar a sus amigos de siempre y empezó a frecuentar nuevas amistades, chicos y chicas que sin duda no pertenecían a su clase social. Cambió de ropa y de hábitos; entre otras cosas, dejó de esconderse para fumar sus cigarrillos Gitanes de importación. Empezó a faltar a clase y a dejarse caer con más frecuencia de la aconsejable por los billares de Centro. Como era atractivo y sus rasgos le hacían parecer mayor, no le costó demasiado ser aceptado en las tertulias que se celebraban en el bar de la Facultad de Derecho. De esas tertulias, públicas por así decirlo, pasó a otras de carácter más privado, o mejor dicho, clandestino. Tertulias políticas, mucho más acaloradas, que tenían lugar en tugurios infectos del barrio de Flamengo, en las que se hablaba sin ambages de Castelo Branco como dictador, no como presidente, eufemismo que hacía servir la prensa afín al régimen, y se relataban, con ejemplos muy ilustrativos, los estragos que estaban causándole al pueblo brasileño sus medidas contra la democracia.

No es de extrañar que de ese caldo de cultivo, alimentado por la indignación, la energía juvenil y ciertas dosis de ideología política, surgiesen diversos grupos o grupúsculos que propugnasen una oposición al régimen que fuese un poco más allá de las palabras. Tampoco es de extrañar que, llevado por sus particulares motivaciones, Víctor fuese a caer en el área de influencia de uno de esos grupúsculos. La célula, como ellos la denominaban, estaba formada por ocho personas y se hacían llamar Ação Direta pela Liberdade Real, y el líder, un tal Sandro, guardaba una fascinante similitud, según la fantasiosa percepción de Víctor, con el Peter O'Toole de *Lawrence de Arabia;* una de sus películas favoritas. Aceptaron con ciertas reticencias la inclusión de un noveno miembro, Víctor; de hecho lo incluyeron a medias en sus filas, pues le impusieron un periodo de prueba en el que no tuvo derecho a voto. Su compromiso y su vehemencia, sin embargo, acabaron por decidirlos y Sandro le dio su alentadora bendición.

En cualquier caso, les costó poco más de tres reuniones secretas conjuntas, llevadas a cabo con mucha pompa y artificio, trazar una lista de operaciones básicas con las que pretendían ir generando un progresivo desconcierto público que culminaría con el secuestro de uno de los colaboradores directos, todavía por decidir, del general Artur da Costa e Silva; artífice destacado del golpe de Estado del 64. El objetivo final de todo ese proceso en ningún momento fue definido con claridad. Sandro habló de elevados valores, de devolverle al pueblo su autoestima, de demostrarle a los actuales gobernantes hasta qué punto se estaban equivocando... Pero lo que sí tuvieron claro todos desde el mismo instante en que vieron escritas en un papel las directrices de su plan, fue que para llevarlo a cabo necesitaban dinero. Durante varias semanas estuvieron barajando las más rocambolescas posibilidades de financiación sin llegar a nada. Víctor, por su parte, se planteó incluso realizar una generosa extracción de la cuenta corriente en la que su madre había apartado una más que considerable suma de dinero para sus futuros estudios universitarios; su madre soñaba con una brillante licenciatura en Harvard, Stanford o Princeton para su único hijo. Pero enseguida desestimó esa posibilidad: por muy comprometido o vehemente que se mostrase, si Sandro descubría a qué familia pertenecía sin duda acabaría expulsándolo o algo peor. Precisamente al tener en cuenta ese algo peor, Víctor llegó a plantearse la opción de hablarles a los de Ação Direta de su familia y orquestar entre todos un falso secuestro por el que exigir un cuantioso rescate. Aunque de nuevo tuvo el buen tino de dejar enfriar la idea el tiempo suficiente para rechazarla. Al final, Sandro decidió que lo más adecuado era perpetrar un robo. Alguien habló de un contacto en una sucursal del Banco Bradesco, una sucursal pequeña y mal vigilada en la calle General Urquisa, cerca de la plaza Antero de Quental. Será entrar, coger el dinero y salir, dijo alguien. Alguien más habló de conseguir un par de escopetas. Otro habló de pasamontañas. Alguien sacó un plano con las rutas marcadas. Todo iba tan deprisa, todo era tan real y tan excitante que Víctor creía ser el protagonista de una película. Empujado, precisamente, por la euforia de la situación, dijo: Yo puedo conseguir un coche. Y ese fue su momento de gloria. Todos se volvieron en silencio y le miraron fijamente. Había ganado por completo la atención de Sandro, el atractivo líder de la incipiente rebelión brasileña. Podía notar en su mirada el reconocimiento y la valoración, y eso tenía el sabor de una conquista. Los tugurios, el humo y el secretismo bien valían la pena si el resultado era ese. Nadie le preguntó nada sobre el coche, se limitaron a dar por bueno su ofrecimiento y pasaron a otro aspecto del plan.

Como cualquiera podría haber supuesto por la ingenuidad y la torpeza de los preparativos, cualquiera menos los implicados, el robo no salió bien. A pesar de eso, durante la semana anterior al día en cuestión, Víctor vivió sumido en una nube. Se comportaba como el protagonista de *El silencio de un hombre*, de Jean-Pierre Melville, evitando salir durante el día, mirando a un lado y al otro de la calle cuando atravesaba la puerta de su casa, levantándose las solapas de la gabardina cuando se disponía a pasar al lado de un policía, respondiendo con monosílabos o simplemente evitando las preguntas cuando se dirigían a él los miembros de su familia. Y disfrutaba con todo ello, sabiéndose todavía a salvo, al borde de dar un salto que no tenía vuelta atrás, pero todavía a salvo.

Los problemas de Víctor dieron comienzo al verse obligado a pensar de nuevo en la cuestión del coche. Hasta ese momento, había mantenido el tema en la recámara, seguramente para que el pragmatismo de la realidad no estropease el discurrir de su película particular. La víspera del robo no tuvo más remedio que plantearse la cuestión en serio: ¿cuál era ese coche que había asegurado que podía conseguir? Víctor todavía no disponía de coche propio. Su abuelo le había prometido uno en cuanto pudiese sacarse el carnet de conducir, pero todavía no tenía edad suficiente. De hecho, apenas sabía cómo se conducía un auto de verdad. ¿Por qué motivo había pronunciado aquellas palabras en la reunión? Había querido impresionar a sus compañeros. Eso era. Especialmente a Sandro. De manera muy superficial, por otra parte, había supuesto que alguno de sus amigos de siempre podía dejarle su coche durante unas horas. Pero es que iba a llevar a cabo un atraco con el coche de marras. De repente, los viejos reparos asociados a su exquisita educación de clase alta hicieron mella en él. Aun así, los de la célula contaban con el coche. No podía defraudarlos. No podía defraudar a Sandro. Por ese motivo, faltando apenas media hora para el encuentro en el lugar previsto, entró en el inmenso garaje de su casa, le echó un vistazo a los autos allí guardados, se decidió por uno de ellos y, tras abrir la puerta metálica que daba al sendero de acceso que llevaba a la calle, se montó en él, encendió el motor y, muy despacito, se puso en movimiento. Llegó diez minutos tarde al punto de encuentro y todos, empezando por Sandro, se lo reprocharon con malas palabras. Sin duda no era un buen augurio, pensó Víctor. Pero es que estaban nerviosos. Todos estaban muy nerviosos. Sandro también. Tal vez por eso no repararon en varios detalles que llamaban mucho la atención a simple vista. En primer lugar, el coche era un inmaculado Pontiac Catalina convertible de color rojo vino. No sólo era un coche de lujo: todavía olía a nuevo; el padre de Víctor se lo había regalado a su madre hacía seis meses por su cumpleaños. Y lo que era aún más chocante: junto al volante se veía la llave metida en el contacto, una llave de la que colgaba un llavero con el logotipo del hotel Copacabana Palace.

Con el paso de los días, en la mente de Víctor todo lo ocurrido a partir de ese momento iría adquiriendo una cualidad líquida, intangible y transparente. O sea, que apenas recordaría la llegada hasta la sucursal del Banco Bradesco en la calle General Urquisa, ni los pasamontañas de sus compañeros, ni las escopetas con los cañones hacia abajo, ni los tensos movimientos previos a la entrada, ni la espera con el motor encendido, ni las torpes carreras de salida, ni los gritos de Sandro que le alentaban a acelerar más, ni la discusión centrada en el fracaso de la operación, ni por qué no entró la marcha cuando tenía que enfilar la avenida Ataulfo de Paiva, ni el hecho de haber confundido los pedales del embrague y el freno en el peor de los momentos, ni el derrapaje y consecuente bandazo fuera de control, ni el violento choque lateral contra una acacia, ni los chillidos y los golpes y los empujones de sus compañeros para salir del coche por donde fuera posible, ni la opresión en el costado y en la pierna izquierda al quedarse atrapado en su asiento, ni la sangre que brotaba de un corte en el mentón, ni la llegada de la policía, ni el traslado en ambulancia al hospital, ni siquiera la desoladora sensación de haber sido abandonado como un perro.

Apenas pasó un día en observación en las dependencias del Hospital Universitario Pedro Ernesto y después lo llevaron a los calabozos de la comisaría central de la ciudad. No tenía nada roto ni tampoco habían sufrido daño alguno sus órganos internos. Sólo entonces la familia tuvo noticia del paradero de Víctor, del que no habían sabido nada en las últimas cuarenta y ocho horas. También supieron sus padres del maltrecho convertible Pontiac Catalina, en poder ahora de la policía como prueba del intento de un atraco a mano armada con intimidación y fuga.

El robo había quedado en intento porque una vez en el interior de la sucursal del Banco Bradesco, y ante la inicial resistencia del director de la entidad a entregarles el dinero, alegando que el mecanismo de la caja de seguridad era de apertura retardada, uno de los miembros de la célula, aquel al que todos denominaban Felipe, había entrado en pánico. Por lo visto, disparó o se le disparó la escopeta haciendo añicos el enorme espejo que cubría una de las paredes del hall de entrada y eso había alterado definitivamente sus nervios. Al ser detenido, cinco horas después de la intentona, Felipe iba a declarar que creía que la escopeta estaba descargada. También iba a declarar unas cuantas cosas más, como por ejemplo todos los pormenores relacionados con la idiosincrasia y las motivaciones políticas de Ação

Direta pela Liberdade Real. En cualquier caso, estando en la sucursal bancaria, al comprobar el estropicio causado por el disparo, Felipe echó a correr hacia la calle como un pollo sin cabeza. Contagiados por el frenetismo que transmitía su carrera, Edgardo y Matías salieron tras él, dejando a Sandro solo frente al director y sometido al escrutinio visual, en escorzo y desde el suelo, de los empleados y clientes allí presentes. Sandro no tuvo otro remedio que descargar la escopeta contra el techo, con la intención de amedrentar a los testigos y destrozando de paso una bonita lámpara de estilo modernista, y echar a correr hacia la calle siguiendo la estela de sus compañeros.

Como ya se ha dicho, Felipe iba a ser detenido cinco horas después del accidente. Gracias a su confesión, Matías y Edgardo también pasaron a disposición policial un par de días después. De lo que les ocurrió entonces a esos tres o de lo que iba a ocurrirles en el futuro, nada llegó a saber Víctor. Como tampoco supo nunca nada más del resto de los integrantes de la célula a excepción del tal Sandro. Sandro no fue arrestado tras el atraco fallido. Había sido el único con la astucia y la picardía suficientes para no usar su nombre real ni dejar entrever detalle alguno de su día a día durante las reuniones clandestinas. Muchos años después, Víctor reconoció los rasgos del activista antes conocido como Sandro, si bien envejecidos, faltos ya del atractivo que lo había emparentado antaño con Peter O'Toole, en el rostro de uno de los candidatos a alcalde por la ciudad de Manaos. Al parecer, el tal Sandro había llegado a ocupar un puesto de cierta relevancia en el Partido dos Trabalhadores que comandaba Lula da Silva. Víctor no se interesó en investigar, a pesar de la sorpresa que supuso el reconocerlo, si como representante político había llegado a ver satisfechas sus aspiraciones revolucionarias.

Gracias a los contactos de su padre, pero sobre todo a la influencia política y económica de su abuelo, Víctor pudo salir de la comisaría central sin que se le imputase ningún cargo en concreto; al menos de momento, porque la policía aseguró que iba a tener a Víctor en observación. De ahí el plan de la familia para que saliese del país durante una temporada. Porque a la traumática aceptación de los hechos objetivos, el intento frustrado de robo y la pertenencia a banda armada, venía a sumarse, a ojos de su familia, la constatación de que ya no sabían quién era Víctor. Víctor había cambiado, era otra persona. Y bajo la luz de lo ocurrido no cabía sino aceptar que ahora era un muchacho imprevisible y, por tanto, peligroso. Peligroso principalmente para sí mismo, debido a la situación en que se encontraba. Si había llegado a hacer lo que había hecho, viniendo de donde venía, habiéndolo tenido todo, como no paraba de repetir su abuelo, ¿qué iba a impedirle verse involucrado en problemas de mayor calado? De ser así, ¿podría la influencia del señor Ayrton Becerra Salgado, vicepresidente de la compañía petrolífera más grande del país, conseguir librarlo de las consecuencias? Mejor no tener que verse en esa tesitura. Por eso el abuelo pensó en la posibilidad de enviarlo al extranjero. Podía ocupar un sencillo puesto de trabajo en alguna de las oficinas o incluso en alguna de las estaciones de servicio de Petrobras fuera de Brasil. Que empiece desde abajo, dijo el señor Becerra, para que sepa lo que es el esfuerzo. Argentina, creo yo, es un buen lugar para empezar a ser adulto, sentenció con gravedad. En Rosario tenemos una delegación... En Rosario tengo yo un amigo, añadió el padre de Víctor, que podría ayudarnos mucho a enderezar a mi hijo.

Ese amigo era Ricardo Charme, mi abuelo.

Este amigo del que hablo regenta un próspero negocio en Rosario, dijo el padre de Víctor. ¿Qué clase de negocio?, preguntó el abuelo con suspicacia. Tiene una cadena de pastelerías, respondió su yerno, y le está yendo de maravilla. En realidad, Ricardo Charme era dueño únicamente de dos panaderías y no gozaba de excesivos lujos. Dado que el abuelo de Víctor recelaba de todo plan que no hubiese elaborado él mismo, el padre de Víctor inventó para Ricardo Charme una juventud de férrea disciplina en el ejército argentino y un pasado más o menos reciente como especialista en pedagogía antes de dedicarse por entero a los panes y los bollos. El padre de Víctor, como se verá más adelante, tenía razones muy personales para hacer de Ricardo Charme el tutor de su hijo.

En cualquier caso, Víctor desconoce por completo todos estos detalles cuando entra por primera vez en la Panadería y Confitería Amapola en el número 465 de la avenida Córdoba. Se acerca al mostrador donde está la caja registradora y, sin quitarse las gafas de sol, le pregunta en un más que aceptable castellano a la muchacha que atiende, no sin antes consultar de nuevo el papel con el membrete del Copacabana Palace, si está en el establecimiento el señor Ricardo Charme. La muchacha, que se llama Adriana y trabaja en la panadería desde hace dos años, le pregunta que quién lo busca. Mi nombre es Víctor Berquim. Soy el hijo de Alex Berquim, dice Víctor con el gesto ligeramente torcido; y su nombre le resulta en ese momento no sólo falso sino incluso estrambótico. El señor Charme, en teoría, añade, tenía que haber ido a buscarme a la estación de tren. Su acento es extrañamente neutro, el que tendría tal vez un aplicado centroeuropeo que hubiese aprendido el idioma de la mano de un recio castellano de Toledo o Segovia. Adriana parece sorprendida y se queda con la boca medio abierta, como si fuese a decir algo que no acaba de decir, aunque es posible que se deba simplemente a que es joven e impresionable y el chico que tiene delante además de guapo parece tener mucho mundo a sus espaldas. Le dice que espere un momento, que va a ver si el señor Charme está en su despacho. Al cabo de unos minutos, la joven regresa y le pide a Víctor que la acompañe. Atraviesan una puerta blanca junto a las repisas con el pan reciente, recorren un pasillo en el que el aroma a bollería y azúcar es tan intenso que casi se podría cortar, ascienden un corto tramo de escaleras y Adriana le pide a Víctor que espere ahí, sentado en una de las cuatro sillas situadas frente a dos puertas cerradas. Una de las puertas tiene un cartelito plateado en el que se lee: ASEO. El cartel de la otra dice: PRIVADO.

Sólo después de sentarse, Víctor se decide a quitarse las Ray-Ban. Al cabo de unos diez minutos, empieza a juguetear con el asa de la bolsa de lona que ha dejado a sus pies. Cuando lleva media hora esperando, ya ha abierto y cerrado unas quince veces la cremallera; también ha rebuscado algo inconcreto en el interior varias veces. A los cincuenta minutos se abre la puerta con el cartel de PRIVADO y sale un hombre mayor, básicamente calvo y más bien delgado, vestido con traje negro y camisa blanca abotonada hasta arriba. El hombre no se fija en Víctor, a pesar de que este se ha puesto inmediatamente en pie, se limita a salir por una puerta y a atravesar la otra, la del aseo. Tras diez minutos más de espera, Víctor vuelve a sentarse, visiblemente ofuscado. Por eso ni siquiera mira el reloj, ni tampoco se levanta, cuando el hombre de traje vuelve a salir del aseo y se planta frente a él con gesto circunspecto. Tú eres Víctor, ¿no?, le pregunta el hombre mayor con una extrañísima entonación. Víctor asiente con desgana. El hombre le hace un gesto para que le siga a su despacho. Es una estancia bastante amplia, casi perfectamente rectangular, con una ventana cubierta por visillos que da a la avenida Córdoba, encima de la fachada de la panadería, y por la que entra una luz matizada y agradable. La decoración es austera: una mesa de despacho, sencilla, con una lámpara de pantalla verde y varias montañas de papeles encima, un silloncito giratorio de color negro a un lado y dos butacones de piel gastada al otro; frente a la mesa, a un lado de la puerta por la que han entrado, una suerte de archivador de considerable tamaño, cerrado con llave; de las paredes cuelgan varios mapas de lugares diferentes que Víctor no reconoce en ese momento.

El hombre le hace otro gesto para que se siente en uno de los butacones y él se acomoda en el silloncito. Mira fijamente a Víctor, pero no dice nada. Tiene la piel curtida, como si hubiese pasado mucho tiempo al aire libre en un lugar de clima seco y crudo. Sus ojos son de un inquietante color verde mar, verde turbio. Su boca cerrada dibuja una perfecta, aunque corta, línea recta. Víctor adapta varias veces su trasero a las formas del butacón, haciendo crujir el cuero raído. Se siente más y más incómodo por segundos. Al final no puede resistirlo y habla: No se lo tome a mal, señor, dice, pero yo aquí no pinto nada. El hombre mayor no responde. No hace ni siquiera el ademán de asentir o negar. Mira a Víctor como si pretendiese diseccionarlo, pero sin agresividad ni violencia. Mi padre me ha obligado a venir aquí, pero yo no quería, prosigue Víctor pronunciando las palabras despacio, para que no se note su nerviosismo. Pero ni por esas consigue una reacción. No se lo tome a mal, pero en cuanto pueda me iré. Pasan un par de minutos hasta que el hombre mayor vuelve a decir algo: No me lo tomo a mal. Y, curiosamente, esas palabras provocan en Víctor el afán de justificarse con más precisión. Siente que se ha abierto una grieta y va a intentar colarse a través de ella para obtener reconocimiento. Es un movimiento ingenuo, por no decir absurdo, pero podríamos apelar en su defensa tanto a sus escasos dieciséis años como al cansancio acumulado por el viaje o a la sobreabundancia de experiencias intensas vividas en los últimos tiempos. Usted me entiende, ¿verdad?, dice Víctor. Y lo bueno es que, sin saberlo, él mismo está generando de ese modo la posibilidad de entenderse tarde o temprano con el hombre mayor, porque está queriendo dar por supuesta una empatía de la que no tiene prueba alguna.

El hombre mayor se levanta y le hace un gesto a Víctor con la cabeza para que le siga, dejándole con una sensación a medio camino entre el alivio y la frustración. Así pues, salen del despacho, bajan el tramo de escaleras y se cuelan por una puerta en mitad del fragante pasillo que lleva a la panadería. La puerta conduce a un gran almacén donde se amontonan los sacos de harina y trigo y levadura. Una intangible bruma blanquecina obliga a entrecerrar los ojos para ver con precisión, como si alguien hubiese colocado un finísimo velo sobre el objetivo de una cámara fotográfica. En una esquina del almacén hay aparcado un Ford Taunus del 59 color azul celeste con una franja blanca justo por encima de las ruedas. El hombre mayor, sin decir una palabra, se sienta tras el volante. Víctor entiende que debe subir él también al coche, y así lo hace, colocándose en el asiento del copiloto y ubicando la bolsa de lona entre sus pies. A un ritmo más bien parsimonioso, detalle que a Víctor no le extraña teniendo en cuenta la posible edad del conductor, recorren varias calles antes de llegar a la casa de la familia Charme. Tardan el tiempo suficiente para que Víctor confirme la impresión que ha tenido durante su caminata desde la estación: Rosario es una ciudad monótona y aburrida. Es posible, piensa, que la gente de aquí se sienta a gusto en esta ciudad, pero no tiene atractivo ninguno. Es una ciudad provinciana, concluye el joven carioca. Por su parte, el señor Charme no ha movido un solo músculo durante el trayecto. Con la espalda erguida y las manos colocadas en la ortodoxa posición de las diez y diez, ha mantenido la vista fija hacia el frente sin dedicarle ni siquiera una miradita de soslayo a su invitado.

El motor se detiene con un gruñido ronco cuando paran frente a una casa unifamiliar de dos plantas, con la fachada blanca y el tejado a dos aguas, en la calle Santa Fe junto a la plaza San Martín. De nuevo, es una construcción sencilla, austera, sin elemento estridente o llamativo alguno. Un pedazo de jardín se extiende en la parte delantera hasta alcanzar el murete de piedra que bordea con la acera. Un par de árboles añosos flanquean el paso hasta la puerta de la vivienda. Pero ellos no entran por la puerta principal, sino que rodean parte de la casa, lo que le permite a Víctor echarle un vistazo a lo que parece ser un garaje y buena parte del jardín trasero, bastante más amplio, con una sección en sombra gracias a un emparrado. Atraviesan la puerta de la cocina y se cruzan con una mujer sentada en una silla de anea. Va vestida de un modo llamativo, tal vez impropio, en cualquier caso demasiado elegante para lo que debe de ser un ama de casa promedio de una ciudad de provincias de Argentina: falda de tubo verde botella, tacones altos, blusa blanca con solapas de encaje, brazalete de oro, uñas pintadas de rojo, como rojos lleva pintados los labios, sombra de ojos y perfilador y elaborado peinado estilo Jackie Kennedy. En cuanto entran en la cocina, la mujer se pone en pie y con una radiante sonrisa le dice a Víctor, con el tono dulce y cantarín propio de las mujeres caribeñas: Tú debes de ser Víctor, ¿no es cierto? Su mirada, evidentemente valorativa, parece expresar cierto grado de satisfacción ante lo que ve, como dando a entender que tiene buena planta el muchacho, que no es muy alto, la verdad, pero que es bien parecido, incluso guapo. Se da un aire a William Holden, aunque cuando era muy joven, piensa.

La mujer, que no es otra que la señora Charme, le dice que su nombre es Diajanida, pero que todos la llaman Nida. Después le pregunta si ha hecho buen viaje y deja ir alguna otra formalidad. Pero acto seguido le agarra suavemente del hombro y dice con un aire bastante más cercano: Y dime, mi amor, ¿cómo sigue Río? Ah, mi queridísimo Río de Janeiro, cuánto lo echo de menos. Víctor se esfuerza por dar una respuesta precisa y a un tiempo sugestiva, aunque sabe que poco importan en ese instante sus palabras, porque la señora Charme tiene la mirada perdida en algún punto inconcreto de la cocina, sin duda sumergida por completo en sus lejanos recuerdos.

El señor Charme conduce al joven escaleras arriba hasta el que se supone que va a ser su cuarto mientras esté aquí. Es la habitación de mi hijo Jorge, afirma el señor Charme. La decoración de la estancia es heterogénea aunque no estridente. De entrada, a Víctor le llama la atención una menorá, un candelabro judío de siete brazos, encima de un arcón de madera bajo el marco de la ventana. A un lado de la menorá hay una kipá, el típico gorrito ritual, de color negro en este caso y con una cenefa plateada en los bordes. Al otro lado, una ajada guía de viaje de Israel. En la pared de enfrente, pintada de un rojo desvaído, cuelgan dos carteles: uno de la portada del disco *Blue Train* del saxofonista norteamericano John Coltrane, el otro es una foto en blanco y negro en la que se ve a Fidel Castro con una ametralladora en las manos. En un rincón, a los pies del catre, lo que parece ser un tocadiscos con caja de madera y tapa. En los libros y los discos que descansan sobre los estantes que penden a un costado de la cama se fijará horas después, esa misma tarde, y descubrirá ejemplares de Jack Kerouac, Allen Ginsberg y William S. Burroughs y sencillos de 45 revoluciones por minuto de Bob Dylan, los Kinks y los Rolling Stones, entre otros. De más está decir que, a pesar de los símbolos religiosos, Víctor no va a tardar en sentir una inevitable simpatía por el dueño de esa habitación. Jorge ahora vive en Buenos Aires, le dice el señor Charme a Víctor cuando le ve fijarse en la decoración del cuarto. Apenas viene por aquí. ¿Y qué hace en Buenos Aires?, pregunta

Víctor. Simula que estudia en la universidad, dice dejando atrás las palabras, como colgando de un bocadillo de cómic, mientras sale de la habitación.

Ya no van a cruzar una sola palabra más ese día. Sin dar explicación alguna, el señor Charme deja a Víctor en la habitación y se marcha. Por boca de la señora Charme, llámame Nida, mi amor, sabrá que ha vuelto a la panadería de la avenida Córdoba. De allí regresará tarde, después incluso de la cena, por lo que no se verán hasta la mañana siguiente. Durante las horas de la tarde, más allá de revisar a conciencia los discos y los libros de Jorge, lo que le va a provocar una incoherente oleada de reconocimiento, se siente en la obligación de dedicarle un rato a la señora Charme, con la que charla mientras esta le enseña la casa y el jardín; será un rebelde sin causa, pero la personalidad de Víctor sigue siendo fruto, siquiera en parte, de una educación cara y selecta. Esa tarde, Nida le habla de muchas cosas, entre ellas de su hija Claudia, que estudia en un internado católico muy prestigioso ubicado en Santa Fe. Le cuenta que es una chica extrañamente silenciosa y estricta, con la que resulta muy difícil comunicarse. Siempre da la impresión de estar juzgando a la gente, afirma. Aunque en realidad lo que quiere decir es: Siempre da la impresión de estar juzgándome a mí.

Sensible como es, por otra parte, Víctor va a apreciar que Nida transmite algo que le incomoda de un modo punzante. No se trata únicamente de su evidente coquetería, de su voluntad de gustar, de resultar atractiva y sexy, detalle que perfectamente podría ser calificado como reprochable si se tuviese en cuenta que su huésped es un muchacho de dieciséis años, recién llegado del extranjero y sin vinculación alguna con ella o con la familia. Hay algo en Nida, en su interior, así lo entiende Víctor, que parece reclamar a gritos ser salvado. Esta mujer quiere que la rescaten, se dice. Y sí, es cierto, utiliza la sexualidad para incentivar dicha salvación. Pero ¿de qué quiere ser rescatada? Ya sea por falta de experiencia o por algún otro motivo, Víctor no puede gestionar con precisión ese mensaje, no sabe cómo comportarse adecuadamente: ¿debe mostrarse comprensivo, atento a las señales de Nida, y por tanto entrar en su juego, o bien debe mostrarse frío y distante, dando a entender que está por encima de cualquier sutil insinuación? ¿No daría eso a entender que es una persona altiva, engreída incluso? Eso no estaría bien, teniendo en cuenta que Nida lo aloja en su casa. Pero tampoco quiere dar a entender que está dispuesto a seguirle la corriente; entre otras cosas, porque no sabe dónde puede llevarle esa corriente. Por eso recurre a una solución de compromiso y le dice finalmente a Nida que está muy cansado por el viaje y que quiere ir a tumbarse un rato. Y después, a la hora de la cena, tan sólo prueba un poco de ensalada y, de nuevo, alude a las repercusiones del viaje: Creo que el avión y el tren me han revuelto las tripas, lo siento. Sube las escaleras, de hecho, con la cabeza gacha, sin fijarse en cuánto le realza a Nida el talle el ajustado vestido color gris que se ha puesto, o en cómo el collar de perlas se desliza delicadamente sobre el profundo canalillo que se extiende entre sus turgentes pechos.

A la mañana siguiente, durante el desayuno, que tiene lugar a una hora inusualmente temprana para Víctor, el señor Charme se sienta frente a él en la mesa de la cocina y le dice: Verás, muchacho. Te voy a ser sincero. No sé qué es lo que espera tu padre de mí en este asunto. No sé qué es lo que él cree que yo puedo aportar para ayudarte. De hecho, aclara con una inflexión en la voz que hace que su tono sea ligeramente más grave, no creo poder aportar nada. Los jóvenes no se me dan bien. No soy bueno educando. No lo he sido con mi propio hijo Jorge ni tampoco con mi hija Claudia. Así que... Y deja las palabras en el aire como dando pie a que Víctor añada algo. Pero Víctor se siente totalmente desarmado por esa oleada de sinceridad adulta. Lo que dice este hombre, piensa, lo está diciendo de verdad. Por eso se ve incapaz de añadir una sola palabra. Dijiste ayer que en cuanto puedas te irás, prosigue el señor Charme. A mí me parece bien. Tienes que cumplir con este trámite. Yo también. Y ni tú ni yo sabemos qué tenemos que hacer para que pase lo más rápidamente posible. De nuevo se queda callado y lo mira fijamente con sus ojos de un color verde turbio. Cuántas cosas no habrá vivido este hombre de mirada penetrante y rostro curtido, se dice por primera vez Víctor. Sin duda tiene que haber visto muchas cosas. Cosas fascinantes y terroríficas. Este hombre ha vivido, en el más amplio sentido de la palabra, se dice, y su rostro y su mirada certifican la sabiduría de la experiencia.

Víctor se limita a encogerse de hombros. Según mi modo de ver, dice el señor Charme sin tener en cuenta sus elucubraciones, tienes dos opciones: o te quedas aquí, en la casa, haciendo lo que te apetezca, tal vez escuchando los discos de mi hijo, o te vienes a trabajar conmigo. Víctor reflexiona unos segundos y ve pasar ante sus ojos la película que conlleva el quedarse en casa, el estar cerca de Nida todo el rato. Ya que estoy aquí, dice el joven brasileño, podría ir a trabajar con usted, si le parece bien. No tengo mucho que ofrecerte, replica con gesto serio el señor Charme. Serías mozo de almacén. Ya sabes: cargar sacos, transportar cosas de un lado a otro... Todavía imbuido en el efecto de las lecturas y la música de la tarde anterior, Víctor se ve a sí mismo montado en la parte trasera de una vieja furgoneta pick-up, vestido con un peto de trabajo tejano y una camisa a cuadros arremangada, con las manos manchadas de blanco, sentado junto a un puñado de voluminosos sacos, con el pelo movido por el viento mientras flota en el aire *The Times They Are A-Changin'*. A mí me parece bien, responde Víctor. Aprenderé cosas nuevas. Tal vez incluso pueda aportar algo.

En lo que Víctor no piensa al aceptar el trabajo que le propone el señor Charme es en todos los detalles que van más allá de lo que recuerda a un anuncio de Levi's o a una novela norteamericana: los pesados, aburridos y farragosos detalles relacionados con un trabajo tan rutinario y monótono como mozo de almacén en una panadería. Día tras día se dedica a mover sacos de harina, a acarrear pedidos de pan de un lugar a otro, a apilar cajas, a barrer el suelo del almacén, en el que siempre flota una neblina blanca que le hace estornudar sin parar. A ratos puede charlar con el otro mozo, Gerardo, y también con Adriana y las demás chicas de la panadería de la avenida Córdoba, pero suele estar tan cansado a esas alturas del día que no logra extraer de esas conversaciones ninguna valiosísima lección sobre la existencia o alguna enseñanza útil sobre la opresión social y económica de los trabajadores. Durante las dos primeras semanas desea con tal intensidad que llegue la hora de volver a casa para cenar y dormir que ni siquiera conversa con el señor Charme cuando montan en el coche y recorren parsimoniosamente las pocas calles que separan la casa de la panadería. Una de esas mañanas, tras despertarse a las cinco y media vestido aún con la ropa sucia del día anterior, se dice que, por mucho que digan, el agotamiento no casa bien con la conciencia social; de hecho, el agotamiento no casa bien con nada.

De la otra panadería, la que está en el centro, Víctor no sabe gran cosa todavía. En breve, sin embargo, va a saber que tiene gerente propio, un tal Julio Grandi, que a pesar de estar bajo supervisión del jefe tiene bastante margen de maniobra en lo que a administración se refiere. Por lo visto, el señor Charme amplió el negocio con la intención de involucrar en él a su hijo en el futuro, cuando hubiese acabado sus estudios. Pero cuando su hijo, a su regreso de Brasil, se afilió al partido socialista sionista y, poco después, se fue a vivir a un kibutz en Israel, el señor Charme entendió, con toda la crudeza posible, cuán ingenua había sido su intención. La panadería, pues, está ahí, y funciona, pero él prefiere quedarse siempre, en la medida de lo posible, en su despacho de la avenida Córdoba. Víctor, sin embargo, no conoce todavía esos aspectos tan íntimos del señor Charme, no va a tardar mucho en conocerlos, pero de momento los ignora. A decir verdad, a esas alturas de la historia Víctor todavía no sabe a qué dedica la mayor parte de su tiempo el señor Charme, pues la Panadería y Confitería Amapola parece casi funcionar por cuenta propia, llevada en parte por la inercia y en parte también por el buen hacer de Faustina, la encargada, una mujer rubia de sesenta años con la mirada y el desparpajo propios de una antigua estrella del cine mudo.

Víctor está convencido de que el señor Charme no dedica mucho esfuerzo a la contabilidad de su empresa a pesar de la gran cantidad de tiempo que pasa encerrado entre las cuatro paredes de su despacho. Porque si le dedicase tiempo real a los números, muy probablemente se habría dado cuenta, como se ha dado cuenta Víctor en las cuatro semanas que lleva trabajando allí, que hay factores que, mediante pequeños retoques, aportarían mayor eficacia y rendimiento al negocio. A Víctor se le dan especialmente bien las matemáticas, es cierto, y ha pasado muchos años oyendo hablar de negocios en su entorno familiar, pero él entiende que no hace falta ser un genio para percatarse de lo que él se ha percatado. Así pues, una tarde, poco antes de acabar la jornada laboral, se aventura hasta el despacho del señor Charme y le relata todo lo que piensa en relación con la gestión de la panadería. Le habla de diferentes opciones respecto a los proveedores, del gasto de harina y levadura, de cuestiones de almacenaje y transporte, de reinversión de capital... El señor Charme le escucha con atención, aunque con un semblante extraño, incomprensible, como si aquel joven le estuviese hablando en ese momento de alguna cuestión de sumo interés, relacionada con la física cuántica por ejemplo, pero que le resulta ajena o inabarcable debido a la falta de documentación previa. El señor Charme, a modo de respuesta, le dice: Vamos a hacer una cosa. Hablaremos de eso mañana, ¿de acuerdo? Ahora vámonos a casa. Y sin esperar respuesta, se levanta, se pone su chaqueta de color beige y un pequeño sombrero negro de fieltro y sale por la puerta del despacho.

Efectivamente, no van a tratar de nuevo los asuntos que Víctor le ha planteado hasta la mañana siguiente, de vuelta en la panadería. Cuando Víctor se encamina hacia el almacén al bajar del coche, el señor Charme le dice: Víctor, sube a mi despacho, haz el favor. Víctor vuelve a repetirle, palabra por palabra, lo que le dijo la tarde anterior. Pero en esta ocasión el señor Charme toma notas en una libretita de tapas negras, como un alumno aplicado, sin perder detalle y sin replicar ni a una sola de las afirmaciones del joven. Después Víctor vuelve al trabajo. Y a eso del mediodía, justo en un momento en el que está pensando en las vueltas que da la vida, en lo rápido que, después de todo, se ha adaptado al hecho de ser un asalariado cualquiera, olvidado por completo del carácter temporal de su situación, ve al señor Charme aparecer por la puerta del almacén. Y le oye decir: Arréglate un poco, Víctor. Te vienes conmigo. No es mucho lo que Víctor puede hacer para adecentarse, pero procura sacudirse bien los pantalones y meterse la camisa por dentro, se moja un poco el pelo y se lo peina bien tirante con la raya al lado. No montan en el coche, en esta ocasión, sino que juntos echan a andar hacia el norte. Van recorriendo calles en silencio, a la sombra de los árboles que copan las aceras, observando los alrededores sin fijarse en nada en concreto. Pasan junto a boliches, tiendas de tres al cuarto y galpones cerrados. De vez en cuando pasa algún auto.

Sin previo aviso, mientras recorren Callao hacia la estación de tren, el señor Charme le dice con su voz sincopada: A este barrio lo conocen con el nombre de Pichincha. Ahora es un barrio tranquilo, normal, pero hasta los años treinta estaba dominado por la mafia judía. Al oír la palabra mafia, Víctor tensa la espalda y su gesto se hace adusto, pero el señor Charme no se da cuenta y por eso prosigue con el mismo tono: Me refiero a Zwi Migdal. ¿Sabes de qué hablo? Eran polacos de origen. También tuvieron su importancia en Brasil. Víctor no quiere pensar en ese tema, no quiere pensar en las posibles conexiones entre la mafia argentina y la brasileña. No quiere pensar en la mafia de ningún sitio. La mafia, en esa época de su vida, es un tema tabú. Lo suyo era la trata de mujeres, dice el señor Charme. En aquellos tiempos controlaban una enorme red de prostitución en todo el país. Aquí, en Rosario, tenían un buen puñado de prostíbulos. Supongo que debido al puerto fluvial, que tenía mucha actividad y traía muchos marineros con ganas de compañía. En cualquier caso, este barrio era el epicentro, remata el señor Charme con una pose ciertamente teatral al tiempo que señala con la barbilla hacia un lugar inconcreto, tal vez el emplazamiento, ya inexistente, de uno de esos prostíbulos del pasado. Cuando yo llegué aquí, añade cuarenta metros más adelante, los judíos polacos de Zwi Migdal todavía dominaban el barrio. Ya no eran proxenetas, se habían reconvertido. Se habían hecho empresarios, convirtieron los prostíbulos en todo tipo de negocios: restaurantes, boliches, tiendas de abastos... Pero tenían mucha mano con los organismos municipales. Era imposible alquilar un local o conseguir permisos sin acudir a ellos. Se vuelve hacia Víctor y dice: Nunca imaginé que ser polaco o judío iba a servirme para algo, pero me sirvió. El señor Charme deja ir entonces algo parecido a una risotada. Tal vez por la falta de costumbre o por su particular problema con las cuerdas vocales, la risotada suena a cacareo gutural. El ruido en sí resulta bastante inquietante. Antes de cruzar la calle para entrar en un restaurante llamado El Valle de Issa, proclama en voz baja, abolidos ya los efectos de la risotada: Ahora muchos de esos tipejos de antaño se han convertido en personajes respetables, queridos incluso.

Pasan dos horas en el restaurante. Tiempo más que suficiente para que Víctor conozca una nueva faceta del señor Charme, una que, visto lo visto hasta ese preciso momento, nunca hubiese sospechado: la de hombre dotado para las relaciones sociales. Antes de sentarse, saluda a diestro y siniestro. Son varios los hombres trajeados que se levantan de sus sillas para estrecharle la mano. Mujeres de toda condición le saludan inclinando levemente la cabeza. Y cuando por fin recalan en la mesa, que el señor Charme parece tener reservada, viene a atenderles personalmente el chef del restaurante, un tal señor Havel; Roman para los amigos. Roman se muestra risueño, llamativamente afable y comunicativo. Es obvio que tiene buena relación con el señor Charme, o como mínimo puede apreciarse que se conocen desde hace mucho tiempo y eso les permite tratarse de un modo más o menos cercano. Roman se dirige un par de veces a Víctor, bromea con él sobre el trabajo, posiblemente porque se ha fijado en lo inapropiado de su vestuario. Pero sobre todo habla con el señor Charme. Hablan en un idioma que no puede ser sino polaco. Víctor no entiende ni una sola palabra, pero se fija en que bajan el tono de voz y también en el hecho de que la conversación parece adquirir cierta solemnidad. Finalmente, tras asentir varias veces, el señor Charme le palmea un par de veces el hombro a Roman y este, antes de desaparecer tras la puerta batiente que da a la cocina, le dedica una sonrisa amplia y falsa a Víctor.

El señor Charme alza la vista hacia el techo y permanece en silencio, como si estuviese analizando o asimilando lo que acaba de comentar con Roman. Víctor aprovecha ese lapso de tiempo para echarle un vistazo al restaurante, que a todas luces parece recuperado de otra época y de otro lugar por sus detalles modernistas: las lámparas con pantallas de vidrio tintado, las molduras de maderas nobles con complicados ornamentos, las mesas con sobre de mármol y patas de hierro forjado. Es un sitio lindo, de una sencilla elegancia, piensa Víctor, lo que le lleva a sentirse incómodo al reparar de nuevo en sus pantalones sucios y sus botas de trabajo. Cuando les sirven el primer plato, una sopa de verduras llamada *krupnik*, que Víctor no ha pedido, porque no ha llegado a pedir nada, Roman le explica a Víctor, sin que este se lo pregunte, que el nombre del restaurante, El Valle de Issa, es el título de un famoso libro de un famoso poeta polaco: Czeslaw Milosz, y entorna los ojos con algo que parece malicia, como si pretendiese darle a entender al joven brasileño la profundidad de un secreto insondable. El segundo plato se llama *ozor wolowy*, lengua de vaca guisada, le detalla Roman al tiempo que se relame como un niño grande. El postre se llama *szarlotka*, y es algo parecido a una tarta de manzana con un poco de nata montada. Durante la comida el señor Charme no cruza una sola palabra con Víctor. No ha dejado de mirar al techo con aire ausente. Tampoco hablarán de vuelta a la panadería, ni en el coche camino de casa, ni durante la cena. Y a Víctor ese silencio no se le hace extraño, porque son muchas las cosas en las que ha podido fijarse durante la silenciosa comida y muchas las cosas sobre las que ha fantaseado en lo que quedaba de jornada laboral.

Durante su estancia en Rosario, Víctor acompañará al señor Charme cuatro veces más a El Valle de Issa. La primavera irá imponiendo poco a poco sus reglas durante las caminatas de rigor hasta el restaurante, irán cambiando los colores y los aromas. Invariablemente, el señor Charme perderá la mirada en algún rincón remoto del restaurante, y Víctor no podrá evitar imaginarlo sumergido en sus recuerdos, tal vez recorriendo de nuevo los escenarios de su Polonia natal o algún otro paisaje de los que parecen conformar su biografía. Es cierto que apenas sabe nada todavía de la infancia del señor Charme, ni del resto de su vida, pero sí se ha fijado en los mapas que cuelgan de las paredes de su despacho en la avenida Córdoba y ha comprobado que uno es de Polonia antes de la segunda guerra mundial. Los otros son de Alemania, de Nueva York, del norte de México, de la zona del desierto de Sonora concretamente, y de Río de Janeiro. Víctor no ha sabido encontrar un hilo narrativo que relacione esos mapas de manera coherente, pero sabe que no pueden estar allí simplemente por azar.

Porque aparte de compartir esos almuerzos en El Valle de Issa, son ya muchas las ocasiones en las que Víctor se ha sentado en uno de los butacones del despacho del señor Charme. Han pasado horas hablando, hablando él básicamente, de nuevas posibilidades para las panaderías. Poco a poco, Víctor ha ido involucrándose más, hasta el punto de ejercer a esas alturas, dos meses y medio después de su llegada a Rosario, de encargado no oficial del negocio de la avenida Córdoba; no oficial porque no quiere que Faustina se sienta ofendida por su intromisión. A medida que ha ido dedicándole tiempo a la contabilidad, Víctor ha ido dejando atrás, sin ser consciente, sus ansias revolucionarias. ¿Dónde ha quedado el impulso que le llevó a relacionarse con los integrantes de la célula Ação Direta pela Liberdade Real? ¿Dónde han quedado las convicciones que le llevaron a participar en el atraco a una sucursal bancaria? Cuando Víctor piensa ahora en Sandro, posiblemente el motivo real que le empujó a hacer lo que hizo, comprueba que la fascinación que sintió por él durante aquellos días, el afán de ganarse su aprecio, ha ido desvaneciéndose hasta ser sustituido por el interés, el respeto e incluso el afecto que siente ahora hacia el señor Charme. Pero ¿es el factor paternal lo que le atrae de él o el misterio que destila? Es cierto que ha pasado a su lado mucho más tiempo del que recuerda haber pasado jamás junto a su padre, siempre tan ocupado con la gerencia del Copacabana Palace, siempre tan correcto y superficial incluso con su hijo. Pero Víctor se niega a aceptar la posibilidad de que en realidad ande buscando una figura paterna, un modelo adulto de referencia a través del cual ver satisfechos sus frustrados anhelos infantiles. Eso sería degradante. Víctor se considera a sí mismo un hombre hecho y derecho, libre de infantilismos. Por lo demás, el señor Charme no se ha mostrado precisamente cariñoso con él. ¿O sí? En cualquier caso, Víctor quiere creer que es el misterio que lo envuelve, ese halo intrigante formado por silencios y sobrentendidos, lo que le atrae del señor Charme.

Es entonces y sólo entonces, curiosamente, cuando Víctor empieza a preguntarse por la relación entre su padre y el señor Charme.

Desde su punto de vista, su padre y el señor Charme son dos personas prácticamente antitéticas. Su padre sólo vive de cara al exterior, mostrándose como un eficaz director gerente incluso en la intimidad del hogar. El señor Charme vive encerrado en su mundo, saliendo de él tan sólo cuando no queda otro remedio. A su padre le gusta el lujo, a pesar de sus esfuerzos por no parecer ostentoso. El señor Charme tiende hacia lo espartano, a pesar de que podría llevar un tipo de vida mucho más holgada. Su padre está obsesionado con el gran mundo, con los famosos y con estar siempre en el meollo de la más rabiosa actualidad. El señor Charme se ha retirado de la vida mundana, para él Rosario parece más un escondite que un hogar. Su padre, por lo demás, es un hombre deshonesto, falso y cicatero, como bien descubrió poco antes de dejar los estudios y empezar a frecuentar los billares del Centro de Río de Janeiro. El señor Charme, sin embargo, parece el paradigma de la honradez, al menos por lo que él ha podido comprobar. Por todo ello, una tarde Víctor se atreve a contarle al señor Charme los verdaderos motivos que le llevaron a involucrarse con la izquierda radical brasileña. A un nivel íntimo, más allá del alivio que puede suponer explicarle a alguien el hiriente secreto que viene guardando desde hace medio año, espera que al abrir la puerta de las confesiones personales el señor Charme se digne mostrarle una porción más de la parte del iceberg que se oculta bajo el agua.

Víctor le explica al señor Charme que, fruto de sus pesquisas, cuya naturaleza no quiere desvelar de momento por vergüenza, descubrió hace unos meses que su padre no era quien decía ser. Para empezar, Alex Berquim se llama en realidad Maximilian Bercovicz, y no llegó a Brasil desde Inglaterra sino desde Estados Unidos. Proviene de una familia de inmigrantes judíos, campesinos reconvertidos en albañiles, llegados a Nueva York desde Ucrania y no de una familia portuguesa afincada en Manchester y dedicada a la industria textil. Pero eso no es todo. Por lo visto, el tal Maximilian Bercovicz mantuvo trato profesional, durante su juventud, con el legendario mafioso judío Meyer Lansky; ahora retirado en Miami. El carácter de los asuntos que trató con Lansky, así como el motivo que le llevó a salir de Estados Unidos y afincarse en Brasil no ha llegado a descubrirlo todavía. Pero no es difícil suponer, afirma Víctor con convicción, que tuvo algún problema con el capo de la Costa Este y que se vio obligado a huir. El señor Charme guarda silencio sin variar el gesto; tal vez piensa en sus propios cambios de nombre. Por otra parte, y esto es lo que más me dolió descubrir, afirma Víctor, sé que mi padre colaboró en el golpe militar. En primer lugar, permitió que varios agentes secretos de las fuerzas sublevadas tomasen como base de operaciones una de las suites del Copacabana Palace. Gracias a sus contactos, les permitió a los militares usar la red de comunicación para confundir a los colaboradores del presidente Goulart y que así no pudiesen ponerse en contacto con los generales fieles al gobierno destacados en Paraíba y Río Grande do Sul. También ayudó a filtrar la noticia de que el presidente había huido del país, cuando en realidad estaba en Porto Alegre, lo cual posibilitó que el Parlamento lo destituyese. Y lo que encuentro más mezquino, exclama Víctor a modo de remate, es que nunca haya sido capaz de dar la cara, de afirmar su adhesión al régimen de Castelo Branco. Así es mi padre, un hombre distante, mentiroso y ruin que sólo busca su propio beneficio. A Víctor se le ve conmovido, parece al borde del llanto. Pero ni por esas varía el gesto el señor Charme.

Le he contado todo esto, prosigue Víctor tras unos segundos de tensión, porque confío en usted. Durante estos meses he podido comprobar que usted, señor Charme, es una persona franca, sincera, que se muestra tal cual es. Por eso quiero que me ayude a seguir con mi investigación. Sé que usted y mi padre son amigos, o algo parecido, y que durante un tiempo se vieron bastante cuando usted vivía en Río de Janeiro. Sé también que no le gusta mucho hablar, pero le pido por favor que me cuente cómo se conocieron mi padre y usted.

6

Jorge no puede sospecharlo mientras sobrevuela el océano Atlántico camino de México, pero el que viene va a ser uno de los años más duros de su vida. Por lo pronto, nada más llegar a Distrito Federal, Vilo cae enfermo. Le sobreviene una intensa fiebre que cursa con vómitos y diarrea. Sufre convulsiones espasmódicas durante la noche, suda como una bestia y, al amanecer, asegura tener visiones incomprensibles. Vilo habla de dragones, de cóndores y de otros bichos mitológicos que acuden a los pies de su cama para transmitirle mensajes en una lengua arcaica que él no es capaz de descifrar. Jorge está realmente preocupado, pero Vilo no quiere que llame a ningún médico. En un momento de lucidez, Vilo le dice: Los médicos no podrían entender nada de lo que me está pasando. Lo que me ocurre no es físico, Jorge. El cuerpo sólo responde a estímulos interiores. Ya sabes que soy una persona extremadamente sensible. Tendría que haberme preparado espiritualmente para venir aquí. Hemos atravesado medio planeta, y eso el alma lo nota. Además, esta tierra es especialmente fecunda en energía psíquica. Es como una puerta al otro mundo. Y yo eso lo noto mucho, Jorge. Soy como una antena. Ya sabes. Eso es lo que me ocurre. Pero se me pasará, te lo aseguro, y podremos sacarle un espléndido rendimiento a esa energía, afirma Vilo antes de vomitar sobre la alfombra el caldo de pollo con picatostes que Jorge le había preparado con tanto esmero media hora antes. Jorge no se atreve siquiera a reflexionar sobre ello, pero los síntomas de Vilo se parecen mucho a los propios del síndrome de abstinencia. En esos días, por lo demás, cuidar de Vilo le permite a Jorge experimentar un reconfortante impulso paternal que hasta entonces le era desconocido.

Cuando Vilo empieza a recuperarse, y dado que todavía está demasiado débil para salir a la calle, Jorge comienza a llevar a su casa a diferentes amigos y conocidos para presentarles a su maestro. Está totalmente convencido de que los integrantes de su entorno en el D.F. no van a tardar en sentir también la benéfica influencia de las enseñanzas de Vilo. Juntos, piensa, formaremos una especie nueva de familia, sin limitaciones de género, de forma o de significado. En los momentos en los que se deja llevar por sus ensoñaciones, cuando mezcla en su mente el recuerdo de los días salvajes que pasó perdido en los montes de Cataluña con las referencias a su actual estancia en México, casi puede ver cómo se forma en el cielo gris y sucio de la capital un arcoíris multicolor.

Es cierto que un buen número de sus conocidos y amigos van a sintonizar con Vilo, al menos en un principio, porque, cuando quiere, Vilo es extremadamente atractivo y seductor. Tiene una forma de hablar que atrapa, que hipnotiza, es cierto. Pero son sobre todo sus amigas y conocidas las que lo escuchan con verdadera fruición. Y ahí es donde van a empezar a surgir los problemas.

Muchas de las chicas repiten visita, y acuden al piso de la colonia Las Lomas día sí día también. Y se quedan allí horas y horas por lo que parece ser el mero placer de estar junto a Vilo. Algunas de ellas incluso descuidan sus obligaciones y compromisos cotidianos: dejan de ir a clase o modifican voluntariamente sus horarios laborales. Los chicos suelen pasar por allí con menos frecuencia; de hecho, algunos dejan de ir tras la tercera o cuarta visita. Y es que las mujeres han ido apropiándose del maestro, otorgándole al piso de la colonia Las Lomas un curioso aire de exclusividad femenina. Y Vilo ha permitido que las cosas fuesen discurriendo de ese modo sin proponer remedio alguno, más bien al contrario. El propio Jorge se ha convertido en testigo del cambio desde cierta distancia, como si no fuese parte implicada. Después de todo, ¿qué puede hacer él? ¿Empezar a imponer normas? ¿Formular un código según el cual llevar a cabo las reuniones? ¿Decidir cómo y cuándo hay que relacionarse con Vilo? Eso sería ir en contra, precisamente, de las enseñanzas del maestro. No es que le agrade la dinámica que están adquiriendo los acontecimientos, pero sabe que lo único que puede hacer es no aferrarse a idea alguna y fluir en la incertidumbre; aunque eso le lleve a convertirse en una especie de paje o sirviente.

Para cuando el grupo fijo de chicas que frecuenta el piso de la colonia Las Lomas alcanza la quincena, los chicos han dejado de aparecer por allí desde hace al menos tres semanas. Viendo el campo libre, y como si hubiesen estado esperando desde el principio ese momento, las chicas convierten el salón en una especie de santuario. Cambian la distribución de los muebles intentando darle al espacio un aire diáfano. Colocan un silloncito, traído de no se sabe dónde, de espaldas a la ventana que da a la calle y lo orientan de modo que a su alrededor pueda formarse un auditorio semicircular compuesto por un buen número de cojines de colores vivos en los que repantigarse cómodamente a escuchar a Vilo. Cuelgan diferentes clases de cortinajes, principalmente de tonos ocres, tanto de las paredes como de las ventanas o las puertas. Han ido trayendo, además, toda clase de imágenes que, en teoría, remiten al mundo de lo espiritual y resultan sugerentes, ya sean retratos de Buda o Shiva o bien imágenes de árboles ancestrales, picos nevados o puestas de sol, y las han ido colocando en puntos estratégicos de la casa; al cabo de un tiempo, el número de imágenes es tal que resulta prácticamente imposible no toparse con alguna de ellas en cualquier rincón por insospechado que parezca. Y, como no podía ser de otro modo, un consistente aroma a sándalo lo impregna absolutamente todo.

La casa está muy limpia; y eso que Jorge apenas se encarga ya de las labores del hogar. Siempre hay comida preparada, lista para ser consumida: ahora una enchilada, ahora unas quesadillas, ahora tamales... Por ese motivo, precisamente, es habitual toparse en el piso con alguna de las chicas a la hora de la comida, o bien justo después, rondando por las habitaciones. Cabe aclarar que las labores de limpieza o alimentación las realizan de manera totalmente voluntaria, sin consultarlo con nadie y siempre en silencio. De vez en cuando, alguna de ellas se queda a dormir en el piso, pero siempre por cuestiones de horario. Los encuentros, las charlas, suelen dar comienzo a eso de las seis de la tarde y a veces, pero sólo a veces, se extienden hasta más allá de la medianoche; por lo general, se dan por finalizadas a las diez. Todo es de lo más distendido. Las hay que se echan una cabezadita oyendo hablar a Vilo, o se levantan a comer algo y luego vuelven, o salen de casa y regresan al cabo de un rato portando bolsas del supermercado, o se ponen a tejer con aire ausente, o le hacen preguntas amables que permiten que el discurso del maestro fluya con naturalidad.

Pero llega un momento en que el discurso deja de fluir con naturalidad. Durante esos primeros meses, Vilo se ha limitado a intentar extraer ciertas nociones que él entiende como básicas basando su discurso en el relato de sus experiencias personales. Les ha contado su vida con pelos y señales. Y ha estado bien, ha resultado ameno e incluso inspirador. Pero llega un momento en que empieza a repetirse, y los conceptos a extraer son exactamente los mismos. Y cuando Jorge empieza a sospechar que Vilo ha entrado en un inquietante bucle, es el propio maestro el que lo convoca y le dice que ha llegado el momento de dar un salto, que cree que la comunidad, y es la primera vez que emplea esa palabra, está preparada para adentrarse en la senda de la incertidumbre. A partir de ese momento, la idílica situación de la comunidad congregada bajo el techo del piso de la colonia Las Lomas, se ve alterada de manera radical. Para empezar, Vilo impone en las reuniones el silencio y el estatismo. En las horas que están juntos, sólo pronuncia algunas pocas palabras, siempre con voz atronadora y crispada. Después se iniciarán las extrañas meditaciones guiadas: Vilo intenta conducir a los miembros de la comunidad por paisajes mentales plagados de símbolos que, en la mayoría de las ocasiones, resultan imposibles de asimilar o siquiera de entender. Luego llegan las posturas de yoga, posturas de lo más sui géneris, absolutamente heterodoxas, que llevan a las muchachas mexicanas a experimentar sensaciones físicas, no siempre placenteras, desconocidas para ellas hasta entonces. Le sigue lo que Vilo denomina la terapia del llanto: les propone a las presentes que busquen en su interior el recuerdo más trágico y doloroso de su vida y se aferren a él hasta que les queme la piel. Y finalmente, como remate a ese proceso de depuración y limpieza interior, les habla de la desnudez. ¡Hay que despojarse de aquello con lo que cubrimos nuestra esencia!, les grita Vilo. Tenéis que desnudaros y abandonar vuestras ropas. Aquí ya no sirven para nada, concluye.

Desde el inicio de esa nueva fase, la senda de la incertidumbre, la comunidad ha sufrido bajas, pero es en el momento de proponer la desnudez como norma para los encuentros cuando el grupo se ve reducido a su mínima expresión. Sólo seis chicas aceptan el reto. Esa terrible escisión, por otra parte, refuerza enormemente los vínculos entre aquellas que han decidido quedarse. De hecho, las seis chicas se instalan de forma indefinida en el piso de la colonia Las Lomas, abandonando definitivamente cualquier obligación que tenga algo que ver con el mundo exterior. Olvidan sus anteriores vidas. Y, como era lógico, el paso siguiente es fundirse unos con otros no sólo para compartir la energía, sino para multiplicarla. Es decir, follan como locos. Esto que estamos haciendo aquí, les dice Vilo cuando llevan ya tres días conviviendo, no sólo tiene que ver con nosotros. Estamos alcanzando la esencia caótica del cosmos.

Desde el momento en que la comunidad se reduce y se compacta, todas las labores relacionadas con la intendencia, con el manejo de las cuestiones prácticas, recaen de nuevo en Jorge. Después de todo, las chicas han prescindido de su ropa y no pueden salir de esa guisa a las calles del D.F. Jorge quiere creer que son sus obligaciones respecto al mantenimiento de la comunidad lo que le distancia de Vilo y su propuesta iniciática, porque, si bien hasta ese momento se había mantenido como testigo distante del proceso, en espera de que todo adquiriese un nuevo sentido en el que verse incluido por completo, ahora se ve directamente al margen. Y no se refiere precisamente al hecho de no follar con las muchachas, de no dormir siquiera con ellas, sino a algo más profundo. Recuerda, se dice, que el ego es tu mayor enemigo. El ego te llevó al hueco grande y oscuro. Así pues, se entrega en cuerpo y alma a sus nuevas ocupaciones y procura no pensar como lo haría un egocéntrico cualquiera; como el egocéntrico que él ha sido sin duda en otras ocasiones.

Fuera de la colonia Las Lomas, esas muchachas no sólo tienen obligaciones laborales o estudiantiles, también tienen gente que las echa de menos. Familia. Amigos. Novios. Sí, novios. Algunos de ellos incluso frecuentaron a Vilo en sus primeros días en el D.F. Novios que no sólo están preocupados por la desaparición de las chicas sino que se sienten abandonados, dolidos..., humillados. Y saben a quién señalar como culpable.

Apenas un mes después de iniciada la fase de la desnudez y el intercambio de energía, y aprovechando que Jorge ha salido a comprar, irrumpe en el piso un grupo formado por siete hombres: novios, amigos y familiares de las chicas. Encuentran a Vilo metido en la cama con tres de ellas, dormidos todos como angelitos, desnudos e inocentes. Sacan a las chicas de allí a rastras y le propinan al maestro una tremenda paliza sin cruzar con él una sola palabra. Le rompen varias costillas, el radio del brazo derecho y uno de los golpes en un ojo está a punto de provocarle un desprendimiento de retina. Cuando Jorge vuelve al piso encuentra a Vilo tumbado inconsciente sobre un charco de sangre en el salón, sangre que parece manar de todos los orificios de su cuerpo.

Vilo pasa una semana ingresado en el Hospital Universitario, recuperándose de las lesiones más graves. En esos días, amén de acudir puntualmente al hospital para estar junto a Vilo, Jorge encuentra otro apartamento, en la calle Comercio en este caso, enfrente del Jardín Morelos, y traslada allí todas sus pertenencias. Quiere dejar atrás el escenario de la desgracia. En ese nuevo apartamento, algo más pequeño y menos ventilado, Jorge volverá a cuidar de Vilo durante quince días más antes de que este pueda salir a la calle por su propio pie, quince días en los que van a vivir, a todos los efectos, como los componentes de un matrimonio de viejos machacados por el paso del tiempo. Vilo parece ahora mucho más viejo que nunca, casi un anciano, con todos esos moratones y magulladuras y aparatosos vendajes. Jorge tiene que ayudarle a comer, a asearse y a desplazarse por la casa. Y Vilo, por su parte, gimotea sin parar y farfulla para comunicarse con Jorge en lugar de hablar con su característica voz profunda y sugerente.

En un primer momento, cuando se topó con el cuerpo sanguinolento de Vilo tirado en el salón del piso de la colonia Las Lomas, a Jorge le vino a la mente una imagen que tenía grabada a fuego en su memoria: se vio a sí mismo, maltrecho, sucio y vejado en las dependencias del centro clandestino de detención conocido como El Campito, en la provincia de Buenos Aires. Ambas imágenes, Vilo herido y él derrotado, se superponen en su consciencia y, durante días, le van a perseguir sin descanso, tanto en la vigilia como en el sueño. Siente lástima por Vilo, una lástima íntima e intransferible. Una lástima que, dicho sea de paso, le gustaría no haber tenido que experimentar nunca respecto a su maestro. Y también siente rabia e impotencia, de un modo más amplio y, por qué no decirlo, más abstracto. Todo ello refuerza en su interior la impresión de que Distrito Federal es una ciudad inhóspita, violenta y, en muchos casos, incomprensible. ¿Por qué esa furia? ¿Por qué esa crueldad?, se pregunta cuando recorre las calles del D.F. Pero esas primeras reacciones viscerales van dejando paso, poco a poco, a otra clase de pensamientos. Pensamientos más ponderados, más serenos y analíticos. Jorge se dice, por ejemplo, que tal vez deberían haber hecho las cosas de otro modo. Y se lo dice así, en plural, a pesar de que él no ha tenido mucho que ver en lo ocurrido. Pero ¿de qué modo?, se pregunta también. ¿De qué modo podría haber funcionado todo para no acabar topando con dificultades similares? No tiene propuesta alguna para hacer frente a esa duda. Vilo, por su parte, no muestra un ápice de autocrítica. Ni siquiera analiza la situación. ¡Qué ser tan evolucionado!, piensa Jorge, porque a mí algo así me hundiría, me llevaría a replanteármelo todo. Pero si Vilo, ese ser superior, no se plantea lo ocurrido, ¿por qué debería hacerlo él?

Es más, en breve, en cuestión de días, Vilo va a pasar a otra cosa; es su naturaleza. En cuanto se levanta de la cama y puede salir a dar un paseo con Jorge, dice, o más bien proclama, como suele ser su costumbre, mientras van recorriendo la calle República de Venezuela, justo frente al Palacio de la Inquisición: Tenemos que hacer teatro. Lo dice como si tal cosa, como el que recuerda una sencilla tarea pendiente o el que se fija en el curioso escaparate de una tienda y comenta algo al respecto. ¿Teatro?, pregunta Jorge, que no está muy seguro de haber oído lo que ha oído. Vilo guarda silencio durante unos cuantos pasos, con la mirada perdida en algún detalle remoto de la fachada neogótica del Palacio. Eso es lo que tenemos que hacer, responde como si se estuviese remitiendo a un tema del que ya han hablado en otras ocasiones. ¿Te refieres a hacer una obra de teatro?, insiste Jorge. Vilo se detiene un segundo, se apoya en una farola para tomar aire, porque las costillas van solidificándose a su ritmo y todavía le cuesta respirar con normalidad y, tras unos larguísimos y angustiantes segundos, dice: Tenemos que conjurar en un acto simbólico toda esa rabia y frustración con la que nos hemos topado y convertirla en energía creadora. Tenemos que darle la vuelta a todo. Tenemos que reírnos como locos. De eso se trata. A Jorge le cuesta seguir el razonamiento de Vilo, por eso vuelve a preguntar, entre la incredulidad y el desconcierto: ¿Reírnos como locos? Sí, reírnos como locos... para recuperar la cordura. No te entiendo, afirma Jorge con una desarmante ingenuidad. ¿Por qué tenemos que hacer una obra de teatro? ¿Y qué tiene que ver el teatro con reírnos como locos? Antes de responder, Vilo le pide que le lleve hasta un banco en el que pueda sentarse, o a la terraza de algún bar. Está muy cansado. Esta clase de iluminaciones, de mensajes llegados desde el otro lado de la consciencia, me dejan agotado por completo, asegura Vilo. Porque lo que acabo de ver ha sido una epifanía, ¿sabes, Jorge?, una revelación. Lo he visto clarísimo, diáfano. Así pues caminan durante un rato más, en silencio, en dirección a un lugar en el que sentarse. De vez en cuando, Jorge mira de soslayo a Vilo, al que sujeta por la escayola del brazo derecho, y cree apreciar en su perfil algo parecido al júbilo, o tal vez al éxtasis. ¿Sería esta la sensación que transmitía el rostro del místico Rumi cuando componía sus versos?, se pregunta Jorge echando mano de sus antiguas pasiones literarias. Bajo la apariencia de un viejo maltrecho y castigado por las circunstancias, en Vilo parecen esconderse la bravura y la determinación de un elegido.

Finalmente alcanzan un banco de piedra frente al pórtico de una iglesia de aspecto colonial, a la sombra de una acacia gigantesca. Y Vilo empieza a hablar. Despacito, con voz entrecortada y algo sibilante, le repite lo que le ha dicho antes, que tienen que hacer teatro para conjurar la rabia y la frustración. Jorge supone que se refiere a la paliza que le propinaron. La rabia y la frustración con la que nos hemos topado están ahí, dice Vilo. Parecen haberse instalado en nuestro entorno. Y sí, paseando por estas calles, Jorge, me doy cuenta de que hay mucha rabia y frustración en este lugar, en esta tierra. Pero no hay que tomarlo como algo negativo. O en todo caso, eso no debe llevarnos a huir, a buscar otro entorno. Si hemos caído aquí es para luchar contra eso, para voltearlo como el que voltea un calcetín. Y podemos hacerlo, afirma con una sonrisa. Jorge, por su parte, se detiene a pensar en el uso de la primera persona del plural. ¿A quién se está refiriendo con ese nosotros? ¿Qué tengo yo que ver con el teatro o con la risa? Vilo, como si leyese su mente, le dice: He hablado de teatro, pero tal vez habría que hablar de *happening*, o incluso de psicodrama público. Eso a Jorge no le aclara gran cosa, la verdad.

Vilo intenta darle un marco de referencia para que entienda mejor su epifanía. En pocas palabras le explica qué es un *happening* y también un psicodrama. Después le relata su experiencia con el teatro pánico cuando estuvo en París. ¿Teatro pánico?, se pregunta Jorge en su fuero interno. Al apreciar su cara de pasmo, Vilo le habla de su relación con los supuestos fundadores de dicho movimiento en los años sesenta: Fernando Arrabal, Roland Topor y Alejandro Jodorowsky. Yo no figuro como uno de los fundadores, pero les inspiré a todos ellos, aclara Vilo, y ahora entenderás por qué. Le relata que el teatro pánico se inspira en el dios Pan, el cual se manifiesta a través de tres elementos básicos: terror, humor y simultaneidad. Que es un movimiento que pretende anunciar la locura controlada como supervivencia ante una sociedad en crisis de valores. Se basa en la mezcla de contrarios: amor-odio, tragedia-comedia, sacrilegio-sagrado. A todo ello se le añade la visión onírica, y a veces satírica y cruel, de la vida, para hacer patente la sinrazón del mundo. ¿No tiene eso que ver con vivir en la incertidumbre?, le pregunta Vilo. ¿No tiene eso que ver con llegar a la esencia caótica de la existencia? ¡Por supuesto que sí!, se responde a sí mismo. Ellos tomaron de mis enseñanzas, incluso utilizaron un texto mío en uno de los libros con los que Arrabal quiso publicitar el movimiento, *Le panique*. Siempre hablan de Artaud o de Wittgenstein como influencias... y nunca quieren citarme a mí. Cosas del ego, supongo. Eso a mí no me afecta. Pero lo cierto es que yo les dije que el movimiento pánico tenía que ser la crítica de la razón pura, un himno al talento loco; tenía que ser el rechazo de la seriedad, un canto a la falta de ambigüedad. En pocas palabras, esa forma de hacer teatro tenía que evidenciar el arte de vivir, partiendo de la confusión y del azar. Y tomaron mis palabras al pie de la letra.

Jorge escucha lo que le está contando Vilo con una mezcla de curiosidad y estupefacción. Jamás había visto a Vilo reivindicarse de ese modo, con esas maneras extrañamente adolescentes, y su actitud le inquieta. Lo que tenemos que hacer nosotros es algo así, prosigue Vilo: aprovecharnos de toda esa confusión, rabia, frustración e irracionalidad, darle la vuelta y transformarla, haciéndola visible y palpable, en energía positiva que aporte a la humanidad, a la gente que nos rodea, una nueva perspectiva desde la que empezar a construir. ¿Qué te parece?, concluye Vilo con una sonrisa beatífica, como si no le doliesen todos los huesos de su cuerpo. Bueno... Sí... No me parece mal, piensa Jorge sin tenerlas todas consigo. Pero no dice nada. No se atreve a contestar porque sabe que tendrá que responsabilizarse de lo que diga. Pero para Vilo, quien calla otorga.

En cualquier caso, y a pesar de la incomprensión inicial, Jorge decide colaborar con Vilo en su proyecto teatral. Le presenta a sus conocidos poetas y escritores, a gente de la universidad, como el que sondea el terreno para medir con recato el siguiente paso. Tras una charla en el café Quito de la calle Bucareli con un tal Rafael Barrios, poeta real visceralista en horas bajas, se pone realmente en marcha la maquinaria del nuevo proyecto. Vilo y Barrios encajan, se entienden, al menos en ese primer encuentro. Cuando llevan consumida poco menos de la mitad de una botella de mezcal Los Suicidas, Barrios hace patente su convencimiento y asegura disponer de una pequeña sala donde ensayar e incluso representar la futura obra. Vilo, ya en ese primer encuentro le corrige y le indica que no pueden hablar de obra, porque no se trata de algo acotado, con principio y final, sino de un flujo de energía, de una corriente de cambio que enlaza con lo circular, aquello que ni empieza ni acaba nunca. Barrios dice que vale, que lo que él diga, y que podrían empezar a trabajar en el local en cosa de un par de días. Una vez en el apartamento de la calle Comercio, Vilo le dice a Jorge: Ese hombre es un poeta de los pies a la cabeza. Un poeta en el sentido más absoluto y total de la palabra. Creo, concluye, que no había visto a nadie como él hasta hoy.

Barrios no tarda en presentarle a gente del teatro, pero no gente conocida, sino gente de su cuerda, gente lumpen, airada, crispada, tensa y, supuestamente, muy creativa. Empiezan a reunirse en unos bajos de la calle Colima, un local sucio y maloliente propiedad del padre de una de las integrantes de este nuevo grupo llamada María Font; por lo visto, con anterioridad había sido utilizado como almacén de encurtidos, de ahí el fuerte olor a vinagre rancio. Decir que trabajan en algo concreto sería decir demasiado, pues se limitan a poner en común ideas, a cada cual más disparatada, sobre las que evolucionar; así lo denominan después de debatir largo y tendido sobre la perversión del lenguaje: evolucionar. Lo que estamos haciendo aquí es un verbo, no un sustantivo, exclama Barrios el poeta total. Con cada día que pasa, más gente se va uniendo al grupo, y de la primera oleada lumpen-intelectual se pasa directamente al lumpen a secas y después a gente con mala pinta y malas maneras, y de ahí a que se presente en el local gente que sin lugar a dudas pertenece a los escalones más bajos y oscuros del mundo del hampa. Estos últimos no participan, no están por evolucionar, se limitan a quedarse arrumbados contra las paredes del local, fumando hierba y compartiendo botellas de licor. Jorge le expresa a Vilo su preocupación por el giro que están tomando los acontecimientos, pero Vilo parece encantado. Si de lo que se trata, Jorge, es de convocar el caos y la violencia, vamos por buen camino, ¿no te parece? Tras varias semanas de interminables charlas, airadas discusiones, *happenings* efímeros y absurdos, drogas de todo pelaje, psicodramas íntimos e incomprensibles, insultos e imprecaciones, peleas con puños y también con alguna navaja que otra, heridos varios, deserciones por empatía y mutaciones grupales, el buen camino de Vilo desemboca en un incendio. Un incendio que no sólo afecta al antiguo local de encurtidos sino que calcina todo el edificio de la calle Colima.

La policía no va a dar con el culpable, de hecho nunca van a descubrir si ha sido algo fortuito o provocado, pero de entrada se llevan detenidas a doce personas; entre ellas, por fortuna, no están ni Vilo ni Jorge, que pueden escapar ilesos debido a que la confusión generada por el fuego les obligó a pensar única y exclusivamente en sí mismos. En el incendio, por lo demás, resultan heridas diez personas, entre ellas cinco integrantes del grupo teatral, que ya no volverá a reunirse.

Tal vez motivados por el sentimiento de culpa al haber salido a toda velocidad del local de encurtidos sin mirar atrás, Jorge y Vilo se niegan a consultar los periódicos durante la semana siguiente para informarse de lo ocurrido. Tal vez sea porque agua pasada no mueve molino. En cualquier caso, esa semana la pasan encerrados en el apartamento de la calle Comercio, comiendo latas de conservas y fiambres. La excusa que Vilo aporta para dicho encierro, que necesita recluirse para pensar, a Jorge le resulta útil porque él también tiene muchas cosas en las que pensar. Permanecerán fuera de circulación durante el tiempo suficiente para que las aguas se calmen un poco y vuelvan a su curso. ¿Pero cuál es el curso de las aguas? Bien, esa es una de las muchas cosas en las que Jorge tiene que pensar.

Cuando Vilo decide poner fin a la reclusión, le dice a Jorge: Todavía estoy ajustando mis círculos de energía a este poderoso lugar. Vilo habla, como siempre, desde la rotundidad y lo incontestable, a pesar de su melodioso acento uruguayo, pero por primera vez sus palabras suenan a justificación. En cuanto lo oye hablar, Jorge entiende que las dudas y la aflicción que le han estado acosando durante esos días de retiro voluntario no han sido injustificadas; no han sido, como él había llegado a pensar, una prueba de debilidad. Necesito ir a un lugar con mar, prosigue Vilo. Necesito equilibrar la fuerza del fuego y la tierra que impera aquí con la energía reguladora del agua. ¿Dónde ha quedado la primera persona del plural?, se pregunta Jorge. El nosotros ha desaparecido. Jorge sabe que, una vez más, va a ayudar a Vilo, va a ponerse a su servicio. O sea, va a encontrar para él un lugar con mar en el que... Bueno, en el que Vilo haga lo que tenga que hacer.

Sin embargo, algo en su interior ha empezado a escindirse. Algo en su interior ha empezado a tomar una ruta alternativa; una ruta independiente. Sólo por si acaso. Le ha costado horrores llegar a tomar esa decisión. Ha sido doloroso. Pero una voz en su interior, que algunas personas denominarían sentido común, le ha hecho ver con claridad que si Vilo ha caído ya dos veces con estrépito, llevándose por delante todo lo que le rodeaba, nada impide que vuelva a derrumbarse una tercera o una cuarta. Por ese motivo, una vez finalizado el periodo de reclusión, y al tiempo que empieza a moverse para encontrar un lugar en el que alojarse en la costa, Jorge vuelve a tomar contacto con la escritura, con el camino profesional y personal iniciado antes de ir en busca de Vilo. Es verdad que ya no le quedan muchos amigos o conocidos a los que recurrir, pues a la mayoría de ellos los involucró en alguna de las dos fases del proyecto Vilo en México, pero alguno responde todavía a su llamada cuando habla de colaborar en revistas o participar en programas de radio. Lo de encontrar a alguien que les ofrezca alojamiento en la costa va a resultar bastante más peliagudo. Pero para eso está el dinero, piensa Jorge.

Finalmente, se van a Acapulco. Se alojan en el hotel Boca Chica, un establecimiento de mediano lujo al alcance de los dólares de Jorge, en una suite doble, con dos amplias camas de matrimonio, unidas por algo parecido a un salón con unas impresionantes vistas a la bahía. ¡Qué luz más espectacular hay aquí!, proclama Vilo en cuanto dejan las maletas. Sale a la terraza, bañada por el incontestable sol del mediodía y dice: Viendo las aguas del Pacífico, ¿cómo no entender la sensación de magnificencia que embargó a Núñez de Balboa?

Los primeros días van a dedicarlos a recorrer las calles de la pujante ciudad, convertida ya en una verdadera urbe, y también a visitar los lugares de interés: el Fuerte de San Diego, la catedral de Nuestra Señora de la Soledad, los murales de Diego Rivera en la Casa de los Vientos, el Parque Papagayo, el Fortín Álvarez. Comen en restaurantes de postín y toman copas en glamurosos locales de moda como si no importase el mañana. Parecen personajes secundarios en una de aquellas películas de los años cincuenta que tanto ayudaron a que Acapulco se convirtiese en un imán para famosos. Se comportan como pinches gringos despreocupados y satisfechos. Pero entonces, una tarde, como si se limitasen a seguir un guión pautado, se les ocurre ir a La Quebrada a ver a los clavadistas, y ahí, una vez más, la maquinaria vuelve a ponerse en marcha.

El lugar es sin duda impresionante, con todos esos riscos y salientes de piedra sobre la estrecha franja de agua que se adentra en la tierra. Cuando llegan allí, al mirador, un viejo pescador les explica que La Quebrada no es un fenómeno natural sino obra del hombre: se creó en 1934 al dinamitar el cerro para poder acceder a los acantilados. Hasta el momento de descubrir en qué consiste todo el espectáculo al completo, Vilo se ha mantenido a la expectativa. ¡Creía que era algo mucho más sencillo y planificado!, exclama al ver ascender a los jóvenes por la pared de roca ataviados únicamente con sus diminutos bañadores. ¡Pensaba que se tiraban desde un trampolín o algo así!, aclara Vilo. Pero no. Los clavadistas ascienden la pared de roca desde el agua, deteniéndose a diferentes alturas para llevar a cabo sus saltos. Algunos de ellos llegan hasta lo más alto, hasta el lugar en el que está ubicado el santuario con la imagen de la virgen de Guadalupe, allí sí se extiende una pequeña plataforma. Y luego vienen los saltos. Vuelos majestuosos y sencillos que duran apenas dos segundos. Son saltos mortales, porque además de la pericia a la hora de tomar impulso el clavadista tiene que calcular la frecuencia de las olas y escoger la más apropiada, dado que la profundidad en el punto de caída es más bien escasa. Cuatro metros, nomás, les aclara el viejo pescador. Si el clavadista no calcula bien el salto puede romperse el cuello. Después no suele haber aplausos ni vítores, sólo una especie de aliviado recogimiento.

Vilo parece subyugado por el espectáculo, atrapado por completo por el ritual. La primera vez que dice: Tengo que saltar, Jorge sonríe y le palmea el hombro. Cuando cinco minutos más tarde afirma con convicción: Voy a saltar, tanto Jorge como el viejo pescador, que no se ha apartado de su lado en todo ese rato, tienen que agarrarlo con fuerza por los brazos para impedirle que cometa una locura. El viejo le aclara que no está preparado, que el riesgo es máximo, que sólo unos pocos pueden hacerlo. Pero eso no le disuade. Sólo cuando el pescador le da detalles específicos de la particular liturgia, del proceso iniciático que entraña, de las cuestiones de fe y creencia, Vilo se detiene a recapacitar. Bueno, dice entonces, ya llegará mi momento. Pero tengo que hacer algo con esta experiencia. Porque estos saltos abren una brecha en el tiempo y el espacio, ¿no lo notas, Jorge? Durante esos segundos, las leyes del mundo quedan suspendidas, se abre una brecha. ¿Y qué es lo que se cuela por ella, eh, Jorge? ¡La esencia caótica de la existencia!

Lo primero que Jorge piensa al oír las palabras de Vilo es: ¿ahora nos vamos a hacer clavadistas? Pero durante la cena, Vilo le aclara el concepto al relatarle el camino que quiere emprender a partir de ese momento para extraer de esa experiencia su núcleo duro: ¡Tengo que volver a esculpir! Aunque la aclaración no tranquiliza a Jorge, porque de inmediato se ve acarreando kilos y kilos de mierda de vaca. ¡Tengo que atrapar esa esencia con mis esculturas! Porque mis esculturas no son obras, no son arte, sino que tienen la voluntad...

El proceso se parece mucho a lo ocurrido en anteriores ocasiones: encuentran un taller a un precio aceptable, que obviamente costea Jorge, taller en el que Vilo va a instalarse a todos los efectos, después entran en contacto con artistas locales. Por fortuna, en esta ocasión la madera será el elemento base. Por otra parte, Vilo se adentra personalmente y a conciencia en el mundo de los clavadistas. Se pasa los días entre el puerto y La Quebrada. Tras varias semanas de confraternización, invita a unos cuantos de ellos al estudio con la intención de elaborar bocetos. La iniciativa, sin embargo, resulta decepcionante. Son hombres demasiado curtidos, le explica a Jorge, son excesivamente rígidos. En esos saltos hay algo más inocente, más puro. Por ese motivo, se va a ir acercando, de manera progresiva pero rápida, a los clavadistas más jóvenes. No tarda en descubrir, por ejemplo, que también hay chicas y niños que aspiran a ser clavadistas. Ahí va a encontrar su filón.

En mitad de ese proceso, que él ha estado observando con absoluta frialdad y distancia, como si de un documental televisivo se tratase, Jorge recibe una carta que le aparta definitivamente del nuevo proyecto de Vilo. A través de uno de los conocidos del mundillo cultural que todavía le quedan, recibe una invitación de la Universidad Autónoma de Yucatán, sita en Mérida, para participar en el II Congreso sobre Psicología, Fe y Humanismo. Como autor del estupendo libro *La verdad profunda del viaje,* su ponencia tendría que versar, le piden, sobre la relación entre viaje y autoconocimiento. No es que la idea le apasione, porque cree tener más que superado ese enfoque, pero se aferra a la propuesta como si se tratase de un salvoconducto en territorio bélico. La ponencia va a ser su billete de salida: tiene algo que esgrimir para separarse de Vilo sin sentir un excesivo cargo de conciencia. A esas alturas de su relación, lo único que Jorge siente al estar cerca de Vilo es pesadumbre y desencanto. Jorge no se va a ir de Acapulco, pero las visitas al taller de escultura, del que Vilo prácticamente ya no sale para nada, van espaciándose hasta hacerse inexistentes. Entre otras razones, porque Jorge no encuentra explicación aceptable alguna al hecho de que en el taller cada día que pasa haya más niños y niñas y menos adultos. Se resiste a juzgar a Vilo, pero no se despide de él cuando se marcha a Mérida para el congreso.

Llega a Mérida tres días antes de su ponencia. Necesita airearse, tomar distancia e intentar observar las cosas con la adecuada perspectiva. Sus planes con Vilo se han ido al traste. Él, que fue a buscarlo a Sant Martí Vell convencido de que si Vilo se establecía en México podrían crear juntos un ámbito en el que aprender a vivir realmente en la incertidumbre y la verdad; él, que había creído a pies juntillas que un nuevo modelo de existencia era posible junto a Vilo; él, que se lo había jugado todo a esa carta para evitar de una vez por todas la amenaza del vacío, del hueco grande y oscuro, como un pozo sin agua, ahora vuelve a estar en la casilla de salida, como en un absurdo juego de mesa, sin recompensa ninguna más allá del desaliento, el cansancio y la tristeza. Pero entonces, piensa, ¿lo ocurrido en Cadaqués fue un fogonazo sin solución de continuidad? ¿No es posible disfrutar de forma ininterrumpida de esa sensación de libertad y plenitud que experimenté entonces? Jorge niega para sí con la cabeza, encerrado en la habitación de su hotel, resistiéndose a pensar que lo ocurrido en Cadaqués, hace ya cinco años, fue una ilusión o el simple fruto de la casualidad. Mientras come con sus colegas del congreso o lo llevan de paseo para que conozca un poco más la Ciudad Blanca, como la denominan por aquí, se pregunta: Y si no fue una ilusión, ¿qué papel jugó realmente Vilo en todo ello? Las dudas en ese sentido van a ser de mayor calado aun cuando la tarde antes de su intervención en el II Congreso sobre Psicología, Fe y Humanismo lea en el *Diario de Yucatán*: Detenido en Acapulco posible abusador infantil. La nota, de apenas diez líneas, no aclara gran cosa, pero de ella puede extraerse que el día anterior detuvieron al ciudadano uruguayo Julián Enrique Verón bajo la sospecha de que abusaba de los niños y niñas que tenía recogidos en su casa en las afueras de la ciudad de Acapulco, estado de Guerrero. Antes de llegar a sentirse paralizado por la información, Jorge logra acercarse hasta un quiosco y compra varios periódicos de tirada nacional en busca de más detalles. Compra *El Universal* y *Reforma*. En este último, la nota es calcada a la del *Diario de Yucatán*, pero en *El Universal* amplían bastante la información. Ahí ya dicen que la policía irrumpió en el taller de Julián Enrique Verón con la fundada sospecha de que en dicho local estaban teniendo lugar actos ilícitos relacionados con niños. Dicen que encontraron allí una pequeña comunidad formada por veinte infantes no mayores de catorce años (doce niños y ocho niñas), totalmente desnudos y conviviendo en condiciones de extrema insalubridad junto al que denominaban Maestro o Nuevo Padre: Julián Enrique Verón. La insalubridad alude en parte al cargamento de drogas que encontraron en el taller; drogas que consumían todos los allí presentes sin recato alguno. En la nota se habla de peyote, ayahuasca, marihuana y un buen surtido de barbitúricos. Dicen que los niños, por lo demás, están siendo examinados por médicos con la intención de determinar posibles abusos sexuales, pero que todavía no se dispone de los resultados. El cronista lleva a cabo un sucinto perfil de Julián Enrique Verón y dice que es conocido con el alias de Vilo. Lo denomina artista multidisciplinar, y dice que por lo visto su obra tiene un marcado carácter esotérico. Afirma que llegó a México hace poco menos de un año procedente de España, que antes de afincarse en Acapulco estuvo en el D.F. y que también ha vivido en París, Roma y Río de Janeiro. Luego habla de su carácter controvertido y polémico, y aventura que se le relaciona con un incendio en la capital del país. Y añade a esta suposición una más que posible vinculación con un famoso caso de trata de blancas ocurrido en Brasil un par de años atrás. Para finalizar, concluye que ha pasado a disposición de las autoridades judiciales.

Jorge se viene abajo. Hasta tal punto se siente hundido que alega abstractos problemas de salud para no llevar a cabo su ponencia. Se enclaustra en el hotel y, tras largas horas de conferencias y esperas infructuosas, logra ponerse en contacto con Vilo por vía telefónica. Ni la policía ni los jueces entienden nada, le explica Vilo. El peyote y la ayahuasca están absolutamente relacionados con la pureza infantil. Si tomamos todos juntos esas drogas fue para igualar nuestra percepción, para enriquecernos y crecer de manera conjunta. Me puse al servicio de los niños, eso fue lo que hice. Pero aquí no entienden nada, repite con voz crispada y chirriante. Los niños son el futuro de esta tierra, ¿no? Entonces, ¿no deberían darme las gracias? ¿No deberían reconocer mi labor en su formación? En lugar de eso, Jorge, quieren meterme en la cárcel. Amenazan incluso con extraditarme a Brasil por lo que pasó hace años. ¿Puedes creerlo? Voy a conseguirte un abogado, le dice Jorge con absoluta contrición. ¡Yo no quiero un abogado!, grita Vilo al otro lado de la línea. ¡Yo lo que quiero es que la gente abra los ojos y vea la realidad! ¡Ya está bien de tanta falsedad! Si la gente sigue así, Jorge, vamos directos al final de los tiempos. No lo dudes. Jorge se detiene a analizar ese novedoso enfoque en las palabras de Vilo. Hasta el momento, jamás había apreciado en su mensaje ese tono apocalíptico. Totalmente atrincherado en sus nuevas convicciones, Jorge insiste: No te preocupes, Vilo, voy a conseguirte un abogado, un buen abogado. Tú tampoco lo entiendes, Jorge. Te estás poniendo de su parte. Has cambiado, Jorge. Te has apartado de la senda y ahora... Todo va a ir bien, ya verás, replica Jorge justo antes de colgar el aparato. Tras hacerlo, se echa a llorar. Y llora con desesperación. Y después se tumba en la cama y duerme catorce horas seguidas.

A pesar de la purificadora llantina y de las horas de sueño, cuando Jorge despierta hay una imagen que no puede quitarse de la cabeza: la veintena de niños y niñas desnudos, totalmente drogados y retozando con Vilo en la suciedad de su taller. Le viene también a la mente la imagen del pene larvario y rechoncho del que hasta hace poco era su maestro. Para rematarlo todo, añade a la composición el dulce rostro de su hijito Óscar. Lo cual le revuelve las tripas. No añade la cara de Edgardo, al que legalmente ya no puede denominar hijo, porque no está actualizada en su memoria. ¿Cuánto hace que no ve a Edgardo? Dios mío, se dice, ya tiene once años. Debe de ser todo un hombrecito. Y de Edgardo vuelve a pasar a Óscar, viéndolo ahora de nuevo en aquel parque de Barcelona, cuando le entregó la camiseta de Argentina '78.

¿Realmente ese es mi legado en el mundo?, se dice Jorge. ¿Eso es lo que va a quedar de mí cuando yo ya no esté? ¿Qué pensarán de su padre esos niños cuando empiecen a hacerse preguntas sobre sus orígenes? Es muy probable que a Edgardo ni siquiera le hablen ya de mí. Es muy probable que la familia Burruchaga me haya borrado de las fotografías como hizo Stalin con Trotski. ¿Y Emilia? ¿Acaso va a contarle más cosas sobre mí a Óscar? ¡Si ni siquiera me conoce!, se dice. Y así, pasando con fluidez de una cosa a la otra, enlazando un tema con el siguiente, Jorge descubre a qué va a dedicar sus esfuerzos a partir de ahora. Voy a escribir mi versión de los hechos, se dice. Esa va a ser mi misión. Voy a escribir mi versión de los hechos por mis hijos, pero también por mí. Y también por el orden del cosmos y la humanidad. Porque los judíos dicen que salvar una vida es salvar todas las vidas. Y contar la historia de uno es mantenerlo con vida, es como salvarlo. El hecho de verbalizar esa nueva misión no saca a Jorge del agujero anímico en el que ha caído después de todo lo ocurrido con Vilo, pero sí le aporta una renovada fuente de energía con la que ayudarse a salir de él.

Al día siguiente, se compra una buena provisión de libretas, bolígrafos y lápices, varios mapas, una mochila de lona, un saco de dormir y calzado adecuado para caminar grandes distancias; tira a la basura su antigua maleta y todo lo que Jorge considera inadecuado para su nueva misión, incluyendo parte de su vestuario; paga la factura del hotel y sale de la ciudad a pie, hacia el norte, camino de la costa. Su idea es echarse a caminar para ordenar sus ideas e ir tomando notas de todo lo que entiende imprescindible para escribir lo que él denomina su versión de los hechos. Caminar siempre me ha ayudado a aclararme, se dice pensando en sus viajes por la costa mediterránea o por la India. Cuando tenga un grueso considerable de información, me detendré durante unos días para redactar y fijarlo sobre papel. Jorge sabe que toda esa zona, el norte de Yucatán e incluso más allá, hasta las inmediaciones de Cancún, es poco menos que un paraíso natural, con los parques Ría Lagartos o Yum Balam entre otros mágicos rincones, y está convencido de que caminar por esos parajes le va a resultar sumamente inspirador.

Durante las tres semanas siguientes, Jorge recorre efectivamente enclaves paradisiacos formados por arenas blanquísimas y palmeras que se inclinan hacia el agua con contagiosa indolencia. De vez en cuando recala en algún pequeño pueblo, como Santa Clara o Dzilam de Bravo, apenas unas pocas casitas reunidas en torno a una parroquia o un bar, pero la mayoría de las noches duerme al raso; las temperaturas, a pesar de estar aproximándose a finales de año, siguen siendo tropicales. Mientras recorre el Parque Nacional San Felipe apenas se cruza con nadie más allá de algún nostálgico mochilero extraviado con el que departe un rato antes de seguir su camino. Son muchos, pues, los días de soledad en los que puede pensar sin interrupción alguna en lo ocurrido durante los últimos años de su existencia. Lleva a cabo un repaso exhaustivo, todo sea dicho de paso, implacable incluso. Va tomando notas, fijando sus reflexiones de forma más o menos esquemática en los cuadernos que compró con ese fin. Y eso le hace bien: no sólo tiene una misión, la está cumpliendo. Se deja crecer la barba, come mal y su aspecto es más bien desaseado, pero lo cierto es que hacía mucho tiempo que no se sentía tan a gusto consigo mismo. Le resulta inevitable rememorar la juvenil aventura del río Paraná, aquel descabellado descenso en barca que llevó a cabo con Óscar Ruggeri, su amigo de la infancia. Recordar a Óscar Ruggeri le aflige, no podía ser de otro modo, porque no puede evitar preguntarse cómo se librarían de él los milicos. Tal vez en uno de esos Vuelos de la Muerte sobre los que escribió Rodolfo Walsh, el Profesor Neurus, antes de que lo mataran. Pero Jorge no quiere ahora pensar en esos temas. Está demasiado expuesto, demasiado en carne viva, y esa clase de información podría llegar en esos momentos hasta lo más hondo de su ser causando un enorme destrozo anímico. Ahora no, se dice. Ya habrá oportunidad para repasar esos acontecimientos.

Cuando llega a Cancún, Jorge se topa con una ciudad en construcción, o mejor dicho en total efervescencia constructora. Las grúas, los andamios, los camiones volquete y las cementeras se encuentran por doquier, allí donde uno dirija la vista. En la recepción del complejo de bungalows donde va a alojarse, ubicado en una zona todavía prácticamente desierta llamada Playa Blanca, la joven tras el mostrador le explica que la ciudad está en proceso de crecimiento masivo. Le explica también, con exquisita educación de colegio privado, que Cancún es un invento, que la ciudad empezó a crearse como tal a principios de los años setenta, porque allí no habían ni cuatro casas, con la intención de convertirse en un importante enclave turístico y que los inversores no paran de levantar hoteles, moles de apartamentos y complejos de bungalows como en el que se encuentran. En breve, afirma, estaremos rodeados y los precios subirán como la espuma. De momento, piensa Jorge, los precios están de maravilla, y la localización y las vistas son espléndidas. Además, señala la joven, estamos en plena celebración del Congreso Norte Sur, la Reunión Internacional sobre Cooperación y Desarrollo, y eso va a suponer un considerable espaldarazo para Cancún, ya lo verá.

La chica, después de su disertación sobre la ciudad, se fija en la máquina de escribir portátil que Jorge ha comprado en una casa de empeños al lado de la estación de autobuses. ¿Es usted escritor?, le pregunta. Jorge, por primera vez en mucho tiempo, vuelve a sentir el gusanillo del ego asociado a la creación. Le viene a la mente, como un fogonazo, la plenitud que sintió al acabar de escribir *El viaje de la verdad profunda*. Jorge no se había fijado hasta entonces, pero la joven le parece de lo más atractiva. Por eso tira los hombros hacia atrás con un gesto apenas perceptible, alza la cabeza y dice con un hilo de voz: Bueno, sí. ¿Puedo haber leído alguno de sus libros?, le pregunta la recepcionista. Es posible, responde Jorge con coquetería. Dígame un título, haga el favor, le pide la chica. Aquí en México, aclara Jorge, uno de ellos puede encontrarse bajo el título *La verdad profunda del viaje*. La joven recepcionista parece reflexionar durante unos segundos, rebuscando sin duda entre sus recuerdos alguna referencia que encaje con ese título. Finalmente concluye: Pues no me suena. Y al ver el involuntario gesto de contrariedad de Jorge añade con lo que parece absoluta sinceridad: Lo siento. Jorge se recompone y replica: Salió hace poco tiempo y no habrá llegado todavía aquí. Aquí es muy difícil encontrar libros, dice la joven echándole un capote. En Argentina tiene otro título, remata Jorge tras agarrar la máquina portátil dispuesto a encaminarse hacia su bungalow. Sin duda allá debe de ser usted muy conocido, dice la recepcionista. Jorge esboza un gesto que pretende abrir una puerta al misterio pero que, a pesar de sus esfuerzos, lo único que transmite es rencor. Aquí encontrará la inspiración, eso se lo garantizo, finaliza la joven con una sonrisa absolutamente propia de un exitoso enclave turístico. Cuando sale por la puerta, Jorge se dice que, después de todo, la chica no es tan atractiva.

Ya en el bungalow, tras sacar la ropa de la mochila y darse una ducha, Jorge extiende los tres cuadernos abarrotados de notas sobre la sencilla mesa de madera bajo la ventana que da a la playa. Coloca la máquina de escribir a un lado. Se trata de una vieja Olivetti con una grieta en la carcasa y la «s» parcialmente borrada. Acerca una de las sillas, con la base de anea, y se pone a escribir. Cinco días después, cinco días en los que apenas sale para comprar comida y en los que evita siempre saludar a la recepcionista, tiene redactada ya la primera versión. Pero se niega a leerla enseguida. Tengo que darme un tiempo, se dice, tengo que apartarme del texto para poder leerlo con distancia y ecuanimidad. Por ese motivo se dice que lo primero que tiene que hacer es descansar, reponerse, porque durante esa semana apenas ha pegado ojo. Después debería irme a otro sitio a leer el manuscrito, un ámbito diferente, limpio de referencias. Y eso es lo que hace: duerme, después lo recoge todo, salda la cuenta del bungalow y, de nuevo, se pone en ruta. Pero ahora lleva consigo el manuscrito de *Mi versión de los hechos*.

Llega al asentamiento maya de Chichén Itzá dos días después, tras hacer noche en la cercana ciudad de Valladolid. Llega poco después del mediodía, cuando el sol resulta más inclemente, y a duras penas consigue encontrar sombras bajo las que cobijarse. Su intención al ir allí era dejarse cautivar no sólo por las alucinantes construcciones de piedra, sino también escuchar el mensaje del tiempo, de lo remoto y lo auténtico. Sin embargo, nada de eso ocurre. El pensamiento de Jorge está centrado en una sola cosa: su manuscrito. Ha intentado combatir contra el impulso de leerlo desde que salió del bungalow, y ha logrado mantenerlo dentro de la mochila, pero su cabeza no deja de darle vueltas al asunto. Así que, bajo unos árboles frondosos, cerca de lo que denominan el Cenote Sagrado, una suerte de manantial a quinientos metros de la pirámide de Kukulkán, Jorge no se resiste más, se sienta en el suelo y lee de un tirón lo que ha escrito.

Es demasiado realista, se dice Jorge, demasiado fiel a una realidad en la que, ahora lo entiende, no cree en absoluto. ¡La supuesta realidad se queda muy corta para expresar lo que quiero expresar!, exclama con dolor. ¡Esa realidad exterior, supuestamente objetiva, no es mi realidad!, insiste. Esa supuesta realidad, concluye algo más sereno, no refleja con precisión mis sentimientos ni mi visión. Es una realidad tuerta, que sólo ve con un ojo. Se pone en pie y camina hacia la pirámide y pasa junto al Templo de los Guerreros y también junto al Tzompantli, donde los mayas llevaban a cabo sus sacrificios humanos. Y pasa junto a la Casa Colorada y junto a la Tumba del Sumo Sacerdote. En todo ese rato no ha dejado de pensar en libros que sí tengan esa esencia, ese segundo plano y esa raíz, para compararlos con su texto, para poder aprender de ellos. Pero los únicos libros que le han venido a la mente son los de Edgar Rice Burroughs, Julio Verne, Mark Twain, Rudyard Kipling o Joseph Conrad. En un principio piensa que no son los ejemplos más apropiados, pero al llegar al Estadio de Juego de Pelota tiene lugar la serena iluminación que va a cambiar por completo la vida de Jorge Charme. Estando allí le sobreviene la idea que va a convertirlo no sólo en un hombre satisfecho sino también en un hombre rico: la Escritura Sanadora.

La puesta en marcha es muy simple. Jorge, descontento con lo que se extrae de la plana narración sobre los últimos años de su vida, rememora sus lecturas infantiles y juveniles. En esas historias, se dice, sí había algo especial: transmitían ilusión, aventura..., vida. Eso es lo que a él le gustaría que transmitiese su texto. Y sin saber por qué, se ve narrando su propia historia ajustándola a ciertos pasajes de sus libros favoritos de esa época: *Viaje al centro de la Tierra*, *El libro de la selva*, *Huckleberry Finn*... Se sorprende al ver que, extrañamente, ambas cosas, su historia y la de esos personajes, encajan a un nivel profundo, simbólico. ¿Transmite algo su narración de ese modo? Podría transmitir, sí, se dice. ¿Y si yo contase mi historia totalmente de ese modo?, se pregunta. ¿Y si la novelase haciéndola coincidir con ciertas escenas de esos libros? Pero eso, se dice, sería convertir algo real en una ficción, ¿no?, se pregunta acuciado por un incómodo sentido de culpa. Acto seguido no puede evitar realizarse una pregunta muy sencilla pero por completo demoledora: ¿Qué diferencia hay entre la realidad y la ficción?

Pongamos, se dice Jorge, que un recuerdo es real, ¿en qué se diferencia, en nuestra memoria, de algo que hemos leído o escuchado contar? ¿En qué se diferencia Napoleón de Sancho Panza? No leemos igual, ni escribimos igual, si aquel del que leemos o escribimos es una persona a la que le otorgamos un carácter histórico, real. Pero ¿qué pasaría si lográsemos superar ese juicio previo y quedase abolida la diferencia entre lo real y lo ficticio?

Por otra parte, nuestro carácter y personalidad están construidos a partir de las historias que nos han contado sobre nosotros y que nosotros mismos nos hemos contado... ¿Y si a través de un relato moldeado a partir de escenas o pasajes literarios pudiésemos contarnos de nuevo nuestra propia historia? ¿No podríamos nosotros superar los traumas y alcanzar la catarsis contándonos de nuevo, de un modo distinto, editado y dirigido, nuestra propia historia?

No espera ni un solo día para volver al D.F. Una vez allí empieza a redactar *El cuento sanador*. Lo demás es historia.

7

Estando en el avión conocí a Julia y ella me prestó la novela *El mundo sumergido* de J.G. Ballard, que iba a marcar los primeros días de mi estancia en Buenos Aires. Aunque sería más correcto decir que en un principio me la cambió temporalmente, lo que durase el vuelo hasta Buenos Aires, por el ejemplar de *Watchmen* que me había llevado del apartamento de Boluda. En cualquier caso, en cuanto abrí aquel libro y me puse a leer supe que ese encuentro con Julia y sobre todo ese intercambio de libros no podían ser fruto de la casualidad. El título de la novela, como es lógico, había llamado mi atención al instante, pero lo más curioso fue que ya en las primeras páginas me di cuenta de que aquella historia iba a decirme algo directamente a mí, algo de mi vida y de mi situación actual.

Supongo que a Julia le sorprendió mi gesto abstraído o tal vez enajenado, porque me preguntó: ¿Es el primer libro de Ballard que leés? Yo no había leído nada de Ballard, pero sí había visto la adaptación que David Cronenberg había hecho de su novela *Crash*. Ballard es alucinante, ¿no es cierto?, preguntó sin esperar respuesta. *El mundo sumergido* está bien, sin embargo yo prefiero *Noches de cocaína*. Ese pibe es un visionario.

Había conocido a Julia en la cola de embarque. Supongo que se fijó en el ejemplar de *Watchmen* que llevaba bajo el brazo. O tal vez le parecí unos de esos artistas despistados de paso por Nueva York, a los que su pinta les avala y que no se sabe nunca a ciencia cierta a qué se dedican. Porque sin duda yo debía de tener pinta de despistado, por no decir de perdido o de pringado. Nos tocó sentarnos muy cerca, en la misma fila, con el pasillo de por medio. Ella empezó a hablar conmigo enseguida, animada por el hecho de que le respondiese en castellano. Me contó que era bonaerense, aseguró dedicarse a la fotografía, aunque yo no llegué a ver en los días siguientes ninguna de sus supuestas fotografías, y me dijo que volvía a su ciudad después de pasar casi un año trabajando con un famoso fotógrafo islandés afincado en Nueva York. Me dijo el nombre del fotógrafo, pero no lo recuerdo. La experiencia ha estado muy bien, ha sido instructiva, me aclaró, pero necesito mi propio espacio para crear. Ya sabés, remató como el que hace un guiño de complicidad. ¿Y vos, qué?, me preguntó. Yo le conté una sarta de mentiras sin pies ni cabeza respecto a mi propia trayectoria biográfica. En esta ocasión me negué a confesar que estaba viajando por el mundo en busca de los rastros de mi familia. Sabía lo conocido que era mi padre en Argentina y temía cualquier clase de reacción al respecto, ya fuese positiva o negativa. En cualquier caso, concluí mi invención diciéndole a Julia que me dedicaba al teatro. ¿Actuás?, me preguntó. No, le dije, escribo. Y también he participado en el montaje de varias obras en el Off Off Broadway. ¿Alguna que yo haya podido ver?, preguntó con genuino interés intelectual. Le hablé de dos de las obras de Boluda cuyos títulos recordaba, sin aclarar que las representaciones de las mismas habían tenido lugar mucho antes de que Boluda y yo nos conociésemos en aquel pub inglés cerca de Grand Central Station. Una de ellas me suena, me dijo Julia, pero no la he visto. Me preguntó después por el motivo de mi viaje a Buenos Aires. Lo cierto era que yo no tenía ganas de hablar. Prefería con mucho seguir leyendo el libro de Ballard, porque esperaba encontrar en él alguna clase de revelación, tal vez incluso el auténtico motivo, secreto y profundo, que me estaba llevando a Buenos Aires, pero aun así respondí. Le dije que en Nueva York estaba empezando a asfixiarme, que me sentía como un personaje en una película de Jim Jarmusch, lo cual era cierto, y que me habían dicho que Buenos Aries era un buen lugar para volver a empezar. Julia torció el gesto a modo de desaprobación. No sé yo, dijo. La ciudad está muy triste, prosiguió, con lo de la crisis y demás. El corralito fue un mazazo y la gente todavía no se ha recuperado. Como yo no quería seguir charlando bajé la vista para seguir leyendo con aires de autor teatral con un complejo mundo interior. Julia captó el mensaje.

Tras los devastadores efectos del cambio climático, mares, pantanos y lagunas cubren la mayor parte de la Tierra. El aumento de la temperatura ha propiciado la instauración generalizada del clima tropical, de manera que la flora y la fauna proliferan de forma extraordinaria y el mundo parece haber vuelto al periodo triásico. Las ciudades ya no son más que conjuntos de edificios imposibles de identificar que se elevan sobre el agua de un modo inútil. Esa es la situación de partida de *El mundo sumergido*. Por eso al leer ciertos fragmentos del libro experimenté una extrañísima sensación de reconocimiento. Por una parte, me fascinó ver escritas en papel mis obsesiones más personales, expresadas además con cuidada precisión. Por otra parte, no puedo negar que me sentí cohibido, como si una entidad consciente ajena a mi propio ser hubiese violado mi más estricta intimidad, al topar con frases como esta: Quizás estas lagunas me recuerdan simplemente el mundo sumergido de mi infancia uterina. ¿Entonces era eso? ¿Era ese el motivo del terror y la fascinación que sentía respecto a las ciudades sumergidas? No iba a obtener una respuesta sencilla, eso lo sabía. Aun así, intenté seguir leyendo. Pero Julia reclamaba constantemente mi atención.

Julia era menuda, morena de ojos grandes, con rasgos suaves, nada llamativos, pero atractiva. Llevaba el pelo corto y voluntariamente despeinado; como debe llevarlo una artista cosmopolita. Hablaba deprisa, pero su acento porteño no me incomodaba, tal vez porque su voz era suave, dulce. Tenía algo de criatura feérica, es cierto. Sin embargo, no cabía duda de que era resuelta, enérgica, y muy capaz de extraer de su pequeño cuerpecito toda la determinación del mundo. Durante lo que quedaba del viaje me relató pormenorizadamente, con brevísimas pausas que yo aprovechaba para seguir leyendo, su concepción del arte y de la experiencia estética. Me habló de sus fotógrafos preferidos y de sus cineastas preferidos y de sus músicos preferidos. La música que le gustaba es lo que mejor recuerdo. Pero todos los nombres que Julia fue relatando durante el vuelo, las diferentes tesis de trabajo, los títulos de obras y exposiciones, así como su particular visión de todo ello, se mezclan ahora en mi recuerdo con las impactantes palabras de J.G. Ballard: En todos los casos, leí entonces, tal vez mientras sobrevolábamos el sur de Brasil, se ha operado el mismo retroceso hacia el pasado, de modo que las pocas criaturas complejas que han logrado sobrevivir sin cambios parecen realmente seres anómalos: unos pocos anfibios, los pájaros y el *hombre*. El destacado es del propio Ballard.

Cuando aterrizamos en el aeropuerto de Ezeiza no pude evitar sentirme un poco culpable. No había prestado apenas atención a lo que Julia, mi benefactora y futura amante, me había estado relatando. Esa actitud no era del todo extraña en mí, es cierto, como cierto es que podría haberla justificado por los desajustes propios de un vuelo tan largo. O incluso por el impacto que habían causado en mí las páginas de Ballard que había leído. Pero la cuestión era que lo único que me interesaba de Julia en ese momento era su libro, *El mundo sumergido*. No quería devolvérselo. Me importaba bien poco que se quedase con el cómic de Boluda; yo me lo sabía de memoria, viñeta a viñeta. Habrá quien piense que mi reacción era exagerada, que un libro de bolsillo como ese no debía de resultar difícil de encontrar en una de las muchas librerías de Buenos Aires. Y quien lo piense no se estará equivocando. Es cierto que ese libro tenía que ver conmigo, con mis obsesiones o con mi experiencia simbólica de la existencia, si se prefiere; una experiencia simbólica tan atrayente como hermética. Es cierto que resultaba llamativo, como mínimo, que de camino a Buenos Aires, y al igual que me había sucedido al llegar a Nueva York con el fragmento de la Biblia, me topase con una alusión a un mundo sumergido. De acuerdo. Pero centrarme de ese modo en el libro de Ballard no era, en el fondo, más que una excusa para no afrontar de un modo directo la cuestión que me había llevado hasta la capital argentina. O sea, lo que estaba haciendo era esconder la cabeza bajo el ala con una excusa más o menos admisible. Tardé un tiempo en aceptarlo, cosa de una semana, pero si yo había puesto todas mis energías en ese libro fue para no pensar en que tenía que buscar a mi padre.

Mi padre, ese era el tema que realmente me asustaba. Pocas horas después leería: Pero es otra cosa lo que me preocupa. ¿Sólo cambia el paisaje exterior? Cuántas veces, casi todos nosotros, hemos tenido la impresión de *déjà vu*, de haber visto antes todo esto, en verdad, de recordar demasiado bien estos pantanos y lagunas. Los recuerdos biológicos son siempre desagradables, ecos de peligros y terrores. Nada dura tanto como el miedo.

Cuando recogimos nuestras maletas le propuse a Julia ir tomar un café. Para seguir charlando. Creo que no me he mostrado muy amable durante el vuelo, lo siento, dije mientras guardaba el ejemplar de *El mundo sumergido* en uno de los bolsillos de mi chaqueta. A ella le pareció bien la propuesta, pero me preguntó: ¿Tenés prisa? ¿Tenés que ir a algún sitio? Yo le dije que no. Realmente no tenía ni idea de cuáles iban a ser mis pasos en esa ciudad a partir de ese momento; el libro, por lo demás, me había librado de pensar en esa clase de cuestiones durante el viaje, que era cuando tenía previsto hacerlo. Entonces, vení conmigo a mi barrio y allá charlamos un ratito más.

Salimos de la terminal de vuelos internacionales. Por lo visto, junto a la parada de taxis la esperaba una furgoneta Nissan Vanette de color granate, sin marcas pero con dos considerables arañazos en el costado derecho. Ahora conocerás a Lena, mi *roommate*, me dijo Julia con tono irónico sin apartar la vista del frente. También es artista, ¿sabés? Está un poco loca, pero es muy mañosa. Julia ocupó el asiento del copiloto y a mí me tocó sentarme en la parte de atrás. No había asiento trasero. Tuve que acomodarme como pude entre cajas de cartón, restos de electrodomésticos y objetos diversos de naturaleza inclasificable. Lena apenas se volvió un poco para saludarme, con una seña apenas perceptible, como si se dirigiese al pesado vecino del apartamento de enfrente. Luego pude comprobar que se parecía a la actriz Emily Watson, pero durante el trayecto hasta La Boca sólo pude apreciar el mechón de cabello rubio que le caía hasta el hombro. Conducía con una temeridad impresionante, a toda velocidad y soltando el volante en cada ocasión que necesitaba las manos para reforzar sus argumentos. Porque se pasó todo el trayecto hablando con Julia de cuestiones que yo no llegué a captar, relacionadas, supongo, con su vida en común; durante ese rato, me dio la impresión de que para Lena yo no era sino otro trasto en la parte trasera de la furgoneta. Todos esos trastos, por cierto, formaban parte, como supe después, del particular proyecto artístico de la conductora suicida también conocida como Lena. Estaba llevando a cabo un acopio masivo de material de desecho, bártulos de todo pelaje, con los que pensaba construir, tarde o temprano, una especie de monumento a la futilidad y el abandono. Gran parte del conventillo en el que vivían las dos, y que yo iba a compartir con ellas durante unos días, estaba tomado por esos utensilios y restos inútiles. Por lo demás, apenas hablé con Lena en ese tiempo. Compartimos una cena y un desayuno, los primeros de mi estancia allí, suficientes para darme cuenta de que yo no le caía bien. A Lena nadie le cae bien, me dijo después Julia. El resto de los días apenas la vi pasar de un lado a otro del pasillo, acarreando objetos indescifrables con gesto ceñudo y áspero.

Recorrimos varias calles de La Boca a velocidad algo más moderada. Yo reconocí las fachadas de colores del mítico Caminito. También me dio la impresión de reconocer una esquina del estadio de La Bombonera. Luego llegamos a un pasaje estrecho y más bien anodino que me dijeron que se llamaba Zalozzi o Zolezzi; no recuerdo bien. Las casas del pasaje, como la gran mayoría de las que había visto desde que entramos en La Boca, me resultaron de lo más chocante. Parecían amontonarse unas encima de otras, como si respondieran al diseño de un arquitecto deconstructivista pasado de vueltas. Cuando le pregunté a Julia por qué llamaban conventillos a las casas del barrio no me supo dar una respuesta precisa. Me explicó, eso sí, que los conventillos eran viviendas comunitarias, que solían ocuparse por habitaciones, con cocina y baños compartidos; que, en general, se estructuraban alrededor de un patio; que las vigas solían ser de madera, con ladrillos para afianzar, y las paredes y los techos de chapa metálica. Me explicó, muy someramente, que La Boca siempre había sido un barrio pobre, propio de inmigrantes recién llegados al país. Como vos, me dijo con gracia. Cuando nosotras llegamos aquí, dijo Julia cambiando de tercio, esto era poco menos que una ratera, estaba destrozado. Por eso nos salió tan económico. Pero Lena tiene unas manos increíbles. Ella sola, dijo con auténtica admiración aprovechando que no estaba presente, lo reformó y lo convirtió en esta maravilla. A mí no me pareció una maravilla, pero sí un lugar decente y bastante limpio; al menos allí donde no topabas con alguno de los trastos de Lena. A nuestro conventillo ahora lo llamamos Villa Corbusier, ¿qué te parece? El conventillo en cuestión tenía dos dormitorios, un salón-comedor pequeño con una ventana que daba al pasaje y un baño minúsculo con ducha de plato.

Esa tarde tomamos mate y charlamos todo lo que no habíamos charlado en el avión. Julia no parecía cansada, el viaje no parecía haberle afectado, y daba la impresión de que jamás hubiese salido de ese conventillo para establecerse durante un año en Nueva York. Pertenecía a ese lugar, no cabía duda, aunque eso no le restaba cosmopolitismo; posiblemente se habría comportado exactamente igual en Hong Kong o La Coruña. Supongo que tenía el don de adaptarse por completo al entorno. A mí me costaba un poco más; o mejor dicho, mucho más. Se acercaba la noche, en cualquier caso, y con ella un problema de consideración que yo no había querido tener en cuenta: ¿dónde iba a dormir? Julia, sin embargo, lo solucionó de nuevo con una facilidad pasmosa. Dormirás conmigo, ¿te parece?, dijo cuando nos disponíamos ya a preparar la cena. Eso fue todo. De ese modo tan sencillo, rápido y aséptico me convertí en amante temporal de Julia. ¿Disfruté de esa condición durante los días que pasé en Villa Corbusier? No estoy completamente seguro, pero creo que lo más adecuado y también lo más justo es decir que sí.

Durante esos días comí y bebí más de la cuenta y sin gastar apenas dinero. Paseé un poco por La Boca, sin cruzar nunca sus límites, y conocí a un montón de personas de las que apenas me quedan recuerdos; personas amables de la más variopinta condición que, sin pretenderlo y a pesar de su voluntad acogedora, o tal vez precisamente por eso, me recordaban una y otra vez mi condición de residente accidental. Por mi parte, yo andaba enfrascado todavía en la lectura de *El mundo sumergido*, de J.G. Ballard. Durante esos días tuve tiempo de leerlo entero dos veces, subrayando con avidez los fragmentos que más me emocionaban. Fragmentos como este: Estos son los recuerdos más antiguos de la Tierra, los códigos de tiempo que llevamos en los genes y en los cromosomas. Todo paso hacia delante en el camino de la evolución es una piedra miliar de recuerdos orgánicos. Desde las enzimas que gobiernan el ciclo del anhídrido carbónico hasta la organización del plexo branquial y de los haces nerviosos de las células piramidales del cerebro medio, todo es un registro de mil decisiones tomadas ante una crisis fisicoquímica repentina. Así como el psicoanálisis reconstruye la situación original traumática para liberar el material reprimido, así se nos arroja ahora al pasado arqueopsíquico, donde descubrimos los antiguos tabúes e impulsos, adormecidos durante tantos milenios.

Al leerlo por primera vez ya me hizo pensar en mi particular odisea, en mi viaje y en mi proceso de reconstrucción: la necesidad de restablecer o generar un campo intrínseco que mantuviese unidos mis átomos y mis moléculas. Todavía estaba sufriendo las consecuencias de mi desintegración. Pero aguanté un par de días más antes de enfrentar los hechos tal cual. Mi estancia en aquel conventillo del pasaje Zalozzi o Zolezzi era una pausa. Nada más que una pausa. El descanso del guerrero samurái antes de entrar en combate de nuevo.

El verdadero mensaje del libro de Ballard no radicaba en mostrar un mundo sumergido debido al cambio climático, sino en cómo se relacionan las personas con la drástica e insalvable transformación que ha tenido lugar en su hábitat. Uno de los personajes lo deja muy claro cuando dice: Cada uno de nosotros tiene la edad de todo el reino biológico, y nuestras corrientes sanguíneas son ríos que desembocan en el vasto océano de la memoria de ese reino. La odisea uterina del feto (de nuevo, pensé al leerlo y releerlo, la cuestión del útero) recapitula todo el pasado evolutivo, y su sistema nervioso central es una escala de tiempo cifrada. Y también le dice Bodkin: A medida que retrocedemos en el tiempo geofísico nos internamos más profundamente en el corredor amniótico, retrocediendo también en el tiempo espinal y arqueopsíquico, resucitando inconscientemente en nuestra mente los paisajes de las distintas épocas, cada una con su propio terreno geológico, su flora y su fauna únicas, tan reconocibles como si lo viésemos todo desde la máquina del tiempo de Wells. Pero esto no es un viaje en ferrocarril, sino una total reorientación de la personalidad. Si permitimos que esos fantasmas desenterrados nos dominen, la marea nos arrastrará sin esperanzas como a los restos de un naufragio.

¿No era eso precisamente lo que yo estaba haciendo? ¿No estaba acaso retrocediendo en el tiempo, resucitando paisajes de distintas épocas? ¿No me estaba dejando arrastrar por fantasmas desenterrados? ¿Acaso no eran para mí fantasmas mi padre o mi abuelo?

Tal vez por eso tantas veces me sentía mareado. Tal vez por eso me costaba tanto concentrarme y olvidaba gran parte de lo que me ocurría casi al instante. No vivía en ningún sitio en concreto, no vivía en ningún tiempo en concreto y vivía en todos los tiempos y los espacios a la vez. Me identificaba plenamente con Kerans. Ballard dice que la luz golpeaba el cerebro de Kerans, bañando las zonas sumergidas bajo el nivel de la conciencia, arrastrándolo a profundidades tibias y diáfanas donde las realidades nominales del tiempo y del espacio habían dejado de existir. También dice Ballard que Kerans sentía entonces una angustia exquisita y tierna, y anhelaba que este descenso por el tiempo arqueopsíquico llegara a su fin, tratando de no pensar que en ese entonces el mundo exterior se habría transformado en algo extraño e insoportable. Ballard llega incluso más lejos y dice que el plano único de tiempo en que vivían Strongman y sus hombres era para Kerans algo demasiado transparente, y de escasa relación con el mundo real. Mi conclusión, al finalizar *El mundo sumergido*, iba un poco en ese sentido: Kerans, al igual que yo había deseado desde mi infancia, vivía en una suerte de simultaneidad temporal. Al encontrarse en un entorno transformado, su percepción se modifica, viviendo al mismo tiempo en el presente y en el pasado más remoto, pasando por las fases intermedias. Su cerebro no lo asimila, parece que esté y no esté al mismo tiempo, pero algo en su interior lo reconoce. Y eso le llevará a actuar de un modo determinado.

La última tarde que pasé en el conventillo de La Boca con Julia descubrí el videoclip de la canción *Pyramid Song*, de Radiohead. Julia lo estaba viendo en YouTube y yo me detuve al lado de su ordenador portátil y me quedé paralizado. Se trata de un vídeo de animación en el que se empieza viendo una superficie acuática de la que sobresale la azotea de un edificio. En esa azotea hay un hombre, o una figura con forma más o menos humana. El hombre agarra una bombona de buceo y se lanza al agua, que lo cubre absolutamente todo. De la bombona pende un cable o un tubo que conecta con la azotea, la única zona fuera del agua. Cuando se adentra en el agua y va descendiendo hacia las profundidades, recorre las calles de una ciudad sumergida, una gran ciudad. Se ven los edificios, los coches, las farolas, las papeleras, los carteles anunciadores y los pasos elevados. De vez en cuando, el hombre se cruza con algo que flota, que perfectamente puede ser una silla de oficina o un cochecito de bebé, pero también esqueletos de personas muertas de aire espectral. El hombre atraviesa buceando la ciudad y finalmente llega a lo que parece ser un barrio residencial. Entra en una de las casas unifamiliares de aire victoriano que lo conforman, una casa que él parece reconocer, pasa de una habitación a otra, ordenando las sillas caídas, y llega hasta el salón. Allí escoge un sillón orejero de corte tradicional y confortable y se sienta. Con ese gesto desconecta también el cable o tubo que le une a la superficie.

Ya no pude seguir ocultándomelo por más tiempo: tenía que irme de allí. Tenía que ir en busca de mi padre. Al igual que el tipo del videoclip o que el protagonista de *El mundo sumergido,* tenía que seguir profundizando en mi reconstrucción.

Enfrentarme a mi padre despertaba en mí un miedo ancestral similar al de ese sol abrasador del mundo sumergido. No tenía razón lógica alguna para creerlo, pero estaba convencido de que al encontrarme con mi padre volvería a desintegrarme, y en esta ocasión de manera totalmente irreversible. Aun así, si había llegado hasta ese punto no tenía más remedio que seguir adelante. Mi entorno no había hecho sino recordármelo una y otra vez de diferentes maneras.

Ya he dicho en más de una ocasión que fue Víctor quien me habló del camino del héroe, de las múltiples etapas que había de cumplir para lograr su misión, que no era otra que liberarse de las cargas del pasado y entrar en un nuevo estado de conciencia. El héroe, me dijo, es el hombre o la mujer que ha sido capaz de combatir y triunfar sobre sus limitaciones históricas personales y locales y ha alcanzado las formas humanas generales, válidas y normales. Cuando le hablé de lo ocurrido con mi padre en Buenos Aires me dijo que una de las etapas del viaje del héroe consistía, y lo dijo literalmente, en la reconciliación con el padre. También me dijo que el aspecto de ogro del padre es un reflejo del propio ego del héroe, derivado de las escenas de la infancia. Para finalizar, me dijo que la reconciliación con el padre consistía en el abandono de ese doble monstruo generado por el propio héroe, antes de ser héroe. Lo que yo extraje de todo el discurso fue que enfrentarme a mi padre había sido imprescindible para poder seguir adelante en el camino que debía llevarme hasta Víctor y la Máquina del Porvenir. Y también que enfrentarme a mi padre había sido inevitable porque formaba parte de un proceso, el camino del héroe, que yo había iniciado voluntariamente hacía ya algún tiempo; seguramente desde el momento en que fui a Berlín para hacerme cargo de los restos de mi madre.

En cualquier caso, lamento ahora no haberme despedido de Julia. Supongo que ella tenía claro que yo era un ave de paso, pero de todos modos no estuvo bien largarme a la francesa. Lo que pretendo decir es que ahora sé que mi fuga del conventillo de La Boca no fue de la misma naturaleza que mi fuga del apartamento de Boluda en Long Beach: sabía que no tenía excusa alguna para hacer las cosas como las hice. Lo sé ahora, porque en el momento en que los hechos tuvieron lugar no calibré en absoluto la dimensión moral del asunto. En ese momento sólo podía pensar en una cosa en cada ocasión. Cuando llegué a Buenos Aires me pasé días pensando en el libro de Ballard y cuando agoté el libro sólo podía pensar en encontrar a mi padre. La potencia de la obsesión borraba todo lo demás.

Encontré la dirección de las oficinas de mi padre en Buenos Aires a través de la página de créditos de uno de sus libros. Estaban ubicadas en la avenida Rivadavia esquina Florida, muy cerquita de la Plaza de Mayo. Las oficinas no eran cualquier cosa: eran poco menos que la sede de un pequeño imperio mediático. Charme Ediciones no sólo era la editorial con la que mi padre publicaba sus libros en español en toda Latinoamérica, también se encargaba de su distribución, así como de la edición de dos revistas de divulgación, de la gestión del *merchandising* asociado a su obra, desde camisetas a tazas para el desayuno, pasando por calendarios, de la producción de un programa de televisión para un canal temático y de no recuerdo cuántas cosas más. Las instalaciones eran lujosas pero a un tiempo espartanas, sin elementos superfluos y con un aire medio futurista. Todo blanco, con mucho cristal esmerilado. Había un mostrador de mármol que atendía una chica muy mona, con el pelo tensamente recogido en una cola y el receptor del teléfono inalámbrico colgándole de la oreja.

También había varias sillas Mies van der Rohe de cuero blanco alineadas frente a una gran pantalla de cristal líquido; observando esa pantalla me enteré de las actividades de la empresa de mi padre. Y un par de kentias de hojas radiantes flanqueaban la puerta del ascensor. Cuando llegué allí, y antes de que la recepcionista me invitase a sentarme, no tenía plan alguno según el cual guiar mis pasos. A la chica le dije que era un periodista español, llamado Emilio Veiga, y que tenía cita con Jorge Charme para hacerle una entrevista. Ella consultó la pantalla de su Mac y me dijo que ni mi nombre ni la posible entrevista constaban en su agenda, pero que de todos modos me sentase un segundo, que enseguida me atenderían.

Al poco apareció una mujer por una de las puertas de cristal. Vestía un traje muy sobrio de pantalón y chaqueta color azul marino, con blusa blanca debajo. Era una mujer más bien alta y esbelta y caminaba con decisión pero sin prisa y sin hacer ruido, a pesar de sus zapatos de tacón. Cuando se acercó a mí me levanté de la silla y respondí a su mano tendida. Soy Claudia Vitale, me dijo, relaciones públicas de Ediciones Charme. Señor Veiga, me temo que ha habido alguna clase de malentendido. En la corta distancia me pareció una mujer atractiva. De unos cincuenta años, tenía rostro ovalado, ojos claros, labios carnosos, ¿operados tal vez?, me pregunté, y unas facciones suaves y elegantes. Lucía una media melena lisa, ajustada a su rostro, de un rubio con mechas perfectas fruto sin duda de una cara inversión en peluquería. Sin saber por qué, seguí adelante con mi improvisada mentira y le dije que había acordado de palabra una entrevista con el propio señor Charme cuando este estaba de paso por Barcelona, hacía ya unos meses. La señora Vitale torció el rostro intentando ubicar fechas y lugares. En Barcelona estuvo hará cosa de un año, dijo. Yo asentí y le conté que le había explicado al señor Charme que iba a estar de paso por Buenos Aires en estas fechas y que sería todo un honor entrevistarle. Le dije que el señor Charme había simpatizado con nuestra pequeña revista, muy en la línea de su trabajo, y que había asegurado que con sumo placer me concedería entonces esa entrevista. La señora Vitale en lugar de intentar indagar sobre la naturaleza de la revista en la que trabajaba lo que dijo fue: El señor Charme a veces hace ese tipo de cosas. A veces, por simpatía o buena voluntad, contrae compromisos que no puede cumplir. Vaya, dije yo con la serena indignación del que descubre un error financiero de importancia capital. Pero para eso estoy yo, dijo la señora Vitale. Mi principal cometido es que su agenda funcione como un reloj. Me explicó entonces que, sintiéndolo mucho, el señor Charme no se encontraba en el país. Está en México, me dijo, metido de lleno en la gira de promoción de su último pack de dvd. ¿Y cuándo volverá?, le pregunté con gesto circunspecto. Bueno, dijo la señora Vitale, la cuestión es que después de México va a California y luego pasará unos días en Canadá. Regresará dentro de unas dos semanas. Y su agenda aquí no va a estar menos despejada, la verdad. Yo no sé si estaré aquí dentro de dos semanas, dije casi con un balbuceo que, inevitablemente, debió sonar compungido.

Entonces ocurrió una cosa mágica, o tal vez diabólica; todavía no estoy seguro. La señora Vitale se me quedó mirando fijamente a los ojos y después de diez o quince segundos, en los que pude apreciar cómo su cara se transformaba poco a poco en el rostro de una niña perspicaz y traviesa, me dijo: Vos sos Óscar, ¿no es cierto? ¿Óscar?, pregunté yo con un último atisbo de energía. Sí, Óscar, el hijo de Jorge. La señora Vitale sonreía ahora abiertamente. Yo no fui capaz de decir nada. Mi intención era transmitir incredulidad a través de un gesto inexpresivo, estólido, pero creo que no tuve ningún éxito. Dios mío, dijo la señora Vitale agarrándome del brazo. ¿Qué edad tenés? ¿Treinta años? Antes de que pudiese preguntarme siquiera por qué esa señora estaba al corriente de mi existencia, me dijo: Soy tu tía Claudia, la hermana de tu padre. Vitale es el apellido de mi marido.

En mi mente, muy confundida ya a esas alturas, se produjo otro doloroso cortocircuito. No entendí ni una sola de las palabras que dijo desde ese momento hasta que me vi sentado en su despacho, frente a un ventanal a través del que se apreciaba buena parte del barrio de Montserrat. Mi tía Claudia me sirvió un vaso de agua. Te parecés mucho a tu padre cuando tenía tu edad, me dijo. Estaba medio apoyada sobre la mesa de despacho. No apartaba sus ojos de mi cara. ¿Sabés?, dijo, yo ya le avisé a Jorge. Le dije que tarde o temprano vendrías a buscarlo. Se lo dije varias veces. Pero él siempre respondía: Esos son pelotudeces, Claudita. Jorge es así. Está convencido de que te olvidaste de él para siempre. Está convencido de que lo odiás profundamente. Yo bajé la vista. No sabía cómo reaccionar a esas repentinas muestras de intimidad. A mí me da que eso le duele, ¿sabés? Le duele dentro. Pero nunca, nunca habla del tema.

Mi tía Claudia rodeó la mesa y se dirigió al ventanal. Se desplazaba con tal parsimonia que me erizaba el vello de los brazos. Con la vista perdida en las calles de Buenos Aires, me dijo: Quise ponerme en contacto contigo. Hará cosa de seis o siete años. Mi intención era invitarte a venir acá. Pero no hubo manera de dar contigo. Parecías haberte borrado de la faz de la tierra. Ni siquiera tu madre sabía dónde andabas. Se volvió para mirarme de nuevo. Tampoco tenías buena relación con tu madre, ¿no es cierto? Yo tensé los hombros involuntariamente y dije: Mi madre ha muerto. Murió el año pasado. Lo dije con cierto grado de impertinencia, como el que pretende delimitar un coto vedado de acceso prohibido a toda persona ajena. Lo sé, lo sé. Y lo siento mucho. Sus palabras, no sé por qué, me sonaron sinceras e incluso sentidas. Jorge se enteró una semana después del funeral. Intentó localizarte entonces, pero tampoco fue posible. Sos una especie de Ethan Hunt, ¿no es cierto?, me preguntó con una media sonrisa afable que, supongo, pretendía distender el ambiente. Ya en ese momento pensé que mi tía Claudia era buena persona. Sos como un personaje de *Misión imposible*. Llegás acá, salido de la nada, presentándote con un nombre falso... ¿Cómo dijiste que te llamabas? Emilio Veiga, respondí sin corresponder a su sonrisa. Emilio Veiga... ¿Cómo no me di cuenta...? El nombre de tu madre, ¿no es cierto? Me limité a asentir de un modo apenas perceptible. Finalmente, tras dar varias vueltas por la estancia, mi tía se sentó al otro lado de la mesa. Apoyó los codos en los reposabrazos, cruzó los dedos de las manos, y mirándome de un modo penetrante me dijo: Espero que no te moleste la pregunta, pero ¿por qué has aparecido precisamente ahora? ¿A qué has venido? Me lo preguntó sin malicia, o así lo entendí yo. No aprecié recelo ni desconfianza en su voz. Era la expresión de una duda más que razonable. Yo le respondí: No lo sé. Y realmente no lo sabía.

Víctor me dijo también que el mero hecho de haber emprendido ese paso, ir en busca de mi padre de manera voluntaria, ya había supuesto, a nivel simbólico, una gran victoria. Había atendido a la llamada y había dado los pasos necesarios para enfrentarme a mi miedo, con eso quedaba conjurada, de algún modo, la inercia o la inacción. Por decirlo de otro modo: lo que importaba era que yo había acudido al duelo pudiendo haberme negado a hacerlo, y en mi particular proceso el hecho de que mi contendiente no se presentase no le restaba valor alguno a mi gesto. Sin embargo, si me hubiese marchado en ese preciso momento, si hubiese salido de las oficinas de Charme Ediciones justo entonces, tras conocer a mi tía Claudia y haber intercambiado con ella unas pocas frases, no habría sabido dar el paso siguiente. O tal vez sí habría sabido darlo, pero habría tardado mucho más tiempo en conseguir la pista que me colocase en la senda correcta. Estar allí, junto a mi tía Claudia, generaba en mi interior una lucha de fuerzas encontradas, pero de nuevo supe, o algo en mí supo, que tenía que mantenerme firme, a pie quieto, hasta que apareciese la señal que jamás habría podido encontrar en el libro de Ballard.

Los sentimientos encontrados al estar allí tenían que ver con la esencia de mi trayectoria vital. Yo no creía en la familia. No creía, al menos de eso estaba seguro, en mi familia. No sabía lo que significaba pertenecer, ya fuese a un país, a una entidad, a una comunidad o a un grupo. De hecho, yo había jugado a ser un desterrado, un apátrida, un hombre sin familia ni raigambre alguna en la tierra, hasta el día en que me enteré de la muerte de mi madre. Por eso fui a Berlín, para hacerme cargo de su cuerpo. Por otra parte, y por mucho que me hubiese esforzado en lo contrario, el anhelo de pertenecer, de sentirse parte de algo mayor, a pesar de no saber a qué demonios podía referirme al hablar de eso, seguía ahí, al fondo, latiendo como una de esas pequeñas y patéticas llamitas del cuento de la cerillera. Por eso las palabras de mi tía Claudia se fijaron en mi interior como clavos ardientes a los que aferrarme. Mi padre y mi tía me habían buscado. ¿No sería bonito poder creer en eso?, me dije. ¿No sería bonito entregarse a ese resquicio y rendirse para siempre? ¿Cómo resistirse a ese impulso? Sin embargo, supe al instante que si quería seguir avanzando en mi proceso de reconstrucción, o en el camino del héroe como lo denominó Víctor tiempo después, tenía que resistir también esa tentación.

Mi tía Claudia me llevó a su casa. Vivía en un lujoso dúplex en una de las torres River View, en el renovado barrio de Puerto Madero. Desde la habitación de invitados donde me instaló podía apreciarse la frenética actividad que dominaba aquellas calles. En pleno proceso de reurbanización, estaban construyendo montones de edificios de lujo siguiendo un plan global muy preciso. La intención del ayuntamiento había sido convertir una de las zonas más deterioradas de la ciudad, debido a la decadencia en la que se había visto sumida la actividad portuaria a lo largo del siglo XX, como me explicó mi tía, en una de las zonas más exclusivas de Buenos Aires. Por lo visto, lo estaban consiguiendo. Al observar el conjunto desde la altura a la que me encontraba, la planta veinte, me recordó mucho a lo que había ocurrido en Barcelona con la Villa Olímpica. Aunque aquí todo resultaba un poco más grandilocuente. Tal vez por la altura de los edificios, o tal vez por la presencia serpenteante del río; siempre me han encantado las ciudades cruzadas por grandes ríos. El dúplex de mi tía, en cualquier caso, estaba a la altura del entorno: resultaba espectacular. Era uno de esos pisos que las personas normales sólo tienen ocasión de ver en las películas de Hollywood. Y se notaba que mi tía tenía muy buena mano para la decoración. Al igual que sucedía en las oficinas de Charme Ediciones, allí nada sobraba y, al mismo tiempo, todo resultaba confortable. Por decirlo de otro modo: se notaba la presencia del diseño más puntero, pero se apreciaba también que era una casa vivida, familiar. Y sí, tenía servicio: una cocinera argentina y una mucama boliviana. Mi tía me explicó que su marido era músico, violinista en concreto, que trabajaba en la Filarmónica de Buenos Aires y que justamente esos días estaba en Brasil con motivo de unas grabaciones... de no sé qué. Me había explicado que tenían dos hijos de ocho años, gemelos para más señas, Diego y Gabriel, que estudiaban en un colegio llamado Golden Bough, basado en una especie de actualización del método Decroly. Yo no tenía ni idea de qué quería decir eso. Mañana se van también, me dijo mi tía, a unas convivencias cerca de Mar del Plata. Estarán fuera una semana. Vamos a estar solos, añadió. Podremos hablar de todo lo que querás. Curiosamente, esas palabras de mi tía tensaron todavía un poco más el nudo que se había formado en la boca de mi estómago.

Desde el principio comprendí que la intención de mi tía era lograr que me quedase en Buenos Aires hasta la vuelta de mi padre. Yo no lo tenía tan claro. Entre otras razones, porque no me veía capaz de gestionar con entereza una ansiedad que sin duda iba a ir en aumento a medida que fuesen pasando los días. Sin embargo, tampoco tenía prevista una fecha para marcharme. Una vez establecido en casa de mi tía lo que pensé fue que no tenía más planes que ir viéndolas venir. Voy a intentar extraer todo el partido posible a esta experiencia sin ponerme ninguna expectativa, me dije. Por eso no me sentí incómodo cuando durante la cena los gemelos, Diego y Gabriel, apenas me prestaron atención. Y eso que su madre les dijo que yo era su primito de España, llegado desde el otro lado del Atlántico. Por eso no me molesté esa primera noche cuando mi tía, después de acompañar a los gemelos a su habitación, me dijo que estaba muy cansada, que se iba a dormir y que ya hablaríamos al día siguiente, con calma, los dos solos ya. Por eso no me inquietó no poder pegar ojo en toda la noche y, aun así, no ser capaz de levantarme de la cama para leer, por ejemplo, o ver la tele o mirar por la ventana.

Mi tía Claudia se tomó varios días libres para estar conmigo. Vestida de un modo informal, casi juvenil, me llevó a visitar todos los puntos de interés de la ciudad. Me iba hablando de mi padre, de mi abuelo, de mi abuela o de ella misma como si se tratase de una larga conversación que viniésemos manteniendo desde mucho tiempo atrás. Me trataba, en pocas palabras, como a alguien conocido, cercano; de la familia en definitiva. En su relato iba mezclando anécdotas relacionadas con la historia reciente de Argentina o de Latinoamérica al completo. Intercalaba también comentarios sobre música, películas o libros con una naturalidad pasmosa, buscando mi implicación y complicidad. Había estudiado psicología y marketing en Princeton, no sé si eso tendría algo que ver. Para mí aquellos paseos resultaron de lo más agradables, porque el hecho de que uno esté cumpliendo una misión no significa que no pueda disfrutar de ella. Ahora no sólo me siento agradecido por los esfuerzos y la atención que mi tía Claudia me dedicó, también puedo decir que fue un placer conocerla y gozar de su compañía. Porque mi tía Claudia es una mujer excepcional, de eso no cabe duda.

De mi padre me contó que durante muchos años no se entendieron en absoluto. Nuestros cerebros, me dijo mi tía, funcionaban en frecuencias de onda totalmente diferentes. Me dijo que eran como Bart y Lisa Simpson. Durante años, mi padre le pareció un chico irreflexivo e irresponsable, uno de esos personajes pagados de sí mismos que confían siempre en caer de pie. A mi tía Claudia no le gustaban las películas que le gustaban a él, ni la música que escuchaba, ni su manera de vestir. Durante los dos años que mi padre estudió filosofía en Buenos Aires, o mejor dicho simuló que estudiaba, apenas se vieron ni hablaron. Pero fue peor cuando le dio por el socialismo sionista y se fue a Israel. Por suerte, me dijo mi tía, le duró poco. Su relación se restableció de manera más o menos estable cuando mi padre se casó con Natalia Burruchaga. Con mi sobrino Edgardo, me dijo mi tía, descubrí que me gustaban los niños. Hasta entonces jamás me había fijado en ellos, es más, me cargaban. Pero Edgardo era lindísimo, un amor. Mi tía me contó que ahora, después de todo lo ocurrido, había vuelto a hablar con Natalia. Sin rencores, me dijo. Una mujer hermosa físicamente y todavía rica, a pesar de todo, pero amargada en lo más profundo, al parecer. No supo apartarse de su familia, me dijo mi tía, y eso le hizo mal, porque su familia, sobre todo su padre, fueron gente mala. Gente de esa que uno cree que sólo existen en las historias de Stephen King, Óscar. Estoy segura de que su padre se llevó una parte de Natalia con él al infierno, me dijo mi tía. Con Edgardo las cosas habían sido diferentes. Hará cosa de seis años, me contó mi tía Claudia, Edgardo se encontró con Jorge, hablaron todo lo que tenían que hablar y la cosa entre los dos se solucionó. Fue entonces cuando intenté contactar con vos, me confesó. Pensé que si las cosas con Edgardo se habían podido solucionar, también con vos tenía que ser posible. Por lo visto, Edgardo no quiso recuperar el apellido Charme porque sentía mucho respeto por el hombre con el que se casó su madre una vez divorciada de Jorge, pero al poco de reconciliarse con su padre empezó a trabajar en Charme Ediciones. Ahora es el encargado de los derechos de la obra de su padre en el extranjero, dijo mi tía, algo así como su agente, y viaja con él a todas partes. Se entienden de maravilla, ¿sabés? Son diferentes, pero se complementan. Mi tía me dijo eso esperando despertar en mí, supongo, una chispa de deseo o tal vez de envidia sana, pero yo permanecí impertérrito. Edgardo, para mí, era poco menos que una entidad fantasmática. No sentía ninguna clase de vinculación con él, ni siquiera a nivel nominal.

Me contó mi tía que ella observó todo el proceso de divorcio y el exilio de mi padre en México desde la distancia. Fue a verlo al D.F. en un par de ocasiones, pero no se identificaba en absoluto con las oscuras historias esotéricas en las que andaba metido. Cuando se restableció la democracia en Argentina, poco después de que los estadounidenses le comprasen a mi padre los derechos de su obra para el resto del mundo, a mediados de los años ochenta, vino aquí en busca de mi tía. Quería que ella se hiciese cargo de sus negocios y se pusiese al frente de su recién creada empresa. No sólo era su hermana, alguien de la familia, era una experta en marketing y psicología licenciada en Princeton. También tuvimos que hablar mucho, me dijo mi tía, limpiar todas las basuritas que ensuciaban nuestra relación. Y aquí estamos ahora, añadió. Seguimos siendo diferentes, en muchas cosas nos cuesta ponernos de acuerdo, pero no nos ha ido mal, ¿no es cierto?

Una tarde, mientras paseábamos por el Jardín Botánico, le pregunté a mi tía por la relación entre mi padre y mi abuelo. Le pregunté, entre otras cosas, por qué se distanciaron. Mi tía me dijo que no hubo un momento cero, un punto de inflexión. Por lo visto, nunca hubo cercanía entre los dos. Me explicó que tampoco podía hablarse de un único motivo que justificase la distancia que siempre había existido entre ellos. Si bien es cierto que todo terminó definitivamente cuando Jorge abandonó a su mujer y a su hijo para irse a correr mundo, porque mi abuelo le retiró la palabra. Eran como dos planetas, me dijo mi tía, cuyas órbitas jamás llegaron a cruzarse. En primer lugar, mi abuelo era una persona de trato difícil, me contó. No porque fuera violento o irracional, sino porque era hermético. Además, parecía regirse por unos códigos absolutamente personales e intransferibles. Mi mamá siempre me dijo que antes de que naciera Jorge, durante los primeros meses en Rosario y sobre todo durante el tiempo que vivieron juntos en Río de Janeiro, mi papá había sido diferente. Era igualmente callado, pero parecía más capaz de transmitir sus emociones o sus pensamientos por otros medios. Algo le ocurrió entonces, cuando se convirtió en padre, que lo transformó. Algo en su interior cambió y eso lo aisló para siempre. Sólo he conocido a una persona capaz de sacarlo de su ensimismamiento, me dijo mi tía Claudia: Víctor.

Esa fue la primera vez en mi vida que oí hablar de Víctor. Y fue un shock. Como si volviese a verme de nuevo en la playa del Fangar. En un primer momento, mi tía se limitó a citarlo de pasada, aunque me contó muchas cosas de él un par de días después, cuando me llevó a la estancia de General Paz.

Volviendo a la relación entre mi padre y mi abuelo, mi tía me explicó que Jorge tampoco era una persona de trato sencillo. Me dijo que mi abuelo había intentado acercar a mi padre a su área de influencia, tal vez con la intención de transmitirle la clave para descodificar su críptica manera de comunicarse. Pero digamos que mi padre anhelaba desde niño un mundo en movimiento, pleno de aventuras como esas que leía en los libros de Jack London o Rudyard Kipling, y lo que mi abuelo le proponía se parecía demasiado a encerrarse en una cueva oscura en lo más profundo de un planeta desértico. Vamos, que ni siendo niño Jorge Charme pudo entenderse con su padre, mi abuelo. Luego llegaron los actos de rebeldía, como escaparse a Brasil o enrolarse en las filas del partido sionista, detalles que mi abuelo entendió como la confirmación definitiva de la sima que los separaba. Tu abuelo, me dijo mi tía, amplió el negocio, las panaderías, pensando en que tarde o temprano Jorge se haría cargo de ellas. A través del negocio, pensó, tal vez podrían relacionarse como padre e hijo de un modo más estándar. Pero cuando mi padre se fue a Israel, mi abuelo entendió lo absurdo que había sido desde el principio pretender algo semejante. Para mi padre, Rosario era un cuchitril, un espacio reducido y asfixiante. Para mi abuelo, por lo que me dijo mi tía, Rosario suponía la última estación de su largo y penoso viaje. Tu abuelo había viajado mucho, estaba cansado de moverse y quería estar quieto ya para siempre. Sabés que nació en Polonia, ¿no?

Mi tía me dijo que mi abuelo había rondado por media Europa, y que también había vivido en Nueva York, en México y en Brasil antes de llegar a Rosario en 1946. Tenía treinta y un años. ¡Pero era muy joven!, exclamé yo. Tenía toda la vida por delante, añadí. Demasiado joven para querer enterrarse en una ciudad de provincias en Argentina, pensé sin expresarlo de viva voz en este caso. Sí, dijo mi tía Claudia. Era joven, pero él se sentía muy mayor, prácticamente un viejo. En una ocasión me dijo que cuando llegó a Rosario tuvo la impresión de que no tardaría en morir. Y al año siguiente nació Jorge. Y ahí se acabó la persona que había sido hasta entonces y empezó a vivir en su propia burbuja infranqueable. Algo grave tuvo que pasarle, pensé yo, porque un cambio así no puede estar cifrado únicamente en el hecho de tener un hijo, por traumático que llegue a ser el convertirse en padre.

Mi tía también me aclaró que con ella la cosa fue un poco distinta. Nunca mantuvo un terreno de intimidad con mi abuelo, pero como mínimo se respetaban y podían estar juntos sin que saltasen chispas. Había afecto, me dijo mi tía apartando la mirada, lo sé. Nos entendíamos desde la distancia. Y yo sigo sintiéndolo presente en mi vida, aunque la distancia es ahora un poco más grande, insistió con una sonrisa que a mí me pareció absolutamente dulce. Cuando mi tía se fue de Rosario, primero al internado y después a Princeton, Estados Unidos, la cosa no fue traumática para ninguno de los dos. Cuando regresaba a Rosario en vacaciones, paseaban juntos por las calles de Pichincha. Y también nos escribíamos, me dijo. Él utilizaba una graciosa mezcla de inglés y castellano en sus cartas. Tenía una letra muy linda, muy estética y floreada. Para él era más sencillo escribir que hablar, supongo. Por sus problemas con la voz, me dijo. Hablaba con mucha dificultad. Sabés que tenía un problema en la voz, ¿no? Mi tía me contó que había tenido un accidente que le había afectado a las cuerdas vocales poco antes de salir de Brasil, pero no me aclaró la naturaleza de dicho accidente.

Estando todavía en su dúplex de Puerto Madero, mi tía Claudia me enseñó fotos de mi abuelo y de mi padre. También alguna de mi abuela Diajanida. Recuerdo especialmente una de ella muy joven, con poco más de veinte años, vestida al estilo Carmen Miranda, a la que por cierto se parecía bastante, preparada para participar en un espectáculo exótico en algún local nocturno de Caracas. Aprovechando esa foto, mi tía me explicó que finalmente mi abuela volvió a Venezuela, su lugar de nacimiento y por el que siempre había sentido una fatal nostalgia. Fue poco después de la muerte de mi abuelo. Un terrible error, me dijo mi tía Claudia. Compró una pequeña casita en Puerto La Cruz, muy cerquita por cierto de la Barcelona venezolana, pensando tal vez que recuperaría allí ciertas sensaciones perdidas. Por lo visto, se lió con un jovencito mulato, mesero de un resort de la zona, que le robó las pocas pertenencias de valor que se había llevado con ella. Al poco, tal vez debido al disgusto, le sobrevino una úlcera de estómago. En unas pruebas médicas asociadas a su malestar gástrico, en principio sin importancia, descubrieron que tenía un cáncer de páncreas en estado avanzado. El proceso fue rapidísimo, me dijo mi tía. Aguantó semana y media en el hospital de Caracas al que la trasladaron antes de morir.

De las fotos de mi abuelo y mi padre apenas recuerdo un par: mi abuelo sentado tras la mesa de su oficina en la Panadería y Confitería Amapola de la avenida Córdoba en Rosario. Muy serio, delgado y prácticamente calvo por completo, con la camisa blanca abotonada hasta arriba. Colgando de las paredes, a ambos lados, se apreciaban lo que parecían ser fragmentos de dos mapas. Y mi padre en Israel, vestido con ropa militar en mitad de un terreno baldío y pedregoso, acompañado por un hombre con barba, una mujer con la cabeza cubierta por un pañuelo y un niño en pantalones cortos: la familia que le acogió en el kibutz. Mi tía me enseñó un montón de fotografías más, pero sólo puedo o quiero recordar esas dos. Y digo quiero porque supongo que hay o hubo un movimiento voluntario por parte de mi cerebro para borrarlas de mi memoria. Porque lo que sí recuerdo con total claridad fue la sensación de dolor, de dolorosa ausencia y de dolorosa distancia, que me supuso observar con detalle aquellas fotografías. Las imágenes, mucho más que las palabras, hacían patente mi ausencia de aquellas imágenes y, a modo de rebote, hacían también patente la ausencia de mi abuelo o de mi padre en mis posibles fotografías; o sea, en mis recuerdos.

Mi relación con las palabras de mi tía Claudia, con todo lo que me explicó estando yo en Argentina, me resultó mucho más llevadera. El proceso era más simple, porque me limitaba a recoger lo que encajaba con la reconstrucción histórica familiar que venía llevando a cabo desde que salí de Heidelberg y a dejar fuera todo lo que podía poner en cuestión mi versión de los hechos. Así de sencillo. Me serví de mi tía Claudia como el que va a un supermercado: ella desplegó ante mí una sucesión de detalles y anécdotas y yo compré unas y otras simplemente las pasé por alto.

Tres días antes de marcharme de Argentina, mi tía me llevó a la estancia que mi padre tenía en General Paz; una estancia de la que mi tía y su familia, al parecer, hacían mucho más uso que mi padre, que pasaba mucho tiempo fuera del país. El trayecto hasta allí, unos ciento veinte kilómetros, lo hicimos montados en su lujoso BMW X5, acompañados por una selección de grandes éxitos de Astor Piazzolla; a mí me gustó volver a escuchar la inquietante *Suite Punta del Este*, que ya conocía por la banda sonora de *12 monos*. La estancia se llamaba Quinta Tusitala. Tusitala, me contó mi tía Claudia, es como llamaban los aborígenes de Samoa a Robert Louis Stevenson, el autor de *La isla del tesoro*. ¿Sabés qué significa Tusitala? De sobra lo sabía, porque mi padre lo había explicado en varias entrevistas, pero le dije que no tenía ni la más remota idea. El que cuenta historias, ¿qué te parece?, me dijo con la reserva del que comparte un secreto cifrado.

La Quinta Tusitala era una suerte de rancho enorme. Disponía de un montón de hectáreas entre las que se incluía una pequeña pista de aterrizaje para avionetas, un lago en el que resultaba posible bañarse en verano y un bosquecito con su correspondiente altozano. También había en uno de los rincones de la gigantesca propiedad una pequeña capilla, consagrada a no sé qué santo o virgen, y a la que una vez al año acudían unos cuantos peregrinos. En medio de todo ello estaba la casa, o mejor dicho la mansión. Tenía algo de construcción sureña estadounidense, con su fachada de estilo neoclásico, incluidos el frontis y las altas columnas. En un costado había un pequeño establo, de construcción menos ampulosa, en el que se recogían tres caballos, según me explicó mi tía. Junto al establo estaba la vivienda en la que se alojaban el capataz y su familia, encargados del mantenimiento de todo lo relacionado con la quinta; para ello disponían de dos todoterrenos Nissan y de un tractor John Deere. En el interior de la mansión, una vez más, se apreciaba el buen gusto y la delicadeza de mi tía en lo relativo a la decoración.

A mí todo aquello me resultó excesivo, me sentí superado por completo. Demasiado lujo, a pesar incluso de la aparente discreción, demasiado dinero materializado en algo físico. Toda aquella materialidad me cayó encima como una losa. Yo no tengo nada que ver con esto, me dije. Yo soy un Fremen, me dije echando mano una vez más de *Dune*, ya no soy un Atreides. ¿Qué demonios hago aquí? En cuanto entré en la mansión, recordé los últimos días que había pasado con Olga, la que iba a ser mi esposa, en la hacienda de su familia de la Illa de Gràcia, cuando la sensación de impostura me asfixiaba hasta tal punto que tenía que salir de la casa para poder respirar. Pues bien, lo que pasó en aquella isla del Delta del Ebro era una nimiedad en comparación a cómo me sentí en la dichosa quinta de la familia Charme. Además, la sensación de impostura venía en este caso acompañada de una ira y una voluntad destructora que casi me hacía temblar. Y la cosa fue a peor un día después, mientras paseaba por la casa, cuando me topé por casualidad con una fotografía de mi padre, bastante reciente, en la que aparecía con el brazo echado por encima del hombro de un joven de treinta y pocos años, con el pelo largo recogido en una cola y unas facciones absolutamente propias de los Charme.

Pero antes de darme cuenta de que estaba más que dispuesto a prenderle fuego a todo aquello y a huir en el BMW X5 camino de la puesta de sol, mi tía me habló de Víctor. Víctor salió a colación de nuevo cuando conversamos sobre lo que había ocurrido con la cadena de panaderías de mi abuelo. Por lo visto, en su testamento había especificado que una vez muerto se vendiesen las panaderías. También dejó por escrito, y esto resultó una sorpresa para la familia, que fuese Víctor Becerra, Víctor Berquim de nacimiento, quien se hiciese cargo de los trámites para la venta. Después de todo, me dijo mi tía Claudia, no tendría que habernos sorprendido tanto. Víctor fue el que convenció y ayudó a papá a ampliar la cadena de panaderías, porque ni Jorge ni yo estuvimos nunca por la labor. Víctor hizo que papá ganase plata de verdad. Víctor, me dije rememorando las palabras de mi tía, también había sido el único capaz de sacar al abuelo de su ensimismamiento.

Mi tía me contó entonces de dónde partía y cómo había discurrido la relación entre mi abuelo y el tal Víctor. Primero estuvo unos meses en Rosario, a mediados de los sesenta, obligado por su padre al parecer, un viejo amigo de mi abuelo de sus tiempos de Río de Janeiro. Por lo visto, me contó mi tía, Víctor, que por aquel entonces era un chaval, se había metido en problemas y decidieron sacarlo del país hasta que las aguas se calmasen. Al cabo de ese periodo de seguridad volvió a Brasil, pero sus visitas a mi abuelo a partir de entonces se hicieron bastante frecuentes. Viajaba a Rosario más o menos todos los años, y se quedaba en casa, me dijo mi tía, tres o cuatro semanas. Yo apenas hablaba con él. No estábamos en la misma onda. Él era muy serio, muy concienzudo. A mí me miraba por encima del hombro, como si fuese una jovencita díscola e irresponsable, a pesar de que era muy poco mayor que yo. ¡Ya ves, a mí, la chica más recatada de toda Argentina! Ni te hablo de lo que pensaba de Jorge y su afán de aventura. De lo que conversaban o de los tratos que se llevaban entre manos, más allá de su participación en la ampliación del negocio de mi abuelo, mi tía Claudia no tenía idea. Durante sus estancias en Rosario, Víctor se relacionaba casi exclusivamente con mi abuelo, apenas veía a nadie más. Con el paso del tiempo, cuando Víctor se fue también a estudiar a Estados Unidos, a CalTech en su caso, la relación se enfrió. O mejor dicho, se transformó en otra cosa. Tu abuelo, me dijo mi tía, tenía un archivador en el que guardaba las cartas de Víctor y los recortes de las noticias de prensa relacionadas con él. Hubo un tiempo en que su nombre, cuando ya había decidido cambiarse el apellido por el de Becerra, empezó a sonar bastante en ámbitos universitarios y de investigación formando parte de equipos punteros relacionados con la teoría de las cuerdas y la cosmología. Supongo, me dijo mi tía no sin cierto pesar, que en Víctor encontró el hijo que Jorge jamás fue para él. Pero de la noche a la mañana, desapareció como por ensalmo. Desapareció, me dijo mi tía, tanto de la prensa como de la vida del abuelo: dejaron de llegar cartas. Mi tía apuntó la posibilidad de que hubiese tenido problemas con las autoridades estadounidenses debido a sus últimos experimentos; la naturaleza de los cuales mi tía no quiso revelarme. También me habló del rumor de una probable estancia en un centro psiquiátrico en Estados Unidos; de nuevo sin aportar datos concretos que pudieran rastrearse. En cualquier caso, yo creo que papá se fue a la tumba sin volver a saber de él. Aun así, dije yo, quiso que se encargase de la venta de las panaderías. Por las que, todo hay que decirlo, respondió mi tía Claudia, sacó una buena cantidad de plata. Y él se llevó su parte, un buen porcentaje que a todos nos pareció justo. Se llevó una cosa más, por cierto, me dijo mi tía Claudia, algo que también constaba en el testamento: una vieja maleta de cuero marrón. No sé qué demonios había dentro, me dijo mi tía, pero cuando fue a recogerla Víctor se echó a llorar como un niño.

Antes de irse de Rosario, Víctor fue a hablar con mi tía; a mi padre seguía sin tragarlo. No me había fijado durante esos días que estuvo por allá con los asuntos de la venta y demás, pero estaba mucho más delgado y se le veía envejecido, con grandes entradas y el pelo medio cano, parecía mayor de lo que era. Mi tía tan sólo recordaba dos de las muchas cosas que Víctor le comentó durante aquella charla. La primera, una confesión de corte íntimo y sentido, fue que toda su carrera hasta el momento, tanto sus estudios como sus investigaciones y proyectos, habían estado inspirados por la figura de mi abuelo. Los meses que pasé aquí, le dijo a mi tía, fueron esenciales para mi formación. Llegué a pensar cosas que jamás me habría atrevido a pensar por mi cuenta. La segunda fue una declaración algo más superficial, menos trascendente. Víctor le dijo a mi tía que tenía pensado cambiar de orientación. Ya no más teoría, le dijo Víctor, quiero hacer cosas con las manos. Por eso tenía previsto irse a Europa y establecerse en algún pueblecito con mar. Dos años después, mi tía recibió una postal firmada por Víctor. Era una imagen de la costa catalana, dijo mi tía, no sabría decirte de dónde exactamente. No llevaba texto, sólo el dibujo de un barquito que surcaba aguas tranquilas, y a un lado un martillo y una sierra. No sé por qué, me dijo mi tía, pensé que le había dado por algún rollo religioso en plan gnóstico. Ya sabes: la simbología de la barca, del pescador, de las herramientas... Pero yo no entendí a qué se refería. Sí me quedé con otro detalle relacionado con Víctor: la maleta.

En cualquier caso, cuando acepté que yo no pintaba absolutamente nada en aquella estancia, en aquel rancho gigantesco estilo *Lo que el viento se llevó*, le dije a mi tía que quería volver a Buenos Aires. Es más, le dije que quería volver a la ciudad para comprar un billete de avión que me llevase de vuelta a Barcelona. Porque a esas alturas también había aceptado que yo no pintaba nada en esa familia, o en lo que quedaba de ella. Mi tía Claudia se puso triste e hizo el amago de insistir, pero fue lo bastante inteligente para no presionarme, porque supongo que entendió que, a pesar de todo, se había tendido un puente y tal vez, y sólo tal vez, dicho puente resistiría la siguiente tormenta y podría volver a franquearse tarde o temprano. Yo no pensé en eso, la verdad. Cuando me obsesionaba con algo sólo podía pensar en una sola cosa.

8

Diez horas después de la llegada de don Andrés a la cueva, Rick despierta empapado en sudor; está tan mojado que tiene la impresión de haberse orinado encima, aunque eso ahora no le preocupa. Todavía está muy mareado. Don Andrés le hace beber unos pocos tragos de lo que parece ser una infusión de hierbas y también le hace mascar un poco de cecina. Luego le tapa con la manta y le obliga a seguir durmiendo. El proceso se repite varias veces a lo largo de dos días. Necesitabas descansar y recuperarte, le dirá don Andrés cuando finalmente emerja de ese océano de inconsciencia sin sueños. La ausencia de imágenes durante estas horas de descanso, además, ha provocado que tu canal de recepción esté limpio. Tu visión a partir de ahora, y al menos durante un tiempo, estará menos condicionada, le explica don Andrés.

Cuando se ve con fuerzas para hablar, Rick le cuenta lo que vio desde la entrada de la cueva la mañana antes de su reencuentro. Se lo cuenta nervioso, casi con ansia. Le pregunta a don Andrés: ¿Qué fue eso que vi? Don Andrés tarda un buen rato en responder, pero finalmente le dice: En ocasiones, el Otro Mundo irrumpe en este mundo y provoca una grieta por la que se cuela la luz verdadera. Este mundo en el que nos movemos no dispone de esa belleza. El Otro Mundo, en sí, tampoco transmite esa sensación de certidumbre. Tiene su magia y su encanto, es cierto, pero sólo cuando en este mundo se abre una grieta provocada por el Otro Mundo la luz irrumpe aquí, durante segundos o minutos, con suerte, y se produce esa sensación. ¿Eso fue lo que yo vi, la luz verdadera?, pregunta Rick empujado por el afán de comprender. ¿Por qué preguntas con tanta avidez? Quiero comprender, responde Rick con seriedad, eso es todo. Sé que esa imagen y la sensación que provocó en mí jamás se van a borrar de mi memoria y deseo saber cómo volver a experimentarlo. De nuevo, don Andrés se toma su tiempo para replicar. Mira hacia la lejanía durante un rato y después observa con suma atención sus propias manos, como si pretendiese encontrar alguna clase de imperfección celular. De hecho, pasa tanto rato que Rick cree que ya ha olvidado lo que iba a decir. Has tenido suerte, dice al cabo don Andrés, mucha suerte. Has sido testigo de algo excepcional. Entiéndelo como una señal. Se te ha dado la bienvenida. Aférrate al anhelo de volver a experimentar algo parecido cuando sientas que estás agotado o pierdas la fe en el camino que vas a emprender a partir de ahora. Comprender, añade, no conseguirá que vuelvas a vivir la experiencia. Comprender no te ayudará en nada. Te lo aseguro. Es fundamental que aceptes esa premisa esencial, Rick: el aprendizaje verdadero tiene muy poco que ver con el comprender. Rick está tentado de preguntar con qué tiene que ver entonces, pero no lo hace. El hombre, concluye don Andrés, vive sólo para aprender, y si aprende es porque esa es la naturaleza de su suerte, para bien o para mal. Aprender es la tarea más difícil que un hombre puede echarse encima.

Los primeros días en la cueva, Rick los va a dedicar a soñar. En este caso, las infusiones que le prepara don Andrés tienen la capacidad contraria de la que le preparó durante su descanso. De lo que se trata ahora es de convivir con las imágenes del sueño. Rick pasa así varios días, transitando territorios oníricos, hasta que por fin pregunta: ¿Para qué sirve esto, don Andrés? Ya estabas tardando en preguntar, le responde el viejo indio. Voy a explicarte varias cosas, le dice. Pero no te agarres a las explicaciones como si fuesen un fin, simplemente son una guía, ¿me has entendido? Rick asiente. Vivimos en un mundo, empieza don Andrés, marcado por una suerte de maldición provocada por el hombre. A Rick se le ocurren así, a bote pronto, varias posibles maldiciones que podrían ocupar el lugar de esa maldición mayor. Entre otras cosas, y sin poder evitarlo, piensa en Hitler y en la guerra que justo en esos momentos está asolando Europa. Nuestra maldición es haberlo separado todo, prosigue don Andrés. Nuestra maldición es pretender que cada cosa ocupa un lugar distinto y aparte de la que tiene al lado. Pensamos, dice don Andrés sin énfasis ninguno, que todo cabe en cajitas y frascos en los que colocar una etiqueta. Todo bien separado, cada cosa en su lugar. Y si todo puede meterse en una cajita con su correspondiente etiqueta, lo que no cabe en una cajita acaba por no existir. ¿Me sigues? Rick, de nuevo, asiente. Nos han dicho que sólo existe aquello que se puede tocar, que se puede medir, numerar y, finalmente, meter en una cajita. Pero son muchas cosas las que no caben en una cajita, ¿verdad? Si seguimos por ese camino vamos hacia nuestro final, las cosas vivas que se meten en botes y cajas acaban secándose y muriendo. Pero esa es otra cuestión de la que ya hablaremos en otro momento, indica don Andrés con un gesto de la mano con el que pretende apartar de sí esa cuestión. Lo que quiero decirte es que vemos el mundo de un modo parcelado, compartimentado, Rick, y eso es un tremendo error. Tú ves el mundo así, y tienes que ser consciente de ello. ¿Y el sueño qué tiene que ver con eso?, quiere preguntar Rick, pero se muerde la lengua. Si quieres emprender el camino para convertirte en un hombre de conocimiento, tienes que cambiar tu manera de mirar el mundo. ¿Es eso, se pregunta Rick? ¿Ser un hombre de conocimiento me permitirá sentir de nuevo lo que sentí viendo la salida del sol? Pero tampoco verbaliza esas preguntas. Tal vez porque algo en su interior le dice que tiene que mantenerse atento y centrado, pero también en silencio. Don Andrés le dijo que iba a ayudarle a encontrar la paz, ¿no? De momento, todo ha ido bien, así que no tiene por qué dudar. El primer paso para cambiar tu manera de mirar, concluye don Andrés, es que experimentes la cercanía entre el mundo de la vigilia y el mundo del sueño. Es un primer paso, una barrera que hay que borrar. La vida del sueño y la vida de la vigilia tienen que mezclarse de forma indistinguible para que empieces a familiarizarte con el lenguaje del Otro Mundo. Porque el acto de utilizar el sueño para ver, a través y más allá de la apariencia literal de nuestra vida despierta, las narraciones imaginativas más amplias en que vivimos, nos libera de cualquier modelo en el que estemos fijados.

Por lo visto, don Andrés considera los estados de realidad no ordinaria como la única forma de aprendizaje práctico y el único medio de adquirir poder. Al menos, en una primera fase. Por eso, tras varios días más soñando, don Andrés prosigue su discurso: Para que la imagen de un sueño actúe en la vida debe, como un misterio, ser experimentada como plenamente real. La interpretación surge cuando hemos perdido contacto con las imágenes, así que olvídate de intentar interpretar nada. Hay diferentes clases de sueños. Hay sueños basados en lo cotidiano, en lo que hemos hecho ese día o en lo que creemos que haremos al día siguiente. Hay sueños lúcidos, en los que pueden pasar cosas que están, en cierto sentido, bajo tu control a pesar de la rareza del entorno. Y luego hay sueños sagrados en los que los dioses nos hablan y nos dicen cosas importantes. Pero ninguno de esos sueños hay que diseccionarlos para observarlos a la luz del día. No hay que examinarlos como si se tratasen de las tripas de un pollo, sino que hay que vivirlos como si hubiesen sido actos de la propia vigilia. Porque hay que eliminar la diferencia entre sueño y vigilia. Pero los sueños, replica Rick con todo el sentido común del mundo, son confusos, no tienen que ver con la lógica a la que estamos acostumbrados. La manera en que nos llega un sueño, responde don Andrés, es parte de su expresión. Su ambigüedad, por tanto, no necesita ninguna resolución. Mientras comen las alubias que don Andrés ha preparado para la ocasión, le dice: Nuestras mentes no son las que crean los sueños, Rick; pretender que eso es así es una idiotez propia del mundo de ciegos en el que vivimos. El Otro Mundo en el que tienen lugar los sueños no está encerrado por los límites de tu mente. No podría estarlo, entre otras cosas, porque el Otro Mundo se transforma sin descanso y eso lo convierte en inabarcable. Ese más allá, que algunos se empeñan ahora en llamar subconsciente, no es un lugar particular, de uno mismo, del que sueña. Los sueños son experiencias internas, pero eso no quiere decir que tengan que ver únicamente con el que sueña, dice don Andrés con absoluta calma. Los sueños no nos pertenecen, los sueños son algo que nos sucede. Y ese Otro Mundo en el que los sueños se desarrollan es un océano cambiante, un hervidero en constante fluctuación.

La consciencia propia de la vigilia no es más que una pequeña isla que emerge en ese océano, rodeada de la vasta fluidez del mundo del más allá. Por eso sueño y vigilia no tienen por qué ser tratados como contrarios, insiste don Andrés. Los sueños son importantes y nos enseñan una lección respecto a la realidad, porque nos obligan a observarla desde su perspectiva, desde la realidad del sueño, un orden de realidad diferente del que nos complacemos en considerar normal. Y de lo que se trata, en gran medida, es de ampliar los límites de nuestra realidad. O por decirlo de otro modo, contrastar nuestra realidad estándar para hacerla más porosa, más flexible y más abarcadora. Si no ampliamos la realidad, si no superamos los límites que nos han enseñado, perdemos gran parte del significado de la vida.

Días después, sin ninguna clase de explicación previa o de justificación, don Andrés pone fin a esa primera fase del aprendizaje de Rick. Recogen las cosas de la cueva y se van. Tras seis o siete horas de camino hacia el este, durante las que recorren baldíos pedregosos y sortean pequeñas colinas polvorientas, llegan hasta una cabaña de madera sencilla pero firme. Sin saber por qué, Rick le dice a don Andrés: Esta es su casa, ¿verdad? Don Andrés no responde, se limita a entrar, porque la puerta no está cerrada con llave, a abrir las contraventanas y a poner un poco de orden entre los escasos enseres. No es propiamente lo que podría denominarse un hogar, pero es cierto que transmite algo que va más allá del simple lugar de paso; en cualquier caso, no es un refugio para viajeros. Por otra parte, está prácticamente en medio de la nada, rodeado de desierto a excepción de un árbol extraño que crece junto a unas rocas y lo que parece ser una fuente con un pequeño grifo de bombeo metálico. A veces, dice don Andrés cuando llevan un buen rato allí, vengo aquí a descansar o a pensar en mis cosas. Pero no puedo decir que sea mi casa, concluye como si entre la pregunta y la respuesta no hubiese pasado cerca de una hora.

De un armario de la cocina, don Andrés saca una lata de galletas de color blanco. En su interior resuena algo al moverse. Se sientan los dos frente a frente, con una mesa cuadrada de madera de por medio, con la lata de galletas encima. Ahora, dice don Andrés, vas a dar un paso adelante. Tal vez el paso más importante. Vas a entrar en el Otro Mundo, le dice mirándole a los ojos con mucha intensidad, pero sin estar dormido. Rick permanece impasible porque sabe qué es lo que corresponde hacer. Sin embargo, prosigue don Andrés, todavía no estás preparado para entrar por tus propios medios en el Otro Mundo. Necesitas una ayuda. Rick no puede evitar hacer cábalas sobre la naturaleza de esa ayuda, pero no se le ocurre nada. De hecho, no entiende cómo puede conseguirse algo así, lo de entrar en el Otro Mundo sin estar dormido. Don Andrés, a modo de respuesta, vuelca el contenido de la lata de galletas sobre la mesa. Son siete bolas de aspecto raro. Varían en tamaño y consistencia. Algunas son casi redondas, otras alargadas. Se sienten al tacto como la pulpa de la castaña o la superficie del corcho. Su color parduzco las hace similares a la cáscara de nuez. ¿Qué es esto?, pregunta Rick. Es lo que algunos llaman peyote, dice don Andrés. ¿Has oído hablar de él? Rick recuerda entonces el rincón del huerto de don Julián donde crecían los hongos y las plantas enteógenas. También recuerda lo que don Julián le dijo, concretamente, del peyote: que era más valioso que el oro para las tribus precolombinas de América Central, pues su espiritualidad giraba en torno a ese pequeño cactus, y que sus efectos eran alucinantes. Así pues, asiente. Tú no lo vas a llamar más peyote, ¿de acuerdo? Lo vas a llamar Mescalito. ¿Por qué?, pregunta Rick. Porque ese es su nombre. Si se llamase peyote no sería más que una planta, un hongo. Mescalito es otra cosa. ¿Qué es Mescalito?, pregunta Rick cuando ve que don Andrés no lo aclara por su cuenta. Mescalito es un protector y un maestro, no es sólo una planta. Al ver la cara de incomprensión de Rick, le dice: Lo que cabe en una cajita con una etiqueta es la planta, dice cogiendo una de aquellas bolas y colocándola sobre la palma de la mano y cerrando el puño, pero Mescalito no cabe en una cajita. Rick cree entender, por eso se dice: De acuerdo, vale, nada de cajitas con etiquetas. Tengo que advertirte una cosa antes de que lo tomes: Mescalito es un poder único. Un protector, un maestro. Pero a Mescalito no se le puede domar, dice don Andrés con un gesto de la mano que pretende decir: Nada de preguntas en este momento. Mescalito está fuera de uno mismo, dice. Escoge mostrarse en muchas formas a quienquiera que tenga enfrente, sin importarle que sea un brujo o un yanqui como tú. Mescalito, sin embargo, no se muestra como una imagen sino que aparece en forma de enseñanza. Una enseñanza sin palabras. Y a cada hombre le habla distinto. O sea, no es el mismo para todos los hombres. Tienes que entender, le advierte don Andrés, que Mescalito puede ser manso y pacífico o terrible y aterrador, pero que eso no es más que una circunstancia. Esto se masca, dice finalmente don Andrés tendiéndole una de las bolas.

Cuando Rick se mete la bola en la boca y empieza a mascar, don Andrés le dice: Que tomes Mescalito así no volverá a ocurrir. Esto es una prueba y tiene una naturaleza diferente. Si hay una próxima vez, tendremos que buscar a Mescalito de otra manera. Rick detecta cierto tono de ultimátum en la voz de don Andrés, por eso pregunta: ¿Qué quiere decir con si hay una próxima vez? Don Andrés espera a que Rick haya tragado todo el amargo jugo que extrae de la bola que tiene en la boca para decir: Según lo que ocurra hoy, seguiremos juntos o tendremos que separarnos. Pero a esas alturas, las palabras de don Andrés ya no provocan en Rick ninguna clase de inquietud. Antes de pasar a lo que sin duda va a ser un estado alterado de consciencia, Rick pregunta: ¿Cómo reconoceré que estoy en el Otro Mundo? ¿Cómo sabré que no estoy dormido? Don Andrés se echa a reír. Se carcajea, o al menos eso es lo que le parece a Rick, y después dice:

Lo notarás. Tú ya sabes de eso, Rick, ya has sentido antes esa sensación de ver sin ver, de saber sin saber. Te ha pasado otras muchas veces antes, ¿verdad? Rick asiente. El Otro Mundo es un lugar amplio y eso lo vas a notar aquí, añade don Andrés palmeándole con fuerza en el pecho. Y yo ahora me voy, que tengo que buscar comida para los dos.

Cuando Rick regresa al estado de vigilia estándar y compartible, como unas diez horas después, hace poco que ha salido el sol, se encuentra sentado a la sombra del árbol extraño que crece a unos treinta metros de distancia de la cabaña. Observa que don Andrés, a lo lejos, está acarreando cubos de agua desde la fuente hasta la casa bajo un sol implacable. Parece estar limpiando. Cuando Rick baja la vista descubre que está desnudo por completo, pero para su alivio ve que su ropa y sus zapatos están cuidadosamente colocados junto a la base del tronco. Se viste a trompicones y camina hasta la cabaña. Cuando entra en ella, agradeciendo la sombra benéfica, en lo primero que se fija es en la olla con frijoles refritos y en la pequeña montaña de tortillas de maíz que descansan sobre la mesa. Rick tiene mucha hambre. Tras dar buena cuenta de dos platos de frijoles, Rick le pregunta a don Andrés qué es lo que está haciendo. Limpiando lo que hiciste anoche, responde. ¿Qué hice?, inquiere Rick con absoluta ingenuidad. Vomitaste como unas veinte veces e hiciste tus necesidades donde te vino en gana, responde don Andrés con una media sonrisa.

A Rick, de repente, como caído desde una altura estelar, le llega el recuerdo de lo ocurrido. No siente vergüenza, aunque tampoco satisfacción. Básicamente se siente confundido. Creo que llegado un momento, le dice Rick a don Andrés, olvidé que era un hombre. Sí, lo sé, responde don Andrés. Estuve jugando con un perro, dice Rick, un perro que llegó aquí justo cuando usted estaba por irse. Don Andrés asiente. ¿Usted también lo vio? Don Andrés asiente de nuevo. Era un perro muy raro, aclara Rick. A ratos era transparente y a ratos brillaba. No era un perro, replica don Andrés dejando el cubo con el agua a un lado. Era Mescalito. ¿Mescalito?, pregunta Rick. ¿Entonces Mescalito es real?, siguió preguntando, ¿es algo que puede verse? Don Andrés pareció sentirse desconcertado por la pregunta. Miró a Rick con una especie de expresión vacía. ¿Acaso no lo viste anoche?, se limitó a decir. Rick está a punto de decirle que lo que él vio fue un simple perro, pero se lo piensa dos veces y prefiere preguntar: ¿Entonces usted cree que lo que vi anoche era Mescalito? Don Andrés, sin apartar la vista de los ojos de Rick, dice con fingida seriedad: ¿Acaso te pareció que era tu mamá? Pero Rick capta la broma y los dos se echan a reír.

Rick pasa entonces a detallarle su experiencia. Le explica, por ejemplo, que cuando apareció el perro, él decidió levantarse y dar una vuelta. Al salir de la cabaña vio que había un grupo de personas junto al árbol extraño y se acercó a ellas. Quiso escuchar de qué hablaban, pero no entendió lo que decían porque charlaban en diferentes lenguas extranjeras que él no supo distinguir. No le pareció extraño. Se limitó a dar media vuelta y observar el paisaje dejando a su espalda el murmullo de las conversaciones indescifrables. Fue entonces cuando sintió la amplitud en el pecho de la que le había hablado don Andrés. Y sintió que esa amplitud le llevaba a revivir sensaciones del pasado, momentos puntuales que se sucedían como ensartados por una cuerda de zapatero remendón. Le explica a don Andrés que tuvo la sensación de que el tiempo se contraía y se estiraba y de que él era el tiempo. También que notó que la amplitud tenía que ver consigo mismo y a la vez no tenía nada que ver con él. Sintió que podía recorrer todo ese espacio sin moverse, pero no quiso hacerlo. Aunque también he de decir, confiesa Rick, que sentí cierto pudor, porque pensé que si me decidía a recorrer el espacio y en realidad no me movía me entristecería y me pondría a llorar. Al volver a la cabaña, cuenta Rick, cuando se disponía a beber agua, fue cuando se detuvo a mirar al perro con atención. A partir de ese momento ya no se separó de él. Bebieron agua juntos, de un cuenco colocado en el suelo. Y Rick vio cómo el agua entraba en el cuerpo del perro y lo recorría y lo hacía brillar. Y cuando miró hacia la tierra baldía vio cómo el agua surcaba también el interior de aquellos terrones aparentemente secos, otorgándole al entorno un fulgor azulado. Después jugó con el perro a mordisquearse y a corretear e incluso a orinar para delimitar el territorio. Esos juegos duraron lo que a Rick le habían parecido días enteros. Finalmente se tumbó a la sombra del árbol a descansar junto a su nuevo amigo canino.

Don Andrés, que había estado prestándole toda su atención con la máxima seriedad, dijo: Creo que ha ido muy bien. No sé decirte por qué lo sé, pero es así. A veces Mescalito es juguetón como un niño; otras veces es terrible, espantoso. Pero cuando uno lo conoce bien... Tú anoche jugaste con él. Eres la única persona que conozco que ha tenido un encuentro así. ¿En qué sentido mi encuentro ha sido diferente?, pregunta Rick. Para empezar, responde don Andrés, no eres indio; por eso no sé ubicar bien mis razones. Pero él toma a las gentes o las rechaza, sin importarle que sean indias o no. Eso lo sé. Lo he visto muchas veces. También sabía que le gusta juguetear, hacer reír a algunos..., pero jamás había visto que lo hiciese con nadie.

Ese mismo día, cuando el sol se ha puesto ya casi por completo, los dos salen a dar un paseo por los alrededores de la cabaña y llegan hasta una concentración de cactus gigantes llamados sahuaros. La luz del anochecer le aporta a todo, o al menos así lo experimenta Rick, un aura de ingravidez. Justo en ese momento, allí parados bajo los imponentes brazos extendidos hacia el cielo de los sahuaros, don Andrés declama con voz queda: La existencia, el mundo y con ello nuestra percepción está ordenada en tres estadios. Está el mundo de la vigilia, que es este que tenemos alrededor. Por aquí es por donde nos movemos habitualmente, donde nos encontramos gente como tú y como yo. Después está el Otro Mundo, que tiene diferentes nombres y que algunas personas denominan el Alma del Mundo. Definirlo es un poco más complejo. Ese Otro Mundo o Alma del Mundo está poblado de criaturas extrañas, feéricas, hadas, duendes, dáimones; habrás oído hablar de todo eso. Rick no asiente ni niega, está demasiado concentrado para eso. Esa Alma del Mundo también está recorrida por los muertos, las fuerzas protectoras y los dioses. Pero no todo el mundo ve lo mismo cuando está ahí. Al igual que ocurre en el mundo de la vigilia, cada uno ve lo que está preparado para ver; lo demás simplemente no lo ve. Porque todas esas criaturas, especifica don Andrés, y ahí es donde se complica la cosa, no habitan literalmente el Alma del Mundo, sino que son las muchas caras que nos muestra el Alma. En cualquier caso, el Alma del Mundo está, por decirlo así, a nuestro alrededor, allí donde nuestro mundo de la vigilia termina. El Alma del Mundo existe, precisamente, para definir este mundo. Y después está la luz, el lugar del espíritu. Hay quien lo denomina el Gran Espíritu, la Diosa Madre, la Energía Suprema... Yo qué sé. Los nombres no importan. Tampoco importa el hecho de que yo haya hablado de tres estadios, aclara don Andrés, como si fuesen lugares separados. No lo son. Esos tres estadios conviven en un mismo tiempo y en un mismo espacio. Están yuxtapuestos. Y el velo que separa a uno de los otros es extremadamente fino. ¿Entiendes eso, Rick? Rick asiente con cierta reticencia. No tienen el mismo valor, como es lógico, porque la luz hace que todo lo demás exista. Sin ella, no habría nada. Por eso podemos decir que tanto el mundo de la vigilia como esa Alma del Mundo que viene justo después actúan a modo de filtro respecto a la luz. No podemos llegar a la luz si no seguimos un proceso, dice deteniéndose junto a uno de los cactus. A veces la luz verdadera llega hasta este mundo cuando la vigilia y el Otro Mundo topan y se abre una grieta. Tú fuiste testigo. Pero eso ocurre sólo a veces, de forma aleatoria. Siempre entraña un mensaje o una invitación, dice don Andrés, pero en la mayoría de los casos nos cuesta identificar una cosa u otra si no estamos preparados. Sin embargo, se puede llegar a la luz, a la esencia, para captar su mensaje, a través de un proceso de iniciación como el que tú estás recorriendo. ¿Me sigues?, le pregunta a Rick, que no ha aminorado la intensidad de su atención ni un solo segundo. Don Andrés, sin esperar respuesta, le hace un gesto con la mano para que inicien el camino de regreso a la cabaña. Está oscureciendo con mucha rapidez. Cuando ya están muy cerca de la casa, don Andrés le dice: Esta noche dormirás aquí, pero mañana por la mañana regresarás a El Claro. Vas a pasar un par de días ahí, asimilando todo lo que has vivido hasta ahora. Después tendrás que buscar un lugar propio en el que llevar a cabo tus ejercicios. Cuando lo encuentres, volveremos a vernos.

Así pues, Rick vuelve a casa de doña Eduviges. Nada más llegar, la vieja lo detiene en el porche, lo observa de la cabeza a los pies y le dice con una inquietante sonrisa: Has estado donde los espíritus. Rick, sorprendido con la guardia baja, dice: ¿Qué? Y doña Eduviges insiste: Tú has estado con espíritus, lo sé. Me lo contaron el griego joven y el armenio viejo. Estabas allí por donde para don Andrés. Doña Eduviges se da entonces la vuelta, como si hubiese hecho un simple comentario sobre el tiempo, y mientras entra en casa dice: El mundo de los muertos es lindo pero difícil y peligroso. Rick la sigue dentro para seguir oyendo lo que dice, porque sigue hablando, aunque no parece estar dirigiéndose a Rick. Los muertos tienen hambre de este mundo, masculla doña Eduviges, igual que nosotros tenemos hambre del suyo. No por su comida, porque es funesto comer en el mundo de los muertos, sino por su alimento espiritual. Ellos desean ardientemente tener un cuerpo, al igual que nosotros anhelamos la vida del alma. Justo antes de meterse en la cocina y cerrar la puerta, le dice mirándolo directamente a los ojos: El alimento más importante para nuestros antepasados es la piedad de los hijos. Para el resto de los espíritus lo más importante es el respeto. No lo olvides. Rick, que a esas alturas no se sorprende por cualquier cosa, llega hasta su cuarto y también cierra la puerta. Se fija en la maleta apoyada a los pies de la cama. La abre para inspeccionar su contenido y se topa con los fajos de billetes metidos en sobres o atados con gomas. Se trata de miles de dólares. Le asaltan los recuerdos, pero Rick los observa como desde el otro lado de un largo tubo de cobre: están ahí, al fondo, pero son pequeños y no parecen tener importancia ninguna.

El par de días que le había indicado don Andrés pasan sin dejar huella. Almuerza y cena en la cantina. Charla con Luis, que ni se muestra sorprendido de volver a verlo por allí ni le pregunta tampoco cómo le fue por Rancho Ibarriola. A pesar de eso, o tal vez por eso mismo, a Rick sigue gustándole tener cerca a Luis. Le agrada sobre todo la extraña intimidad que transmite su estoicismo. Por lo demás, y más allá de algún paseo por los alrededores, Rick pasa mucho rato metido en su cuarto de la casa de doña Eduviges, repasando sus experiencias de las últimas semanas, esperando a que le llegue una nueva señal para que todo vuelva a ponerse en marcha.

Cuando ya lleva cinco días en El Claro y la ansiedad empieza a hacerse patente, concretamente una tarde en la que se ha sentado a la sombra del porche mirando a la lejanía y pensando que tal vez no esté preparado para convertirse en un hombre de conocimiento, estando ya medio adormilado por la indolencia del calor y la digestión, y también por cierto grado de abatimiento anímico, se cuela entre su ensueño el sonido de los cascos de un caballo. Abre los ojos y ve acercarse a un hombre montado en un alazán. Instintivamente, Rick se pone en pie, saluda con un gesto de cabeza y dice: Buenas tardes. El hombre, que va tocado con un sombrero vaquero y lleva una camisa a cuadros de color verde, le dice: ¿Eres Rick? Rick se fija en que al hombre parece que le cae alguna clase de líquido por el costado izquierdo de la cabeza, por detrás de la oreja y hacia el cuello. Podría ser sangre, pero el resol le impide apreciarlo con precisión. Podría ser también sudor mezclado con el polvo rojizo del camino. Quién sabe. Rick responde: Sí, soy yo. Que me han dicho, dice el hombre, que lo que tienes que hacer es irte para las tierras del Porvenir, que allí vas a encontrar lo que tienes que encontrar. Que dicen también que cuando vayas que lleves una tela grande, así como para hacer una tienda india. ¿Quién te ha dicho eso?, pregunta Rick torciendo un poco el gesto, como respondiendo a un protocolo fijado de antemano. El hombre parece rebuscar en su memoria durante unos segundos hasta que dice: No lo recuerdo. Lo dice con una desarmante sencillez, como si realmente fuese un niño pequeño que no supiese del sentido de la responsabilidad. Me caí, ¿viste?, añade señalándose al costado izquierdo de la cabeza. Creo que ya no pienso con claridad, compadre, dice el hombre. Pero alguien te dijo que vinieras aquí a decírmelo, ¿no?, pregunta Rick intentando ubicar la información. El tipo se saca el sombrero y se rasca la coronilla con despreocupación. Rick aprecia entonces que tiene el pelo negro húmedo por el costado izquierdo, húmedo y pegajoso. Yo diría que sí, compadre, pero no lo recuerdo bien, responde. Esta cabeza mía es ahora una olla grande y vacía, llena de humo nomás. Durante unos segundos permanecen en silencio. Sopla un escaso viento sin fuerza incapaz de arrastrar nada a su paso. La calle está desierta. Sólo polvo, sol y tiempo. Ahora me marcho para Ejido. A mi casa, dice el hombre colocándose bien el sombrero. Llego tarde. Y ya dije lo que tenía que decir. No se despide, y Rick tampoco hace siquiera el ademán. Se limita a verlo alejarse por el camino que sale del pueblo en dirección al oeste, perdiéndose tras un recodo.

En los oídos de Rick resuenan todavía las palabras del insólito visitante cuando aparece a su espalda doña Eduviges. ¿Hablabas con alguien?, le pregunta la vieja. Sí, con un tipo a caballo que se acercó hasta aquí, dice Rick, para hablar conmigo. Hace mucho que nadie pasa por aquí a caballo, replica doña Eduviges. ¿Cómo era?, pregunta. Llevaba sombrero y camisa a cuadros de color verde, responde Rick. ¿Montaba un colorado?, pregunta la vieja. Rick asiente. ¿Le sangraba la cabeza?, pregunta doña Eduviges, a lo que añade antes de que responda: ¿Parecía confundido? Pues a decir verdad, sí parecía confundido, dice Rick. Y es posible que le sangrase la cabeza. Por aquí, dice tocándose con la punta del dedo de la mano izquierda por encima de la sien. La vieja asiente despacio, y dice: Era Miguel Nogales. Dijo que se iba a Ejido, a su casa, añade Rick, y que llegaba tarde. No, dice la vieja, allí ya no vive nadie. Pues eso fue lo que dijo, se justifica Rick. Miguel Nogales está muerto, aclara doña Eduviges. Murió hace muchos años. Pero le puede el remordimiento, por eso va siempre hacia Ejido. Siempre va pero nunca llega. Yo ya le advertí que ese caballo lo iba a matar. Pero Miguel nunca hacía caso. Era medio gallito... ¿Está muerto?, pregunta Rick interrumpiendo la remembranza de doña Eduviges. Sí, responde la vieja. Yo lo veo muchas veces. Es cosa de mi sexto sentido, dice. Un don que Dios me dio; o tal vez una maldición. Sólo yo sé lo que he sufrido a causa de esto. Doña Eduviges hace una pequeña pausa durante la que parece reflexionar sobre el sufrimiento causado por sus visiones. Lo raro, prosigue, es que lo hayas visto tú. Lo raro es que te haya hablado. Rick escucha en silencio. Pero claro, el otro día anduviste por donde los espíritus. Todavía se te habrá quedado algo de la mirada de los muertos. Sí, eso va a ser. Pero se te pasará pronto, ya lo verás, dice la vieja antes de entrar de nuevo en casa.

Al día siguiente, gracias a la ayuda de Luis, Rick adquiere una lona muy grande. También hace acopio de comida para una semana, llena varias garrafas con agua, consigue una manta y un mechero de chispa. Le alquila un mulo y una pequeña carreta a uno de los feligreses de la cantina, un tal Rigoberto, lo carga todo en ella y se pone en camino hacia El Porvenir. Sabe que esas tierras están a unas cuarenta millas de El Claro. Como sabe que son puritito desierto, que no hay por allí ni una mala sombra bajo la que cobijarse. Pero a Rick eso le importa bien poco, porque le mueve una fe inquebrantable. Va a tener que dar un rodeo de consideración, porque primero la carretera lleva a Santa Ana y desde allí, girando al este, tendrá que dirigirse hacia Altar; como hizo cuando fue a Rancho Ibarriola montado en el Chevrolet 31 del comerciante Da Couto. Hacia la mitad de la carretera que llega hasta Altar, cuando lleve recorridas unas treinta millas, tendrá que tomar un sendero hacia el sur. La única marca que le ayudará a distinguir dicho sendero, por lo visto, son dos cráneos de vaca colocados en lo alto de sendos postes de madera. Cosa del humor mexicano, se dice Rick, eso de mezclar el porvenir y la muerte. Pero cuando llega a ese punto encuentra otra cosa que le indica que se trata del camino correcto: sentado junto a uno de los postes está don Andrés. A su lado tiene varios palos largos, de lo más apropiados para construir una tienda de estilo indio; un tipi, por ejemplo. Cargan los palos en el carro y don Andrés se sienta junto a Rick sin mediar palabra, colocando entre sus pies el pequeño hatillo con sus pertenencias. Cuando han recorrido ya varias millas en el camino que lleva a El Porvenir, don Andrés dice: Algo me indicó que tenía que venir a estas tierras, pero no tuve nada que ver con lo que te ocurrió a ti, fuera lo que fuese. Rick no le da la réplica.

El carro va avanzando a saltos y trompicones por un sendero que no da la impresión de haber sido transitado durante los últimos cincuenta años. ¿Hace mucho calor? Obviamente. ¿Eso parece afectar a

Rick? En absoluto. Tras atravesar una estrecha cañada, giran a la izquierda y Rick se detiene para observar una formación rocosa con un curioso saliente a modo de visera. La observa con mucha atención durante un buen rato y luego se echa a reír. Al cabo mira a don Andrés con algo parecido a la incredulidad más que a la voluntad de saber. O sea, no pregunta sino que comparte. Don Andrés le dice: La energía que lo mueve todo, la luz, está ahí, en todas partes. Lo único que nos impide verla tal cual son las ilusiones, las ideas y los conceptos que tenemos del mundo y de las cosas. Con la práctica uno puede llegar a verla en sí misma e incluso, cuando uno es un elegido, puede manipularla, dice mirando hacia la formación rocosa. Es cierto, por lo demás, que al igual que hay gente que acumula energía o que es capaz de manipularla, también hay lugares que la concentran de un modo especial. O si lo prefieres, lugares especialmente aptos para que gente dotada pueda manipular la energía que allí se concentra. Son como puntos de reunión, como centralitas.

Tras montar la tienda bajo la visera de la formación rocosa, actividad que le mantiene ocupado durante varias horas, Rick se sienta a esperar a que vuelva don Andrés. Porque don Andrés, en cuanto descargaron los palos del carro, agarró su hatillo y se marchó sin mediar palabra. Está atardeciendo cuando el viejo indio aparece en la lejanía del llano que se extiende más allá de la cañada hacia el norte. En cuanto llega hasta la tienda, se la queda mirando y hace un gesto que bien podría parecer de desaprobación, pero dice: No está mal. Después se sienta junto a Rick, bajo la escasa sombra que ofrece la visera de piedra y dice, como si no hubiesen estado sin hablar todas esas horas: La práctica para llegar a captar esa energía, la luz, e incluso manipularla, llega a través de la meditación. Pero el proceso es largo. Son muchas las ilusiones, las nociones y los conceptos que hay que flexibilizar, cuando no destruir, para poder lograrlo. Por eso tomar hongos y hierbas alucinógenos es una primera fase, dice don Andrés mientras rebusca algo en su hatillo. En ocasiones los conceptos son tan fuertes, tan resistentes, que es necesario aplicar tratamiento de choque para suavizarlos y así poder lidiar con ellos con mayores posibilidades de éxito. Sin duda esta fase, la de las drogas, es la más peligrosa, dice volviendo la mirada hacia Rick. A pesar de tener los ojos entrecerrados, Rick puede captar la naturaleza punzante de esa mirada. Porque las drogas, prosigue, pueden abrir de golpe la puerta a un espacio de percepción que uno no está preparado para manejar.

Por esa puerta puede colarse lo bueno y lo menos bueno. Y puede confundirnos, le advierte don Andrés. Por esa puerta pueden perfectamente entrar conceptos o nociones refundidas, con una nueva apariencia, tal vez más sofisticada o más perversa. Las drogas, en tu caso, son un proceso necesario pero sumamente arriesgado. Don Andrés hace una pausa y toma aire, despacio. Existe, por lo demás, el peligro de quedarse aferrado a ellas, el llegar a creer que sin ellas el proceso se detiene y deja de existir. No es así, no es cierto, pero podemos llegar a creerlo si la ilusión que nos muestran es lo suficientemente poderosa o hiriente. Y ahora, le dice don Andrés cambiando el tono de voz y poniéndose en pie, te recomiendo que duermas. Tendremos que levantarnos muy pronto y tienes que estar descansado. Rick mira hacia el interior de la tienda, pensando que a pesar de ser más o menos espaciosa difícilmente hay sitio para dos personas. Don Andrés capta la reflexión de Rick y acto seguido le dice: La tienda es para ti, es tu espacio. Yo no puedo entrar. Tengo mis cosas. Pasaré la noche por aquí, dice acompañando sus palabras con un gesto vago que abarca una considerable fracción del horizonte. Además, yo ya soy viejo. Apenas duermo. No lo necesito. Y dicho esto se echa a andar y al rato desaparece.

A Rick le despierta el aroma a hierbas en infusión y el crepitar del fuego. Cuando asoma la cabeza fuera de la tienda faltan todavía unas cuantas horas para que el sol irrumpa en el cielo de Sonora. Don Andrés está sentado junto al fuego, removiendo lo que burbujea en el interior de un cazo de latón. Rick se adecenta un poco y luego se sienta frente a don Andrés, al otro lado de la fogata. Las estrellas se extienden sobre sus cabezas como un manto cercano que estuviese a punto de rozar sus cabellos. Don Andrés, sin dejar de remover, dice: Una vez pasada la fase de las hierbas y los hongos, la meditación lo es todo. La meditación nos enseña a prescindir de las ideas, a no aferrarnos a ellas. Las ideas están siempre ahí. Siempre van a estar ahí. Es más, las ideas son útiles. Son muy útiles en este mundo de ilusiones en el que nos movemos, dice don Andrés mirando a su alrededor. Pero la meditación nos enseña que si lo que queremos es llegar a la esencia hay que dejar las ideas a un lado. Siquiera durante un tiempo, durante un rato. De eso se trata. Cuando uno medita simplemente deja que las ideas vuelen, sigan moviéndose como siempre, pero no se lleven consigo nuestra consciencia, afirma apretando el puño. Y cuando las ideas vuelan y se van, lo que queda al fondo es la esencia. La esencia siempre está ahí, pero las ideas, las nociones, las ilusiones y los conceptos no nos permiten verla, disfrutar tal cual de ella. Son como las nubes del cielo, dice don Andrés alzando la vista. Pero el cielo sobre ellos está despejado. Tal vez por eso sonríe y le dedica a Rick una mirada de complicidad. Por eso hay que encontrar un método estable, constante, para llegar a la esencia, dice para poner fin a esa reflexión. Pero ahora toca lo que toca, profiere con la mano aferrada a la cuchara de madera con la que remueve el interior del cazo. Rick sabe que se refiere a que él todavía no está en ese punto de su formación, y que lo que toca ahora es seguir experimentando con hongos y hierbas enteógenos. ¿Es eso lo que voy a tomar?, le pregunta a don Andrés señalando el cazo con el mentón. No, chico, responde el viejo indio. Esto es achicoria para mi desayuno.

A partir de ese momento va a ponerse en marcha una dinámica que se mantendrá durante varias semanas. Rick ingiere alguna de las hierbas u hongos que don Andrés le entrega, siguiendo lo que parece ser una estrategia planificada y concreta. Después Rick se mete en la tienda y don Andrés desaparece sin comentar nunca adónde va o cuándo va a volver. Sin embargo, cuando Rick sale de la tienda, muchas horas después, don Andrés o ya está allí o no tarda en aparecer. Comentan entonces lo ocurrido en los particulares viajes de Rick, sin desatender ni un solo aspecto de la experiencia. A veces don Andrés comenta algo o lleva a cabo una glosa o resumen de lo ocurrido con el fin de extraer alguna clase de enseñanza o conclusión; en otras ocasiones no dice nada. Tras una o dos ingestas de psicotrópicos, Rick regresa a El Claro, a casa de Eduviges, para descansar y asimilar lo vivido. Y tres o cuatro días después, don Andrés y él vuelven a encontrarse bajo la formación rocosa con la extraña visera, más allá de la cañada. Y empiezan de nuevo.

Tras una de las estancias en casa de Eduviges, Rick le comenta a don Andrés que durante esos días ha sentido en todo momento una extraña incomodidad física, acompañada de una especie de miedo o desdicha indefinida. También cierta melancolía, añade Rick, que no podría tampoco precisar con exactitud. Don Andrés le responde sin inmutarse: Estás empezando a aprender. No sé, replica Rick, si este aprendizaje es para mí. Estás exagerando, dice don Andrés. El único problema es solamente que exageras los aspectos malos. En lo que a mí respecta, se defiende Rick, no hay aspectos buenos. Todo lo que sé es que me da miedo. No hay nada malo en tener miedo, dice don

Andrés. Cuando uno teme ve las cosas en forma distinta. No lo tengo claro, insiste Rick. No sé si esto es adecuado para mí. No sé si estoy a la altura. Lo estás, replica don Andrés con rotundidad. Y a Rick le sorprende la seguridad de su tono. Sí, yo también estoy sorprendido, afirma don Andrés. He estado pensando en lo que vi la primera noche contigo. Mescalito de veras jugó contigo. Eso me extrañó, porque fue una señal. ¿Qué clase de señal, don Andrés? Mescalito te señaló. ¿Para qué?, pregunta de nuevo Rick. No lo tuve claro entonces, pero ahora sí, responde el viejo indio. Quería decirme que tú eras el escogido. ¿Quiere decir que me escogió para alguna clase de tarea o misión?, pregunta Rick. No, responde don Andrés de nuevo con inusitada rotundidad. Quiero decir que Mescalito me dijo que tú podías ser el hombre que busco. Rick siente en la boca del estómago un leve encogimiento, no sabe si preguntar lo que quiere preguntar, pero finalmente lo hace: ¿Qué significa ser el escogido? Tengo secretos, dice don Andrés con un tono más íntimo y profundo. Tengo secretos que no podré revelar a nadie si no encuentro a mi escogido. La otra noche, cuando Mescalito jugó contigo, me quedó claro que eras tú. Pero no eres indio y eso es muy extraño. Pero ¿qué implica eso para mí, don Andrés? Don Andrés le dice que lo único que requiere de él es aprender, en el mismo sentido en que ya lo ha estado haciendo en las sesiones que llevan juntos. Voy a explicarte los secretos que corresponden a un hombre de conocimiento. Yo mismo tuve un maestro, dice don Andrés, mi benefactor, y también me convertí en su escogido al realizar cierta hazaña. Él me enseñó todo lo que sé. Sin ser consciente del enorme peso de las expectativas que don Andrés acaba de echarle encima, y dejando en el aire una considerable cantidad de preguntas, Rick sigue pues adelante con sus sesiones de aprendizaje.

Una semana más tarde, cuando don Andrés ya ha escuchado un buen puñado de relatos de Rick, tachonados de dudas e inseguridades, se adelanta a sus preguntas y le dice: Tienes un problema, Rick. Yo lo sé y tú deberías saberlo. No sabes quién eres. Es más, dudas de tu existencia. Te has visto obligado a mudar de piel en muchas ocasiones. Has cambiado varias veces de nombre. Además, has viajado mucho, saltando de continentes, y ya no sabes dónde puede estar tu hogar, dice don Andrés mirándolo a los ojos. Todo ello ha hecho que a veces te sientas como una máscara vacía. Como si fueses el personaje de un cuento, a veces crees que te limitas a responder a lo que alguien ha escrito sobre ti. No sabes a ciencia cierta si estás vivo, a pesar de todas estas experiencias. Por eso tienes miedo, dice don Andrés dándole a sus palabras un inevitable toque teatral. Temes que al despertar sea el vacío lo que te reciba, temes que cuando tu consciencia despierte no haya nada. Por eso te aferras con tanta fuerza a lo poco que conoces, sin entender todavía que eso te impide volar. Sin embargo, dice don Andrés variando el tono y dándole un aire de mayor condescendencia, estás en el buen camino. Puedes dudar y temer todo cuanto quieras siempre que ello te permita avanzar, aunque sea despacio. Pero no permitas que el miedo o la duda te condicione y te aparte de tu camino, por tranquilizadora que pueda parecer su propuesta. Tú estás ahí, ahí dentro, dice don Andrés palmeándole el pecho. Pero tienes que buscarte en la luz, en la esencia. Tienes que llegar ahí para construirte de nuevo, para construirte de verdad. No te busques en los márgenes, en los detalles o en las anécdotas. Búscate en la luz y luego sal a la superficie para construirte a partir de ese punto, empujado por esa fuerza.

Cuando don Andrés parece haber acabado, Rick se decide a hacer una de esas preguntas que le acosan constantemente: ¿Es eso ser un hombre de conocimiento, alguien que llega a la esencia y puede extraer un mensaje de ella a través del cual construir algo? Don Andrés guarda silencio durante unos segundos, con el aspecto del que se hubiese visto sorprendido por una pregunta incómoda o difícil. Sin embargo, responde: Un hombre de conocimiento es alguien que ha seguido de verdad las penurias de aprender. Un hombre que, sin apuro, sin vacilación, ha ido lo más lejos que puede en desenredar los secretos del poder y el conocimiento. A Rick le da la impresión de que hay un tono de reproche en esa respuesta. Entonces, don Andrés añade algo que enciende en el interior de Rick una luz intermitente: Un hombre puede llamarse hombre de conocimiento tras desafiar y vencer a los cuatro enemigos. Los enemigos que un hombre encuentra en el camino para llegar a ser un hombre de conocimiento son de veras formidables, de verdad poderosos; y la mayoría, pues, se pierde. Pero cuando Rick le pregunta, no sin un deje de ansiedad, cuáles son esos enemigos, don Andrés se niega a hablar de cuáles son. Le dice que pasará largo tiempo antes de que el tema tenga algún sentido para él. Inasequible al desaliento, Rick le pregunta si él podrá llegar a ser un hombre de conocimiento. Don Andrés, como si la cuestión le agobiase más de lo necesario, responde con un deje cansino que nadie podría decir eso de seguro. Le dice que dependerá de su batalla contra los cuatro enemigos, de si podrá vencerlos o saldrá vencido, pero que es imposible predecir el resultado de esa lucha. Ser hombre de conocimiento, dice don Andrés, no tiene permanencia. Uno no es nunca en realidad un hombre de conocimiento. Más bien, uno se hace hombre de conocimiento por un instante muy corto, después de vencer a los cuatro enemigos naturales. Y esas palabras dejan seriamente confundido a Rick. Aun así, se esfuerza en olvidar esa última sensación y vuelve a concentrarse en lo que le corresponde: aprender.

Pasan los días y entonces, casi como si no viniera a cuento, montados en el carro que ha de llevarles a El Claro, donde Rick se dedicará de nuevo a descansar y asimilar lo experimentado, don Andrés se pone a hablar: Cuando un hombre empieza a aprender nunca sabe lo que va a encontrar. Su propósito es deficiente y su intención es vaga. Espera recompensas que nunca llegarán, pues no sabe nada de los trabajos que cuesta aprender. Don Andrés toma aire y prosigue: El conocimiento no es nunca lo que uno se espera. Cada paso es un atolladero, y el miedo que el hombre experimenta empieza a crecer sin misericordia, sin ceder. Su propósito se convierte en un campo de batalla. Y así has tropezado con el primer enemigo: ¡el miedo! Rick, sin poder evitarlo, sube un punto más la intensidad de su atención, aunque sin hacer gesto alguno que denote ese cambio. Un enemigo terrible, prosigue don Andrés: traicionero y enredado como los cardos. Se queda oculto en cada recodo del camino, acechando, esperando. Y si el aspirante a hombre de conocimiento echa a correr, su enemigo habrá puesto fin a su búsqueda. En esa ocasión, don Andrés no va a decir nada más. Pero en días posteriores va a aclararle cuáles son los otros tres enemigos: la claridad, el poder y la vejez. Muy enigmáticos en un principio, pero fáciles de entender cuando don Andrés despliega su pausado discurso.

La claridad llega después de superar el miedo, explicará, porque la claridad borra el miedo. El hombre, dirá, siente que nada está oculto para él. Y ese va a ser, precisamente, el segundo obstáculo, porque esa claridad de mente, tan difícil de obtener, dispersa el miedo pero también ciega. Se apurará cuando tenga que ser paciente, o será paciente cuando tenga que apurarse. Y tonteará con el aprendizaje, señalará don Andrés, hasta llegar a ser incapaz de aprender nada más. También le dirá a Rick que esa claridad, una vez alcanzada, ya no se pierde nunca. Será claro mientras viva, pero ya no aprenderá ni ansiará nada. Lo que debe hacer aquel que ha alcanzado la claridad es usarla sólo para ver, y esperar con paciencia y medir con tino sus pasos a partir de ese momento. Debe pensar, indicará en su discurso el viejo indio, que esa claridad es casi un error. Una vez superado ese obstáculo, llegará el verdadero poder. Pero ese poder, curiosamente, es el tercer enemigo; el más fuerte de todos ellos. Un hombre metido en esa tercera etapa, dirá don Andrés, apenas advierte que su tercer enemigo se cierne sobre él y, de pronto, sin darse siquiera cuenta, habrá perdido la batalla. ¿Por qué?, preguntará Rick. Porque su enemigo lo habrá transformado en un hombre cruel y caprichoso. Y un hombre vencido por el poder muere sin saber realmente cómo manejarlo. Un hombre así, recalcará don Andrés, no tiene dominio de sí mismo ni puede decidir cómo ni cuándo usar su poder. La derrota a manos de cualquiera de esos enemigos, intervendrá Rick, ¿es definitiva? Claro que es definitiva, responderá don Andrés. Cuando uno de esos enemigos vence al hombre no hay nada que hacer. Para vencer al poder, tiene uno que desafiarlo con toda intención. Debe uno entender que ese poder no es realmente suyo. Debe uno tenerlo a raya en todo momento. Y si logra ver que tanto la claridad como el poder pueden ser peores que los errores, llegará a un punto en el que todo se domina. Entonces, sin advertirlo, concluirá don Andrés, se topará con el último enemigo: la vejez. El enemigo más cruel de todos, el único al que no se puede vencer por completo. El enemigo al que sólo podrá ahuyentarse durante un momento. Si el hombre, declamará entonces don Andrés, se rinde por entero a su deseo de acostarse y olvidar, si se aferra a la fatiga, habrá perdido el último asalto y su enemigo lo reducirá a una débil criatura vieja. Su deseo de retirarse vencerá toda su claridad, su poder y su conocimiento.

Como ocurre con tantos y tantos procesos de aprendizaje, Rick entenderá las palabras de don Andrés, incluso las guardará con extremo cuidado en su memoria, pero sólo alcanzará a entender toda la verdad que encierran cuando ya sea demasiado tarde, cuando ya no sean más que un epitafio.

Sí. Rick va a torcerse a mitad de camino. Rick va a perder el rumbo. A pesar de la buena voluntad y del afán. El proceso de pérdida y fracaso será largo, y sólo podrá apreciarse en su totalidad muchos años después, desde el otro extremo del arco que justo va a iniciarse en esos días. Y, como le había advertido don Andrés en repetidas ocasiones, se pondrá en marcha de manera sencilla. Apenas una imagen. Un invitado inesperado. Una suerte de sombra que centrará la atención durante unos segundos sellando, sin que Rick pueda alcanzar a verlo en esos instantes, un pacto de por vida.

En uno de sus viajes a través de la alteración de consciencia, mientras recorre las tierras del Otro Mundo, del Alma del Mundo, que tanto se parecen al desierto que rodea la tienda bajo la visera de piedra a pesar de no ser el mismo, Rick se topa con su padre. En otros viajes se ha topado con espíritus y criaturas feéricas o dáimones. Les ha mostrado el debido respeto, ha hablado con ellos y en alguna ocasión se ha visto agasajado; aunque siempre ha rehusado los ofrecimientos de comida. Ha visto también movimientos de tierra fluidos, como si las rocas no fueran más que pasta de arroz, y puestas de sol de colores radicales que dibujaban formas mutantes imposibles siquiera de fijar en la retina. Se ha trasladado a lugares remotos, en el tiempo y el espacio. Ha notado la unión de todo y la absoluta atomización del universo. Y se ha sentido parte al tiempo que podía verlo todo desde fuera. Porque como le ha enseñado don Andrés, para pasar de un mundo al otro sólo hay que cambiar de visión. E incluso ha intuido la luz, la esencia o la energía. Casi ha podido tocarla de lo fino que ha llegado a volverse el velo que la envolvía en alguno de sus viajes. Pero nunca, hasta ese día, se había topado con un espíritu reconocible. Nunca hasta entonces se había topado con un muerto de su familia. Y la imagen, como no podía ser de otro modo, le atrapa con una fuerza inusitada.

En esa primera ocasión, Rick entiende que aquella figura es su padre aunque no alcanza a verlo con claridad: no suele ocurrirle, pero la forma es borrosa, medio indefinida. Sin embargo, nota una alteración en el entorno, una especie de punzada tridimensional en su intimidad. Y se dice: es mi padre. Que es un hombre está claro, un hombre más bien alto y delgado. Viste de un modo curioso, sin embargo, con una especie de uniforme: lo que parece ser una casaca verde, con botones dorados, pantalones rojos de montar y botas negras de caña alta. ¿Le cuelga un sable del costado? Podría ser.

Cuando lo comenta con don Andrés, Rick aprecia en la reacción del viejo indio algo que no había apreciado hasta ese momento en él: algo parecido a la inquietud. No es una reacción visible, es apenas un deje muy al fondo de su gesto impávido. Antes de que Rick vuelva a casa de doña Eduviges, don Andrés le dice: Ten cuidado, Rick.

Recuerda lo que te comenté sobre las falsas ilusiones o los conceptos reconvertidos que puedes encontrarte en tus experiencias con las drogas. Mantén tu objetivo centrado, le advierte. No te dejes llevar.

Pero durante los tres días que Rick pasa en El Claro, lejos de su maestro, no puede quitarse de la cabeza la imagen de su padre allí parado, en medio del desierto. Sueña con él todas las noches. Siempre se le presenta en la misma posición. Siempre ahí, como esperándole pero sin apremiarle a que dé un solo paso. Y Rick, en sus sueños, que ya no distingue con total claridad de la vigilia, lo observa desde la distancia, sin acercarse aunque sin alejarse tampoco. En cualquier caso, ¿qué es lo que provoca que esa imagen no sólo no se borre sino que se vaya definiendo en la percepción de Rick? La clave está en que esa imagen ha despertado en él una dulce nostalgia que, poco a poco, va transformándose en un inesperado anhelo de pertenencia. Primero fue como una pequeña semilla a la que dar calor y cobijo casi por un gratuito sentimiento de piedad. Pero ahora es como una ola que amenaza con convertirse en marea. ¿Por qué el anhelo de pertenencia ahora, si el camino en el que se está adentrando se centra en el desapego?

Cuando días después se lo pregunte a don Andrés, este le responderá que adentrarse en el Alma del Mundo conlleva conocer todas nuestras virtudes y todas nuestras limitaciones. Que en ese camino tenemos que afrontar no sólo lo que creíamos olvidado, sino incluso dificultades propias que no sabíamos que existiesen. Pero no olvides, le dice don Andrés, que tanto las virtudes como las limitaciones son circunstanciales, son partes cambiantes de un todo. No te aferres ni a una cosa ni a otra.

Rick, sin prueba ninguna, cree apreciar en el tono de voz del viejo indio un pequeño regusto a desencanto, lo cual, y ya a corto plazo, va a suponer combustible inflamable para sus especulaciones. Él entiende que la presencia de su padre en sus viajes por el Otro Mundo es importante, significativa, pero empieza a pensar que a don Andrés no le interesa que Rick reciba el mensaje que su padre parece dispuesto a transmitirle. Por ese motivo, tras sus siguientes experiencias con plantas enteógenas, Rick no le comenta las repetidas visitas al lugar exacto en el que su padre le espera impasible, silencioso e inmóvil.

Llegado un momento, después de darle vueltas y más vueltas a la cuestión, Rick le plantea a don Andrés una pregunta tangencial para ver si puede entrever en su respuesta las motivaciones del viejo indio para apartarlo de su padre. La respuesta de su maestro, sin embargo, le aclara bien poco las cosas en ese sentido. La pregunta es: ¿Para qué sirve ser un hombre de conocimiento? La respuesta de don Andrés es extensa y compleja, y empieza así: Hay personas que equilibran la energía. Siempre hay personas así corriendo por el mundo. Unos aquí, en América, otros en Europa y África y Asia. Gracias a su consciencia y a su voluntad, ciertas cosas no desaparecen y se esfuman y el equilibrio cósmico sigue funcionando, dice don Andrés. Esas personas son como balizas, como los palos, sencillos pero fuertes, que permiten que una tienda india se mantenga en pie. Vivimos en un mundo sin dioses, hemos creído matar lo sagrado y sólo creemos en lo material. Y aunque los dioses siguen estando ahí, si ahondamos por ese camino estamos absolutamente perdidos. Lo único que podemos hacer es aportar nuestra consciencia. En eso consiste hoy en día ser un hombre de conocimiento, declara el viejo indio con solemnidad. Tal vez te parezca una aportación pequeña, pero no lo es. Yo he intentado esparcir este mensaje, pero no creas que puede hacerse de cara a multitudes. Se trata de un trabajo de a poco, individual, pues requiere tiempo y, de nuevo, consciencia y voluntad. Mescalito te señaló a ti. Entendí el mensaje. Tú eres mi aprendiz como yo lo fui antes de mi benefactor. Don Andrés se calla y mira al suelo, como si en su interior se debatiese con sensaciones cósmicas que requiriesen de toda su concentración. Pero ¿qué tengo que hacer yo con estas enseñanzas?, inquiere Rick. Tarde o temprano lo descubrirás, responde don Andrés con algo que, inevitablemente, transmite una desoladora resignación. Pero Rick no atiende a ella; su mente está ya en otra parte. Tal vez construyas cosas, o tal vez te vayas a una montaña y te pases los días meditando, o tal vez encuentres una ocupación en una ciudad. Don Andrés, sin lugar a dudas, parece triste, como si pudiese atisbar el futuro y no le agradase dicha visión. O tal vez te dediques a contar cuentos, concluye. Contar mitos y leyendas tiene también que ver con el Alma del Mundo. Por eso contar historias nos cura y nos salva.

La cuestión es que Rick no se quita a su padre de la cabeza. Y cuando vuelve de sus viajes, empieza a asociar las expectativas de don Andrés, el hecho de que lo haya elegido como el receptor de sus secretos, con la voluntad de su maestro por apartarlo del espíritu de su padre. En esos viajes, Rick se siente reconfortado, aunque le provoca también un gran pesar el ver solo a su padre y no acercarse a él. Al verlo, a Rick le asalta la sensación de la niñez, no el recuerdo de la niñez sino la sensación absoluta de ser un niño otra vez. Y se trata de una sensación embriagadora, de la que está quedando totalmente prendado, porque intuye que allí se esconde la respuesta a la pregunta sobre la confirmación de su propia existencia. Y es que Rick empieza a estar convencido de que su padre puede decirle quién es él realmente.

Pero don Andrés, en una de sus últimas conversaciones, le va a decir que aquel con el que se está encontrando en sus viajes no es su padre ni el espíritu de su padre. No es más que un disfraz, le dice. Los dioses adquieren esas formas, como la de tu padre, porque no pueden presentarse de manera literal. Rick intenta replicar, pero su maestro le obliga a guardar silencio. El mundo intermedio te sabe poderoso y pretende confundirte, le dice don Andrés, te prueba. Te dije que no sabías quién eras pero que tenías que construirte a partir de la luz, de la esencia. Te dije que no te buscases en los márgenes. Te dije que el miedo es el primer enemigo. Y tú sigues teniendo miedo a no existir. Ese es el dragón al que tienes que enfrentarte. Rick cambia de estrategia y le dice a don Andrés que tiene razón y que durante los próximos días en El Claro reflexionará sobre ello. Pero en cuanto se separan y Rick llega a la casa de doña Eduviges, le pide a la vieja que le dé alguna hierba para poder hablar con los espíritus. Doña Eduviges le hace tomar hierba del diablo.

Empujado por una fuerza desconocida que no parece surgir de su interior sino de fuera, Rick logra acercarse a su padre. Su padre, efectivamente, viste como un viejo húsar del ejército polaco, aunque sin gorro. Durante esos viajes motivados por la hierba del diablo, Rick pasea junto a él, siempre en silencio. A su lado siente como si hubiese llegado a algún sitio, pero también como si ahora empezase su verdadero viaje.

Cuando lleva ya una semana encerrado en su cuarto, en casa de doña Eduviges, viene a verlo don Andrés. Sin aspavientos, tal como apareció en su vida, va a desaparecer de ella. Y Rick lo sabe. Pero no le importa porque entiende que dispone de herramientas y ayudas suficientes para seguir adelante por sí solo. Los ojos de don Andrés vuelven a ser ahora impenetrables para el que ha sido su discípulo hasta hace nada. El viejo indio le dice, a modo de despedida: La hierba del diablo se te cuela como una mujer. Ni siquiera te das cuenta. Todo lo que sabes es que te hace sentir bien y con poder. Mi benefactor, añade don Andrés, decía que la hierba del diablo se queda con los hombres que quieren poder y se deshace de los que no pueden con ella. El poder está bien para ti ahora, le dice. Eres joven. No eres indio. Acaso la hierba del diablo sea buena en tus manos. Parece que te gustó. Te hace sentirte fuerte. Yo mismo sentí todo eso. Y sin embargo no me gustó. Rick, sin intentar siquiera evitarlo, baja la mirada como si estuviese avergonzado. No me gusta su poder, exclama entonces don Andrés. Ya no sirve para nada. En otros tiempos, como aquellos de los que mi benefactor me contaba, había razón para buscar poder. Los hombres realizaban hazañas fenomenales, eran admirados por su fuerza y temidos y respetados por su saber, prosigue el viejo indio. Pero ahora nosotros, los indios, ya no buscamos ese poder. Creo que poco a poco hemos perdido el interés, y ahora el poder ya no importa. Y sin embargo, dice don Andrés cambiando el tono, una vez, cuando tenía tu edad, también sentí por dentro su efecto. Me sentí como te sientes tú, sólo que quinientas veces más fuerte. Maté a un hombre con un solo golpe de mi brazo. Rick ni siquiera muestra sorpresa ante semejante afirmación, seguramente porque siente que entre él y don Andrés se extiende ya una sima infranqueable. Era distinto cuando había gente en el mundo que sabía que un hombre podía convertirse en león de montaña o en pájaro, o que un hombre podía volar así nomás. Pero ahora... ¿Para qué me serviría?, pregunta don Andrés sin esperar respuesta. ¿Para asustar a los indios? Se fija entonces Rick en don Andrés y, viéndolo triste como cree verlo, siente una honda simpatía por él; una simpatía, todo hay que decirlo, distante. Quiere decir algo, lo que sea, pero sabe que no alcanzaría más que a decir alguna perogrullada. Por si te lo preguntas, dice don Andrés después de unos segundos de silencio, no estoy enojado. Nunca me enojo con nadie. Ningún ser humano puede hacer nada lo bastante importante para enojarme. Uno se enoja con la gente cuando siente que sus actos son importantes. Yo ya no siento eso. Sólo déjame recordarte una cosa: aquello a lo que temes y aquello a lo que con más fuerza te aferras suele ser la misma cosa. Y esa va a ser la última frase que Rick escuche de labios de don Andrés. Jamás volverá a verlo.

Poco importa eso ahora. Rick tiene la cabeza completamente centrada en algo que le ha ocurrido durante uno de los encuentros con su padre. Estaban paseando por el llano pedregoso y desértico que se extiende más allá de la tienda bajo la visera rocosa cuando su padre se detuvo y, agarrándole del brazo, le obligó también a detenerse. Su padre habló por primera vez y, con voz suave, casi aflautada, le preguntó: ¿Cómo se llaman estas tierras? Rick le dijo: A esto lo conocen como El Porvenir. Entonces se colocó hacia el oeste y miró a la lejanía. Rick le imitó. Entre las brumas empezó a perfilarse una construcción. Se trataba de algo así como un silo o un almacén de madera. Al cabo sus contornos empezaron a hacerse más nítidos. La construcción al completo desprendía un fulgor iridiscente capaz de transformar los alrededores en algo distinto, muy distinto a un desierto. El cobertizo debía de tener unos cuarenta metros de largo por veinte de ancho. El tejado era a dos aguas, sin voladizos, tenía una entrada grande en el frente y varios lucernarios a los costados. El padre volvió a hablar: Ahí dentro hay otra cosa. ¿Sabes qué es?, le preguntó a su hijo. Sí, dijo Rick. Y al decirlo se sintió como sin duda debió de sentirse Noé cuando Dios le ordenó construir el arca justo antes del diluvio. Sí lo sé, repitió Rick. Es la Máquina del Porvenir.

IV
El acercamiento

1

Pero Ricardo Charme no le cuenta nada de eso al joven Víctor Berquim en Rosario. Cuando Víctor le dice: Sé que usted y mi padre son amigos, o algo parecido, y que durante un tiempo se vieron bastante cuando usted vivía en Río de Janeiro. Sé también que no le gusta mucho hablar, pero le pido por favor que me cuente cómo se conocieron mi padre y usted. Ricardo le dice que para hablar de su relación con Alex Berquim tiene que remontarse en el tiempo. Le dice que deberá tener un poco de paciencia porque las historias nunca empiezan donde parece que empiezan sino antes. A veces mucho antes. Que para entender ciertas cosas hay que desenterrar el pasado remoto. No porque ese examen del pasado aporte siempre un detalle clave, sino porque necesitamos un marco, un entorno que establezca las reglas necesarias para entender lo que sucedió en un momento concreto de la historia. Y mientras va dejando claras las condiciones de su relato, Ricardo Charme, efectivamente, se siente transportado en el tiempo.

Sabiendo que Víctor va a escuchar todo lo que le explique porque la necesidad le obliga a ello, lo primero que Ricardo le cuenta es el proceso de mutación de su nombre y su apellido. Le dice que su nombre, en su Polonia natal, era Ryszard, que cuando llegó a Estados Unidos se lo cambiaron por Richard, que al llegar a México ya era Rick y que en un momento inconcreto en su paso de Brasil a Argentina se convirtió en Ricardo. Con su apellido la cosa se complica: su apellido familiar era Krasniewski, pero al llegar a Estados Unidos, y debido a un error absurdo o una broma relacionada con su pasaje, lo inscribieron como Chercheur; no tiene que aclararle qué significa esa palabra en francés. A partir de ahí el apellido fue mutando fonéticamente y perdiendo letras con cada nuevo traslado: en Estados Unidos perdió primero la u y, debido al uso en inglés, la segunda ch fue avanzando su pronunciación desde el paladar hasta los labios para convertirse en algo parecido a una m. Sin saber muy bien por qué, al llegar a México su apellido era ya Charmer; Víctor sonríe entonces porque entiende a la primera el plus de significado en inglés. No fue hasta cruzar la frontera argentina cuando perdió la r final a manos de un torpe funcionario del registro civil. De lo explicado, Ricardo sabe que lo que más llama la atención es su origen. Y por ahí es por donde va a dar comienzo el relato de la historia propiamente dicha, el relato que ha de desembocar en su amistad con el tal Alex Berquim.

Ryszard le cuenta a Víctor que su padre era el conde polaco Jacek Krasniewski. Su madre, Maria, una de las mujeres más hermosas, por no decir la más hermosa, de toda Polonia, era hija de un destacado aunque modesto prestamista de Leipzig instalado en Varsovia a principios de la década de 1890. El conde Krasniewski era famoso por dos cosas: su capacidad para los negocios y su arte con los naipes. De hecho, siendo muy joven, el abuelo Carol le había puesto al frente de su empresa debido a su virtuosismo con los números. Por eso jamás llegó a entrar en la academia militar, a pesar de sus deseos, pues parecía naturalmente dotado para el comercio. Conservó siempre, sin embargo, las maneras y la castrense formalidad de un húsar para desempeñarse en todos los asuntos que le deparó el destino. Su rostro impávido, su imbatible elegancia y su frialdad a la hora de perder y, sobre todo, amasar fortunas sobre el tapete le granjearon una fama que le precedía allí donde iba. Lo que nadie sabía era que su mujer, la muy enamorada y ofrecida Maria, ayudaba a su marido en todos sus menesteres de un modo muy particular. Y es que Maria disfrutaba, y sabía hacer uso, del don de la adivinación. Gracias a ese don, ella no sólo le asesoraba en sus inversiones sino también en el juego, indicándole qué lugares podrían resultarle más propicios para el ejercicio de su arte.

Cuando Ryszard ya había nacido, Jacek se topó, en una de las muchas partidas que frecuentaba, con el embajador del zar de Rusia en Varsovia. El tal embajador, por lo que se supo después, disponía también de ciertas capacidades paranormales y, al instante, reconoció en Maria a una igual. De sobra era conocida en los ambientes aristocráticos de Europa la querencia que el zar de Rusia, el finalmente malogrado Nicolás II, y especialmente su esposa, la zarina Alejandra Fiódorovna, tenían por lo esotérico. Fue ese el motivo principal que empujó al embajador a invitar a Jacek y a Maria, y obviamente a su pequeño hijo Ryszard, a la corte rusa para que los Romanov pudiesen conocerlos. La invitación incluía también la posibilidad de llevar a cabo un sustancial acuerdo económico con la empresa Krasniewski, como se vio después, pero la auténtica motivación era la antes comentada, e incluso en segundo término las habilidades como jugador del joven empresario polaco; porque al zar también le tiraban los naipes y sabía disfrutar de un buen contrincante.

En cuanto llegaron a la corte, la zarina Alejandra hizo evidente su querencia y su debilidad por Maria, no sólo debido a cuestiones esotéricas, sino por la ascendencia común de ambas, pues la familia de Alejandra, cuyo auténtico nombre era Alix de Hesse, provenía también de Alemania. Durante horas recorrieron los pasillos del palacio Tsárskoye Seló hablando en alemán de todo lo humano y lo divino. Su amistad, más allá de la admiración que la zarina sentía por el don de su invitada, fructificó con celeridad y solidez. Por su parte, Jacek no tardó en descubrir que el hecho de haber recalado en la corte rusa no era, como había pensado en un principio, fruto de la casualidad. Los Krasniewski no eran, ni mucho menos, la única familia extranjera alojada en las hermosas estancias de los Romanov o en alguna de las muchas villas colindantes. Además, el resto de los invitados compartían con ellos una o varias de las tres características que los prefiguraban como familia: o eran grandes empresarios, o alguno de los miembros poseía algún don psicofísico, o alguno de los miembros destacaba en los juegos de azar. Al cabo de un mes, Nicolás II entendió que tenía ya con Jacek la confianza suficiente para explicarle la auténtica motivación de su estancia en San Petersburgo.

El zar había convocado a todas aquellas familias porque las necesitaba para llevar a cabo la construcción de una máquina que había de cambiar para siempre el curso de la historia de la humanidad. En un primer momento, a Jacek le costó entender con precisión el magno proyecto de su anfitrión, pero poco a poco fue haciéndose una idea general. Nicolás II la llamaba la Máquina del Porvenir, y se trataba de un ingenio que, activado por la fuerza de telépatas, adivinos, visualizadores, telequinéticos y demás personajes con poderes paranormales, y potenciado por los últimos avances tecnológicos relativos al electromagnetismo, debía por una parte suprimir la idea del tiempo, para permitir una visión del futuro cien por cien fiable, y por otra plegar el espacio mediante la fuerza de la mente para permitir la traslación sin necesidad de llevar a cabo un trayecto físico entre los puntos A y B. En dicho proyecto, Maria adquirió una notable importancia por la pureza y el poder de su don. Y Jacek Krasniewski adquirió relevancia debido a las posibilidades que ofrecía su empresa, una compañía naviera dedicada también a la construcción de canalizaciones de gas. Los Krasniewski, por lo tanto, asumieron un rol destacado entre toda aquella caterva de acólitos reunidos para materializar el proyecto del zar Nicolás II.

Se decía que la máquina estaba a punto de ser finalizada cuando Rasputín inició su nefasta campaña de sabotaje. Grigori Yefímovich Rasputín, que hasta la llegada de la familia Krasniewski había sido el favorito tanto de la zarina como de las mujeres de la corte, había pasado a ocupar un doloroso, e insoportable, segundo plano empujado por la bondad y los dones de Maria y la apostura y la elegancia de Jacek Krasniewski, quien a pesar de su inquebrantable fidelidad marital había puesto el listón muy alto entre las preferencias femeninas, que no dudaron en convertirlo en una especie de ideal de masculinidad. Fue Rasputín el que, poco a poco, y aprovechando el momento de debilidad de Nicolás II tras abdicar a favor de su hermano el gran duque Miguel, sembró la discordia entre los abnegados participantes del proyecto Máquina del Porvenir, llevándoles a desertar uno a uno gracias a sus malas artes. Fue Rasputín el que sembró también la semilla de la desconfianza en la relación entre la zarina y Maria, convertida en una especie de incómoda dama de compañía; algo de lo que Maria jamás se recuperó, viendo seriamente disminuido su don para la videncia. Fue Rasputín el que, al cabo, facilitó la llegada de los bolcheviques a palacio, a pesar de los batallones de cosacos que mantenían a buen recaudo a los Romanov.

Consciente en el último momento de lo que estaba ocurriendo entre los muros de su propia casa, sabedor incluso de su cercana muerte, posiblemente debido a los primeros experimentos con la Máquina del Porvenir, Nicolás II le pidió a Jacek, tal vez el último de sus fieles, que cuidase de la joven Anastasia, la preferida del zar entre todas sus hijas. Jacek juró hacer todo lo que estuviese en sus manos para protegerla, dando su vida por ella si las circunstancias así lo exigían. Dos días antes de la irrupción del Ejército Rojo en Tsárskoye Seló, Jacek le ordenó a Maria que se llevase a su hijo Ryszard lejos de allí, que volviesen a Varsovia o que incluso acudiese a buscar amparo y refugio a Leipzig, tierra de origen de su familia. También le entregó un maletín de piel donde, por lo visto, se guardaban unos documentos de vital importancia. Él, prometió, se reuniría con ellos en menos de tres semanas, un mes a lo sumo. Nadie podía entonces suponer que jamás volverían a saber nada del conde Jacek Krasniewski. Como tampoco podían suponer que Maria moriría de unas extrañas fiebres dos meses después de su huida de San Petersburgo, sin duda envenenada por los acérrimos seguidores del malvado Rasputín, que la consideraban fuente de todo mal y motivo principal de la rotura del equilibrio cósmico. Los seguidores de Rasputín iban a perseguir al jovencísimo Ryszard, pues no sólo estaban convencidos de que la semilla del mal inculcada por su madre también crecía en su interior, sino que estaban interesados en el maletín; que ahora obraba en su poder. Pero gracias a la ayuda de amigos y familiares había logrado sortear con fortuna los envites de la incansable secta rasputiniana. Por eso, tras una larga ristra de alojamientos provisionales, acabó recalando en la remota y diminuta aldea de Dorf, muy cerca de Heidelberg: nadie podía imaginarle en aquel recóndito paraje apartado del mundo civilizado.

En esos momentos, el gesto circunspecto y concentrado de Víctor Berquim, sentado al otro lado de la mesa del despacho, parece decir: Pues sí que ha tenido usted que remontarse en el tiempo, señor Charme, para venirme a decir cómo conoció usted a mi padre. Pero Ricardo no atiende de momento a esa clase de sutiles indicios y prosigue su relato.

Desde la muerte de su madre, Ryszard supo que no podía hablar con nadie de su secreto, que no tenía nadie en quien confiar, que estaba solo. Pero en su fuero interno albergaba una esperanza, pequeña pero insistente y muy alentadora: estaba convencido de que su padre había huido a Estados Unidos con la hija preferida del zar. No tenía motivo alguno para creer en algo así, más allá de los restos distorsionados de alguna conversación oída de pasada mucho tiempo atrás, de las palabras sueltas e inconexas extraídas de algún comentario fugaz, pero la fuerza de su convicción fue solidificando aquella idea hasta convertirla en un mineral precioso capaz de irradiar una energía inquebrantable. Así pues, cuando le acuciaba el peso de la insoportable y feroz nostalgia, echaba mano de esa esperanza y se decía que llegado el momento, en cuanto pudiese valerse por sí mismo, se iría a Estados Unidos en busca de su padre.

A pesar de que los años fueron pasando, dejando atrás definitivamente los terribles estragos de la Gran Guerra y arrasando con los últimos vestigios del legado de Nicolás II, Ryszard no bajó nunca la guardia, jamás dejó de permanecer alerta para intentar identificar cualquier clase de posible amenaza. Su vida corría peligro, lo sabía, porque su madre le había advertido en su lecho de muerte de que los enemigos de su padre no descansarían nunca. Por lo pronto, él había cuidado del maletín con extremo celo. Hasta tal punto había sido escrupuloso en su custodia que una vez escondido al llegar a la aldea, enterrado junto a la base de un álamo envuelto en varias capas de arpillera, no había querido comprobar si seguía allí hasta que cumplió dieciséis años. En ese tiempo, se había esforzado por parecer uno más, por integrarse para no llamar en lo más mínimo la atención. Fue a la escuela los años preceptivos, hasta cumplir los doce, como la mayoría de los muchachos de la aldea, y después empezó a trabajar en la granja a las órdenes de su tío Uli. Al poco de cumplir los dieciséis, recién entrada la primavera, se atrevió por fin no sólo a comprobar si el preciado maletín seguía donde lo había dejado, sino también a estudiar su contenido.

Se trataba de unos planos. O eso le pareció a Ryszard. Había diseños que indicaban cavidades y conexiones, tubos y departamentos diferentes, pero los escasos conocimientos del muchacho en esos menesteres le impedían entender de qué se trataba. Al final, gracias al alzado, pudo hacerse una idea más concreta. Parecía ser una construcción dentro de otra construcción mayor: una cámara en forma semiesférica, similar a un iglú, dentro de una especie de almacén o cobertizo. Una construcción y la otra estaban interconectadas, eso le quedó claro. La pieza semiesférica parecía diseñada para albergar algo así como una *chaise longue* sobre la que pendía lo que parecía ser una lámpara con cables que ascendían hasta el centro del techo y de ahí, de forma radial, se dirigían hacia el exterior de la pieza. Alrededor de dicha pieza, rodeándola, se distribuían seis estancias más pequeñas en forma de cuña en las que apenas debía de caber una persona sentada; a cada una de ellas le correspondía un cable de la lámpara. Y alrededor de las estancias, antes de topar con las paredes interiores del cobertizo, se extendían toda una serie de canalizaciones tubulares, superpuestas unas encima de otras hasta una altura de cuatro, que conectaban con las cámaras mediante una suerte de ramales. En la parte delantera y trasera del cobertizo, según el alzado, allí donde iban a parar las canalizaciones tubulares, quedaban señalados dos espacios vacíos destinados a albergar, al parecer, sendos artefactos que quedaban dibujados de forma esquemática aparte. A Ryszard aquellos aparatos gemelos le recordaron dos grandes cilindros de heno colocados sobre una base rectangular muy gruesa de madera; fue lo único que le vino a la cabeza, pues jamás había visto algo siquiera remotamente parecido. Cada uno de los dibujos y los esquemas estaban tachonados de números y leyendas que remitían a otros números y a otros esquemas con más leyendas. A Ryszard le habría resultado por completo imposible descifrar aquel laberinto de referencias, pero desde un primer momento no albergó la menor duda respecto a la finalidad de esos planos: eran el diseño para la construcción de la Máquina del Porvenir.

Alentada su esperanza por la naturaleza de aquellos documentos, Ryszard siguió trabajando como lo había hecho hasta entonces, en silencio, sin quejarse nunca, como un muchacho formal y aplicado. Pero cuando se metía en la cama, en la soledad de su cuarto, iba moldeando con extremo cuidado los detalles de sus próximos movimientos. Porque su esperanza se había transformado en una misión: tenía que encontrar a su padre para entregarle los planos de la Máquina del Porvenir o en su defecto construirla por su cuenta. De lo que se trataba ahora era de esperar el momento adecuado para marcharse. Y, como no podía ser de otro modo, el momento llegó, aunque tuvieron que pasar casi cuatro años, que Ryszard aprovechó para ahorrar todo el dinero posible. Pocos meses después de que Adolf Hitler fuese nombrado canciller imperial, y aprovechando que su tío Uli estaba en Berlín junto a otros vecinos de la aldea por una cuestión relativa a la nueva ordenación territorial, Ryszard hizo el petate, en el que metió el maletín con los planos, y se marchó sin despedirse de su tía Hanna ni de sus primos; temía que la tristeza al pensar que dejaba atrás lo más parecido a un hogar que había conocido en los últimos años le restase fuerzas a su impulso o incluso lo detuviese por completo.

Durante meses viajó por Europa, manteniéndose a base de pequeños trabajos, con la intención de contactar con grupos esotéricos y científicos que pudiesen proporcionarle pistas sobre el posible paradero de su padre o la posible existencia de algún ejemplar de la Máquina del Porvenir; siempre, eso sí, teniendo mucho cuidado de con quién hablaba y de lo que decía para no levantar sospechas. Acudió en primer lugar a los Siete Lagos de Rila, en Bulgaria, en busca de Peter Deunov, fundador de la Escuela de Cristianismo Esotérico.

Pasó después por Suiza, por la pequeña comuna de Dornach, para hablar con los seguidores de Rudolf Steiner, el esoterista y educador austriaco fallecido en 1925. Visitó Fontainebleau, concretamente el Château du Prieuré, donde el maestro espiritual y filósofo Georges Gurdjieff había establecido su Instituto para el Desarrollo Armónico del Hombre, y lo encontró convaleciente tras haber sufrido un grave accidente automovilístico. Llegó incluso a Lisboa en busca del conocido ocultista y mago inglés Aleister Crowley, afincado temporalmente en la capital portuguesa debido a su relación con el poeta Fernando Pessoa.

De todas esas visitas extrajo muchas ideas interesantes, pero nada verdaderamente concluyente respecto a su búsqueda personal más allá de remembranzas o comentarios que daban pie a otros comentarios. Algo así como: Recuerdo haber oído hablar... O: Me dijeron en una ocasión que... Como tampoco extrajo referencia indiscutible alguna de sus charlas con diferentes profesores en las universidades de Bruselas, Viena o París, a pesar de lo implantadas que supuestamente estaban ya las teorías de Heisenberg, Bohr, Einstein o Planck. Lo único bueno fue que en una de esas visitas le hablaron, casi como si se tratase de un hereje, de un tal Daniel Faraday, profesor del Queen's College en Oxford, que al parecer estaba llevando a cabo experimentos muy poco ortodoxos, sin duda no autorizados, relacionados con el viaje en el tiempo.

No fue fácil dar con Faraday, que resultó ser un hombre pequeño, bajito, acreedor de una barbita más bien rala y de un atuendo escasamente aseado, pero poseído por una energía arrolladora y un estrafalario sentido del humor. Era cierto que estaba llevando a cabo extraños experimentos relacionados con la traslación en el tiempo y el espacio, allí en su apartado laboratorio en un rincón perdido de las instalaciones del Queen's College, pero su proyecto estaba sumido en tal grado de secretismo, debido sin duda a la ilegalidad de sus tejemanejes, que apenas si había registro de él o de sus actividades en las oficinas de la institución docente. A pesar de que su discurso era rotundo y su manera de hablar pausada y convincente, se movía por el campus como uno de aquellos inquietos ratones que utilizaba en sus estrambóticas pruebas. Si uno no fijaba la vista en el punto adecuado en el momento adecuado, Faraday podía pasar por invisible. Aun así, el científico inglés atendió a Ryszard con exquisita educación y compartió con él, o al menos lo intentó, porque el joven polaco entendió más bien poco de lo que le explicó en primer término, la esencia de las teorías en las que se basaban sus investigaciones.

En pocas palabras, Faraday estaba plenamente convencido de la posibilidad del viaje en el tiempo, y parecían importarle bien poco el problema de las paradojas o incluso el retroceso cuántico. De todo lo que dijo, Ryszard captó que, tras años de experimentación con sueños precognitivos y estados precognitivos inducidos, había llegado a la conclusión de que pasado, presente y futuro estaban sucediendo al unísono. Pero la conciencia humana, sin embargo, experimentaba esta simultaneidad de forma lineal. Como Faraday sabía de sobra que la idea era difícil de entender, utilizó una analogía más o menos clarificadora: le habló de un libro. En cualquier momento la totalidad del libro existe en sí misma, pero en un momento dado sólo podemos leer una página a la vez. Las otras páginas, a pesar de existir de manera simultánea a la que estamos leyendo, permanecen fuera de nuestra conciencia. Si pudiéramos leer todas las páginas del libro a la vez, o ser capaces de experimentar el libro en su totalidad en un solo momento, podríamos estar más cerca de una experiencia real del mismo. Lograr la apreciación simultánea de pasado, presente y futuro significaría una completa reevaluación de la naturaleza de nuestra existencia en términos de consciencia, tiempo y realidad física, algo que Faraday aducía como la conclusión lógica de su trabajo.

A pesar de que su intelecto no estaba preparado para tan altos vuelos, al joven Ryszard las explicaciones del científico inglés le transmitieron la confianza suficiente como para enseñarle los planos de la Máquina del Porvenir; y era la primera vez que se arriesgaba a hacer algo semejante. Durante semanas estuvo Faraday estudiándolos a conciencia, realizando cálculos, estimaciones y posibles traslaciones de escala. Al cabo le explicó a Ryszard que entendía la lógica del mecanismo, que incluso le fascinaba la audacia de la propuesta tecnológica, que definió como un intento de multiplicación de la consciencia humana a través del electromagnetismo. Pero se mostró muy contrariado respecto a la energía necesaria para poner en marcha el ingenio. Le dijo, literalmente, que no existía, de momento, un generador eléctrico lo suficientemente poderoso para alimentar las dos enormes bobinas que debían crear el campo electromagnético. En Europa, le dijo, sería imposible hacer funcionar una máquina como esta en la actualidad. Pero acto seguido le habló de la única persona que él creía capaz de ponerse al frente de un proyecto tan ambicioso como ese: Nikola Tesla. Ryszard le preguntó dónde podría encontrarlo. Faraday le contestó que en Estados Unidos. Ryszard sintió entonces como aquella pequeña esperanza a la que se aferraba siendo niño en la pequeña aldea de Dorf cerca de Heidelberg crecía en su interior con un poderoso fulgor azulado. Aunque según lo que me han contado, añadió Faraday, tras sus múltiples encontronazos con Edison y los picapleitos del gobierno estadounidense, Tesla está ahora en Nueva York, alojado en un hotel de Manhattan, apartado de la vida pública y de la experimentación científica.

Con ese nuevo giro de su relato, con nombres como el de Faraday y Tesla, Ricardo ha captado por completo la atención de Víctor, al que parece haberle abandonado momentáneamente la impaciencia por conocer detalles concretos de la relación entre el hombre al que está escuchando y su padre.

Así pues, Ryszard embarcó en el buque galo *Constant* gracias a la intercesión de Daniel Faraday, quien a modo de despedida, supuestamente humorística, le inscribió como Ryszard Chercheur, Ryszard el buscador, en francés, sin duda debido a la particular idiosincrasia de su misión. Una vez en Nueva York, tras encontrar alojamiento en una pensión barata cerca del Madison Square Garden, Ryszard empezó sus pesquisas. Dar con el paradero de Nikola Tesla no le resultó complicado. Tal vez su foto no apareciese ya en la primera plana de los periódicos, pero por lo que pudo comprobar todavía era un personaje popular en la ciudad. Con preguntar en varios hoteles importantes fue más que suficiente: Tesla se alojaba desde hacía años en el New Yorker, no muy lejos de la pensión en la que pernoctaba Ryszard, cerca de Pennsylvania Station.

El problema con Tesla fue otro. Por lo visto vivía medio recluido en su habitación, como un ermitaño. Salía a dar paseos con cierta frecuencia, pero en los últimos tiempos lo hacía siempre a horas extrañas e irregulares; le agradaba recorrer las calles vacías de madrugada. Hacía ya algún tiempo que se negaba a recibir o ver a nadie en su suite, a excepción de sus allegados más cercanos: el matrimonio Johnson, con los que había tratado desde que llegó a América, un tal John O'Neill, periodista del *Herald Tribune* que por lo visto tenía pensado escribir su biografía y le visitaba con frecuencia para recopilar datos, y poco más; si acaso, muy de cuando en cuando, pasaba por allí Anne Morgan, la hija del famoso empresario y banquero, una de sus escasas amigas, o algún miembro de la familia Astor. Respecto a las peticiones de entrevistas, había decidido fijar un día al año, el 10 de julio, su cumpleaños, para atender a todos los periodistas de una tacada.

El panorama no resultaba muy alentador, pero Ryszard no había cruzado el Atlántico para rendirse ante el primer contratiempo. Albergaba la ilusión de toparse con Tesla de manera fortuita, en la calle o en el hall del hotel. Imaginaba que en una situación imprevista Tesla tendría la guardia baja y podría siquiera comentarle el motivo de su intromisión. Imaginaba que al hablarle de una máquina inverosímil, inalcanzable para cualquiera que no dispusiese de su talento, el viejo científico no podría resistir la comezón de la curiosidad. Por ese motivo, se dejaba caer por la puerta del hotel a horas intempestivas, o bien recorría las calles de los alrededores a horas todavía más impropias y, hasta cierto punto, peligrosas. Pero no hubo suerte. Los días fueron pasando y los escasos recursos económicos de Ryszard fueron menguando a toda velocidad. Se vio obligado, por lo tanto, a desempeñar diferentes trabajos que le permitiesen subsistir. Entre otras muchas ocupaciones repartió periódicos. También vendió perritos calientes en uno de los accesos de la Penn Station. Formó parte de uno de los equipos de limpieza del Madison Square Garden dedicados a adecentar las gradas de aquel estupendo recinto tras los partidos de hockey sobre hielo o los combates de boxeo. Elegía siempre sus trabajos, como no podía ser de otro modo, en función de la cercanía al epicentro de su interés. Porque en ningún caso dejó de acudir todos los días a la puerta del New Yorker o de recorrer las calles de los alrededores a la espera de que tuviese lugar el dichoso encuentro fortuito.

Mientras tanto, aquella vibrante y enérgica ciudad no sólo se extendía con toda su grandilocuencia ante sus ojos, sino que se desarrollaba, crecía y se transformaba sin descanso, pero Ryszard no estaba para esos menesteres. Por otra parte, no cesaban las noticias provenientes de Europa relacionadas con el ascenso político y social de la figura del Führer, pero tampoco a eso prestaba oídos Ryszard. Estaba totalmente centrado en su misión. Habían pasado ya cuatro infructuosos meses de espera cuando el gerente del hotel, acostumbrado a verle por allí con su gesto entre adusto y vehemente, le ofreció trabajo. Por suerte para Ryszard, el señor Doctorow, que así era como se llamaba el gerente, no le preguntó nunca el motivo de sus merodeos alrededor del hotel; por lo visto, dio por hecho que se trataba de un inmigrante timorato deseoso de trabajar allí. De haber sabido que Ryszard andaba a la caza y captura de Nikola Tesla, con toda probabilidad habría llamado a la policía en lugar de ofrecerle un puesto de trabajo.

Ryszard empezó en la lavandería, encargándose del planchado de la ropa blanca. Así pues, a pesar de encontrarse a escasos metros del científico croata, su vida se desarrollaba en una especie de universo paralelo. En cuestión de meses pasó a ser pinche de cocina, pero como a los pinches no les permitían entrar en el lujoso comedor durante el almuerzo o la cena, apenas pudo atisbar el perfil de Tesla en un par de ocasiones, y sólo de pasada. No tardó demasiado en dejar la cocina y en convertirse en uno de los miembros del equipo de mantenimiento. Tenía buenas manos con las herramientas, fruto de sus años en la granja del tío Uli, y además aprendía con rapidez todo lo que era necesario aprender. Pero en la habitación 363, la que ocupaba Nikola Tesla, nunca se rompía nada, siempre funcionaba todo a la perfección. Sí se rompían cosas en otras habitaciones, y había que acudir a ellas y solucionar problemas de lo más variado. Y Ryszard destacaba precisamente por su diligencia y buen hacer con los huéspedes del hotel. No sólo recibió cuantiosas propinas, los favorables comentarios llegaron a oídos del señor Doctorow, que no dudó en recompensarlo también con su reconocimiento: hizo que Ryszard colgase las herramientas y se enfundase el traje chaqueta correspondiente a un ayudante de la gerencia del hotel; algo así como un relaciones públicas de perfil bajo.

El tiempo iba pasando. Ryszard era ya a esas alturas, y a todos los efectos, un neoyorquino más; de hecho, sus compañeros le llamaban Richard. Es cierto que vivía por y para el hotel, que apenas se desarrollaba más allá de la muralla rectangular que para él conformaban la Octava y la Novena avenida entre las calles 33 y 36. El New Yorker le había proporcionado no sólo algo de dinero y cierto grado de reputación, sino también algo parecido a una nueva identidad. Y lo cierto era que Richard se sentía a gusto en ella. El hotel no era un hogar, a nadie podía engañar sobre ese particular, pero al igual que le había ocurrido en la pequeña aldea de Dorf cercana a Heidelberg, había sabido adaptarse hasta encontrar su espacio, su pequeño nicho, un lugar en el que habitar y ser. Sin duda, eso era gratificante. Mucho más de lo que Richard estaba dispuesto a admitir. Hasta tal punto lo era que casi había dejado de lado por completo la misión que le había llevado hasta Nueva York y hasta el New Yorker.

Ahora veía con frecuencia a Tesla, se cruzaba con él camino de los ascensores, le saludaba con una inclinación de cabeza cuando entraba en el comedor. Pero el temor a estropear su actual situación, el temor a perder lo que había conseguido, le obligaban a mirarlo como a un cliente más. Algo en su interior se removía y rechinaba cuando lo tenía cerca, pero alzaba el mentón y echaba mano de toda su profesionalidad, adquirida con mucho esfuerzo, para pensar en otra cosa, para pensar como Richard Chermer, pronunciado ya Charmer, avezado aspirante a relaciones públicas del prestigioso hotel New Yorker, y no como Ryszard Krasniewski, el joven e indefenso muchachito polaco, solo y abandonado, que tuvo que refugiarse en una pequeña aldea de Alemania para que no acabasen con su vida. Pero como el destino tiene sus propias reglas y responde únicamente a su propio ritmo, lo que tenía que ocurrir ocurrió y finalmente se produjo el encuentro entre Richard y Tesla con la Máquina del Porvenir de por medio.

De vuelta a la oficina de Ricardo Charme en la Panadería y Confitería Amapola, en la avenida Córdoba, en Rosario, Argentina, hay que señalar que Víctor se ha removido ya varias veces en su asiento y ha apartado por primera vez la vista de su interlocutor. Sin duda la historia que le está contando el señor Charme resulta interesante, pero da la impresión de que Víctor está empezando a preguntarse hacia dónde lleva lo que está escuchando. Porque cuanto más avanza la narración, menos inminente parece la irrupción de su padre en la misma. Ricardo, ahora sí, se ve obligado a atender a las señales del joven. Pero como está lanzado, totalmente imbuido por el espíritu del relato, se limita a hacer un gesto con ambas manos para darle a entender que ya falta poco, que tenga un poquito más de paciencia.

Las palomas propiciaron que la historia siguiese avanzando. Obsesionado con dichas aves, Tesla tenía varios ejemplares en la suite del hotel, encerradas en unas jaulas de considerable tamaño. En una ocasión en la que Tesla, por raro que pueda parecer, estaba fuera de la ciudad, concretamente en Filadelfia, llamó por teléfono para dar instrucciones muy precisas sobre la alimentación de las palomas. Siempre extremadamente cuidadoso con sus clientes, el señor Doctorow le pidió al propio Richard que fuese a encargarse de tal menester. Así pues, por primera vez en los casi dos años que llevaba trabajando en el New Yorker, Richard puso los pies en el santuario del hombre que le había llevado a cruzar el Atlántico. La suite en sí no se diferenciaba gran cosa de otras suites de lujo del hotel, más allá de las tres grandes jaulas colocadas junto a la ventana que daba a la Octava Avenida o de los retratos y fotografías que había expuestos sobre la repisa de la chimenea. Richard se tomó su tiempo observando las instantáneas, porque dado que poco a poco había ido recopilando información sobre el genio croata se sabía capaz de ubicar la mayoría de ellas. Había una de Tesla sentado en una butaca con una bombilla encendida en la mano. Otra de los generadores eléctricos creados por él en las cataratas del Niágara. Otra más de Tesla en su laboratorio de Nueva York. O de Tesla con los ingenieros de Westinghouse explicándoles el modelo de rotación magnética. Una de Mark Twain, amigo personal de Tesla, en su laboratorio con otra bombilla encendida en la mano. Pero fueron dos las fotografías que realmente llamaron la atención de Richard hasta el punto de conmoverlo: la torre Wardenclyffe, todavía en obras en el momento de ser retratada, y una imagen exterior del laboratorio de Tesla en Colorado Springs.

Aquellas dos construcciones le despertaron del ensueño en el que había estado sumido durante todo el tiempo que llevaba trabajando en el New Yorker. Aquellos dos enormes armatostes le recordaron la Máquina del Porvenir. De repente se vio sumido en una profunda y triste nostalgia. Le vinieron a la mente los meses de peregrinaje por Europa, las conversaciones con Daniel Faraday en Oxford, las horas de espera frente al hall del hotel al acabar su turno de vendedor de perritos calientes en Penn Station.

También pensó en su padre, y la tristeza se incrementó. ¿Realmente todavía creía que podría encontrar a su padre? Tras recorrer la suite y darle de comer a las palomas con la cabeza en las nubes, no tuvo más remedio que aceptar que hacía ya mucho tiempo que había desestimado la posibilidad de volver a reunirse con él. Es posible que hubiese dejado atrás esa idea incluso antes de ponerse en marcha, antes de viajar a Bruselas o a París en busca de pistas o recuerdos que le indicasen el camino a seguir. Durante todo ese tiempo, se dijo Richard, lo que había importado realmente era la Máquina del Porvenir. La verdadera misión había sido esa máquina. En esos planos, y en la voluntad de construir dicho artefacto, era donde se depositaba lo poco que quedaba de su padre. Durante todos esos meses de pesquisas, en la mente y en el corazón de Richard la máquina y el conde Krasniewski habían sido una sola y misma cosa. Por eso al verse allí, en la habitación de Tesla, rodeado de palomas y viejas fotografías que hablaban de los sueños y de la voluntad humana, y viéndose a sí mismo convertido por puro egoísmo en alguien que realmente no era, se sintió un traidor y un mal hijo. Había abandonado su elevada misión por un simple plato de lentejas; tal como Esaú despreció su primogenitura. Sintió sobre sus hombros todo el peso de la responsabilidad recuperada, pero en lugar de verse paralizado por ese peso supo que sus fuerzas y su tesón iban a verse renovados de inmediato. Su misión era construir la Máquina del Porvenir, significase lo que significase y entrañase lo que entrañase. Él pertenecía a esa misión y esa misión lo definía como individuo. Y así tenía que ser.

Cuando Tesla regresó de Filadelfia, junto a una de las jaulas encontró dos fragmentos de los planos de la Máquina del Porvenir: el relativo al alzado del cobertizo y el de las enormes bobinas electromagnéticas. Y junto a las hojas de papel de seda, una nota: Richard Chermer, Ayudante de gerencia. New Yorker Hotel. Tesla convocó a Richard esa misma tarde a su suite. A Richard le temblaban las manos cuando, tras llamar a la puerta, se adentró en el coto privado del famoso inventor croata. Y más nervioso se puso todavía cuando Tesla le conminó a tomar asiento frente a la butaca en la que él mismo estaba sentado, a contraluz, muy tieso, con los brazos cruzados sobre las piernas cruzadas. Estaba atardeciendo y la luz apenas quedaba matizaba por los visillos de las ventanas. Richard no podía verle la cara a Tesla. No sabía si estaba serio o no. La escena, se notaba a simple vista, había sido preparada con sumo cuidado para crear un efecto de misterio e incertidumbre; entre lo teatral y lo cinematográfico. Sin siquiera presentarse, Tesla le preguntó si venía de parte de la Westinghouse. Cuando Richard negó con la cabeza, Tesla le preguntó si venía de parte del ejército. Antes de que negase, el científico le dijo, con cierto grado de crispación, que ya había rechazado por activa y por pasiva el ofrecimiento de participar en el Proyecto Arcoíris y que su única voluntad era que lo dejasen al margen de una vez. Ni siquiera con la negación de Richard pareció sentirse tranquilo y por eso se removió en la butaca. Fue entonces cuando Richard pudo fijarse un poco más en su semblante. Todavía era un hombre apuesto, impresionante e intimidador, a pesar de sus casi ochenta años. Seguía manteniéndose delgado y, obviamente, no había perdido altura; medía metro noventa. Ya no tenía el pelo oscuro, aunque seguía peinándoselo con la raya en el medio, lo cual le ofrecía un inevitable aire de otro tiempo. No lucía su antaño característico bigote y sus rasgos eran tal vez un poco más marcados, más afilados, pero seguía transmitiendo señorío y clase. Por lo demás, vestía un elegante traje oscuro de dos piezas, sin duda hecho a medida, con corbata negra. ¿No será usted periodista, verdad?, le preguntó entonces a Richard. Su voz era modulada, más aguda que grave; se apreciaba además el esfuerzo por superar los últimos restos de su acento europeo al hablar en inglés. Trabajo en el hotel, señor Tesla, respondió Richard. Soy el ayudante del gerente. Sí, lo sé, afirmó Tesla con un deje de desdén, es lo que ponía en la nota. Además, le he visto unas cuantas veces por aquí. Pero hoy en día los periodistas son capaces de cualquier cosa. Ya sabe lo mucho que venden las historias sobre decadencia y fracaso.

Por su modo de hablar, Richard no podría haber afirmado que se dirigiese a él, pues daba la impresión de estarle hablando a una cámara escondida en algún rincón en penumbra de la estancia. Sin duda Nikola Tesla tenía buena mano para la puesta en escena. No puedo negar, siguió diciendo tras una larga pausa, que los diseños que me dejó junto a la jaula llamaron mi atención. Me recordaron tiempos pasados. El cobertizo en el que está metida la máquina se parece muchísimo a mi laboratorio de Colorado Springs, dijo Tesla señalando con el mentón hacia la repisa de la chimenea donde reposaban las fotos. De hecho, todo el artefacto al completo tiene el aspecto de alguno de mis diseños. Alguno de los muchos diseños que se perdieron en el incendio de mi laboratorio de aquí, en Nueva York, dijo torciendo ligeramente la cabeza e inclinándose hacia delante. Con aquel gesto, Richard lo captó al vuelo, Tesla pretendía transmitir perspicacia a través de su mirada penetrante, pero como estaba a contraluz gran parte del efecto quedó en nada. Cuando Tesla volvió a dejarse caer sobre el respaldo de la butaca le preguntó muy lentamente, marcando las palabras como un detective de película: ¿De dónde ha sacado esos planos, señor Chermer?

Tras aclararse la garganta, Richard le contó la historia de su padre y su relación con el zar Nicolás II. Le contó también cómo llegaron hasta su poder los planos de la Máquina del Porvenir. No dio la impresión de que a Tesla le interesasen los detalles de la intriga, los asesinatos y las persecuciones. Tampoco llamó su atención el hecho de que Richard citase a Daniel Faraday como el último eslabón que le había llevado hasta él. Parecía quedarse tan sólo con las referencias que podían ayudarle a ubicar con más precisión las bases del proyecto. Del cajón de una mesita baja junto al butacón, Tesla sacó los planos y los observó durante unos segundos. Sin duda, dijo, quien hizo estos planos conocía muy bien mi trabajo. Es muy posible que incluso fuesen obra de alguno de mis colaboradores de Colorado Springs. Durante aquella época, añadió volviéndose para otear por una de las ventanas hacia la calle, se me acercaron toda clase de visionarios y soñadores románticos, desde ilusionistas profesionales a apasionados de Julio Verne y H.G. Wells. Supongo que porque a mí también me tomaban por un loco o un idealista. Pero le diré una cosa, señor Chermer, dijo Tesla pronunciando su apellido a la francesa, no entendían la verdadera naturaleza de mi trabajo. Yo pretendía el bienestar común, global. Estaba convencido de que gracias a la electricidad y a mis inventos el ser humano daría un salto exponencial hacia delante. Pero lo mío no era ocultismo o parapsicología. Lo mío era pura y simple ciencia. En el momento de la correspondiente pausa teatral, Richard aprovechó para preguntarle por qué hablaba en pasado. ¿Ya no cree usted en esas cosas, señor Tesla? Entre las sombras, Richard creyó entrever el esbozo de una media sonrisa más bien amarga.

El viejo científico le relató entonces, de manera sucinta y esquemática, sus múltiples esfuerzos por llevar a cabo lo que él denominaba su proyecto de mejora de la humanidad. Relató sus agotadoras disputas con Edison, de las que el Mago de Menlo Park había salido, a pesar de todo, victorioso. Sus encontronazos con los diferentes patrocinadores, empeñados únicamente en ganar dinero. Ese fue uno de mis mayores errores, señor Chermer, no preocuparme nunca por el dinero y pensar únicamente en el bienestar de los demás. Habló también del proyecto de la torre Wardenclyffe y de cómo el estallido de la Gran Guerra conllevó que la tirasen abajo. Y del poco interés que despertó su demostración de los beneficios del radiocontrol que llevó a cabo en el Madison Square Garden. O de cómo perdió más de cincuenta mil dólares con el incendio del laboratorio de Nueva York. Bajó la voz para hablar de los mensajes que aseguraba haber recibido, mediante antenas eléctricas, de otros planetas y también de la teoría que había elaborado para refutar la maldita ley de la relatividad de Einstein. A todas esas cosas, y a otras muchas más, dediqué mi vida. Pero ahora, dijo Tesla, ya sólo me interesan los pájaros. En particular las palomas, afirmó tendiendo la mano lánguidamente hacia una de las jaulas. Richard, que veía cómo sus esperanzas empequeñecían ante sus ojos hasta volverse casi diminutas, le dijo al viejo científico, sin duda empujado por el ansia: Pero no puede rendirse ahora, señor Tesla. Hay miles de proyectos dignos de su talento. El mundo lo necesita. Lo que le gustaría haber dicho a Richard era: Yo le necesito, pero no llegó a verbalizarlo a pesar de que todo su cuerpo parecía proclamarlo a gritos.

Voy a contarle una historia, respondió Nikola Tesla con calma, como si hubiese estado esperando la llegada de ese preciso momento. Una noche en la que estaba tumbado en mi cama, a oscuras, empezó a decir Tesla, resolviendo problemas como siempre, entró por la ventana abierta una paloma y se posó sobre mi escritorio. Sabía lo que quería: quería decirme algo importante, y me levanté para ir hacia ella. En cuanto la miré supe lo que quería decirme: estaba muriéndose. Tesla se detuvo unos segundos y ahuecó las manos como si en ellas guardase todavía el recuerdo de la forma de la paloma. Y entonces, a la vez que comprendí su mensaje, prosiguió el viejo científico, vi una luz surgir de sus ojos, dos poderosos haces de luz. Sí, fue una luz real, una luz poderosa, deslumbrante, cegadora, una luz más intensa que cualquiera que yo hubiera conseguido producir mediante las más potentes lámparas de mi laboratorio, añadió con un matiz novelesco y triste. Cuando esa paloma murió, algo se apagó en mi vida. Hasta ese momento había sabido con certeza que completaría mi obra, por muy ambiciosa que fuera. Pero, cuando eso ocurrió, supe que el trabajo de mi vida había acabado. Bajó entonces la cabeza y tomó aire sonoramente. Sí, he dado de comer a las palomas durante años; continúo dándoles de comer, a miles de ellas, quizá, quién puede decirlo. Entonces cerró la boca y se mantuvo en silencio durante casi cinco minutos.

El sol ya estaba empezando a quedar oculto tras algunos de los edificios más altos del oeste de Manhattan cuando Tesla le dijo: ¿Por qué me ha enseñado estos planos, señor Chermer? Para Richard, a esas alturas del encuentro, responder a esa pregunta suponía un serio contratiempo, por eso se vio incapaz de lograr que las palabras saliesen de su garganta. No me lo diga, añadió Tesla. Supongo que quería que le ayudase a construir esa máquina. Richard balbuceó: Guardaba esa esperanza, sí, pero sus palabras apenas resultaron audibles. ¿Para qué me ha dicho que servía?, preguntó Tesla. Pero de nuevo, antes de obtener respuesta, añadió: Sin duda es usted uno de esos visionarios soñadores. Pero bueno, eso ahora importa bien poco. Richard, casi con el tono de voz de un niño, inquirió: ¿Por qué? Yo no soy su hombre, respondió Tesla con firmeza y también, es cierto, con algo de teatral autocomplacencia. Richard quiso replicar, decir lo que pensaba o seguir haciendo preguntas. Pero con un gesto de su mano derecha, de largos dedos huesudos, Tesla le hizo callar. No más preguntas por hoy, por favor, dijo, estoy cansado. Y tendiéndole los planos con la otra mano, dijo: Ahora le ruego que se vaya. Tal vez sigamos hablando otro día, concluyó el viejo científico torciendo el cuerpo sobre el butacón y apoyando la cabeza en el respaldo como si pretendiese echarse una cabezadita.

Con el corazón en un puño, Richard tuvo que esperar una semana hasta volver a hablar con Nikola Tesla. Una tarde, el viejo inventor pasó a buscarle por recepción y le pidió que le acompañase a dar un paseo. Fueron caminando hasta el parque Bryant, no muy lejos del hotel, al ritmo lento del septuagenario científico. Tesla había querido llevarlo allí con la intención de aprovechar la charla para dar de comer a las palomas. Por lo visto, llevaba los bolsillos llenos de migas de pan; algo cuando menos contradictorio tratándose de un hombre tan escrupuloso en lo que a cuestiones de higiene se refería. Durante el rato que pasaron allí, Tesla volvió a relatarle sus múltiples proyectos fallidos y sus pocos éxitos comerciales. Se detuvo en los detalles relacionados con la torre Wardenclyffe y con su plan de comunicarse sin cables con la otra orilla del Atlántico. Era un primer paso, señor Chermer, para demostrar que podía transmitirse energía a cualquier punto del planeta. ¿Se lo imagina?, le preguntó clavándole la mirada como un muchacho ilusionado. ¡Energía gratuita e inagotable para todo el mundo! Pero Richard no le escuchaba ya con verdadera atención. Tenía grabada en la mente la frase que había tirado por tierra sus esperanzas: Yo no soy su hombre.

Lo único que esperaba Richard al acompañar a Tesla a dar de comer a las palomas era que el viejo le indicase quién podría ser a partir de ese momento su hombre. Tesla, sin embargo, prosiguió con su perorata durante un buen rato, hasta que la manifiesta incomodidad de Richard le obligó a cambiar de tercio. Finalmente, dijo: He estado pensando en los planos que me enseñó. El diseño es coherente con la intención de la máquina, a pesar de que dudo mucho de su capacidad para cumplir con su objetivo. Porque supongo, especuló el viejo inventor, y dado que fue el loco de Faraday el que le habló de mí, que dicha máquina tiene algo que ver con viajar en el tiempo, ¿no es cierto? Richard, en un arranque de la más profunda sinceridad, le respondió: La verdad es que no sé para qué puede servir. Pero lo dijo con una potencia tal que no pareció una duda, sino una afirmación sobre la que podía construirse un imperio. Volvió a repetirle lo que le había contado sobres las intenciones de Nicolás II, para ver si eso calmaba la curiosidad de Tesla, y también añadió, expresándolo por primera vez de viva voz, que quería construir la máquina por su padre, porque esos planos eran lo único que le quedaba de él, pero también por sí mismo, porque estaba convencido de que en esa máquina residía el misterio que había presidido su vida. Pero más allá de eso, remató diciendo, creía en esa máquina porque sus planos le habían llevado a recorrer buena parte de Europa y a cruzar el Atlántico en un momento convulso de la historia de la humanidad, y la fuerza que le había empujado no podía tener que ver sólo consigo mismo, con su persona. La Máquina del Porvenir, dijo entonces compitiendo con la teatralidad del propio Tesla, tiene que ver con la humanidad al completo.

El viejo científico croata lo miró durante unos segundos y después esbozó una media sonrisa que tanto podía significar reconocimiento como irónica condescendencia. Richard casi pudo leerle el pensamiento: Ya lo decía yo, supuso que se decía Tesla a sí mismo, no es más que un visionario soñador. Me parece bien, respondió sin embargo Tesla mientras aprovechaba para vaciar por completo de migas sus bolsillos; un nutrido grupo de palomas lo rodeaba. Pero ya le dije, señor Chermer, que yo no soy su hombre. Yo no puedo ayudarle a construir su máquina. Como le expliqué el otro día, hace tiempo que abandoné por completo esa clase de veleidades. Emprendieron entonces la marcha de vuelta hacia el hotel, tan lenta como había sido la ida. Richard caminaba cabizbajo, todavía trastocado por la emotividad con que había expresado sus deseos. Con un último empeño, salió de su ensimismamiento y le preguntó a Tesla: ¿Usted cree que hay alguien en el mundo que pueda ayudarme a construir mi máquina? Tras unos cuantos pasos en silencio, Tesla se detuvo y le miró a los ojos. También estuve pensando en eso, señor Chermer. Durante unos años, creo habérselo comentado, se me acercaron toda clase de románticos e iluminados. Al fijarse en la contrariada expresión del joven ayudante de gerencia del hotel New Yorker, Tesla le aclaró que no quería decir con esto que él fuese uno de ellos. He de confesarle, prosiguió el viejo científico, que al pensar en los planos, y después de nuestro encuentro, me vino un nombre a la cabeza. Un ingeniero mexicano, dijo Tesla. Estuvo conmigo un tiempo en Colorado Springs. Un hombre muy singular, culto y políglota, que había viajado por el mundo trabajando junto a destacadas personalidades de ámbitos muy dispares. Creo recordar que fue precisamente Gustave Eiffel quien me lo presentó... Se llamaba... Julián... Julián de Azcárate..., si no recuerdo mal. Richard ni siquiera esperó a que Tesla recuperase la compostura y volviese a mirarle directamente después de haber estado paseando la mirada por las nubes. ¿Usted cree que esa persona podría ayudarme, señor Tesla? Como si pretendiese contrarrestar, no sin un deje de crueldad, la impaciencia de Richard, el científico croata se tomó su tiempo para responder. De nuevo esbozó aquella ambigua sonrisa antes de decir: Tal vez sí. Por qué no. Yo lo recuerdo muy elegante y comedido, pero en realidad era una especie de fuerza de la naturaleza. Estaba obsesionado con el mito de Dédalo. Tenía un don para las máquinas y la electricidad. Y, sobre todo, le apasionaban los retos. Richard, impenitente, insistió: ¿Dónde puedo encontrarlo? Sé que estuvo en Hollywood durante un tiempo, trabajando en el cine construyendo decorados y toda clase artefactos. También sé que luego estuvo en Brasil estudiando la posibilidad de construir una estación hidroeléctrica en las cataratas de Iguazú; algo parecido a lo que yo hice en el Niágara. Lo último que supe de él, y de eso hace ya más de diez años, es que había vuelto a México y se había establecido en la ciudad de Hermosillo. Creo que su intención era ser profesor.

Antes de despedirse del señor Tesla para siempre, porque una vez conseguido lo único que podía conseguir de él no tenía intención de volver a verlo nunca más, Richard se decidió a hacerle una pregunta de carácter práctico: ¿Cuánto cree usted que podría costar la construcción de la máquina? Tesla lo miró entonces con una curiosidad que venía a decir: Tal vez le he subestimado a usted, después de todo. ¿Con cobertizo incluido?, preguntó el viejo inventor croata. Sí, con cobertizo y todo lo demás. Tesla dedicó unos segundos a realizar un cálculo mental y finalmente dijo una cifra en dólares. Era una cifra elevada, muy por encima de la cantidad de la que Richard disponía en el banco; todos sus ahorros desde que entró a trabajar en el New Yorker. Es mucho dinero, dijo Richard con gesto apesadumbrado sin dirigirse a nadie en particular. Sí, asintió Tesla con la sonrisa torcida del que se ve obligado a reír a pesar de tratarse de un chiste de mal gusto. En esta vida, añadió, todo es caro... excepto darle de comer a las palomas. Richard tenía la vista clavada en el suelo. Permítame un consejo, señor Chermer. Si finalmente se decide a construir ese artefacto suyo, no lo haga aquí, en Estados Unidos. Búsquese un rincón apartado y solitario, de difícil acceso, en algún país con poca industria, en el que los inversores capitalistas no tengan mucho poder. Y olvídese de involucrar a mucha gente en el proyecto. Logre que la máquina dependa sólo de usted. Hágame caso.

Tras esa última conversación con Tesla, y durante varios días, Richard deambuló de un lado a otro como aturdido. Cumplía con sus obligaciones, pero tenía la cabeza en las nubes; aunque tal vez sería más adecuado decir que la tenía en el subsuelo, pues estaba bastante desanimado. Sabía que, ahora que había encontrado una nueva pista, ahora que disponía de un nuevo objetivo, tenía que aprovechar el tirón y seguir adelante sin darle demasiadas vueltas al asunto, porque de lo contrario corría el riesgo de quedarse de nuevo, y tal vez para siempre, estancado. Pero el problema al que tenía que enfrentarse en ese momento para seguir adelante era mucho mayor de lo que podría haber imaginado, porque no dependía de su voluntad, de su esfuerzo o de su convicción. Necesitaba dinero. Es más, necesitaba mucho dinero. Agobiado por las dudas, atosigado por la larga sombra de un más que probable fracaso y la subsiguiente carga de frustración, cuyo aliento notaba ya, como quien dice, en la nuca, no se le ocurrió nada mejor que hablarle de sus cuitas a su jefe, el señor Doctorow. Le explicó no sólo que tenía pensado marcharse en breve del hotel, sino que necesitaba imperiosamente una ingente cantidad de dinero.

En un primer momento, el señor Doctorow se entristeció; ya se ha comentado que le había tomado afecto al más dispuesto y eficiente de sus subordinados. Pero acto seguido lo que le acució fue la preocupación. Bajando la voz, a pesar de estar encerrados los dos solos en su despacho, le preguntó: ¿Tienes problemas con el juego? ¿Le debes dinero a alguien? Esta segunda pregunta llevaba implícita una coda sobre la posible condición ilegal, y por tanto peligrosa, de esa deuda. No, respondió Richard muy serio. Se trata de una cuestión relacionada con mi padre, añadió con seriedad. El silencio del señor Doctorow, sin embargo, le obligó a profundizar en la aclaración. Richard, como es lógico, no tenía ningunas ganas de contarle la verdad al señor Doctorow. Él también le había tomado cariño a su jefe, pero en esos momentos se le antojó una tarea poco menos que titánica el exponerle pormenorizadamente los detalles de su particular odisea. Además, estaba la cuestión del acercamiento al señor Tesla, detalle que su jefe podría juzgar como un abuso de confianza completamente impropio de un profesional como se suponía que era él. Así pues, Richard le dijo: Mi padre me confió una tarea en su lecho de muerte, una tarea íntima que yo prometí cumplir. Pues bien, ha llegado el momento de que lo haga. ¿Y tienes que cumplir esa promesa precisamente ahora?, inquirió el señor Doctorow. En sus ojos más que un reproche, eso creyó apreciar Richard, brillaba un deje de pena o nostalgia o decepción. Richard se aclaró la garganta. Por qué se me habrá ocurrido contarle mis problemas a este buen hombre, se preguntó. Necesitaba ser elocuente, encontrar un argumento que le permitiese apartarse lo mínimo posible de la verdad. Verá, señor Doctorow, mi padre era un hombre de honor, un hombre sobrio y cabal. Era polaco, ya lo sabe usted, pero murió estando al servicio del zar de Rusia, Nicolás II. En su lecho de muerte, me dijo..., me pidió... No me digas más, muchacho, no es necesario, le interrumpió el señor Doctorow. Sé muy bien lo que es el honor, declamó el jefe de Richard estirando la espalda en su silla. Sé muy bien lo que supone hacerle una promesa a un padre en su lecho de muerte, dijo perdiendo la mirada en un punto inconcreto de la pared. Mi padre era ruso, ¿te lo había dicho? La vieja Europa, dijo el señor Doctorow casi con un suspiro. Me alegra saber que hay cosas que no se pierden, prosiguió con ímpetu renovado. El honor. Cumplir una promesa. Hay valores que jamás deberían perderse. Al menos aquellos que sabemos lo que suponen esas viejas palabras, ya casi en desuso, estamos obligados a mantener su vigencia, su sentido.

Ante semejante declaración, totalmente inesperada, Richard se sintió fuera de juego; no supo cómo reaccionar. Por eso permaneció inmóvil, asintiendo apenas sutilmente con los labios muy apretados. ¿Necesitas dinero, entonces?, preguntó el señor Doctorow de nuevo con la diligencia que acostumbraba. Sí. ¿De qué cantidad estamos hablando, muchacho? Richard pronunció una cifra. Simple, escueta, pero no por ello menos impresionante. El señor Doctorow se reclinó hacia atrás y soltó aire, aunque sin excederse en el gesto. Vaya, dijo cuando volvió a inhalar, esa es una cantidad considerable. Pero ni sus palabras ni su mirada traslucían sorpresa o conmoción alguna. Es más, dio la impresión de que se hubiese puesto a hacer cálculos matemáticos y conexiones significativas y de utilidad a velocidad de vértigo. La energía de su cerebro, por decirlo de otro modo, parecía transferida ya a una función pragmática más que reflexiva. Richard temió que, ahora sí, el señor Doctorow le exigiese una explicación y le dijese, por ejemplo: Vamos, déjate de tonterías y dime de una vez qué demonios pretendes hacer con tanto dinero. O bien: Eh, ¿crees que soy tonto? Semejante cantidad no puede tener relación con nada bueno. Pero lo que el señor Doctorow le dijo, con una seriedad mortal, propia de un padre responsable pero en extremo severo, fue lo siguiente: ¿Dispones de algo de dinero? Richard asintió sin mucha convicción. ¿Cuánto?, profundizó el señor Doctorow. Richard indicó una cantidad más o menos aproximada a la realidad. De acuerdo, dijo su jefe. Richard, muchacho, voy a plantearte una posibilidad. Una posibilidad con la que podrías conseguir ese dinero que quieres. Pero vas a tener que confiar en mí.

Lo que el señor Doctorow le propuso fue apostar en las carreras de caballos. De entrada, a Richard no le hizo ninguna gracia, entre otras razones porque no veía la viabilidad, o mejor dicho las garantías de éxito, de semejante plan por ninguna parte. Pero entonces el señor Doctorow le explicó una historia que, sin poderlo evitar aunque sin saber muy bien por qué, puso fin a sus reticencias. El señor Doctorow le contó que conocía a una persona muy especial, un tipo que trabajaba en el Hotel Nassau, en Long Beach, un europeo como Richard que gozaba de un don especial. Es vidente, le dijo. ¿Vidente?, preguntó Richard sin saber a ciencia cierta a qué se refería. Puede predecir el futuro, le aclaró su jefe. No es un cualquiera, añadió, no se trata de un engañabobos. Lo he visto en acción. Su fiabilidad es prácticamente absoluta. Por otra parte, es una persona sensata y comedida, nunca ha buscado enriquecerse con su don. Hace años que trabaja en el Nassau. Ese hotel es su vida. Richard le escuchaba entre el estupor y la incredulidad. Me debe algunos favores, añadió. Estoy seguro de que si hablo con él y le explico tu caso nos echará una mano. ¿Nos echará?, se preguntó Richard. ¿Mi caso?, se preguntó también. Pero si apenas le he contado nada, ¿qué podría contarle él a nadie de mi caso? Pero entonces le vino al pensamiento una pregunta que proporcionaba un enfoque alternativo, aunque inquietante, a lo que estaba ocurriendo: ¿Y si es el señor Doctorow el que quiere apostar y sólo anda buscando una excusa, una justificación, para contactar con el vidente de marras? Tal vez él sí tenga problemas con el juego. En cualquier caso, Richard entendió que si había llegado hasta ahí seguramente no tenía más remedio que seguir adelante. Entre otras razones porque no se veía con ánimo de recoger velas y decirle a su jefe que agradecía el interés pero que apostar a los caballos, incluso contando con la colaboración de un fiable vidente, no le parecía la opción más adecuada. La situación era de por sí tan extraña, tan impropia y fuera de lugar para alguien como su jefe, que ponerse quisquilloso tal vez entrañara dejarlo en evidencia y por lo tanto ofenderlo. El señor Doctorow había atravesado la línea de las buenas maneras con la intención de ayudarlo y sólo por eso ya estaba en deuda con él. Y es que en ciertas ocasiones, se dijo Richard, a quien pides ayuda entregas tu libertad.

Así pues, dos días más tarde, tras retirar todos sus ahorros del banco, Richard le entregó al señor Doctorow un sobre y le dio carta blanca para apostar su dinero como creyese conveniente. El señor Doctorow le dijo: No te arrepentirás, con una extraña sonrisa difícil de desentrañar. He hablado con mi amigo del Nassau y no tiene inconveniente en echarnos una manita. Sin embargo, durante las siguientes semanas el señor Doctorow evitó por todos los medios, haciendo gala de una muy escasa sutilidad, cruzarse con Richard para no tener que hablar del asunto. De hecho, cuando había pasado ya casi un mes, Richard se decidió por fin a abordar el tema con su jefe. Verá, señor Doctorow, empezó diciéndole con todo el tacto que fue capaz de reunir, no tengo ninguna intención de incomodarlo, pero ya le dije que tengo que marcharme. El tiempo pasa y yo tengo que cumplir mi promesa. El señor Doctorow tardó en responder. Parecía otro, más apagado y gris, como ofuscado. En su expresión no quedaba rastro de la resolución que le había llevado a proponerle a Richard que apostase su dinero en las carreras de caballos. ¿Ha habido algún problema, señor Doctorow?, le preguntó Richard. ¿Algo ha ido mal? El señor Doctorow alzó la vista. Su mirada transmitía la aspereza de alguien que llevase varios días sin dormir. Todo está bien, respondió transmitiendo una escasísima fiabilidad. Tendrás tu dinero, muchacho, no te preocupes. Vas a tener que darme un par de días más, eso es todo. ¿Voy a tener que darle...? ¿A él?, se preguntó Richard.

Durante esas últimas semanas el ánimo de Richard al pensar en el asunto había fluctuado entre la expectación y el desánimo, sin término medio, pero sólo en ese momento, al ver la cara y oír las extrañas palabras de su jefe, temió por su dinero. ¿Y si perdía sus ahorros? Se sintió repentina y dolorosamente ingenuo, casi un completo idiota. ¿En qué se había basado para confiar de ese modo en el señor Doctorow? Era su jefe, un buen jefe sin lugar a dudas. Le había tomado afecto, sí, y no sólo por el hecho de que hubiese ido promocionándolo desde que llegó al hotel. Siempre le había parecido una persona cabal, sensata y coherente. Pero ¿qué otra cosa sabía de él más allá de esas impresiones? Incluso era posible que el vidente fuese una invención. Supongo, acabó diciéndole Richard al señor Doctorow con una torpe sonrisa, que podré esperar ese par de días.

Richard y el señor Doctorow volvieron a hablar no dos sino cinco días después. El gerente del New Yorker citó a su empleado en una cafetería a unas pocas manzanas de distancia del hotel. Al sentarse frente a él Richard se fijó en la herida, todavía palpitante, que le corría por encima de la ceja izquierda. Tenía los ojos violentamente enrojecidos y el labio inferior hinchado. Tratándose de quien se trataba, la imagen parecía, de nuevo, por completo fuera de lugar; como si el señor Doctorow se hubiese maquillado para participar en alguna clase de representación. Tal vez por eso, o por respeto, o debido a la tensión, o por temor a obtener una respuesta intolerable, Richard no preguntó nada. Si quiere contarme algo, se dijo Richard, me lo contará. El señor Doctorow, que a decir verdad parecía muy poco dispuesto a aclarar las circunstancias del encuentro, agradeció en silencio, con una ligerísima inclinación de cabeza, la discreción de su subordinado. Ya tengo tu dinero, dijo el señor Doctorow sin preámbulo alguno. Pero tenemos un problema, añadió acto seguido sin variar el tono. No he podido traértelo en persona, Richard. Vas a tener que ir a buscarlo tú mismo. Es posible que Richard llevase a cabo una reconstrucción tentativa en su imaginación de cómo se desarrollaría esa búsqueda y qué entrañaría. Es posible que se viese a sí mismo con la cara igual de magullada que la de su jefe. Es posible que, en definitiva, se viese en un hipotético futuro, no muy remoto, sin dinero y molido a palos. Tal vez pensó en todas esas cosas y tal vez su rostro dio prueba involuntaria de ello, porque el señor Doctorow se apresuró a decir: No hay ningún peligro, Richard, te lo aseguro. Sólo vas a tener que ir a buscar tu dinero al Nassau. Está allí, a buen recaudo. Tras la línea entreabierta que dibujaban los labios del señor Doctorow, en un burdo esfuerzo por componer una sonrisa tranquilizadora, Richard creyó apreciar un vacío, hasta entonces inexistente, entre sus incisivos. El señor Doctorow le explicó entonces que una vez dentro del hotel tenía que subir a la séptima planta y llamar a la puerta de la habitación 723. Cuando abriesen debía decir que venía de parte del señor Sebastian Knight. Si lo hacía así, le entregarían un sobre y podría marcharse por donde había venido.

A la mañana siguiente, Richard se montó en un tren que lo llevó a Long Island. No tardó demasiado en llegar al Nassau a pie desde la estación. Una vez allí, y con los nervios haciendo presa de la boca de su estómago, subió hasta la séptima planta y llamó tres veces con los nudillos a la puerta de la habitación 723. Un hombre joven, más o menos de la misma edad que el propio Richard, le abrió la puerta. No era muy alto, debía rondar el metro setenta, pero su cuerpo transmitía una armónica mezcla de fuerza y distinción, lo que lo convertía en un hombre apuesto. Por otra parte, vestía un elegante traje gris marengo con corbata negra. Era rubio y llevaba el pelo engominado, con la raya al lado izquierdo.

Ricardo Charme se yergue entonces en el sillón de cuero de su despacho, lleva a cabo una pausa teatral muy efectiva, acompañada de una mirada distante, como de soslayo, hacia la ventana que da a la avenida Córdoba, y le dice al joven Víctor Berquim: Esa fue la primera vez que vi a tu padre.

El tipo rubio esperó a que Richard dijese lo que tenía que decir, que venía de parte del señor Sebastian Knight, y después lo hizo pasar. La habitación era ciertamente lujosa: una enorme suite con sala de estar, barra de bar y unas impresionantes vistas al Atlántico. Sin embargo, Richard no pasó más allá del recibidor. Si había más gente allí dentro, por lo tanto, no llegó a saberlo. El tipo rubio señaló con la mano hacia una mesa redonda de madera con un centro de flores encima. Junto a las flores había un sobre blanco con una goma alrededor. Richard permaneció quieto, los nervios le atenazaban y no sabía cuál era el movimiento adecuado a realizar. ¿Tenía que entablar conversación o preguntar algo? ¿Tenía que contar el dinero? ¿Tenía que agarrar el sobre y largarse sin más? El tipo rubio, atento a su indecisión, le dijo: Ese es el sobre. Cógelo. Con pasos titubeantes, Richard se acercó a la mesa y, antes de hacerse con el sobre, dijo: ¿Está todo? La pregunta no tenía ningún sentido, entre otras razones porque Richard estaba pensando en sus propias necesidades económicas y no en alguna clase de cálculo previo, que en ningún momento había tenido lugar. El tipo rubio, con gesto grave aunque no amenazador, le respondió: Está todo lo que tiene que estar. Richard se guardó entonces el sobre en el bolsillo interior de la chaqueta como si no hubiese formulado la última pregunta. Cuando ya estaba a punto de salir de la habitación, el tipo rubio lo detuvo. Dile a tu amigo, dijo con la mano apoyada en la puerta todavía cerrada, que no habrá una próxima vez. A Lansky no le gusta tener que repetir las cosas. Ya le dijo a tu amigo hace algún tiempo que no metiese las narices en este asunto. Aun así, lo ha hecho. Yo consideraría lo que le ha ocurrido como un aviso. Díselo. Como un último aviso. Si no le ha dado boleto esta vez ha sido por simple consideración. Porque el señor Lansky también sabe ser agradecido y recuerda a aquellos que le han echado una mano. Pero las apuestas son cosa de Lansky. Exclusivamente de Lansky. Díselo. Richard asintió aun sin saber a santo de qué había salido Lansky, el famoso capo de la mafia Meyer Lansky, a colación. Y respecto a ti, dijo el tipo rubio abriendo la puerta, pareces un buen chico. Apártate de Doctorow, es un peligro para sí mismo y para los que tiene alrededor, y no te metas en problemas. Después cerró la puerta tras él y Richard se quedó solo en el largo pasillo de la séptima planta del Hotel Nassau.

Así pues, dice Víctor poniéndose en pie como imbuido por una descarga eléctrica, ¿mi padre trabajaba efectivamente para Meyer Lansky, el mafioso? No lo sé, le responde Ricardo desde el otro lado del escritorio. La impresión que a mí me dio en ese momento, añade Ricardo, es que su aspecto era demasiado cuidado para ser lo que en aquel entonces se denominaba un chico listo, o sea un miembro de segunda o tercera fila de la mafia. Pero no lo sé. ¿Y no se lo preguntó usted a mi padre?, pregunta Víctor. Ricardo niega con la cabeza. Me refiero a después, insiste el joven, cuando fueron amigos en Río de Janeiro. Ricardo vuelve a negar.

Después de ese intercambio dialéctico, ciertamente sincopado, los dos callan. Sus posicionamientos, sin embargo, son dispares. Víctor parece ansioso por seguir preguntando, como si en su cerebro bullesen unas dudas avivadas por el impulso irrefrenable de saber. Ahora que las respuestas están tan cerca, no puedo conformarme con inconcreciones, afirma su mirada. Ricardo, por su parte, y seguramente respaldado por la experiencia que dan los años, se mantiene en sus trece. Su gesto certifica: No voy a correr, lo que tú quieres saber conlleva aceptar toda la historia; mi historia, si prefieres verlo así, a pesar de que yo lo veo de otro modo. No voy a saltarme el acuerdo tácito. Sin una cosa no tendrás la otra. Es lo que hay.

Víctor permanece todavía unos segundos en silencio, actualizando el cuadro de situación en el que su padre ocupa el centro de la escena para poder seguir adelante en el punto en que han dejado suspendido el relato. Posiblemente esté intentando, en primer lugar, visualizarlo como un hombre joven, de escasos veinte años. Al cabo tuerce el gesto y pregunta: ¿Volvió usted a ver a mi padre en Nueva York? No, responde Ricardo. Me fui de la ciudad al día siguiente. Recogí las pocas cosas que tenía en el New Yorker y me fui a México en busca del tal Julián de Azcárate. ¿Y el señor Doctorow?, preguntó Víctor cambiando súbitamente la orientación de sus intereses; después de todo, Víctor no tiene más remedio que rearmarse de paciencia. No volví a hablar con él; no hablé del dinero o de mi encuentro en el Hotel Nassau. Nos despedimos, nos dimos la mano, me deseó suerte y se metió en su despacho dándome la espalda. Víctor vuelve a guardar silencio. Ricardo permanece a la expectativa. Finalmente, el joven hace un gesto con los hombros que acompaña adelantando el mentón. ¿Y a partir de ahí, qué?, parece querer decir. Es sin duda una invitación a que prosiga el relato.

Una vez en Hermosillo, Richard tardó cinco días en dar con el detalle que le pusiera sobre la pista del paradero actual de Julián de Azcárate. Por lo visto, tras un fugaz paso por la docencia había decidido instalarse en un pequeño pueblo al norte del país, en el estado de Sonora, llamado El Claro. Por qué había ido a parar precisamente ahí, nadie supo decírselo; a decir verdad, él tampoco insistió demasiado. Sin embargo, a medida que se acercaban al pueblo en cuestión, un villorrio perdido en medio de ninguna parte, dejando atrás cualquier rastro de civilización mientras recorrían carreteras polvorientas que apenas merecían ese nombre, más acuciante fue haciéndose para Richard la pregunta. En teoría, dando por buenas las palabras del señor Tesla, el tal Julián de Azcárate había sido todo un personaje: un talentoso ingeniero trotamundos, políglota y cultivado, que se había codeado con la flor y nata de la ciencia y la tecnología de la época. Tal vez, al igual que el propio Tesla, había decidido dejar atrás las veleidades del mundo moderno. De ser así, Richard estaría metido en un gravísimo problema, en un problema seguramente irresoluble, porque una cosa era verse obligado a rehacer sus planes en Nueva York, la capital del mundo como quien dice, y otra muy distinta era caer en un pozo de frustración y desánimo en mitad del desierto de Sonora.

Al llegar al pueblo, sin embargo, cuando el sol ya se había puesto, Richard se fijó en un detalle que, muy al contrario de lo que había temido en la carretera, acrecentó exponencialmente sus esperanzas. Las casas y las calles del pueblo gozaban de luz eléctrica. El Claro al completo, de punta a punta, estaba electrificado. Algo impensable en aquellos andurriales y más teniendo en cuenta las dimensiones del pueblo: apenas un centenar de casas desperdigadas a lo largo de cuatro tentativas de calle ordenadas de forma más o menos radial. ¿Y por qué ese detalle alimentó las expectativas de Richard? En primer lugar, porque sabía que el último poste eléctrico que había visto, o algo que pudiese pasar por serlo, distaba más de sesenta millas de El Claro. O sea, la electricidad que iluminaba las casas del pueblo tenía que ser generada en el propio pueblo o bien en un lugar muy cercano. ¿Se podría encargar el maltrecho gobierno mexicano, todavía ocupado de sofocar los últimos brotes revolucionarios, de hacer algo parecido? Difícilmente. Así pues, cabía la posibilidad de que la electrificación del pueblo se debiese a alguna clase de iniciativa privada, o particular, o local si se prefiere. ¿Y quién sino un talentoso ingeniero, estrecho colaborador del croata Nikola Tesla, el genio visionario obsesionado con la distribución gratuita de energía, podría estar al frente de semejante iniciativa?

V
El camino de vuelta

1

Esta era, en principio, la historia de una reconstrucción. Pero lo narrado hasta ahora parece dibujar en realidad la trayectoria de una partícula, lo que queda de Óscar Charme, alejándose irremediablemente, con todos y cada uno de los pasos que ha ido dando, de la causa de su desintegración, del punto en el que sin duda se esconde la pieza principal, la clave de bóveda que vendría a cerrar el arco de crucería donde convergen todas las historias que han ido desarrollándose por separado. Y no deja de tener su lógica que así sea: después de todo, la historia del Doctor Manhattan también es la historia de una huida. Es posible decir que acaba reconstruyéndose, pues adquiere de nuevo una forma física, palpable, y es posible relacionar esa forma, siquiera a un nivel nominal, con la persona que se desintegró, el científico conocido como Jonathan Osterman.

Lo bueno es que, en mi caso, tanto la reconstrucción como la fuga partirían del mismo punto. En alguna otra ocasión he dicho que podría haber empezado a contar la historia desde otro punto, pero empecé con la muerte de mi madre. A partir de ahí, lo narrado señala, en teoría, hacia la búsqueda de la identidad perdida. ¿Pero qué identidad sería esa? ¿Acaso había tenido yo alguna vez algo parecido a una identidad? Por decirlo de otro modo: desde el principio quedó claro que en esta historia no importan las posibles explicaciones psicológicas al por qué de mi situación. No importan los condicionantes, ni las justificaciones, ni los términos aclaradores que delimiten una situación previa. Lo que importó desde el principio era saber qué iba a ocurrir a partir de ese momento, el momento en que se inició la narración. Cómo iba a establecerse el nuevo marco de referencia. Cuáles serían las señales que delimitarían el mundo tal cual era, el mundo del presente; de mi presente, si se quiere. En definitiva, lo que importaba entonces, y lo que seguramente sigue importando ahora, era qué iba a encontrar yo al final del viaje que se puso en marcha con la muerte de mi madre. Eso dando por válida la teoría de la reconstrucción, porque en el caso de la huida o fuga la cosa se complica, pues la fuga puede conllevar un desplazamiento ininterrumpido, un alejamiento sostenido y continuo del punto de inicio, del big bang, de la clave de bóveda. La huida sin fin, por lo tanto, llevaría no sólo a un final abierto sino a una especie de anticonclusión.

Ahora puedo decir, sin embargo, que todas estas historias que crecen y se entrelazan, y que de un modo u otro tienen que ver con mi persona, llevan a alguna parte, tienen una conclusión. Porque al igual que ocurre en los cuentos tradicionales y en los mitos, esta historia también pretende cubrir al completo el camino del héroe, ese camino del que tantas veces me ha hablado Víctor; ahora lo sé. Por eso la llamada de la aventura, el primero de los pasos, debe llevar, siguiendo el recorrido establecido por la tradición a lo largo de los siglos, hasta la resurrección del héroe y el regreso con el elixir.

De hecho, esta historia podría haber empezado por el final. Un final desplazado, si se quiere, que se adentraría en el futuro hasta una fecha inconcreta: Víctor y yo sentados en una plaza, viendo a los niños darle de comer a las palomas. Los dos tranquilos, bastante más mayores que cuando nos conocimos. Algo más gordos tal vez. Algo más calvos. Pero tranquilos, satisfechos. Con la conciencia tranquila por saber que cumplimos con la misión que nos había sido asignada. Sabiendo que ejercimos de guardianes de la humanidad, que era lo que nos exigían las circunstancias. Sí, podría haber empezado así, por el final. Porque las grandes historias, las historias verdaderamente épicas finalizan siempre de ese modo, con dos personajes anónimos sentados en un parque, arrasados por el paso del tiempo, dos personajes que miran a su alrededor y saben con total certeza que las cosas habrían sido muy diferentes de no haber sido por ellos. Y, no obstante, tienen que asumir que todos ignoran lo que han hecho, porque cuando se trata de salvar al mundo siempre se convierte uno en un personaje anónimo.

Sin embargo, esta historia ni es anónima ni va a pasar desapercibida: yo la estoy contando. Y la cuento porque ahora estoy convencido de que se trata de una historia imprescindible. Contar la historia de mi vida, la historia de mi padre y de mi abuelo, e incluso la de Víctor, es contar la historia del mundo; ahora lo sé. Es llevar a cabo un acto de definición de la existencia. Porque contar una historia puede llegar a ser contar todas las historias.

Me asusta que las pequeñas y grandes partes que componen el todo que es esta historia se transformen en simples anécdotas, algo que tal vez se recuerde por separado, perdiendo de ese modo la imprescindible visión panorámica. De hecho, estoy seguro de que si dependiese exclusivamente de mis capacidades, no llegaría a pasar otra cosa. Pero confío en esta historia, confío en su poder y en la voluntad de todas esas pinceladas para permanecer unidas y formar un cuadro; aunque sea un cuadro abstracto o incomprensible. Porque sé que desde el principio alguna clase de fuerza ha mantenido unidas las piezas de este puzle. Una fuerza gigantesca pero indetectable, relacionada sin duda con la voluntad; aunque no necesariamente con la voluntad humana. Algo parecido, supongo, a los campos intrínsecos con los que tuvo que lidiar el Doctor Manhattan.

Sí, yo creo en los campos intrínsecos. Creo que lo dejé claro desde el principio. Me refiero a los campos intrínsecos cuya esencia fundamental buscaba la comisión de investigación liderada por el doctor Milton Glass en Gila Flats en los años cincuenta: esa fuerza más allá de la gravedad que mantiene unidas las moléculas del universo. Creo que hay algo que lo unifica todo, también las partes de esta historia. Esa fuerza, de hecho, es la que le da sentido al universo, porque de no existir no habría más que dispersión, fuerza centrífuga y partículas en fuga eterna.

De acuerdo, eso está muy bien, puede pensar más de uno. Pero ¿en qué consiste eso de salvar al mundo que he mencionado antes? Para intentar responder a esa pregunta tengo que empezar diciendo que desde mi estancia en Berlín soy un fan de las novelas de Stephen King. Entre otras razones porque en muchas de sus historias aparece alguien con el poder específico para derrotar a una superamenaza. Un tullido, un tonto, un grupo de amigos que necesitan estar juntos para desarrollar esa capacidad paranormal, hombres que sufren accidentes y descubren algo en su interior que los hace especiales, poderosos y marginados a un tiempo. Yo siempre había pensado que disponía de esa capacidad especial. Tal vez porque me sentía tullido, o tonto. Sin embargo, y aunque ahora sé que puse en práctica mi don de manera acertada a pesar de mi inconsciencia cuando decidí reconstruir mi campo intrínseco, hasta encontrar a Víctor no supe ponerle nombre a mi capacidad especial. Y como no tenía nombre, no sabía qué debía hacer cuando tenía que enfrentarme a una amenaza. Lo único que se me ocurría en los casos en que sentía el peligro cerca, habida cuenta de mi escasa eficacia en el cuerpo a cuerpo, era echar a correr. Durante años no hice otra cosa aparte de echar a correr. Esa había sido mi manera de enfrentarme a los problemas y las superamenazas. Por eso precisamente he tenido dudas a la hora de calificar esta historia como una reconstrucción o como una huida.

Ahora sé que todos esos libros, todas esas lecturas, permitieron que entendiese, que incluso aceptase sin cuestionármelo demasiado, la estrambótica propuesta de Víctor. De algún modo supe, con total claridad, que participar en la construcción de La Máquina del Porvenir sería mi particular aportación para salvar el mundo. Porque salvar el mundo, eso lo supe después, tenía mucho que ver con lo que don Andrés le dijo a mi abuelo: Hay personas que equilibran la energía. Siempre hay personas así corriendo por el mundo. Unos en América, otros en Europa y África y Asia. Gracias a su consciencia y a su voluntad, ciertas cosas no desaparecen y se esfuman y el equilibrio cósmico sigue funcionando, dijo don Andrés. Esas personas son como balizas, como los palos, sencillos pero fuertes, que permiten que una tienda india se mantenga en pie. Vivimos en un mundo sin dioses, creemos haber matado lo sagrado y sólo creemos en lo material. Y aunque los dioses permanecen ahí, de seguir por ese camino, dándoles la espalda, estamos absolutamente perdidos. Lo único que podemos hacer es aportar nuestra consciencia. Tal vez parezca una aportación pequeña, pero no lo es.

2

Pero mucho antes de todo eso encontramos a Víctor recorriendo a toda prisa las calles del campus del prestigioso Instituto de Tecnología de California, conocido popularmente como CalTech; uno de los centros universitarios más selectos y exigentes de Estados Unidos. Se trata de una época un tanto convulsa a nivel social, algo que se deja notar bastante allí, pues Richard Nixon, que prometió meses atrás al ser proclamado presidente que iba a darle un vuelco radical a la postura gubernamental respecto al conflicto de Vietnam, no está cumpliendo con su palabra. Por eso de las farolas y los árboles del campus penden carteles con encendidos mensajes antibelicistas y se realizan con cierta frecuencia manifestaciones estudiantiles.

Víctor está a punto de cumplir los veinte, lleva poco menos de dos años en Pasadena, y parece haber dejado atrás las maneras de rebelde trasnochado. Entre otras cosas, ya no fuma. Tampoco se comporta como cuando su familia le obligó a exiliarse temporalmente en Rosario debido a sus problemas con la justicia. O sea, y por decirlo de manera sintética, no parece muy interesado por todo lo relacionado con la guerra de Vietnam ni tampoco por lo que parece estar pasando al otro lado del Atlántico, en París, concretamente. Revolución, insurrección, revuelta, son para él palabras que han dejado de tener un significado personal. Ya no viste tampoco del mismo modo ni le preocupa si se da un aire o no a James Dean; de hecho, ¿a quién le interesa ya James Dean? Ni siquiera escucha la misma música: Bob Dylan, los Kinks o los Rolling Stones han quedado definitivamente atrás. Ahora le va más la música clásica. Relaja y focaliza mi atención, le dice a sus compañeros de estudios cuando acuden a su apartamento en busca de diversión y los obliga a escuchar a Beethoven o a Mahler. En pocas palabras, Víctor ya no siente que el mundo entero esté en su contra, ya no siente que tenga que defenderse de nada, sino más bien al contrario: ahora entiende que el mundo es como un libro abierto, aunque encriptado, que está ahí para que él lo descifre. Hay que aclarar, sin embargo, que cuando Víctor piensa en el mundo no piensa en las personas que lo habitan, no piensa en relaciones personales o creaciones humanas. Víctor piensa en términos absolutos: piensa en leyes, en constantes, en principios y paradigmas. Más que en el mundo, por lo tanto, piensa en el cosmos al completo. Por eso está ahí, en CalTech, estudiando física en un centro universitario que cuenta en su haber con once premios Nobel. Por ese afán de absoluto, precisamente, tampoco le ha impresionado demasiado todo lo relacionado con la misión Apolo XI y la llegada del hombre a la Luna: para él, esa clase de asuntos forman parte del ámbito del espectáculo más que del ámbito de la ciencia.

La temporada que pasó en Rosario, ocupándose de cuestiones tangibles, ayudando a tirar adelante e incluso a expandir el negocio de las panaderías, relacionándose con gente sencilla, trabajadora y constante, le ayudó mucho a centrar sus intereses. Pero fue sobre todo su relación con el señor Charme lo que le llevó a emprender un giro radical en su manera de entender las cosas. Víctor se enfrentó a ese momento de transición como un nuevo y más auténtico despertar a la vida. Sin proponérselo, pero gracias a su demoledora franqueza, a aquellos elocuentes silencios suyos, a su carácter estoico y sus maneras espartanas, y sobre todo gracias a su paternalismo distante mezclado con el misterio que parecía presidir su existencia, estar junto al señor Charme le llevó a pensar que hasta ese momento de su vida, digamos los diecisiete años, había perdido el tiempo. Tras su paso por Rosario, Víctor llegó a la conclusión de que tenía que dejarse de tentativas basadas en el rencor, algo propio de personas poco evolucionadas, y empezar a caminar con firmeza hacia el futuro. En un principio se planteó dedicarse a la economía y encauzar su formación tal vez hacia la administración de empresas; su experiencia en Rosario había sido muy positiva también en ese sentido. Pero dejó de lado esa posibilidad porque sabía que, en caso de emprender ese camino, tanto si tenía éxito como si fracasaba, tarde o temprano caería de nuevo en las redes de su familia. Sopesó, por lo tanto, otras opciones y acabó decidiéndose por el estudio de las ciencias. Entendió que tenía sobrados motivos para hacerlo. El primero, y como ya se ha dado a entender, el hecho de emprender una senda que le alejase lo máximo posible del influjo familiar. El segundo, la certeza de tener muy buena mano con los números; lo suyo, a decir verdad, era casi un don. El tercero, la posibilidad de trabajar a un tiempo con aspectos teóricos y prácticos; desde un principio su intención fue combinar la física con alguna clase de ingeniería. Y el cuarto... El cuarto, a pesar de ser el más poderoso, era el motivo más difícil de justificar. De hecho, no llegó a comentarlo nunca con nadie porque, hasta cierto punto, le avergonzaba debido a su naturaleza un tanto metafísica.

Todo lo que el señor Charme le había contado sobre su pasado, todas aquellas peripecias y aventuras, los viajes y, sobre todo, el asunto de la Máquina del Porvenir, había dibujado en la mente de Víctor una suerte de horizonte de expectativas. No es que tuviese la intención de continuar la labor que el señor Charme había dejado abandonada o algo así. Digamos que aquellas historias, y en particular lo ocurrido en México, justo antes de la forzada huida del señor Charme a Río de Janeiro, habían puesto en marcha en el cerebro de Víctor el mecanismo de la imaginación, de la propia imaginación, ese sistema creativo, personal e intransferible, que ayuda a trazar puentes sólidos y transitables entre el mundo interior y la supuesta realidad exterior. En eso consistió precisamente su nuevo y más auténtico despertar. Hasta entonces, Víctor lo supo con total certeza, había vivido los sueños de otros. Eran las fantasías y las ilusiones de otros las que lo habían arrastrado hasta donde se encontraba en ese momento, a sus diecisiete años. Fantasías e ilusiones que él había consumido a través de músicas, películas y libros creados por otros. Fantasías e ilusiones que otros, tal vez pensando en la revolución, tal vez pensando incluso en el bien del prójimo, habían trazado para él. Escuchar las historias del señor Charme, sin embargo, incentivó en Víctor el deseo, por primera vez en su vida, de contar su propia historia. No de un modo literal, porque no tenía intención alguna de ponerse a escribir su autobiografía. Contar su historia implicaba para Víctor desprenderse de clichés o enfoques heredados y empezar a observar las cosas a través de su propia mirada, una mirada tan limpia de prejuicios y manías como le fuese posible.

Así pues, el mero hecho de abrir esa puerta, de poner en marcha ese anhelo, le llevó a mirar a su alrededor con otros ojos. De repente, todo era nuevo, enigmático y fascinante. Porque ¿qué podía decir él de todo lo que le rodeaba? ¿Qué era lo que realmente sabía sobre cualquiera de las cosas que conformaban su día a día más allá de cuatro conceptos huecos e insignificantes? Él, como la mayoría de los habitantes del planeta, había dado por sentadas una ingente cantidad de cosas que, a decir verdad, no tenían por qué darse por supuestas. La vida, en su grandeza, merecía también grandes conceptos. Y Víctor había tomado el firme propósito de llegar a ellos por cuenta propia, prescindiendo de cualquiera de las orientaciones que había aceptado de manera totalmente acrítica hasta ese momento. Llegados a ese punto, por lo tanto, el punto de las grandes preguntas previas a la edad adulta, y teniendo en cuenta que el siguiente paso era la universidad, sólo dos caminos parecían desplegarse ante él: la filosofía o la física. Pero en la filosofía Víctor no fue capaz de encontrar esa posible vía de plasmación práctica que su cerebro, analítico y voraz, necesitaba.

Superó el test SAT con la máxima puntuación, lo que posibilitó que sus solicitudes a diferentes universidades estadounidenses de prestigio fueran respondidas favorablemente y con celeridad. Pasó también con brillantez varias de las pruebas particulares de esos centros y si finalmente se decantó por CalTech fue por dos de los motivos que, ya en ese momento, regían sus actos: 1) Pasadena parecía un lugar tranquilo, alejado de los centros de decisión y sin excesiva oferta de ocio, lo cual le permitiría centrarse por completo y sin mucho esfuerzo en sus estudios; 2) CalTech le ofreció una beca que cubría los gastos académicos. Siendo honestos, fue este último detalle el que acabó por decantar su decisión. Porque a esas alturas de su vida, si algo tenía claro el joven Víctor era que quería cortar todos los lazos posibles con sus padres. No quería tener que responder ante ellos nunca más ni verse obligado a dar explicación alguna, lo cual conllevaba prescindir, entre otras cosas, de su dinero. Por eso combinó desde el principio sus estudios con el trabajo de pinche de cocina seis noches a la semana en un restaurante italiano llamado Boticelli's. El sueldo no era gran cosa, pero le permitía alimentarse y cubrir el alquiler de un minúsculo apartamento cerca del bulevar Colorado. Ese fue el motivo también de que en la universidad se matriculase no como Víctor Berquim, el apellido falso de su padre, sino como Víctor Becerra. Eran los primeros pasos de su nueva existencia y entendía que era imprescindible ser radical.

Durante sus dos primeros años en Pasadena, Víctor no ha podido aprovechar más el tiempo. No ha hecho otra cosa que estudiar, formarse, aprender. No ha perdido un solo minuto. De las clases a la biblioteca y de la biblioteca a las clases, sin apenas frecuentar otros lugares del campus. De hecho, y a pesar de trabajar en un restaurante italiano, ha descuidado mucho su alimentación y es obvio que ha perdido peso. La tensión, la concentración extrema, sin embargo, le han aportado a su cuerpo un cariz enjuto, sí, pero también dúctil y fuerte. No hace deporte, ni siquiera corre un poco por las mañanas como hacen otros estudiantes, pero podría decirse que no le hace falta. Lo que sí ha hecho son prácticas fuera de los horarios de clase, en diferentes laboratorios y con profesores de materias ajenas a su currículo. La primera Navidad que pasó en California todavía se dignó a visitar a su familia en Río de Janeiro, pero desde entonces no ha vuelto a pisar Brasil. Llama por teléfono de vez en cuando, mucho menos de lo que a su madre le gustaría, como es lógico, pero lo suficiente, así lo entiende él, para cubrir con el mínimo exigible. Los veranos los ha dedicado a impartir clases de idiomas en la misma universidad, ya se habló de su facilidad para las lenguas, lo que le ha permitido sacarse un sobresueldo. En fin, trabajo y estudio a tiempo completo. Relatividad especial, mecánica cuántica, big bang, principios de incertidumbre, teoría del campo unificado... Lo raro es que haya llegado a trabar amistad, o al menos algo parecido, con varios de sus compañeros. Tal vez se deba a que también son obsesos del estudio. Sí, se trata de esos chicos que se ven obligados a escuchar sinfonías de Mahler o piezas de Beethoven cuando dejan el campus y acuden a su minúsculo apartamento en busca de cierto grado de diversión; aunque, a decir verdad, ¿qué margen de diversión les queda a los obsesos?

Y el tema chicas, ¿qué tal? Pues el tema chicas nada de nada. Pasó unos meses tonteando con una de las camareras del Boticelli's, pero cuando parecía que entraba en la fase de concreción, Víctor le dio carpetazo. Aparte de eso, nada. A Víctor le gusta pensar que esa carencia absoluta de relaciones físicas con el sexo opuesto responde a una apuesta personal por el ascetismo sexual, o sea a algo que depende por completo de su voluntad. Le hace sentirse fuerte creer que toda su energía, absolutamente toda, está dedicada a un único propósito. Las chicas son distracción, se dice algunas noches; al igual que sucede con todas esas noticas que llegan de Vietnam. El sexo es distracción, insiste. Y lo cierto es que ni siquiera se masturba; bien, sólo muy de cuando en cuando, algo que en un joven de su edad, en términos estadísticos, viene a ser lo mismo que no hacerlo nunca. Quiere creer que controla a la perfección esa faceta de su vida, que la carencia total indica el éxito de su posicionamiento. Sin embargo, cualquiera que observe esa circunstancia desde la adecuada distancia crítica, buscando la objetividad del juicio, entenderá la cuestión de un modo un tanto diferente. Podríamos hablar entonces de cierto grado de indefinición. Pero como Víctor no es consciente a esas alturas del territorio al que apunta su angélica manera de comportarse, dejaremos esa aclaración para un poco más adelante.

Así pues, el inicio del tercer curso lo pilla lanzado, a velocidad de crucero. Por eso no resulta extraño que, debido a su entrega y a sus excelentes resultados académicos, Víctor llame la atención de varios docentes de CalTech. De hecho, a mediados del primer trimestre el doctor David F. Wallace, toda una eminencia en física matemática, le invita a unirse a su grupo de investigación. En dicho grupo llevan ya un tiempo intentando refinar la teoría de Kaluza-Klein, una de las propuestas para unificar gravitación y electromagnetismo. Pero dentro de ese grupo podría decirse que se ha ido desarrollando un subgrupo todavía más especializado que trabaja, conjuntamente con Joël Scherk de la Stony Brook University y John Schwarz de Berkeley, en una idea bastante más aventurada y novedosa: la gravitación cuántica; una serie de conjeturas todavía sin nombre concreto pero que con el tiempo acabará conociéndose como la teoría de cuerdas. En ese pequeño subgrupo, formado por mentes tan febriles y aplicadas como la suya que se pasan el día manejando conceptos que escapan por completo del radar de cualquier intelecto medio, Víctor se encuentra como pez en el agua. Es en esos meses, incentivado y dirigido por el doctor Wallace, cuando publica varios artículos en revistas especializadas que si bien no son revolucionarios o definitivos sí sintetizan correctamente la evolución de sus investigaciones hasta ese momento. Este muchacho apunta maneras, le comenta en una ocasión el doctor Wallace al rector de la universidad durante la celebración de un cóctel para recaudar fondos. Y es cierto, el joven Víctor Becerra está quemando etapas a velocidad de vértigo. Pero es justo entonces cuando topa con el profesor Bellow y su vida emprende un giro inesperado.

No se trata de un giro notable que pueda apreciarse con facilidad en su fase originaria. Lo más adecuado sería hablar de una pequeña variación en el ángulo de incidencia, en la trayectoria de ataque. Una variación que, a simple vista, según los factores de medición humanos, es ínfimo. Pero teniendo en cuenta que lo que a Víctor le importa de verdad es abarcar el cosmos al completo y que además su velocidad de movimiento escapa de las mediciones estándar, los resultados de esa pequeña variación acarrean unas consecuencias que recuerdan la reacción en cadena que provoca el lanzamiento inicial de unos sencillos electrones en un proceso de fisión nuclear.

Víctor decide acudir al seminario que imparte el profesor Bellow porque el nombre del mismo llama su atención: Evolución de las cosmovisiones. Víctor imagina que en dicho seminario va a poder relajarse sin distanciarse en exceso de su materia de estudio, sin dejar, en definitiva, de darle vueltas a lo que ocupa su mente; o sea, la clase de relajación que puede buscar un obseso. Imagina que el profesor Bellow va a aportarle un marco más humano y, por qué no decirlo, más amable a todo ese arduo cuerpo teórico sobre el que está trabajando en el grupo de investigación del doctor Wallace. El profesor Bellow, sin embargo, no va a tener en cuenta los deseos de Víctor, porque el profesor Bellow en sus clases habla, básicamente, de lo que le da la gana.

Cercano ya a la jubilación, Víctor calcula que debe andar por encima de los sesenta, el profesor Bellow parece disfrutar de un estatus especial en CalTech, un estatus que le permite saltarse a su antojo lo que indica el programa del seminario que imparte sin sentir remordimiento alguno; tal vez por su singular trayectoria docente, pues es uno de los pocos profesores de esa universidad, por no decir el único, que no parece haber estado obsesionado con ascender. Sus clases, en cualquier caso, dependen por completo de su estado de ánimo. No sólo no pide disculpas cuando se centra en algún asunto de su interés que nada tiene que ver con la materia, y que perfectamente puede ser el béisbol, las aves migratorias o el urbanismo de su ciudad natal: Chicago, sino que en la única ocasión en que uno de sus alumnos se atreve a cuestionar su metodología didáctica, le invita, es más, casi le fuerza a marcharse. A partir de ese momento, los alumnos que acuden a su seminario, como no podía ser de otro modo, se transforman en acólitos. Para él no parecen existir medias tintas: o estás con él o te largas. Y lo bueno es que nadie se larga, ni siquiera el que osó criticarle; de hecho, se va a pasar las siguientes semanas intentando recuperar su favor por todos los medios posibles. Porque el profesor Bellow, es imprescindible aclararlo, tiene la esencia y las maneras de un encantador de serpientes. Resulta extremadamente difícil resistirse a su penetrante mirada salvaje, como de animal en peligro de extinción, y menos aún a su pulida oratoria de corte decimonónico, que combina a la perfección la fluidez conceptual con la declamación atronante. Por lo demás, puede decirse que, a pesar de las marcas de la edad, es un hombre atractivo que conserva un rotundo, aunque inquietante, *sex appeal*: se da un aire a William Cody, más conocido como Buffalo Bill, pues luce una consistente mata de cabello blanco, capaz de cubrirle la nuca, y un bigote cosaco con perilla en punta.

En las clases del seminario impartido por el profesor Bellow, Víctor se acostumbra a escuchar cosas como esta: Después de dos milenios, el contacto directo con el mundo espiritual parece estar perdido casi totalmente. Todo lo que queda de ello es una oscura aunque valiosa memoria, que ha quedado registrada en escritos religiosos, mitos, sagas, cuentos de hadas y relatos de sueños, y que, además, apenas sabemos interpretar. Así, la capacidad de pensar, la autoconciencia y la libertad individual, tan apreciadas por nosotros, serían frutos adquiridos a costa de sacrificar la sabiduría y la clarividencia primitivas. Este paso puede verse ilustrado en los clásicos griegos: la gran diferencia entre héroes todavía guiados por los dioses como Aquiles en la *Ilíada* de Homero y hombres ya enfrentados a su propia conciencia como Orestes en la tragedia del mismo nombre de Eurípides. Descubrir los aspectos de la verdad que la ciencia moderna ha perdido e intentar recuperar la sabiduría antigua en su vieja forma sería imposible sin recurrir a una forma de fe. Y el espíritu de los tiempos requiere que el conocimiento ocupe el lugar de la fe. ¿Hay, pues, algún medio moderno por el que la verdad contenida en los mitos antiguos pueda hacerse asequible a la ciencia? ¿Es posible alcanzar la certeza de que la realidad contiene otras dimensiones que no perciben los sentidos físicos y hacerlo de manera que pueda satisfacer a una conciencia científica?

O bien reflexiones como esta: Son tales la complejidad y la diversidad intrínsecas del fondo de datos que la mente humana tiene a su disposición, que en él pueden apoyarse de modo admisible múltiples concepciones diferentes de la naturaleza última de la realidad. De hecho, el mundo que el ser humano trata de conocer y de rehacer es, en cierto sentido, producido proyectivamente por el marco de referencia con el que se aborda. Esta posición pone el acento en la inmensa responsabilidad inherente a la situación humana, y también en su inmensa potencialidad. Puesto que la evidencia puede aducirse e interpretarse como corroboración de una serie prácticamente ilimitada de cosmovisiones, el reto al que el hombre debe responder radica en adoptar la cosmovisión o conjunto de perspectivas que produzca las consecuencias más valiosas, las que más ayuden a mejorar la calidad de la vida. La crisis humana se ve aquí como la aventura humana: el desafío de ser, *in potentia*, un ente radicalmente autodefinido, no en el contexto de la caja sin salida del existencialista secular, que suponía inconscientemente límites metafísicos a priori, sino en un universo auténticamente abierto. Así entran en la ecuación epistemológica, además del rigor intelectual y el contexto sociocultural, otros factores como la voluntad, la imaginación, la fe, la esperanza y la empatía.

El profesor Bellow, mientras imparte clase, parece poseído por una fuerza que va mucho más allá de los estrechos límites de su anatomía. Transmite una pasión telúrica, como nacida de las profundidades de la tierra y llegada hasta su garganta a través de esos pies de pasos medidos e inquebrantables; más que caminar, el profesor Bellow parece medir el espacio con precisión, como un agrimensor que pretendiese censar el pedazo de tierra que le corresponde hasta el fin de los días. Escucharle es apasionante, a pesar de que sus clases no tienen pausa, son todo intensidad, porque el profesor Bellow carece de sentido del humor y nunca utiliza anécdotas o bromas o chascarrillos para amenizar las sesiones y darle de paso un respiro a sus alumnos. Es más, siempre parece irritado, colérico, en lucha contra una conspiración de energías maléficas que sólo él comprende.

Una tarde al salir del seminario, uno de los alumnos les lee a los demás, cuando el profesor Bellow ya se ha marchado, varios fragmentos de *Moby Dick*, concretamente del capítulo XXVIII, que parecen escritos por alguno de los ex alumnos del profesor Bellow con la intención de describir su personalidad: No parecía haber señal en él de una común enfermedad corporal, ni de haberse recuperado de ninguna. Parecía un hombre desatado de la pira cuando el fuego ha asolado e invadido todos los miembros sin consumirlos ni llevarse una sola partícula de su compacta robustez entrada en años. O también: Había un sinfín de la más firme fortaleza, una voluntad decidida e inexpugnable, en la entrega fija y sin miedo de esa mirada hacia delante. No decía una palabra, ni sus oficiales le decían nada, aunque en sus más menudos gestos y expresiones mostraban claramente la conciencia incómoda, y aun penosa, de que estaban bajo una turbada mirada de mando. Y no sólo eso, sino que Ahab, presa de sus humores, estaba ante ellos con una crucifixión en la cara, con toda la innombrable dignidad real y abrumadora de algún dolor poderoso.

Con toda probabilidad, al profesor Bellow no le desagradaría saber que sus alumnos asocian su nombre al del capitán Ahab o que lo definen con palabras escritas por el mismísimo Herman Melville, porque si el profesor Bellow tiene una obsesión particular esta es, sin duda, la obra de Ralph Waldo Emerson, al que no duda en clasificar como el único verdadero filósofo estadounidense, reconocido maestro del autor de *Moby Dick*. Durante sus clases tiene siempre encima de la mesa un raído ejemplar de los ensayos de Emerson y no son pocas las ocasiones en las que echa mano de ellos para leerles un fragmento que, según su muy particular criterio, expresa sus propias opiniones mucho mejor de lo que podría hacerlo él mismo. Durante buena parte del curso, de hecho, elige una de las primeras frases del ensayo *La naturaleza* a modo de *leitmotiv*, escribiéndola en la pizarra con su cuidada caligrafía al inicio de las sesiones: ¿Por qué no tener también el privilegio de una relación con el universo? Fue una declaración de intenciones que sus alumnos, inevitablemente aferrados a la ortodoxa metodología universitaria, tardaron muchas semanas en ubicar. Y eso que él fue dándoles pistas a medida que leía fragmentos de la obra de Emerson. Fragmentos como este: A la corrupción del hombre le sigue la corrupción del lenguaje. Dejamos entonces de crear nuevas imágenes, y palabras viejas se pervierten para significar lo que no son; se emplea papel como moneda de curso, y no hay vellón en nuestras arcas. Con el tiempo, el fraude es manifiesto, y las palabras pierden toda capacidad de estímulo para la comprensión o los afectos. Por ello, escribir bien y hablar con brillantez son alegorías perpetuas. Estas imágenes son espontáneas. Es la combinación de la experiencia con la acción mental que se hace efecto. Es la creación apropiada. Es la labor de la Causa Original por medio de los instrumentos que ya ha confeccionado.

Se ha dicho ya que el profesor Bellow parece siempre enfadado y que da la impresión de que el sentido del humor para él es un detalle humano casi tan accesorio como el programa que él mismo diseñó para la asignatura, sin embargo esta cuestión merece ser precisada. El profesor Bellow es así en clase y tal vez si uno se cruza con él en el campus de CalTech, pero fuera del ámbito de la universidad las cosas cambian, se relaja un poco, baja un par de puntos su habitual tensión de samurái del conocimiento. ¿Y conocen los alumnos esa otra faceta del profesor Bellow? Pues sí, aunque no todos los asistentes al seminario Evolución de las cosmovisiones, sólo aquellos a los que el propio profesor ha invitado alguna tarde, sin excusa ninguna de por medio más allá de seguir debatiendo, a acudir a su casa.

La casa ya habla de quién es él: es sencilla y espartana pero también elegante, sobria pero vistosa, masculina aunque con un puntito de refinamiento que escapa de lo estrictamente viril. En esas pocas tardes, el profesor Bellow les prepara té, les deja sentarse a su libre albedrío en su biblioteca y retoma su discurso como si en ningún momento lo hubiese interrumpido. Habla más bajo, eso sí, y su voz adquiere un matiz más seductor, menos enfático. Una de esas tardes, el profesor Bellow vuelve a los ensayos de Emerson y les lee algo que, para Víctor, va a ser una suerte de toque a rebato con efecto retardado: Creer que lo que es verdad para ti en tu fuero interno lo es para el resto de los hombres, eso es el genio. Saca afuera lo que late dentro de tu corazón, y estarás verbalizando el sentido del universo; porque lo más íntimo se convierte a su debido tiempo en lo más alejado de nosotros.

Luego se hablará de qué supone en la vida de Víctor ese efecto retardado, pero ahora es necesario acabar de perfilar el área de influencia del profesor Bellow desde dos perspectivas diferentes pero complementarias. La primera de ellas remite a las tres ocasiones en las que Víctor acude solo a la casa de su profesor; invitado por él, claro está. Víctor acude a esas citas totalmente imbuido por su afán de conocimiento. El profesor Bellow ha inoculado en él una suerte de veneno, si bien en dosis homeopáticas, que le empuja a querer saber más. Porque de momento intuye, entrevé, otea, pero no sabe qué es lo que intuye o entrevé u otea más allá de que, sea lo que sea, es algo poderoso, amenazador y atrayente a partes iguales. Pero en esas citas a solas, el profesor Bellow cambia por completo de tercio el cariz de su discurso y si bien sigue siendo el mismo, eso es innegable, tanto sus palabras como sus movimientos destacan por encima de todo ese refinamiento no estrictamente viril que ya se ha comentado al describir su casa. Habla del hedonismo griego, habla del cuerpo humano y el deporte, habla de la idea de la *fraternitas*... Cuando Víctor, con una ingenuidad por completo impropia de un hombre de su edad y su supuesta mundología, les comenta a sus amigos lo mucho que le extraña el cambio de actitud del profesor Bellow al estar a solas con él, sus amigos, que no dejan de ser chicos bien educados de buenas familias, igual que Víctor, logran no reírse en su cara o burlarse abiertamente, pero en su fuero interno ven confirmadas ciertas sospechas respecto al carácter angélico de su amigo; porque en relación con el profesor Bellow rondan desde hace muchos años infinidad de chismorreos indemostrables aunque no por ello menos rotundos.

La segunda perspectiva atañe a las conclusiones que Víctor va a extraer del seminario, y a partir de ahí se entenderán los efectos retardados de la frase de Emerson que oyó estando en casa de su profesor. A modo de colofón para sus clases, el profesor Bellow soltará un discurso en el que, contrariamente a lo que sus alumnos habrían deseado, va a abrir una puerta más en lugar de cerrar alguna de las muchas que ha abierto a lo largo de las últimas semanas. Les dice: El interrogante intelectual de nuestro tiempo reside en saber si el estado actual de profunda irresolución metafísica y epistemológica continuará indefinidamente, adoptando, tal vez, formas más viables o más radicalmente desorientadoras a medida que pasen los años y las décadas; si es realmente el preludio entrópico de algún tipo de desenlace apocalíptico de la historia, o si representa una transición histórica a otra era que traerá una nueva forma de civilización y una nueva cosmovisión con principios e ideales fundamentalmente distintos de los que han impulsado el mundo moderno en su dramática trayectoria. Así acabó el seminario del profesor Bellow, dejándoles con la palabra en la boca, pues no esperó respuesta alguna: agarró su ejemplar de los ensayos de Emerson y se fue por la puerta sin siquiera despedirse.

Horas después de eso, Víctor piensa: ¿Realmente hemos entendido todo lo que el profesor Bellow ha tratado de explicarnos? ¿Por qué nos ha hablado tanto de fe? ¿Por qué ha hablado tanto de imaginación? ¿Realmente han sabido seguir los alumnos, Víctor entre ellos, al señor Bellow en sus vuelos filosóficos y metafísicos? Sería ingenuo decir que sí, a pesar de la buena voluntad de los jóvenes y de sus serios esfuerzos. Podría decirse que se han quedado, por encima de cualquier otra cosa, con el tono, con la pasión. Sin duda en el futuro recordarán al profesor de ese seminario con una sonrisa y más de uno dirá: Estaba un poco loco, ¿no?, cuando la experiencia del devenir aposente sus trayectorias vitales. Y poco más. Tal vez alguna de las muchas referencias que ha ido lanzando el señor Bellow quedarán ahí, en un rincón de la memoria para alguno de ellos, una referencia que se activará temporalmente al oír alguna palabra clave, lo que les servirá para asentir y acabar diciendo: Sí, de eso le oí hablar a aquel viejo profesor de CalTech que parecía ajeno a lo que ocurría a su alrededor. Sí, aquel que no habló ni una sola vez en su clase de la guerra de Vietnam. Para Víctor, que las clases dejen en la mayoría de sus compañeros, e incluso en él mismo, un poso tan simple es una lástima, porque está convencido de que todo lo que ha estado explicando el profesor Bellow en sus clases responde a un discurso unívoco, que pretendía llegar a una meta concreta.

Pasadas ya unas horas, finalizado el seminario, si bien se siente tan confuso como los demás en relación con esa meta, Víctor sí cree entender el método del profesor Bellow: una especie de palimpsesto, de superposición de capas de significado. De los alumnos, ahora lo entiende, dependía extraer de todo lo dicho algo de valor o dejarlo en un mero artefacto de conocimiento hermético e inaccesible. Su método, piensa Víctor, exige otra clase de aplicación intelectual, mucho más intuitiva, mucho menos lineal; multifocal, por así decirlo. El conjunto de explicaciones del profesor Bellow les estaba retando, a los alumnos, a pensar de otro modo, a recalibrar su mecanismo racional. Los estaba empujando a salir del camino marcado, el camino conocido, y eso ha sido sin duda un desafío; un desafío que, por lo visto, ni sus compañeros ni él han sabido aceptar. Tal vez porque en cuanto que desafío suponía también una amenaza. Al ser consciente de ello, Víctor no puede dejar de sentir algo que está a medio camino entre la tristeza y la decepción.

Semanas después, a mediados de mayo, cuando acaba el curso académico, arrastrado aún por ese sentimiento inconcreto aunque muy persistente, Víctor acude al despacho del profesor Bellow. No tiene más excusa para presentarse allí que el deseo de despedirse del que ha sido su profesor durante un cuatrimestre y desearle un buen verano. Pero no va a necesitar justificarse en absoluto, porque en cuanto abre la puerta el señor Bellow se comporta con él como si hubiesen estado charlando distendidamente la tarde anterior. Le invita a sentarse en la butaca junto a la ventana y le pregunta a su alumno cómo ha finalizado el curso. También le pregunta qué planes tiene para el verano. Y escucha sus respuestas con algo que parece una atención tan sólo aparente, como si en realidad estuviese limitándose a esperar el momento adecuado para decir lo que tiene pensado decir. Y así va a ser, porque después de pasar de un modo fluido por el trámite de las formalidades más o menos estandarizadas en casos similares, el señor Bellow le dice: Desde el principio vi algo en usted, señor Becerra, que me recordó a mí mismo a su edad. Yo lo definiría como una mirada lanzada hacia el futuro que parece querer abarcar el tiempo al completo. Un ansia, un afán... El señor Bellow se vuelve hacia la ventana y dirige su propia mirada hacia una de las pancartas que todavía cuelgan entre dos farolas y que reza: *All we are saying is give peace a chance.* Después le dice, recordando por su tono sentencioso al señor Bellow de las clases de seminario: La vida no es una cosa, sino un proceso. Es un verbo, no un nombre. La aparición de vida en la Tierra no fue fruto del azar, pero quizás nunca conoceremos el proceso. La química y la física no lo explican todo. Tuvo que haber algo más.

Tras decir esto, con un sutil gesto le indica a su invitado que no estaría mal que fuese pensando en marcharse. Ya en la puerta, tras estrecharse la mano y desearse lo mejor para el futuro inmediato, el señor Bellow le dice: Recuerde que la imaginación ya no se concibe en simple oposición a la percepción y a la razón; por el contrario, se considera que la percepción y la razón están siempre influidas por la imaginación. Y cuando, de nuevo sumido en el estupor, Víctor va a darse la vuelta para marcharse, su viejo profesor le agarra por el brazo y le dice: Espere un segundo, quiero darle algo. El profesor Bellow se adentra de nuevo en el despacho, se le oye abrir y cerrar cajones, y vuelve a salir con un libro en la mano. Me gustaría que se quedase con esto, le dice a Víctor tendiéndole su maltrecho ejemplar de los ensayos de Emerson. Durante unos segundos tiene lugar una de esas incómodas situaciones en las que el que recibe el regalo, queriendo dar a entender que no merece semejante honor, elabora fintas y requiebros para rechazar lo que sin duda estará encantado de recibir y, a su vez, el que regala intenta mostrar una firmeza inquebrantable que duda poder mantener de manera indefinida. Finalmente, Víctor acepta el libro con un deje de vergüenza juvenil. Y el profesor Bellow, a modo de colofón, sentencia: No huya usted de la indefinición, señor Becerra. Será la indefinición lo que le ayudará a mantener el equilibrio. En su caso, la indefinición es su fuerza, no su debilidad. No añade nada más. No dice, como sería preceptivo, venga usted a visitarme algún día, me alegrará saber de sus progresos. Simplemente sonríe con torpeza y cierra la puerta de su despacho, fiel a su estilo.

Lee todos los ensayos de Emerson de un tirón en un par de días. Empieza a releerlos nada más acabar. Lee a todas horas cuando no está dando clase de francés o trabajando en Boticelli's. En semana y media ha subrayado tanto el libro que la voluntad de destacar ideas sueltas o sentencias significativas por separado ha perdido cualquier clase de sentido. También ha escrito en los márgenes comentarios apresurados, hechos de cualquier manera, de pie o en el lavabo, que apenas resultan legibles. Llegado un momento, de hecho, decide comprar un ejemplar nuevo en una de las librerías universitarias de Pasadena y empezar otra vez. Las palabras del filósofo de Boston, en cualquier caso, van penetrando su conciencia como una lluvia fina, instalándose en ella hasta el punto de no dejar espacio prácticamente para nada más. Tal vez no sea gratuito que el ensayo que más poderosamente llama su atención sea *La confianza en uno mismo*, pues de la primera de sus páginas es de donde el profesor Bellow sacó la sentencia que ahora se le repite a Víctor constantemente dentro de su cabeza: Creer que lo que es verdad para ti en tu fuero interno lo es para el resto de los hombres, eso es el genio. Saca afuera lo que late dentro de tu corazón, y estarás verbalizando el sentido del universo; porque lo más íntimo se convierte a su debido tiempo en lo más alejado de nosotros.

Pero ese no es el único fragmento que le viene a la memoria en los momentos más inopinados: En toda obra del genio reconocemos las ideas propias que hemos rechazado: vienen hacia nosotros con un ligero aire de esplendor ajeno. O: Todo el que quiera ser un hombre habrá de ser un inconformista. O: Algo que también nos aterroriza de la autoconfianza tiene que ver con la necesidad de ser coherentes; esa devoción por lo que hicimos y dijimos en ocasiones anteriores; puesto que a ojos de los otros no hay más datos para computar nuestra trayectoria que los hechos pasados, y somos reacios a decepcionarlos. Pero una desmedida coherencia es el gusanillo que habita en las mentes diminutas, al que tanto adoran los pequeños estadistas y los filósofos y los adivinos. Un alma grande no tiene absolutamente nada que ver con la coherencia. O: El hombre ha de llegar a ser tanto él mismo que haga que toda circunstancia sea irrelevante. Todo hombre verdadero es una causa, una nación, una época. O: Cuando percibimos la verdad, cuando percibimos la justicia, nada hacemos por nosotros mismos, sólo les abrimos paso a sus rayos. O: El hombre deja todo para mañana o recuerda sólo el ayer; no vive en el presente, sino que con la vista vuelta se lamenta del pasado, o bien, ajeno a la riqueza que por todas partes le rodea, se pone de puntillas para prever el futuro. No vivirá feliz y fuerte hasta que no viva con la naturaleza en el presente también él, por encima del tiempo. O: En verdad hace falta algún componente divino en quien se ha librado de las motivaciones comunes del hombre y se ha atrevido a encomendarse a sí mismo como a su único y severo maestro. Para llegar finalmente a: Nada ha de traerte paz salvo tú mismo. Nada salvo el triunfo de tus principios.

Como no podía ser de otro modo tratándose de Víctor, Emerson le subyuga y le llena, le increpa y le motiva. En definitiva, le obsesiona. Por eso cuando acaba el curso de francés que imparte para alumnos de primer año en la universidad, decide hacer la maleta e ir a pasar unos días a la localidad de Concord, Massachusetts, donde vivió y murió Ralph Waldo Emerson, con la intención de introducirse un poco más en el universo personal del que ya es sin duda su escritor favorito de todos los tiempos.

Cuando llega a Concord, como un paso más en su proceso de inmersión ambiental, Víctor se aloja en una casa de huéspedes ubicada en un edificio de tres plantas de estilo georgiano, construido a finales del siglo XIX. La casa de huéspedes está regentada por un viejo matrimonio sin hijos, los McIntyre, que, debido a sus anticuadas maneras, su distante bonhomía y su corrección en la expresión, parece extraído directamente de una novela de Louisa May Alcott; como el alojamiento incluye desayuno y cena, Víctor puede confraternizar con ellos y comprobarlo. En un principio, a Víctor Concord le parece un lugar ideal para vivir. Es una ciudad pequeña pero equipada con todo lo necesario, de ordenación absolutamente racional pero con un marcado carácter propio. Porque Concord exuda orgullo e incluso, por qué no decirlo, confianza en sí misma. Hay patriotismo ahí, un patriotismo recio y carente de sensiblería; y no simplemente por toda la parafernalia propagandística relacionada con Old North Bridge, lugar de la batalla que dio origen a la guerra de Independencia de los Estados Unidos. También flota en el aire una suerte de presunción intelectual, y no precisamente por la cercanía de Harvard; visto desde ahí, Boston y toda su sofisticación metropolitana podrían estar perfectamente en otro universo. Porque Concord, por otra parte, no deja de ser una ciudad pequeña, de provincias, rodeada de campos y bosques, tranquila, orgullosa también de su calma y su sencillez. Para Víctor, en definitiva, el espíritu de Ralph Waldo Emerson sigue presente en las calles de Concord.

Tras días de paseos y caminatas, sin embargo, Víctor empieza a dudar del sentido de su misión. Realmente, se dice, ¿qué he venido a buscar aquí? El lugar está muy bien, insiste, pero, entonces, ¿por qué me acosa esta sensación de futilidad? Ha visitado el Museo de Concord, donde ha podido ver, entre otras curiosidades, una recreación del estudio de Emerson, con sus propios libros y muebles, pues fue creado justo después de su muerte; ha visitado la casa de Emerson, en la que se instaló el día después de casarse con Lydia Jackson; ha visitado la casa familiar de los Emerson, The Old Manse, donde también vivió, tiempo después, Nathaniel Hawthorne; ha visitado The Wayside, la casa en la que vivió Louisa May Alcott con su familia y en la que vivió también, tiempo después, Nathaniel Hawthorne; ha visitado Wright's Tavern, donde empezó a gestarse la revolución contra la Corona británica, allá por 1774 y también, e inevitablemente, ha atravesado Old North Bridge, que ya no es sino una reconstrucción del puente original; y, para finalizar, ha estado recorriendo el perímetro del lago Walden, donde el bueno de Henry David Thoreau construyó su cabaña y se dedicó a plantar los cimientos de la desobediencia civil; incluso leyó parte de sus diarios para inspirarse. Todo esto ha estado muy bien, se dice Víctor, ¿pero ahora qué hago? ¿Simplemente regreso a Pasadena, sin más?

Durante la cena de ese quinto día, los señores McIntyre se deciden por fin a preguntarle a su joven huésped, tal vez porque lo ven algo más afligido de lo normal, a qué se dedica profesionalmente. Sin saber muy bien por qué, tal vez acuciado por una sutil vergüenza relacionada con el carácter ocioso de su visita a la ciudad, Víctor no dice que es estudiante universitario sino que se define como investigador científico; lo cual, todo hay que decirlo, tampoco es mentira. Ante el gesto interrogativo del marido, Víctor intenta explicarles de la manera más sencilla posible en qué consisten las investigaciones que está llevando a cabo junto al equipo del doctor Wallace. Cuando finaliza, la señora McIntyre mira a su marido y le pregunta: ¿No era a algo así a lo que se dedicaba nuestro vecino, el señor Glass? Creo haberle oído hablar alguna vez de eso, sí, responde su marido, pero como es tan reservado nunca ha profundizado sobre esa cuestión estando conmigo. El señor McIntyre se dirige entonces a Víctor y le dice: El señor Glass se dedica ahora a reparar relojes antiguos. Lo hace por gusto. Algunos los vende a coleccionistas, pero la mayoría se los queda para su colección personal. Sin embargo, por lo que yo sé, es doctor en física nuclear. Al oír esas palabras, Víctor reacciona y le pregunta al señor McIntyre: El tal señor Glass, ¿no será por casualidad el doctor Milton Glass? Sí, responde el dueño de la casa de huéspedes. ¿Lo conoce usted? No personalmente, responde Víctor, pero he oído hablar de él. Recuerdo haber leído también algún artículo suyo sobre sus experimentos en Gila Flats con cañones de partículas en busca de los campos intrínsecos. Vaya, dice el señor McIntyre con una afable sonrisa, pues ya sabe usted más que yo.

Sin tener un motivo concreto para hacerlo, Víctor sale a la mañana siguiente en busca del doctor Glass. Se dice que le apetece charlar con él, si bien de nada en concreto, de nada relacionado, al menos en un principio, con la física nuclear por ejemplo. Aunque tampoco puede negar que incentiva su curiosidad el hecho de poder preguntarle ciertas cosas a un investigador tan controvertido como el doctor Glass. Sus experimentos con los campos intrínsecos, a finales de los años cincuenta y principios de los sesenta, generaron mucha polémica en el ámbito científico de primer nivel. El tema de los campos intrínsecos, así lo creen a día de hoy doctores como Wallace, Scherk o Schwarz, carecía de una base metodológica clara, no seguía los patrones establecidos. Fue una investigación aislada, de carácter casi autista, desconectada de cualquier otro ámbito de trabajo; en Gila Flats no se sirvieron, sin ir más lejos, de la experiencia acumulada hasta entonces con los ciclotrones o los sincrotrones. No se tuvieron en cuenta en absoluto, por lo tanto, las posibles nefastas consecuencias de liberar los flujos de energía que eran capaces de desarrollar los cañones de partículas aplicados a objetos sólidos. Y, en última instancia, dicha investigación no parecía tener un objetivo definido: ¿adónde debía de conducir? En pocas palabras, fue una investigación poco seria pero extremadamente peligrosa; como evidenció el accidente del doctor Jonathan Osterman. Víctor recordaba haberle oído decir al doctor Wallace que de no haber sido por la inversión militar, manejada de un modo ciertamente oscuro, jamás habría podido salir adelante un proyecto de las dimensiones del que se montó en Gila Flats, ideado y dirigido por el doctor Milton Glass. Poco a poco, por lo demás, y a medida que avanzaba la década de los sesenta y el dinero del Departamento de Defensa empezaba a fluir hacia Vietnam y la inversión en ciencia se centraba en lograr que el hombre pisara la Luna, el proyecto de Gila Flats fue languideciendo, perdiendo por completo el interés de los medios, hasta el punto de verse clausurado tras un misterioso incendio que arrasó las instalaciones erigidas en mitad del desierto de Arizona. Desde hacía cinco o seis años, por lo demás, nada se había oído decir del doctor Milton Glass.

El señor McIntyre le había dicho a Víctor que el doctor Glass solía recorrer las inmediaciones del lago Walden a primerísima hora de la mañana, acompañado de su inseparable bastón de acero. Por lo visto, no faltaba un solo día a su costumbre. Y ahí lo encuentra Víctor, a las seis y media, bajo las primeras luces del día en la vieja Connecticut. No recuerda haberlo visto nunca en una fotografía, pero sus rasgos le resultan familiares. Su cara, de marcadas líneas, de mentón afilado y nariz recta, recuerda a alguna clase de ave rapaz sometida a las inclemencias de la intemperie. Por su aspecto, Víctor diría que tiene cien años, pues desprende el sentido de perdurabilidad de una efigie romana, pero sabe que en realidad debe rondar los ochenta. Cuando Víctor se le acerca y se dirige a él, sentado en ese momento en un rústico banco orientado hacia levante, el doctor Glass le mira con intensidad, con los ojillos entrecerrados, y le dice, como si no hubiese atendido a su presentación: Si es usted periodista, ya puede marcharse con viento fresco por donde ha venido. Víctor se ve obligado a dar más detalles y a aclarar su posición indicando, entre otras cosas, que trabaja en la teoría de Kaluza-Klein con el grupo de investigación del doctor Wallace. Kaluza-Klein, masculla entre dientes el viejo. Pasea después su afilada mirada por entre los árboles que rodean el lago y finalmente dice, sin alzar la voz pero de manera rotunda: El doctor Wallace es un cantamañanas. Se cree que está descubriendo la sopa de ajo. Es un pusilánime, un don nadie. No tiene lo que hay que tener. Tal vez ha dicho eso buscando una reacción por parte de Víctor, una defensa o un ataque quizá, pero Víctor no replica, se limita a decirle, acompañando sus palabras con un movimiento de la mano izquierda: ¿Le importa si me siento en el banco? El viejo le mira como dando a entender que le importa bien poco lo que haga o deje de hacer.

Pasan un buen rato sin decirse nada, estáticamente tensos, hasta que el doctor Glass, aferrando el puño de su bastón con fuerza, en un gesto que sería amenazador si no tuviese la edad que tiene, le dice: No voy a hablar con usted de física nuclear. No voy a volver a hablar con nadie nunca más de física nuclear. Eso se acabó hace ya mucho tiempo. Ese mundo ya no es mi mundo. Renegué de él. Víctor está tentado de preguntarle por qué, pero se muerde la lengua. El viejo sigue hablando: Ahora sólo me interesan los relojes viejos. Y no me diga que eso de reparar relojes es algo simbólico relacionado con la necesidad de recuperar el tiempo perdido o la necesidad de controlar el tiempo que se me escapa. Los médicos del sanatorio de Phoenix ya me taladraron suficientemente la cabeza con esas mierdas freudianas. Reparo relojes porque me gusta reparar relojes, y punto. Después de unos segundos más de silencio, el viejo vuelve a la carga: También me gusta pasear. Me gusta pasear por la orilla de este lago. Es bonito y me relaja. Y no me diga eso de que no es casualidad que este sea el lago Walden y de que aquí viviese el pesado de Henry David Thoreau, y que eso habla de mi voluntad de saltarme las normas y de hacer las cosas a mi manera. Eso son tonterías. Paseo por aquí porque está cerca de Concord. Y vivo en Concord porque aquí vive mi hermana. Y yo vivo con ella. Y vivo con ella porque ella es la única que me soporta y me cuida.

Al tiempo que su gesto se ablanda, conformando una mueca que podría significar tristeza o rabia o frustración o dolor, el doctor Glass se levanta y echa a andar hacia el sur, entre los árboles, a escasos metros de la orilla. Víctor le sigue a su derecha, junto a la mano con la que sujeta el bastón, ligeramente retrasado. Es cierto, dice el viejo hablándole a nadie en concreto, que todavía veo explosiones. Cierro los ojos y las veo. A veces. Y veo partículas y protones e inicios de fusión. Pero ese ya no es mi mundo. Mi mundo acabó cuando el accidente de Jon. Tardé en darme cuenta, pero ahí dio comienzo el final. La luz se fue apagando. Ya nada brillaba. Ya todo era gris. Y luego llegaron las gallinas. Durante un tiempo, relata el viejo torciendo la boca, fue interesante. Por lo de los matices y el cambio de foco. Pero después... perdió la gracia. Claro que no tuvo nada que ver con el ruido de cañerías. Eso sí que... Víctor está perdiendo el hilo. El viejo, sin embargo, sigue hablando y comenta cosas, cada vez más disparatadas, sobre temas variopintos: amortiguadores, recogida de aguas pluviales, el aire del trópico... Víctor empieza a pensar que el doctor Glass no está en total posesión de sus facultades mentales. Tal vez debido a la exposición descontrolada a los cañones de partículas, como cree el doctor Wallace. Tal vez simplemente es un hombre mayor que ha empezado a adentrarse en el territorio de la senilidad. En cualquier caso, Víctor se dice que es el momento de marcharse de ahí.

Víctor se está alejando ya del doctor Glass, que parece andar recorriendo un universo paralelo no compartible, sin despedirse siquiera de él, cuando el viejo se da la vuelta y le dice: Tendría usted que leer el libro de..., y dice un nombre que Víctor no puede entender. Después dice el título del libro, pero Víctor ni siquiera se esfuerza por entender qué está diciendo; parece haber hablado en francés, aunque con un acento horrible. Léalo, insiste el viejo acercándose ahora. Sí, dice Víctor con tono condescendiente. Lo leeré, no se preocupe. Al ver al viejo más cerca, de frente, siente un repentino reparo a marcharse sin más como estaba haciendo. El viejo se detiene frente a él, se cambia el bastón de mano y aprovechando el momento de duda del joven lo agarra del brazo. Tiene fuerza el viejo, quién lo diría. El viejo habla, mirándole directamente a los ojos: La vida no es una cosa, sino un proceso. Es un verbo, no un nombre. La aparición de vida en la Tierra no fue fruto del azar, pero quizás nunca conoceremos el proceso. La química y la física no lo explican todo. Tuvo que haber algo más.

A Víctor, como si se tratase de una película de terror, se le eriza el vello de los brazos y nota que la piel de gallina hace presa de todo su cuerpo. Una suerte de corriente eléctrica de baja intensidad recorre su espina dorsal hasta instalarse en su nuca, atenazándola. Cuando mira a los árboles que le rodean, sólidos en teoría como la propia historia milenaria de ese lugar, le parecen ahora blandos, como si los hubiese pintado Dalí. Él mismo se siente blando, como si hubiese alcanzado una nueva fase evolutiva y ahora su masa corporal estuviese adquiriendo cualidad líquida. El viejo ha dicho exactamente lo mismo que le dijo el profesor Bellow cuando se despidió de él en su despacho de CalTech; exactamente las mismas palabras. Eso no puede ser una casualidad.

¿Por qué ha dicho eso?, le pregunta Víctor al viejo, que todavía lo agarra del brazo. ¿Por qué he dicho qué?, pregunta a su vez el doctor Glass. ¿Por qué ha dicho usted eso de que la vida es un proceso y todo lo demás?, insiste Víctor. No entiendo qué me está preguntando, responde el viejo. Le estoy preguntando que por qué ha dicho usted eso de que la vida es un verbo y no un nombre. Eso de que la vida no apareció en la Tierra por azar, pero que la física y la química no explican el origen y el sentido de la vida, que tiene que haber algo más. ¿Por qué lo ha dicho? El doctor Glass le suelta el brazo a Víctor, retrocede un par de pasos y mira hacia el lago. Al cabo de unos largos segundos de impasse en los que el propio planeta Tierra parece suspendido en un sensible vacío temporal, el viejo dice: Tendría usted que leer el libro. ¿Qué libro?, pregunta Víctor. El libro de René Daumal, dice el viejo pronunciando el nombre a la inglesa. No sé quién es ese hombre, inquiere Víctor. No lo había oído en mi vida. Se titula *El Monte Análogo*, añade el viejo. ¿Por qué tendría que leer ese libro?, pregunta Víctor con tono suspicaz. ¡Qué pesado es usted!, dice el doctor Glass. ¡Quiere usted saberlo todo! ¡Y no sabe usted nada! ¡Lea el libro y déjeme en paz!, exclama entre gritos al tiempo que le da la espalda y empieza a caminar hacia el norte, de vuelta al lugar en el que se encontraron. Víctor lo sigue de nuevo y le pregunta, ansioso, qué va a aprender de ese libro, qué clave va a extraer de él, qué secreto fundamental esconde... El viejo no dice nada hasta que, veinte metros más allá, mirándole de soslayo, dice: Y luego llegaron las gallinas. Durante un tiempo, relata el viejo torciendo la boca, fue interesante. Por lo de los matices y el cambio de foco. Pero después... perdió la gracia. Claro que no tuvo nada que ver con el ruido de cañerías. Eso sí que... Víctor no se deja vencer de entrada por el desaliento. Pero el viejo sigue hablando y comenta cosas, a cada cual más estrambótica, sobre temas variopintos: amortiguadores, recogida de aguas pluviales, el aire del trópico... Víctor decide entonces cambiar de estrategia y fingir que va a marcharse. Se queda quieto, dejando que el viejo siga adelante por su cuenta, y grita: Bueno, yo tengo que irme. Pero el viejo no reacciona en esta ocasión, no se detiene y sigue mascullando. Si acaso, dice Víctor, ya nos veremos otro día. Al cabo de unos segundos, grita ya a pleno pulmón, porque el viejo es medio cojo pero una vez que pilla el ritmo avanza de lo lindo: Gracias por recomendarme el libro. Lo leeré, se lo aseguro. Y, finalmente, se da por vencido y regresa a Concord con la mente hecha un lío y un considerable dolor de cabeza.

Víctor encarga el libro en una de las librerías de Pasadena al regresar a CalTech. También retoma el trabajo en Boticelli's. Las semanas pasan, los alumnos regresan al campus de manera dosificada y las clases, así como el grupo de trabajo comandado por el doctor Wallace, no tardan en volver a ponerse en marcha. Cuando llega el aviso de la librería indicando que han recibido el libro que encargó, Víctor ya casi ha olvidado por completo el incidente en el lago Walden, inmerso de nuevo en sus absorbentes quehaceres. Se trata de una sencilla edición francesa, con tapas blancas y el título impreso en azul, *Le Mont Analogue*, acompañado de un curioso subtítulo: *Roman d'aventures alpines, non euclidiennes et symboliquement authentiques.* Empieza a leerlo y, a medida que avanza la trama, va perfilando de nuevo, por un lado, el rostro del doctor Milton Glass, porque le da la impresión de que perfectamente podría ser uno de los personajes de la novela, tal vez incluso el propio Sogol, y, por otro, van repitiéndose en su cabeza, como si se tratase de un distante martilleo que se aproximase de manera implacable, las últimas palabras que compartió con él.

Pierre Sogol, una suerte de científico polifacético, poseedor de una heterodoxa erudición y amante del montañismo, se pone al frente de un grupo de personas inquietas, ocho en total, para ir en busca del que suponen uno de los mayores misterios de la historia de la humanidad. Todas las mitologías hablan de un posible centro del mundo, o de un árbol que, firmemente aferrado a la tierra, extiende sus ramas hasta lo más alto del cielo, o de un monte sagrado... Un lugar, en definitiva, que permite la comunicación con el más allá. Pues bien, Sogol y sus compañeros están convencidos de que ese lugar no sólo existe en el ámbito de lo simbólico sino que tiene una representación física, palpable, en la Tierra. A ese lugar lo denominan el Monte Análogo y, tras muchos cálculos y reflexiones, llegan a la conclusión de que se encuentra en mitad del Pacífico Sur, en una isla. Si ningún espécimen de la civilización occidental ha llegado, que se sepa, hasta allí se debe a que dicha montaña tiene la curiosa capacidad de curvar el espacio que la rodea, provocando que la isla al completo se encuentre, por así decirlo, bajo una cúpula de invisibilidad que posibilita la existencia de lo que sin duda podría denominarse un mundo paralelo. La expedición parte hacia ese lugar recóndito, a bordo de un navío llamado *Imposible*, con la intención de cruzar a esa otra dimensión; entre otras razones porque están convencidos de que donde se halle el Monte Análogo se hallarán también las respuestas a las grandes preguntas que alberga la condición humana. La expedición logra llegar a la isla y descubre en su base un nuevo tipo de civilización humana. Sin embargo, la historia acaba ahí, de golpe, justo cuando los integrantes del grupo se disponen a ascender hacia la cima. Un ataque de tuberculosis acabó con la vida de René Daumal cuando estaba escribiendo, literalmente, la última frase que se conserva de su manuscrito.

Que se trata de un libro simbólico o metafísico, más que ensayístico o filosófico, Víctor lo capta en una primera lectura. Pero qué significa que sea simbólico o metafísico no puede afirmarlo de manera categórica. Es decir, sabe que lo que realmente importa en esa novela, su significado último, no radica en lo que dice de manera explícita sino en aquello hacia lo que apunta de forma indirecta o abstracta. Sabe también que dicho significado último, por la naturaleza del texto, por su simbolismo, debe de apuntar hacia la esencia de la realidad más allá de lo palpable; de ahí su carácter metafísico. Lo sabe porque se trata de conceptos teóricos, fáciles de aprender después de todo. Pero lo que no sabe es cómo conectar esos conceptos con la novela en sí, con su trama y su desarrollo; incluso dejando de lado el hecho de que esté inacabada y de que, por tanto, el posible mensaje simbólico o metafísico que Daumal quería transmitir haya quedado por ese motivo incompleto. No sabe extraer de la novela el mensaje o la enseñanza o lo que demonios guarde en su interior a pesar de saber dónde tiene que buscar. Le faltan las herramientas necesarias para lograr ese objetivo. Tal vez se deba a eso que dice el propio Daumal: Por lo visto, allá por la adolescencia, la vida interior del ser humano joven de repente se vuelve apocada, castrada de su coraje natural. Se pensamiento no se atreve ya a enfrentarse con la realidad o con el misterio cara a cara, directamente; empieza a mirarlos a través de las opiniones de los «mayores», a través de los libros, de las clases, de los profesores. Pero, sin embargo, sigue existiendo una voz que no ha muerto del todo, que a veces grita –grita cada vez que puede, cada vez que un bache de la existencia afloja la mordaza–, que grita su pregunta, pero la ahogamos en el acto. Así que ya no entendemos algo.

Por otra parte, más allá de su falta de solvencia interpretativa, algo que podría subsanar si le pusiese ganas, y sabe que acabará poniéndoselas, lo que no deja de inquietarle, de acosarle a un nivel íntimo incluso, es no lograr entender por qué le recomendó tan encarecidamente el doctor Milton Glass que leyera ese libro. Víctor podría haberse dicho desde un primer momento que el doctor Glass estaba como una regadera, que había perdido la capacidad de raciocinio y que, por tanto y de forma automática, cualquiera de sus comentarios o recomendaciones perdía por completo validez. Pero no. Víctor legitimó sus palabras, todas ellas, por la extraña emoción que provocó en él el hecho de que repitiese, letra por letra, lo que le había dicho el profesor Bellow. Eso no podía ser una casualidad. De hecho, supo en ese mismo instante que ahí radicaba la pista que había andado buscando durante su estancia en Concord.

Víctor ha disfrutado hasta ahora de su paso por CalTech. El pensamiento científico, hasta ahora, le ha ayudado a canalizar sus energías hacia respuestas concretas; si bien de difícil acceso y para las que es necesario tener una paciencia casi infinita si lo que se pretende es siquiera acercarse a un final. Su capacidad para el razonamiento lógico, su facilidad con el álgebra y el cálculo computacional, su buena mano con los conceptos geométricos se han visto reconocidos durante estos años y resulta innegable la satisfacción que ello le ha comportado. Sin embargo, desde que se apuntó al seminario del profesor Bellow las cosas han ido torciéndose. A las exigentes reflexiones del profesor Bellow en clase vinieron a sumarse sus no menos desafiantes comentarios personales. El método del palimpsesto, como lo definió Víctor. Después de eso llegó Emerson, otro cambio radical en el modo de acceder a la información y de relacionarse con lo que dicha información conlleva. Pero Emerson, después de todo, es un filósofo, o un ensayista si se quiere, y lo que pretende es llegar a decir con claridad lo que quiere decir. Lo suyo es la reflexión progresiva, que en ocasiones avanza a saltos, es cierto, pero que carecería de sentido sin un lector que pudiese seguir esos pasos hasta el final. Después apareció el doctor Milton Glass, con su estrambótica manera de comunicarse, fruto muy probablemente de la degeneración neuronal o de algún otro problema asociado a la distorsión mental, pero aun así capaz de decir lo que dijo antes de despedirse de Víctor. ¿De dónde demonios había salido aquella correlación de mensajes repetidos? ¿Qué sentido tenían? ¿Era una comunicación exclusiva para Víctor o se trataba de una demostración del carácter azaroso y caótico del cosmos? ¿Se trataba de manipulación, viniese de donde viniese, o de serendipia? En cualquier caso, a la incertidumbre había venido a sumarse más incertidumbre. Y para rematarlo todo, el simbolismo metafísico de la novela de René Daumal, con sus estrafalarios científicos en busca del lugar secreto en el que se esconden las respuestas a todos los misterios del universo.

Si tan sólo pudiese olvidarme de todo esto, se dice Víctor. Si pudiese dar marcha atrás y extraer esa astillita que se ha clavado en mi mente y que amenaza con volverme loco. Porque esa astillita, de repente y sin previo aviso, hace que la gravitación cuántica le parezca a Víctor poca cosa, un disparo pequeño que si bien tiene la ambición de unificar los diferentes campos de fuerzas del universo, no logra abarcar detalles fundamentales de la existencia, encerrados ahora para Víctor en ciertas frases, frases aparentemente simples como: La química y la física no lo explican todo. Tuvo que haber algo más. Y eso le asusta. De hecho, Víctor se va a pasar asustado el siguiente año y medio hasta acabar la carrera.

Su intención, en pocas palabras, es adquirir las herramientas que necesita para extraer, ya no sólo de la novela sino de todo lo que le está ocurriendo, el mensaje o la enseñanza o lo que demonios guarden en su interior todas esas cosas. Así, un tema va llevando a otro, una lectura va llevando a otra. Sigmund Freud le lleva a Carl Jung y este a Jacques Lacan y a James Hillman. De James George Frazer pasa a Heinrich Zimmer y Joseph Campbell y Mircea Eliade. Todavía va a tardar un poco en abordar a pensadores como Gurdjieff u Ouspensky; eso llegará justo antes de su fase oscura, a la que Víctor se aproxima a buen ritmo. De momento le arrastra la fuerza de *El Monte Análogo* y de las palabras del pobre René Daumal: Había oído hablar, en mis lecturas y mis viajes, de hombres de categoría superior que tenían las claves de todo cuanto nos supone a nosotros un misterio. Ese pensamiento de una humanidad invisible, interior a la humanidad visible, no podía resignarme a considerarlo una simple alegoría. La experiencia demostraba, me decía, que un hombre no puede llegar directamente y por sí solo a la verdad; tenía que existir un intermediario, humano empero en ciertos aspectos, pero que, en otros, fuera más allá de la humanidad. En algún lugar de esta Tierra nuestra tenía que vivir esa humanidad superior y no podía ser inaccesible del todo. ¿No debía, pues, dedicar todos mis esfuerzos a descubrirla? Aun cuando, aunque estuviera tan seguro, fuese víctima de una monstruosa ilusión, nada habría perdido con esos esfuerzos ya que, de cualquier forma, fuera de esa esperanza toda la vida carecía de sentido.

Víctor acaba la carrera con unas notas inferiores a lo que de él cabría esperar, sobre todo por lo demostrado durante sus primeros años en Caltech. Le resultan suficientes, sin embargo, para pedir una beca de doctorado, que consigue gracias a la recomendación, a pesar de la espectacular caída de su rendimiento, del doctor Wallace. Se matricula en una especialidad llamada mecánica de fluidos, una rama de la mecánica de medios continuos, en teoría para especializarse en el estudio del movimiento de gases y líquidos, así como de las fuerzas que los provocan. Pero a esas alturas, Víctor no tiene intención ninguna de acabar doctorándose en algo así; ni siquiera se toma la molestia de pensar el tema sobre el que podría versar su imposible tesis. Es una excusa para seguir profundizando en lo que realmente le interesa con los gastos pagados. Víctor, que todavía confía plenamente en sus capacidades científicas, supone que atendiendo a unas pocas clases y cumpliendo con los exámenes será más que suficiente para que le mantengan la asignación. Porque a esas alturas, Víctor ha aprendido a ver en todas esas puertas abiertas que empezó a plantearle el profesor Bellow una suerte de motor: la posibilidad de alcanzar cosas mediante técnicas no clausuradas en el ámbito de la ciencia.

Sin embargo, el proceso de transición, por así decirlo, no va a resultarle sencillo a Víctor. Es más, no sólo va a ser doloroso, va a desembocar en graves problemas de salud mental.

Los problemas empiezan a manifestarse de un modo aparentemente inofensivo: Víctor lee y lee, digamos que se está convirtiendo en todo un conocedor, si no en un experto, del ámbito del simbolismo y la mitología, pero al cabo de los meses sigue teniendo la impresión de que se está limitando a acumular información. Puede relacionar nombres, citar fechas o ubicar tradiciones, pero esos conocimientos siguen siendo teóricos, no le ayudan a ver y a vivir la realidad de otro modo, bajo un prisma distinto, que es lo que él desea por encima de todo. Mi mente no está lo suficientemente abierta, se dice. Aun así, redobla su esfuerzo indagador hasta tal punto que el dueño de Boticelli's se ve obligado a despedirlo por negligencia laboral. Lee y lee, y llega a Plotino y a los platonistas. Y de ahí salta a los románticos ingleses. Y después de leer a William Blake piensa: Mi mente es demasiado literal, me aferro una y otra vez a las cosas, ya sean físicas o metafísicas. Eso es un grave error. Tengo que abrir mi mente, hacerla más porosa, dúctil y flexible. Pero ¿cómo?

Con drogas. Ingiriendo estupefacientes. Probando, por ejemplo, esos hongos que traen de México. O LSD. Le interesan muchos los experimentos que se han llevado a cabo con ese compuesto. No las experiencias como cobaya humana que Ken Kesey destiló en su novela *Alguien voló sobre el nido del cuco*, ni tampoco las aventuras con el autobús psicodélico bautizado como Further. Víctor no piensa en las travesuras de ese tarado llamado Timothy Leary ni, obviamente, en sus delirios mesiánicos ni en sus problemas con la justicia; aunque en una ocasión acudió a una conferencia suya en la Universidad de Berkeley. Víctor piensa en cosas serias, en grupos de investigación científica como los que se llevaron a cabo a mediados de los sesenta en diferentes universidades, antes de que el Congreso de los Estados Unidos modificara, en 1968, la Enmienda para el Control del Abuso de Drogas e ilegalizase tanto la posesión como la venta de LSD. Sí, investigar con LSD ahora es ilegal, pero eso no significa que no se esté llevando a cabo.

A Víctor no le resulta difícil ponerse en contacto con un grupo de alumnos, estudiantes todos ellos de último curso de química, autodenominados, en el más riguroso secreto, The Merry Horny (Los Alegres Cachondos), a modo de bobo homenaje, cabe suponer, a The Merry Pranksters (Los Alegres Bromistas) de Ken Kesey. No son más que un puñado de niños pijos, un hatajo de vagos sin objetivo alguno en la vida, que sintetizan y consumen dietilamida de ácido lisérgico por pura diversión. Sin embargo, gracias al libre acceso que tienen a los productos de laboratorio de la facultad, Los Alegres Cachondos sí van a servirle de proveedores. En un principio le facilitan el ácido ya sintetizado en pequeñas cantidades, pero después, ante la insistencia de Víctor, le proporcionan el instrumental y las sustancias necesarias para que él pueda sintetizarlo por su cuenta en la cocina de su minúsculo apartamento cerca del bulevar Colorado.

Detallar aquí de manera pormenorizada las experiencias de Víctor con el LSD no tendría sentido. Cabe decir que se aplica a ello, como a todo lo que hace, de forma absoluta y rotunda. Y también que, en esencia, esas experiencias no dejan de resultarle insatisfactorias. La contrariedad radica en que tiene un objetivo concreto, adquirir la capacidad de ver, mediante la apertura de la mente, lo simbólico bajo la apariencia de lo cotidiano, y que lo que extrae tras las ingestas no se adapta por completo a ese objetivo. Sus viajes psicodélicos son la mar de vistosos, resultan interesantes de por sí y le aportan sensaciones que él entiende como inverosímiles en el mundo de la vigilia, pero no son extrapolables. Su mente se abre durante los subidones, pero después regresa, por así decirlo, a su estado normal; como si se tratase de un tendón sometido a un esfuerzo deportivo. Es como si no me dejase ir del todo, se dice Víctor, como si no fuese capaz de soltar amarras. Como si continuase teniendo un mecanismo de frenado automático, una especie de sistema de seguridad que impide que mi consciencia alcance la velocidad de la luz.

Víctor no se equivoca en lo que dice, su mente, con gran tino, ha establecido en la base de su comportamiento idiosincrásico ese mecanismo de seguridad. Su mente, con mucho más criterio del que cabe suponerle al propio Víctor, teme que se desboque aquello que duerme agazapado tras dicho mecanismo. Teme que despierte la bestia. Porque en la mente de Víctor, o en su subconsciente si se prefiere, hay dragones. El LSD no deja secuelas que puedan ser apreciables en electroencefalogramas ni resonancias magnéticas ni en pruebas neuronales puntuales. La investigación tampoco ha corroborado el supuesto deterioro del material genético. Sin embargo, aunque el LSD no origine generalmente trastornos duraderos en personas que no hayan experimentado ansiedad, depresión o alienación, puede contribuir al desarrollo de problemas mentales en aquellos que ya los tienen o son propensos a estados psicóticos. Víctor, por ejemplo, al aumentar las dosis de sus experimentos, e incluso al mezclar en varias ocasiones dietilamida con diacetilmorfina, el componente más destacado de la heroína, debería haber tenido en cuenta sus antecedentes familiares; como mínimo los tres casos por parte de madre que él conoce de primera mano: dos casos de psicosis diagnosticada y un caso de esquizofrenia tratada de mala manera y de forma tardía. De haber pensado en eso, tal vez se hubiese andado con mucho más tiento. Tal vez incluso habría dejado en ese punto sus experimentos, habría aceptado de buen grado el maldito mecanismo de seguridad, habría tirado a la basura todos esos libros que consume sin descanso, incluidos los de Gurdjieff y Ouspensky, y se habría dedicado a otra cosa; tal vez al urbanismo o a la ecología. En lugar de eso, Víctor se lanza de cabeza, voluntaria y concienzudamente, hacia la etapa más oscura de su existencia.

Antes de perder el sentido de la realidad, va a pasar por otra de sus fases maniacas provocada por una visión. En uno de sus viajes con LSD, en una de esas vistosas alucinaciones autoconclusivas que cuando pasa el efecto de la droga tan disgustado le dejan, va a encontrar una pista, un hilo del que tirar y al que dedicarle su energía real cuando esté sobrio; aunque cada vez le cuesta más desentrañar con garantías cuándo lo está. Se encuentra en el desierto, en un lugar que perfectamente podría ser México. No está solo, junto a él hay un hombre vestido con un curioso traje militar. Es un uniforme de húsar, posiblemente del ejército austrohúngaro o polaco. Se siente extrañamente bien a su lado, le reconforta caminar junto a él a pesar del asfixiante calor. Su cara le suena, le recuerda a alguien, alguien que él aprecia, pero no sabe o no recuerda de quién se trata. Recorren un llano pedregoso, dejando atrás una formación rocosa en forma de visera bajo la que han erigido una tienda india, un tipi. El hombre vestido de húsar le habla por primera vez, con voz suave, casi aflautada. Le pregunta: ¿Sabes cómo se llaman estas tierras? Víctor le responde: No tengo ni idea. El húsar replica: Las conocen como El Porvenir. El húsar se coloca hacia el oeste y mira a la lejanía. Víctor le imita. Entre las brumas empieza a perfilarse una construcción. Se trata de algo así como un silo o un almacén de madera. Al cabo sus contornos empiezan a hacerse más nítidos. La construcción al completo desprende un fulgor iridiscente capaz de transformar los alrededores en algo distinto, muy distinto a un desierto. El cobertizo debe de tener unos cuarenta metros de largo por veinte de ancho. El tejado es a dos aguas, sin voladizos, tiene una entrada grande en el frente y varios lucernarios a los costados. El húsar vuelve a hablar: Ahí dentro hay otra cosa. ¿Sabes qué es?, le pregunta. No, dice Víctor. Y al decirlo se siente como sin duda debió de sentirse Moisés estando con su rebaño en el monte Horeb justo antes de que Yahvé, por mediación de la zarza que ardía sin consumirse, le revelase el verdadero significado de su nombre. Yo te lo diré: es la Máquina del Porvenir. Esas palabras tienen en Víctor el efecto de una revelación sencilla, son como una lluvia reparadora que limpiase el polvo y el barro de una figura que, de repente, se forma ante su consciencia en toda su extensión: el señor Charme. ¡Claro, dice Víctor, la Máquina del Porvenir! Y entonces los tres, el húsar, el señor Charme y él mismo miran hacia la lejanía, hacia la edificación. ¡Qué suprema maravilla!, piensa Víctor. Te vamos a decir algo, le dice el húsar después de tomar de la mano al señor Charme: La Máquina del Porvenir no sirve para ver el futuro. Eso no sería más que un truco barato. Pirotecnia, añade el señor Charme con su peculiar acento. Ilusionismo. ¿De qué serviría eso?, retoma la palabra el húsar. La Máquina del Porvenir sirve para ver el presente. ¿Lo entiendes?, le pregunta a Víctor el señor Charme. Víctor asiente. Acto seguido empieza a llorar. No te confundas, le dice el húsar, y añade: Confundimos constantemente el accidente con la sustancia, el efecto con la causa, el medio con el fin, nuestro barco con una residencia permanente, nuestro cuerpo o nuestro intelecto con uno mismo, y uno mismo con algo eterno. Víctor le mira y dice con voz infantil: ¡Usted es René Daumal! El húsar y el señor Charme se miran entre sí, como dando a entender que no saben a qué se está refiriendo. Al instante, el húsar se vuelve hacia Víctor y afirma: Eso ahora importa bien poco. El señor Charme, como el que se limita a seguir el discurso que alguien ha dejado a medias, le dice: Construirla estaría bien, pero lo que realmente importa es saber entrar en el presente. ¿Sabes cómo penetrar en el presente?, le pregunta el húsar. Víctor asiente y empieza a recitar unas palabras que se sabe de memoria desde que leyó el libro: Para dar con el medio de penetrar hay que plantearse en principio la posibilidad, e incluso la necesidad, de entrar. En determinado momento y en determinado sitio, prosigue Víctor, determinadas personas (las que saben y las que quieren) pueden entrar. Al acabar de decirlo, los tres se agarran de la mano y echan a andar hacia la máquina.

La fase maniaca de Víctor, breve pero muy intensa, se centra en la idea de construir un prototipo de la Máquina del Porvenir para poder penetrar con ella el presente. Porque el presente, se dice Víctor completamente eufórico, ¡es la esencia del Monte Análogo! El presente, le cuenta un día Víctor al único amigo que le queda ya en CalTech, si bien por muy poco tiempo, tiene la capacidad de curvar el tiempo como la isla tenía la capacidad de curvar el espacio. Por eso el presente es invisible. Por eso sólo somos capaces de ver el pasado y el futuro, afirma con absoluta convicción. Y cita entonces a Emerson, blandiendo el dedo como un airado pastor luterano: Pero el hombre deja todo para mañana o recuerda sólo el ayer; no vive en el presente, sino que con la vista vuelta se lamenta del pasado, o bien, ajeno a la riqueza que por todas partes le rodea, se pone de puntillas para prever el futuro. No vivirá feliz y fuerte hasta que no viva con la naturaleza en el presente también él, por encima del tiempo.

Víctor, tras romper el candado que sella la puerta, ocupará de forma totalmente ilegal un cuartucho abandonado en el sótano del edificio de los laboratorios de la universidad, junto a las calderas de la calefacción, para iniciar allí la construcción de la máquina en la más estricta clandestinidad. Echando mano de los vaguísimos recuerdos que conserva de todo aquello que el señor Charme le explicó, de su encuentro con Daniel Faraday y de cómo el científico inglés definió la máquina como un intento de multiplicación de la consciencia humana a través del electromagnetismo, Víctor se centra en construir un electroimán de grandes dimensiones y lo coloca en el centro del cuartucho. Para alimentarlo deriva la corriente directamente de la toma general del edificio; algo sumamente peligroso. Mediante un complicado sistema de cables, diferentes transformadores y toda una batería de relés, que se ramifican hasta terminar en varios cascos rudimentarios plagados de electrodos, Víctor construye lo que él entiende como un multiplicador de consciencia. No se detiene a pensar en el sentido profundo del proyecto, las posibles causas y efectos más allá de lo simbólico, no calcula en qué medida el electromagnetismo puede resultar contraproducente para ciertas zonas del cerebro humano. Víctor hace ya un tiempo que no distingue con precisión cuándo está bajo los efectos del LSD y cuándo no.

En cualquier caso, de lo que sí se da cuenta Víctor al acabar el prototipo, al mirar tres de los cascos a un lado y el cuarto al otro, sobre la butaca principal, es que necesita colaboradores para sacar adelante su proyecto, para seguir avanzando. Necesito personas con poderes, se dice. Necesito personas que ya tengan desarrolladas al menos ciertas capacidades que vayan más allá de lo estándar. Eso me hará ganar mucho tiempo. Cuelga carteles en las residencias de estudiantes prometiendo posibles ventajas en ciertas asignaturas a cambio de participar, voluntariamente y asumiendo las responsabilidades que puedan derivarse de ello, en un sencillo proyecto de fin de carrera. El proceso de selección no sólo es por completo arbitrario, dado que Víctor lo lleva a cabo colocado de pies a cabeza, sino que resulta absolutamente estrafalario porque está basado en unas pruebas para captar, supuestamente, capacidades paranormales como la telepatía, la adivinación o la telequinesia.

Una vez reclutados los tres necesarios incautos, y tras explicarles de manera muy superficial, por no decir equívoca e inexacta, los rudimentos del experimento, Víctor los lleva en primer lugar a su apartamento y les hace beber un batido de frutas suplementado con un complejo vitamínico, varias gotitas de LSD y una ínfima porción de diacetilmorfina. Una media hora después, los lleva al cuartucho y les coloca los cascos con electrodos. Los voluntarios aseguran ya a esas alturas ver y oír cosas que no se corresponden con la realidad objetiva y contrastable. Víctor se coloca el cuarto casco y se sienta en la butaca principal. Él será el receptor de toda esa energía psíquica aumentada gracias al electromagnetismo. Él será el primero en penetrar el presente.

Cuando Víctor activa la alimentación eléctrica se produce una notable bajada de tensión en todo el edificio. Las bombillas del cuartucho explotan y la bobina electromagnética alcanza lo que puede ser descrito como un hermoso grado de incandescencia. Las cuatro personas encerradas allí pierden de inmediato la consciencia; uno de los voluntarios empieza a sufrir convulsiones, otro echa espuma por la boca. Cinco minutos después, sólo tres de ellos abren los ojos: al que llaman Exley sigue inconsciente. De hecho, ha entrado en coma. Coma del que no va a salir, acosado por un severo cuadro de amnesia, hasta dos semanas después, cuando despierte en una cama del hospital universitario. Que tres de ellos hayan abierto los ojos no significa gran cosa, porque permanecen inmóviles, abstraídos por completo en sus respectivos mundos interiores; como si, de algún modo, ya no perteneciesen a este mundo. Los bomberos que los sacan a rastras del cuartucho minutos después declararán que a pesar de la edad y el tamaño, aquellos muchachos, por su atonía física y por su ajena disposición, parecían bebés recién nacidos; bebés sordos y ciegos, llega a añadir uno de los agentes.

Han tenido que ser rescatados por los bomberos porque al poner en marcha la máquina, la brutal bajada de tensión ha provocado un cortocircuito en la zona de calderas que degenera en un incendio. Por suerte, el fuego se deja ver enseguida a través de los ventanucos que dan al patio de luz y el bedel del edificio se percata muy pronto de lo que está ocurriendo. De no haber sido por él, esos cuatro jóvenes, entre los que se encuentra Víctor, habrían muerto calcinados o asfixiados por el humo.

Tres días después, estando todavía en proceso de convalecencia, la policía irrumpe en el minúsculo apartamento de Víctor y se lo llevan detenido; en la cocina del apartamento, además, los agentes se toparán con el pequeño laboratorio de LSD. Lo acusan de varios delitos, entre ellos el de homicidio frustrado, irrupción ilegal en instalaciones privadas, apropiación indebida y posesión de narcóticos. Pero tras las evaluaciones médicas, y gracias a la ferviente intervención del abogado de oficio que le ha tocado en suerte, el juez dictamina que Víctor Becerra, destacado estudiante de doctorado en la CalTech University de Pasadena, sufre de enajenación mental y que lo más adecuado es internarlo temporalmente en un centro psiquiátrico. También dicta una orden de alejamiento que prohibirá a Víctor volver a acceder al campus de la universidad. Amén de los argumentos de la defensa, el juez también ha tenido muy en cuenta las declaraciones del propio acusado, que en mitad del juicio, cuando se le preguntó por lo ocurrido la tarde de autos, llegó a declarar lo siguiente: Lamento mucho los problemas causados a los voluntarios del experimento... No recuerdo sus nombres, lo siento. Pero el problema, ahora lo sé, es que no estaban lo suficientemente preparados. Créame cuando le digo, señoría, que lamento el incendio y todo lo demás, pero tiene que entender que el experimento fue un éxito. ¡Penetré en el presente! Cuando activé la máquina, vi abrirse el espacio, un vacío sin fondo, un abismo horizontal de aire y de agua enlazados en imposibles círculos; la armazón del cuartucho crujía; y este corría, infaliblemente lanzado por una cuesta arriba hasta el centro del abismo. ¡Y, de pronto, se halló, suavemente mecido, en una amplia y apacible bahía, con tierra a la vista! La orilla estaba lo bastante cerca para que pudiéramos divisar los árboles y las casas; más arriba, cultivos, bosques, praderas, rocas; y, más arriba aún, segundos y terceros planos confusos de altas cimas y de glaciares resplandeciendo con los fulgores rojos del crepúsculo. El magistrado no lo sabe, cómo podría saberlo, pero esas palabras pertenecen a la novela *El Monte Análogo* de René Daumal.

Encierran a Víctor en el sanatorio Four Oaks de Hill Valley. A pesar de que va a tardar muy poco en salir, desgraciadamente ese será el primero de cinco internamientos. Después de lo ocurrido en el cuartucho del edificio de laboratorios de CalTech, el mecanismo de seguridad de la mente de Víctor ha saltado en pedazos y no parece tener intención de volverse a activar. Tal como él deseaba, ahora sus pensamientos corren a la velocidad de la luz..., pero sin orden ni concierto. Son como una moneda lanzada al aire: a veces sale cara y otras veces, demasiadas veces, sale cruz. Sufre diferentes episodios psicóticos en los que experimenta delirios, alucinaciones, bruscos cambios en su conducta, se repliega sobre sí mismo, oye voces, sufre depresión y un fuerte sentimiento de culpabilidad, se siente observado y perseguido... También experimenta varias fugas psicóticas: de repente se encuentra en algún lugar sin saber cómo ni por qué ha llegado allí. Todo eso, como es lógico, le impide llevar una vida que podríamos denominar normal; no puede, por ejemplo, cumplir con trabajo alguno de manera regular. Lo cual le obliga a abandonar Pasadena y a ir cambiando de ciudad cada cierto tiempo, malviviendo a base de pequeñas ocupaciones temporales, sablazos a personas que apenas puede denominar como conocidos e incluso, llegado un punto, perpetrando pequeños hurtos. Víctor se irá apartando poco a poco del mundo que ha conocido hasta entonces, o al menos del mundo que conoció hasta antes de empezar a tomar LSD y derivados de la heroína, para adentrarse en un submundo de leyes cambiantes y desconocidas, un mundo de mutaciones sin sentido y giros antinaturales, poblado por gente cada vez más extraña y marcado por una hiriente soledad y una irrefrenable degradación.

Aun así, a Víctor va a costarle horrores aceptar que está enfermo. Ni en su primera ni en su segunda entrada en un sanatorio va a dar por buenas las conclusiones de los médicos. En la tercera empezará a temer que tengan razón cuando hablan de una psicosis inducida por las drogas que ha degenerado en una psicosis prolongada que perfectamente podría convertirse, de manera definitiva, en un caso de esquizofrenia o de la enfermedad que todavía se denomina trastorno maniaco depresivo. Porque cuando lo internan por tercera vez, en esta ocasión en un sanatorio llamado Sweet Chariot cerca de Nueva Orleans, lleva ya cinco años sufriendo las consecuencias de su mal. Pero todavía seguirá creyendo, durante un tiempo siquiera, que está rodeado de una insensible masa de incomprensión y terquedad que impide a los que le rodean entender que él ha visto algo que los demás no están dispuestos a dar por bueno. Por eso deja la medicación en cuanto sale del centro.

Tras una nueva fase maniaca, sin embargo, en la que Víctor cree imprescindible adentrarse en el conocimiento más exhaustivo posible de los vericuetos del sexo, y en el que llega a trabajar en varias películas pornográficas homosexuales de ínfima categoría e incluso a ejercer la prostitución en Miami, se despierta una mañana en un callejón mugriento de los arrabales de Savannah, Georgia, vestido con una camiseta acartonada debido al semen reseco y endurecido y los calzoncillos manchados de sangre por la parte de atrás sin tener ni la más remota idea de cómo o por qué ha acabado ahí. Sumido en la primera fase de una depresión descomunal, mayor que cualquier otra de las muchas que ha experimentado en esos últimos años, decide internarse por propia voluntad en un centro psiquiátrico. Es la primera vez que acepta que los encargados del centro se pongan en contacto con sus padres.

La Dependencia Estatal para Trastornos Nerviosos parece más una cárcel que un lugar para mejorar la salud: hay más barrotes, alarmas y puertas de seguridad que talleres, lugares de recreo o jardines. Por lo demás, la limpieza, la higiene y las maneras de los empleados dejan mucho que desear. La madre de Víctor, que es la que acude en su ayuda una semana después de recibir la llamada, nada más poner el pie en las instalaciones inicia los preparativos para sacarlo de allí y llevarlo de vuelta a Brasil. Pero Víctor se niega a marcharse. Siente un miedo atroz. Durante esos siete días en el centro, y después de pasar el síndrome de abstinencia de su reciente adicción a las anfetaminas, ha entendido por fin que no es capaz de valerse por sí mismo. Durante esos siete días ha desarrollado también, seguramente por ese motivo, una consistente agorafobia. Pensar en salir del centro y montarse en un avión le resulta simple y llanamente inconcebible. En la Dependencia Estatal para Trastornos Nerviosos de Savannah se siente mínimamente seguro. Eso no implica que no sienta miedo, porque el terror pánico sigue instalándose en sus entrañas hasta que se traga las dos pastillitas de color lila que le sumen en una especie de limbo en el que sus sentidos se adormecen hasta casi dejar de existir. Víctor sabe que ese lugar es lamentable y descorazonador, sabe que es una especie de estación terminal para gente que ha perdido el mundo de vista, pero siente también que, de algún modo, los sucios pasillos, las maltrechas letrinas y los barrotes oxidados hablan de él, de su interior, ofreciéndole una suerte de reflejo visible de aquello en lo que ha acabado convirtiéndose. Su madre, en cualquier caso, se queda con él unos días, alojada en el hotel Sheraton de la ciudad, y le visita cada tarde, y le lleva ropa, que no se va a poner, y libros, que no va a leer, y le cuenta cosas de la familia y de Río de Janeiro que él no va a recordar. Y finalmente se marcha con la promesa de regresar dentro de unos dos meses, no sin antes darles algo de dinero a varios celadores del centro, bajo mano, para que cuiden especialmente bien de su pequeño.

Para Víctor será muy duro, catorce meses después de haber ingresado, salir de la Dependencia Estatal para Trastornos Nerviosos de Savannah. Puede decir que ha hecho amigos allí, o como mínimo que se entiende bien con varios de los enfermos, los celadores le respetan, conoce las reglas y las cumple, y se ha adaptado a la perfección a las demoledoras rutinas diarias. Le asusta muchísimo el mundo exterior, porque no sabe si quedará ya ahí, entre los humanos que afirman estar sanos y que parecen desarrollarse con normalidad, un sitio para él; y eso que uno de los celadores, el que ha mantenido un mayor contacto con la familia de Víctor, le ha conseguido un trabajo en una librería del centro de la ciudad en la que trabaja su tía. Víctor puede esgrimir todavía su titulación universitaria y, a pesar de sus dificultades memorísticas, recuerda también algunas de sus múltiples lecturas de antaño. Pero cuando lleva diez días trabajando, acuciado por una ansiedad galopante que ni siquiera la medicación puede mantener bajo control, decide rendirse y volver a Brasil, ceder en definitiva a la ambigua promesa de protección que le ofrece su familia. No se siente capaz de ninguna otra cosa.

En Río de Janeiro, en casa de sus padres, volverá a recaer y será ingresado de nuevo, si bien en un sanatorio de lujo que va a aumentar peligrosamente en Víctor la sensación de irrealidad. Al salir de allí, sin embargo, las cosas empezarán a cambiar para bien. En un comedor social al que Víctor acude dos veces por semana como voluntario, conoce a Mariana, una transexual de cuarenta y tres años también voluntaria. Casi de inmediato, Víctor descubre que se entienden. Mariana estuvo hace un tiempo en la cárcel por inmoralidad y alteración del orden público. Por lo demás, es afectiva, cariñosa y sensible. Es tan buena persona, piensa Víctor algunas noches al volver a casa, que parece mentira que haya sabido convertir todas esas malas experiencias en una actitud tan dulce. Su relación tiene un punto ingenuo, sin segundas intenciones ni programas ocultos. Ninguno de los dos piensa en qué es lo que comparten. En un principio es amistad, una amistad que va haciéndose más y más sólida a medida que Víctor es capaz de abrirse a ella y relatarle todo lo vivido en los últimos años. ¡Cuánto bien le hace eso a Víctor! Víctor sólo piensa en ella. No sólo desea su bien: quiere ser mejor persona por y para ella. ¿Acaso puede eso definirse con otra palabra que no sea amor? Deciden irse a vivir juntos al apartamento que Mariana tiene en la calle Aníbal de Mendoça, en Ipanema, antes siquiera de mantener ninguna clase de relación sexual. Incluso trabajan juntos, porque Mariana le consigue un puesto de repartidor en la floristería.

Es entonces, cuando la vida de Víctor parece ir remontando muy poco a poco el vuelo de la normalidad, cuando le llega la noticia de la muerte del señor Charme.

3

Llegué a España, a Barcelona, el mismo día en que la princesa Letizia daba a luz a la infanta Leonor. Por otra parte, Fernando Alonso, el piloto asturiano, hacía muy poco que acababa de proclamarse campeón del mundo de Fórmula 1. Ni siquiera tuve la impresión de reconocer la ciudad en un principio. Hacía mucho tiempo que no visitaba Barcelona, más o menos diez años, pero la sensación de enajenación respecto a esa estancia me parece ahora excesiva incluso para alguien en mi particular situación. Fui en taxi desde el aeropuerto a la casa de Luisa, mirando por la ventanilla con aire de suficiencia y apatía. Más que una pose, que no habría tenido sentido alguno, yo diría que era una estrategia para evitar sensaciones fuertes que pudiesen desequilibrarme o apartarme de mi objetivo; aunque también podría decir que era pura y simplemente miedo.

Iba a quedarme en casa de Luisa una temporada, así lo habíamos acordado por teléfono un par de días antes. Yo suponía que iba a ser una estancia más bien breve, pero lo cierto era que no lo tenía nada claro. Una vez en Barcelona, lo noté al instante, mi voluntad quedaba ligeramente en suspenso; de ahí el mecanismo de defensa. Estar allí me afectaba mucho más de lo que había imaginado. No se trataba de verme asaltado por recuerdos desagradables, pues esa clase de recuerdos los tenía yo clausurados en un rincón inaccesible de mi subconsciente, sino de algo así como un clima de amenaza constante que lo impregnaba todo. La ciudad me ponía en cuestión, me juzgaba en silencio, dudaba de mi existencia, lo cual me llevaba a sentirme como un impostor. Tenía la impresión, ya incluso antes de aterrizar en El Prat, de que iban a detenerme en cualquier momento acusándome de no ser quien decía ser. Y lo cierto es que si me hubiesen detenido bajo esos cargos yo no habría opuesto resistencia.

Luisa, que había cambiado de casa por lo menos una decena de veces desde que yo me fui de la ciudad, vivía ahora en un apartamento en la calle Princesa, no muy lejos del Museo Picasso. Era un piso descomunalmente grande para una sola persona y en su mayor parte estaba vacío, si bien junto a la puerta de entrada había apiladas unas cuarenta o cincuenta cajas de cartón que un contenido que no llegué a conocer. Lo más curioso era que el piso tenía sólo tres habitaciones, tres habitaciones enormes, claro está, y un salón-comedor, que daba a la calle en toda su extensión, aún más grande. Luisa me explicó que el piso había sido hasta hacía bien poco una especie de oficina y que había tenido diferentes usos, todos ellos relacionados con la cooperativa para la que trabajaba. Yo me instalé en una de las gigantescas habitaciones, en un rincón. Mi cama era poco más que un colchón colocado sobre una exigua tarima de madera, un remedo de futón japonés. Utilizaba un colgador de ropa con ruedas, como los que se utilizan en las tiendas de ropa, para dejar mis cosas. Y también disponía de una silla. En cualquier caso yo no traía muchas pertenencias conmigo. Mi bolsa de lona contenía, en su mayor parte, libros.

La primera noche con Luisa fue muy extraña. Estar a su lado provocaba en mí sensaciones encontradas. Me hacía ilusión verla después de tanto tiempo, porque habíamos hablado por teléfono y nos habíamos carteado, pero no habíamos estado cara a cara desde que me fui de la ciudad. Sentía cierto cariño por ella. Era lo más parecido a un familiar que me quedaba. Tal vez por eso precisamente, por mis dificultades para lidiar con cualquier cosa que tuviese que ver con la familia, también sentía unas terribles ganas de salir corriendo.

Luisa estaba mucho más delgada, había perdido quince kilos por lo menos. Y no sólo se la veía más mayor, ahora parecía una mujer mucho más resuelta, como una de esas personas entregadas a una causa que exudan determinación y compromiso incluso cuando están relajadas tomando un café o mirando el mar. Tal vez se debiese a su trabajo. Me contó que trabajaba desde hacía tres años en una casa de acogida para mujeres maltratadas. Ejercía de educadora social gracias a los estudios que había cursado en la universidad, por lo visto. Yo no recordaba haber hablado nunca con ella de dichos estudios. Es más, no habría sido capaz de asociar el concepto estudios universitarios con Luisa. Por lo que me contó, y gracias a los escasos y terribles ejemplos que utilizó para argumentar su explicación, entendí que su trabajo era algo así como la última línea de defensa ante una de las muchas manifestaciones de la barbarie humana. Tal vez su trabajo la había hecho cambiar. Ella, sin embargo, parecía plenamente satisfecha con su labor. Llegó a decirme que por fin había descubierto cuál era su misión en el mundo. Yo pensé, teniendo en cuenta mi propia experiencia y testimonio, que Luisa hacía ya muchos años que estaba acostumbrada no sólo a cuidar de los demás sino a proporcionarles herramientas útiles para desarrollarse en el día a día; estaba acostumbrada, en otras palabras, a ayudar a gente herida e incapacitada socialmente. Mi madre o yo éramos un claro ejemplo.

En esas reflexiones andaba inmerso, sentado frente a Luisa en el descomunal salón-comedor de su piso, cuando sin poder evitarlo bajé la mirada hacia sus pechos, llevado seguramente por una simple asociación de ideas. Me sorprendió comprobar que el tamaño de sus senos también parecía menor de lo que yo recordaba. Supongo que mi gesto de desconcierto resultó muy evidente, porque Luisa, tras esbozar una sonrisa más bien poco divertida, y con un tono de voz entre resignado y voluntarioso, dijo: No me habías visto desde la operación. ¿Qué operación?, pregunté con incredulidad como empujado por un resorte. La mastectomía, respondió Luisa con una franqueza y una sencillez desarmantes. Intenté rescatar datos a velocidad supersónica. Los detalles relativos a la operación, y sin duda también a la enfermedad, debían de estar ahí, en algún rincón de mi cerebro. Pero fui incapaz de recuperarlos. Te acuerdas, ¿verdad? Te lo expliqué en una carta y tú me llamaste el día antes de que entrara en el quirófano. Dije que sí, que claro que me acordaba, que cómo no. E intenté componer una mirada tan franca y sencilla como la de Luisa, que transmitiese empatía sin hacerme parecer sensiblero. Una mirada que dijese: Sin duda ha debido ser muy duro para ti. Y también: Lamento no haber podido serte de utilidad en ese desagradable trance. Dudo que lograse mi objetivo. Porque a partir de ese momento, y a lo largo de toda la noche y de la mañana siguiente, no pude dejar de preguntarme por qué no le había dado importancia a algo tan grave.

Después de ese momento extraño e incómodo, posiblemente con la intención de compensar mis inútiles esfuerzos con una buena dosis de empatía de primera calidad, Luisa me preguntó por mi estancia en Berlín. Me preguntó cómo lo había encajado y cómo lo estaba llevando. Yo le dije que lo llevaba todo lo bien que podían llevarse esa clase de cosas. Le hablé someramente del entierro, o mejor dicho del acto de esparcir sus cenizas por no sé qué bosque o valle o río más o menos cercano a Berlín; acto al que no acudí. Le conté que había pasado la mayor parte del tiempo leyendo los libros y viendo las películas que mi madre había recopilado en su apartamento. Que apenas me había movido de la ciudad. Que Berlín era muy bonita, ideal para vivir y pasear, diseñada para las personas y dominada por la autogestión, barata en consecuencia, con espíritu joven y muy concienciada con el reciclaje y con la comida ecológica. Y que, en conjunto, creía que todo eso me había ayudado a aceptar con entereza el hecho de la muerte de mi madre. Luisa me preguntó entonces si los de la asesoría me habían echado una mano, si me habían puesto las cosas fáciles. Al comprobar mi desconcierto, Luisa aclaró que me estaba hablando de la asesoría para la que había estado trabajando mi madre, la empresa de marketing que la había llevado a Alemania. Me preguntó si habían puesto algún impedimento con el seguro de accidente y si habían seguido haciéndose cargo del alquiler del apartamento tal como habían pactado. Le dije que nada había supuesto inconveniente alguno durante mi estancia en Berlín, que todo el mundo había sido la mar de amable y comprensivo conmigo. ¿Pero ingresaron el dinero del seguro en tu cuenta?, insistió Luisa. Yo le dije que suponía que sí, que no había comprobado el saldo desde hacía tiempo. Pero a Luisa la respuesta no le satisfizo. Por eso me preguntó: ¿Y tu trabajo? Yo le dije: Y mi trabajo, ¿qué? Luisa insistió: Llevas meses sin trabajar, ¿puedes permitírtelo? Yo me limité a balbucear algo ininteligible y bajé la mirada. Luisa, siempre educada, empática y formal, replicó: No quiero hacerme la entrometida. Ya sé que el negocio va bien, que se están vendiendo muchos pisos. No me refiero a eso. Lo que quería decir es si puedes pasar tanto tiempo lejos de Madrid, sin hacerte cargo en persona de la empresa. Yo me levanté y fui a la cocina con la intención de pillar una cerveza o algo de beber. Cuando volví, Luisa dijo, con un gesto que pretendía poner fin al asunto: Bueno, supongo que ya te habrás encargado tú de eso, que eres el que sabe del asunto. Además, llevabas muchos años sin tomarte vacaciones, ¿no? Compuse una sonrisa estúpida a modo de respuesta. Le pregunté entonces por su hijo, aunque no lo hice con la intención de contraatacar, simplemente me salió así. Luisa me contó que estaba en Australia. No especificó haciendo qué. Después de esa charla, tras un largo silencio que, a pesar de todo, no me resultó incómodo sino reconfortante, nos fuimos a dormir.

No le dije nada a Luisa esa noche, y no iba a decírselo en los días que me quedase en su apartamento, pero yo todavía me negaba a pensar en la muerte de mi madre. Lo de que Berlín me había ayudado a aceptar su muerte era una burda mentira. Me negaba a pensar en la muerte de mi madre y en cualquier otro aspecto que tuviese que ver con ella. Me negaba a entrar en la cueva oscura en la que guardaba su legado, porque ahí seguía percibiendo un vacío enorme e insondable. A pesar de mis esfuerzos y de todo lo reconstruido durante los últimos meses, seguía percibiendo la radiación en el cráter de la explosión nuclear. Y tenía miedo. El mero nombre de mi madre seguía rodeado por un perímetro de seguridad todavía inabordable. Me negaba a mirar, siquiera indirectamente, a su área de influencia; no digamos ya mirar directamente a su centro. Pensar que mi madre pudiera ser la guardiana del secreto esencial de mi existencia y que se lo hubiese llevado con ella a la tumba me aterraba.

Durante los siguientes días me dediqué a pasear por la ciudad, reencontrándome con antiguos escenarios de mi pasado y también con zonas de la ciudad completamente nuevas y desconocidas para mí, como el extrañísimo Parc del Fòrum. Subí al Tibidabo y también a Montjuïc para tener buenas panorámicas. Recorrí la Ciutadella, el saneado e irreconocible barrio del Raval, fui a los Encantes y al lugar en el que durante décadas se alzó el estadio de Sarrià. Comí en la Barceloneta, cené en Gràcia, tomé café en el Born...

Aquella ya no era mi ciudad. Estaba más limpia, seguramente, pero daba la impresión de haber pagado un alto precio por ello. Después de dos semanas allí, leyendo en cafés y parques y también en casa de Luisa durante horas y horas, sintiéndome como un soldado de infantería al que le han dado un permiso en una ciudad extranjera para aliviar las tensiones de estar en el frente de batalla, me vi obligado a cambiar de estrategia. Ya era hora de hacer lo que me correspondía hacer: retomar la línea iniciada en Berlín. Retomar, en otras palabras, mi proceso de reconstrucción. Completarlo. No tenía la sensación de haber avanzado, pero tal vez la idiosincrasia de mi caso se parecía a lo que ocurre en *El quinto elemento:* es imprescindible que se reúnan absolutamente todas las piezas y se coloquen de una forma determinada para que se produzca el fenómeno, y hasta que eso no ocurre, lo que se supone que son los fragmentos de un proceso mágico no dejan en ningún momento de ser simples y aburridas piedras.

La última noche que pasé en el apartamento de Luisa en la calle Princesa, le dije que tenía intención de irme unos días a la costa. ¿La Costa Brava?, me preguntó. Yo le dije que sí, que había pensado alquilar un coche y recorrer unos cuantos pueblos hasta llegar a la frontera, que me alojaría en pensiones o pequeños hotelitos, que como no era todavía temporada alta no tendría problema alguno para conseguir alojamiento. Luisa no me preguntó qué sentido tenía que hiciese algo así, no volvió a hablarme de trabajo y tampoco comentó nada sobre las extrañas y complicadas necesidades del duelo. Desde hacía días, de hecho, cuando hablaba conmigo apenas me decía nada que fuese más allá de las referencias coyunturales asociadas al momento concreto. Era como si temiese tratar cualquier tema profundo conmigo. Daba la impresión de que había empezado a inquietarla el hecho de tenerme cerca. Y yo ni tenía intención ni habría sabido cómo tranquilizarla.

A la mañana siguiente, cargado con mi bolsa de lona verde llena de libros, llegué a una sucursal de Europcar, alquilé un Peugeot 307 y enfilé la N-II hacia el norte.

Iba en busca de Víctor y de la maleta de mi abuelo.

4

Nuestra historia, me dijo Víctor, es la historia de un mundo en ruinas. El desastre ya ha ocurrido, pero la mayoría parece no querer darse cuenta. Sin embargo, fíjate, me dijo, en la obsesión por contar historias en las que se habla del fin del mundo, ya sea en novelas o en películas o en series de televisión. No se trata de un anhelo de acabar con todo, como dicen algunos. No se trata de un reflejo paralelo de lo que ocurrió a finales del siglo XIX y principios del XX. Narrar el fin del mundo una y otra vez demuestra ahora el deseo de despertar, el deseo de ser conscientes de lo que realmente ha ocurrido. Nunca se narra el futuro, Óscar, sólo podemos narrar el pasado. Cuando creemos que una narración se adelanta a su tiempo, lo que en realidad apreciamos es un germen o una esencia que ya existe, que ya estaba ahí desde hacía tiempo. Piensa en la escena final de *El planeta de los simios:* no hablaba de un posible futuro, hablaba de una situación que tenía que ver con el presente. Ver el futuro es absurdo, porque no existe. Pero el presente sí existe. En el presente está la clave de todos nuestros anhelos y la solución a los mayores misterios de la historia de la humanidad. Eso me dijo Víctor mientras nos tomábamos un café en la terraza del Marítim, en Cadaqués.

También me dijo, la tarde de ese día o tal vez del siguiente, que aceptar el desastre, aceptar que vivimos entre ruinas, no es una actitud pesimista o melancólica, sino que habla del deseo de superación, de la voluntad humana puesta en acción una vez más. Muchos todavía no se han dado cuenta, Óscar, pero vivimos entre las ruinas del siglo XIX. El siglo XIX marcó nuestro horizonte de expectativas y hemos seguido fieles a ese modelo hasta hoy mismo. El mundo que construimos con esos cimientos, sin embargo, el mundo que habitamos durante el siglo XX, se ha venido abajo y, de momento, no hemos construido otra cosa. La visión global, el aparente triunfo definitivo de la tecnología, ha ido creando una suerte de holograma, colorista y resultón, para que la mayoría nos conformemos con una ilusión de orden, con una inocua idea de continuidad y crecimiento; para que no veamos el trasfondo, en definitiva. Es como cuando Napoleón mandó cubrir las paredes de Notre Dame el día de su coronación con unos bonitos tapices para que no se apreciase la mugre que lo ensuciaba todo. Eso es lo que encierran las ideas de progreso y de evolución, la gran herencia del siglo XIX, con la tecnología a la cabeza: son la mayor de las estafas. Pero todo eso ha llegado a su fin, me dijo Víctor. Y nosotros estamos aquí no sólo para hacer visibles las ruinas, también tenemos que crear el relato de ese mundo en ruinas, que desaparece a ojos vistas, para empezar a crear un nuevo mundo con los restos, un nuevo mundo brillante, grande y épico. El mundo de la supervivencia. Porque los restos de lo que queda, los restos morales y los restos estéticos, siguen guardando una tremenda energía en su interior. Y apropiarnos de esos residuos, de las sobras y darles una nueva utilidad, una nueva vida, es posiblemente el único camino que nos queda. Por decirlo de otro modo, apropiarnos de todo eso no sólo es lícito, es nuestra obligación.

Para finalizar ese discurso, Víctor me dijo algo que iba a repetir en muchas otras ocasiones a partir de entonces. Se trataba, como supe tiempo después, de un fragmento de una novela de Chuck Palahniuk:

Es grotesco, pero aquí estamos, los pioneros, los zumbados de nuestra época, intentando construir nuestra realidad alternativa. Construir un mundo a partir de piedras y caos. Esas palabras me llevaron a pensar en el planeta Tatooine, ubicado en el extremo más remoto de la galaxia, todo él un desierto de arena y rocas. Y no es absurdo que me asaltase ese pensamiento, porque acto seguido me di cuenta de que por fin, después de haber rozado en tantas ocasiones el más absoluto desaliento, había encontrado a mi Obi-Wan particular.

Tardé tres semanas en encontrar a Víctor. Recorrí todos los pueblos de la Costa Brava, de Blanes en adelante, deteniéndome más de un día en algunos, principalmente en aquellos en que creía, de manera totalmente arbitraria, que podían darse las circunstancias adecuadas para encontrar a Víctor. Mis directrices de búsqueda se basaban casi exclusivamente en la postal que le había enviado Víctor a mi tía Claudia. Si la memoria no me fallaba, la postal de Víctor, que mostraba en el anverso una localidad de la costa catalana, no tenía texto escrito alguno, sólo el dibujo de un barquito que surcaba aguas tranquilas y a un lado un martillo y una sierra. Mi tía me dijo que al ver aquellos signos, a los que no dudó en otorgar carácter simbólico, pensó que a Víctor le había dado por algún rollo religioso en plan gnóstico o tal vez masónico. Yo quería creer que aquellos signos no tenían nada de simbólicos, sino que hablaban de alguna clase de trabajo manual. Un barquito junto a unas herramientas de carpintero..., a mí me pareció que podía dar a entender alguien que se dedica a reparar barcos de madera. La navaja de Ockham, ¿no?: en igualdad de condiciones, la explicación más sencilla suele ser la correcta. Me agarré a eso como a un clavo ardiendo. No tenía otra cosa. Por eso me dediqué a ejercer de discreto detective por los pueblos de la costa catalana, realizando preguntas de vez en cuando o dejándome caer por bares o tabernas en las que creía que podían reunirse personas con ocupaciones relacionadas con el mar.

En uno de esos garitos, mucho menos turbio e interesante de lo que alguien que ha leído a Melville o a Conrad podría pensar, descubrí, por ejemplo, cuando llevaba ya dos semanas de búsqueda, que la ocupación que yo le había adjudicado a Víctor basándome en sus dibujos se conocía en esas tierras con el nombre de *mestre d'aixa*, y venía a definirse como un artesano que diseña, construye y repara embarcaciones de madera. *Aixa* significa azuela, y la azuela, por lo visto, es una herramienta que sirve para desbastar la madera. Los *mestres d'aixa* escaseaban; apenas había cinco en toda la Costa Brava. Ese dato focalizó mi búsqueda al proporcionarme un objetivo concreto y también la simplificó. Y si bien no di con Víctor directamente sí encontré la pista definitiva que me puso tras su rastro.

En uno de esos talleres, en Blanes, me hablaron de un tipo que había trabajado con ellos hacía un tiempo, un extranjero de refinadas maneras y muy buen talante, que podía encajar con la descripción de la persona que yo andaba buscando. Los que regentaban ahora el negocio no recordaban su nombre auténtico, pero sí que le apodaban el Americano, y que a él parecía encantarle ese mote. Me contaron que mejor que la madera se le daban los números, que era un gestor excelente, y que al cabo de un tiempo dejó lo de los barcos y se estableció por su cuenta, llevando la contabilidad de diferentes comercios de la zona.

Tirando de ese hilo, desanduve el camino desde Llançà, pasé por Port de la Selva y llegué finalmente a Cadaqués. Tras localizarlo, al comprobar que el buzón de su apartamento, en un edificio bajo en tercera línea de mar, estaba marcado como V. Berquim, me dediqué a seguirlo durante varios días para asegurarme de no errar el tiro. Comprobé que su rutina era repetitiva y simple: salía de casa sobre las nueve de la mañana, desayunaba siempre en el mismo bar, rodeado de lo que parecían ser conocidos del pueblo, acudía a diferentes locales de Cadaqués, la cantidad variaba según el día, en algunas ocasiones después de eso montaba en su coche, un viejo Volkswagen Golf blanco, y se desplazaba a algún pueblo cercano, que podía ser Roses o Empuriabrava o Llançà, comía en algún restaurante barato de alguno de esos pueblos, rodeado de nuevo por lo que parecían ser conocidos o amigos, volvía a Cadaqués, pasaba un rato en su apartamento y, a media tarde, salía a dar una vuelta o a ver a alguien hasta la puesta de sol. Cenaba siempre en casa.

Físicamente, Víctor no era muy alto. Así, a simple vista, calculé que debía de andar por el metro setenta y cinco. Era delgado, aunque sus brazos y sus piernas eran fuertes. No tenía el vientre prominente sino plano, como un adolescente, a pesar de rondar los sesenta. Por otra parte, estaba muy bronceado. Era, en pocas palabras, tal como lo guardaba en mi recuerdo tras experimentar aquel salto espaciotemporal mientras caminaba por la playa del Fangar en el Delta del Ebro, hacía de eso ya una eternidad.

La mañana en que me atreví finalmente a abordarlo frente a las puertas del bar Marítim, Víctor no se sorprendió. Se comportó como un delincuente de fama internacional al que detiene por casualidad un policía novato sin que él oponga resistencia, cansado ya de huir y esconderse. Cuando le dije quién era y que le andaba buscando desde hacía semanas, Víctor, con un tono de voz que denotaba un alegre estoicismo y una pose y un saber hacer dignos de un actor de cine mudo, me dijo: Sabía que tarde o temprano alguien vendría a buscarme y daría conmigo. Pensaba que sería alguien relacionado con la universidad, con CalTech, algún estudiante de doctorado inquieto o algún historiador del campus. También pensé que podría ser alguien relacionado con todo ese alboroto que se está montando alrededor del LHC, el Gran Colisionador de Hadrones de Ginebra. Fue al decir eso y al observar su incipiente barba de cuatro días cana por completo, cuando me acordé del profesor George Hamilton, protagonista principal de la película *Calabuch*, de Berlanga, el científico que decide esconderse del ejército estadounidense en Peñíscola. Víctor prosiguió: Que seas tú el que me ha encontrado, el nieto de Ricardo, me alegra especialmente, la verdad. Venga, tomémonos un café, me dijo agarrándome del hombro y empujándome hacia la puerta del bar.

Mirando al mar y escuchando viejos éxitos musicales de los sesenta que sonaban por los altavoces, recuerdo que Víctor me dijo: Escuchando música pop, siendo adolescente, se tiene la sensación de que todo es posible, de que ante uno se extiende un abanico de posibilidades prácticamente infinitas. Se tiene incluso la sensación de que escoger una de esas posibilidades, cualquiera de ellas, no excluirá de manera definitiva a ninguna de las demás. Cuando se es adolescente el tiempo es reversible porque todavía no se ha puesto en marcha. Al escuchar años después esa música, sin embargo, lo que se aprecia es el hilo del tiempo, como si pudieses agarrarte a una cuerda que recorre el tiempo hacia atrás y hacia delante. Una cuerda que cuenta tu historia, o la percepción de tu propia historia, pasada, presente y futura, pero también la historia de otros, de los demás, de todos. Los sueños y las percepciones de tus iguales condensados en una melodía que por lo general no tiene mérito artístico alguno pero que encierra un valor simbólico incalculable.

Esa primera charla, por llamarla de algún modo, en la que Víctor me habló no sólo de música pop sino también del mundo en ruinas que habitamos desde hace decenios, marcó la pauta de lo que iba a ser nuestra relación a partir de ese momento. Víctor casi siempre hablaba de ese modo, desarrollando toda suerte de reflexiones sesudas que, sin duda alguna, pretendían llegar a alguna clase de conclusión. No era sentencioso, pero lo cierto es que me habría gustado poder grabar algunas de nuestras conversaciones para escuchar sus comentarios después, con calma, y extraer de ellos todos los posibles matices; porque muchas veces, la verdad, me costaba seguirlo. No tanto por la rapidez con la que hablaba, pues era más bien moroso, sino por la densidad de las cosas que decía. Con Víctor lo más adecuado era escuchar, porque se tenía la sensación de que siempre decía cosas interesantes, de que nunca hablaba por hablar. Por otra parte, además, no se comportaba de un modo petulante. No era un engreído ni daba la impresión en ningún momento de sentirse con el derecho a mirar a nadie por encima del hombro. Si no se tenían en cuenta sus reflexiones, de hecho, parecía uno más de los habitantes del pueblo. Incluso había aprendido catalán y lo hablaba con el acento que por esas tierras denominan *salat*, una manera de pronunciar propia de la Costa Brava. Víctor, a simple vista, daba la impresión de ser una persona sencilla, pero cuando se le conocía un poco mejor se llegaba a la conclusión de que era una sencillez aprendida, forjada en la experiencia; voluntaria, en definitiva. Se notaba entonces, cuando se estaba cerca de él, que había vivido suficientes experiencias negativas para saber que no tiene sentido alardear de lo que se posee, ni siquiera cuando lo que se posee son conocimientos y perspicacia, porque todo es temporal y sujeto por tanto a la caducidad. Nada nos pertenece, me dijo en una ocasión, ni siquiera nuestras ideas. Sus reflexiones y comentarios, por lo tanto, no podían dejar de tener cierto aire de tentativa, de divagación, de ensayo voluntarioso. A veces, y sólo a veces, esas divagaciones llegaban lejos, más lejos incluso de lo que uno tenía previsto, y entonces se encendía una luz en alguna parte del cerebro. Pero todo depende tanto de factores que no están bajo el control de nuestra voluntad, me aclaró Víctor, que afirmar que somos los creadores de nuestras grandes ideas sería más que pretencioso una solemne estupidez. Seguramente por eso, Víctor hablaba en muchas ocasiones de las musas y de la relación que los habitantes de la Grecia clásica habían mantenido con su propia creatividad. Ellos sabían, me decía siempre Víctor, que no habían creado nada, que las musas y los dioses creaban a través de ellos. Cuando estás inspirado, remataba en las ocasiones que hablaba de estos temas, en realidad estás siendo poseído. Porque todas esas fuerzas exteriores de las que nos hablan los mitos, Óscar, existen. Hay que añadir también, y no se trata de un detalle irrelevante, que Víctor sabía escuchar; escuchar de verdad, se entiende, con auténtico interés e incluso con la voluntad de extraer conocimiento de lo que escuchaba. Sí, definitivamente parecía, al menos a ratos, un auténtico maestro Jedi. Mi Obi-Wan particular.

Por eso pude sincerarme con él. Por eso le relaté con todo lujo de detalles el proceso de desintegración y de posterior reconstrucción en el que todavía estaba inmerso. Le hablé de la muerte de mi madre y de Berlín. Le hablé de Heidelberg y del verdadero apellido de mi abuelo. Le hablé de Nueva York y de Boluda y de Long Island. Le hablé de Buenos Aires, del conventillo de la Boca y de la estancia en General Paz. Pero también de un barco salido de Hamburgo y de cierta panadería en Brooklyn, poco después de la Gran Depresión. Y de Meyer Lansky y las apuestas en las carreras de caballos. Y de un descenso por el río Paraná en una canoa construida de manera artesanal por dos jóvenes argentinos. Y de unos viajes por los lugares especialmente significativos de la India y del Mediterráneo más espiritual. Y de México en los años treinta y también en los años setenta. Es decir, le hablé de lo que podría denominar mi fantástica peregrinación por medio mundo en busca de mis santos lugares familiares, pero también le hablé del ADN de rana con el que había rellenado la incontable cantidad de huecos que había ido encontrando en mi cadena genealógica. Por eso le confesé mi sensación de fracaso al comprobar que mi método de aproximación tangencial a la esencia del misterio estaba resultando infructífero, que seguía teniendo miedo.

Víctor no compartió en absoluto mi pesadumbre. Parecía encantado, yo diría que incluso eufórico, con todo lo que le conté. Es como ser testigo de la formación de un mito en directo, me dijo con mirada soñadora. Todo lo que te ha traído hasta aquí, Óscar, forma parte de tu proceso de iniciación. Esperemos, me dijo Víctor, que esta no sea una historia trágica, porque entonces el problema con relación a tu madre debería conllevar una muerte; aunque podría ser perfectamente una muerte simbólica, remató Víctor. Dada mi incredulidad, o estupefacción, o asombro, Víctor intentó aclararme algunos conceptos. Me dijo que yo estaba transitando por el mundo paralelo en el que se desarrollan siempre las historias relacionadas con el ámbito de lo mitológico. Y que eso no tenía nada que ver con la locura o el desvarío. Ha sido un acto voluntario por tu parte, Óscar, tal vez no por completo consciente, pero te guiaba la idea de alcanzar un fin. Lo que tú has hecho, Óscar, ha sido crear con las ruinas, con los restos. Construir un gran relato con las sobras de relatos ya fragmentarios y deconstruidos. El sentido de la apropiación del que has hecho uso tiene que ver con lo que hizo en su momento don Quijote con las novelas de caballerías, pero va más allá. Don Quijote quería restablecer unos valores morales, propios de una época que había quedado atrás, con la intención de influir socialmente. Ese fue su error, me dijo Víctor. Tú tienes la oportunidad de ir un poco más lejos. Tu odisea puede tener un carácter cósmico. Esta afirmación, como es lógico, me dejó por completo fuera de juego. Él, por su parte, siguió a lo suyo como si las cosas que estaba diciendo respondiesen a una lógica casi infantil en su sencillez. ¿En qué punto te encuentras del camino? Yo diría, dijo Víctor, que ya has superado la prueba fatal, pero sin embargo no has llegado al centro de tu agujero negro.

Fue entonces cuando me habló del camino del héroe.

Víctor me dijo que en el camino del héroe que yo estaba completando en ese momento, había que cubrir obligatoriamente varias etapas simbólicas: la llamada de la aventura, el inicio del viaje, la ayuda sobrenatural, el cruce del primer umbral, el camino de las pruebas... Me dijo que el camino del héroe era el camino que había que seguir, a través del mito y del ritual, para liberarse de las cargas del pasado y entrar en un nuevo estado de conciencia. Me dijo que tanto los monstruos a los que debemos enfrentarnos en ese camino como las ayudas secretas que vamos a recibir están todos en nuestro interior desde la niñez, que atesoramos todas las potencialidades, que son como semillas de oro. Y que si pudiéramos sacar a la luz siquiera una parte de esa potencialidad experimentaríamos una maravillosa expansión de nuestras fuerzas, una vívida renovación de la vida. En las diferentes etapas era normal que el héroe se sintiese confundido: la complejidad simbólica de su viaje, de acuerdo con la profundidad e importancia del mismo, hace que en un principio no sólo no vea cuál ha de ser el final de ese viaje, tampoco entiende su sentido primigenio. Pero eso no importa, lo único que importa, me dijo Víctor, es que el héroe atienda a la llamada y se ponga en marcha. Porque una vez ha dado el primer paso, el resto de entidades simbólicas o arquetípicas se irán presentando para indicar el camino a seguir.

Cuando yo torcí el gesto, dando a entender cierto grado de incomprensión, él me contestó que no se trataba de una explicación psicológica de manual ni de un cuento para acallar la conciencia. Esa clase de cosas son las que puedes encontrar en los libros de tu padre, añadió Víctor.

Durante esos días también hablamos bastante de mi padre, es cierto. Víctor nunca se refirió a él con buenas palabras. De hecho, me ofreció una perspectiva más bien tenebrosa de su persona. Me dijo que era una persona sumamente superficial, con unas ideas y unos conceptos sumamente básicos, por no decir ridículos, de los temas que trataba; que no tenía, en definitiva, ni un ápice de maestro ni de guía espiritual ni siquiera de correcto divulgador. Para Víctor mi padre era un estafador. Y a juzgar por los sucesos que me contó, empecé a dudar de mis convicciones.

Para empezar, Víctor me contó que Jorge Charme no era el autor material de ninguno de los libros que afirmaba haber escrito y con los que había alcanzado fortuna y gloria a escala mundial. El primero de los que realmente le hicieron famoso, *El cuento sanador*, lo había plagiado al parecer de un opúsculo firmado por un turbio personaje llamado Julián Enrique Verón. Se trataba de un librito autoeditado en Brasil a principios de los años setenta con muy escasa difusión, pero que el autor en cuestión había llevado siempre consigo y del que Jorge Charme se apropió cuando al tal Verón lo encarcelaron en México acusado de pederastia, perversión de menores y secuestro en grado de tentativa. Jorge tomó el opúsculo como base y columna vertebral para su obra y lo acompañó con toda una serie de supuestas experiencias personales que justificaban la defensa de la tesis central del libro, lo que ahora todo el mundo denomina Escritura Sanadora. Como Jorge publicó el que afirmaba ser su libro en una editorial más bien modesta de México, el éxito de las primeras ediciones, muy poco llamativo, escapó por completo del radar del presidiario Verón. Pero cuando la prestigiosa editorial HarperCollins adquirió los derechos y lanzó el libro en inglés y Jorge empezó a salir en la prensa de forma continuada, Verón, que ya había cumplido condena y se había afincado en Honduras, tomó cartas en el asunto y presentó una querella por plagio contra el señor Charme, exigiendo la retirada inmediata del libro y también una indemnización millonaria. Sorprendentemente, los abogados norteamericanos de Jorge Charme lograron que Verón retirase la querella a cambio de una exigua compensación económica. Por lo visto, y según había aparecido publicado en el diario argentino *Página 12* tiempo después, los abogados norteamericanos convencieron a Verón mediante extorsión, pues habían logrado cursar una orden de extradición a Brasil para que el señor Verón fuera juzgado por el delito de trata de blancas del que estaba acusado en ese país, lo que le habría llevado, con toda probabilidad, a sufrir una larguísima condena en una de las peligrosas cárceles brasileñas. Con los siguientes libros, siendo ya muy famoso, Jorge Charme se aprovechó de las más variadas tradiciones populares expoliándolas a su antojo y utilizando materia prima de tradición ancestral como si fuese material original, sin citar jamás sus fuentes ni aportar bibliografía de ninguna clase. ¿A quién podía importarle ya eso si sus lectores, en su absoluta mayoría, eran gente de tan escasa formación?, me dijo Víctor.

Además de estafador, según Víctor, mi padre era también un farsante. Jorge Charme había querido construir un personaje de sí mismo, un personaje fantástico y por completo irreal. Una especie de superhéroe de lo espiritual, sencillo y resolutivo a un tiempo. El Indiana Jones de la mística. Pero hay gente, me dijo Víctor, que todavía recuerda ciertas cosas. Gente que se relacionó con él en el pasado y que sabe que la mayoría de las cosas que ha ido contando por ahí son mentira. Pero ha sabido ir dando las dosis necesarias de información para que fueran los otros, la prensa y los lectores, los que se viesen obligados a ir uniendo las piezas hasta formar la figura completa; como si de un mecano se tratase. Una vez formada dicha figura, Jorge ni siquiera ha tenido que dar el visto bueno: la ha aceptado con estoica resignación, como si no hubiese sido él el que la diseñó. Víctor me dijo que esa imagen de hombre responsable y comprometido con los demás en la que ahora todos parecían confiar no se correspondía con lo que él había visto cuando estuvo en Rosario. El Jorge que yo conocí, me dijo, ni se interesaba por la cultura ni por el arte ni por la religión ni por nada que no fuese él mismo. Porque básicamente, insistió, siempre ha sido un irresponsable y un egoísta. Jamás ayudó a tu abuelo, por ejemplo, pero bien que se aprovechó de él todo cuanto pudo. Tu abuelo tuvo que sacarlo de un montón de líos en los que se metió siendo joven.

Y luego están sus problemas con las drogas, me dijo Víctor. Y ya sé todo lo que él propone y dice en sus libros al respecto. Empezó a consumir cocaína poco después de que el tal Julián Enrique Verón se querellase con él. Durante un tiempo se le fue la mano y no sólo consumía sino que montaba unas fiestas impresionantes con cualquier excusa; lo que le había llevado a pasar en dos ocasiones por clínicas de rehabilitación. Eso fue lo que ocurrió en Salamanca, me dijo. ¿Qué pasó en Salamanca?, pregunté sin poder ocultar mi interés más íntimo. La primera vez que vino a España de promoción, prosiguió Víctor, fue porque le habían llamado de la Universidad de Salamanca, de unos cursos de verano que organizan allí. Tenía que impartir un taller práctico de una semana y después iba a llevar a cabo una pequeña gira por varias ciudades: Bilbao, Valencia y Málaga, si no recuerdo mal. Pues bien, la policía entró en su habitación del hotel debido al escándalo que había montado y encontraron un considerable alijo de cocaína; amén de toparse con varias menores en una actitud poco decorosa. Como en España la policía era por aquel entonces bastante permisiva con las cuestiones de drogas, le soltaron sin cargos, dando por hecho que los estupefacientes encontrados eran para consumo personal, pero la universidad canceló el taller a la mitad y el resto de las conferencias y charlas en el país se fueron a la porra. Por esa estúpida actuación, me aclaró Víctor, tardó tanto tiempo Jorge Charme en asentarse en España como un autor conocido y de éxito.

Pero eso ahora no importa, me dijo Víctor. Todo eso a ti ya no te incumbe. Porque en tu particular camino, la figura del padre ya ha quedado atrás. A tu padre, insistió Víctor para zanjar ese punto, ya te enfrentaste y le venciste. Le venciste por incomparecencia, me dijo Víctor, pero le venciste. Porque tú tuviste el valor de acudir a la cueva del dragón y él, posiblemente debido a esa muestra de valor, no fue capaz de comparecer. El héroe, por un momento, se eleva hasta tener la visión de la fuente, dice Campbell. Contempla la cara del padre, comprende y los dos se reconcilian. No entendí qué quería decir con esto, porque yo no había visto la cara de mi padre más que en un montón de fotografías, pero puedo decir que lo que extraje de todo el discurso fue que enfrentarme a mi padre había sido imprescindible para poder seguir adelante en el camino que debía llevarme... hasta Víctor. Pero de ahí en adelante, ¿qué es lo que tenía que hacer? ¿Quedarme con Víctor el resto de mis días hasta alcanzar algún grado de iluminación profana?

He dicho antes que Víctor era digno de ser escuchado, tanto por su afilada inteligencia como por su carácter abierto y dialogante. Pero eso era cuando decidía hablar contigo. Porque en ocasiones no estaba para nadie. A veces se encerraba en sí mismo y no abría la boca durante horas, como si estuviese luchando interiormente con una bestia a la que debía mantener bajo control. Y puedo decir que la mantenía bajo control, porque apenas vi muestras de rabia o mal humor durante la temporada que pasé con él. Pero sufría fluctuaciones anímicas que le llevaban a pasar, sin solución de continuidad, de la euforia a la aparente apatía; una apatía íntima, insisto, reconcentrada e intransferible. A mí sólo me cabía la posibilidad de suponer que durante esas horas silenciosas y ausentes, ahí dentro, en su cabeza, seguían pasando cosas. Por ejemplo, era muy maniático con la disposición de los objetos, sobre todo cuando estábamos tomando algo o detenidos en algún lugar: las cosas debían respetar una estricta simetría. Pero si, por descuido, yo movía un cubierto o el servilletero, Víctor no tardaba en volver a colocarlo en el orden que él entendía imprescindible. También evitaba ciertos rincones del pueblo, de los que se apartaba de manera natural, como si desprendiesen energía eléctrica, y también procuraba no salir a la calle a ciertas horas. En general, el anochecer parecía inquietarle.

En cualquier caso, no tardó demasiado en aclararme cuál iba a ser el siguiente paso a emprender. Me dijo: Estás cubriendo las últimas etapas del camino del héroe. Ya te has enfrentado a lo que se denomina la prueba difícil o traumática, aquella en la que el héroe se la juega a vida o muerte. Esa prueba era tu padre. Has obtenido la recompensa, que soy yo, dijo con una sonrisa bobalicona pero no por ello menos convencida. Estás emprendiendo el camino de vuelta al mundo ordinario, volviendo a relacionarte con tu ciudad y aceptando las cosas tal cual han sido. Te falta, pues, cubrir los dos estadios finales: la resurrección del héroe y el regreso con el elixir. No te preocupes por los nombres o las definiciones, no hay que hacer demasiado caso a esas cosas, me dijo al apreciar mi desconcierto. En resumen, aclaró Víctor, de lo que se trata es de que el héroe pase una última prueba en la que supere a la muerte gracias a todo lo aprendido. Ahí, sin duda, tu madre va a tener algo que ver. Después de eso el héroe puede volver por fin a casa con el elixir, o la enseñanza si lo prefieres, que debe servirle para ayudar a los demás. ¿Y dónde va a tener lugar esa prueba?, te estarás preguntando, me dijo Víctor. Te lo voy a revelar: en el presente, en el ahora.

Emerson dijo, añadió Víctor: El hombre deja todo para mañana o recuerda sólo el ayer; no vive en el presente, sino que con la vista vuelta se lamenta del pasado, o bien, ajeno a la riqueza que por todas partes le rodea, se pone de puntillas para prever el futuro. No vivirá feliz y fuerte hasta que no viva con la naturaleza en el presente también él, por encima del tiempo. Pues bien, prosiguió Víctor, a ti te ha ocurrido lo mismo a lo largo de tu viaje: fue el futuro el que lo puso en marcha y al mismo tiempo ha estado marcado por el pasado hasta que lo superaste reconciliándote con tu padre. Ahora vas a tener que lidiar con el presente, por encima del tiempo, para completar lo que iniciaste en Berlín. Vas a tener que penetrar en el presente y captar su esencia, enfrentándote a la muerte, porque la muerte es realmente lo contrario del presente. Y, para ti, nada representa con más intensidad la muerte que tu madre. Y cuando superes esa prueba volverás aquí, a este tiempo múltiple en el que vivimos, marcado por la tensión entre el pasado y el futuro, y podrás ayudar a la gente con lo que hayas aprendido...

¿Qué demonios significa eso de penetrar en el presente?, le pregunté interrumpiendo su perorata. ¿Por qué preguntas con tanta avidez?, me preguntó. Quiero comprender, respondí con seriedad, eso es todo. Víctor se tomó su tiempo para replicar. Miró hacia la lejanía durante un rato y después observó con suma atención sus propias manos, como si pretendiese encontrar alguna clase de imperfección celular. De hecho, pasó tanto rato que creí que se había visto atrapado en uno de sus extraños momentos de apatía íntima e intransferible. Comprender, me dijo finalmente Víctor, no te ayudará en nada. Te lo aseguro. Es fundamental que aceptes esa premisa esencial, Óscar: el aprendizaje verdadero tiene muy poco que ver con el comprender. Yo sé cómo puedes penetrar el presente, y te voy a ayudar a lograrlo, añadió Víctor. Con eso debería bastarte. Vamos a construir una máquina. ¿Una máquina?, dije yo imaginando por un momento el Delorean de Marty McFly. Sí, una máquina, dijo Víctor con cierta solemnidad. La Máquina del Porvenir.

Durante los días siguientes le hice un montón de preguntas a Víctor sobre la máquina. Por lo visto, empezó siendo una cosa y ahora era otra totalmente diferente. La intención original, me comentó Víctor, era que la máquina, activada por la fuerza de telépatas, adivinos, visualizadores, telequinéticos y demás personajes con poderes paranormales, suprimiera la idea del tiempo para permitir una visión del futuro cien por cien fiable; de ahí, cabía suponer, surgió el nombre del artefacto. Después esa intención primigenia se vio suplementada por otra: plegar el espacio mediante la fuerza de la mente para permitir la traslación sin necesidad de llevar a cabo un trayecto físico entre los puntos A y B. Cabe suponer que ese cambio, como los que fueron produciéndose a lo largo de los años, tuvieron lugar cuando los que trabajaban con los prototipos fueron dándose cuenta del potencial del ingenio que tenían entre manos. Después la máquina fue perfilando su objetivo al entender, aquellos que la utilizaban, que las incursiones en el pasado eran sumamente limitadas, pues los saltos se reducían a horas o incluso minutos. Todavía no sé por qué, dijo Víctor. Y las incursiones al futuro eran confusas, tenían un carácter acuoso e inconcreto, y los saltos generaban más confusión que otra cosa debido, precisamente, a la naturaleza inconcreta del tiempo y a la imposibilidad de compartimentar a escala humana, lineal por decirlo de otro modo, el tiempo por venir. Le pregunté a Víctor cómo sabía todas esas cosas de la máquina. Me respondió que había experimentado con ella y que habían sido esos experimentos los que le habían llevado a entender la auténtica realidad de la Máquina del Porvenir, que no podía servir más que para penetrar en el presente. Lo que importa, me dijo entonces Víctor, es el fluir del tiempo, no su detención. Pensamos en el pasado y en el futuro como algo estanco, detenido y estable. Pero el presente nos recuerda la naturaleza fluida, magmática si se prefiere, del tiempo. Ha hecho falta un largo camino, indicó Víctor, para que la máquina pasase de una cosa a la otra, pero creo que está muy bien que conserve el nombre original. De algún modo, ese nombre remite a nuestra ignorancia respecto a las cuestiones que importan y nos recuerda también cuán erróneas pueden ser nuestras mejores intenciones.

Durante los días siguientes, acudí con cierta frecuencia al apartamento de Víctor. Eran visitas puntuales, ni comí ni cené allí en ninguna ocasión. Era un apartamento pequeño con las paredes pintadas de blanco. Estaba en tercera línea, pero desde una de sus ventanas, una ventana que no tenía visillos ni cortinas, podía verse la parte superior de varias casas, con las paredes encaladas y con tejados de teja roja, y al fondo el mar. Una de las tardes que estuve allí, cuando ya estábamos empezando a planear las cosas en serio, cerré el bucle que se había abierto mientras paseaba por la playa del Fangar, años atrás, justo antes de que rompiese el compromiso con Olga. Estaba sentado en una silla con el asiento y el respaldo de anea. Me miré los pies y empecé a sentir un extraño atisbo de multiplicidad; sutil pero reconocible todavía para mí. Llevaba unas chancletas de color verde con la bandera de Brasil en la tirilla de sujeción, pero empecé a notar también el tacto rugoso de la arena en la planta de los pies, como si estuviese caminando por la playa. Vestía unos pantalones blancos de lino y una camiseta blanca con el dibujo de una isla y una inscripción que decía Molokai. Me di cuenta de que me había dejado crecer el pelo bastante más de lo que acostumbraba, casi me cubría la nuca, y lucía una barba de varios días. De repente, me sentí mayor. No por el aspecto de la piel, sino por un extraño peso en mi interior, que no identifiqué necesariamente con el cuerpo, así como por una inusual amplitud en mi manera de enfocar e incluso aceptar los acontecimientos. Sí, definitivamente me siento más maduro, me dije. Tal vez porque los avatares de la vida me han enseñado algunas de esas cosas esenciales, pensé. Frente a mí, al otro lado de una mesa cuadrada de pino sin barnizar, había otra silla. Vacía. Víctor apareció en mi campo visual por la derecha, sin duda proveniente de la cocina, pues traía dos botellines de cerveza en las manos; dos botellines muy fríos, cubiertos de la humedad propia de la condensación. La sensación de multiplicidad empezó a ser casi palpable, como si se estuviese abriendo una grieta vertical que engullese la cualidad sólida de la materia. Víctor llevaba puestas unas bermudas de color verde y una gastada camisa de manga corta de cuadritos verdes y blancos. Estaba hablando, pero en ese momento no fui ya capaz de escuchar lo que decía, porque me costaba horrores centrar el sentido del oído. De hecho, estaba oyendo el sonido de las tranquilas olas del Delta del Ebro. La vista estaba empezando a dejar de ser el sentido predominante. O, por decirlo de otro modo, ya no podía fiarme plenamente de lo que veía. ¿Me estás escuchando, Óscar?, me preguntó Víctor. Asentí sin demasiada convicción, pero obviamente no le estaba escuchando. Vi algo semienterrado en la arena, y me dije: Aquí puedes encontrar toda clase de botellas, cintas de vídeo, patines con cuchillas para hielo, pelotas de voleibol, latas de variado tamaño, piezas de ropa, neumáticos e incluso cuadros de bicicleta. En una ocasión encontré allí un tubo de PVC, pensé mirando hacia el sureste, seguramente alguna clase de tubería de uso industrial, de tres metros de largo y metro y medio de diámetro, parcialmente enterrado y bañado por las suaves olas. En otra ocasión tuve que sortear la puerta descolorida de un lavabo portátil, de esos que se utilizan en los conciertos al aire libre. Y acto seguido, como si las limitaciones y las fronteras espaciales no existiesen, me pregunté mirando a Víctor: ¿Levantará pesas? ¿Irá a un gimnasio? Su físico llevaba a suponer algo así. Lo que pasa es que se cuida. A mí no me hace falta, soy delgado por constitución, como mi madre. Y al pensar en mi madre noté una especie de rumor en la consciencia. Supe entonces lo que estaba sucediendo. La grieta espacio-temporal que me permitía estar en la playa del Fangar, el abismo horizontal de aire y de agua enlazados en imposibles círculos, se estaba cerrando. Empecé entonces a oír con claridad lo que estaba diciendo Víctor, aunque tardé un buen rato en entender, siquiera en parte, sus palabras. Estaba diciendo: Eso hacía inviable mi línea de investigación hasta ese momento. Lo entiendes, ¿no? Fue una especie de iluminación. Siempre había tenido ciertas impresiones, por así decirlo, pero en ese momento lo vi claro. Todos los neoplatónicos, los filósofos herméticos, los alquimistas y los cabalistas han afirmado que el cosmos está animado por un alma colectiva que se manifiesta a veces espiritualmente, otras físicamente, e incluso de ambas maneras a la vez, es decir, daimónicamente; pero que sobre todo relaciona y mantiene todos los fenómenos unidos. Eso es lo que vi: todo estaba relacionado con todo. No a un nivel meramente físico o químico, sino profundo, intangible y metafórico. Pero ese carácter metafórico era infinitamente más fuerte, más sólido y potente que cualquier ley matemática. ¿Lo entiendes? Entender, lo que se dice entender, no entendí gran cosa. Pero eso no importaba ahora porque sabía que lo único que tenía que hacer era permitir que Víctor se expresara. Es uno de esos momentos, me dije: Tengo que limitarme a escuchar y dejarle hablar hasta que él decida que ha acabado. Si saco algo en claro, bien; si no, también. En cualquier caso, prosiguió Víctor, comprendí que las antiguas leyes de simpatía y correspondencia, que la ciencia moderna tanto ha desacreditado, no son leyes científicas primitivas en absoluto, sino profundos principios psíquicos que expresan la manera en que cada microcosmos, o sea cada uno de nosotros, refleja potencialmente el cosmos entero y participa de él. Seguía costándome un gran esfuerzo mantener la atención en lo que estaba diciendo. Tal vez por eso eché un vistazo a mi alrededor, sin ninguna intención concreta. Detuve la vista sobre una mesita baja de café, frente a un pequeño sofá azul. La mesita estaba cubierta por un montón de planos con extraños diseños dibujados con extrema precisión. Al final, gracias al alzado, pude hacerme una idea más concreta. Parecía una construcción dentro de otra construcción mayor: una cámara en forma semiesférica, similar a un iglú, dentro de una especie de almacén o cobertizo. Una construcción y la otra estaban interconectadas. Eran los planos de la Máquina del Porvenir. Sobre el brazo del sofá azul había una agenda telefónica abierta y encima un teléfono inalámbrico de color plateado; Víctor había estado llamando al resto de los colaboradores para la construcción del artefacto. Todo eso no lo supe estando en el Delta del Ebro, pero ahora lo sabía. Miré a Víctor. Su rostro transmitía un consistente entusiasmo mezclado de manera indisoluble con lo que sin duda era férrea resolución. Su expresión facial me resultaba no sólo familiar sino sumamente agradable y tranquilizadora. Me dieron ganas de dejarme llevar, de hacer todo lo que él creyese conveniente. Le oí decir: No podemos ver el mundo salvo a través de alguna perspectiva o estructura imaginativa; en pocas palabras, a través de algún mito. En realidad, el mundo que vemos es el mito en el que estamos. Podemos elegir el mito a través del cual podemos mirar, pero no podemos renunciar a mirar a través de alguno. Yo asentí, convencido. Puede que no exista algo así como una realidad objetiva separada de lo que se revela a través de nuestras observaciones, dijo Víctor. Y a mí esa afirmación me pareció una verdad como un templo, pero no habría sabido decir de dónde partía la relación causa-efecto que me estaba llevando, poco a poco, a la euforia. Nada es real, prosiguió, más allá de los modelos imaginativos que nos hacemos de nuestra realidad. Por lo tanto, hay tantas clases diferentes de realidad como de personas. Entonces me puse en pie y, procurando mantener bajo control mi ansia, dije: Dios, eso es totalmente cierto. Y me llevé las manos a la cara y cerré los ojos y me los froté y resoplé y dejé escapar algo parecido a una risotada nerviosa. Y cuando aparté las manos y abrí los ojos seguía allí. Estaba en el apartamento de Víctor en Cadaqués. Y bajé la vista y me detuve a observar una vieja cartera de piel que descansaba apoyada en una de las patas de la mesa. Era la cartera de mi abuelo.

Y al mirarla con atención, tras volver a sentarme en la silla con el respaldo de anea, recuperando poco a poco el ritmo respiratorio después de mi acceso de euforia, me puse a pensar. Me dije que sería maravilloso poder abrir en ese mismo momento la cartera y sacar de ella un manuscrito. Un puñado de páginas redactadas a máquina, tal vez una vieja Remington o una Underwood, hojas amarillentas ya por el paso del tiempo, que contasen detalladamente las aventuras de mi abuelo en México. Que explicasen cómo construyó la máquina, si es que la construyó, y que aclarasen el porqué de su huida a Río de Janeiro. Que hablaran incluso del motivo que le llevó a establecerse en Rosario. Sería una hermosa manera de cerrar el penúltimo eslabón de la cadena que había ido dibujando mi reconstrucción personal. Un puñado de páginas que empezasen, por ejemplo, así:

5

Rick gasta buena parte de su dinero y también de su energía en la compra de aquellos terrenos que por allí denominan El Porvenir. El trámite legal amenaza con eternizarse, lo cual entraña un desgaste enorme, no sólo por los constantes desplazamientos a la capital del estado de Sonora, Hermosillo, sino principalmente por tener que lidiar con una penosa sensación de impotencia que tiende a convertirse en pura desesperación; la Administración mexicana provoca ese efecto en cualquiera que no esté dotado de la proverbial paciencia propia de los lugareños. Por suerte don Julián, que decidió tomar cartas en el asunto desde el principio y se está tomando la construcción de la máquina como un proyecto personal, intercede en el asunto y finalmente Rick puede firmar el contrato. Enseguida van a centrarse en dos tareas que parecen igualmente quiméricas: conseguir agua, es decir intentar encontrar un pozo o manantial en aquel yermo, y construir algo semejante a un camino transitable que desde la carretera lleve al llano pedregoso y desértico donde tienen pensado construir la Máquina del Porvenir. Don Julián hace traer a un zahorí desde Chihuahua, un tal Diomedes Quintero, famoso en la zona norte de México, de Tijuana a Monterrey, por su efectividad a la hora de encontrar manantiales y reservas de agua escondidas, pues cumple con su trabajo en tan sólo tres días. Para la construcción del camino, Rick y don Julián, ayudados por el joven Luis, sobrino del dueño de la única cantina de El Claro, involucran a todos los hombres del pueblo y a un número considerable de forasteros que llegan allí atraídos por la posibilidad de trabajar. Tras esos primeros e imprescindibles pasos da comienzo la construcción de las instalaciones en las que se ha de ubicar la máquina.

Durante todo el proceso de construcción, Rick va a vivir ya en el terreno que ha comprado y que por allí denominan El Porvenir. Bajo una de las escasas formaciones rocosas, con forma de visera, Rick tiene montado algo que se asemeja a una tienda de campaña. Allí duerme por las noches y se refugia en las horas más duras de sol, en busca de una doble sombra. En cualquier caso, tiene alojamiento, dispone de agua y Luis le lleva comida cada tres o cuatro días. Don Julián no está siempre por allí, porque él se está encargando de la gestión técnica del asunto. Después de trabajar durante semanas con los planos, estudiando no sólo la viabilidad sino también diseñando una agenda en la que estructurar el proceso de construcción, ahora está centrado en conseguir los materiales necesarios: madera, alquitrán, herrajes, cableados. Rick sabe, porque así se lo dijo él, que a don Julián lo que realmente le interesa de la Máquina del Porvenir es llegar a saber si será capaz de llevarla a cabo. Lo que ocurra cuando la máquina se ponga en marcha, no parece importarle lo más mínimo. Va a ser Rick el que distribuya los trabajos, el que indique quiénes tienen que ejercer de allanadores y quiénes deben empezar a excavar los pilares y quiénes son los carpinteros que deben ir montando las estructuras básicas que no van a tardar en alzarse hacia el cielo.

Levantar esa especie de almacén de madera en mitad de la nada, con todas esas personas moviéndose de un lado a otro siguiendo un plan concreto, tiene algo de coreografía, de baile humano ordenado y efectivo, que se ve acompasado, además, por el rítmico repiqueteo de los martillos contra la madera; un sonido que remite a consistentes ritmos ancestrales. A todo ello viene a sumarse que los trabajadores del pueblo, de vez en cuando y sin acordarlo, empiezan a cantar espontáneamente tonadas locales que, por lo poco que Rick entiende, parecen hablar de hechos legendarios que tuvieron lugar en esas tierras agrestes e inhóspitas cientos de años atrás.

Cuando las paredes de los costados están levantadas y está colocado ya el tejado a dos aguas, don Julián empieza a coordinar la construcción del núcleo de la máquina. La mayoría de la gente de El Claro se va y sólo se quedan unos pocos elegidos, aquellos que parecen más confiables y menos charlatanes. El corazón de la máquina consiste en una cámara en forma semiesférica, similar a un iglú de madera, justo en el centro del almacén. Una construcción y la otra están interconectadas. La pieza semiesférica parece diseñada para albergar algo así como un diván, según aparece en los planos, sobre la que penderá lo que parece ser una lámpara con cables que ascienden hasta el centro del techo y de ahí, de forma radial, se dirigen hacia el exterior de la pieza. Alrededor de dicha pieza, rodeándola, empiezan a distribuirse ya seis estancias más pequeñas en forma de cuña en las que apenas debe de caber una persona sentada; a cada una de ellas le corresponde un cable de la lámpara. Y alrededor de las estancias, antes de topar con las paredes interiores del cobertizo, se extienden ahora toda una serie de canalizaciones tubulares, superpuestas unas encima de otras hasta una altura de cuatro, que conectan con las cámaras mediante una suerte de ramales. En la parte delantera y trasera del cobertizo, según el alzado, allí donde van a parar las canalizaciones tubulares, quedan señalados dos espacios vacíos destinados a albergar, al parecer, las dos piezas esenciales de la máquina. Al ver los planos por primera vez, a Rick aquellos aparatos gemelos le recordaron a dos grandes cilindros de heno colocados sobre una base rectangular muy gruesa de madera. Cuando ve por fin cómo bajan las dos enormes bobinas electromagnéticas de un moderno camión, llegado al parecer directamente desde Albuquerque, Nuevo México, a Rick le parecen dos bombas gigantescas capaces de acabar con toda forma de vida en cientos de millas a la redonda. Por primera vez en todos esos meses, Rick se asusta de verdad ante la magnitud del artefacto.

Después de todo, no es casualidad que Rick piense de ese modo, pues esa misma noche tiene lugar en la otra punta del mundo el ataque japonés a Pearl Harbour que va a provocar que Estados Unidos se involucre en la guerra, noticia de la que los allí presentes se enteran días después.

Los días finales de la construcción de la máquina, y a medida que van desapareciendo los últimos trabajadores que han participado en la fase final del proyecto, están presididos por la tensión de la inminencia. Hasta ese mismo momento, tanto Rick como don Julián se han visto empujados por una fuerza mayor, si bien de diferente signo: don Julián por el desafío que entraña el proceso y Rick por la ansiedad de querer encontrarse ya en el momento futuro en el que poder probar la máquina. Ahora, dada la cercanía del punto en el que ambas fuerzas van a encontrarse, los dos parecen mucho más reactivos e impacientes. A Rick, eso le lleva a dudar de la efectividad de la máquina en la que ha invertido hasta el último de sus dólares. No es que le importe el dinero, pero de repente es consciente de la posible brecha que puede abrirse, de manera definitiva, entre la inversión y el resultado. Es decir, todo ese esfuerzo puede no haber servido para nada. A medida que van avanzando las pruebas, sin embargo, Rick puede comprobar que las bobinas reciben la adecuada alimentación eléctrica. Por otra parte, Rick sabe que don Julián se puso en contacto hace unas semanas con varios espiritistas, videntes y adivinos de Querétaro y Oaxaca y que están en camino o a punto de llegar. Los especialistas en parapsicología también tienen, por lo visto, un papel destacado en la puesta en marcha de la máquina. Su labor consiste, por así decirlo, en acompañar, mediante sus especiales poderes, a la mente del viajante, así lo denomina en más de una ocasión el propio don Julián, en su proceso de ampliación de consciencia. Esos videntes y espiritistas son los que tienen que ocupar las seis estancias en forma de cuña que rodean el iglú de madera donde está el diván destinado a dicho viajante.

Los videntes, espiritistas y adivinos llegan finalmente. Rick los acomoda como puede en los exiguos rincones vacíos que han quedado dentro del cobertizo; de algún modo, los trata como si fuesen fugados o delincuentes. Les va a proporcionar agua y comida que, como siempre, traerá Luis desde El Claro. Lo que no va a hacer Rick es pagarles. Y eso va a suponer un problema de consideración, porque esas personas han viajado hasta ahí, dejando ocupaciones y familia, con la promesa de conseguir sus buenos dólares. Para empeorar el asunto, Rick les mentirá. Es decir, no va a ser franco con ellos respecto al dinero y simplemente postergará la cuestión día tras día mediante absurdas excusas y justificaciones. Lo que al menos le permite, y eso es lo único que a Rick le interesa, dar inicio a los experimentos con la máquina. La máquina, se dice, ya me ofrecerá las respuestas adecuadas para esta clase de problemas.

Pero la máquina no le ofrece las respuestas necesarias para solucionar el problema del dinero y del pago a los parapsicólogos. De hecho, no le ofrece ninguna respuesta. Los primeros experimentos resultan decepcionantes. Rick se sienta donde le corresponde, los demás se conectan al ingenio, y pone en marcha los electroimanes; hace todo lo que tiene que hacer. Y es cierto que se nota la vibración, es cierto que hay ahí una energía palpable que sin duda tendría que servir para algo, pero que no parece servir para el propósito concreto para el que ha sido convocada. Rick nota cómo su mente se pone en blanco durante unos prometedores segundos, pero acto seguido sus pensamientos parecen dispararse a velocidad supersónica, sin orden ni concierto. Sus pensamientos se agolpan más y más formando una masa amorfa pero claramente diferenciada por capas y estratos. Y Rick lucha por frenarlos, por devolverlos al lugar del que han salido, por ralentizarlos siquiera, pero todo es en vano: cuanto más se esfuerza, más grande se hace la montaña que tiene que mover. Es como si la energía electromagnética apremiara sus pensamientos. Y ahí está él, durante una hora u hora y media, que es el tiempo máximo que los videntes y espiritistas pueden mantener su concentración al cien por cien, sentado en el diván debatiéndose contra fuerzas inesperadas que le superan en número y fuerza. Rick no imaginaba que el primer escollo pudiese encontrarse en un punto tan inicial del proceso. El primer obstáculo no es la máquina ni los participantes, el primer obstáculo soy yo, se dice con pesadumbre. Además, siempre sale de la máquina acuciado por una dolorosa cefalea que sin duda acrecienta la sensación de impotencia.

No pasa demasiado tiempo hasta que Rick empieza a apreciar que los videntes y espiritistas están perdiendo la paciencia. Con sus poderes, se dice, seguramente han intuido que no van a cobrar ni un centavo. Sin embargo, tal vez movidos por su propia curiosidad, o tal vez por la comida que les lleva Luis, van a quedarse allí, en las tierras que denominan El Porvenir, una semana más. Los avances durante ese periodo son nimios, pero a Rick le aportan un poquito de esperanza. Durante esa semana, y con la intención de relajar el trajín de su mente y despejar así un poco el camino para la ampliación de consciencia, decide tomar infusiones de hierba del diablo antes de iniciar las sesiones con la máquina. Sabe que puede resultar contraproducente, pero como le da la impresión de encontrarse en un camino sin salida, entiende que no pierde nada por intentarlo. En una de esas sesiones, le asalta por primera vez una imagen que va a convertirse en recurrente a partir de ese momento. Tras poner la máquina en marcha, antes siquiera de cerrar los ojos, Rick observa cómo las paredes del iglú pierden su solidez y adquieren algo así como una suerte de cualidad líquida; las paredes parecen una fina película de agua caída de no se sabe dónde. En dicha capa se va perfilando un óvalo vertical que deja entrever algo al otro lado. Tras un buen rato observando entre el regocijo y la extrañeza, Rick descubre que lo que hay al otro lado es el Pão de Açúcar de Río de Janeiro. Lo ve ahora con una claridad meridiana. Horas después, cuando se le pase el efecto de la hierba del diablo y remita un tanto el dolor de cabeza, se preguntará qué demonios implica que haya visto el Pão de Açúcar. Se lo preguntará las primeras veces que lo ve, pero después, ante la imposibilidad de solventar sus dudas, lo aceptará sin más como una parte inexcusable del proceso. Verá alguna otra cosa más durante esos días, pero se trata de imágenes inconexas, sin ilación posible. Rick entiende esas imágenes como reclamos sin fundamento y sin discurso. No tienen nada que ver con la voluntad que le mueve.

Rick ha construido la Máquina del Porvenir, en primer término al menos, para ir al pasado. Quiere volver a ver a su padre, tratar con él de manera directa y continuada. Quiere que su padre le cuente lo que tiene que contarle, lo que siempre ha querido contarle. Que le transmita el mensaje hasta ahora vedado, el mensaje que la muerte o la desaparición cortaron de manera antinatural. Rick está convencido de que sólo ahí, en el pasado y junto a su padre, va a poder resolver el misterio que ha presidido su existencia, esa incomodidad que ha ido arrastrando siempre consigo: la sensación de no tener un espacio propio en el mundo, en la vida en general, como si él no fuese más que un resto prescindible entre las formas vivas, una excrecencia sin valor ni sentido. Rick cree que ahí, en el pasado y junto a su padre, puede encontrar la primera piedra con la que construir su nueva vida a partir de ese momento. Porque sin duda tiene que haber una nueva vida destinada para él, una vida plena y satisfactoria, una vida total, en el futuro. Una vida alejada de temores y nimiedades. Una vida en la que cada gesto tenga sentido, un sentido visible y absoluto, y no existan ya más vacilaciones respecto a su proceder. Porque de no ser así, ¿para qué todo esto? ¿Por qué este afán que le ha arrastrado hasta ese inhumano desierto en un lugar tan remoto como Sonora, en México? Su padre sembró esa semilla, la de la construcción de la máquina, con ese fin: que logre alcanzar una vida plena. ¿Con qué otro fin sino podría haber sido plantada esa semilla? ¿Qué sentido sino tendría la máquina, esa máquina que está indisolublemente unida a él? Y después le gustaría ir al futuro, para poder asegurar los pasos a emprender; para que la certeza del pasado convierta en inútil cualquier clase de titubeo humano.

Finalmente, a los videntes, los espiritistas y los adivinos se les acaba la paciencia. De nuevo, la intercesión de don Julián resulta clave para evitar que le propinen a Rick una paliza o incluso que echen abajo el cobertizo. Que se vayan no supondrá un fracaso, sin embargo, porque el proceso no se va a detener. Rick la pondrá en marcha él solo, sin ayuda o colaboración de nadie. La intuición, una voz que no sale de ningún punto fijo pero que al mismo tiempo parece estar de repente en todas partes, le dice que puede hacerlo. Y él lo cree. Guiado por esa intuición, que reconoce como absolutamente propia a pesar de haber estado acallada durante mucho tiempo, redirige hacia el receptor sobre el diván los cables que iban a las celdillas alrededor del iglú. También deja de tomar infusiones de hierba del diablo, porque sabe que son menos una ayuda que una excusa. Empieza a llevar un cuaderno de bitácora, porque la memoria, ahora lo sabe, es sumamente moldeable y cada nueva perspectiva obliga a una actualización del sistema al completo. Y por último decide conectar la máquina cuando anochece. Rick se siente al mando ahora, se siente el capitán de esa nave por primera vez y eso le inviste de una nueva clase de poder y de confianza en sí mismo.

Tras unas cuantas pruebas, en las que se cruza varias veces, como no podía ser de otro modo, con el Pão de Açúcar, Rick entiende que o bien el pasado está cancelado para él o bien carece de las herramientas necesarias, del tipo que sean, para desentrañarlo. Escribe en su cuaderno de bitácora: Voy a tener que empezar por lo que yo suponía que sería el final. Voy a ir del futuro al pasado. Después de todo, escribe, creo haber entendido ya que el tiempo es reversible. De lo que se trata es de incidir en uno u otro de los extremos; poco importa cuál. Cuando llega la noche y pone en marcha los enormes electroimanes, enfoca su consciencia hacia el futuro.

Rick va a ver paisajes urbanos desconocidos e inimaginables, máquinas extrañas que flotan en el aire, extrañas formas de alimentación y aglomeraciones indescriptibles. Pero también se va a topar con varias personas, personas con las que incluso tomará contacto directo impulsado por el afán de comprender mejor qué es lo que está haciendo. Y al menos dos de esas personas, Rick cree poder asegurarlo, son miembros de su futura familia. Posiblemente un hijo y un nieto. Los encuentros son muy confusos, porque si el propio contacto entre dos épocas supuestamente diferentes y separadas resulta ya equívoco y ambiguo, las fechas durante esos momentos de intercambio se fusionan en su mente provocando en él una desagradable sensación de torpeza, como si le abandonase la capacidad más simple de entender los números, el concepto suma o resta, por ejemplo. Además, le cambia la voz y le duele mucho la garganta al hablar, como si no le estuviese permitido articular palabra debido a la descoordinación temporal; como si la voz fuese precisamente la prueba del desajuste. Se siente como un actor de cine mudo incrustado de repente en una película sonora. Una vez de vuelta, esos encuentros conllevan una profunda descomposición estomacal: todas las mañanas se ve obligado a limpiar los restos de vómito desparramados por el interior del iglú de madera. En su bitácora va a apuntar: Estoy empezando a entender que la naturaleza del tiempo no tiene nada que ver con lo que nos han enseñado, con la fantasía en la que solemos vivir inmersos. Mi experiencia me dicta ahora que el pasado y el presente posiblemente se estén desarrollando siempre al mismo tiempo, de manera simultánea. Así pues, es posible que llevar a cabo un nuevo acto en el pasado tal vez no implique cambio alguno en el futuro. O por decirlo de otro modo: es posible que la existencia de mis hijos o nietos sea un hecho absoluto en sí y no necesite necesariamente de mi existencia, ni en el presente ni un poco más adelante cuando, en teoría, posibilite su concepción.

Todas esas reflexiones llevan a que Rick emprenda el siguiente viaje con la mente más abierta y receptiva que nunca; sin miedo ni objetivo de ninguna clase. Va a ser esa noche, precisamente, cuando Rick se encuentre con su padre. Lo ve, al igual que le sucede siempre con el Pão de Açúcar, tras una especie de elipse vertical acuosa. Rick, como en las ocasiones en que, en teoría, se ha desplazado hacia delante en el tiempo, se levanta del diván y, sin pensarlo siquiera, se acerca al óvalo como el que se acerca a un ventanal para observar lo que se extiende más allá. Lo que ve al otro lado parece una estancia palaciega, un amplio salón con las paredes pintadas de un suave color verde limón, altas puertas de madera noble y techos con artesonados y frescos. En medio de la sala se alza una extraña construcción de madera, con el techo abovedado o en forma de cúpula. Al lado de la construcción, de pie, elegantemente vestido, está el padre de Rick. Rick lo sabe: es su padre, el conde Krasniewski. La impresión es tan fuerte que Rick siente el efecto en todas las células de su cuerpo. Si me mirase al espejo, se dice Rick para aliviar el impacto mediante un pensamiento ligero, seguro que me vería incandescente. Es su padre el que habla primero, obviamente en polaco: Suponía que algo así podría ocurrir. Sabía que este momento, para mí, iba a ser un principio o un final, y que en ese caso podía ocurrir algo parecido a esto. ¿Quién eres? Soy Ryszard, responde Rick también en polaco. Su hijo, señor. El conde Krasniewski lo mira de hito en hito, sin perder un ápice de su apostura a pesar de la indudable emoción. Dios mío, exclama casi en un susurro. Claro, añade, hace apenas un par de días le entregué los planos de la máquina a tu madre para que los mantuviese a buen recaudo. ¿Ella está bien?, pregunta el conde Krasniewski. ¿Ella?, replica Rick. Maria, tu madre. ¿Está bien?, insiste. Rick, con la vista clavada en su padre, totalmente poseído por la potencia del momento, se limita a contestar: Ha pasado mucho tiempo, señor. A Rick, como en todos sus viajes o saltos temporales, le cuesta hablar. Su voz es extraña, árida y como sincopada, y además hace años que no habla en polaco y se siente un tanto torpe. El conde Krasniewski asiente con convicción. Entiendo, le dice a Rick. Eres un hombre adulto, dice también. Debe de haber pasado mucho tiempo. ¿Y tú?, le pregunta entonces el conde Krasniewski. ¿Estás bien? Rick tarda en asentir desmañadamente, como a medias. Has construido la máquina, afirma su padre. ¡Y funciona! Sí, dice Rick. Pero no la controlo. No sé cómo adentrarme en el pasado o en el futuro. La máquina me lleva y me trae a su antojo, le dice a su padre en un arranque de sinceridad. No es fácil de manejar, coincide su padre, lo sé. Durante un rato permanecen en silencio, mirándose el uno al otro como el que se observa a sí mismo en un espejo sucio, o desconchado, o bajo una luz indirecta que destaca sobre todo las sombras y los claroscuros. Y da la impresión de que a los dos les gustaría decirse algo intenso y significativo, íntimo e intransferible, pero ambos saben que no hay tiempo, que ese encuentro está sujeto a unas leyes que no pueden someter a su arbitrio. Saben que ese momento, por decirlo de otro modo, no les pertenece. Y como para corroborarlo se escucha entonces una pequeña explosión, seguida de disparos no excesivamente lejanos y gritos violentos en alguna otra estancia del palacio. Ante la mirada interrogativa de Rick, el conde Krasniewski aclara: Son los soldados del Ejército Rojo. Han irrumpido en el palacio de Tsárskoye Seló. Me temo que es el fin. Posiblemente acabarán con el zar y con su familia. Al decir esto último, el padre de Rick mira hacia la máquina que ocupa el centro de la estancia. Bueno, espero que con toda su familia no, añade. Ahí dentro, dice señalando hacia la cúpula, está la princesa Anastasia. Espero poder salvarla. Entonces, le interrumpe Rick, ¿no va a decirme si se salvó, si pudo huir, señor? ¿De esta situación?, pregunta a su vez el conde Krasniewski, ¿del asalto del Ejército Rojo? Rick asiente con el aire de un niño abandonado. ¡Ojalá lo supiera! Voy a meterme ahora en la máquina. No sé adónde me llevará. No sé siquiera si lograré ponerla en marcha. De nuevo se oyen gritos y resuena algún que otro disparo cada vez más cercano. Antes que esto acabe, dice el conde Krasniewski, deja que te diga una cosa..., hijo. Rick se recompone y escucha con toda atención. La máquina, dice su padre, tiene alma. Aquellos que la pongan en marcha tienen que despertarla. La máquina, prosigue, ha existido desde siempre. Estoy convencido. Y para sacarle el máximo partido, hay que prescindir de las ideas, que no hacen sino confundir. Sólo la construcción tiene que ser un camino pensado. La máquina fue creada para encontrar respuestas, no para viajar. Los posibles viajes, los posibles desplazamientos, no son más que simples anécdotas, dice el conde Krasniewski justo cuando un objeto contundente impacta contra uno de los ventanales del salón haciéndolo añicos. La esencia de la máquina es otra. Todo ocurre en el presente, Ryszard, recuérdalo. No hay otra cosa. Y al oír eso, Rick, como tirado por una cuerda que ha de llevarle de vuelta al diván, se aparta del óvalo acuoso y la imagen de la estancia palaciega, y de su padre, se va difuminando hasta desaparecer con un átono fogonazo azulado.

Sentado de nuevo, Rick empieza a sentir una extraña comezón. ¿Por qué no le he dicho dónde estoy? ¿Por qué no le he dado mis coordenadas espacio-temporales para que pudiese intentar reunirse aquí conmigo? Acto seguido vomita con una fuerza inusitada y salvaje.

Ese encuentro ha sido diferente a todo lo ocurrido con la máquina hasta ahora, eso Rick lo sabe en cuanto acaba y se ve allí, sentado y solo, cubierto de restos de comida, exhausto y alterado pero también satisfecho. Lo que no sabe, lo que todavía no puede saber Rick en ese instante, aunque no va a tardar demasiado en saberlo, es lo que ese encuentro ha provocado fuera de la máquina, más allá de los terrenos que denominan El Porvenir, en El Claro y en otros muchos puntos de la región. Ese encuentro con su padre ha liberado la energía de la Máquina del Porvenir y la ha expandido de manera concéntrica por los alrededores, como una onda expansiva.

El primero en aparecer por allí para dar cuenta de lo ocurrido va a ser el joven Luis. Le cuenta que esa noche ha tenido un sueño muy raro con su madre, muerta hace muchos años, un sueño vívido y real en el que ella le ha hablado de cosas hermosas y reconfortantes; y al decirlo, a Luis le brillan los ojos al borde del llanto. Y también le dice que él ha sentido que ese encuentro en el sueño ha sido posible gracias a la máquina. ¿Cómo sabes que ha sido gracias a la máquina?, le pregunta Rick. No tengo prueba alguna, responde el joven, pero lo sé, algo en mí lo sabe con total certeza.

Poco después van a llegar varios de los hombres que estuvieron trabajando en la construcción del ingenio, y van a declarar que han visto a familiares muertos y a gente diversa que les han transmitido mensajes llenos de esperanza y amor, y que eso les ha empujado a acudir hasta ahí, hasta la máquina, casi en peregrinación y a modo de agradecimiento. También va a llegar gente desconocida, hombres y mujeres, desde Ejido, Santa Ana, Magdalena o Altar, contando cosas similares. Uno de ellos afirma haber hablado en sueños con el mismísimo Emiliano Zapata, ya sin bigote y vestido con un lindo traje blanco, que le ha dicho que la base de la revolución tiene que ser la fe y el amor. Otro asegura haber estado charlando, de un modo distendido y amistoso, con Franklin Delano Roosevelt, quien al parecer le ha asegurado que van a ganar la guerra contra los japoneses gracias a la ayuda del poder de los dioses, que guardan condensado en una pequeña cajita a la que llaman Little Boy. Otra más asevera haber visto al Papa de Roma, al recientemente nombrado Pío XII, que le ha dicho que Dios ha dejado pruebas de su inmenso amor por los seres humanos en todas partes, también ahí, en medio del desierto de Sonora.

Y hablando de amor, aparece por allí Florita, la sirvienta de don Julián, que llevando a Rick a un lado le confiesa que ha soñado con él y que el sueño le indicaba que tenía que quedarse a su lado hasta el final de los días. Creo que le amo, señor Rick, le confiesa. ¿Desde cuándo es así, Florita?, le pregunta Rick desbordado por los acontecimientos. Desde esta misma noche, nomás, pero es un amor fuerte y puro, se lo puedo asegurar, le dice atrayéndolo hacia sí e intentando abrazarlo. Ese detalle, tal vez más que ningún otro, va a suponer el principio del fin de las experiencias de Rick con la Máquina del Porvenir. Porque Florita, tal como había sospechado Rick desde el primer momento, además de sirvienta de don Julián ha sido su amante durante los últimos siete años. Por eso don Julián, ingeniero de prestigio mundial pero capaz de sentirse despechado como el que más, va a retirarle el apoyo a Rick.

Cuando empiecen los verdaderos problemas, por lo tanto, Rick se encontrará absolutamente solo ante el peligro. En un principio, Rick puede controlar a los peregrinos que van llegando de forma escalonada a lo largo de los siguientes días. Logra que se establezcan alrededor del cobertizo de forma más o menos ordenada, sin excesivos agobios. No tiene ni idea de qué va a hacer con ellos, no tiene ni idea de qué significa lo que está ocurriendo, pero como le asusta y le agobia pensar en las consecuencias se limita a llevar a cabo las labores de intendencia lo mejor posible. Al cabo de unos días, sin embargo, los peregrinos, contentos de estar allí pero también anhelantes, empiezan a exigirle a Rick que, con ayuda de la máquina, vuelva a posibilitar que vivan experiencias como las que dieron pie a su peregrinación. Quieren que ponga en marcha la máquina para volver a ver a sus seres queridos o a personajes famosos e importantes de cualquier rincón del mundo, para que estos les hablen y les transmitan mensajes de paz y armonía. Quieren que Rick siga haciéndoles sentirse especiales, elegidos por ese artefacto que, sin lugar a dudas, debe de estar alimentado por energía divina.

Rick acaba cediendo a las presiones y conecta la máquina un par de noches, con él dentro. Pero lo único que ve, de forma machacona e incómoda debido a las circunstancias exteriores, es el Pão de Açúcar, más seductor y atrayente que nunca, como si le llamase, como si le estuviese ofreciendo alguna clase de promesa indescifrable destinada sólo a él. Como cabía esperar, los peregrinos, que durante dichas sesiones encienden velas y rezan a quién sabe qué clase de deidades, no experimentan nada especial más allá del sentido de comunión propio del momento. Por eso mismo, tras tres sesiones varían sus exigencias a Rick: lo que quieren ahora es entrar ellos en la máquina, uno a uno si es necesario, por riguroso orden, para ver si pueden ellos darle un empujoncito al proceso. Rick se niega. Les explica a los peregrinos que entrar en la máquina requiere un proceso de iniciación, un lento y riguroso aprendizaje de su idiosincrasia; que no todo el mundo puede entrar allí y hacerla funcionar, que eso podría conllevar alguna clase de accidente de consecuencias imprevisibles. Pero no convence a los peregrinos. Los peregrinos tienen un afán que parece estar por encima de cualquier clase de mesura, tienen frente a sí su objeto de deseo, disponen de la voluntad necesaria para seguir adelante y son muchos. Es normal que lleguen a creer que Rick es prescindible. Rick puede notar la tensión, la sensación de que muy pronto una chispa va a iniciar el incendio. Pero es justo entonces cuando aparece el delegado del gobierno en Sonora para reclamar la propiedad de la máquina para la República de México.

El delegado viene acompañado por cinco soldados y le presenta a Rick un legajo en el que se explica que, debido a toda una serie de irregularidades legales, queda anulada la venta al señor Richard Charmer de las tierras denominadas El Porvenir, que dichas tierras siguen siendo propiedad del Gobierno, que no son propiedad privada de nadie, y que todo lo que haya en ellas pertenece desde ese mismo momento también al Gobierno mexicano. Le dice, ante la estupefacción de Rick, que en el plazo que la Administración considere adecuado se le devolverá el dinero invertido en la supuesta compra y también una parte proporcional, tras la evaluación pertinente, de lo invertido en la supuesta mejora de dichas tierras; siempre y cuando dicha supuesta mejora suponga un bien común. Lo que Rick entiende es que los comentarios sobre la máquina han llegado a oídos del gobierno y que quieren quedarse con su invento viendo el efecto que tiene entre los lugareños y las posibilidades de negocio que ofrece. Pero lo de la anulación del contrato de compra de las tierras tiene que haber sido cosa de don Julián. Es más que probable, piensa Rick al atisbar la cara sonrosada de Florita entre la multitud. Rick, en cualquier caso, se niega en redondo a aceptar lo que el delegado le está diciendo y afirma que nadie va a sacarlo de sus tierras ni a quedarse con nada suyo. El delegado vuelve a esgrimir su legajo y a señalar con el pulgar, mientras afirma algo incomprensible con rotundidad, hacia los cinco soldados que le acompañan. Lo que quiere dar a entender es que las cosas pueden hacerse por las buenas o por las malas. Rick no sabe qué hacer. Pero los peregrinos, que ya están al corriente de lo que está ocurriendo, sí lo saben: se colocan frente al delegado y le dicen que de allí no va a poder sacarlos ni el mismísimo diablo acompañado por todo su ejército infernal. Y no lo dicen con buenas maneras. De hecho, los cinco soldados, con sus escopetas y revólveres y bayonetas, no tardan en sentirse acongojados al verse rodeados por semejante irascible multitud. El delegado, por lo tanto, se ve obligado a marcharse, pero antes le dice a Rick: Esto no va a quedar así, señor Charmer.

Se establece entonces en el asentamiento que rodea a la máquina la embriaguez por la batalla inminente. Lo bueno del caso es que durante esos días previos a la inevitable confrontación, los peregrinos se concentran en prepararse para el día D, dedican todos sus esfuerzos y atención a disponer la defensa del lugar y olvidan sus anteriores anhelos y peticiones. Cuando aparece por esas tierras que denominan El Porvenir el V Destacamento de Infantería del Ejército de Tierra de la República de México, ataviado con toda la parafernalia bélica, armado hasta los dientes, en el asentamiento que se extiende alrededor de la Máquina del Porvenir habitan ya unos cuatrocientos peregrinos. Algunos llegaron en la primera hornada, la de aquellos que podían dar fe de haber visto y oído cosas en sueños o haber tenido visiones de todo tipo, pero hay otros muchos que han ido llegando después, atraídos por el fenómeno y persuadidos por las firmes convicciones de los primeros. Todos esos peregrinos parecen dispuestos a luchar, empujados a partes iguales por sus singulares creencias y por unos principios basados en la oposición al poder establecido forjados a fuego durante la dura etapa revolucionaria; en pocas palabras, los peregrinos tienen algo por lo que pelear y van a hacerlo.

Rick, por su parte, tiene miedo. Entiende que esa lucha no es su lucha. Él no se estableció en Sonora para verse inmiscuido en una causa que ni entiende ni quiere llegar a entender. Le importa la máquina, claro, su máquina, pero no hasta el punto de morir por ella. Por fortuna, los peregrinos no le exigen en ningún momento que los lidere.

Tras recibir el ultimátum del comandante Villoro, el oficial al mando del V Destacamento de Infantería del Ejército de Tierra de la República de México, en el que se conmina a los allí presentes a deponer las armas y abandonar el lugar pacíficamente, asegurándoles que no sufrirán represalia alguna, Rick se encierra en la máquina, atrancando la puerta por dentro, y la pone en marcha. Está ya sentado en el diván cuando suenan los primeros disparos y los primeros gritos. Los impactos contra el tejado del cobertizo los nota cuando las paredes del iglú se hacen líquidas. Y las primeras trazas del fuego cuando ante la mirada de Rick aparece el Pão de Açúcar, seductor y atrayente, con todo su colorido y su promesa de bienestar, enmarcado por el óvalo acuoso. Rick se levanta y se acerca al óvalo y, sin saber por qué, pasa un pie al otro lado y luego el cuerpo entero. Ya no está en el cobertizo. Al darse la vuelta, de hecho, lo que ve en el óvalo, que poco a poco va cerrándose, es el terreno pedregoso y desértico sobre el que un día, hace unos cuantos años, se erigió la Máquina del Porvenir. Ni siquiera quedan ya las marcas negras del fuego o los restos calcinados de madera o cenizas. No queda nada. Como si la máquina no hubiese existido nunca. Vuelve a darse la vuelta y Rick ve ante sí entonces las ajetreadas calles de Río de Janeiro.

Rick echa a andar teniendo la referencia del Pão de Açúcar en la lejanía. Se adentra por las calles como si transitase un sueño. Pero está ahí. Realmente está en Río de Janeiro. Va observando las fachadas de los edificios, sorprendentemente limpias. Tiene que evitar los modernos tranvías cubiertos de anuncios publicitarios cuando atraviesa las avenidas más anchas. No hay tantos coches como en Nueva York, pero los automóviles son nuevos y radiantes, y avanzan sin prisa y sin apenas hacer ruido. Hay muchas construcciones lujosas. Ha pasado ante varios teatros, cines y casinos, amén de un edificio que perfectamente podría ser el ayuntamiento o la sede de alguna clase de institución política. A los ojos de Rick, Río de Janeiro transmite la sensación de ser una ciudad rica en un momento dulce de su historia. La gente con la que se cruza, por lo demás, viste en su mayoría de un modo elegante y distinguido; nada que ver con las maneras y la indumentaria de los toscos sonorenses. A medida que se acerca al centro de la ciudad va notando cómo se acrecienta a su alrededor, como si fuese algo que flotase en el aire, igual que se nota la llegada de la primavera, una extraña sensación de euforia. Al detenerse junto a un quiosco lo entiende. El titular de un periódico titulado *O Globo* anuncia: ¡La guerra acabó! Harry Truman anuncia la rendición incondicional de Japón. Al fijarse en la fecha en la portada, Rick siente una convulsión en todo su ser: 2 de septiembre de 1945. El fin de la guerra no llama especialmente su atención; tal vez porque hace mucho tiempo que dejó de pensar en ella y se centró por completo en sus asuntos. Lo que le importa es que han pasado más de tres años. Han pasado tres años en poco más de una hora. Finalmente, Rick ha saltado al futuro de manera fiable.

¿Y ahora qué?, se pregunta Rick. Si he venido hasta aquí en este momento será por algo, se dice. Pero ¿para qué? Va a pasar varios días esperando encontrar una señal que le haga entender el sentido de lo que está experimentando. Durante esos días tendrá que apañárselas como buenamente pueda: robando algo de fruta en paradas callejeras, haciéndose con los restos de pan y comida que tiran algunos restaurantes, durmiendo escondido en la estación de tren, aseándose de cualquier manera en los urinarios públicos de los parques. Pero la señal no aparece por ninguna parte. Pragmático como es, Rick entiende que mientras espera la señal va a tener que crearse una rutina, que no puede seguir comportándose como un pordiosero o un delincuente; entre otras razones, porque en una ciudad tan limpia y glamurosa como Río de Janeiro no va a tardar en llamar la atención de la policía.

Viste pantalones oscuros y camisa blanca, que suele llevar abotonada hasta arriba, y sus zapatos son buenos, pero es evidente el desgaste de su atuendo tras una larga temporada en el inclemente desierto de Sonora. Tengo que encontrar un trabajo. Necesita dinero.

Su primer trabajo lo encuentra en la zona de Botafogo en una de las muchas obras que se están llevando a cabo en la ciudad. Durante varios meses va a ser mozo de carga, va a acarrear sacos de cemento o ladrillos de un lado para otro. Esa primera ocupación le va a permitir empezar a chapurrear el portugués. Lo entiende bien desde el principio, pero hablarlo le resultará algo más complicado porque, entre otras razones, su voz es ya en todo momento árida y sincopada, se le ha quedado así desde que atravesó el óvalo, y le duele siempre la garganta al hablar. El capataz de la obra, mexicano por parte de madre, le permitirá pasar unas cuantas noches en el chamizo en el que los trabajadores se cambian y asean.

Al cabo Rick abandona la construcción y empieza a repartir periódicos, justo frente a la puerta del Teatro Municipal; un lugar muy concurrido por las mañanas. Se pone al día respecto a lo que está ocurriendo en el mundo y, sobre todo, recupera parte de la información relacionada con los tres años que desaparecieron al dejar atrás la Máquina del Porvenir. Durante ese intento de reconstrucción inevitablemente superficial, a Rick va a empezar a acuciarle una profunda sensación de nostalgia y extrañeza asociada a esa pérdida inexplicable. ¿Dónde he estado yo durante esos tres años? ¿Qué ha sido de mi vida en ese tiempo?, se pregunta una y otra vez. La única respuesta que obtiene es una consistente sensación de vacío en ese punto inconcreto que se extiende entre la boca del estómago y el inicio del esternón. Está instalado en una pensión en el barrio de Santa Teresa, dispone de una minúscula habitación con vistas a un patio interior, pero Rick la convierte en su castillo particular.

Pasado un tiempo empieza a ejercer de limpiabotas, donde puede ganar más gracias a las propinas. En principio se instala en la avenida Rio Branco para aprovecharse del flujo de trabajadores que entran y salen de las oficinas, pero después se aposta, junto a otros dos colegas, en la avenida Atlântica, muy cerquita del Copacabana Palace, en su máximo esplendor en esa época debido a la atracción que supone el casino, con la intención de arrimarse, como quien dice, a la gente bien. Y estando ahí, cuando ya casi ha olvidado su propósito debido al tráfago del día a día y a las exigencias que entraña adaptarse a su nueva vida en Río de Janeiro, Rick va a recibir la señal que andaba esperando.

Una tarde, cuando el flujo de asistentes al casino del Copacabana Palace empieza a hacerse más notable, se sienta en la silla de Rick, al que hace tiempo que todos llaman Ricardo, un hombre de unos treinta años, elegantemente vestido y con aires de triunfador. Rick lo reconoce al instante: es Max Bercovicz. La vida lo ha tratado bien. Da la impresión de ser todo un señor. No baja la vista durante el rato que Rick, con manos temblorosas, se dedica a hacer brillar sus espléndidos zapatos ingleses. Y aunque lo hubiese hecho no habría reconocido a Rick, pues luce una frondosa barba y además su voz es árida y sincopada. Max le entrega un billete cuando se está levantando, pendiente ya de otra cosa, y le dice que se quede con el cambio; cambio que triplica el importe del servicio. Tarda un rato Rick en recuperar la compostura, todavía conmocionado. Después le pregunta a uno de sus colegas, un tal Felipao, veterano limpiabotas, quién es ese hombre al que acaba de lustrarle los zapatos. Es el señor Berquim, le responde, Alex Berquim, el gerente del casino del Copacabana Palace. Un auténtico *gentleman*, asevera Felipao, y muy generoso. Hoy tuviste suerte, Ricardo, concluye.

Esa noche, en la que no va a poder pegar ojo, Ricardo decide cambiar de orientación profesional de nuevo. Le ha dado mil vueltas al encuentro de la tarde con Max Bercovicz y lo que ha sacado en claro no le gusta en absoluto. El mero hecho de haberlo visto le ha metido el miedo en el cuerpo. Ha sido como el rayo que anuncia una tormenta. Ese hombre, se dice, es una amenaza para mí. Si ver a Max es la señal que andaba esperando, y Ricardo da por buena esa opción, esa señal le está indicando que, como mínimo, debe variar el rumbo. Porque no puede irse sin más de Río de Janeiro. ¿Qué sentido tendría entonces haber venido? Además, ¿adónde iría? Si la máquina le ha traído a Río de Janeiro, cobrándose tres valiosos años de su vida, sin duda debe tener reservada para él alguna otra clase de notificación de mayor calado. Ese encuentro con Max, así lo entiende Ricardo, debe de haber sido un primer aviso. Pero vendrán otros, está convencido. Tengo que estar preparado para ese momento, se dice. Así pues, al despuntar la mañana acude al barbero, se afeita y se arregla el pelo, después se compra un traje barato con sus exiguos ahorros y visita, uno tras otro, todos los locales de espectáculos de la ciudad. Ricardo es políglota y, gracias a su experiencia hotelera en Nueva York, puede decirse que tiene muy buena mano en el trato con los clientes. Vestido así, además, con traje y corbata, transmite apostura. El tiempo pasado en México le ha hecho ganar músculo y le ha ensanchado los hombros. Por eso no tardarán en contratarlo como portero en un local muy concurrido llamado Quiet Nights. Ese va a ser el primer paso de Ricardo en su proceso de preparación para lo que está por venir.

Año y medio después, encontramos a Ricardo establecido ya como uno de los personajes de la noche carioca. Su fulgurante currículum indica que primero ha sido portero, luego barman, luego encargado de sala y finalmente director de espectáculos de la sala de fiestas Sonhos de Cetim. Algo así sólo puede pasar en una ciudad tan trepidante como lo es Río de Janeiro en ese momento. El nombre de Ricardo Charmer, en pocas palabras, empieza a dejarse oír en la ciudad. Nadie sabe realmente de dónde ha salido, lo cual le otorga un aura de misterio y sofisticación que resulta ideal para su trabajo. Su buena gestión, por lo demás, le permite llevar una vida holgada, si no de lujo. Vive en un ático, pequeño pero muy coqueto, en uno de los edificios nuevos de la avenida Delfim Moreira en Leblon, en primera línea de mar. Conduce un bonito Plymouth convertible de color crema. Todo parece seguir el esquema trazado por él la noche en que decidió cambiar de nuevo de orientación profesional para poder hacer frente con garantías al verdadero reto que entraña la ciudad de Río de Janeiro: volver a encontrarse con Max; o con Alex, como ahora se hace llamar.

Alex Berquim va a buscarlo una noche cualquiera al Sonhos de Cetim, una noche entre semana en la que el local está muy tranquilo. Toman unas cuantas copas a cargo de la casa y charlan, entre otras cosas, de la inmejorable situación económica por la que está atravesando la ciudad. Alex le dice que hay que aprovecharse todo lo posible porque es muy posible que las cosas cambien cuando construyan la nueva capital en el interior del país para descentralizar el poder. Ricardo le dice que eso es cuento viejo, que siempre andan hablando de la construcción de esa ciudad fantasma, pero que él duda mucho que llegue a existir jamás. Alex, cambiando de tema, alaba no sólo el buen gusto con el que está decorada la sala de fiestas, sino también varios de los espectáculos que han programado durante los últimos meses; parece estar perfectamente informado. Alex le dice a Ricardo que tiene muy buen criterio a la hora de elegir las actuaciones, que ha sido un movimiento muy inteligente eso de mezclar artistas norteamericanos con músicos locales. Ricardo argumenta que está bien aconsejado por sus compañeros y que todo acierto tiene mucho que ver con la suerte. Finalmente, tras pasar de puntillas por dos o tres trivialidades más, Alex dice lo que ha venido a decir: quiere contratar a Ricardo para el Copacabana Palace. Cuando Ricardo replica que no se le ocurre qué lugar podría ocupar él en un hotel tan distinguido como el Copacabana Palace, Alex le cuenta que sabe, gracias a una fuente muy fiable, que el presidente de la nación, Eurico Gaspar Dutra, va a prohibir el juego, por lo que el Copacabana Palace tendrá que cerrar el casino. Vamos a tener que renovar el hotel. Entre otras cosas, queremos convertir el casino en una gran sala de fiestas, le dice Alex. Y a mí me gustaría que la dirigieses tú, afirma con la discreta contundencia de los que están acostumbrados a que les den siempre la razón. Antes de que Ricardo pueda siquiera planteárselo, Alex le tiende una tarjeta en la que aparece escrita una cantidad. Ese sería tu sueldo, le dice a Ricardo. Es una cifra mareante. Ricardo, haciendo uso de toda su fuerza de voluntad, mantiene impasible la compostura. Deja que me lo piense, responde de forma escueta. Pero Ricardo ha empezado a sentir cómo la tierra tiembla bajo sus pies. Porque le ha pedido a Alex tiempo para pensárselo, pero Ricardo conoce la respuesta desde mucho antes de que le propusiese nada. Va a aceptar la oferta. No por el dinero. No por la oportunidad profesional que podría suponer para él. Va a aceptar la oferta porque sólo de ese modo podrá afrontar por completo el reto que ha supuesto desde el primer momento ir a Río de Janeiro. Trabajar con Alex, por lo visto, es lo que tiene que hacer.

Antes de que salga por la puerta principal del local, Ricardo va a hacerle a Alex una pregunta tal vez innecesaria pero aun así significativa. ¿Te acuerdas de mí, verdad?, le pregunta. Alex esboza una media sonrisa que destila suficiencia y responde: Claro. No te engañes, no has cambiado tanto.

Ricardo se encarga de poner en marcha la nueva sala de fiestas del Copacabana Palace, y va a controlar hasta el último detalle de la decoración. También se encarga de contratar los espectáculos y de crear un ballet de chicas propio del local, con coreógrafo incluido. Durante todo ese proceso, y también después, cuando la maquinaria ya esté funcionando a pleno rendimiento, las chicas, en busca de algo más que cariño, van a acosar a Ricardo con toda clase de propuestas.

Son muchas, de hecho, las que frecuentarán la habitación que la gerencia del hotel, capitaneada por Alex Berquim, ha puesto al servicio de Rick en la planta ocho; porque la carne es débil y el ego lo es todavía más. Una de esas chicas, precisamente, una impresionante venezolana que se da un aire a Carmen Miranda, será la que ponga el punto final a la estancia de Ricardo en Río de Janeiro.

La sala de fiestas del Copacabana Palace se ha convertido en el epicentro de la noche carioca. Actúan ahí los mejores artistas no sólo de Brasil sino de buena parte de América al completo. Y famosos de todo pelaje acuden al local atraídos por el inevitable efecto llamada, porque cualquiera que tenga un nombre tiene que dejarse ver por el salón de fiestas del Copacabana Palace. Noche tras noche, actores y actrices, políticos y gente de la cultura estrechan la mano de Ricardo, el anfitrión más requerido, o se toman una copa con él para contarle, o para exigirle que les cuente, el último chismorreo relacionado con la gente bien. Pero si Ricardo destaca por algo, más allá de su elegancia, más allá de su característico *smoking* blanco y negro y su pajarita, es por la discreción. Ricardo, eso lo sabe cualquiera, habla poco. De hecho, suele hablar tan poco que apenas cinco o seis personas en la ciudad se han dado cuenta de sus problemas fonéticos. Aun así, los famosos le atosigan, seguramente cautivados por el misterio que lo envuelve.

Durante esos primeros meses, la relación entre Alex y Ricardo será bastante estrecha. Como ninguno de los dos saca nunca a relucir cuestiones vinculadas con el pasado remoto, con sus antiguas vidas, con Nueva York o con Meyer Lansky, podría decirse que se tratan como amigos; al menos de cara al exterior. Alex está encantado con la profesionalidad de Ricardo; una apuesta de riesgo que está dando un resultado inmejorable. Ricardo, por su parte, permanece a la expectativa. Está convencido de que va a pasar algo, algo que le pondrá a prueba llevándole al límite. Ricardo entiende que todo lo relacionado con la sala de fiestas, incluido el éxito, el dinero y las mujeres, es una excusa, una contingencia; una anécdota, en definitiva. En ese clima de irrealidad y fantasía en el que se mueve, en el que la satisfacción a cualquier clase de deseo parece estar al alcance de la mano, difícilmente podría ocurrir nada significativo. Todas esas cosas que está viviendo tienen que ser una simple distracción. El partido, por así decirlo, se va a disputar en otro terreno de juego. ¿Pero en cuál? Porque a decir verdad, y por mucho que se esfuerza en estudiar el entorno, Ricardo no encuentra indicación alguna que señale hacia otro ámbito, que le ponga sobre la pista de la verdad que se esconde bajo esa extendida capa de ilusión. Busca y busca, y espera también, o al menos él cree que está teniendo paciencia, pero no ve nada más allá de lo que el propio Ricardo entiende como apariencias. Y empieza a cansarse.

Y el cansancio afecta a su estado de ánimo. Y al cabo de pocas semanas la decepción da paso, despacio pero de manera implacable, a un peligroso nivel de desesperación. Una desesperación que no deja de insinuarle día tras día, de manera turbia y rastrera, que tres años de su vida han desaparecido muy posiblemente para nada. Que no hay un sentido oculto o final o definitivo en su viaje o en su estancia en Río de Janeiro. Que con toda probabilidad está en Río de Janeiro como podría estar en cualquier otro lugar del mundo. Que su pérdida, la pérdida de esos valiosísimos tres años que flotan ya en el limbo, no ha dado el fruto mayor que Ricardo esperaba. De hecho, no ha dado fruto alguno a excepción de algo de dinero y un prestigio en el mundo del espectáculo brasileño que él ni buscó ni le satisface en lo más mínimo.

Ricardo no puede entenderlo en ese momento, pero esa es precisamente la prueba que él estaba esperando: va a enfrentarse a la nostalgia, una nostalgia de un lugar y un tiempo imposibles; al vacío, ese que dejó la desaparición de los fatídicos tres años, y a la depresión: la sensación de total falta de sentido.

Será la depresión lo que le empuje a la dejadez y a la apatía. Cuanto más avanza el tiempo, menos sale Ricardo de su habitación de la planta ocho. No pasa ya nunca por su ático de la avenida Delfim Moreira, en Leblon, y los famosos que tienen la suerte de toparse con él en la sala de fiestas del Copacabana Palace van a sentirse más afortunados que nunca; entre otras cosas porque su ausencia ha engrandecido su leyenda de hombre misterioso. Pero el misterio no es tal. Lo que hace Ricardo en su habitación es beber. También come algo de lo que le trae el servicio de habitaciones, pero de mala gana. Y se acuesta de vez en cuando con las coristas del ballet del hotel, casi como si se tratase de una costumbre para no perder la realidad de vista. Con una de ellas, una venezolana algo más desvergonzada y algo más fogosa que sus compañeras, la que se da un aire a Carmen Miranda y todos llaman Diajanida, se ha estado viendo con más frecuencia. A Ricardo le resultan agradables sus maneras caribeñas, que tienen, es innegable, algo de maternales también; aunque parte de ello tal vez se deba a su acento, a la lenta cadencia de su fraseo en portugués. Con Diajanida habla más que con las otras, o por mejor decir la escucha más que a las otras, porque él casi se ha instalado de manera definitiva en el silencio más absoluto. Van a ser Diajanida y su dulce acento caribeño, precisamente, los que saquen a Ricardo de su ensueño alcohólico, gris y depresivo, porque la muchacha le irá un día con el cuento, llorosa como una Magdalena, de que se ha quedado embarazada y no sabe qué hacer.

¿Así que era eso?, se dice Ricardo desde lo más profundo de su particular pesadumbre. ¿Todo remitía al hecho de tener un hijo, de ser padre?, se pregunta. Y tiene ganas de reír, o de sonreír al menos, de un modo íntimo e intransferible, pero no es capaz de hacerlo, no le sale. No es capaz de sonreír, pero encuentra una nueva fuente de energía y motivación en ese anuncio. Una fuente aséptica si se quiere, carente de pasión, pero capaz de hacer que Ricardo se levante de la cama, trace un plan y salga de la habitación del hotel.

Ricardo le dice a Diajanida que va a hacerse cargo del niño. Le dice que se van a casar y a formar una familia. Diajanida, aturdida debido a un repentino ataque de felicidad, le cubre frenéticamente la cara de besos a Ricardo y le dice una y otra vez que lo quiere, que lo quiere más que a nada en el mundo. La euforia de la muchacha se aplaca un punto cuando Ricardo le explica que no van a quedarse en Río de Janeiro, que tienen que irse de esa ciudad. Cuando Diajanida le pregunta por qué, Ricardo le dice que desde hace tiempo tiene problemas con la justicia, con su permiso de residencia, que no van a tardar en buscarle las cosquillas y que, dada la envergadura de la misión que va a ocuparles de ahí en adelante, lo de formar una familia, lo más adecuado es empezar de cero en algún otro lugar. Ricardo le dice que ha ahorrado dinero y que van a poder poner en pie un negocio en cualquiera de las ciudades donde decidan instalarse. Diajanida se ve entonces, cabe suponer, como la estrella de un futuro espectáculo en una futura sala de fiestas que, por qué no, tal vez lleve incluso su nombre. Ya ve brillar las letras de neón, y más cuando Ricardo le dice que ha estado pensando en Argentina. ¡La gran Buenos Aires!, exclama Diajanida. Bueno, pensaba en una ciudad más pequeña, aclara Ricardo. Diajanida se imagina a la sazón en Mar del Plata, otra de esas ciudades en plena ebullición plagada de burgueses con dinero dispuestos a gastarlo en sus casinos y cabarets.

Tal vez resulte innecesario aclarar que los sueños de Diajanida y la perspectiva fría y desencantada de Ricardo no coinciden prácticamente en nada. El desencanto a Ricardo se le ha instalado ya para siempre en lo más profundo de su ser. Cuando Ricardo empieza a preparar las maletas, lo hace teniendo muy claro que ha decidido rendirse, tirar la toalla definitivamente.

Ahora sabe que jamás va a abandonarle esa sensación de incomodidad que ha arrastrado siempre, desde niño, y para la que tantas excusas y justificaciones ha ido esbozando. Ahora sabe que no va a encontrar en el mundo, en la vida, un lugar propio en el que poder ser él mismo; ese él mismo que todavía no conoce. Ahora sabe que no es más que un resto prescindible entre las formas de vida, una excrecencia sin valor ni sentido. No, no va a lograr una vida plena. La Máquina del Porvenir era su última oportunidad. Río de Janeiro era su última oportunidad. Ha corrido demasiado mundo. Está cansado. Está exhausto. Ya no va a correr más. Su vida, la vida que ha conocido hasta ahora, se ha acabado.

Estando en la pista del aeropuerto, justo antes de montarse en el avión que ha de sacarles del país, Ricardo, al echar la vista atrás y observar el Pão de Açúcar y el Cristo en lo alto del Morro do Corcovado, no puede evitar preguntarse: ¿Y si toda mi vida, mi vida consciente, ha sido de hecho lo que no debía ser?

6

Víctor y yo discutimos mucho sobre el lugar en el que construir la máquina. Mi apuesta era Cadaqués. Entendía que tenía una significación especial dentro del proceso en el que todavía estaba inmerso. Había ido apareciendo a lo largo del tiempo y estaba convencido de que encerraba alguna clase de simbolismo en mi historia. Víctor, sin embargo, se inclinaba por el Delta del Ebro. Y lo cierto es que tenía dos razones de peso que finalmente acabaron inclinando la balanza a su favor. La primera era que en el Delta del Ebro yo había experimentado, de manera espontánea, un salto espacio-temporal. Recorriendo la playa del Fangar había visto por primera vez a Víctor, había estado, años antes de que el encuentro verificable tuviese lugar, en su apartamento, y eso me había aportado un horizonte hacia el que dirigirme. Yo insistí en que el círculo abierto en aquella ocasión se había cerrado la tarde en que viví lo mismo que había vivido recorriendo la playa, pero tuve que rendirme a la evidencia de que el Delta del Ebro había posibilitado el momento, la experiencia singular.

La segunda razón que esgrimió Víctor para convencerme tenía que ver con el cambio climático y la más que probable inundación, digamos a medio plazo, del Delta del Ebro. Víctor sabía, porque yo se lo había contado, de mi obsesión con ese tema. Mientras me leía apuntes de prensa, sacados de no sé dónde, o citaba frases extraídas de textos universitarios encontrados en internet, yo no podía evitar rememorar las viñetas del cómic *La ciudad de las aguas movedizas* de Mézières y Christin o fragmentos de *El mundo sumergido* de Ballard.

Una vez decidido el lugar había que escoger la localización exacta en la que construir la máquina, y tenía que ser un lugar a resguardo de miradas ociosas o malintencionadas, es decir a cubierto, dentro de alguna clase de local o de edificación. Ahí era donde realmente iban a empezar los problemas, porque lo que se le había ocurrido a Víctor era estrambótico. Había pensado en la urbanización Riumar, situada literalmente junto a la playa de la Punta del Fangar. No tenía en mente, sin embargo, alquilar una casa o algo así, porque semejante inversión habría superado con mucho nuestro presupuesto; amén de que podía resultar excesivamente llamativo. Su intención era ocupar, o mejor dicho asaltar, alguna de las casas vacías. Sólo vamos a estar dos días, tres a lo sumo, me dijo, nadie se enterará. Por lo visto, había estado investigando en internet y realizando llamadas telefónicas a agencias inmobiliarias, y había descubierto que más de la mitad de las casas de la urbanización Riumar estaban vacías en esa época del año.

Todavía no estamos en temporada alta, me dijo Víctor, y allí vive muy poca gente. Ocuparemos una de las casas sólo durante dos días, tres como mucho, y saldremos de allí sin dejar rastro. Lo dijo con tal convicción que el hecho de ocupar una propiedad privada ajena más que un delito parecía una necesidad. Víctor se ocupó personalmente de todos los trámites necesarios para llevar a cabo el proyecto sin exigir de mi participación. No sólo encontró la casa indicada sino que contactó con las personas que debían sumarse a nuestra iniciativa, que eran pocas pero imprescindibles según el criterio de Víctor: tres parapsicólogos, para hacer funcionar el ingenio, y alguien que nos ayudase con el transporte hasta el lugar indicado. Cuando yo le señalé que me sentía al margen, que no estaba haciendo nada de utilidad, Víctor me dijo: Tú eres el protagonista. Suficiente vas a tener con colocarte ahí dentro y vivir la experiencia.

A esas alturas estaba claro que Víctor y yo compartíamos el afán de construir la Máquina del Porvenir desde perspectivas diferentes. Después de observarlo con detenimiento y de elucubrar todo lo posible al respecto, entendí que para Víctor la construcción de la máquina suponía algo así como una segunda oportunidad. Víctor había recalado en Cadaqués, un pueblo pequeño y relativamente insignificante en el norte de la costa catalana, como el que se exilia de la urbe, del gran mundo, apartándose de los focos que nunca se apagan y que iluminan, a veces dolorosamente, hasta el más recóndito escondrijo de la primera línea. Estaba allí, de manera voluntaria, como el que intenta recomponerse tras un grave accidente. Dicho accidente, en su caso, no había sido de naturaleza física sino interna, intangible; más anímica que psicológica. El mundo, o la vida si se prefiere, le había dado un severo revolcón y él, asustado o rendido, se había apartado del mundanal ruido y había escogido llevar una existencia de perfil bajo, amparada en la calma, en lo intrascendente y en la rutina. Pero él mismo me había confesado el día en que lo conocí que estaba convencido de que alguien vendría a buscarlo, que alguien lo sacaría de ese estado de cotidiana latencia para devolverlo al lugar, simbólico si se quiere, al que pertenecía. O sea, que albergaba desde hacía tiempo la esperanza de empezar de nuevo. Porque estaba claro que ya no era un convaleciente. Fuera la que fuese la enseñanza que debía extraer del revolcón, la había asimilado. O eso parecía, ya que la enorme energía y el desparpajo que estaba desplegando para llevar a cabo todo lo que tenía que ver con la construcción de la máquina así lo daban a entender. La Máquina del Porvenir, yo lo tenía claro, iba a ser su vagón de enganche, el tren que tenía que llevarlo de vuelta al mundo de los vivos tras haber pasado un buen puñado de años en el limbo. Un mundo de los vivos en el que Víctor tendría que esforzarse de nuevo por encontrar su lugar una vez finalizado el proyecto que nos había unido. Pero esa era otra cuestión.

Para mí, después de todo lo vivido, llegar hasta la máquina, meterme dentro y ver qué ocurría, me parecía la conclusión lógica de mi proceso de reconstrucción. Después de todo, en la existencia del

Doctor Manhattan también una máquina había tenido un protagonismo fundamental. Yo no albergaba, sin embargo, expectativa concreta alguna sobre qué podría extraer de la experiencia. No tenía muy en cuenta lo que le había ocurrido al doctor Jonathan Osterman, precisamente. Tal vez porque estaba cansado de especular o tal vez porque me asustaba la posibilidad de enfrentarme a la más pura y demoledora decepción. Me limitaba a enfocarlo así: era lo que tenía que hacer.

La mañana del día en que salimos de Cadaqués, a eso de las ocho, llegó a buscarnos una furgoneta Iveco Daily blanca con caja. Parecía bastante nueva y no tenía marcas de ninguna clase ni en las puertas delanteras ni en los laterales de la caja. El hombre que la conducía se llamaba Jaime y sin duda era latinoamericano. Era moreno, tenía los ojos verdes, de mirada ciertamente intimidadora, el pelo ondulado y lucía una barba medio rala aunque poblada. No era muy alto pero era un hombre guapo. Sin embargo, su gesto y su actitud destilaban mal humor, como si estuviese allí contra su voluntad o coaccionado por algún motivo desconocido; como si guardase en su interior algún oscuro rencor asociado a la persona a la que estaba ayudando, es decir Víctor, al que sin duda conocía desde hacía tiempo. Vestía, por lo demás, una curiosa camiseta amarilla con la cara de César Vallejo silueteada en negro justo a la altura del pecho. Jaime en realidad es poeta, eso fue lo único que Víctor me dijo de él días después.

Cargamos varias cosas en la caja de la furgoneta que bajamos directamente del apartamento de Víctor: un par de pesadas bolsas de lona, cuyo contenido yo desconocía, dos sacos de dormir, un taladro de aspecto industrial y tres grandes bidones de pintura que, muy probablemente, no contenían pintura. Pero lo que llamó mi atención fue que en el interior de la caja había unas treinta baterías de coche y dos grandes discos de aluminio o de acero o de hierro, como de metro cincuenta de diámetro. Tras dejar las cosas en la caja nos sentamos los tres en la parte de delante, Víctor y yo apretados en el lado derecho.

De camino al Delta del Ebro nos detuvimos en Barcelona, en la Zona Franca, en Bauhaus, la tienda especializada en materiales para la construcción. Allí compramos varios paneles de madera contrachapada, muchos metros de cable de diferentes grosores, regletas eléctricas, varios transformadores grandes, abrazaderas y otras cuantas cosas para las que no tengo nombre ni definición. Lo que sí puedo decir es que Víctor no me dejó pagar más que una parte del importe de la factura, a pesar de mi insistencia. Lo cargamos todo y volvimos a ponernos en ruta. Llegamos a L'Ampolla, el pueblo que delimita al norte la unión del delta con el continente, a eso de las dos de la tarde. Encontramos un restaurante barato en el que comer, rodeados de trabajadores, y después decidimos hacer tiempo en el pueblo hasta que cayese la noche. Era imprescindible llegar a la urbanización Riumar amparados por la oscuridad.

Al recorrer sus calles, la urbanización, incluso prácticamente a oscuras, no me pareció tan dejada como en las fotografías que me había enseñado Víctor en Cadaqués. Es más, todo parecía estar en unas condiciones más que aceptables, a excepción de los hierbajos que crecían en las juntas de hormigón de las aceras, los desconchones en la pintura de las cercas que rodeaban algunas de las parcelas o los charcos, de aspecto perenne, en ciertos tramos de la calzada; el drenaje y las alcantarillas en ese punto tan extremo del delta no debían de funcionar todo lo bien que sin duda les habría gustado a los vecinos. Con las luces apagadas, muy despacio, con el motor de la furgoneta en un suave ronroneo, atravesamos varias de las calles en busca de la casa elegida. Apenas apreciamos vida en la zona. Nos cruzamos con algún coche aparcado, pero o eran muy escasos los residentes fijos o habían decidido todos irse a dormir siguiendo horarios nórdicos. En cualquier caso, ambas situaciones resultaban beneficiosas para nuestro estrambótico plan.

Nos detuvimos frente a un bungalow de aspecto californiano; o al menos eso me pareció a mí bajo aquella escasa luz anaranjada. Jaime, Víctor y yo saltamos la valla que delimitaba el jardín delantero y rodeamos la casa siguiendo el camino pavimentado que llevaba al garaje. Víctor, tras estudiar los posibles accesos traseros, sacó un cortafríos de la bolsa que llevaba al hombro y se dispuso a cortar la cadena que aseguraba la puerta a lo que posiblemente era la cocina. Cuando estaba a punto de hacer fuerza con ambos brazos, Jaime le colocó la mano en el hombro y le dijo: Creo que nos hemos equivocado de casa. Víctor, contrariado, reculó y observó la fotografía plastificada que le mostraba Jaime. Maldita sea, exclamó Víctor en voz baja. Es la de al lado. Guardó el cortafríos en la bolsa, se la colgó del hombro y me hizo un gesto para que lo siguiese. Yo estaba muy nervioso, por no decir un poco asustado. Sin embargo, la escena no dejaba de ser cómica, o mejor grotesca: tres tipos de lo más variopinto pasando de un jardín a otro, agachados e intentando no hacer ruido, en plena noche, en una urbanización abandonada en el Delta del Ebro, dispuestos a irrumpir ilegalmente en una casa con la intención de construir en ella, en secreto, una especie de máquina del tiempo diseñada para penetrar el presente.

La casa de al lado, la elegida finalmente, tenía dos plantas y las paredes estaban pintadas en lo que parecía ser un tono rosa pastel; aunque en esas condiciones resultaba difícil asegurarlo. Víctor no sacó ya el cortafríos sino una palanca para reventar la cerradura de la puerta trasera. No hizo mucho ruido, apenas se oyó un chasquido metálico. Sólo entramos Víctor y yo, porque Jaime regresó a la furgoneta con la intención de empezar a descargar. En el interior de la casa sí encendimos las linternas, pues todas las ventanas tenían las persianas bajadas. No había ni un solo mueble, ni un adorno o cuadro o señal alguna que indicase que allí hubiese vivido o pernoctado alguien en mucho tiempo. Siguiendo un plano rudimentario que llevaba consigo, Víctor me condujo hasta el salón-comedor de la casa, en la planta de abajo. Aquí es donde vamos a montar la máquina, me dijo Víctor. Luego, con el haz de luz de la linterna señaló a las dos puertas, una a un lado y otra al otro, que flanqueaban la estancia. Ahí, me dijo, en la cocina, montaremos el mecanismo y ahí, en esa habitación, que creo que es el recibidor, instalaremos a nuestros colaboradores. Así era como denominaba, colaboradores, a las tres personas con poderes psíquicos que iban a ayudarnos. Nosotros dormiremos arriba, dijo Víctor. Pero no podremos utilizar el baño, tendremos que salir al jardín de atrás para hacer pipí. Si necesitas hacer de lo otro, dijo con una sonrisa de apuro, tendrás que utilizar uno de los bidones que queden vacíos.

Los tres nos pusimos entonces a descargar lo que había en la furgoneta a toda prisa. Tardamos menos de media hora en liquidar el trabajo. Los plafones de contrachapado los dejamos en el salón, junto con las herramientas. Las baterías, treinta y cinco en total, y los discos de hierro o acero o aluminio quedaron en la cocina. Cuando acabamos, Jaime se despidió con un exiguo movimiento de cabeza y desapareció sin decir nada. Mientras aseguraba la puerta de atrás, la que habíamos reventado para entrar en la casa, Víctor me dijo: Volverá pasado mañana con los colaboradores, cuando ya lo tengamos todo preparado. Ahora lo más adecuado sería dormir un poco. Mañana tenemos mucho trabajo que hacer.

Trabajamos sin descanso al día siguiente. Me extrañó aguantar con tanta integridad y entereza a pesar de no haber pegado ojo prácticamente en toda la noche. Los nervios y el temor a ser descubiertos, pese a lo mucho que me habían preocupado en la víspera, apenas se dejaron notar una vez que nos pusimos manos a la obra. Con los plafones creamos dos falsos tabiques móviles, pues podían retirarse con relativa facilidad, para cubrir las paredes en las que estaban las puertas que daban a la cocina y el recibidor, dejando entre una y otra una cámara de aire aislante. En el centro de dichos tabiques de madera contrachapada había sendas rejillas que conectaban con los discos de metal. Mientras yo pasaba los cables de una punta a otra del salón-comedor, por ambos lados, siguiendo obviamente las indicaciones de Víctor, él se dedicó a crear el entramado que debía unir en línea todas las baterías de coche. Después hubo que montar el aparato receptor, por llamarlo de algún modo, bajo el que debía de colocarse el protagonista de la experiencia; es decir: yo. Una de las extensiones de los cables derivaba hasta el centro del techo del salón-comedor. Víctor aprovechó el cable del que pendía un portalámparas para colgar, invertida, algo parecido a una sartén wok en cuyo punto central había insertado una resistencia electromagnética. Cuando acabamos de montar todo el artefacto, Víctor y yo nos situamos en mitad del salón-comedor y echamos un vistazo a la parte visible del ingenio. ¿No tendríamos que colocar una silla o algo así aquí en medio, bajo esta cosa?, le pregunté. Podríamos hacerlo, dijo él, pero no es imprescindible. Ni siquiera es absolutamente necesario que te coloques justo debajo. No es como si fuese a atravesarte un rayo, se trata de amplificadores de onda. Cuando yo le miré con gesto de incomprensión, él me dijo: Es otro rollo, no te preocupes. Mejor que te mantengas debajo, pero no te obsesiones con eso. Puedes estar de pie o sentado en el suelo o tumbado. Eso no importa.

Esa noche me metí en el saco de dormir pensando en lo poco locuaz que se había mostrado Víctor a lo largo del día. Yo me había acostumbrado a su charla constante, a sus permanentes reflexiones sobre cualquier cuestión imaginable, ya fuese el sexo, el lenguaje o el fin del mundo. Sólo intercambiamos información relacionada exclusivamente con cuestiones prácticas, porque habíamos estado trabajando juntos y habíamos tenido que coordinarnos, o mejor dicho él había tenido que ordenarme qué hacer. Sin embargo, durante el almuerzo o durante las pausas para descansar no se dejó ir en ningún momento como en él era costumbre. Estaba totalmente concentrado en lo que estaba haciendo y no había permitido que nada penetrase en su mente más allá de las inevitables contingencias metodológicas.

Entendía perfectamente su postura, Víctor quería que las cosas saliesen bien y estaba poniendo todo su empeño, pero a mí me habría gustado que me hablase de lo que podía esperar de la experiencia. O bien que siguiese perfilando la idea del camino del héroe relacionada con mi persona. Si, tal como Víctor había asegurado en más de una ocasión, le excitaba tanto ser testigo de lo que estaba ocurriendo, pues estaba convencido de estar presenciando algo parecido a la realización, si no a la creación, de un mito, creo que, por mi parte, y en cuanto que protagonista principal, tenía derecho a conocer algún detalle más relacionado con, por darle un nombre, el contexto narrativo. Como testigo, Víctor disponía de una visión panorámica, de conjunto. Estaba, por lo tanto, en una situación ventajosa. O por decirlo de otro modo: no estábamos en igualdad de condiciones respecto a lo que estaba aconteciendo, pues yo no disponía de la distancia necesaria para desarrollar una visión general. Eso llevaba a que me sintiese totalmente abrumado por la fiebre de la inminencia. Víctor, sin embargo, parecía muy tranquilo, como el que sabe que tiene el control de la situación. Seguramente se debía a que era él, y no yo, el que sabía cómo construir la máquina y cómo ponerla en funcionamiento. Él disponía de los conocimientos necesarios para saber, o siquiera suponer, qué podía pasar cuando se pusiese en marcha. Mi ignorancia en relación con dicho proceso era prácticamente absoluta.

Cuando a la mañana siguiente, empujado por la ansiedad, le comenté a Víctor las dudas que me habían acosado durante la noche, noté por su manera de responder que había estado esperando el momento adecuado para comentarme algo. Me dijo que entendía mi incertidumbre y que no debía negarla ni luchar contra ella. Es normal que te sientas así, afirmó. Yo diría que incluso es bueno. Me dijo entonces que la máquina, a su entender, tenía alma. Que aquellos que la pusiesen en marcha tenían que despertarla. Y que para sacarle el máximo partido había que prescindir de las ideas, que no podían hacer otra cosa que confundir. Sólo la construcción, insistió, tiene que ser un camino pensado. Me dijo que, en mi caso, además, esforzarme por comprender el proceso de construcción no serviría de nada, que podría ser contraproducente. Si algo me han enseñado mis anteriores experiencias con la máquina, dijo dándole a sus palabras un tono algo más grave, es que el que la ponga en marcha tiene que pasar antes por un proceso de iniciación. Ese proceso de iniciación, contra lo que podría argumentarse desde el racionalismo, no conlleva comprensión de ninguna clase sino aprendizaje verdadero. Una cosa y la otra no tienen nada que ver, señaló enfático. No te confundas. Tú has pasado por ese proceso de iniciación, ya te lo dije, y has llegado al punto en el que estamos porque, de algún modo, has aceptado e integrado todo lo que te ha tocado vivir en ese camino que has venido desarrollando. Tú lo denominas camino de reconstrucción. Yo creo más bien que se trata de un camino de despojamiento, de liberación, que es el proceso que traza siempre el camino del héroe. No has acumulado cosas, sino que te has ido librando de cargas para llegar aquí ligero, dispuesto a aprender de verdad. Por eso no necesitas saber nada más respecto al funcionamiento de la máquina. Por eso tampoco vas a conocer a nuestros colaboradores. No los vas a ver cuando lleguen ni cuando se vayan. No estaría bien que te pusieses a pensar sobre ellos, que elaborases teorías o emitieses juicios; y hacerlo, lo sé, sería inevitable. Lo cual no supondría más que un estorbo. Ese fue mi error en el pasado, precisamente, me dijo Víctor, mantenerme centrado casi por completo en los aspectos técnicos y en la selección de los colaboradores.

Sin duda estaba muy nervioso. Víctor me había aconsejado no pensar y yo no paraba de darle vueltas y más vueltas a lo primero que pasaba por mi mente.

Jaime llegó con los colaboradores a eso de las ocho de la tarde. Víctor me pidió que subiese arriba para no cruzarme con ellos y yo le hice caso. No pude evitar oír desde mi posición, sin embargo, el cuchicheo de las voces y los diferentes ruidos asociados, supuse yo, a la acomodación de los colaboradores en el espacio que les correspondía. Luego bajé y ayudé a Jaime y a Víctor a asegurar con cinta de embalar los vidrios de las ventanas del salón-comedor, a pesar de que las persianas estaban bajadas. No es que vaya a pasar nada, me dijo Víctor, pero mejor asegurarse. De este modo, añadió señalando el rollo de cinta, si los cristales se rompen no saltarán en pedazos hacia todas partes. Imaginé entonces cómo esos cristales penetraban violentamente la carne de mi cuerpo produciendo daños irreparables. Pero tú no te preocupes, dijo Víctor, que no se van a romper.

Jaime, justo antes de desaparecer, trajo al salón-comedor una silla plegable de Ikea de color blanco; estaba un poco sucia. Víctor la abrió y la colocó bajo la sartén wok invertida. Si quieres, me dijo, puedes sentarte aquí. Miré a mi alrededor. Los plafones de madera, la penumbra reinante y el aparato receptor encima de mi cabeza, con todos aquellos cables por todas partes, me hicieron pensar en la sala de ejecución de alguna prisión de máxima seguridad de Texas o California. ¿Tengo que hacer algo especial?, le pregunté a Víctor. Es muy posible que mi voz sonase con una patética tonalidad infantil. No, contestó. Intenta relajarte. Deja simplemente que las cosas ocurran, ¿de acuerdo?, dijo aferrándome el hombro con algo que habría podido pasar por el afecto profesional propio de un dentista o de un cirujano. Me senté en la silla y Víctor desplazó el panel que cubría la pared de la cocina para pasar al otro lado. Antes de devolverlo a su sitio me preguntó: ¿Estás bien? Yo levanté la mano derecha con el pulgar enhiesto, sintiéndome como uno de los pilotos de *Elegidos para la gloria*. Acto seguido dejé de ver a Víctor, oculto ya tras el panel. Sí pude oír su voz, a pesar de la potencia de los latidos de mi corazón, que restallaban con mucha fuerza contra mis tímpanos. Realizaré una cuenta atrás antes de poner en marcha la máquina, ¿de acuerdo? Ok, dije yo. Allá vamos, entonces. Fue lo último que le oí decir. Esperaba oír la enumeración inversa, pero no oí nada. Al cabo de unos larguísimos diez segundos, o algo así, oí un interruptor, un fuerte clac, y a partir de ese instante empezó a crecer un zumbido que, por momentos, producía una inquietante reverberación. El zumbido se agudizó de tal modo que creo que dejé incluso de oírlo. Noté cómo las ondas de sonido provocaban que mi visión se ondulase. Alcé la vista y al observar la sartén me dio la impresión de que se había transformado en un radiotelescopio. Al bajar la vista de nuevo, las paredes, todo a mi alrededor, empezó a adquirir una palpable cualidad líquida.

El agua empieza a entrar en la casa. El nivel asciende con gran rapidez, aunque no resulta un proceso alarmante. En pocos segundos cubre por completo mis pies y asciende ya hacia mis rodillas. Me levanto de la silla Ikea y me dirijo a la ventana. Subo la persiana y abro las dos hojas, con los vidrios todavía protegidos por cinta de embalar. Apenas me cuesta saltar afuera, es como si el ascenso del agua me empujase. El agua, un agua cristalina y tibia, está cubriéndolo todo al mismo ritmo vertiginoso que lo hace en la casa pero a gran escala. Caminar con el cuerpo sumergido casi hasta las axilas me resulta difícil. Por fortuna, enseguida encuentro una solución para mi avance: una barca de madera en forma de kayak, que flota como a un metro y medio de donde debe quedar tierra firme. Me subo de un salto, desato la cuerda que la une a lo que parece una farola, me acomodo y descubro que en el suelo de la barca hay un remo, también de madera, muy bien pulido y consistente. Pero no lo uso. No tengo por qué hacerlo: alguna clase de corriente arrastra la barca. La corriente me hace sortear los restos visibles de las casas, los tejados, las chimeneas que, en cualquier caso, acaban sumergidos con gran celeridad y dejan de verse a los pocos segundos. Hacia el este se extiende el mar abierto y hacia el oeste todo resto material, toda construcción humana, va borrándose de manera progresiva, los pueblos, las fábricas, la central nuclear de Vandellós, hasta que ya sólo resulta visible la punta de la sierras del Montsià y de Cardó. En mi mente, aunque en realidad parece que suene en todas partes, no dejo de oír una canción de Brian Eno: *On Some Faraway Beach*.

Sigo moviéndome. La corriente, dócil y apacible, sigue arrastrándome hacia no sé dónde. Pero no me importa. Estoy ya en mar abierto. O tal vez estoy justo encima del continente, totalmente inundado, y estoy pasando por encima de antiguos asentamientos o polígonos industriales o nudos de comunicación. No tengo referencia alguna en la que basarme, lo cual me produce una sensación cercana a la embriaguez. Es posible que se deba a que sé, algo en mí sabe, que voy a llegar a algún sitio. Por lo tanto, puedo disfrutar del viaje. Y estando así, en esa situación, siento el paso del tiempo.

Pasan años. Pasan épocas. Y noto en mí las transformaciones del planeta, los procesos de cambio y de estabilidad. Sé que todo eso pasa ahí afuera, pero también que soy testigo de ello desde mi esencia molecular, que siento indisolublemente unida a la de la tierra. Sé que mi origen y mi ser están ligados a las bacterias y a las cianobacterias y a los estromatolitos. Que soy hermano de los helechos y de la cordillera del Himalaya. Al mismo tiempo sé que olas gigantes, infinitamente lentas y envolventes, van a romper y van a caer en las playas sin sol del tiempo-océano, llevándome de un lado a otro por las aguas de la orilla, por los limbos de la eternidad. Mil imágenes de mí mismo se reflejan en los espejos invertidos de la superficie acuática. Y me parece que un inmenso lago interior estalla en mis pulmones, y que la caja torácica se me distiende como la de una ballena para contener los oceánicos volúmenes de agua.

Es entonces cuando, en la lejanía, veo aproximarse los restos de una ciudad. Una ciudad que, poco a poco, va dibujando un perfil concreto, con edificios inmaculados, prácticamente todos de la misma altura. Y casi acto seguido estoy recorriendo las calles de esa ciudad inundada montado en la pequeña barca. En un principio, me cuesta saber de qué ciudad se trata, pero después comprendo que, en esencia, se trata de Barcelona. Recorro las calles del Eixample montado en mi barca, remando ahora con parsimonia porque la corriente ha cesado. Estoy sentado y sólo me veo las manos, que sujetan el remo, y las rodillas, enfundadas en mis vaqueros azules. El agua alcanza hasta la segunda o tercera planta de los edificios. Es un agua cristalina. Puedo ver con bastante claridad lo que se extiende bajo el agua hasta allí donde alcanza con potencia la luz del sol. Es de día, el cielo es completamente azul, azul cobalto. No dejo de remar, a un ritmo lento pero uniforme. La superficie del agua parece una impecable película de papel celofán. Recorro una sola calle, que podría ser la calle Lepant o la calle Bailén, pero voy cruzando todas las intersecciones. Cuando miro a un lado y al otro en esos cruces, no veo más barcas por ninguna parte. No se ven edificios altos ni a los lados ni enmarcando el horizonte. Las alturas siguen siendo uniformes. No hay árboles, ni ramas de árboles, que sobresalgan del agua. Tampoco veo árboles al observar el fondo. No hay vegetación por ninguna parte. Nada de plantas tropicales colgando de los tejados o de los balcones. Y las fachadas de los edificios están en muy buen estado, limpias y sin desconchones. Llegado un punto del trayecto, veo gente en los balcones. Casi todos son personas mayores, ancianos. Toman el té, con maneras muy refinadas, sentados en sillas plegables de hierro o de madera de teca. Me observan al pasar y sonríen. Los hombres llevan traje oscuro y están muy bien peinados, con la raya al lado. Las mujeres, las ancianas, llevan alegres vestidos con estampados de flores. Me saludan con la mano al pasar, con una amplia sonrisa. También veo algún que otro niño. Niños solitarios pero alegres en balcones algo más elevados, de quintas o sextas plantas. Alguno de ellos en camiseta y pantalón corto o calzoncillos. También me saludan. Y sé que algunos de ellos me envidian. Sé que algunos de ellos desearían estar en mi lugar. Y noto la presencia de los padres, que deben de estar haciendo algo importante más allá de las puertas abiertas del salón, en el interior de los pisos.

Dejo atrás esa zona y después de recorrer una parte de la ciudad algo más sinuosa, llego a una amplia extensión abierta, una suerte de mar interior delimitado por varias torres de gran altura, similares a rascacielos asiáticos, en uno de los extremos. Me dirijo hacia allí porque desde mi posición observo que, entre dos de esas torres, se extiende una playa. Una playa de arena fina, dorada y limpia, acariciada por unas olas mínimas de agua cristalina. La barca se detiene al encallar con un suave crujido. Desciendo y me encamino hacia uno de los rascacielos, el de la derecha. Salto la baranda de un balcón y me adentro en la construcción. Empiezo a recorrer anchos pasillos similares a los de los hoteles de lujo más impersonal. En el aire flota música, una música lejana. Alguien canta: *Sometimes I wonder why I spend the lonely night dreaming of a song.* Yo diría que es *Stardust* de Nat King Cole. Tomo el ascensor y subo a una planta superior. No me fijo en los números así que no puedo saber hasta dónde asciendo, pero me da la impresión de que me estoy acercando al cielo. La planta en la que me bajo es diferente, tiene algo de laberíntico y también algo de palaciego; ya no estoy en lo que podría ser un hotel de cinco estrellas o en un moderno edificio de oficinas. Moverme por estos pasillos es más costoso. No a nivel físico, pues me desplazo sin dificultad, sino a un nivel anímico: me da la impresión de que es posible que nunca llegue a ningún lugar y que también es posible que jamás vuelva a salir de aquí. Pero no me da tiempo a agobiarme mucho. Casi de repente topo con una puerta cerrada, una alta puerta de madera labrada pintada en un curioso tono verde pastel con detalles dorados. Primero llamo con cuidado. Luego con algo más de fuerza. Finalmente abro las dos hojas con un gesto inevitablemente ceremonial.

Lo que veo es suntuoso pero a un tiempo resulta adorable y tranquilizador. Se trata de un amplio salón con tres anchas puertaventanas a la izquierda; una de ellas, la del fondo, está abierta. Lo que se ve más allá de esas puertaventanas es el mar, allá abajo, una vasta llanura de agua azul que acaba topando contra el cielo, también azul, en la lejana línea del horizonte. Podría tratarse del salón de un palacio ruso o del salón de una antigua casa burguesa de Barcelona o de París. Los techos son muy altos y están rematados con artesonados blancos que dibujan formas herbáceas. Las paredes están pintadas en el mismo tono verde pastel de la puerta. Y todos los marcos, absolutamente todos, son blancos. El suelo es de madera, una madera clara, tal vez de cerezo, aunque ligeramente oscurecida por el paso del tiempo. La mitad del salón, la mitad del fondo, está ocupada por plantas, todo tipo de plantas: tropicales, mediterráneas, con flores o de hoja pequeña, colocadas en bonitas jardineras o en tiestos de porcelana de aspecto japonés, formando una suerte de invernadero interior. Sobre todo ello flota, envolviéndolo, una etérea nubecilla de humedad refrescante. Entre las plantas, trajinando con una regadera de metal, hay una persona. Es una mujer.

Antes de ver con claridad a la mujer la oigo hablar. Agachada tras unas exuberantes orquídeas la oigo decir: ¿Te gusta esta canción? Atiendo entonces a la música que está sonando. Es la versión orquestal del tema *Vivo sonhando* de Antônio Carlos Jobim. ¿Sabes que tiene letra?, me pregunta después. Y se pone a cantar, acompasándose a la melodía: *Tempo de falar em estrelas. Falar de um mar, de um céu assim.* A mí me encanta, dice entonces. Me recuerda tiempos mejores, un paraíso imposible. Todos hacemos esa clase de cosas, ¿verdad? Nos refugiamos en la música o en recuerdos que no existen. La mujer tiene una voz con un leve deje cantarín. Su acento habla de otro idioma ahí, al fondo. Tal vez gallego o italiano. Si no te gusta esta, dice incorporándose y permitiendo que le vea la cara, tal vez te guste más la siguiente. Es *Insensatez.*

La mujer no es muy alta, rondará el metro sesenta y cinco. Es más bien delgada, aunque no transmite fragilidad. Viste una camisa blanca, vaporosa, y encima lleva puesto un delantal color crema con los ribetes rojos. También lleva guantes de jardinería, a juego con el delantal. Apenas permanece quieta un par de segundos antes de dirigirse hacia otro grupo de plantas, pero puedo estudiarla con detenimiento. Su rostro es alargado, con la mandíbula ligeramente destacada. Tiene los ojos claros, de un verde turbio, y el cabello completamente blanco y lacio, cortado de un modo elegante, señorial, pero teniendo muy en cuenta el matiz práctico. Se da un aire a Vanessa Redgrave y parece tener unos setenta años. Es mi madre.

Se la ve muy bien. Se la ve a gusto consigo misma. Se mueve entre las plantas con algo que sólo puedo definir como confianza y tranquilidad. Cada movimiento parece responder a una suerte de coreografía planificada de antemano y ejecutada a la perfección. Está en su hábitat ideal. Ven, me dice, sígueme. No te quedes ahí parado. Las plantas no te van a atacar. Y yo tampoco. Empieza a sonar *Insensatez.*

Ella se detiene entonces, alza la cabeza y mira hacia la lejanía. La vida, me dice con deje soñador, es como una bossa nova. Se vuelve hacia mí y, señalándome con el dedo, asevera: Tienes que entender eso. Es importante. Y después sigue a lo suyo: vertiendo pequeñas cantidades de agua aquí, arrancando alguna hoja allí, recolocando algún esqueje... Entre las plantas, además de notar también a mi alrededor, envolviéndome, la agradable nubecilla de fresca humedad, siento en mi piel la brisa que entra por la puertaventana abierta. Como una bossa nova, sigue diciendo mi madre, o como las orquestaciones de los temas de Sinatra. Me traen muchos recuerdos, ¿sabes? Muchísimos. Y evocarlos es vivirlos de nuevo. Una y otra vez. Vestidos largos. Zapatos brillantes. Fiestas en áticos espectaculares con vistas a Central Park. Cenas románticas en París, cerca del Sena. Una charla con Cary Grant en un tren. Qué bien le quedan siempre los pantalones a Cary Grant, ¿verdad? El anochecer en una isla del Pacífico, en la playa, junto a una hoguera chispeante. Millones de estrellas en el cielo. Recorrer las calles de San Petersburgo en un coche de punto, enfundada en un suavísimo abrigo de astracán, mientras suena *Somewhere My Love*. Con la diminuta regadera en la mano apuntando hacia la pared, se endereza y dice, como para nadie: Por eso estoy aquí y en tantos otros sitios a la vez. Después se vuelve de nuevo hacia mí. Su gesto es amable, tierno incluso, pero trasluce una sólida sensación de distancia; una distancia infinita. Me dice entonces, con la que me parece una sonrisa de resignación: Poco importa que hayas venido a verme. Aunque añade: Pero la verdad es que me alegra que hayas venido. Ven, acércate.

Salimos juntos al balcón. La mirada no logra abarcar ese mar inacabable que se despliega, allá abajo, hasta el horizonte. Un mar en calma, azul como el cielo, y total. Hay dos sillas plegables de metal a ambos lados de una pequeña mesa redonda, también metálica. Se nota la presencia del sol, ese sol radiante, pero no molesta ni incomoda ni agobia. Mi madre deja la regadera a un lado, al pie de la mesa, y se acomoda en una de las sillas. No te sientas culpable, me dice. Importa bien poco si estás soñando o no. No te aferres a esa clase de obligaciones. No sirve de nada. Y siéntate de una vez, no seas bobo. Le hago caso y ocupo la silla vacía, enfocado a medias hacia el mar y a medias hacia donde está mi madre. Ella me mira de un modo muy solemne y durante un par de segundos tengo la impresión de que me va a tomar de la mano, y lo cierto es que temo que eso provoque alguna clase de efecto inesperado tal vez no del todo positivo. Pero ella no lo hace. Sigue mirándome como si pretendiese atravesarme de una punta a otra. Y dice: Sabes que la máquina no sirve para nada, ¿verdad? Yo, completamente convencido, asiento. No es más que una excusa, añade. Porque tú siempre has estado aquí. O una parte de ti, si lo prefieres. De hecho, estás aquí ahora. Asiento un par de veces. Esto es el presente, insiste. Y yo vuelvo a asentir como dando a entender: Lo sé, lo sé.

Permanecemos un rato en silencio, observando las lentas evoluciones del agua en la distancia. Al cabo, mi madre vuelve a hablar. Dice, señalando hacia lo que tenemos enfrente: ¿Te gusta esto? Sé que no espera respuesta, que se trata de una especie de prólogo a lo que realmente quiere decir, por eso ni siquiera hago el ademán de responder. Lo que has hecho tiene mérito, dice entonces. No un mérito brutal. No te dejes engañar por ese amigo tuyo, el científico. Pero no está mal. Has viajado. Has vivido muchas cosas. Cosas que tal vez no son ciertas pero que, te lo aseguro, son verdad. Sin embargo, te has dejado algo clave en el camino. No es cierto eso de que las cosas se escapen siempre. El problema no son las cosas que van y que vienen. El problema es lidiar con lo infinito, con lo que ni empieza ni acaba. Pierde de nuevo la mirada en la inacabable línea del horizonte y, sin solución de continuidad, recita lo siguiente: Reconocer la eternidad es la iluminación y no reconocerla trae el desorden y el mal. El conocimiento de la eternidad hace al hombre comprensivo y la comprensión amplía su mente; la amplitud de visión trae nobleza y la nobleza es como el cielo. Cuando entendí que no iba a añadir nada más le dije: Eso es del *Tao te king*. Bueno, dijo ella, es un alivio comprobar que sabes hablar. Lo de la cita... No es más que una cita. ¿Recuerdas cómo acaba esa entrada del libro? Dice: No ha de temerse la decadencia del cuerpo. Tras levantarse de la silla, como si algo la hubiese incomodado, se encamina de nuevo al interior.

Mi madre se mueve de nuevo entre las plantas, ocupada en sus quehaceres. Mientras retoca unas peonías con unas centelleantes tijeras de podar, me dice: Antes de irte, supongo que tendrás que preguntarme algo, ¿no? Yo, de repente, plantado frente a ella, me siento tenso e incómodo, como cuando era niño y no había estudiado para un examen. Mi madre se acerca a mí con las tijeras todavía en la mano. Su rostro ha cambiado. Parece más mayor y también más cansada. Veo ahora sus arrugas, que hablan de dolor, de esfuerzo y de persistencia. Pero en el fondo de sus ojos, de un verde turbio, sigue latiendo un fuego primigenio e inextinguible; joven, en cierto sentido. Reconozco todo eso con una simple mirada. No puedo creer, me dice mi madre a escasos centímetros de distancia, que hayas venido hasta aquí y no vayas a preguntarme nada. A mí me gustaría salir corriendo, dejar atrás la visión de su rostro, que empieza a resultarme hiriente y triste a partes iguales. Pero permanezco inmóvil, impasible y silencioso. Lo cierto es que creo que debería decir algo pero no sé qué decir. Sí. Tienes que preguntar algo, pero tiene que ser una buena pregunta, no cualquier cosa. Porque de no ser así toda la magia del momento se vendrá abajo. ¿Lo dice en broma o no?, me pregunto. Reflexiono intentando darle a mi cerebro un plus de velocidad. Se me está formando un nudo en la garganta, pero sé que me cortaría un brazo antes que llorar delante de mi madre.

Finalmente le pregunto: ¿Eres la guardiana del secreto esencial de mi existencia? Mi madre se me queda mirando. En sus ojos veo la intención sofocada de dejar escapar una sonrisa. No era lo que esperaba que dijeses, dice mi madre, pero no es una mala pregunta. La respuesta es no.

Mi madre me da la espalda y vuelve a su ocupación jardinera. Yo enfilo la puerta por la que he de salir de ese inmenso salón. Bajo en el ascensor que me lleva hasta la planta que me permite salir por el balcón que da a la playa de arena dorada y fina. Allí sigue la barca. Juraría que el nivel del mar ha descendido o está descendiendo. En cualquier caso, subo a la barca y empiezo a remar. Al poco ya no es necesario que lo haga. De nuevo la corriente, sorteando las últimas construcciones de la ciudad, me arrastra a mar abierto. Y cuando estoy ya lejos de cualquier lugar reconocible, mecido por las suaves ondas de ese mar liso y amable, me digo que la barca en la que estoy montado no tiene raíces y que por eso precisamente flotará siempre allí donde vaya.

Cuando abrí los ojos, estaba tumbado en el suelo de medio lado. La silla Ikea también estaba caída. Había pedazos de cristales por todas partes. La estancia seguía en penumbra, aunque el zumbido había cesado. Me incorporé lentamente y me quedé sentado en el suelo. Me palpé la cara y los brazos pero no encontré marcas de heridas o sangre. Lo cierto es que los pedazos de cristal, vistos desde mi actual posición, eran muy pequeños; la cinta de embalar había retenido los fragmentos grandes. Oí cómo alguien desplazaba el plafón de madera que cubría la pared de la cocina y enseguida noté que Víctor estaba a mi lado. Se acuclilló y me miró a los ojos, escrutador, como si estuviese llevando a cabo un disimulado chequeo. ¿Estás bien?, me preguntó. Yo asentí. Tenía la boca pastosa, como si hubiese estado bebiendo horas antes. También estaba un poco desorientado. Víctor me tomó el brazo y me buscó el pulso. El gesto en sí me pareció ridículo. Estoy bien, le dije. Sólo un poco mareado. Es normal, replicó él. Supongo, añadió. ¿Tú también te sentías así después de tus experimentos?, le pregunté sin moverme. Bueno, dijo él de forma elusiva mientras se levantaba. Más o menos. ¿Puedes levantarte? Creo que sí, le dije. Me tendió la mano para ayudarme a ponerme en pie. Conservaba con bastante dignidad la verticalidad. ¿Cuánto tiempo he estado aquí?, le pregunté mientras echaba un vistazo alrededor. Fuera debía de ser noche cerrada todavía. ¿En total?, me preguntó Víctor. Minuto y medio. Puede que dos minutos. Me pareció que me estaba tomando el pelo, pero a un tiempo supe que era un cálculo acertado. Pero no pienses ahora en eso, me dijo Víctor. No intentes encontrar una relación directa entre los acontecimientos. De acuerdo, respondí con el aire resignado de una víctima de accidente. Deberías dormir un rato, me indicó Víctor, o como mínimo intentarlo. Eso sería lo mejor ahora. Ve arriba a tumbarte. De nuevo, asentí y le dije: De acuerdo. Y subí las escaleras y me metí dentro del saco de dormir con movimientos robóticos sin siquiera quitarme los zapatos. Me tumbé boca arriba y cerré los ojos.

Supongo que me dormí, porque al abrir los ojos de nuevo noté en la cara los rayos de sol que se colaban por las rendijas de la persiana. Eran unos rayos débiles todavía, tímidos y respetuosos. No tenía recuerdo alguno de haber soñado nada. Seguía teniendo la boca pastosa, por eso estiré el brazo y agarré una de las botellas de agua mineral que había dejado junto al saco. Le di un buen trago. Me agradó comprobar que me sentía plenamente tranquilo. Los nervios, el miedo y la inquietud habían desaparecido. Parecía, de hecho, como si jamás hubiese sentido esa clase de emociones. Mi paisaje anímico, por así decirlo, era ahora como un extenso prado de césped bien cuidado. La sensación me pareció muy poco familiar y, a un tiempo, supe que tenía mucho que ver con mis circunstancias. Al salir del saco de dormir y ponerme en pie me di cuenta de que, a pesar de haber dormido poco, y haberlo hecho totalmente vestido, me sentía fresco y descansado. Antes de bajar las escaleras, me pregunté por primera vez qué había pasado. No supe darme una respuesta.

El salón-comedor había vuelto a su estado original; a excepción de la ventana sin cristales. Habían desaparecido los paneles de madera contrachapada y el aparato receptor colgado del portalámparas del techo. No había cables por ninguna parte. El suelo estaba barrido. En la cocina ya no estaban las baterías de coche ni los grandes discos de metal. El recibidor estaba vacío. De hecho, no había nadie en la casa. Supuse que estarían cargando las últimas cosas en la furgoneta. Por eso volví arriba, recogí el saco y las botellas de agua y bajé de nuevo. Víctor me estaba esperando en el jardín de la parte trasera. Tenemos que darnos prisa, me dijo. El sol está subiendo y será mejor que nos vayamos de aquí antes de que empiecen a despertar los vecinos. Acto seguido atrancó la puerta y colocó una cuña en la parte de abajo para que no se abriese con el primer golpe de viento.

Después se volvió hacia mí y me colocó las manos sobre los hombros. Sé, me dijo, que has experimentado algo ahí dentro. Lo sé. Puedo verlo en tus ojos. No sabes lo mucho que me alegra eso, me dijo con gesto serio y concentrado. Supongo que tendremos tiempo de hablar de ello. Ahora vámonos. Me soltó y se dirigió hacia la furgoneta a paso ligero. Yo le seguí. Dejé el saco de dormir en la caja y aseguré la puerta trasera con cuidado. Luego fui a sentarme junto a Víctor en la parte de delante. Jaime estaba de nuevo al volante y parecía tener unas ganas locas de marcharse de allí. No nos saludamos. Durante un segundo pensé en los colaboradores, pero tampoco dije nada.

Cuando tomamos la autopista E-15 hacia el norte, de regreso a Cadaqués, volví a preguntarme qué había pasado. Ya no estaba mareado. Me sentía plenamente despierto, en posesión de todas mis facultades mentales. Pero aun así no podía darme una respuesta concreta. No podía decir, de hecho, para qué había servido todo esto. Los viajes, las historias, la construcción de la máquina. Sin embargo, tenía la profunda convicción de que había merecido la pena y de que volvería a hacerlo otra vez. Lo curioso es que mi único argumento a favor era la profunda nostalgia que notaba crecer en mi interior cuando intentaba darme una respuesta. Era una nostalgia profunda y total, pero extrañamente gratificante. Tenía que ver con el paso del tiempo y con el hecho de sentirse vivo. Tal vez, me dije, el ser humano todavía no esté preparado para gestionar la eternidad, pero de un modo u otro tiene que lidiar con ella. Sin embargo, para lidiar con ella uno tiene que saberse vivo. Por eso, me dije, contamos historias, la nuestra o la de otros: es el modo que tenemos de saber que estamos vivos. Pero ¿cómo podemos llegar a saber algo así cuando el material con el que tratamos, las historias, no tienen peso ninguno, no se sienten atraídas por la gravedad? Uno espera, me dije, encontrar o descubrir o ser asaltado por una revelación total y absoluta. Algo que vaya más allá de las historias en sí. Algo que cierre con doble llave el recorrido narrativo de lo que estamos contando y le ponga un broche o un lazo. Pero a lo mejor no tenemos otra posibilidad más que contar una y otra vez las mismas historias. Tal vez es el flujo de la narración, y no el sentido de la historia, lo que nos demuestra que estamos vivos.

Recordé entonces lo que el Doctor Manhattan le dijo a Ozymandias antes de marcharse definitivamente del Sistema Solar: Entiendo lo que has hecho, aunque ni lo apruebo ni lo condeno. Los asuntos humanos no son de mi incumbencia. Marcho de esta galaxia para partir hacia una menos complicada. Jon, espera, le dice Ozymandias, antes de que te marches... He hecho lo correcto, ¿verdad? Al final, todo ha salido bien. ¿Al final?, pregunta el ser azul fosforescente. Nada acaba, Adrian. Nada termina jamás.

Yo no me parecía al Doctor Manhattan. Ahora estaba seguro de ello. Montado en esa furgoneta camino de Cadaqués supe que mi proceso de reconstrucción no iba a quedar completado nunca. Eso por una parte. Y por otra, sentía una absoluta empatía respecto al género humano. No iba a huir a otra galaxia. Me iba a quedar aquí porque ahora sabía cuál era mi misión. Seguía pensando, como lo había pensado desde el principio, que contar mi historia no era sólo contar mi historia. Que contar mi historia era, posiblemente, contar la historia de toda la humanidad.

Por eso en ese preciso instante sentí el deseo de volver a empezar, desde Berlín. Porque entendí que había mil y un detalles que contar, que perfilar. Había miles de matices que sin duda se me habían pasado por alto y quería recuperarlos y revivirlos con el lenguaje. Quería, de hecho, habitar el lenguaje que me servía para contar lo que había contado.

Sentía, por lo demás, que la necesidad extrema de volver a relatar esta historia no respondía ya a la intención de reconstruir nada, y mucho menos una experiencia personal, sino al deseo de realizar un acto de fe en el mero hecho de contar. Un acto de fe contra todo y contra nada. Un acto de fe, en definitiva, sin más. Como un fantástico brindis al sol en el ocaso del universo. Una gran risa nostálgica con música de cóctel de fondo: *Vivo sonhando*, por ejemplo, de Antônio Carlos Jobim.

Recordé también lo que don Andrés le explicó a mi abuelo en el desierto de Sonora: Hay personas que equilibran la energía. Siempre hay personas así corriendo por el mundo. Unos en América, otros en Europa, en África o en Asia. Gracias a su consciencia y a su voluntad, ciertas cosas no desaparecen y el equilibrio cósmico sigue funcionando, dijo don Andrés. Esas personas son como balizas, como los palos, sencillos pero fuertes que permiten que una tienda india se mantenga en pie. Vivimos en un mundo sin dioses, estamos convencidos de haber eliminado lo sagrado y sólo creemos en lo material. Y aunque los dioses están ahí, de seguir por ese camino, dándoles la espalda, estamos absolutamente perdidos. Lo único que podemos hacer es aportar nuestra consciencia. Tal vez parezca una aportación pequeña, pero no lo es.

Yo no me parecía al Doctor Manhattan, pero estaba empezando a entender que sin duda tenía razón en lo que le dijo a Ozymandias. Tal vez la consciencia, mi particular acto de consciencia, ese gesto que debía de ayudar a la supervivencia del mundo, radicaba en eso: entender que nada termina jamás.

Colección Andanzas

821. Los gatos pardos
IX Premio TQE de Novela
Ginés Sánchez

822. Tierra violenta
Luciano G. Egido

823. Kinsey y yo
Sue Grafton

824. Plegaria por un Papa envenenado
Evelio Rosero

825. El caballero de San Petersburgo
Mayra Montero

826. El último baile de Charlot
Fabio Stassi

827. El enigma de China
Qiu Xiaolong

828. Diario de un extranjero en París
Curzio Malaparte

829. Mujeres
John Updike

830. La línea invisible del horizonte
Joaquín Berges

831. Regreso a la isla del tesoro
Andrew Motion

832. El teniente Sturm
Ernst Jünger

833. El veneno de las adelfas
Simonetta Agnello Hornby

834. Catalanes todos
Javier Pérez Andújar

835. La ira de los ángeles
John Connolly

836. La vida está en otra parte
Milan Kundera

837. La fiesta de la insignificancia
Milan Kundera

838. El balcón en invierno
Luis Landero

839. Los viajeros de la noche
Helene Wecker

840. Al límite
Thomas Pynchon

841. Underground
Haruki Murakami

842. Cadáveres en la playa
Ramiro Pinilla

843. La máquina del porvenir
X Premio TQE de Novela
Juan Trejo

844. El misterio de la orquídea calavera
Élmer Mendoza

845. Vampiros y limones
Karen Russell